魅丽文化

热门微博 上

唐吉诃巴 著

贵州出版集团
Guizhou Publishing Group

图书在版编目（CIP）数据

热门微博 / 唐吉诃巴著. —— 贵阳：贵州人民出版社，
2017.12
ISBN 978-7-221-14611-3

Ⅰ．①热… Ⅱ．①唐… Ⅲ．①长篇小说－中国－当代
Ⅳ．①I247.5

中国版本图书馆CIP数据核字(2018)第000637号

热门微博

唐吉诃巴　著

出 版 人　苏　桦

总 策 划　陈继光

选题策划　飞魔幻工作室

责任编辑　潘　媛

特约编辑　罗　婷　廖　琼

封面设计　孤舟倦客

出版发行　贵州人民出版社

　　　　　（贵阳市观山湖区中天会展城SOHO办公区A座贵州出版集团　　邮编550081）

印　　刷　湖南凌宇纸品有限公司

开　　本　32开（880mm×1230mm）

字　　数　370千

印　　张　10

版　　次　2018年2月第1版　2018年2月第1次印刷

书　　号　ISBN 978-7-221-14611-3

定　　价　65.00元（全二册）

目录

第一卷 热门事件

CONTENTS

第一卷 ｜ 热门事件

第一章

▶ 我是坏蛋

深夜十点二十分，春州市近郊加油站附近，只有一家二十四小时便利店的门口射出一道醒目的灯光。

而此刻，便利店里的夜班女店员正坐在收银机后面，右手食指快速地在手机屏幕上滑动着，浏览着热门微博的界面。

丁零零！

门口突然传来了一阵清脆的来客提示铃声。

女店员向着门口正走进来的一名黑衣男人睃了一眼，随即放下了手里的iPhone手机，从椅子上站了起来，笑容可掬地对那个男人说道："欢迎光临！"

可是那个男人没有搭理她，而是转身走向了电器用品区，寻找着自己需要的东西。

女店员见自己的问候没有得到任何回应，心里便有一点不爽，微微皱着眉头，盯着那个男人。

那个男人在电器区选购完毕之后，又走到了酒水区，从货架上拿下了两罐330毫升的罐装啤酒，然后像个鬼魂一样，走路没有声音地来到了收银台前。

出于本能，女店员心里对这个阴森森的男人产生了一种抵触感，于是便向后小退了一步，小心翼翼地打量着他。

男人将手里的东西放在了柜台上，语气低沉，简短地说道："结账。"

"好的。"说着，女店员便拿起了扫描器，开始在那几样商品包装的条形迈上扫描。

几秒钟后，扫描完毕，她随口报了货单："一个万能手机充电器，两罐哈啤，一共六十八元。"

男人把手伸进他身上那件黑色运动衫的口袋里，掏出了一沓钞票。

女店员扫了一眼，发现只有一张一百元的大钞，剩下的就是几张十元的钞票。

随即男人用带着几道擦伤并且已经结痂的手，递过了那张百元钞票。

女店员很麻利地在收银机上按了几下，然后从弹出的抽屉里为他找零，最后目送他像个鬼一样不声不响地离开了超市。

不知道为什么，当这个男人离开之后，她竟有一种如释重负的感觉。

他就像是一片乌云一样，所到之处都被一股压抑的气氛笼罩。

刚刚扫描器的嘀嘀声让这里有了一点热闹，男人离开之后，这里又恢复了之前的安静。

女店员拿起手机，继续刷新着热门微博。

很快，一个刚刚上升到社会话题榜第三名的热门话题，便映入了她的眼帘。

"女主播遭奸杀事件"。

"喂。"

"啊！我的妈呀！"

就在她刚要点开那个话题的时候，之前离开的那个男人却不知道什么时候折了回来，与她只隔着一张收银台。

女店员吓得发出一声惊叫，看到是之前的家伙，才有些惊慌地叫道："你！你干吗呀！想吓死我啊！"

男人那扣在兜帽下的脸黑漆漆的，只能够看到一张唇形秀气的嘴露在外面。

他依旧用低沉的声音问道："这附近哪里有旅店？"

女店员的心脏还在扑腾扑腾地加速乱跳，没有从刚刚的惊吓中回过神来，于是便不耐烦地指了指门口："出了门口向东走一公里！那里有一家汽车旅馆！"

男人听完转身就走，连一句谢谢都没说。

女店员拍了拍胸口，盯着那个男人的背影瞪了一眼，暗骂了一句："真是个神经病！"

半个小时后……

沈南飞坐在三十块钱一夜的汽车旅店房间里的木头椅子上，他想用手中罐装啤酒的味道盖住房间里到处弥漫的发霉味，也麻痹自己一直紧绷的神经。

他从来不喝酒的，甚至有些厌恶，可是今天晚上很想尝一尝酒精的味道。

在他的脚下，散落着许多援助交际服务的小卡片，上面画着衣着暴露、身材火爆的年轻女孩，并写着一段极具挑逗性的话语。

（包漂亮，包满意。众里寻你千百度，只需要您轻轻一个电话。提供：妙龄少女，白领丽人。）

沈南飞向着杂乱的地面上扫了一眼，可是脑子里在想着另外一件事。

此时此刻，这个狭窄发霉的房间让沈南飞仿佛回到了十年前，那个曾经被他称作"家"的地方。

他无法忘记自己那酗酒的父亲每次在喝醉后打骂、虐待他和母亲的遭遇。

他在那样的环境里度过了一年又一年，直到十五岁的时候，他放学回到家中，发现因长期酗酒而导致精神错乱的酒鬼父亲，将屠刀砍向了他的母亲。

那是他第一次感受到深深的绝望、恐惧和无比的愤怒。

在父亲手持屠刀扑向他的时候，沈南飞用玻璃酒瓶开了他的脑袋，导致他意外死亡。

从此以后，他就成了一名孤儿，并且到哪里都背负着"弑父"的名声。

他一个人在春州市的小镇里生活，因为没人看管，也渐渐成为影响社会安定的一个不安因素。

他混黑社会，装作野蛮强横的样子，用虚假的外壳来隐藏脆弱的内心。

他曾因为打人蹲过一年监狱，因为他看到一名社会青年在打骂自己的母亲并索要钱财，所以打断了他的一只手。

可是沈南飞没想到，正是因为一个这样的自己，会让他成为今天热门微博上奸杀案的重要嫌疑人。

他是无辜的，可是只有他自己知道。

还有他远在天上的母亲。

他才不过二十岁，却感觉自己饱经沧桑，人到中年。

沈南飞从身边破旧的木桌上拿起了正在充电的 iPhone 手机，滑动解锁，打开了里面的一个叫作"讯客微博"的软件。

他快速地翻阅着热门微博，一个个醒目的话题从他的眼前滑过。

"某 L 姓男星涉毒被抓"。

"影视明星宋蔚蔚被曝出轨"。

"鬼节十大禁忌"。

"烧脑神书热门微博"。

很快，沈南飞就看到了那个他最害怕，同时也最不想看到的话题。

"女主播遭奸杀事件"。

已经连续三天了，这个话题的热度一直居高不下，将沈南飞推向了风口浪尖。

在话题下面，有许多不明真相的微博用户发表着"正义言辞"，将沈南飞活脱脱地塑造成了一个穷凶极恶的杀人案嫌犯。

沈南飞用他因愤怒和委屈而颤抖的手指，点开了其中最火的，已经有六千多条转发量的微博评论区。

这几乎是他在这三天来每天必做的事情。

然而当他看到那些微博用户充满恶意而又尖锐的评论之后，握着啤酒罐的左手不由得将罐子捏得变了形。

那一条条恶毒的评论，就像一把把刀子插在沈南飞的心头。

社会你峰哥：这个家伙简直就是一个畜生！听说连自己的父亲都杀！凶手一定就是他！

苗条的萌熊：春州市真是个好地方，尽出这种变态！

奔波霸与霸波奔：@苗条的笨熊：请不要地域歧视，春州人并不都是像这个变态一样，说话的时候给自己留点口德。

Sofia：好可怕！长得这么帅，为什么会是个杀人案嫌犯呢！

拿什么整死你我的爱人：这种家伙抓到以后就应该判死刑！活着都浪费资源！还我美女主播赵欣颖！

沈南飞终于无法忍受自己被这些不明真相的网友肆意评论。

心头的怒火不可抑制地燃烧起来。

而此时，他忽然间又想起了两天前他的顶头大哥黑老大与他的一段对话。

"小飞，你现在必须离开这里！"

"为什么？我是无辜的！这事跟我没关系，那个女主播不是我杀的！"

"你说没关系，可是有人信你吗？你看看网上，到处都是你的负面消息，你还真的火得成热门了。"

"老大，我十六岁就跟着你混，你真的就这样让我走吗？"

"没错！我让你现在就滚，滚得越远越好，滚到一个谁也找不到的地方！你被人盯上了！你最好永远都不要再出现，明白吗？而且你要记住，出了这个门，除了你自己，谁都不要相信，也包括我！"

两天前的画面历历在目，沈南飞到现在都感觉一切就像是在做梦。

他的心越来越乱，越来越烦，压抑的怒火烧得他快要发狂。

可是偏偏在这个时候，从隔壁房间又传来了一阵激烈的叫声，床下的木板随着摇晃发出嘎吱嘎吱的响声，让沈南飞本就愤怒的心又增添了一丝火苗。

嘭！

他几近歇斯底里地将手中还剩下一半啤酒的啤酒罐狠狠地砸到了对面布满霉斑的墙壁上。

"给我小声点！"

隔壁房间的那对男女似乎被沈南飞暴怒的声音吓到，立刻就安静了下去。

可是很快，隔壁又传来了报复似的凿墙回击的声音。

如果换作三天前的沈南飞，恐怕现在早就一脚踢开房门，冲进隔壁的房间好好教训一下那对狗男女了。

但现在他是一个"戴罪之人"，恨不得所有人都不认识他。

呜呜——呜呜——

忽然间，旅馆外面隐隐传来了一阵警笛声。

听到这个声音，沈南飞条件反射般一下子蹿到了门口，关了电灯。

下一刻，房间里面一片漆黑，紧接着便有红蓝相间的警灯倒映在房间里的墙壁上。

随即他一步跨到了窗边，拽上了窗帘，从缝隙中窥视着旅店外面的情况。

他看到有两辆警车从对面的公路上驶来，后面不远的地方还跟着辆粉红色的奥迪 TT。

那两辆警车停在了旅馆的门口，粉红色奥迪 TT 停在了十米开外的公路边上。

接着四名便衣警察分别从两辆警车上走下来，聚在一起简单地交流一番之后，便急匆匆地走进了旅馆门口。

看到这一幕，沈南飞立马从破旧的木桌旁边的插座上拔掉了充电器，连带着手机一起塞进衣兜里，然后他慌忙拉开了房门，冲到了外面的走廊上。

而这时，楼下已经传来了警察拍门查房的声音。

"搞什么？是我被发现了？还是警察例行查房？"

沈南飞心里虽然吃不准，但是强烈的直觉告诉他，现在必须离开这个发霉的鬼地方。

第二章

▶ 公路逃亡

沈南飞左右环顾，很快就看到二楼走廊尽头有一扇虚掩的窗户。

他毫不犹豫地向着那扇窗户跑了过去，一把推开了蒙着一层浮灰的磨砂雕花玻璃窗。

他将头从窗子里探了出去，向着黑漆漆的地面上看了一眼，发现下面空荡荡的一片，只有贴着墙根的地方，立着两个垃圾满溢而出的塑料垃圾桶。

身后警察拍门查房的声音越来越近。

沈南飞在慌乱之中回头看了一眼楼梯的方向，见一个摇摇晃晃的影子投射在转角处的墙壁上，心都提到了嗓子眼。

他犹犹豫豫地转头又看了看距离二楼窗户足有三米高的地面，抿了抿嘴唇，双手扣住窗框，一步就从走廊里跨了出去。

下一刻，楼下传来了一声闷响。

沈南飞落在了靠近墙根的垃圾桶上，然后翻滚到地面，他的左肩膀感到一阵微微的刺痛。

可现在他已经没有时间去管身上的伤痛了。

只见他狼狈地从地上挣扎着爬了起来，有些惊慌地看向了停在旅店门口的警车。

此刻的警察与他只隔着一道墙，只要他们走出大门，那他就插翅难逃了。

咔嚓！

就在沈南飞琢磨着如何逃离这个鬼地方的时候，对面的一片矮树丛里，突然有一道刺眼的灯光闪了一下，并伴随着短促的快门声。

"谁？"沈南飞瞪圆了眼睛，死盯着那矮树丛后面，似乎有一个女人躲在那里。

有人拍到了他！

如果自己的行踪暴露的话，很多警察就会追来的！

想到这儿，沈南飞立刻冲进了矮树丛，奔着闪光灯射出的地方钻了进去。

"啊——唔！"

躲在矮树丛后面的女人刚要发出惊叫逃跑，就被沈南左手一把揽住腰身将她拉了回来，然后他右手绕到了她的身前，用手掌捂住了她的嘴。

"别叫！否则我就不客气了！"说着，沈南飞便从黑色帽衫口袋里掏出了一把五厘米长的小型折叠刀，抵在了这个女人戴着卡地亚新款钻石项链的脖子上。

"唔——"

女人似乎十分害怕，感觉到脖子上传来了一片冰凉，便又闷闷地叫了一声，左手握住了沈南飞的手臂。

"别乱动，我就不会伤害你！"

听到这句话，女人的情绪似乎稍稍稳定了一点，但是呼吸急促，胸口快速地起伏，双似水明眸用力向后瞥，似乎想要看清沈南飞的样子。

沈南飞有些慌乱地向着矮树丛外面张望了一下，随即便看到了停靠在路边的那辆粉红色奥迪 TT。

他皱着眉头思忖了片刻，盯着被勒在怀中的女人头顶说道："那辆车是你的吗？"

女人犹豫了一下，小心谨慎地点了点头。

"走！过去！"

沈南飞说着，便挟持着怀里的女人弓着腰小跑着奔向了那辆奥迪 TT。

他从副驾驶打开车门，将那个女人塞进去，推到了驾驶座上，接着自己也钻进去，马上就把折叠刀顶在了她的脖颈边。

"快开车！"沈南飞急促地说道。

女人左手按在屁股下面的坐垫上，身体用力向着窗边靠，似乎想要躲避沈南飞手里锋利的刀子，惊慌地问道："去、去哪儿啊？"

"叫你开就快开！快点！问那么多做什么！"沈南飞的目光不时地扫向汽车旅馆的门口，好像那里随时都会冲出一群将他再送进监牢的黑面判官。

女人惊慌地点了点头，随即发动了汽车，驾驶着这辆粉红色的奥迪 TT 上了高速公路。

沈南飞从后视镜里瞄着汽车旅馆的大门口，很快那里便从他的视线中消失了。

漆黑的高速公路上，来往的车辆很少，而这辆粉红色奥迪 TT 就像行驶在一条恐怖电影里描绘出的那种幽灵公路上，静得可怕，黑得吓人。

不知不觉中，十分钟过去了。

沈南飞时刻都在通过后视镜监视着汽车后方的动静，见一直没有警车追来，一颗悬着的心才渐渐安定下来。

女人一边小心谨慎地驾驶着汽车，一边用余光瞄着头戴兜帽的沈南飞。

现在沈南飞已经慢慢地放松了警惕，握着刀子的手放松地搭在女人那件修身短款女士西装的外套上。

似乎是这样紧张的气氛有一种让人窒息的感觉，于是女人终于鼓起勇气，想要为自己提高一点生存概率，跟沈南飞搭话道："帅哥，有话好好说。你把刀子先放下好吗？你这样影响我驾驶了。现在可是在高速公路上，如果出了意外的话，我们都会没命的。"

沈南飞像是被人从梦境中惊醒似的，立刻眼神警惕地转头看向了这个女人。

借着汽车前照灯反射的昏暗灯光，沈南飞发现自己挟持的是一个颇有些姿色的女人。

她一头柔软的发丝染成棕色，脸上的皮肤或许是因为那些高档化妆品的关系，看上去白嫩如霜，一张唇形诱人的嘴上涂着粉红色唇膏。

昂贵的淡香型香奈儿香水的味道似乎有一种安神醒脑的功能，从她的身上散发出来，让沈南飞一颗警惕的心稍稍安定了些。

沈南飞在这个女人的身上打量了一眼，然后将左手举着的折叠刀放了下来，但刀尖依然对着她，似乎如果她敢耍什么花样，这把刀子就会立刻刺过去。

女人的目光随着落下的刀子睃了一眼，随即大口地呼出了一口气："谢谢帅哥。"

就这样，沈南飞和这个素不相识的女人坐在同一辆车上，又行驶了三分钟，其间没再说过一句话。

在这段时间里，这个女人却一直用余光悄悄地打量着沈南飞。

嗡——

突然间，沈南飞身边的车窗向下降了一点，露出了一道缝隙。

由于车速已经到了一百二十迈，所以一股强风立刻就从窗缝灌了进来。

这阵风对于沈南飞来说可是要命的，因为它顷刻间就将他头上一直扣着的兜帽从脑袋上掀开了。

在扫到沈南飞那张脸的一瞬间，女人的眼中顿时闪过一道惊讶的目光。

沈南飞原本已经放松下来的心又立刻提了起来，他马上举起了手里的折叠刀，指着那个女人惊怒道："你要干什么！耍什么花样！"

女人立刻恐慌万状地解释道："对不起！对不起！我不是故意的！不小心按错了！"

"你小心一点，如果你敢耍什么花样的话，吃亏的可是你自己！"沈南飞威胁道。

"是！是！"女人诚惶诚恐地点了点头，眼睛悄悄地瞄着沈南飞那张英俊的脸。

他留着一头棕黄色系的平刘海纹理烫发型，简单时尚。一对剑眉入鬓，一张脸白里透红，鼻子高挺，唇形秀气，牙齿洁白整齐。

这副形象，用现代的网络词语来形容的话，就是一枚"小鲜肉"。

其实沈南飞如果不是一个混混的话，恐怕凭着颜值也可以跟国内的一些一线男演员有的一拼了。

只是可惜，童年的阴影改变了他的生活轨迹。

"帅哥，你看我们开了这么久，你能跟我说说你到底要去哪里吗？前面就要到G612国道了，有两条岔路，你希望我怎么走？"女人突然问道。

沈南飞把兜帽重新扣回到头上，思忖了片刻，说道："不要上国道，走另一条路。"

"好，我知道了。"女人说完，又用余光瞄了一眼沈南飞，继续搭话道，"帅哥，你看我一路上都很配合你，等你下车了，你可以把我的包包什么的都拿走，只要别伤害我，好吗？后天就是我的生日了，老爸老妈还等着给我庆生呢，所以求求你放了我，我绝对不会跟任何人说起这件事的！"

沈南飞看了她一眼，问道："你后天生日？"

"嗯嗯！是真的！不信的话，我的包包里有身份证，你可以拿出来看一下！"说着，女人便想要腾出右手，把扔在后座上的一个粉红色 LV 手包拿过来。

"你别动，我自己来！"沈南飞轻声喝了一句，随即自己伸手将那包取了过来，从里面翻出了这个女人的身份证。

"韩懿姿……"沈南飞不由自主地念出了她的名字，然后看到后面的出生日期，的确跟她说的一样，1996 年 9 月 16 日，今年刚好二十岁。

"怎么样？我没骗你吧？我知道，你一定是一个好人，所以不会伤害我对吧？"韩懿姿叽叽喳喳，像只叫个不停的鸟儿。

沈南飞皱着眉头看了看她："真会说鬼话，如果我是好人，你还会在这里看到我？"

韩懿姿勉强笑了一下："呵呵，我看人一向很准的。我知道，你只是没有受过良好的教育，其实骨子里不坏。"

"我不是没受过良好的教育，而是没受过教育。"沈南飞一边继续翻着韩懿姿的包，一边回道。

他从里面取出了一个名贵的钱夹，打开一看，里面有厚厚一沓钞票，足有两千元。除此之外，插槽里还有几张等级颇高的银行信用卡。

"哼，还真是个有钱人。"沈南飞冷冷一笑。

韩懿姿向右一瞥，脑子很是机灵："帅哥，如果你需要的话，里面的东西都可以拿走！"

沈南飞不屑一笑，随即将钱夹合上，塞回手包里："我对女人的东西没兴趣。"

将手包扔回后座时，沈南飞突然注意到汽车操控台上的小储物柜里露出了一条蓝色的布条，像是某种证件的带子。

他的眉头皱了起来，打开了储物箱，将那条带子从里面抽了出来。

这时韩懿姿脸上假装镇定的表情瞬间凝滞，眼睛直勾勾地盯着沈南飞手上的东西。

那是一张工做证。

沈南飞将那张工做证提到眼前，看到上面写着：实习记者，韩懿姿。

下一刻，沈南飞的眉毛向上一挑，惊讶地问："你是记者？"

这一刻，车里死一样寂静。

突然间，沈南飞记起了一件刚刚一直被自己忽略了的事情：她的手包里没有手机。

一种不祥的预感将沈南飞紧紧笼罩，随即他脸色阴沉地问道："你的手机呢？"

"啊？"韩懿姿有些魂不守舍地说，"哦，应该是刚刚掉在旅馆那里了！"说完，她下意识地扭动了一下自己的屁股。

沈南飞立刻就注意到了这一点，他沉默了片刻，突然伸手把韩懿姿被蓝白色短裙包裹的屁股托了起来。

"啊！你干什么！"韩懿姿发出一声惊叫，接着方向盘打滑，立刻将汽车变线，差点就撞在了旁边的隔离带上。

沈南飞果然在这个女人的屁股下面，发现了一部手机。

可就在这时，一道刺眼的警灯从前面一座桥的对面射了过来。

沈南飞急忙转过头去，看到一排警车停在桥的另一端，牢牢地封死了这辆粉红色奥迪 TT 的去路。

沈南飞慌忙扫了一眼韩懿姿的手机屏幕，见上面拨通了一个叫作"龚叔"的电话，而且通话时间已经有整整十五分钟了。

就是从他们上车的时候开始的！

"你居然阴我！"沈南飞一声怒喝，随即脑袋里便将之前可疑的地方都联系了起来。

原来韩懿姿上车的时候将左手按在屁股下面，不光是在躲闪刀子，同时也在藏手机。

在经过 G612 国道的时候，她故意问了他一句该走哪条路，其实是在向警察暴露自己的位置。

这个年纪跟他相仿的女孩，头脑竟然如此灵活并且胆大心细，实在出乎沈南飞的意料。

第三章

▶ 如果时光可以倒流

这一刻，沈南飞仿佛看到自己对面那一排排闪烁着警灯的东西不是警车，而是冰冷的监狱栅栏。

他永远也不想回到那个地方了。

"停车！快点停车！"沈南飞有些气急了，将刀子抵在了韩懿姿脖子上，强行命令她停车。

韩懿姿也有些慌了，虽然自己一路上一直拼了命地保持镇定，但是被沈南飞发现了自己的秘密之后，她就像即将被扔进锅里烹煮的兔子，心怦怦乱跳。

她不过是个刚满二十岁、还没毕业的大学生，靠着家里的关系进了一家电视台做实习记者。为了抢些有趣的头条，她拜托龚叔让她随行跟拍扫黄过程，本以为躲在后门可以拍到那些躲避查房跑路的男人，没想到第一天出任务就碰到了沈南飞。

要不是她从小就喜欢一些极限运动，心理承受能力比一般女孩子要强，恐怕现在早就被吓得变成一团软泥了。

看到沈南飞的刀子又靠了过来，韩懿姿两眼一闭，脚下将刹车狠踩到底。

"啊！"沈南飞被安全带勒得胸口憋了一口气，差一点脑袋就撞到了挡风玻璃上。

"下车！跟我下车！"沈南飞用刀子抵在韩懿姿的脖子上，将她从副驾驶位置上拉下来。

而当他们下车的时候，后面的高速公路上，又有两辆警车追了上来。

正是停在宾馆门口的那两辆警车。

四名警察从车上走了下来。

其中一个四十几岁的中年男人向着韩懿姿扫了一眼，随即将锐利、严肃的目光落在了沈南飞的身上，右手摸向了别在后腰上的手枪。

"不要伤害手中的人质！放下你的武器！我们是警察！"中年男人一边说着，一边出枪示警。

沈南飞的全身都在颤抖，这是他这辈子第一次被警察用枪指着，而且还不止一个警察。

他左手绕过韩懿姿的前胸，扣住了她的肩膀，右手握着刀子抵在她的脖子上慢慢地向后退。

此时他已经被围堵在一条高速公路中间的一段跨河大桥上，下面就是湍急的河水。

哗啦啦的流水声从桥下传来，在沈南飞的耳边环绕不绝，令他的脑袋一片空白。

他扫了一眼将他围住的警察，发现有好几把手枪正对着他。

"你已经逃不掉了！不如……不如投降吧！你自首的话，或许我可以让龚叔帮你减刑……我见过你的脸，你是微博上热门事件里的那个人，对吗？"韩懿姿随着沈南飞慢慢地向后退，战战兢兢地说道。

沈南飞此时已经汗透重衫，心脏跳动的频率快要到达极限。

他一边扫视着两边的警察向后退，一边紧张地对韩懿姿嚷道："闭嘴！我是无辜的！为什么要自首！"

韩懿姿的左手悄悄地摸进自己休闲西装的口袋里，说："你……你是无辜的？既然这样的话……你为什么还要跑？"

"问那么多干什么？你们……你们这些记者是不是都不怕死啊？是不是胆子都很大啊？信不信我现在就杀了你！"沈南飞已经紧张得快要失去理智了，两只眼睛游移不定，死盯着用枪指着他慢慢逼近的警察们。

"如果……如果你杀了我的话，只有死路一条……你看看现在有多少把枪对着你！"韩懿姿也紧张得结巴起来。

沈南飞用力一勒韩懿姿的脖子，把嘴凑到她的耳边，有些惊慌失措地说道："可是如果我不杀你，我就能活吗？嗯？对不起，我也不想这样，可我实在没办法了！我是无辜的，这件事跟我没有关系，我完全不知道是怎么回事！如果被抓了，可能我永远都出不来了！"

啪！

不知不觉，沈南飞的后腰已经靠在了大桥的栏杆上。

一颗石子被他的脚跟踢了下去，落在深不见底又湍急的河水里，连一点水花都没泛起，就被冲得无影无踪。

黑漆漆的河水，就像黑夜中一张恶魔的大口。

"小伙子，你把刀放下，有什么事我们可以好好谈。如果你继续这样下去的话，将会受到法律的严厉惩治，知道吗？"龚叔的语气渐渐缓和下来，目光不停地在韩懿姿和沈南飞的脸上变换。

"呵……呵呵！"沈南飞听罢，发出一声绝望而又不甘的冷笑，"法律……你们只知道颠倒黑白！根本救不了我！我是无辜的！"

然而就在沈南飞的注意力被中年警察吸引的一瞬间，一道味道刺激辛辣的气雾顷刻间就喷到了他的脸上。

下一刻，他便感觉自己的眼睛里火辣辣地痛，痛得连眼皮都无法睁开，眼睛就像是要被烧烂一样。

"啊！我的眼睛！"沈南飞持刀的右手缩回来捂着眼睛发出一声惨叫。

而韩懿姿趁着这个时候用手肘狠狠地击打在了沈南飞的肚子上，然后拼了命般挣脱他向前奔跑。

由于太过紧张，连手里的防狼喷雾剂掉落在地，她都顾不上回头看一眼。

沈南飞用力睁开眼睛，在模糊的视线中，他看到韩懿姿已经挣脱了束缚，跑向了那个四十来岁的中年警察龚叔。

此时此刻，沈南飞的心就像是被丢进南极深海一样，冰凉彻骨。

"龚叔！"

韩懿姿跑到了安全范围，立刻扑到了那个中年警察的怀里，一直紧绷的弦就像是突然断掉一样，眼泪决堤似的流了出来。

"小丫头，没事了！"龚叔用那只因常年握枪而满是老茧的手轻抚着韩懿姿柔软的发丝，轻声地安慰道。

沈南飞从来没有这样难受过，内心的绝望和眼睛里火辣辣的痛感将他整个人吞没。

他彻底地绝望了。

他看到那些警察向着他冲了过来，冰冷手铐上的锯齿仿佛魔鬼的利齿，等待着死死咬上他的手腕。

突然间，他的眼前出现了可怕的幻觉。

他看到那个穿着一身彩色格子连衣裙、留着栗色长发、披头散发的女人正在向着他慢慢地逼近。

她涂着黑色指甲油的双手僵直地举在空中，似乎想要掐住他的脖子向他索命。

"不要过来……我是无辜的……你知道我没有杀你……"

"还我命来……还我命来……"女人语气森寒地重复着如同魔咒一样的话语，慢慢地逼近了沈南飞。

没有人相信他！

这个世界上没有人相信他是无辜的！

他就像是被抛弃的孤儿一样，孤零零地站立在寒风之中。

无边的黑暗向着他吞噬而来。

可就在他绝望地想要用刀子戳进喉管，结束自己生命的时候，从小与他"相依为命"的母亲出现在了他的面前，对着他拼命地摆手。

"快跑儿子！你快跑！无论如何你都要活下去！你要证明你是清白的！这个世界并不是只有黑暗啊！"

"妈……妈！"

沈南飞喃喃地说着，眼前的幻觉也开始渐渐地消散，委屈的泪水夺眶而出。

很快，他又看到了那些举着枪的警察在向着他逼近。

或许是因为见到了自己的母亲，此刻的沈南飞心里忽然有了一股莫名的勇气。

他的呼吸变得粗重起来，眼神越来越锐利，牙关紧咬，两腮鼓动。

这一刻，他仿佛变成了一匹极具攻击性的野狼。

"我不能死……我还不能死……我不能被抓住！我必须活着！"

想到这儿，沈南飞忽然转身，面向着如同魔鬼巨口一样黑漆漆的河水。

在短暂的犹豫之后，他便翻身从大桥上跳了下去。

"啊——"

韩懿姿躲在警车后面，看到沈南飞从大桥上跳了下去。她惊恐地瞪圆了眼睛，双手紧紧捂着嘴巴发出了一声惊叫。

那一刻，她看到了沈南飞纵身而跃时那坚毅愤怒的眼神。

虽然是第一次见到这个男人，但是韩懿姿觉得，他心中似乎有说不完的故事和道不尽的委屈。

扑通！

沈南飞坠入了大桥下黑漆漆的河水之中。

耳边传来了哗啦啦的流水声，瞬间灌满了他的耳朵。

那些大桥上闪烁的警灯越来越模糊。

除了像海草一样在眼前漂动的头发，似乎任何东西都脱离了他的视线。

他感觉自己的身体如同失去了重量，在水中慢慢地向下沉，并快速地向前漂。

此时此刻，沈南飞终于得到了片刻的宁静。

如果可以的话，他希望时间可以倒流。

回到三天前。

回到这件事发生之前，那段叛逆却又平淡的人生里。

我叫沈南飞。

我不是一个好人。

但我是无辜的……

第四章

▶ 三天之前

三天前。

春州市，晚上八点三十分，回音点 KTV。

沈南飞背靠在一辆黑色保时捷卡宴的后车身上，面无表情地注视着从眼前经过的那些被手机和 4G 网络操纵的人。

随着手机网络越来越便利和众多应用软件的出现，人与人在现实生活中的距离似乎变得越来越远了。

在沈南飞的眼里，这个社会仿佛慢慢地变成了一种病态的存在。

他经常会看到许多人的脑袋都恨不得钻进手机里，所有的视线都被那块不到五英寸的屏幕吸引过去。

就好像法国摄影师 AntoineGeiger 的摄影作品《SUR-FAKE》里所表达的情境一样，人脸已经扭曲化，并且与手机融为一体。

沈南飞是一个平时很少用手机软件和 4G 网络的人，就这一点，在现在许多年轻人的眼里，他就是一个怪胎。

但是对于沈南飞来说，相比隔着手机和网络，他更喜欢与人面对面地交流。因为有些问题，只有当面才能够更好地解决，隔着手机和网络，总会给人思考和编造谎言的时间。

就好像如今男女之间都很流行的网络约会，大家隔着网络，戴着面具，你永远也不会知道我是怎样的一个人。当你了解我的时候，已经是"日后再说"的事情了。

嘀嘀！

突然间，一阵急促的喇叭声在 KTV 前方喧闹的街道上响起。

随即一名身材肥硕的出租车司机把脑袋从车窗里伸出来，对着刚刚从大街上低头看手机过马路，差点被撞到的年轻女孩吼道："你不要命啦！在大马路上玩手机！当心下次把你撞回娘胎里去！"

"你怎么说话呢！开车不会看着点啊！你有路怒症啊！"女孩站在大马路上奋起还击，一看就不是一个让人省心的主儿。

不过短短一分钟的时间，看热闹的人便多了起来，伴随着吵闹的争吵声，算是拉开了春州市与平时一样喧嚣的夜幕。

沈南飞无奈地笑了笑，从黑色夹克的衣兜里掏出了一盒中南海典8香烟，抽出一支咬在嘴里，用已经磨得光滑发亮的纯铜Zippo打火机点燃，微微皱着眉头深深吸了一口。

这时，一名穿着黑色骷髅T恤的年轻人从装饰奢华的KTV大门里走了出来，站在沈南飞的身边，有些兴奋地对他说道："飞哥，那个小子找到了，就在里面！"

沈南飞右手两根指头夹起香烟，将刚刚吸进嘴里的烟吐了出来："你确定是他吗？"

穿骷髅T恤、一副小弟模样的年轻人十分确定地点了点头："绝对错不了，我哥们说他亲眼看着那小子和一个妞进了卫生间，估计正在里面爽歪歪呢！"

只见沈南飞眼睛一亮，腰身轻轻一挺，身子便离开了那辆保时捷卡宴："走，进去看看！"

回音点在春州市算是很有名气的连锁KTV，这儿的老板名叫"狗爷"，在全市开了十几家这种规模的KTV，而且还有很多宾馆和娱乐会所，可以说是出了名的地头蛇。

其实沈南飞今天到这里来"找人"，等于踩在了别人的地头上。

但他也没办法，黑老大已经给他下了任务，无论如何都要把那个小子找到，然后给他一点教训。

一进入回音点KTV的一楼大厅，节奏爆炸、震耳欲聋的音乐声便让沈南飞的耳朵里嗡嗡作响，连耳膜都随着震颤了起来。

沈南飞穿过舞池中随着狂野颓废的嗨曲摇摆的人群，一路向着通往KTV二楼的阶梯走去。

头顶令人眼花缭乱的激光灯和周围不停喷吐的二氧化碳干冰烟雾，让沈南飞心里也渐渐有些烦乱起来。

他很不喜欢这种热闹到几乎疯狂的场所。

当沈南飞走上二楼阶梯的时候，已经有四五个人在那里等着他了。

"飞哥！"

"飞哥！"

沈南飞一上楼，那几个人便恭恭敬敬地向他问候了一声。

他点了点头，算是跟他们打过招呼，随即问道："在哪个卫生间？"

"这边！"

穿着骷髅T恤的年轻人立刻走上前去为他们带路，一路向着西面走廊里的一个卫生间走去。

经过了几个隐隐传来杀猪一般的歌声，并散发出浓浓酒气的包厢，沈南飞一行人终于来到了公用卫生间的门口。

沈南飞第一个钻了进去，发现里面一个人也没有。

可是很快，一阵轻微的呻吟声从洗手池对面其中一个隔断里传了出来。

沈南飞挑了挑右边的眉头，朝着隔断走过来，从左到右将那几个隔断的门轻轻推开。

当推到倒数第二个的时候，他发现门是从里面反锁的。

接着他把耳朵凑了上去，听到里面时不时传出女性正沉浸在鱼水之欢中满足的呻吟声。

沈南飞听到声音后把身子撤了回去，对着身后的几个小弟扬了扬头。

穿着骷髅头T恤的小弟心领神会，走过去抬腿狠狠一脚将面前隔断的大门端开。

"啊——"

一阵女性的尖叫声传来，接着一个半裸的女人以一副观音坐莲的姿势出现在众人眼前。

她上半身的吊带裙子脱到一半，露出了里面黑色的蕾丝胸罩，裙子下面露出两条白花花的大腿，跨坐在一个留着圆寸发型的年轻男人身上。

那男人见到沈南飞突然出现在门外，立刻眼神惊恐地望着他，随即赶紧把女人从自己身上推开，提上裤子就要往外面冲去。

沈南飞一把抓住了那男人的衣领，将他狠狠地拽了回来，往地上一摔。

"你还想往哪儿跑！小狗子！"

"沈南飞，你别没事找事，看看这里是谁的地盘！"被称作"小狗子"的男人气急了，躺在地上对着沈南飞喝骂了起来。

谁知沈南飞旁边的小弟上去就是一脚踢在了他的胸口上，直踢得他差点一口气没上来。

随即其他人一拥而上，对着小狗子就是一顿暴打。

沈南飞冷眼旁观，冷静地抽着烟，然后将剩下的烟头在身后的洗手池里碾灭，走到小狗子身边蹲下来说道："知道今天为什么找你吗？"

小狗子从乱脚之下抬起肿胀的眼皮，有些茫然地望着沈南飞。

只见沈南飞冷冷一笑："你小子敢在我们的场子里卖K粉，所以今天黑老大要我来问候问候你，看看你那点昧心钱够不够花，好来给你送点。怎么样？我看你刚刚好像花得很开心啊，要不要再你给烧点？"

沈南飞脸上的冷笑让小狗子感到有些不寒而栗。

毕竟沈南飞在这个圈子里是出了名的狠，就算是砍起人来也绝不含糊，虽然他年纪不过二十岁，却比那些在道上混了十年八年的伪江湖大哥还要凶猛。

一想到这儿，小狗子便吓得有些不敢出声了，只是一语不发地盯着他看。

因为他知道，这个时候自己多说一句话，就有可能说错一句话，最后会害得自己丢了脑袋。

"Hello，宝宝们，我现在要去卫生间补个妆，今天这家KTV里面实在太热了，妆都花了。"

突然间，一个如银铃般悦耳的女声从洗手间外面传进来。

接着，一名穿着花哨的彩虹色连衣裙、手里举着一根自拍杆的年轻美女走进了洗手间。

"哇！"刚一进门，这个美女就被眼前的一幕吓到，停在了门口。

沈南飞看到有外人进来，便皱起眉头对身边的人说道："没人在外面把风吗？怎么有人进来了？"

"对不起，飞哥！"其中一名小弟赶紧跑过去，连推带搡地把那个美女往外面赶。

"等一下！"沈南飞眼睛很尖，立刻就认出了这个美女就是刚刚在外面大街上跟出租车司机争吵的那个女人。

而且他刚刚瞄到了她自拍杆上面的手机，手机屏幕上似乎连通了摄像头，正在进行直播。

"把她自拍杆上的手机关掉。"沈南飞说道。

小弟收到命令，伸手就去抢美女的手机。

"哎！你干什么？凭什么抢我手机？我可告诉你，这是全程直播，信不信我让手机那边的粉丝们现在就报警？少拿黑社会吓唬我！"美女愤愤地叫道。

沈南飞虽然不是十分了解网络直播这东西，但现在这里发生的事情确实都被别人看到了，所以必须想点办法糊弄过去，不然会有麻烦。

随即沈南飞灵机一动，起身走上前去就把手机从那美女的手里夺了过来，然后走到一边看了看正在直播的手机屏幕。

一时间，许多弹幕在屏幕上飘过。

"什么状况？欣颖遇到黑社会了？"

"弄得这么真，真的还是假的？"

"要不要我们报警啊？这个男人是谁啊？"

沈南飞打量了一下直播视频，自己的一张脸已经完全在屏幕上暴露出来了。

"她叫欣颖？"片刻后，他淡定一笑，模仿刚刚那美女的口气，对着直播软件另一边的粉丝们说道，"不好意思，各位宝宝，今天是欣颖为大家准备的特别节目，请大家不要在意。欣颖最近有进军演艺圈的打算，正在磨炼自己的演技，今后这种事情可能还会发生。也可能她会假装让你们报警，但其实都是在演戏，大家不要当真，做做样子配合一下就可以了。我在这里替欣颖谢谢宝宝们。么么哒！"

此时此刻，另一旁想要抢回手机的欣颖已经完全被沈南飞的演技震慑，脸上露出了十分厌恶的表情，恨不得冲上来一脚踢在沈南飞的第三条腿上。

还没等她对屏幕另一边的粉丝们解释，沈南飞已经关掉了手机，并且找到了视频回放，将刚刚直播的内容全部删掉了。

第五章

▶ 命运剧变

　　然而沈南飞的"荧幕处女秀"不仅仅让女主播欣颖感觉到恶心，连他身边的小弟们都大跌眼镜。

　　检查了一遍手机直播软件，没有发现任何残留信息之后，沈南飞才转身走到欣颖身边，将手机递还给了她："对不起，失礼了，这是紧急状况。"

　　欣颖挣脱了抓住她肩膀的小弟，一把夺回了手机，检查了一下直播软件，见已经被完全退出，便黑起了一张小脸，狠狠地瞪了沈南飞一眼，从牙缝里挤出了两个字："人渣！"

　　沈南飞淡淡一笑："谢谢夸奖。你是一名女主播对吗？不过我想奉劝你一句，年纪轻轻的，去找点其他正经工作，你这样东拍西拍的当心拍到不该拍的东西惹祸上身。今天你幸运，遇到了我，如果遇到了其他人，恐怕就别想走出这个门了。"

　　说完，沈南飞朝着门口的方向扬了扬头："走吧，这里已经不需要你了，要补妆去其他洗手间。小刀，送客！"

　　"是，飞哥！"被沈南飞称作"小刀"、穿着骷髅T恤的小弟点了点头，随即将美女主播欣颖强行推赶了出去。

　　"哎！我告诉你，这件事不会就这么算了！你给我等着！我们主播也不是可以随便欺负的！"欣颖愤怒而不甘的声音从洗手间门口传来，直到大门关上，她声音才渐渐弱了下去，最后完全消失。

　　"脑残！"沈南飞低声骂了一句，接着处理小狗子的事。

　　十分钟后，沈南飞"办完事"，才终于从洗手间里走出来。

　　可当他出来时，已经有七八个人等在卫生间门口。

　　待他们离开后，那些刚进卫生间的女人便发出了一声声惊叫。

　　因为她们看到一个被揍得鼻青脸肿的男人，被赤身裸体地捆在马桶上。

离开了洗手间的沈南飞又点燃了一支香烟，走下了二楼，混入在节奏狂暴的音乐下摇摆的人群中。

这就是他每天的工作，帮助自己的大哥刘伟洋，也就是被人们称为"黑老大"的黑道老大解决一些小问题。

从收保护费、看场子，到设计陷害其他帮会成员，甚至砍人，他什么事都干，基本上都是一些见不得光的事情。

自从无意中失手杀死了自己的父亲之后，他就不再知道什么是害怕了。

许多道上的人都说，沈南飞这小子就是一条疯狗，一旦把他惹急了，就等于惹火上身。

可是用沈南飞的话来说，在这个人吃人的社会，我们总要懂得用各种各样的方法来保护自己，只是可能他的方式太过激。

至于他骨子里到底流着多卑劣的血，连他自己也不知道。

"哦，对不起！"沈南飞从拥挤的人群中往外走，不小心踩到了一只穿着黑色皮鞋的脚。

借着令人眼花缭乱的灯光，他隐隐约约能够看到那似乎是一只布洛克雕花风格的皮鞋，看上去很亮。

可是被踩到的人不知是没有听到他的道歉，还是压根就不想理他，就这样与他擦肩而过，向着二楼KTV的方向去了。

沈南飞不知道是着了什么魔，竟然还有闲心停下来回头看一眼那个被自己踩到的人。

可是当他转过身之后，眼前只有混乱的人群，早就看不到那人的身影了。

沈南飞不由得自嘲地笑了笑，觉得自己似乎有些神经质了，随即便走出了人群，离开了这家令人头痛的KTV。

夜幕降临，被五彩霓虹披上一层鲜艳外衣的春州市渐渐迎来了最深的黑夜。

而同时，却有一只魔掌，慢慢地伸向了沈南飞。

他永远也不会想到，当他第二天一早醒来的时候，自己的生活竟然会发生翻天覆地的变化。

早上六点二十五分，当沈南飞还在熟睡的时候，他的手机突然响了起来。

沈南飞从被褥杂乱的床上醒来，睁开了惺忪的睡眼，从床头柜上摸到手机，然后划开接听键，举到耳边。

电话接通的一刹那，另一边便传来了小刀的声音："喂？飞哥，你现在马上上微博看看，你的名字出现在热门微博上了！"

沈南飞皱了皱眉头，有些不耐烦，迷迷糊糊地回道："什么微博？什么热门？你在说什么？"

电话那边的小刀似乎很着急："飞哥，我不是开玩笑！昨天我们戏弄的那个女主播，她死了！现在网上都说是你干的！你快点看看究竟是怎么一回事！"

女主播死掉的消息，仿佛一颗炸雷在沈南飞的脑海中炸响。

他猛地睁开了眼睛，从床上坐了起来，语气急促地问道："怎么回事？你给我说清楚一点！"

"我也不知道。总之你现在赶紧下一个讯客微博，去上面的热门话题里看看就知道了。飞哥等一下，我这儿有人敲门。"说完，电话那边便传来了小刀穿着拖鞋去开门的声音。

"啊！"

一声惨叫突然从电话的另一边传来，吓得沈南飞全身猛地一颤。

"小刀？你怎么了，小刀？"

忽然间，一种不祥的预感笼罩在沈南飞的心头。

"飞哥！快点离开你家！狗爷的人来找我们了！他们来找我们了！啊——"

电话里小刀的话还没说完，便又传来了他的一声惨叫，并且伴随着刀斧砍在骨头上的声音。

"小刀！小刀！"

凭借着多年在道上混的经验，沈南飞已经完全可以断定，电话那边的小刀铁定是被人砍了。

沈南飞立刻挂掉电话，爬起来顺手抓起身边的衣服就往身上套。

无论如何，他都要去小刀那儿看一眼，毕竟那是跟自己混了很多年的小兄弟。

可是他刚穿上裤子，手机又不合时宜地响了起来。

沈南飞往手机屏幕上扫了一眼，看到来电显示的是"黑老大"的名字，赶紧接了起来。

"喂，老大……"

还没等他说完，电话另一边便传来了黑老大沉稳浑厚的声音："喂？小飞，我收到消息，昨天你弄了狗爷的人，那王八蛋找人去砍你了，你现在马上离开你家，我派人去接应你！快点！"

　　"好，我知道了！"说完，沈南飞便挂断了电话，穿着一件兜帽卫衣和一条运动裤就冲出了家门。

　　从刚刚醒来到现在，他的头脑中都是一片空白。

　　短短几分钟的工夫，女主播死亡，小刀被砍，根本就不给他思考的时间。

　　沈南飞完全是蒙的，怎么才过了一夜，就会有这么多事情找上门来？

　　才冲出房门钻进老旧的电梯，沈南飞就看到一大群穿着不三不四的人从旁边的一部电梯里蜂拥而出扑到了他家门口。

　　就在电梯门慢慢关上的时候，其中一个人回头从即将闭合的电梯门缝里看到了沈南飞的身影。

　　"他在那儿！"那人指着沈南飞乘坐的电梯大喊了一声，立即引来了其他人的目光。

　　"想跑！给我走安全通道追！"

　　只听其中一人一声令下，那些人便一股脑地冲进了旁边的安全通道。

　　沈南飞住在六楼，就凭他们这栋老式居民楼的破电梯，反而没有其他人一口气冲下去来得快，算上开门关门的时间，基本上就是把人送到了刀口上。

　　不到三十秒的时间，那些人已经围在了电梯口，堵住了沈南飞乘坐的那部电梯。

　　混混们抬头注视着电梯楼层指示灯慢慢地降了下来，握紧了手中的月牙砍刀和手斧，准备在开门的一瞬间向着沈南飞的身上招呼。

　　就在这时，电梯到达一楼，厚重且生锈的金属门咯啦啦地滑开。

　　里面没有人！

　　开门的一刹那，出现在所有人面前的只有一部空荡荡的电梯，根本没有沈南飞的影子。

　　"搞什么？怎么里面没人？"

第六章

▶ 爆红网络

嘭！

一楼大堂侧面的窗户后面传来了一声闷响。

为首的混混头领耳朵很尖，似乎有着很丰富的追杀经验，立刻就察觉到了不对劲的地方，随即大喊一声："在外面！两个人留在这里，其他人跟我来！"

说罢，他便带着其他兄弟奔向了居民楼的外围，准备对从二楼跳下去的沈南飞围追堵截，并留下了两个兄弟以防万一。

不过一眨眼的工夫，整个大堂里面除了两名手持月牙砍刀的混混，就只剩下缩在收发室桌子下面不敢露面的老大爷了。

混混头领带着兄弟们一路追出了居民楼，围着整栋楼转了一圈，却没有发现沈南飞的影子。

但他们在这栋楼后面的垃圾堆里，发现了一块足有十公斤重的大石头。

看到这块石头，混混头领立刻感觉到从头到尾都被人涮了，幡然醒悟过来。

原来沈南飞是在声东击西！

他根本就没有离开过那栋楼！

"我们被涮了！快回去！"反应过来的混混头领满面怒容，火急火燎地带着人又回到了居民楼的大堂。

可是当他们回到大堂的时候，发现之前留在这里的两个兄弟满头是血地倒在地上，看上去是被人用钝器开了脑袋，已经完全昏迷了过去，而且手里的月牙砍刀也不见了。

"那小子一定还没有跑远，我们立刻追！"

与此同时，沈南飞正躲在附近一栋居民楼的转角处，背靠着墙壁气喘吁吁地窥视着他所居住的那栋楼的情况。

他手里握着两把月牙砍刀，脚上双高仿的黑色阿迪达斯运动鞋的白色鞋帮还沾着几滴红色血液。

刚刚的一幕简直就是虎口逃生！

如果不是他够聪明，来了个声东击西，从二楼安全通道窗口丢下一块石头就立刻躲进另一部电梯的话，恐怕现在已经被砍成一摊烂泥了。

看到这帮人凶狠的架势，沈南飞觉得自己的小弟小刀应该没命了。

突然间，一个阴影向着沈南飞的脸上拍了过来。

一阵凉风拂过，凭借着多年江湖混战的经验，他立刻就判断出是有人对他招呼过来了。

他连忙蹲下身子，猛然转头，看到一个手持手斧的彪形大汉正瞪着双怒目看着他，凶猛的手斧从楼体的墙壁上砍下了一小块水泥。

"人在这儿！"那大汉一声大喝，一堆人便气势汹汹地从旁边的楼里冲了出来。

"王八蛋！"沈南飞低声喝骂了一句，也来不及跟这个家伙纠缠，拔腿就向着小区外跑。

二十几个人在他的身后狂追，简直就是黑帮动作片里面的追杀场面。

而就在这时，一辆没有牌照的黑色奔驰商务汽车正巧出现，一个急刹车停在了小区门口。

接着车门拉开，里面一个三十岁左右、下巴上留着稀疏的胡子、脑后扎着一根马尾辫、左脸带着一道三厘米刀疤的男人对着沈南飞一招手："快上车！"

沈南飞一眼就认出了这个男人，他是黑老大的左膀右臂，大家都叫他"大华"。

沈南飞加快脚步，几乎用出了吃奶的劲一路向着商务汽车狂奔，然后像一条飞跃的鲤鱼，纵身钻进了车里。

"开车！"大华对着司机大喊一声。

司机一脚油门狠狠踩下，汽车轮胎在地面高速摩擦，起了大片气味刺鼻的白烟，一眨眼的工夫就蹿出了几米远，一路向着前方的小路扬长而去。

"兔崽子！"后面的混混头领追上来恶狠狠地骂了一句，随即从黑色皮夹克口袋里掏出了手机，似乎是想联系其他人来搜索沈南飞的踪迹。

在这个对于平常人来说再平常不过的早晨，沈南飞却在鬼门关前走了一圈。

上了车之后，沈南飞整个人都是蒙的，脑子里一片空白。

事情一件接着一件，发生得太快，让他一时无法招架。

他气喘吁吁地坐在车里，用袖子擦去了头上的冷汗，脑子里快速回忆着今天早上接到的小刀打给他的那通电话。

"飞哥，你快下载一个讯客微博！昨天那个女主播死了！你现在上热门了啊！"

"喂，小飞，你没事吧？"大华见他一副魂不守舍的样子，开口问道。

"啊？"沈南飞如同惊弓之鸟，被大华这突然一叫吓了一跳，"我没事，我没事。"

随即他颤抖着从裤兜里掏出了 iPhone 手机，低头闭目调整了一下呼吸，接着睁开眼睛，打开了里面的 APP，搜索讯客微博。

谁知他的手机半天都没有连上网络。

二十秒后，一条短信弹了出来：流量超量提醒。您好，截至 8 日 6 点 45 分，您本月套餐内国内流量已用完。为节约您的上网费用，建议您恢复办理 10 元 100M 加油包……

沈南飞气急败坏地骂了一句，真恨不得把手机扔出去。

大华坐在沈南飞的身边镇定地望着他，看他一脸焦躁，便掏出了自己的国产手机递给他："你是要看微博？用我的手机吧。"

沈南飞的目光瞬间转到了大华的手机上，他连忙把它接了过来，说："谢谢大华哥！"

很快，他就在上面找到了"讯客微博"这款 APP，然后点击图标将它打开。

然而打开之后，沈南飞就像是打开了一扇陌生而又神秘的大门，满屏的文字让他眼花缭乱，根本就分不清上面写的都是些什么鬼东西。

他瞎翻了半天，也没看到小刀提到的关于自己的新闻。

随即他察觉到似乎是自己的问题，于是便把手机递到大华的面前："大华哥，这个 APP 怎么用？我没用过。"

大华看了他一眼，随后接过手机在他面前一步步地操作，接着热门微博的界面便在手机屏幕上显示出来。

沈南飞接过手机，简单翻了两下，很快就从热门话题排行榜第八的位置上看到了一个令他心惊胆战的标题："女主播遭奸杀事件"。

他忐忑地点开了那个话题，一个熟悉的画面立刻就映入了他的眼帘。

那是一个视频的封面图片。

这个视频的上方写着一段微博文字：今日凌晨，春州市回音点 KTV 后巷发现一女性尸体，经鉴定，死者为当红人气美女主播赵欣颖。发现时，死者下身裸露，疑似遭到奸杀。有网友爆料昨日夜间死者发布了最后一条直播，直播中疑似遭遇黑社会威胁，视频中男子系重大犯罪嫌疑人。

当沈南飞读完这条微博之后，立刻便回想起了昨天晚上在 KTV 洗手间遇到这个美女主播的情境。

只不过短短一夜，她怎么就无缘无故地死掉了？

沈南飞愣神了片刻，随即又点开了微博文字下面的视频链接。

就在沈南飞看到视频画面的那一刻，他的整颗心如被铁锤狠狠地敲了一下，屁股在椅子上都坐不稳了。

那段视频，就是昨天晚上赵欣颖闯入洗手间，遇到他和手下小弟的那段视频。

在这段视频里，一切都被记录下来，包括被他们按在地上暴打的小狗子的片段都露脸出镜。

视频中的画面十分混乱。

而当时在现场的时候，沈南飞只是简单地上去抢夺，没想到手机拍摄出来的场景竟然如此激烈。

沈南飞一直默默地看完了这段视频，连最后自己冒充赵欣颖的好友，说她是在演戏都一秒不差地录了下来。

这一刻，沈南飞心如死灰。

当他看完视频的最后一秒，就知道自己这次肯定是跳进黄河也洗不清了。

因为视频中所有的不利条件统统指向了他。

"怎么会这样……"沈南飞失魂落魄地摇着头，手机从他的手中滑落，"视频怎么会流出来？我明明已经删掉了。"

大华把手机捡了起来，锁定屏幕放回到了自己的衣服口袋里："你平时太少接触手机软件和网络。据说那个女主播在直播的时候房间里面有十三万人，随便一个上点心的就可以把直播过程录下来。你单方面删掉直播回放是没用的。

现在是网络时代，有些事在网上一旦捅开了，不到第二天就满城皆知。"

说完，大华轻轻拍了拍沈南飞的肩膀，表情严肃地问道："小飞啊，咱兄弟不是外人，你老实告诉我，这件事到底是不是你做的？"

"不是！跟我一毛钱关系都没有！"沈南飞压抑的情绪被大华哥一句话点燃，瞬间炸了毛。

大华是个老江湖了，那双阅人无数而又锐利的眼睛一看就知道别人是不是在撒谎。

当他看到了沈南飞的反应之后，便知道他说的都是真的，随即叹了口气，认真地对他说道："小飞，我现在就送你出城，你必须走。"

"为什么？"沈南飞不可置信地望着大华，一脸的惊慌，"这事跟我没关系，我为什么要走？我可以去找警察说清楚！"

"你听我说，小飞，这是老大的意思。如果没有这事，或许一切都还好办，可事情就坏在你的事情在网上火了，而且狗爷也看到自己人挨揍的事情都传到了网上，脸面肯定过不去，所以不会放过你的。今天早上的事情你应该能够明白。其实这倒是不难解决，老大会替你出面谈判。但是出了这个女主播的事，你现在必须走！"

就在这时，大华的手机响了起来。

"你等一下。"大华从兜里掏出手机按下了接听键，"大哥。嗯，人已经接到了，在我身边。好。"

说完，大华便将手机递给了沈南飞："大哥找你，他会跟你说清楚的。"

第七章

▶ 不幸落网

　　沈南飞忐忑地接过手机，把听筒贴在耳朵上："大哥，我是小飞。"他的声音微微颤抖，难以平复一时间内心所承受的巨大冲击。

　　很快，电话那边便传来了黑老大刘伟洋语重心长的声音："小飞啊，你没事吧，有没有受伤？"

　　沈南飞把左手抵在额头上，一副挣扎痛苦的模样："我没事，大哥，小刀好像已经死了。"

　　"小刀没死，但是断了一只手。"黑老大说道。

　　听到这个消息，沈南飞的心猛地一沉，虽然没有之前那般忐忑，但心里的自责越来越重了。

　　如果不是他要去找狗爷的手下麻烦，或许这些事情都不会发生了。

　　接着黑老大又说道："小飞啊，现在狗爷到处在找你，但你放心，我会帮你摆平。不过，网上的那件事现在闹得太大了，你必须离开春州市，否则被警察抓到，你就说不清楚了！"

　　黑老大的一句话瞬间又将渐渐平静下来一点的沈南飞点燃了。

　　沈南飞对着电话大声说道："老大，这件事跟我没关系！我是无辜的！我可以去跟警察解释！"

　　"你解释什么！"黑老大似乎也有些急了，声音瞬间拔高，对着沈南飞训斥道，"你以为现在你说的话会有人信吗？视频你看过了吗？仅仅凭着那个视频就可以把你牢牢定死！怪就怪你偏偏招惹了一个人气火爆的女主播！现在她死了，你是她临死前直播里最后出现的人，不怀疑你，还能怀疑谁？"

　　黑老大话说到一半，沉默了片刻，然后继续说道："小飞，凭着我这些年闯江湖的经验，你一旦进了警察局，是绝对出不来的！我们先不说女主播这件事，如果警察通过这个机会把你其他的黑历史挖出来，都够你吃几年牢饭的了，你难道还想再进去一次吗？"

"可是大哥，我跟了你这么多年，难道你就真的这样让我走吗？"沈南飞渐渐激动起来，左手紧紧地抓着自己的裤子，捏成了一团布球。

"对！"电话另一边的黑老大语气坚决地说道，"我现在就要你滚，滚得越远越好，滚到一个谁都找不到你的地方！离开这里以后，你要记住，任何人都不能相信，就连我也不能信，知道吗？"

"可是老大……"

"好了！这件事就这么办！我会让大华把你送出春州市，剩下的就只能靠你自己了。如果再晚一点，全市下达了通缉令，你就插翅也难逃了！"

"大哥！大哥！"沈南飞对着电话又叫了两声，可是传进他耳朵里的只有嘟嘟嘟的忙音了。

"可恶！事情不是这样的！我是无辜的！这事跟我没……"

啪！

沈南飞的话还没说完，他所乘坐的这辆黑色商务汽车突然剧烈地震颤起来。

接着左边的车窗嘭的一声碎裂，碎玻璃炸了沈南飞一脸。

一辆小货车笔直地撞在了这辆黑色商务汽车的侧身，直撞得沈南飞感觉自己身上的骨头都快要散架了。

大华哥也向着旁边倒了出去，但他很快就爬了起来，转头看到那辆撞了他们的小货车后面的车厢里跳下了很多手持砍刀的混混。

"狗爷这帮畜生真是阴魂不散！小飞，你没事吧？"大华一边从汽车后座上拿起他那把军用开山刀，一边拉住了沈南飞的胳膊。

而此时沈南飞的脑袋由于受到了剧烈的震荡，耳里嗡嗡鸣响，看什么东西都有重影，意识也有一些模糊。

在被大华拉下车的时候，他瞄到司机把头抵在方向盘上，侧脸上都是血，似乎已经不行了。

"呃……咳咳！"沈南飞被大华这样一拉，立刻感觉胃里如同翻江倒海，差点一口吐了出来。

他脚步踉跄地被大华拉着向前跑，恍惚中看到大华一边护着自己，一边对着挡住他们去路的混混挥刀。

在失去意识的最后一刻，沈南飞看到大华奋力杀出重围，暴力地拦下了一辆出租车，然后在司机惊恐的目光下把他塞进了副驾驶。

从这之后，沈南飞就昏了过去。

之后又发生了什么，他已经完全不知道了。

直到几个小时以后，他发现自己被扔在高速公路附近的一片杨树林里。

也就是从这一刻起，他成为"戴罪之身"，开始了三天漫无目的的逃亡。

沈南飞跳河逃生三个小时后。

嘀……嘀……

心电监测仪跳动的电子音慢慢地飘进了沈南飞的耳朵。

沈南飞抖了抖眉头，缓缓地睁开眼睛，感觉一阵强烈的疲乏感和骨头快要散架般的疼痛向他袭来。

头顶的白炽灯光有些刺眼。

他微微眯起了眼睛，轻轻眨了两下，视线才渐渐清晰起来。

"这里是……"看到熟悉的白色被单和周围一张张排列整齐的病床，沈南飞惊奇地发现，自己已经身处春州市郊区的一家医院里。

他缓缓地转动眼球，小心翼翼地打量四周，发现病房的角落里，一个身穿便装的中年男人正在看报纸。

他渐渐感觉到手腕上传来一阵冰凉的感觉。

沈南飞将目光向下游移，发现自己插着输液针管的右手手腕上正铐着一副冰冷的手铐，固定在病床边缘的铁架上。

看到手铐的那一刻，沈南飞心如死灰。

没想到就算是他跳了河，也没能逃出警察的手掌心，再次成为阶下囚。

而之后将发生的事，沈南飞基本上已经猜到了。

他会含冤入狱，然后在那陌生冰冷而又可怕的监牢里度过无数年的牢狱生活。

如果说他真的做了什么倒还可以接受。

可是他明明什么都没做，就因为出现在了不该出现的视频里，成为犯罪嫌疑人，就要蒙受莫大的冤屈。

他不甘心！

这一刻，他突然有了一种想要挣脱手铐，从病房窗口跳下去的冲动。

可是他很明白，现在再做什么都是徒劳的，外面一定戒备森严，连一只苍蝇都飞不进来。

就在这时，病房的门被轻轻地推开，一个留着短发的男医生，面戴棉布白口罩，双手抄在白大褂的口袋里，步伐平缓地走了进来。

沈南飞注意到有人来了，立刻闭上眼睛继续装作一副昏迷的样子。

他不知道自己为什么会做出这种反应，但出于本能，他选择了伪装。

也许他对周围的一切都没有安全感吧。

坐在角落里看报纸的警察听到开门的声音，立刻转头看了过去，见是医生进来了，便起身问道："医生，这么晚了有事吗？"

医生抬起左手看了看他那块黑色皮质表带、白色表盘的欧米茄机械手表，上面显示的时间是凌晨两点三十分。

"时间到了，病人需要去做检查。"医生以一口不亚于播音员的标准普通话开口说道。

一身便装的中年警察同样抬手看了看他那块满是磕碰伤的石英金属手表："已经这么晚了……"

"我已经跟你们龚队长打过招呼了。放心，很快就检查完，不会耽误病人休息的。"说着，医生踩了一下沈南飞病床轮子上的固定开关，接着便动作熟练地摘掉了已经快要用光的输液袋和输液管，将病床整个拉走。

警察盯着医生仔细打量了一番，然后一路跟着他走出了病房。

在医生拉动病床的同时，沈南飞微微睁开了一道眼缝，视线刚好落在医生的脚上。

他看到他穿着双看上去很讲究的乌黑发亮的布洛克雕花风格的男式皮鞋。

沈南飞觉得，他好像在哪里见过这双鞋。

可是很快，医生的目光也向沈南飞扫了过来。沈南飞害怕被别人察觉自己已经醒来，便立刻又闭上了眼。

大约两分钟后，医生便将病床停在了放射科检查室的门口，抬头对跟在身边的警察说道："警察同志，这里面外人是不能进去的，所以请你留步。"

警察停下脚步，在检查室金属门上贴着的"闲人免进"提示标牌上扫了一眼，下意识地向后退了一步："麻烦快点。"

"我知道。"医生点了点头，自动感应大门缓缓打开后，便推着沈南飞走了进去。

第八章

▶ 迷雾重重

　　红外线感应金属门慢慢地合上后，他们两个人的身影便很快消失在警察的视线之中。

　　就在这时，这个警察的手机响了起来。

　　他掏出手机，按下了接听键："喂，小张，有事吗？……现在？"

　　似乎是电话另一边的人找他有急事，要他到某个地方去一趟，他有些犹豫地盯着放射科检查室的大门看了两眼，随即说道："好，我现在就过去，你等我。"

　　说完，他便挂断了电话，急匆匆地朝着通往医院大厅的电梯走了过去。

　　沈南飞被那名医生推进了放射科，刚刚进了最后一道门，来到放置着全身扫描仪器的房间时，正巧有一名年轻的医生从里面的值班室走了出来。

　　"咦？这么晚了怎么还有来做检查的？"那名医生也戴着白色口罩，头上戴着白色的医用帽子，只露出浓密有型的眉毛和双炯炯有神的小眼睛。

　　他一边穿着白大褂，一边朝着沈南飞走了过来。

　　把沈南飞推过来的医生似乎对这里还会有人而感到有些意外。

　　沈南飞微眯的眼睛看到他抓着病床扶手的双手越握越紧，后背微微隆了起来。

　　他似乎正在提高警惕。

　　一时间，这间检查室里充满令人窒息的肃杀之气，还有一股淡淡的血腥味。

　　戴着白色医帽、后来出现在检查室里的医生很快来到了床边，拿起床上挂着的患者姓名牌看了看："沈南飞，哦，他就是那个跳河的？真是万幸，他竟然还活着，这家伙在网上可是一个名人啊。"

　　说着，他居然对着假装昏迷的沈南飞故作帅气地眨了个眼。

　　沈南飞心头一颤，心想："不会吧，这家伙难道看到我睁眼睛了？他朝我眨眼是什么意思？"

然而他还来不及思考，这名医生便对把沈南飞推过来的医生扬了扬头："把他推到仪器那儿去吧，我来给他做检查。"

把沈南飞推进来的医生迟疑了片刻，眼里忽然闪过一道锐利的光，随即低声应道："好。"

接着他便推动沈南飞的病床，向着他的方向而来。

三人之间的距离在渐渐缩短，躺在床上的沈南飞却越来越能够感觉到那令人讨厌的窒息感。

究竟是怎么回事？

此时此刻的气氛为何会如此诡异？

突然间，一个画面出现在沈南飞的脑海里：那是双黑色的布洛克雕花风格的皮鞋。

而这双皮鞋，沈南飞刚刚在把自己推来的医生脚上看到过。

可是，几天前在回音点KTV里，他也看到了那双皮鞋。

难道，这两双皮鞋的主人是同一个人吗？

此时此刻，推着沈南飞、穿着那双黑色布洛克雕花风格皮鞋的医生，已经与那戴着白色医用帽子的医生近在咫尺，擦肩而过。

就在沈南飞最紧张的时候，穿着黑色皮鞋的医生以极快的速度，从后腰上掏出了一把大约十五厘米长的拳刺匕首，向着戴着白色医用帽子的医生捅了过去。

只见戴着白帽子的医生竟然用十分干净利落的动作闪过了那致命一击，接着狠狠一脚踹在了沈南飞的病床上，让他顷刻间向着检查室后门的方向滑行了过去。

穿黑皮鞋的医生转头向沈南飞看了一眼，随即又转回来恶狠狠地瞪着戴白色帽子的医生，眼中凶光毕露。

现在已经完全可以断定，这个家伙根本就不是真正的医生。

那他究竟是谁？

跟医生相比，他更像一个杀手。

而且穿黑皮鞋的家伙已经完全可以肯定，那戴着白色医用帽子的家伙，也必然不是医生。

因为一个整天泡在医院里的医生，是不可能拥有那样敏捷的身手的。

白帽子医生对着黑皮鞋杀手戏谑地耸了耸肩："真是不好意思，坏了你的好事，只要有我在，你是杀不了沈南飞的。"

"是吗？"黑皮鞋杀手藏在口罩下面的脸上似乎露出了一个冷笑，随即他握紧了手中的拳刺匕首，突然起步向着病床上的沈南飞扑了过去。

他的速度很快，动作敏捷得就像一只豹子。

白帽子医生的脸色瞬间一变，立刻上前想要阻拦。

可是那杀手的速度不是一般快，一看就是经受过残酷的专业训练的怪物，转眼间匕首已经举在了沈南飞的胸口上方。

下一刻，他毫不犹豫地向着沈南飞刺了下去。

他本想不动声色地用注射毒药的方式杀死沈南飞，可是没想到，计划会因为这个突然出现的假医生而发生变化。

一声闷响传来，黑皮鞋杀手的匕首竟然刺到了木头床板上。

他刺空了！

沈南飞在凶器落下来的一瞬间，突然一个翻身躲开了致命一击，可是铐在床上的手臂让他没能脱离病床。

"哈！我就知道你不是个省油的灯！"戴着白色帽子的医生大叫了一声，随即一记凶狠的侧踢踢向了黑皮鞋杀手的脑袋。

杀手顺势抬起左臂死死挡住，但那凶猛的力量让他身子猛然一晃，差点侧翻在病床上。

这个白帽子医生的格斗技巧简直与他不差分毫，就算不是一名专业的特种士兵，也一定是一位格斗行业中的佼佼者。

一时间，沈南飞成为两名身份不明的假医生抢夺的对象，就好像他是一件重要的证据，不惜让他们两个人豁出性命来争抢。

"往后门的电梯跑！快点！"白帽子医生在激烈的格斗中向着沈南飞喊了一声。

沈南飞也不知是怎么了，明明不认识那个家伙，却对他有一种莫名的信任。

他点了点头，连忙转身推着被手铐铐在自己手腕上的病床，穿过了一扇磨砂玻璃感应门，向着另一部医用电梯冲了过去。

冲到电梯前，他立马按下了下行键，死盯着楼层指示灯从地下二层向着他所在的六层升上来。

叮！

随着一阵愉悦的电子音响起，电梯大门应声而开。

沈南飞赶紧推着病床进了电梯，然后转身对那名白帽子医生喊道："喂！这里！"

那两个假医生同时向着沈南飞看了过来。

戴着白帽子的医生突然从白大褂的衣兜里掏出一把不知道什么材料的白色粉末，顺手撒在了黑皮鞋杀手的脸上。

"啊！"黑皮鞋杀手的视线瞬间变得模糊，感觉撒到脸上的似乎是石灰粉，让他一时害怕烧坏自己的眼睛而不敢睁开眼皮。

白帽子医生借着机会狠狠一脚踹在了他的肚子上。

杀手向后倒了下去，顺带着压翻了靠着墙壁摆放的一些小型医疗器具。

接着白帽子医生捂着小腹，转身向着电梯狂奔，如一道白光钻进了电梯。

"关门！"他对着沈南飞短促有力地喊了一声。

沈南飞立刻按下了地下一层，电梯大门缓缓地闭合。

白帽子医生气喘吁吁地靠在电梯内壁上，稍稍挪开了按着小腹的右手。

沈南飞看到他的腹部似乎被那杀手刺了一刀，正在流血。

"你是谁？为什么要救我？"沈南飞的眼神变得锐利起来，死死盯着这个身份不明的家伙。

只见白帽子医生的眼角出现了几道鱼尾纹，似乎是在对他笑："我是谁不重要，重要的是你不能死。"

"为什么？"沈南飞从三天前开始就满头雾水，感觉自己每天都活在云里雾里。

而今天经历了这场生死的遭遇之后，他越发觉得，这一次的网络热门事件，似乎隐藏着什么不可告人的秘密。

白帽子医生翻开自己的衣服，查看了一下伤口："你是这次事件的关键人物，如果你死了，所有的真相都会石沉大海。"

"什么意思？你指的是这次热门微博事件吗？"

此时此刻，沈南飞只能合理地怀疑这两个假医生都是冲着这件事来的。

不然的话，他想不出有什么事情能够如此大动干戈。

他不是什么明星，不可能在短短几天内就有了这么多追随者。

戴着白色帽子的假医生点了点头："这次热门微博事件，是有人操纵的。但到底是谁在搞鬼，我也没有眉目。本来我今天是看到新闻，知道你在这里就医，所以过来找机会救你。没想到有人的狐狸尾巴露了出来，看来只要你没死，他们还会继续搞些事情出来。"

"那如果我进了监狱呢？"沈南飞说道。

白帽子假医生冷笑一声："你进了监狱，就跟死了没什么两样，他们能派杀手来医院杀你，也一定可以派人到监狱里面去解决你。"

叮！

一转眼的工夫，电梯已经到了地下一层的停车场。

假医生朝门外看了一眼，会心一笑："你为什么不去一层而选择地下一层？"

"你当我傻吗？想从一层堂而皇之地走出去是不可能的，肯定有警察把守。"

"你果然很聪明，难怪能够活到今天。如果你真的选了一层，现在我们俩恐怕都被抓了。"说着，假医生从衣兜里掏出了一串手铐钥匙，挨个在沈南飞手上的手铐上试了一下。

"你哪儿来这么多钥匙？"沈南飞疑惑不解地说道。

假医生笑了笑："吃饭的本事，你不需要知道。"

咔嚓！

终于，其中一把钥匙打开了沈南飞手上的手铐。

沈南飞简单活动了一下手腕，让疼痛感稍稍减轻一点。

两人出了电梯，白帽子假医生说道："我只能帮你到这儿了。从现在开始，我们得分开，我还要去调查一些事情。你要记住，不要相信任何人，找个地方藏起来，千万不要被任何人找到！如果你被找到了，一切就都结束了！"

说完，白帽子假医生从衣兜里掏出了几张百元钞票，塞进了沈南飞的病号服口袋："你会用得到的。"随即便捂着小腹转身离开。

"你叫什么名字？我们还会见面吗？"沈南飞对着他的背影叫道。

　　只见假医生转身注视着沈南飞，淡淡一笑："记得我刚刚说的话吗？不要相信任何人，我对你也一样。如果你和我都能继续活下去，自然会有机会见面的。"

第九章

▶ 逃离魔窟

沈南飞默默地注视着那个神秘男人离开的背影,但很快他又被一种莫名的紧张感拉回了现实。

他抱着胳膊揉搓了一下,小心翼翼地走到了停车场的转角处,向着四周打量。

很快他便看到有一辆发动了引擎的货车,可是司机不在车上。

沈南飞扫视了一眼停车场,见周围没有人,便弓着腰向着那辆货车跑了过去,然后打开后面货厢的门钻了进去。

沈南飞躲藏在伸手不见五指的货厢里,五分钟后,终于听到了司机关上车门的声音。

随即汽车动了起来,转过了两个弯,终于驶出了停车场。

渐渐地,一阵嘈杂的警笛声从外面传进了货厢,似乎已经到达了地面上的医院大门口。

沈南飞双手抱着膝盖,缩在货厢的角落里,祈祷着能够平安度过这段最危险的地带。

似乎是老天爷听到了他的祷告,一路上还算平安,车辆也没有被警察拦下来检查。

直到沈南飞在漆黑的货厢里待了二十分钟之后,这辆货车才终于停了下来。

沈南飞把耳朵贴在车门上,隐约听到司机站在路边打电话,他似乎是在中途下车方便一下。

沈南飞趁着这个机会从里面打开了货厢的门,蹑手蹑脚地钻了出去,然后赤着脚,如同一只灵活的松鼠蹿到了附近的一条街道。

两分钟后,那辆货车终于再次发动,渐渐消失在这条寂静无人的街道上。

沈南飞把头从转角处探了出来,见大街上只剩下他一个人,便如虚脱一般靠在墙壁上深深地吸了一口气。

在这紧张到令人窒息的几天里，他第一次尝到了自由的味道。

但是沈南飞知道，这并不是真正的自由，只是暂时地逃离了魔窟。

接下来的时间里，他绝对不可以被人找到，也不能相信任何人。

通过今天这件事，沈南飞也得知了一个秘密。

那就是这件看似简单的热门微博事件，其实并不单纯。

或许真像刚刚那个救了他的人所说的，有人躲在网络后面操控着这一切。

可这个人是谁呢？

沈南飞知道自己仇家很多，但是应该还不至于专门请杀手在警察的眼皮子底下追杀自己。

一时间，沈南飞仿佛坠入了一团迷雾。

真相被隐藏，虚伪的假象从现实到网络全面覆盖，将他变成一个罪大恶极之人。

沈南飞蜷缩着坐在冰冷肃寂的街道上，忽然感觉到无边的黑暗正在向着他靠近。

而他必须从这黑暗中挣脱出去。

忽然间，他的眼前再次出现了一些奇怪的东西。

他看到一个穿着彩色连衣裙、披头散发的女人站在街道的对面，双翻白的眼睛隔着盖住她脸颊的头发直直地盯着他。

然而此时此刻，沈南飞却已经不再感到害怕。

他刚刚在鬼门关前走了一遭，难道还会害怕那些幻象吗？

"又是你，真是阴魂不散！"沈南飞对着街道另一边的女人说道。

可那女人就那样僵直地站在原地，一动不动。

从这个女人出现的那一刻起，沈南飞心中的恐惧便慢慢减少，而愤怒却有增无减。

他的脑子里忽然出现了一个想法：不可以继续这样坐以待毙了。

他必须站起来反击，找到那个躲在幕后陷害他的黑手。

如果罪恶的根源不铲除掉，那他永远都会生活在黑暗之中。

他要活下去，他必须活到真相大白的那一天！

想到这儿，沈南飞闭上眼睛平复了一下自己被愤怒扰乱的内心。

当他再次睁开眼睛的时候，街道对面的那个女人已经消失不见了。

他扶着墙壁，忍着身上的疼痛站了起来，赤着脚行走在这条无人的街道上。

追求真相的道路必定困难重重、鲜血淋漓。

但是沈南飞已经没有任何退路。

第二天一早，沈南飞从医院逃离的消息便在网络上传得沸沸扬扬，成了春州市的新闻。

一时间，畏罪潜逃的罪名便扣在了他的头上，让他罪加一等。

网络虽然快捷方便，但有时真的是一个很可怕的东西。

短短一夜之间，沈南飞更多的黑历史被人扒了出来，将他的形象拉入谷底，已经成了一个罪无可恕的人。

许多讨伐沈南飞的声音开始在网络上出现，并且事件持续发酵，甚至有人扬言，要开启人肉搜索寻找他的踪迹。

一张无形的大网全面铺开，想让沈南飞插翅也难逃。

春州市电视台，社会新闻部。

韩懿姿坐在实习生专用办公桌前，愣怔地旋转着一支黑色的中性笔。

几个小时前，她回到家中之后一直都没有合眼，所以眼睛上还挂着两个淡淡的黑眼圈。

而刚刚她又得知沈南飞从医院里逃跑的消息，更是紧张得睡意全无。

她并不是害怕沈南飞回来报复她，相反，她对沈南飞这个人产生了兴趣。

"大小姐，怎么不回家休息一下？要是你爸妈怪罪下来，我可担当不起啊。"一名四十岁上下、理着背头的中年男人将一杯咖啡放在了韩懿姿面前的办公桌上。

韩懿姿仰头看了一眼，见是社会新闻部部长，便苦笑一声："林大哥，我哪里睡得着啊。"

林部长会心地点了点头："那倒也是，如果换成我经历了这么可怕的事，肯定也睡不着。"

韩懿姿端起马克杯，心不在焉地喝了一口咖啡，思忖了片刻，随即对着身边的林部长说道："林大哥，你说……到底是一个什么样的人，才敢从那么高的大桥上跳下去？他是真的不要命了吗？"

林部长扶了扶眼镜，皱了皱眉头："嗯……这种亡命之徒说不好的。只要能活着，他们什么事都做得出来。你是在说那个沈南飞吗？"

韩懿姿没有否认，继续问道："可是……可是那个沈南飞真的是热门微博奸杀事件的凶手吗？网络上的人也仅仅是根据直播视频猜测的吧？他有没有可能是被冤枉的？不是说那个女主播是被奸杀的吗？只要把她体内的残留液体进行化验，跟沈南飞的对比一下，不就可以知道了吗？"

林部长忍不住笑了起来："懿姿啊，你以为那些罪犯都是傻子吗？他不会戴套啊？完事之后把作案工具都带走，你怎么知道凶手是谁？"

"那就是说，这事永远没有真相了？"韩懿姿说道。

林部长思忖了片刻，说："这种事情不好说的，当没有任何证据证明存在第二犯罪嫌疑人的话，那现在嫌疑最大的这个人就只能成为替罪羔羊了。现在网络上的消息已经十分明确地指向了沈南飞，恐怕他就算是白的，都必须变成黑的。"

"可我们媒体不能就这样黑白不分啊！我们必须找到真相啊！"韩懿姿据理力争，小脾气开始上头了。

林部长摇头笑了笑："你还是个新人，很多东西不了解。有些时候不是我们不想找到真相，而是证明真相属实是需要证据的。现在凡事都讲证据，没有证据的真相，只是你的猜想，没人会相信的。

"现在警察已经在那家KTV做过调查，当天很多人都看到沈南飞出现在那里，并且做了些见不得人的勾当。而且他的作案动机也十分明显，那就是女主播拍到了他，所以他事后觉得气不过，杀了她也是有可能的。毕竟这种亡命之徒什么事都做得出来。现在网络上关于那个家伙的黑历史一大堆，听说他还亲手杀死了自己的老爸。这种人，就算这件事跟他无关，也不会有人帮他。"

第十章

▶ 反击开始

韩懿姿有些吃惊地望了林部长一眼，她不敢相信这样的话会从一个社会新闻部部长的嘴里说出来。

没有参加工作的时候，她一直以为那些位高权重的高管应该都拥有丰富的学识和极高的素养。可是当她踏进社会之后才发现，似乎每一个人都拥有一个黑暗面。

人性实在是太复杂了，相比校园里，她觉得外面的世界就好像龙潭虎穴。

韩懿姿心里有些不是滋味，双手捧着马克杯，拇指在上面轻轻地摩擦着："我父母小时候就告诉我，有些事情不能只看表面。当你不了解一个人的时候，不可以对他随便下定论。"

林部长的眼中闪过一丝讶色，立刻就明白韩懿姿似乎误会了什么，立刻解释道："懿姿，我刚刚说的只是当今的社会现状。对于一个疑点重重的人来说，没有人会选择相信他。你不能因为看到了他的一个眼神，看到了一些令你无法理解的举动，就对他另眼相看。这个世界比你想象的更复杂，大家都很会伪装自己。"

"我知道了。林大哥，我有点累了，今天想请假回家休息一下。"韩懿姿脸上开始慢慢爬上一丝倦容。

但相比她的身体，或许她的心才是更累的。

"好，没问题。"林部长很爽快地答应了。

离开了电视台，韩懿姿坐在她那辆粉红色的奥迪TT里，一副精神恍惚的模样。

她甚至连自己是怎么一路把车开到大马路上的都不知道，只是机械般运动着。

红色的信号灯迫使她把车停在了斑马线后面，可是这个时候，她听到自己的副驾驶座位上传来了一阵轻微的响声。

她转头看过去，却见到了一个熟悉的男人，正将一把刀子架在她的脖子上。

"我是无辜的，你们不能这样对我！"那男人心有不甘地说道。

韩懿姿静静地注视着他，没有感觉到一丝一毫的惊慌。

或许现在让她再经历一次那件事的话，她绝对不会做出像上一次的那种决定。

她渐渐发现，有些东西，一旦错过了，就再也无法遇到了。

而这一次的错过，或许能够改变一个人的命运。

"你是无辜的……可是要我怎么相信你呢？"韩懿姿说道。

然而就在她说完这句话之后，副驾驶座上那个男人的身影却渐渐地黯淡了下去，最后慢慢地变得透明，直到彻底消失。

他消失之后，韩懿姿内心空荡荡的感觉又加重了一点。

她一脸疲惫地抬起右手，将额前的碎发向后撩，露出了白皙细腻而又饱满的额头。

明明是跟自己毫不相干的一个人，为什么她会因为一个绝望而又不甘的眼神念念不忘到现在呢？

她真的很不理解现在的自己究竟是怎么了。

很快，前方红灯开始闪烁，慢慢地变换为绿灯。

韩懿姿轻轻摇了摇头，踩下了油门，驾驶着车向右转弯，驶入了回家的街道。

内心有些烦躁的她却没有发现，刚刚出现在她副驾驶座上的那个男人，此刻与她只隔着一面车窗。

他们两人就这样擦肩而过。

沈南飞戴着一顶黑色的鸭舌帽和一副黑口罩，穿着一身深蓝色的运动外套和双白色的回力运动鞋，小心谨慎地行走在车水马龙的街道上。

现在对于他这种身份的人来说，周围的一切都是陷阱，他每走一步都要十分小心。

他用昨天那个救了他的神秘人留给他的八百元钱买了一身廉价的运动服和球鞋，现在兜里只剩下了六百块了。

沈南飞本想着趁别人不注意溜回家里取一些衣物，或者看看情况是不是可以晚上偷偷地回去藏身。

俗话说最危险的地方就是最安全的地方。

但是当他偷偷摸摸地回到家附近的时候，发现家门口始终停着一辆陌生的商务汽车。

沈南飞很谨慎地躲在角落里观察了很久，发现那辆车里的几个家伙根本就没有离开的意思，如果不是警察派来监视的，那就是狗爷的人了。

现如今沈南飞有家不能回，只能选择在外面找一个藏身之地。

他走过两条街道，在一家简陋的通信商店里买了一部二手的国产手机和一张电话卡。

他的 iPhone 手机或许是在跳河的时候被水冲走了，总之从他在医院醒来之后就没有再见过。

但是沈南飞知道，如果他不想坐以待毙，就只能奋起反击。

而一部手机，就是他的武器！

既然一切开始于网络，那就必须在网络上终结。

搞定了手机的事情之后，沈南飞又联系了一家二手房中介公司。

这一天下午，他跟着中介公司的人看了好几套房子，但是最后他都以地点太吵和价格太高为由拒绝了对方的推荐。

中介公司的人被他弄得有些烦了，将一沓厚厚的资料夹在腋下，眼神轻蔑地打量了一番造型神秘的沈南飞："我说大哥，你实话告诉我，咱们看了这么多房子你都不满意，是不是因为兜里根本没钱啊？你是在涮我玩是吧？"

沈南飞黑色鸭舌帽下面的双眼睛只是静静地看着中介公司的人，但也没有否认他说的话。

中介不由得叹了一口气，自认倒霉，干脆直接摊牌："那你告诉我，你兜里到底有多少钱，我好给你找个合适的房子啊！你这样让我带着你瞎转，就是找到明年也找不到你想要的。"

等他说完，沈南飞缓缓地举起了右手两根手指，比画出了一个"2"的手势。

中介皱了皱眉头："两千？我刚刚不是带你看过很多价格高的房子了吗？那里不是有很多这种价位而且地点还不错的吗？"

沈南飞摇了摇头："两百。"

"你！"中介气得话都说不出来了，看他那脸部抽动的肌肉，似乎恨不得照着沈南飞的屁股来一脚。

"大哥，要不我免费送你一套得了，您看成吗？还两百！您这价最次的房子都只能租一周，想要两百一个月那不可能！"中介毫不客气地说道。

"那算了，不麻烦你了。"沈南飞转身就走，态度比中介还坚决。

"哎，你等一下！"中介忽然叫住了沈南飞，一副若有所思的样子，"我突然想到有一栋房子一直空着，既然空着也是空着，我可以带你去那里看看。可是一旦有人租的话，你可得立刻滚蛋。"

沈南飞停下脚步，回头看了看中介："好，我同意。"

二十分钟后，中介公司的人开着那辆二手捷达，载着沈南飞一路来到了位于春州市最偏僻角落里的一片平民胡同。

这附近的胡同里许多家的外墙上都写着一个红色的"拆"字，似乎很多人家都已经搬走了，几条胡同里面连个活人都看不到。偶尔能够看到两家还住着人的，那八成就是钉子户了。

中介带着沈南飞兜兜转转了大概十分钟，终于来到了一家看上去还算体面，有一栋自建的两层小楼的院子里。

可是不知道为什么，一进这个院子，沈南飞就觉得阴森森的，总感觉好像有双双眼睛在背地里偷窥他。

中介公司的人的脸色看上去也不太好，打量了一番这栋二层小楼，便转身对沈南飞说道："这家的房子挂在我们那里好几个月了也没人租，而且这附近再过两个月就要拆掉了，估计拆迁之前是不会有人租了，算你小子走运，这个地方就两百租给你吧。"

沈南飞看了看这栋房子，抬起右手伸出了一根手指："一百。"

"嘿！你是在逗我吗？刚刚我们不是说好了两百吗？你怎么又坐地变卦啊！"中介气得脸都红了。

他也算是阅人无数了，但是像沈南飞这么不要脸的他真是第一次遇到。

只听沈南飞冷笑了一声，随即说道："刚刚你说有人来了就让我搬走，我觉得会耽误你赚钱有些愧疚，所以才给你两百。可是现在……"

说着，沈南飞满脸嫌弃地打量了一下这栋二层小楼："刚刚你自己也说了，这里都快要拆迁了，估计不会有人来租了。也就是说如果我不租，那在接下来的几个月里，你连一百块都赚不到。对不对？"

"你！"中介一时语塞，被沈南飞噎得一句话都说不出来。

"那你可得想好了，这一百块你是要还是不要。其实像这种快要拆迁的楼，你们根本就没有权利往外租赁不是吗？换句话说，你是在跟我空手套白狼。你这种人我见多了。"

沈南飞的话句句刺中中介的要害，弄得他脸上青一阵白一阵，两只手紧紧地握成了拳头。

然而事实确实就是这样，中介千算万算，没算到沈南飞这家伙竟然是个老江湖，对这种骗人的把戏门儿清。

他心有不甘地瞪了沈南飞一眼，右手往沈南飞面前一摊，颠了几下："算我倒霉！拿钱来！"

第十一章

▶ 神秘水军

沈南飞慢悠悠地从裤兜里掏出了一百块。

中介一把将他刚掏出的钱抢走，随即嘟嘟囔囔地向着院子外面走去。

"哎！不签个租房合同什么的吗？"沈南飞存心找碴儿，调侃那中介公司的人。

只见中介烦躁地对着他猛摆了两下手，转身就出了院门。

估计他这辈子再也不想见到沈南飞了。

不过能够找到这样的房子其实是最好的，不用签合同，也就意味着不会暴露沈南飞的身份。

之前他还在心里盘算，如果真要租下一间房子，需要出示身份证给对方看，那自己上哪儿去弄一张假身份证呢。

好在这中介起了贼心，给沈南飞创造了一个便利的条件。

插曲就这么翻篇了，沈南飞也不再多想，抬头再次打量了一眼这栋二层小楼，推开门走了进去。

中介气呼呼地离开了那片胡同，一上车就给自己的相好打了个电话。

"喂？小丽呀，你在哪儿？我现在就过去找你。"

"唉，别提了！我在外面陪一个傻子看房子，什么都不满意，最后我就把他带到了胡同那边。"

"对啊，就是那栋房子，以前住在那里的人就没有超过一个星期的。"

"那我能跟他说吗？说了我连一百都赚不到！就算他小子倒霉吧，给他一点教训。听说那房子可是凶得很，死过好几次人，让他在里面多体验体验吧。"

中介一边用脖子夹着电话，一边发动了汽车，离开了这片鬼气森森的平民小区。

这天夜里，沈南飞一个人坐在房子里的简易折叠床上，头顶一盏昏暗的吊灯，慢慢地翻阅着手机里的讯客微博。

不过短短一天的时间，网络上关于自己的黑历史越来越多了。

现在有些媒体已经开始寻找他过去一些见不得光的事件，甚至还找到了当事人了解情况。

所有的不利条件统统指向了沈南飞，让他变得越来越黑了。

他点开了一条转发量超过一万的微博留言区，看到留言骂他的人越来越多了。

每每看到这样的信息，沈南飞心里都暗自想着："你们这群白痴，什么都不知道就敢在这里乱说，真是隔着一张网络说什么都可以不用负责任啊。"

他将信息慢慢地向下拉，有一条十分特别的留言映入了他的眼帘："呵！放眼望去全是水军啊！谁在背后这么出力啊？"

"水军？"沈南飞还是第一次听说这个词，一头雾水。

然而当他再次刷新留言区的时候，却已经找不到那条留言的影子了。

"水军……水军……是什么意思？"

现在的沈南飞对于任何陌生的东西都十分敏感。

他太不了解网络上的那些名词，而这也是他想要在网络上翻身的一个不利之处。

沈南飞立刻打开了手机搜索软件，在上面输入了"水军"两个字。

很快，一大堆关于水军的名词解释便出现在搜索软件上。

当沈南飞仔细了解过"水军"的历史和一些典型事件之后，简直震惊得瞠目结舌。

他从来没有想过，网络的力量竟可以达到这种程度。

小到商业营销、话题炒作，大到一些黑心水军为黑心企业或个人消除负面信息，几乎所有跟网络有关的东西，都能够看到它的身影。

但是根据一些人对水军的了解，能够不分黑白收钱做事的水军只是少数，多数水军都是被雇用的，主要用来维护个人或公司的名声和利益，消除负面消息，起到营销的作用。

进行了一番了解之后，沈南飞终于明白为什么女主播遭奸杀事件可以一夜之间火到全国皆知了。

就算是女主播赵欣颖拥有上百万的粉丝，也绝不可能达到这种程度。

一定有人利用水军，在背地里扩大这件事的影响力，然后把他变成替罪羊。

"到底是谁在背后害我？"沈南飞一边自言自语，一边又在搜索软件里输入"如何辨别水军"。

现在沈南飞明白，任何他所不知道的事情，网络都知道。

所以如果想要了解一些什么，依靠网络就是最好的方法。

很快，他便简单地了解了一些辨别水军的方法，找了转发量很高的微博，开始实践自己的学习成果。

他按照那些资料上说的，连续观察了几个留言的账号，发现他们所发布的第一条微博都是在同一天。

为了进一步确定，他又翻看了一下他们的注册时间，发现时间都很短，差不多都是在女主播遭奸杀事件发生的第二天注册的。

这就说明，这些账号都是针对这次事件而注册的。

可是如果仔细想想，有多少人会热心到专门大批量地注册账号来抹黑他呢？

沈南飞觉得，根据现在喜欢看热闹的大众心理，能够做出这种事的人少之又少。

如果没有利益关系，大家才不会把时间浪费在这种事情上。

就这样，沈南飞一连观察了许多账号，发现他们在每一条和此次事件有关的微博留言都是相同的。

事情发展到现在，沈南飞已经心中有数，在网络上把案件影响力扩大，然后塑造他杀人案嫌犯形象的，就是这些水军。

一时间，怒火燎烧着沈南飞的心，让他坐立难安，恨不得立刻出去找到这些可恶的水军，把他们揪出来暴露在众目睽睽之下。

然而愤怒过后，一种无力感却又向着沈南飞席卷而来。

网络的力量就像是一片汪洋大海，只需一个浪花就能够将沈南飞拍得尸骨无存。

他怎样才能在这场网络与现实的战争中实现反击呢？

哗啦……哒！哒！哒！

突然间，二楼传来了一阵钢珠掉在地上的声音，立刻将他的思绪打断。

他仰头看向了天花板，仿佛能够透过布满灰尘的天花板看到二楼的画面一样。

"哪里来的怪声？"沈南飞慢慢地从简易折叠床上站了起来，保持警觉，呆呆地望着天花板。

哒！哒！哒！

下一刻，又是一阵钢珠滚动的声音传来，接着好像是有小孩子在楼上奔跑，发出哒哒哒的拖鞋摩擦地板的声音，而且还夹杂着孩子天真无邪的笑声。

听到这些奇怪的声音，沈南飞立刻感觉头皮发麻，身上的鸡皮疙瘩都立了起来。

"会不会是从附近的房子里传来的声音，我自己听错了？"沈南飞疑惑地想。

可是很快他便想起白天经过这条胡同时的情景。

当时这条胡同里面根本一个人都没有，只有隔壁的胡同里住着两户钉子户，而他们屋子里的声音，是不可能传这么远的。

想到这儿，沈南飞便感觉到不寒而栗，顺手从地上捡起一块砖头，小心翼翼地走向通往二楼的楼梯。

由于房子空了很久，所以木质的楼梯已经有些发霉变形，踩上去发出嘎吱嘎吱的响声，为这寂静的空房子增添了一丝诡异的气氛。

啪！

就在沈南飞即将登上二楼，踏上最后一级阶梯木板的瞬间，木板突然断裂，他差点掉到一楼去。

沈南飞低声骂了一句，抬起右腿跨过了这块断掉的阶梯，来到了二楼。

然而二楼与一楼相比，除了顶棚要矮一些，并没有什么不一样的地方。

四周散落着一些没有搬走的破旧家具，上面落了厚厚一层灰尘，挂着一大片蜘蛛网。

沈南飞环视了一圈，并没有发现什么异常情况。

而刚刚那可疑的声音，也没有再出现过。

沈南飞歪着头皱了皱眉毛，便打算转身下楼。

可是他才刚刚挪动了一下脚步，之前那诡异的声音又在一楼出现了。

"哈哈！哈哈哈！"

哗啦啦……

孩子的笑声、钢珠掉在地上的声音，居然在一楼出现了！

"该死的！谁在装神弄鬼！"沈南飞一时惶恐急怒，立刻转身一个箭步跨到了楼梯口向下张望。

然而一楼依旧是空荡荡的，屋顶昏暗的吊灯灯光闪烁，就如同什么都没发生一样。

此时此刻，沈南飞不禁联想到，是不是那个女主播又来找自己了。

不过很快他就否定了自己的想法，他一直相信这个世界上根本没有所谓的鬼怪，而那个女主播的鬼魂，只不过是他情绪受到波动时产生的幻觉。

哒！哒！哒！

就在沈南飞满心疑惑的时候，从他的身边再次传来了钢珠滚动的声音。

他猛地转过头，借着屋顶天窗射下来的昏暗光线，正巧看到一颗拇指大小的钢珠，慢吞吞地滚到了他的脚下。

第十二章

▶ 装神弄鬼

一颗小小的钢珠，却像是一个引爆沈南飞内心恐惧的开关，顿时让他整颗心都提了起来。

"真的有钢珠？"

沈南飞动了动僵硬的脖子，转头看向钢珠滚动过来的方向，那里放着一张旧衣柜。

然而就在他抬头把目光投向那布满蛛网的衣柜的一瞬间，一张双眼翻白、披头散发、恐怖至极的女人脸顷刻间出现在他的眼前。

"还我命来！"

"啊——"

沈南飞猛地从那张简易折叠床上坐起身来，冰冷的汗水浸湿了他的衣服，就连手和脚都是冷冰冰的。

他大口地喘着粗气，心脏加速跳动，就像刚刚做过一个小时的剧烈运动一般全身疲乏。

沈南飞惊魂未定地环视四周，直到看到头顶昏黄的灯光和安静而杂乱的房间，才渐渐意识到，原来一切只不过是一个梦。

他抹了一把脸上的冷汗，手上立刻湿漉漉一片。

接连几天都生活在高压之下，让沈南飞的脑子时刻处在紧绷的状态，他的大脑已经有点混乱了。

在女主播遭奸杀事件之后，他就一直处于这种状态。

"再这样下去，我怕是要变成一个神经病了。"沈南飞自嘲道。

啪！

突然间，他身后的窗户上传来了一声异响，似乎有石头打在玻璃上。

刚刚从噩梦中醒来的沈南飞本就还没有回过神来，被这样一吓，心头的怒火立刻涌了上来。

啪！啪！

又是一阵响声传来。沈南飞一时压不住火，有些气愤地翻身下床，走到门口一把推开房门就来到了院子里。

他举目四顾，发现院子里一个人也没有，安静得让人发毛。

哗啦！

很快，又是一声异响从院子的东面传来。

沈南飞循声望去，随即放缓了步伐，小心翼翼地向着声音传来的方向靠近。

当他来到杂草丛生的房子侧面的时候，看到草堆里似乎有一个人影在慢慢地移动。

或许是因为愤怒，沈南飞的勇气瞬间飙升，竟然朝着那个人影跑了过去，随即一把将他从草丛里揪了出来。

"王八蛋！敢在我这里装神弄鬼！"

"哎……不要打小男！小男害怕！呜呜……小男害怕！"

沈南飞把那人从一人高的杂草堆里拉起来，看到一张脏兮兮的脸，吓得他真以为见了鬼。

但他仔细看清了之后，发现那人似乎是一个二十几岁的年轻男子。

只是他衣衫褴褛、蓬头垢面，看上去的确像一个恶鬼。

"你是谁？"沈南飞拎着他满是脏污的衣领喝道。

自称小男的年轻人看上去十分惊慌，而且缩头缩脑，目光游移不定，似乎是害怕被打，两只手挡住了自己的脸，只敢从指缝里偷看沈南飞。

"你是坏人！小男不怕你！你是坏人！我要去告诉妈妈！"小男说话的时候口齿不清，听上去就像是一个疯疯癫癫的疯子，又或者是脑子有问题的家伙。

"难道是个疯子？"沈南飞在心里暗自说道。

他将小男带回了房子里，坐在床上仔细地打量站在面前像个多动症儿童一样乱抓乱挠的小男。

"你叫小男？"沈南飞问道。

然而小男不理他，他的目光在屋子里游走，看上去很没有安全感，像个受了惊吓的孩子。

沈南飞不禁叹了一口气，心想自己也真够倒霉的，刚找到个地方藏身，却又遇到个疯子。

如果换作以前的话，沈南飞或许都不会理这样的家伙，甚至强横地叫他走人。

或许是因为这些天经历了太多事情，他忽然觉得，也许现在的小男，就是自己以后的样子，竟然产生了一点同情心。

人只有在患难的时候，才能够放低自己的姿态，感同身受地理解别人的处境。

小男在原地转了一圈，将左手五根指头放在嘴里面咬。

沈南飞注意到他两只手的手指甲似乎是因为经常咬，已经变得参差不齐，甚至有些干涸的血渍。

"你是饿了吗？"

沈南飞的这句话，小男似乎听懂了，随即望向沈南飞，眼里布满血丝，看上去有些污浊。

沈南飞明白了他的意思，心想他脏成这个样子，估计也是被家人抛弃的无家可归的人。一想到这里，沈南飞便想到了自己同样不幸的童年。

他弯腰从床底下掏出了一个塑料袋，从里面拿出了仅剩的一根火腿肠递给了小男。

"拿着，吃吧。"沈南飞对着他扬了扬手里的火腿肠。

小男警惕地盯着沈南飞打量了几眼，在确定没有危险之后，一把将火腿肠抢了过去。

他那参差不齐的指甲，把沈南飞的手都抓出了几道浅浅的口子。

随即他就像一匹饿狼，连火腿肠塑料包装皮都没剥，直接就往嘴里塞。

看到他狼吞虎咽的样子，沈南飞的心里忽然感觉到一阵酸痛。

他究竟是遭遇了什么样的变故，才会变成这副疯疯癫癫的样子？

"别把塑料袋吃了，当心噎死。"沈南飞淡淡地说道。

或许是因为常年吃惯了垃圾，小男觉得塑料袋也是可以吃的东西。他看上去吃得很享受，并且边吃边"嘿嘿"傻笑着说道："好人！嘿嘿！好人！"

"好人……哼！"沈南飞露出了一个自嘲的冷笑，心想现在唯一相信自己是个好人的竟然是个疯子，实在是让人觉得悲哀。

"你觉得我是好人吗？其他人可不是这么想的。"说着，沈南飞靠在了石膏剥落的墙壁上，望着小男说道，"如果可以的话，我宁愿像你一样当一个疯子，起迈无忧无虑。一个人好与坏，又怎么能够从表面看清楚呢？"

就在沈南飞在老宅里遇到了小男的时候，远在市中心的一栋高层小区门口对面的便利店里，有人在默默地监视着小区里的动静。

很快，一辆银灰色的捷达汽车便开进了小区的地下停车场。

接着，一个穿着黑色西装、理着精英男发型、穿着黑色布洛克雕花风格皮鞋的男人从便利店里走出来，走进了地下停车场。

当那辆捷达在停车场找了一个车位停稳之后，便从里面走下了一男一女。

两人搂搂抱抱，一路上边走边亲，一副急着要回家缠缠绵绵的饥渴模样。

"啊，我差点忘了，有东西落在车上，你先上楼去，我很快就到。"说着，那男人把家里的房门钥匙递给了女人。

女人接过钥匙，娇嗔道："那你快点啊，人家在上面等你！"

"好了，快点上去吧。"说完，男人便转身走向了自己那辆银灰色的捷达汽车后面，打开后备厢准备将一箱德国啤酒搬出来。

这可是用他今天从沈南飞那里坑来的一百块钱买的。

忽然间，一个漆黑的影子出现在了他的身边，让他的视线瞬间变得昏暗。

他还没看清那影子的脸，就被人一把按在后备厢里。

"哎！你是谁啊？你干吗？"

他的脖子被一只有力的手狠狠地掐着，他挣扎着想要挣脱出去。

可就在这时，一只戴着黑色手套的手将一把黑色的拳刺匕首抵在了他的脖子上。

男人立刻停止挣扎，吓得不敢再乱叫一声。

"你今天是不是租了房子给一个男人？"冰冷僵硬的声音从男人的身后传来。

"大哥，我每天租那么多房子给别人，我哪知道您说的是谁啊！"

"一个男人，二十岁左右，高高瘦瘦，样貌中等偏上。"

"大哥，您形容得这么模糊，我哪儿记得啊！"

他身后的那个男人沉默了片刻，继续说道："他应该用什么东西遮着脸，话也比较少。"

听他这样一说，被按在后备厢里的房屋中介便向着身下的那箱德国啤酒看了一眼，随即恍然大悟地说道："哦，是那个无赖啊。"

"无赖？"

"那个家伙……他……他今天坑了我一天。"

"把他的地址给我。"

"好！好！只要您别杀我，您要什么我都给！"

啪！

一只戴着黑色手套的手将一个手掌大小的记事本和一支黑色的中性笔拍在了他的面前。

房屋中介哆哆嗦嗦地拿起笔，在纸上歪歪扭扭地写下了一个地址。

"就这些吗？"

中介动了动脑袋，算是点头："嗯，就这些了，绝对错不了！我……我已经告诉您了……您别杀我行吗？"

话音刚落，他的双腿便突然被人抬了起来，然后他整个人被塞进汽车后备厢里。

接着嘭的一声，后备厢的盖子被重重地关上，将他死死地困在了里面。

"哎！你这是干什么？放了我啊！我怕黑啊！哎！"

然而无论他怎么叫，都没有得到任何的回应。

那个男人就像个来无影去无踪的魔鬼，他连对方的脸都没看到，就莫名其妙地被关进后备厢里。

轻微的呼救声从后备厢里传出来，但在偌大的停车场里就显得太微弱了。

第十三章

在接下来的一天里，沈南飞始终窝在那栋破旧的二层小楼里。

他把所有的精力都用在了研究网络上使用率比较高的热门软件和关注微博事件的发展上，并思考解决的办法。

才不过短短一天，"网络世界很可怕"这个念头便在沈南飞的脑海里扎了根。

越了解网络，沈南飞越觉得那些网友的力量简直强大到可以翻天覆地。

他的黑历史被越爆越多，连他小时候念哪所学校、成绩如何，甚至坐在哪一排都被人爆出来了。

沈南飞无意中推开了通向网络的大门，可看到的是一个令人迷惑的世界。

如果不是身为事件当事人的话，恐怕他也会被不明真相的网友和水军的言论所误导，对所有表面上所谓的事实信以为真。

现在，沈南飞深深地感到，网络这片吃人的海洋，既能够让你一夜爆红，也可以使你跌落谷底。

真真假假，黑黑白白，不是你看到的那么简单。

沈南飞眉头紧锁，轻轻地向上滑动着"女主播遭奸杀"热门话题的界面，注意到又有许多新的文章被爆了出来。

他点开了一个标题为"沈南飞的作案心理"的微博文章，首先映入眼帘的便是他那张曾经出现在视频封面上的脸。

忽然间，一阵流水声传进沈南飞的耳朵里，伴随着一股淡淡的尿臊味，沈南飞觉得有点反胃。

他躺在简易折叠床上，将挡住视线的手机挪开一点，看到疯子小男正对着一根承重柱摇晃着屁股撒尿，并且在墙壁上尿出了一个湿漉漉的圆圈轮廓。

"哎，干吗呢！恶不恶心！去外面尿！"沈南飞对着小男叫道。

只见小男慢悠悠地转过头，对着沈南飞咧开嘴巴，露出了一张又傻又呆的笑脸："嘿嘿，蚊子……小男杀死了蚊子……"

　　沈南飞瞪了小男一眼，不想再跟一个神志不清的人一般见识。

　　经过这两天的相处，沈南飞已经渐渐习惯了身边有这个疯子的生活。

　　而对小男的生活作息有过一番了解之后沈南飞才知道，原来自己才是闯入这个可怜男孩生活的人。

　　在自己住进来之前，这里一直都是小男住的地方。

　　其实这儿附近即将拆迁的破房子，都是这个疯子小男的家。

　　仔细想想，沈南飞觉得自己也是进来找个藏身的地方，跟小男没什么两样，自然也没有权利把小男赶走。

　　如果不能改变，就只能试着习惯。

　　虽然他是个混混，却不是一个大奸大恶之人。

　　沈南飞不再理会在一旁自己跟自己玩闹的小男，继续阅读微博里的文章。

　　利用在网络上学过的一些东西，他已经可以分析出来写这篇文章的博主基本上就是一个"营销账号"，是一些个人或商家炒作事件或商品的主要渠道。

　　只要给钱，这些营销账号什么都肯做，根本不会管雇主是个好人还是一个人渣。

　　不过这种带有个人认证标志的营销账号，也就是所谓的大V，配合水军的力量，往往能够达到出其不意的效果，让许多不明真相的大众相信他们发布的消息。

　　如果只是一个平凡无奇的小账号发出的消息，能够引起的关注度必然是有限的。

　　可是换成一个经过认证的VIP呢？

　　这种VIP是具有一定可信程度的，是经过微博官方认证的，发布出来的消息自然比一个普通的小账号要可靠。

　　这段时间里，沈南飞已经在自己的热门话题里看到了不少于三个营销账号，并且微博的转发量和评论的数量都已经达到五万以上。

　　这种可怕的速度和评论数量，可是一个不小的数据。

　　沈南飞的视线在微博上飞快地扫过，只是简单看了两眼，就知道对面写稿子的枪手绝对是个身经百战的家伙。

文章里分析得头头是道，从沈南飞的童年开始逐条爆料。更可气的是，文章对于沈南飞的父亲是因为长期酗酒而产生精神问题的事只字未提，并且直接给他扣上了"遗传精神病"的帽子，又间接将沈南飞塑造成了一个患有"遗传精神病"的人。

　　在常人的认知里，如果一个人患有精神病，或许真的什么事都做得出来。

　　而在文章的后面，沈南飞因自卫失手造成父亲死亡，又被歪曲成疑似精神疾病发作。

　　这些触目惊心的文字让沈南飞快要窒息了。

　　他从来没有体会过这种置身于被歪曲的事实和被扭曲的人格，令人极度震惊和气愤的谣言里。

　　沈南飞握着手机的右手在颤抖，强压着胸口的怒火，硬着头皮看完了这篇完全捏造出来的所谓"杀人动机真相"的帖子。

　　这篇帖子的内容其实只用一句话就可以总结：遗传精神病人见色起意，痛下杀手！

　　"浑蛋！"

　　沈南飞用力地按下了菜单键，手机屏幕上的画面迅速切回到了菜单界面。

　　他的气息因愤怒而有些混乱，手机被手掌紧握得发出嘎吱嘎吱的响声。

　　此时此刻，沈南飞被深深的怨恨和怒火包围，仿佛置身于罪恶之火滔天的地狱里。

　　在烈火之中，一张张狰狞的脸孔带着冰冷的嘲笑，对着他张牙舞爪。

　　虽然沈南飞很少接触网络，但是他大概可以理解这个营销账号发布这篇文章的真正用意。

　　它在恶意抹黑自己，让他失去话语权！

　　要知道，从精神病人嘴里说出来的话，是不会有人相信的。

　　这是有人在得知自己从医院逃脱之后，担心他会在网络上生起事端，所以抢先下手封锁了他发声的机会。

　　这一系列的操作让沈南飞感到毛骨悚然。

　　他到底得罪了谁，以至于要这样陷害他，置他于死地呢？

　　就在沈南飞怒火中烧的时候，危险正在慢慢靠近他。

此刻正有一个黑漆漆的身影，走进了一条四处写着"拆"字的胡同里。

他穿着一身笔挺的黑色西装，脚下的黑色布洛克雕花风格的皮鞋踩在散落着木条和玻璃的小路上，发出咯吱咯吱的响声，让这条漆黑的胡同更显诡异。

他从西裤口袋里掏出了双黑色的丝绒手套，缓慢地戴在了手上，就好像在为即将从这世界上离去的人进行最后的祈祷。

很快，前方胡同的深处便有一道淡淡的灯光从一栋房子里射出来。

随即这个男人嘴角上扬，冷冷一笑，又从上衣口袋里掏出了一个黑色口罩戴在了脸上。

接着他加快了脚步，很快就来到了那栋房子的门前。

他左手伸向后腰，握紧了插在黑色皮质刀鞘里的指套式匕首，然后缓缓抬起右手，敲响映着昏暗灯光的房门。

咚咚咚。

一阵轻缓的敲门声从门外传来，打断了沈南飞心中正在酝酿的怒火。

他有些诧异地转头看向了门口，心里忽然有了一种不祥的预感。

知道他住在这个地方的，除了那个骗子房屋中介和身边的这个疯子，绝对不会有第三个人。

那现在来敲门的人，如果不是那个中介，就是"鬼"了。

一想到这儿，沈南飞便将手伸进运动衫衣兜里，握住了昨天从附近的便利商店买来的多功能瑞士军刀。

"啊，肚子……饿……啊。"

"嘘！"沈南飞猛然转头对着小男做个"噤声"的手势。

小男似乎看懂了他的意思，立刻闭上了嘴巴，脸上又露出了招牌式的如小儿痴呆般的傻笑。

沈南飞将头转了回来，小心翼翼地走向门口，可以清楚地看到一个人影映在那扇带着几块老式雕花玻璃的木门上。

他插在衣兜里的右手将瑞士军刀其中一个刀刃掰了出来，然后紧紧地握住了刀柄。

"谁？"沈南飞小心翼翼地沉声问道。

然而外面的人没有回话，依旧只有一个人影立在那里。

这一刻，沈南飞突然想起了之前在医院里想要杀掉自己的那个杀手。

"难道是那个家伙又追来了？看来今天我要跟他做个了结了。"沈南飞如是想着，随即左手轻轻地搭在门把手上，右手将瑞士军刀从衣兜里掏了出来举在胸前。

他的呼吸开始变得急促起来，心跳也越来越快，冷汗从他的背后不断渗出。

此时此刻，他感觉自己在开门的一刻，就会与一只强大的魔兽碰面，然后展开一场血腥的厮杀。

也许他会赢，但更可能会被撕成碎片。

握着门把手的手掌也渗出了汗水，让他的掌心变得又热又湿。

随即他鼓足了勇气，控制住了内心的恐惧，抱着背水一战的念头，用力转动了把手。接着他猛地拉开房门，高高地举起了手中的瑞士军刀。

"王八蛋！来吧！"

就在开门的一瞬间，一个高高瘦瘦的中年女人映入他的眼帘。

沈南飞全身猛然一震，在看到这女人的一瞬间立刻将高举的瑞士军刀藏到了背后，瞪着眼睛望着她。

那女人似乎也被吓了一跳，操着一口春州口音惊道："哎哟，隆个小伙子吓死我了！杂木一惊一乍的！"

沈南飞满心惊疑地望着这个中年妇女，沉声问道："你是谁？"

而与此同时，在春州市另一条漆黑的胡同里，那穿着一身黑色西装、戴着黑色口罩和手套的杀手，正诧异地望着眼前刚刚打开房门的年过花甲、白发苍苍的老大爷。

只见那老大爷稍稍驼着背，抬头扶了扶老花镜，望着站在门口的黑衣人，声音沙哑地问道："小伙子，你找谁啊？"

黑衣杀手将背后握着指套式匕首的右手慢慢松开，冷冰冰地说道："对不起，我找错人了。"

第十四章

▶ 向罪恶宣战

"哦，是找错人啦，没关系，我们这地方，经常有人找错的。"满头白发的老大爷眨了眨那双黄豆似的眼睛说道。

黑衣杀手皮笑肉不笑地问："为什么呢？"

老大爷习惯性地扶了扶老花镜，把身子向着杀手凑近了一点。

或许是因为自己的职业不习惯熟悉的安全范围被外人侵犯，杀手下意识地向后微微躲了一下。

"小伙子，你要找的，是不是莲华胡同啊？"老大爷声音微微沙哑地说道。

杀手在杂乱的胡同里扫了一眼，问："难道这里不是吗？"

老大爷苦笑着摇了摇头："你们这些年轻人啊，莽莽撞撞的，一定是听错了一个字。我们这里叫莲花胡同，两条胡同的名字只差一个字，听上去也很像，所以过去经常会有人弄错地址找过来。"

说到这儿，老大爷便深深地叹了一口气，有些许哀伤地说道："唉，可惜啊，这两条胡同都要拆迁了，我们在这里住了几十年，怎么可以说拆就拆呢？你说是不是？所以我就跟那些可恶的开发商杠到底了！死活也不搬走……"

听着老大爷诉说着自己心中的苦闷，杀手觉得自己的耐心已经到达了极限。

他不再多说，转身就向着胡同外的方向去了。

"哎？怎么走了？"老大爷对着他的背影招了招手，微微摇了摇头，再次叹道，"唉，现在的年轻人啊，早就没了过去老幼尊卑的概念喽，人哪……人哪！"

"你找谁啊？"沈南飞将折叠瑞士军刀偷偷地塞进自己的裤兜里，满脸疑惑地打量着眼前的中年妇女。

只见中年妇女抱着一个银色的铁盆子，上面有许多凌乱错杂的划痕，似乎已经有些年头了。

她将盆子递给了沈南飞，又小心翼翼地向着他房间里的疯子小男望了一眼，随即说道："你是前两天新住进来的对吧？"

沈南飞什么也没说，只是默默地点了点头。

中年妇女隔着沈南飞又望了一眼屋子里自己捶自己脑袋的小男，一副心疼可怜的模样："这盆包子你拿着，跟小男一块儿吃吧。这个孩子命苦，几年前家里着了大火，全家人都烧死了，就剩他一个活着，可是脑子被烟熏得出了问题，整日疯疯癫癫的。过去我们这里的老邻居多，每家一口饭也就把他养大了。可是现在这里要拆迁了，大家都搬走了，也没人照顾他。我也是有空的时候才能弄些吃的放在他经常住的这栋房子里。前两天看到你住进来了，怕你害怕，所以特意过来看看你。"

说着，她又望了一眼开始在墙根撒尿的小男，眼眶泛红："可怜这孩子年纪轻轻就又疯又傻，唉……这人啊，趁着还活着的时候就好好活着，别到时候什么都没了，才觉得生命珍贵。"

说完，她看向了沈南飞，将一盆包子塞进沈南飞微微有些抗拒的双手里："小男虽然脑袋有问题，但还不至于做伤害别人的事，你既然住在这儿，就帮我好好照顾他，就算是我们这些老邻居帮助他父母最后做的一点事了吧。我……算了，不说。胳膊拧不过大腿，过几天我也要搬走了，那时候就没人能照顾小男了……"

沈南飞抱着铁盆，呆呆地站在门口看着那位中年妇女抹着眼泪离开，心里感觉一阵莫名的酸涩。

这种情境，他似乎在哪里遇到过。

是什么时候呢？

连他自己也不记得了。

这一夜，小男终于吃上了从前他最爱吃的包子。

看着他那狼吞虎咽的模样，沈南飞冰封已久的心终于开始慢慢地融化了。

这五年他几乎每天都戴着面具过日子，这样才会让别人害怕他，才能让自己在这个人吃人的社会里活下去。

可是出事以后，他才发现原来自己并不是最不幸的人。

起迈他还神志清醒地活着。

小男在吃光了整盆包子之后，就像平时一样，窝在那个很不显眼的墙角睡着了。

其实沈南飞很好奇，为什么他每天都睡在那个墙角，都不会换一下地方？

很快，沈南飞也在如催眠曲般的知了的叫声中慢慢地睡去。

夏夜很长，长到让人不知道会睡多久才会醒来。

沈南飞渐渐地进入了一个梦境。

他梦到自己身处在一个被火焰包围的世界，耳边不停地传来撕心裂肺的叫喊声。

"火……火！啊火啊！"

突然间，沈南飞被一阵疯癫癫的叫喊声惊醒。

他猛然从床上坐起来，还以为自己没有从梦中醒来。

他的身边到处都是火，周围的墙壁上爬满了火焰，木头雕花玻璃门和窗户已经完全被大火挡住，切断了去路。

一楼和二楼放置的那些破旧家具，让火势越来越猛，把整个天花板都烧了起来。

"着火了……着火了？"

此时此刻的沈南飞完全是蒙的。

他看到小男站在对面的墙角里用力地拍打着自己那破烂衣服上的火苗。

"着火了！"

直到现在沈南飞才忽然意识到眼前的一切并不是梦，而是真的着火了。

"怎么会着火？这是怎么回事？"

沈南飞一边骂着，一边从床边拿起衣服都顾不上穿就向着小男跑了过去。

他一把拉住了小男的胳膊，随即奋力向着门口跑过去。

嘭！

沈南飞隔着燃烧的火焰，狠狠一脚踹在了木门上。

但令他震惊的是，那门竟然一动不动。

"搞什么！怎么打不开！"

嘭！

嘭！

他又踹了两脚，但是那门就像是被钉死了一般，一动不动。

"靠！这门是怎么了！"

身边的火焰越烧越旺，一缕缕黑烟已经从烧着的旧家具上飘过来，呛得沈南飞嗓子发干，咳嗽了起来。

下一刻，他就意识到一个可怕的事实：有人要杀他！

而且杀他的人已经来了！

与此同时，就在这栋房子的外面，穿着一身黑色西装、戴着黑色面罩的杀手正一脸冷漠地望着渐渐燃烧起来的二层小楼。

火焰照亮了原本漆黑无光的房间，腐木燃烧的霉焦味不时从里面飘来，就算是隔着一层口罩也能够闻到。

然而杀手只是静静地望着渐渐被火焰吞噬的二层小楼，听着里面传来沈南飞和小男的喊叫声。

随即他抬起了左手，看了看手腕上的那块黑色皮质表带的欧米茄手表，上面显示的时间已经是凌晨两点三十五分了。

他本可以不声不响地潜入屋子里杀掉沈南飞。

或许是他身为杀手的变态心理，让他膨胀的自信心想要寻求一点刺激。

所以，相对一刀捅死沈南飞，这种让他在烈火中备受煎熬的方法，似乎才能够发泄他被那个房屋中介欺骗的愤怒。

那个给了他假地址的中介，他早晚要找到他，让他付出代价。

他将所有的门窗通通用大石头堵死，所以沈南飞在里面是无论怎样也打不开的。

杀手盯着手表看了一眼，直到屋子里再也没了沈南飞和小男的声音，才准备转身离去。

第二天一早，就算有人发现这里发生了火灾，发现了门窗被人封死，又能怎样呢？

在房子里面的人，一个是彻头彻尾的疯子，而另一个是有遗传精神病的杀人案嫌犯。

警察和新闻媒体只会在他们的身份上大做文章，普通大众也会觉得他们是罪有应得。

不会有人会为他们的死因追根究底的。

想到这儿，杀手得意地笑了笑，随即转身走向了院子门口。

熊熊烈火爬上了屋顶，里面除了凶猛的火焰，已经看不清任何东西了。

"站住！"

然而就在杀手转身的时候，沈南飞的声音突然响起。

第十五章

零星的火花还在沈南飞的运动帽衫上燃烧着，随着一阵微风吹过被熄灭，冒出一丝丝白烟。

沈南飞的头发十分凌乱，许久没有打理过的刘海已经快要盖住了眼睛。

在棕黄色的刘海下，沈南飞那双带着怒火的眼睛，死死地盯在了背对着他的黑衣杀手身上。

只见那杀手停下脚步，然后缓缓地转过身来，如一根挺拔的竹子，伫立在沈南飞的面前。

"你是怎么出来的？"他沉凝地说道。

沈南飞目不转睛地盯着这个杀手，不禁回想起了刚刚他们从小男经常睡觉的那个角落逃出来的画面。

原来那个角落后面的一堵墙上有一块挡板，上面有一个不知道是谁凿出来的洞。

因为洞口通风，所以小男图凉快总会选在那个位置睡觉。

"多亏了小男，不然我今天真的会被你这个阴魂不散的家伙杀死。"沈南飞咬牙切齿地说道。

杀手皱了皱眉头，看了一眼正一脸慌乱地拍打着身上的火苗的疯子小男，冷笑道："你的运气真的很好，两次都有人救你。"

沈南飞上上下下地仔细打量了一番这个杀手，如果不是因为他曾经见识过他的凶狠残暴，恐怕绝对不会相信，这样一个西装革履的男人，竟然会是一个杀人不眨眼的怪物。

"那是因为我命不该绝。究竟是谁派你来的？"沈南飞把右手伸进衣兜里，握住了那把折叠瑞士军刀。

黑衣杀手锐利的目光在沈南飞伸进口袋的右手上扫了一眼，随即将自己的右手伸向身后，握住了被西装盖住的那把指套式匕首。

"你不需要知道是谁派我来的。从你登上热门微博的那一刻起，你就已经没有用了。只是没想到你竟然能够从我的手里逃掉。可是今天，你就没有这么好的运气了。"

沈南飞小心翼翼地打量着杀手缓缓迈出的步伐，仿佛他每走一步，都会留下一个鲜血淋漓的脚印，无数的冤魂在他的脚下哭喊。

随即他转头对着身后的小男说道："小男，你马上走。"

然而小男却和平时一样，听不懂沈南飞的话。他不但没有离开，反而向着沈南飞凑了过来，贴在他身后，像是打量陌生人一样，静静地看着对面的杀手，嘴里嘟嘟囔囔地说道："黑衣人……嘿嘿！蝙蝠侠！"

"他不是蝙蝠侠！他是杀手！快点走！"沈南飞有些急了。

他无论如何都不想把小男卷入这个事件里来，毕竟他答应了那个送包子的大婶，至少有他在，就要让小男安全地活下去。

见小男仍旧一动不动，沈南飞急了，猛然回身在小男的肚子上踹了一脚，对着倒地的他喊道："你快点走！有鬼！"

当小男听到那个"鬼"字之后，就像是被人触动了恐惧的开关，立刻抱着脑袋，口齿不清地叫道："鬼……鬼好可怕！鬼！好可怕！"

小男一边叫喊着，一边从地上连滚带爬地翻身起来，狂奔着出了院子。

杀手眼睁睁地看着小男从自己的身边跑过，却没有阻拦。

当小男离开后，他便转过头直视着沈南飞刘海后面的双眼，冷冰冰地说道："你自身都难保了，还有时间关心别人。"

"我只问你一句话，你是不是狗爷的人？"

杀手将头微微歪向一侧，轻轻晃动了一下脖子，似乎在进行屠杀前的热身，说："你真是很啰唆！是又怎么样？"

突然间，黑衣杀手瞪圆了眼睛，一个箭步就跨到了沈南飞的面前，抽出那把指套式匕首，狠狠地刺向了沈南飞心口。

沈南飞被他奇快的速度惊到，连忙向后一个闪身，勉强躲过那致命的一刀。

可是这杀手的格斗技巧不知道比沈南飞高出几个段位，在匕首被闪过的一瞬间，立刻一个凶猛的回旋踢扫在了沈南飞的脸上。

沈南飞被一脚踢中，耳朵瞬间被一阵嗡鸣声灌满，视线也出现了那么几秒钟的模糊。

他感觉自己的头就像是被一根棒球棍狠狠地砸了一下。

接着他身体失重，仰身倒在了地上。

杀手的动作一气呵成，在沈南飞倒地的瞬间向着他扑了过来，随即他把手中的匕首举在胸口，朝着沈南飞的颈动脉割了过来。

锵！

就在千钧一发之际，沈南飞拼命集中精神，终于让视线清晰了一点，随后用左手挡住了杀手落刀的手臂，右手紧握着折叠瑞士军刀向着他的左肩膀刺了过去。

不过杀手的反应实在是太快了。

沈南飞的瑞士军刀才刺出不到十厘米的距离，右手腕上突然传来一阵骨头裂开般的剧痛。

他右手吃痛，瞬间松开了刀子，任由它掉落在地。

杀手左手握拳，干净利落地打在了沈南飞的右手腕上。

然而杀手并没有放松片刻，右手压着指套式匕首用力地向沈南飞的脖子压了下来。

刀尖距离沈南飞颈动脉的位置越来越近。

在不到两厘米的距离时，杀手又抽出左手在沈南飞的右肋猛击了两拳。

沈南飞面色涨红，额头上青筋暴起，用尽了浑身的力气却无法阻挡杀手落下的刀子。

面对着这样一个职业杀手，他没有一点还手的力气，只能这样眼睁睁地看着刀子慢慢地割向自己的脖子。

这就是一个混混跟职业杀手的差距吗？

啪！

突然间，几块碎木块溅到了沈南飞的脸上。

与此同时，杀手的后脑似乎被什么东西砸到，整个人向着侧面倒了过去。他勉强用左手撑在地上才没有狼狈地躺倒。

沈南飞逃过一劫，定睛一看，只见疯疯癫癫的小男双手抓着一大块用几块碎木板钉起来的窗板，上面有几块长条形的木板已经断成了两截。

"不要欺负火腿肠！坏蛋！不要欺负火腿肠！"小男反复嚷嚷着这句话，随即将窗板高高举起，向着杀手砸了下去。

"笨蛋！你回来干什么！有鬼啊！快走！"

"不要欺负火腿肠！不要欺负火腿肠！"小男似乎完全听不到沈南飞的话，不停地用手里的木板疯了一样砸在杀手的身上。

可是就在他砸第三下的时候，杀手突然间从地上蹿了起来，左膝迅如疾风般狠狠撞向了小男手中的窗板。

啪啦一声脆响，那块窗板被一击凶狠的膝撞撞成了零碎的碎块。

"死疯子！自己找死！"

下一刻，他将右手的指套式匕首刺向了小男的肚子。

就在这时，沈南飞从旁边蹿了过来，双手握住了杀手握刀的手臂，用力向右一掰。

这招夺刀是沈南飞从数次死里逃生的搏杀中领会的，今天再次找到了机会施展。

右手肘关节被这样一掰，杀手瞬间感觉到一阵剧痛，随即右手松开，刀子从手中掉落。

沈南飞顺势抬脚，狠狠地踹在杀手双腿的后膝关节处。

杀手自然反射般跪在了地上，但是这样的距离正好能够让他抓到刚刚掉落的匕首。

随即他从地上捡起匕首，在沈南飞用膝盖撞向他侧脸的同时，狠狠一刀刺在了沈南飞的大腿上。

"啊——"

沈南飞的大腿侧面被刀子刺中，划出了一道五厘米长的口子，鲜血顿时就从伤口中汩汩流出。

可是杀手没有就此罢手，对沈南飞发起了第二次进攻，这次刀子直奔他的小腹。

关键时刻，小男突然扑上来，将杀手扑倒在地。

沈南飞一屁股坐在地上，捂着被匕首刺伤的大腿，目光惊诧地望着将杀手扑倒的小男。

"小男……小男！"

看到杀手将手中的匕首对准小男的时候，沈南飞整颗心都凉了半截。

他很想起身反扑过去，却来不及了。

"死疯子！给我滚开！"

杀手被惹急了，动作熟练地将匕首反手握住，随即便在沈南飞震惊的目光下，刺进了小男的后背。

第十六章

▶ 觉醒的野兽

"呵！咳！"小男感觉到一把冰凉的刀刃刺入了自己的身体，随即一口鲜血从嘴里咳了出来。

可是他并没有放开杀手，反而越抱越紧，并且嘴里不停地叫喊道："不要欺负火腿肠！不要……欺负火腿肠……"

而小男口中的"火腿肠"，就是在第一次见面时给了他一根火腿肠的沈南飞。

虽然他疯疯癫癫的，但是有些人对他的好在不经意间深埋在他的心里。

在这个现实的社会里，或许你对别人有一百次好，但是只要有一次不好，别人就会与你翻脸。

那是因为人们习惯了索取，觉得理所当然。

可是对于小男来说，在他最饿的时候，别人给的一根火腿肠就可以让他铭记一生，甚至为之付出自己的生命。

聪明人与疯子，谁才是真正的"好人"呢？

"放开我！死疯子！"杀手见小男死不放手，便举起手中的匕首在他的背上迅速地捅了两刀。

鲜红色的血液顺着小男的嘴巴流了出来。

他痛得龇牙咧嘴，两排原本微黄的牙齿上满是鲜血。

沈南飞挣扎着从地上爬起来，顺手捡起之前掉落在地上的折叠瑞士军刀，起身就向着杀手扑了过去。

他一把握住杀手握刀的右手，高高举起手里的折叠瑞士军刀，向着杀手的手腕狠狠地刺了下去。

"啊——"

杀手发出一声惨叫，眼睁睁地看着沈南飞用那把瑞士军刀刺穿了自己的手腕。

　　然而就算是一只手受了伤，他依然把匕首握得很紧，接着猛然发力，将压在自己身上的小男推到一边，然后紧抱住沈南飞，与他滚在一起。

　　小男滚到一边，目光呆滞，嘴巴里面还不停地有血液流淌出来。

　　他呆呆地望着天空，身体轻微抽搐，呼吸紊乱，生命体征正在一点点地消失。

　　而此时，亲眼看到小男被残害的沈南飞已经如同一只发狂的野兽，将杀手压在身下，将瑞士折叠军刀凶狠地刺向了杀手的喉咙。

　　可是在他落刀的一刻，杀手用那只受了伤的右手再次握紧了匕首，挡住了下落的瑞士军刀。

　　一时间，刀刃压着刀刃，两人展开了一场角力。

　　杀手毕竟是经过专业训练的，即便是右手受了伤，可是力气依然很大。

　　沈南飞拼了命地将刀子向下压，动作却十分缓慢。

　　或许是被躺在一旁奄奄一息的小男点燃了怒火，不知道从哪里来的勇气，沈南飞突然把脸伏下去，用嘴巴死死地咬住了杀手的手腕。

　　杀手脸上闪过一抹震惊之色，仿佛看到扑在自己身上的已经不是一个人，而是一匹饿狼。

　　沈南飞皱起的鼻子、紧咬的牙齿，无不显示出此刻他心中的愤怒。

　　接着沈南飞咬着杀手的手臂将它挪到一边，这样就腾出了自己的双手，他紧紧握着瑞士刀，向着杀手的心口刺了下去。

　　杀手做出最后的反抗，用左手挡着沈南飞死命向下压的双手，却已经无力阻挡发了狂的沈南飞。

　　刀子压得越来越低，最后慢慢地深深地插入杀手的胸口。

　　他甚至能够感受到刀刃一寸一寸割开肉体的剧痛。

　　"呃……"

　　杀手的喉咙里抽咽了一声，接着瞳孔开始慢慢收缩。

　　刀子已经插入了杀手的身体，沈南飞却依然没有放松，死命地向下压，就算杀手的手慢慢无力地垂下，沈南飞仍然死死地盯着他。

　　面对着这个杀人狂魔，他不能再有一丝一毫的松懈。

　　这是他唯一可以活命和替小男报仇的机会。

鲜红色的血液从杀手的嘴角溢了出来，他瞪圆了眼睛，用震惊与不甘的目光死死地盯着沈南飞。

沈南飞的目光也是不躲不闪，与杀手四目相对，连杀手咳出的血液溅到了他的脸上都浑然未觉。

沈南飞知道，从自己刚刚落下刀子的那一刻起，他面前的复仇之路便已经彻底打开了。

所以现在他无所畏惧！

直到十秒钟后，杀手渐渐失去了挣扎的力气，躺在地上一副奄奄一息的样子，沈南飞才渐渐松开了握刀的双手，从杀手的身上离开。

杀手的身体抽搐了几下，但是还没断气，只是呆呆地望着沈南飞向着小男的方向走去。

沈南飞来到小男的身边，看到他头歪到一边，安安静静，孤零零地躺在冰冷的地面上，鼻子一酸，眼眶顷刻间就红了。

"小男……小男……"沈南飞有些不敢相信眼前的一切，轻轻推了推小男。

然而小男没有任何反应，两只眼睛露出一道细小的缝隙，无神地望着地面。

他是半睁着眼睛死去的……

"浑蛋！"沈南飞重重一拳捶在地上，"你为什么要回来！你不是傻子吗！你不是疯子吗！"

沈南飞心中的罪恶感油然而生。

小男是因为他才死的，如果不是认识了他的话，这样的事情就不会发生了。

他没有想到，一个疯傻之人比那些所谓的情同手足的兄弟更有情义。

或许连小男自己都不知道为什么要这样做。

他只是知道，任何人都不能伤害他的"火腿肠"。

"呵呵……哈哈……"忽然间，沈南飞的背后传来了一阵断断续续的嘲笑声。

沈南飞红着眼眶，布满血丝的眼睛瞪着还没断气的杀手，咬牙切齿地说道："你笑什么？"

杀手全身瘫软地躺在地上，歪着头，脸贴在冰冷的地面上看着他："你终究什么都改变不了……你……你只是一个可怜的牺牲品、小角色……到最后，你还是得死……至于真相……哈哈哈……你永远……都不会知道的。"

忽然间，胡同外面隐隐传来了一阵警笛声。

沈南飞立刻转头朝着警笛声传来的方向望了一眼，随后又看了看身边的小男。

此刻的沈南飞看上去有些挣扎，他不想把小男扔在这里，可是警笛声又在催促他快点离开。

一番权衡之后，沈南飞强忍着腿上的伤痛，将小男从地上搀扶了起来，把他的胳膊架在自己的脖子上，走出了院子。

"你以为……你带着一个死人能够逃得了吗？"杀手声音虚弱沙哑地说道。

沈南飞停下脚步，侧过头盯着杀手回道："你很快也是一个死人了，但我不能让小男跟你这个人渣躺在一起。而且我要告诉你，你们惹错人了。你们根本就不知道，我的骨子里到底流淌着多么卑劣的血液。很快我就会让你们明白的。"

说完，沈南飞便架着已经渐渐没有呼吸的小男，离开了被熊熊火光映得恍若白昼的院子。

杀手躺在地上用力地想要挪动自己的身子从地上爬起来，胸口被戳出的伤口传来阵阵剧痛，散掉了他的力气。

忽然间，一块滚烫的石头掉落到他身上。

杀手一脸惊愕地抬起头……

那栋老房子终于无法再承受烈火的灼烧，瞬间坍塌，向着他的面门砸去。

"啊——"

此时此刻，沈南飞的背后仿佛是地狱。

而他的前方，是伸手不见五指的黑暗。

"等着吧，我会让你们看看，我的骨子里到底流淌着多么卑劣的血……"

"小男，今日我无力埋葬你，来日我定会为你报仇雪恨。"

烈火在沈南飞的背后燃烧，他那双隐藏在黑暗中的眼睛，却闪烁着坚毅的目光。

十分钟后，另一条胡同，为沈南飞送包子的中年妇女家门外，突然传来了一阵敲门声。

女人的老公迷迷糊糊地从床上爬起来，披上外套，穿上拖鞋，慢慢悠悠地走到了门口。

"啊！"

当他打开房门的时候，看到门口躺着一个满脸是血的男人，正半睁着双眼睛望着他，他被吓得一屁股坐在地上。

但是很快他便发现这个男人的身上有一块石头，下面压着一沓钞票和一张白纸。

"是……是小男……"

辨别出了这个人的身份，男人便壮了壮胆子，将那沓钱和白纸从小男的身上拿下来，随后翻开了那张对折的白字条。

他借着明亮的月光仔细看了看，发现上面写着一行小字：这五百块是我的全部家当，请帮我葬了小男，欠款来日偿还……沈小飞……

"沈小飞？"男人皱着眉头盯着最后落款上的名字，很快目光又被不远处透射过来的火光所吸引。

他从地上站了起来，仔细迎着那火光看了看，随即一脸震惊地转身对着屋里熟睡的妻子喊道："秀芬，你快起来！着火了！那边着火了！"

两个小时后……

春州市滨江大道一家高级娱乐会所的门口，一个身体高壮、看上去醉醺醺、走路摇摇晃晃的男人，被两个保镖模样的人搀扶着走了出来。

随即一辆纯白色的捷豹 F-TYPE 从停车场开过来，停在了会所门口。

"狗爷，您小心！"身后的保镖将手垫在高壮的狗爷的头部与车门框之间，以防他撞到脑袋，将他送上了车，随后也跟着坐到了后排座上。

"送狗爷回家，开得慢一点，免得狗爷晕车。"身边的保镖说道。

司机点了点头，随即将自己身上的安全带又系紧了一点，开动着这辆豪华捷豹汽车上了路。

一路上狗爷身边的两个保镖始终盯着窗外，可是当车子到达立交桥下转了一个弯之后，开始突然加速，他们顿时回过神来。

"你这是往哪儿开呢？狗爷要回家。你开这么快干什么？"其中一个保镖说道。

然而司机没有回答，脚下的油门越踩越用力，速度瞬间直逼一百二十迈。

保镖察觉到有些不对劲，随即伸手一把将司机头上的运动衫兜帽拉了下来。

接着他便在后视镜里看到了一张十分俊俏却陌生的脸。

"你是谁？你不是司机！马上停车！"

只见坐在驾驶座上的年轻人冷冷一笑，从后视镜里看了醉得不省人事的狗爷一眼："你们不是想要杀我吗？现在我来了！"

"小心！喂！小心前面！"

嘭！

一声巨响传来，纯白色的捷豹 F-TYPE 笔直地撞向了停靠在路边上的一辆洒水车。

汽车的车头撞裂了洒水车的水箱，爆裂的水流猛力地冲刷着捷豹挡风玻璃碎裂的驾驶室。

而坐在后排座没有系上安全带的狗爷瞬间从车里射了出去，直接撞在了洒水车的水箱上。

十分钟后，警察终于赶到了车祸现场。

他们经过仔细检查，发现狗爷和两个保镖都还活着，只是身受重伤，需要抢救。

主驾驶的气囊弹了出来，但里面没有人……

第十七章

▶ 相信他吗？

大好的周末本来适合睡懒觉，可是不知道为什么，从早上开始韩懿姿就有些心神不宁。

自从经历了被沈南飞劫持的事件之后，她几乎每天都感觉有些怪怪的。

她不知道自己这是怎么了，也无法解释为什么只要一想到沈南飞跳下大桥时充满愤恨与不甘的眼神，自己的心就像是被人揪了一下。

此刻韩懿姿一头柔软的棕色长发很随意地扎成了一个丸子，穿着一件简单的白蓝条纹 T 恤和一条白色的宽松四角内裤，一副完全放松的打扮，趴在真皮沙发上翘起紧致翘挺的小屁股，无聊地摆动着双白嫩如霜的美腿。

电视机遥控器已经快要被她按烂了，但无论是剧情狗血的韩剧，还是坑爹的科学节目，就算是颜值超高的帅哥欧巴都无法让她打起精神。

这样一个美好的周末，在韩懿姿的眼里却好像比上班还要难熬。

她宁可现在手头有点事情可以做做。

"哎呀，好烦啊！"

韩懿姿确定自己根本不是大姨妈要来了，只是纯粹觉得自己有些心烦意乱，随即便从沙发上一个翻身盘腿坐了起来。

她索性关掉了电视机，穿上双粉红色的兔子头毛绒拖鞋，走过装修豪华且宽敞的客厅，来到了自己的笔记本电脑桌前。

对于韩懿姿来说，每当感到无聊的时候，最好的发泄方式就是上网看一看热门新闻打发打发时间。

她那涂着红色指甲油的小手在苹果电脑的鼠标上轻轻地点击滑动着。

韩懿姿微微皱着眉头，百无聊赖地浏览着那些对她来说毫无吸引力的热门新闻。

相比那些明星八卦，她更喜欢那些贴近生活、追求事实真相的新闻。

下一刻，一张车祸现场的图片便从她的眼前翻过。

韩懿姿眼睛一亮，将那张照片又退了回来，定睛仔细看了看上面的标题："昨夜春州市滨江大道发生严重车祸，三人重伤"。

"啊，就在我家门口？"

韩懿姿有些纳闷，既然车祸中是三人重伤，又没有死人，为什么会登上门户网站的热门？

她带着满心的疑惑点开了这则新闻，一番冗长的关于车祸的介绍映入眼帘。

"我就说嘛，原来是狗爷出了车祸，那个浑蛋，没死算他好命！"韩懿姿似乎很可惜为什么狗爷没在这场车祸中死掉。

虽然身为一个三观很正的美女，又是新闻媒体的工作人员，她不应该有这样的心理。

但是基本上全春州市的人都知道狗爷是个恶棍，曾经更有人爆料他随意在街上拉美女上车，并且对其进行强奸，后又威胁当事人不许说出去。

总之，这是一个彻头彻尾的浑蛋，仗着自己的势力无视法律，人人得而诛之。

新闻里还写了一些关于后续对他两个保镖醒来后的采访。

据保镖说，当时车上灯光昏暗，看不清司机的脸，但肯定是他们不认识的人。

偏偏那儿附近的监控摄像最近又在检修，暂时停用，这样一来，找到那个司机的概率基本上微乎其微。

韩懿姿用了短短一分钟的时间就将这则新闻看完了，随即又翻了两个其他的热门新闻，便关掉了电脑。

"呼。"韩懿姿有些无聊地吐了一口气，转头看了看阳光明媚的窗外。

说到底，韩懿姿还是一个新世界的时尚女人，面对着如此好的天气，正无聊的她心里首先想的就是逛街购物。

经过了一个小时的化妆和挑选衣服之后，她乘坐电梯来到了地下一层的停车场。

嘀嘀！

在她按下汽车的开锁键后，不远处的一辆粉红色奥迪 TT 便闪了两下车灯，发出了一阵轻快的电子音。

韩懿姿穿着一件范思哲的白色女士 T 恤和一条牛仔热裤，脚下踩着双三叶草休闲运动鞋，迈着轻快的步伐来到了车旁。

　　当她的手搭在车门上的时候，车后方突然传来了一声异响。

　　韩懿姿转头向着后面看了过去，眉头紧锁，右手紧紧地抓着她那个粉红色的 LV 小皮包。

　　她小心翼翼地迈开脚步，朝着后备厢走了过去。

　　"啊！"韩懿姿吓得捂住嘴巴闷叫了一声。

　　一个穿着黑色运动帽衫的人，全身瘫软地靠在车屁股上，头上扣着黑色兜帽，耷拉着脑袋，一副奄奄一息的样子。

　　韩懿姿朝着那人打量了片刻，随即抬起一条笔直修长的美腿，用脚尖在他身上点了一下："喂，这里不是睡觉的地方，快点起来，我要挪车了。"

　　然而那人没有回应，依旧耷拉着脑袋坐在那里。

　　扑通。

　　下一刻，他的身子晃了晃，便顺着车身滑倒在地上。

　　就在这个男人倒地的那一刻，他头顶的兜帽挂在了汽车牌照上，带着伤口的右腿和溅着几滴血渍的脸都暴露在韩懿姿的眼前。

　　韩懿姿双脚灵活地向后退了一步，盯着男人的脸仔细打量了一番，随即瞪圆了眼睛，倒吸了一口凉气。

　　"是他！沈南飞！"

　　此时此刻，韩懿姿的心跳突然加速，心就像要从喉咙里蹦出来似的。

　　她最近本就有些烦乱的心，在看到沈南飞的那张脸后，仿佛被人点燃了恐惧的导火索，变得更加慌乱了。

　　她最担心的事情，终于发生了。

　　那就是再一次遇到沈南飞。

　　"沈南飞怎么会出现在这里？我得报警！我得报警！"韩懿姿一边说着，一边掏出 iPhone 手机点开了拨号界面。

　　可是就在她的手指刚刚要按下去的时候，几天前沈南飞从大桥上跳下去时那不甘和绝望的眼神，又在她的脑海中浮现出来。

　　她的目光又不由自主地落在了似乎已经昏迷过去的沈南飞的脸上。

这一次，她的目光再也无法移开了。

如果第一次相遇是偶然，那第二次是不是老天爷冥冥之中在指引着一切呢？

这一刻，忽然有一个神秘的女人声音在韩懿姿的耳边闪过："快救他！"

韩懿姿忽然间注意到，不远处的一个黑暗角落里，站着一个披散着头发、穿着彩色格子连衣裙的女人。

"啊！"韩懿姿被吓了一跳，不由自主地叫了出来，赶紧闭上了眼睛。

可是几秒钟后，当她再次睁开眼睛的时候，那个黑暗角落里空荡荡的，一个人都没有了。

"是……是幻觉吗？"

"快救他！"

就在这时，刚刚那女人的声音再次出现，这一回竟然是她的耳边。

韩懿姿猛然转头，看到一张面色惨白、双眼翻白的脸，几乎贴在了她的鼻子上。

但这一切在一秒之后突然又都消失了。

韩懿姿惊魂未定地望着身边空荡荡的停车场，心脏都快蹦到了嗓子眼。

她转动着因恐惧而僵硬的脖子，愣怔地看着沈南飞，眼中流露出一丝复杂的神色。

第十八章

▶ 孤男寡女

扑通！

韩懿姿刚刚将沈南飞扶进了家门，他便身子一歪摔倒在地上。

"哎，你没事吧？"韩懿姿蹲下去轻轻拍了拍他的脸。

只见沈南飞眼皮下面的眼珠微微动了动，却没有任何要苏醒过来的迹象。

韩懿姿费了九牛二虎之力才将他从地下停车场弄到了位于二十一楼的豪宅公寓，现在怎么也扶不动这个笨重的家伙了。

"这可怎么办？"

韩懿姿有些不知所措地看了一眼沈南飞，迫不得已拉起了他的双手，一路倒退着往房间里面拖。

虽然韩懿姿在女生里面算是高个子，足有一米七三，但是那纤细的小胳膊小腿想要拉动一个成年男人还是非常费力的。

一番辛苦的忙碌过后，她几乎使出了吃奶的劲，才将沈南飞搬到了客厅的真皮沙发上。

她有些慌张地在沙发前面踱着步子，嘴里嘀咕着："现在我要做什么？现在我要做什么？哦对了！查看伤口！"

此时韩懿姿的脑子里一片混乱，别说是因为自己的家里躺着一个热门微博上的奸杀案嫌犯了，更可怕的是，她都不知道自己为什么要把他救回来。

她就像是被什么附了身一样，迷迷糊糊地做出了这件令她匪夷所思的事情来。

希望她不会因此而后悔吧。

韩懿姿将沈南飞的身体抬了起来，想把他的衣服脱下来，以便检查伤口。

可她费了那么大的劲将他弄到这里，全身上下早就一点力气都没有了，尝试了两次之后，她最终不得不放弃了这个想法。

随后她慌慌张张地从卧室抽屉里翻出了一把剪刀，然后像个第一次给病人做手术的实习医生，战战兢兢、哆哆嗦嗦地剪开了沈南飞的衣服。

她将沈南飞薄薄的运动帽衫一点点地剪开，经过仔细观察后才发现上面沾染着斑斑血迹，并且还有些被火灼烧的痕迹。

"这个家伙，之前都干了些什么？哎呀！"粗心大意的韩懿姿一个不小心，用剪刀的刀尖戳破了沈南飞肚子上的皮肤，一小滴血珠很快就从他的伤口上流了出来。

"对不起！对不起！我不是故意的！"韩懿姿急忙向昏迷中的沈南飞道歉，然后继续情绪紧张地慢慢剪开他的衣服。

等她完成这项艰巨的任务之后，沈南飞的身上竟然多出了三个被剪刀弄出的伤口。

估计沈南飞醒过来的时候发现这些伤口，一定会误以为自己被人捅了三刀。

脱掉沈南飞的衣服之后，韩懿姿脸上红红的，心里有一种坏女孩正在迷奸失足男青年的奇怪想法。

但是当她看到沈南飞身上的那些旧伤口之后，不由得对他过去过着怎样的生活产生了兴趣。

在沈南飞的胸前，有两道将近十厘米长的刀疤，看上去像是被人用砍刀砍的。

或许是沈南飞想要纪念这两道伤口，所以故意让文身师在胸口上文了一个展翅的天使，而那两道刀疤就像天使手中的两把长枪。

他的左侧肋骨部位有一大片瘀青，一小块紫红色清晰可见，似乎是皮下组织出血造成的。

那是昨天晚上与那个杀手搏斗留下来的新伤。

仔细地检查过沈南飞的身上，发现不再有其他明显外伤之后，韩懿姿便缓缓将目光移到了他的下半身。

沈南飞右腿上的伤口已经不再流血了，但是透过破开了一道口子的裤子可以清晰地看到外翻的皮肉。

这一刻，韩懿姿觉得十分尴尬。

她小心翼翼地往沈南飞昏迷的脸上睃了一眼，双手僵硬地举在空中，挣扎了好久，才慢慢地伸向了沈南飞的裤子。

"该死的，我现在是在给一个男人脱裤子吗？我怎么会做这种事！"韩懿姿嘀咕着，双手已经触到了沈南飞的裤腰上。

想她韩懿姿好歹也是一个名门千金大小姐，现在怎么会沦落到给一个奸杀案嫌犯脱裤子？

如果这时候这个男人醒过来，以为她对他有了邪念，然后顺势而为，那她岂不是亏大了。

不知不觉，韩懿姿的双手已经抓住了沈南飞运动裤的松紧裤腰。

她满面绯红，紧紧地闭上了眼睛，心里不停地告诫自己"无论如何都不能看他的内裤"。

然而才脱了一点点，沈南飞沉重的屁股却将裤子压得死死的，无论韩懿姿怎么用力，就是拽不下来。

就在这时，一只有些冰冷的手搭在了韩懿姿白皙的手背上。

"啊——"

韩懿姿的手如同触电般缩了回来，随即一屁股坐在地板上，瞪圆了眼睛看向沈南飞。

只见沈南飞已经苏醒过来，微微睁开了一道眼缝。

"你在干什么……"沈南飞虚弱无力地说道。

"我什么都没干！什么都没干！你不要想歪了！我只是想要脱掉你的裤子……"

说到这儿，韩懿姿注意到沈南飞的眼睛微微亮了一下。

"哦，不对！不是脱你的裤子，是要帮你处理伤口！"韩懿姿紧张得如同一只惊慌的兔子。

沈南飞盯着韩懿姿那张通红的小脸望了片刻，随即吃力地从沙发上坐了起来，一副"北京瘫"的姿势萎坐在沙发上："有医药箱吗……"

"啊？"韩懿姿从紧张的气氛中回过神来，有些慌乱地说道，"哦！有！"说完她便跑进了书房。

沈南飞忍着左侧肋骨和腿上刀伤传来的疼痛，环视了一圈自己所在的房间，发现这儿是一间装修十分豪华的三居室，使用面积大概一百二十平方米。

从小在春州市长大的沈南飞打眼一看，就知道这种房子只会在市中心被称为"富人区"的滨江大道才有，大概也猜出了这个女孩的身份：不是个富家女，就是小三。

　　而此时此刻，韩懿姿蹲在书柜下面，将医药箱从底下拉了出来。

　　可是就在她起身准备往回走的时候，她又犹豫了。

　　她呆呆地望着面前的医药箱，心想："那个家伙已经醒过来了，我是不是就可以不理他了？还有，他是一个奸杀案嫌犯，既然已经醒过来了，那会不会对我做些什么？我是不是应该报警呢？"

　　想到这儿，一阵危机感袭上心头，韩懿姿拿出了 iPhone 手机。

　　她拿着手机，打开拨号界面，连续按下了两个"1"，可是迟迟没有按下最后一个"0"。

　　"没有证据的真相，只是你的猜测。人们只相信有证据的真相。"

　　"在这个世界上，真相不是那么容易发现的，干我们新闻媒体这一行，有时候也是身不由己。舆论的倒向，决定我们要拿什么给别人看，才会提高收视率。"

　　"当没有任何证据证明存在第二犯罪嫌疑人的话，那现在嫌疑最大的这个人就只能成为替罪羔羊了。现在网络上的消息已经十分明确地指向了沈南飞，恐怕他就算是白的，都必须变成黑的。"

　　曾经和社会新闻部林部长的对话忽然闪回在韩懿姿的脑海中，让她陷入了挣扎。

　　她愣怔地望着那能够结束一切的"0"号键，脑子里却在思考着有关真相和假象的问题。

　　沈南飞真的就是凶手吗？

　　他从大桥下跳下时不甘心的眼神，还有他如此激烈地与网络舆论对抗，拼命逃脱的举动，都在慢慢地动摇着韩懿姿的心。

　　她虽然和沈南飞不熟，但是心里一直有一个声音在告诉她：这件事情不像表面看上去那么简单。

　　此时的自己，是该选择相信自己内心的声音，还是选择相信社会的舆论呢？

　　与此同时，瘫坐在沙发上的沈南飞似乎察觉到了不对劲，盯着书房的方向，目光渐渐变得锐利起来。

而就在他准备起身走向书房的时候，韩懿姿终于提着医药箱从里面走了出来。

"医药箱找到了，你需要什么东西？"韩懿姿不敢抬头去看沈南飞的眼睛，用打开医药箱寻找医药用品的举动来掩饰自己慌乱的内心。

沈南飞盯着韩懿姿看了片刻，将刚刚离开沙发一点点的屁股又坐了回去。

"怎么这么久……"沈南飞试探性地问道。

韩懿姿有些尴尬地笑了笑："对不起，它放的位置很不好拿，浪费了一点时间。"

"哦……"

韩懿姿一边在医药箱里翻动着，双明亮的大眼睛在沈南飞握成拳头的右手上扫了一眼。

他现在很紧张！就跟她自己一样！

突然间，韩懿姿的手机响了起来。

韩懿姿瞬间停止了手上的动作，抬头迎向了沈南飞的目光。

这一刻，空气仿佛凝滞了。

冰冷的汗水从韩懿姿的脖子后面流了下来，让她的心瞬间提了起来。

沈南飞目不转睛地盯着她，似乎想要从这个女孩的眼神中发现一些蛛丝马迹。

"我有电话来了……"尴尬的气氛让人窒息，韩懿姿忍不住先开口。

沈南飞迟疑了一下，沉声说道："接吧。"

韩懿姿点了点头，一边注意着沈南飞的脸色，一边接听了电话。

"喂？妈。"

沈南飞听到她开口叫了"妈"便皱了皱眉头，脸上的表情看上去比刚才更紧张了。

"小姿啊，今天周末，晚上记得回家吃饭啊，我叫徐姨做了你最爱吃的糖醋排骨。"

话筒的声音很大，尤其在这肃静的房间里听得更加清楚。

韩懿姿小心翼翼地打量着沈南飞的神色，对电话那边的妈妈道："妈，我今天晚上约了人，不回家吃饭了。"

"啊？约了人？约了谁啊？哈哈，是不是约了男朋友啊？"

老妈的一句话让韩懿姿脸上一红，她有些尴尬地避开了沈南飞的目光："妈，你乱说什么，才不是呢。"

"哎呀，妈妈又不是老古董，你都快大学毕业了，也该找一个男朋友了，什么时候带回来见见爸妈？"

"妈！你真是的！我不跟你说了！我还有事，晚上你跟老爸两个人吃饭吧。"

"你看你这孩子，每次一提男朋友，你就不好意思了。行了行了，妈也不催你了，毕竟以我女儿的条件，别说富家公子，就是当红明星也不在话下。"

"哎呀，烦死了！不说了！我先挂了！"

还没等老妈说完，韩懿姿便挂断了电话。

她如释重负般呼出了一口气，随即目光游离地看了看沈南飞，尴尬地笑着说道："是我妈，她每次打电话来都是这个样子，像个精神病，呵呵……"

沈南飞盯着韩懿姿沉默良久，然后开口说道："有人关心是件好事，你不应该那么跟她说话。当你有一天失去自己所拥有的东西的时候，你一定会后悔的。"

韩懿姿心头微微一颤，没想到能够从沈南飞的嘴里听到这番话，有些不好意思地低下了头。

"我平时都是这个样子的，已经习惯了。"

"人们总是把家人对自己的好当成习惯，如果有人这样对我的话，我宁可用自己的命来换。"

"你刚刚为什么没报警？"沈南飞忽然问道。

韩懿姿愣了一下，身上的鸡皮疙瘩瞬间冒了出来："啊？你在说什么？我听不懂。"

沈南飞对着韩懿姿手里的手机扬了扬头："我都看到了。"

韩懿姿有些诧异地低头看向了自己的手机，发现之前拨号的界面忘了关，那两个"1"就暴露在沈南飞的眼前。

刚刚她在经过一番挣扎之后，终究还没能按下最后的一个"0"，直接锁定了屏幕就拎着医药箱走了出来。

可是谁能想到，这个时候老妈会打来电话？

刚刚她接完电话又忘了立刻锁屏，手机还停留在拨号界面。

韩懿姿看到手机后的第一反应就是懊悔地闭上了眼睛，心里暗骂自己怎么会这样不小心。

"我……我……"

"你认识我吗？"沈南飞问道。

"啊？"韩懿姿被问得有些不知所措，她没想到沈南飞已经忘了她的样子。

她思忖了片刻，开口说道："我……我认识你……你是热门微博上的那个人……"

"既然你知道我是谁，为什么不报警呢？"

"因为……因为你看上去不像坏人。"韩懿姿说出了自己心里的一些真实想法，但为了保护自己，仍然编造了一些谎言。

"我妈说，一般长得好看的人，心地都不会太坏。"

"哼！"沈南飞冷冷一笑，似乎因为韩懿姿之前的种种举动，渐渐地对她放下了戒心。

随即他一边说着，一边撕开了自己被刀割破的裤子："人不可貌相，我可是一个奸杀案嫌犯，或许当我治好了伤，下一个受害的人就是你。在这个世界上，没有什么人是真正值得信任的。生理盐水……"

"哦。"韩懿姿手忙脚乱地从医药箱里翻出生理盐水，递给了沈南飞，继续问道，"那你会……伤害我吗？"

沈南飞拧开了生理盐水的盖子，将它倒在伤口上清洗刀伤，说："你是笨蛋吗？一个杀人案嫌犯说的话，你会信吗？医用棉花、酒精……"

韩懿姿立刻又将棉花和酒精翻了出来，递给沈南飞，然后接过生理盐水放回医药箱里。

她静静地看着沈南飞将棉花团成了一个棉球，然后用酒精浸湿，小心翼翼地擦拭着自己的伤口。

酒精接触到伤口是很痛的，韩懿姿一直观察着沈南飞的表情，发现他竟然连眉头都不皱一下，就像是没有感觉一样。

他清理伤口时那认真的表情，还有那张英俊的脸孔，怎样都让韩懿姿无法相信，现在坐在自己面前的，真的就是热门微博上沸沸扬扬的奸杀案嫌犯。

下一刻，她不由自主地开口回答了刚才沈南飞的问话："如果一个人想要信任你的话，就会相信从你口中说出的每一个字。如果一个人不想信任你，就算你说了实话，也不会信的。"

　　沈南飞笑了笑："你是在讽刺我现在在热门微博上所处的尴尬位置吗？那你相信我吗？"

　　"我……我觉得……我现在有点想要相信你了。"

　　沈南飞清理伤口的动作忽然间停住了，抬起头直视着韩懿姿那双明亮的眼睛。

　　这一刻，时间仿佛定格了。

　　沈南飞坐在沙发上，韩懿姿蹲在地上，两人的视线一高一低，在空中交汇。

　　一种微妙的感觉环绕在两人之间，让这间一百二十平方米的房间似乎变成了一个奇妙的空间。

　　一个是网络上的奸杀案嫌犯。

　　另一个是豪门大小姐。

　　两个生活在不同世界、本来永远都不可能碰面的人，此刻却相聚在这间房子里。

　　命运有时候就是这样奇妙，充满了未知的变数。

　　沈南飞愣神了片刻，随即继续给自己的伤口消毒："你为什么想要相信我？"

　　"因为我相信自己的感觉。"

　　"也许你的感觉是错的。"说完，沈南飞便放下手中的酒精和棉花，"有羊肠线和缝合针吗？"

　　韩懿姿很快从片刻的晃神中回过神来，有些呆呆地说道："什么……线？"

　　"羊肠线，医生用来缝伤口的东西。"

　　"哦，好像有！你等一下！"韩懿姿在沈南飞清洗好的伤口上瞄了一眼，看到里面那红红的肉，不禁心头一麻。

　　"你看看是不是这个。"她将一包写着"羊肠线"的黄色物品和一个被装在透明塑料袋里的弯钩形缝合针递给了沈南飞。

　　沈南飞接过东西仔细看了看，笑着说道："想不到你这里东西还挺全。"

　　"我是处女座，有强迫症的，有些东西就算是不用，也要弄得很专业的样子。"

韩懿姿说道。

　　沈南飞小心翼翼地将缝合针和羊肠线穿在一起，然后从医药箱里找出了一把镊子，夹住缝合针，抬头看着韩懿姿："你最好把头转过去，接下来的画面有些血腥。"

　　"我不怕……没关系。"韩懿姿自诩从小就是个喜欢挑战和冒险的女孩子，一般女生不敢接触的东西她都敢接触，所以缝合伤口这事在她眼里还没有蹦极来得恐怖。

　　在看到沈南飞缝合伤口之前，她的确是这样想的。

　　"你很有胆量啊。"说着，沈南飞便将缝合针刺入了自己大腿伤口的边缘。

　　"啊！"

　　韩懿姿发出一声惊叫，立刻用双手捂住了自己的眼睛。

　　沈南飞在韩懿姿的脸上睃了一眼，脸上露出了一个嘲笑的表情，继续着手里的动作。

　　韩懿姿在沈南飞落下第三针的时候就不敢再从指缝里偷看了，干脆转过身去，两只手紧紧地攥着身上的范思哲T恤，拧成了一个团。

　　时间一分一秒地过去，在这漫长的缝合伤口的过程中，房间里一直静悄悄的，连一声闷哼都没有。

　　也正是从这一天起，韩懿姿重新认识了几天前接触过的沈南飞。

　　他的意志力和忍耐力，似乎比自己之前见过的任何一个人都要强大。

　　甚至强大到让人觉得可怕。

　　二十分钟后，沈南飞将带着血珠的缝合针扔到了地板上，然后伸出一根手指轻轻地在韩懿姿的肩膀上点了点："喂……喂！"

　　韩懿姿双手捂着眼睛，始终不肯回头。

　　沈南飞无奈地翻了个白眼："已经完事啦，把纱布和胶带给我。"

　　"哦！"韩懿姿有些慌张地从医药箱里拿起早就准备好的东西，背身递给了沈南飞。

　　不知不觉，又是几分钟过去了，韩懿姿始终没敢转头去看沈南飞处理伤口的样子。

　　虽然她胆子很大，但见到血淋淋的东西，还是打心底里害怕，甚至排斥的。

可是过了许久，身后都没有再传来沈南飞的声音。

于是韩懿姿抱着强烈的好奇心慢慢转过头去，发现他竟然早已经处理好了伤口，躺在沙发上睡着了。

韩懿姿默默地打量着闭目睡去的沈南飞，心里那微妙的感觉又出现了。

她不得不承认，现在躺在自己面前的这个大男孩，似乎不再那么可怕了。

第十九章

　　此时此刻，韩懿姿和一个衣冠不整的杀人案嫌犯共处一室，如果被其他人知道的话，一定会认为她疯了。

　　就算是急着寻死，也没有像她这样急着往别人嘴里送的。

　　虽然网络上甚至是许多新闻媒体都将矛头指向了沈南飞的过去，将他视为热门微博上女主播遭奸杀案的嫌疑人，但是韩懿姿总觉得事实并不像人们所想象的那样。

　　她始终觉得，不管一个人在别人的眼里怎样，我们都不能通过耳朵去了解一个人。

　　因为通过耳朵知道的情况，其中也许被人添油加醋地进行了改编。

　　从选择进入新闻记者行业的那一刻起，韩懿姿就立志成为一个只揭露真相的记者。

　　然而当她进入这个行业之后，发现许多同行为了冲高收视率抢独家，已经渐渐忽略了"事实"这个东西。

　　所以，现在电视里或者网络上，经常会看到许多被添油加醋甚至故意夸大的新闻报道。

　　媒体人的职责是什么？

　　是揭露真相。

　　尽管现在韩懿姿的心情很复杂，但是她仍然想要相信自己心里的声音，相信自己身为女人的直觉。

　　如果沈南飞真的是网络上所评论的那样一个人，或许现在自己已经遭遇到跟美女主播赵欣颖一样的下场了吧。

　　韩懿姿在经过一番思考过后，终于打消了心里的杂念，拎着医药箱，转身走进了自己的卧室。

客厅里只剩下了因过度疲劳而睡去的沈南飞孤零零地躺在沙发上。

一阵微风从落地窗吹进来，轻轻拂动着沈南飞那头稍显凌乱的发丝。

还不到一周的时间，这个才不过二十岁的年轻人却仿佛老了五岁。

不知不觉，几个小时过去了。

韩懿姿一直闷在自己的卧室里，刻意不去客厅。

而在这段时间里，她却不由自主地用笔记本电脑打开了讯客微博的网页，关注着最新的事态发展。

过去看到关于沈南飞的负面消息，她至少会相信百分之八十。认识沈南飞本人之后，她对那些消息的信任度便降低到了百分之六十。

韩懿姿轻轻滑动着鼠标，热门微博的页面便开始慢慢地向下滑。

虽然平时经常接触网络，但当她看到沈南飞的资料被一点点扒出来的时候，心里还是受到了不小的触动。

在网络面前，人根本没有任何秘密。

很快，她的目光便停留在了一条名叫"大魔王的成长经历"的微博上。

她用鼠标点击了一下微博标题，便进入了博文之中。

这篇文章将沈南飞从十岁开始的家庭生活都罗列了出来，甚至连他从小遭受家暴的事情都写了出来。

这种家庭隐私，如果严格按照法律来讲，已经触犯了个人隐私权。

但是现如今的网络，哪里还有隐私权这个东西？

尤其是一个罪大恶极的杀人案嫌犯，基本上与法律保护绝缘了。

有谁会在乎一个杀人案嫌犯的隐私被人侵犯呢？

当那些描述着沈南飞童年生活的文字映入眼帘之后，韩懿姿不由自主地捂住了嘴，有些不敢相信原来这个世界上还真的有人经历过这样的童年。

一般来说，这种事情是只在狗血的偶像剧里才有可能发生的。

在接下来的时间里，韩懿姿越了解沈南飞更多的故事，心里的感觉就越是复杂。

她开始觉得沈南飞很可怜，但骨子里又隐藏着一种让人害怕的东西。

那是一种不受控制、压抑许久、一旦爆发就会伤及他人的怒火。

他似乎从小到大都在压抑着这股怒火，而这一次的热门微博事件，却将这把火完全点燃了。

扑通！

突然间，客厅里传来了一声异响。

韩懿姿身子一抖，愣怔地转过头看向卧室门，渐渐皱起了眉头。

毕竟还是有些忌惮沈南飞现如今的身份，所以韩懿姿本能地察觉到了一丝危险的气息。她顺手从电脑桌上的笔筒里抽出一支原子笔，将尖尖的笔芯按了出来，紧紧握在手里，朝着门口慢慢走了过去。

她轻轻地握住门把手，缓缓转动，从门缝里小心翼翼地探出头去。

"沈南飞他……怎么了？"

韩懿姿看到沈南飞已经不在沙发上，而是摔倒在了地板上，一动不动，如同昏迷过去一般。

韩懿姿赤着脚，小心翼翼地向着沈南飞走了过去。她从客厅的沙发上顺手拿起了装饰灯遥控器，打开了房间里的灯。

灯光一亮起，韩懿姿便注意到沈南飞仰面躺在冷冰冰的地板上，而且额头上冒出了一层细密的汗珠。

"沈南飞，沈南飞？"韩懿姿轻轻叫了两声他的名字，可是沈南飞如同没听到一般，依然一动不动地躺在那里。

韩懿姿皱了皱眉头，慢慢俯下身子，伸出右手在沈南飞的额头上探了探。

"啊！好烫！"韩懿姿的手一触碰到沈南飞的额头，感觉就像是碰到了一个燃烧的火炉。

这一刻，韩懿姿有些慌了，她不知所措地打量着沈南飞裸露着天使文身的身体，一时不知该如何是好。

她一个大户人家的大小姐，平时都是别人照顾她，哪里遇到过这种事情？

"怎么办……怎么办……烧得这么烫，不去医院的话就死定了！对了！打急救电话！"说着，韩懿姿便转身准备跑回房间拿手机。

在她刚刚转身的一瞬间，一只又热又湿的手紧紧地攥住了她的手腕。

韩懿姿猛然转头，看到沈南飞眯着眼缝望着她。

"不要打120。"沈南飞声音虚弱地说道。

"可是如果不去医院的话，你会死掉的！你现在正在发高烧！"

看着韩懿姿焦急的模样，沈南飞的心头微微一颤，似乎体会到了一种从前不曾体会过的感觉。

他看得出来，韩懿姿是真的在为他担心，而不是装出来的。

沈南飞轻轻眨了眨眼睛，说道："是伤口发炎，用不着去医院，而且以我现在的身份去医院就等于送死。你给我弄一些抗生素和消炎药。"

"抗生素？那东西不是禁止买卖的吗？而且这么晚了，到哪里去弄抗生素啊？啊，对了，医院应该有抗生素吧？我去买一点！"

"你是白痴吗？哪里有到医院去买抗生素的？我告诉你一个地址，你去那里，就说是黑老大让你去买的。"

说完，沈南飞便让韩懿姿找来了纸和笔，在上面写下了一个地址。

"就是这里。"沈南飞说着，将字条递给了韩懿姿。

韩懿姿接过字条粗略看了一眼，二话不说，转身跑进卧室披上一件运动衫外套就冲了出来。

"我很快就回来，你在这里等我！"韩懿姿拿着粉红色的 LV 小皮包小跑着出了门。

今夜的春州市暴雨倾盆，老天爷仿佛要用这场大雨冲刷掉人世间所有的罪恶，路面的积水已经达到三厘米。

嗡——

这时，一辆粉红色的奥迪 TT 以极快的速度在马路上疾驰而过，溅起了大片的雨水，如同一条在水面上掠过的水龙。

韩懿姿的双手紧握方向盘，两只眼睛死盯着雨刷横扫的挡风玻璃，不敢放松一丝一毫。

在这样可怕的雨夜里飙到一百多迈，简直等同于自杀。

然而现在这个女孩已经管不了这么多了，如果沈南飞出了什么意外，那她一直以来跟随着自己心声想要寻找的真相，或许也会随之消失的。

想到这儿，韩懿姿便将油门狠踩到底，发动机的轰鸣声飙升，车子转眼间就消失在了暴雨倾盆的马路上。

在十分钟疯狂的飙车之后，韩懿姿终于来到了地址上的那家药店。

这家药店位于平民区的一栋多层建筑的一层门市，店门口歪歪扭扭地挂着一个"药"字的绿色灯光招牌，下面又写着一行小字：24 小时营业。

"应该是这儿！"韩懿姿探头在药店打量了一眼，随即便打开车门，顶着大雨跑到了售药窗口前，在小窗户上敲了两下。

"请问有人吗？"

很快，一个黑漆漆的影子从玻璃窗后面走了出来，打开了售药窗口。

韩懿姿一看到售药窗口后面的那张脸，便不由得倒吸了一口凉气。

中年男人的下巴上有一片被火烧伤的痕迹，看上去凶眉怒目，让人心生惧意。

"买什么药？"那男人开门见山地问道。

韩懿姿愣了一下，随即强作镇定地回道："我要一支抗生素。"

男人皱了皱那对粗眉毛："你到我们这个小地方来买抗生素？是你傻了还是我傻了？"

"是黑老大让我来的！"

"黑老大……"

听到黑老大的名字，中年男人的表情便有了微妙的变化。

他小心翼翼地向着外面张望了一下，确定没有其他人在场，便对韩懿姿说道："你在这里等我一下。"

韩懿姿伸出手遮挡不停地落下的雨珠。

由于出门太过匆忙，忘了带雨伞，才不过一会儿的工夫，她就已经被淋成了落汤鸡。

"快点快点……"韩懿姿站在售药窗口，有些焦急地跺着脚。

不一会儿，那老板便从药房里走了出来，把一支用纸壳包装好的抗生素塞到了韩懿姿的手里："给你。"

韩懿姿接过那个手掌大小的纸壳包装袋，发现上面连一个字都没有，完全像是小作坊研制的黑药。

然而就在她质疑这支抗生素的时候，药店老板已经把售药窗口关闭了。

"哎？我还没给钱呢！真是……真是莫名其妙。"韩懿姿黑着小脸骂了一句，随即赶紧一路小跑着回到车上。

被淋湿的衣服弄得座椅湿淋淋的一片，水滴不停地往下淌。

可是韩懿姿顾不上那么多了，立刻发动了车，一路向着自己家的方向驶去。

但是韩懿姿没有发现，当汽车就要行驶到滨江大道的时候，一辆从她离开药店时就跟踪她的 SUV 汽车，也跟着她来到了这个地方。

十分钟后，粉红色的奥迪 TT 在停车位上停住，韩懿姿急匆匆地跑下车，连车门锁都忘了摁，就径直跑向了电梯。

突然间，韩懿姿停下脚步，回头望向了停车场的一个转角处。

就在刚刚那一瞬间，她似乎看到那个角落里有一个黑影。

愣怔地望着那里几秒钟后，韩懿姿见没有任何异常，觉得可能是自己太过紧张了，以至于总感觉周围有人。

正巧这时电梯门打开，韩懿姿因楼层提示铃声回过神来，便走进了电梯。

此时此刻，地下停车场里静悄悄的。在这三更半夜，不再有一辆汽车驶入这个寂静的停车场。

然而那一辆辆停在停车位上的汽车，现在好像一块块耸立的墓碑，有一种说不出的诡异。

就在韩懿姿的身影消失几秒钟后，一个人影从刚刚她注视着的角落里走了出来。

他从上衣口袋里掏出手机，在通信录里找到了一个人的号迈并拨了过去。

"喂？嗯，已经找到，我要怎么做？"

"好的，我知道了。"

两分钟后，韩懿姿急匆匆回到了家中，看到沈南飞依然躺在冰冷的地板上。

"我回来了！抗生素拿来了！"韩懿姿连湿淋淋的衣服都顾不上换，三步并作两步来到了沈南飞的身边，在他的身上推了两下。

几滴冰冷的雨水从韩懿姿湿漉漉的头发上滴在沈南飞的脸上。

随即他的眼皮微微动了动，接着慢慢地睁开了眼睛。

见沈南飞醒了过来，韩懿姿终于如释重负地长舒了一口气："谢天谢地你还活着，这个……这个要怎么弄？"

韩懿姿手忙脚乱地摆弄着被纸壳包裹的抗生素，一时竟然找不到一个让她满意的开口处。

真是个典型的处女座强迫症患者。

"扶我起来。"沈南飞有些吃力地举起左手，搭在了韩懿姿纤瘦的肩膀上。

韩懿姿心头微微一颤，被这个男人的手臂碰到，全身如同触电一般。

她仿佛又回到了那座大桥上。

沈南飞纵身而下时那不甘而绝望的眼神，再一次浮现在她的脑海里。

可是过去的那种恐惧感已经消失了，取而代之的是一种被信任和需要的感觉。

韩懿姿朱唇轻咬，拿起沈南飞的手拷到了自己的左肩上，然后右手揽住他的腰身，将他从地上扶了起来。

谁知偏偏这个时候她脚下一滑，整个人歪着倒在了沙发上，被沈南飞那笨重的身体死死地压在了下面。

"啊！"韩懿姿发出一声尖叫，感觉自己的身上仿佛压了一块滚烫的石头。

沈南飞的呼吸轻轻地喷在她的脖子上，两人脸贴着脸，姿势极其暧昧。

就像是一个醉酒的男人，即将临幸自己心爱的女人。

"起来……你快起来……"韩懿姿用力地推开沈南飞，从沙发上挣扎着坐了起来。

她的心跳加速，体温攀升，脸上一片羞红。

就在刚刚那一瞬间，她几乎快要窒息了。

"咳咳！"沈南飞突然咳了两声，恢复了一点意识，强撑着自己的身体靠在了沙发的靠背上。

"把抗生素给我。"沈南飞将一只苍白的手伸到了韩懿姿的面前。

"哦！"韩懿姿的心怦怦直跳，不敢去看沈南飞的脸，低着头将抗生素塞到了他的手里。

沈南飞接过抗生素后便动作熟练地拆掉了纸壳包装袋，从里面取出了药瓶和注射针筒，还有一个装着消毒针头的小塑料袋。

看到那些东西，韩懿姿的眼睛便是一亮。

那药瓶上没有关于生产厂家的任何信息，只贴着一块白色胶纸，上面用黑色中性笔写了"抗生素"三个字。

难道，这真的是黑作坊生产的抗生素吗？

还是什么走私的违禁品？

想到这儿，韩懿姿的记者本能提醒她，或许可以从中发掘出一个独家新闻。

沈南飞将针头安装在注射针筒上，随即将它插入装着抗生素的药瓶里，缓缓向后拉动拉塞。

很快，药瓶里的抗生素就被抽光，到达针筒一半的刻度。

接着沈南飞拨开了自己的裤子，露出了半个屁股。

韩懿姿见状一瞪眼睛，随即火速转过身去。

沈南飞用余光瞄了一眼韩懿姿，说道："去把消炎药和退烧药找出来。"

他说话的时候轻描淡写，就好像已经习惯了支配韩懿姿这个千金大小姐一样。

可是韩懿姿的心里没有感到任何不爽，反而有种解脱的感觉，立刻去了卧室，打开医药箱找药。

而她回到客厅的时候，发现沈南飞已经完成了注射，将空的针筒扔在了地板上。

韩懿姿的目光在那上面睃了一眼，随即走到厨房倒了一杯水，然后将退烧药和消炎药按照剂量取出几粒，递到了沈南飞的面前。

沈南飞在韩懿姿那张表情复杂的脸上看了看，接过药片一把塞进了嘴里，然后将满满一杯水喝光。

接下来的十几秒钟，客厅里面一片寂静，两人没有再说一句话。

这样尴尬的气氛令人有些不自在。

全身湿透的韩懿姿就这样静静地注视着瘫坐在沙发上的沈南飞。

"谢谢你。"沉默了许久之后，沈南飞终于开口说道。

"没关系。"韩懿姿淡淡一笑。

沈南飞扫了一眼韩懿姿湿漉漉的头发和衣服："你不打算去洗一下吗？"

听到这句话，韩懿姿本能地抱住了自己的肩膀："洗一下？你想干什么？"

突然间，沈南飞的身体前倾，向着韩懿姿快速靠了过来。

接着他捧起她的小脸，把嘴巴就往韩懿姿的嘴唇上贴。

可就在四片嘴唇几乎就要碰触到的时候，沈南飞突然停住，嘴角慢慢咧开，露出了一个坏坏的微笑："你别忘了，我可是一个奸杀案嫌犯。你说，我想要干什么呢？"

韩懿姿瞪圆了眼睛，与沈南飞四目相对，身体却没有再往后退。

因为她从沈南飞的眼睛里看不到一点歹意，有的只是想要看她出糗的调皮。

"你不会的。"韩懿姿冷冰冰地说道。

沈南飞笑了笑："你怎么知道我不会？"

"因为我相信你不会。"

听到这句话，沈南飞的眼角微微抽动了一下，心头升起一丝暖意。

片刻后，他自嘲般微微一笑："真是开不起玩笑，不懂得配合。我要休息了，明早之前都不要吵醒我。"

说完，沈南飞便翻身躺在了沙发上，闭上眼睛睡了过去。

韩懿姿看着沈南飞睡去的样子，不自觉地露出了一个微笑。

五分钟后，浴室里热气蒸腾，韩懿姿站在莲蓬头下冲洗着自己被大雨淋过的身体。

水流滑过她那冰雪般雪白滑腻的肌肤，从白皙的峰峦之间流过，仿佛为她的身体镀上了一层柔光。

她用水葱般纤细白嫩的手指拂去脸上的水，将光泽的长发捋到脑后，任热水冲刷着她那张就算不经粉饰却依然出众的脸。

这一天经历的事情太多，她的大脑始终处于一片空白的状态。

她需要冷静下来，将心里的想法和现实经历的事件整理一下。

因为韩懿姿已经感觉到，自己接下来的生活，似乎要有翻天覆地的改变了。

浴室里沐浴的少女和客厅里沉睡的奸杀案嫌犯，有谁敢想象这样的两个人会度过一个相安无事的夜晚呢？

这是他们两人一起度过的第一夜，可同时也是一段宿命的开始。

第二天一早，当韩懿姿起床来到客厅的时候，沙发上已经是空荡荡的了。

那里没有了某个人的身影，此刻显得冷清而又寂寞。

很快韩懿姿便发现，沙发前的茶几上放着一张字条。

她穿着那双粉红色的兔子头绒毛拖鞋走到茶几旁，拿起那张字条看了看，只见上面写着：谢谢你的帮忙，你挂在门口的外套我拿走了，当作你剪掉我衣服的补偿。

　　看到字条上的这句话，韩懿姿觉得又好气又好笑，微笑着轻声骂道："臭流氓……"

第二十章

▶ 重生

早晨六点四十分，沈南飞拖着疲惫的身体，乘坐电梯来到了韩懿姿所住小区的大堂。

他镇定地从保安室门前走过，出了大门，一路来到了小区的门口。

他从裤兜里掏出一个皱巴巴的香烟盒，从里面抽出了一支有些弯曲的香烟，又掏出磨得锃亮的 zippo 打火机点燃。

他深深地吸了一口烟，对着天空缓缓吐了出来。

这一刻，沈南飞仿佛回到了他出狱的那一天。

那一年的天空也跟今天一样，经过大雨的冲刷变得清澈蔚蓝。

这短短的两天，沈南飞就在鬼门关前走了两圈。

小男的死，成为引爆他心中怒火的导火索。

他发誓，如果不亲手揪出陷害他的幕后黑手，他将身坠修罗地狱，永世不得翻身。

从这一刻起，一个沉睡已久的魔王，正在慢慢地苏醒。

"等着看吧，我会让你们知道，我的身体里到底流淌着多卑劣的血液。"沈南飞在心里默念。

嘟嘟！

一阵急促的喇叭声响起。

沈南飞慢慢地转头，看到一辆黑色凯迪拉克 SUV 正向他驶来，脸上露出了一个神秘的微笑。

很快，这辆 SUV 便在他的面前停下。

沈南飞将手里的烟头扔掉，然后用那双破旧的球鞋碾灭，上了这辆黑色凯迪拉克。

下一刻，汽车缓缓地驶入了车道，载着沈南飞离开了韩懿姿居住的豪华小区。

城市中仿佛奏响了一首无声的序曲，准备迎接魔王的归来。

一个小时后，春州市先锋路上一家还没营业的高级娱乐会所里，沈南飞跟着那辆凯迪拉克的司机坐电梯来到了位于六层的办公区。

他们走过铺着红色羊毛地毯的走廊，很快就来到了一扇装饰奢华的双开门办公室门前。

站在这扇大门前，沈南飞仿佛又回到了自己的位置，心中的感觉无以言表。

接着他推开了大门，走进了办公室。

"我回来了。"沈南飞望着坐在办公桌后面、身上披着一件黑色西装外套的男人，露出了罕见的亲切微笑。

那男人四十岁左右，理着一个时尚的背头，嘴唇周围留着一圈细细的胡茬子，看上去很有一种小资男人味。

他不像社会上那些黑帮大佬，喜欢在身上文许多文身，戴着手指粗细的金链子。相反，与其说他是黑社会，倒不如说他是一个经营黑道的商人。

这个男人从头到脚都是满满的书香气，穿着打扮也像是一个颇具王者风范的成功人士。

如果说他身上唯一一点可以被视为黑道特征的，恐怕就是他眉心之间深深的皱纹了。

很多人都说当他紧皱眉头的时候，是这个世界上最可怕的画面。

而他，就是一直被沈南飞称作"黑老大"的大哥刘伟洋，也是在春州市实力仅次于狗爷的黑道人物。

只不过狗爷是继承的家业，这个男人却是实打实地白手起家。

论心机、手段，狗爷绝不是他的对手。而他吞掉狗爷的势力，恐怕也是早晚的事。

黑老大静静打量了沈南飞片刻，随即从办公桌后面站起身来走到了他的面前，有力的双手重重地握住了他的肩膀。

"你小子果然跟以前一样，总是死不了。"黑老大笑着说道。

沈南飞微微一笑："我这条贱命，就算是送给老天爷，他也不会要的。"

自从沈南飞出事以后，黑老大就一直暗中关注着有关他的一切消息。

通过前天的莲华胡同大火，还有狗爷车祸事件，黑老大已经确定，这一切都跟沈南飞有关系。

而在昨天晚上，沈南飞还利用韩懿姿来到他们的秘密接头地点买抗生素，提醒黑老大他现在需要帮助。

所以，今天早上沈南飞才会看到那辆昨天从韩懿姿离开药店，就一直跟踪她的凯迪拉克 SUV。

司机根据黑老大的指示，在附近蹲守了一夜，以保证沈南飞和韩懿姿的安全，直到看到沈南飞离开才前来接应。

在黑老大的地盘上，暗号成为一种可以神不知鬼不觉进行通信的手段。

谁也不知道在黑老大的地界里，有多少用来交流和求援的暗号。

在了解了沈南飞和小男经历过的一些遭遇之后，黑老大便对他说道："小飞，现在你绝对不可以在大庭广众之下露面，你还要做一个'隐形人'，隐藏在别人的眼皮底下。但是我会为你提供一切援助，暗中帮助你找到幕后的黑手。"

说着，黑老大走到了办公桌后面，拉开抽屉，从里面取出一张钻石级别的VIP 信用卡放在桌面上，推到了沈南飞的面前："这张卡是我的名字，你拿着随便用。如果你使用自己的任何一张储蓄卡，很快就会被警察追查到消费记录并锁定目标，但是如果用我的卡，可以转移他们的视线，帮你隐藏身份。这段时间你受了不少苦，现在，该是你翻身的时候了。"

沈南飞在那张卡上扫了一眼，说："老大，你知道我不在乎这些东西。"

黑老大轻轻皱了皱眉头，脸上的表情严肃起来："让你拿着你就拿着，男人在外面可不能没钱。就当我借你的，以后你再还我。去好好休息一下，接下来你面对的可是一场硬仗。上一次的事让你和小刀受了委屈，绝不能发生第二次了。"

沈南飞思忖了片刻，知道以黑老大的脾气，如果拒绝了他的好意，就等于打了他的脸，于是便将那张信用卡收进了衣服口袋。

黑老大斜着眼睛打量了一眼他身上那件女士运动衫，说道："快点把你身上的这件衣服换掉，看着真别扭。"

沈南飞笑了笑，没有说话。

"对了，听说上一次，你在医院里被人追杀？"

对于黑老大得知那天的一些细节，沈南飞并不感到意外。因为凭黑老大的情报网，想要了解一些情况并不是很难。

"没错。"沈南飞回道。

黑老大冷冷一笑："你知道为什么你被人追杀，外面的警察却没进去帮你吗？"

听到这句话，沈南飞的眼神渐渐锐利起来："为什么？"

"因为在你出事之前，有人给看管的警察打了电话，把他支走了，所以就为那个杀手制造了杀害你的机会。"

"你的意思是说，警察里面有杀手的内鬼？"

"不是杀手的内鬼，而是另一个人的内鬼，那个杀手充其量也就是一颗可以随意丢弃的棋子罢了。我感觉，想要除掉你的那个人不简单。你真的没有得罪过什么大人物吗？"

沈南飞仔细思索了片刻，不记得自己得罪了什么黑道上的大人物，除了那个已经被送进医院的狗爷。

"没有，春州市除了狗爷，谁还敢跟我们对着干？"沈南飞说道。

黑老大点了点头："我知道了，这件事我会再去了解一下，你先去休息吧。"

"好的。"沈南飞点了点头，转身离开了黑老大的办公室。

兜兜转转，想不到最后还是要求助黑老大。

如果没有任何人帮助他的话，凭借他自己的力量，很难将热门微博上的美女主播遭奸杀事件翻盘。

如果他过着东躲西藏的日子，又怎么能够找出幕后的黑手呢？

通过被韩懿姿救，沈南飞突然领悟到了一件事：如果能够找到热门微博相关事件人来帮助他，或许可以阻止这一切。

这一天夜里，沈南飞住进了黑老大事先为他安排好的高级宾馆。

洗去了身上的污浊之后，沈南飞站在镜子前，看着满面胡须、长发盖眼、狼狈不堪的自己，忽然有一种厌恶的感觉。

他讨厌无力反抗、软弱无能的自己。

他讨厌没有能力保护小男的畏首畏尾的自己。

而现在，他要跟这些天来的沈南飞告别了。

他拿起折叠式剃头刀，将长发一条条地削去，又用电推刀把头发一寸寸地剃短。

镜子里的沈南飞眼神坚毅，每剃短一寸头发，他复仇的欲望便强烈一分。

那个文在胸口上的手握双枪的展翼天使，仿佛也富有灵魂般动了起来。

虽然暂时摆脱了穷困潦倒的逃亡生活，但是沈南飞心里的压力不比前几天小。

他万万没有想到，热门微博事件才刚刚开始，就已经有他的小弟小刀被人砍断了手，还有小男被身份不明的杀手杀害。

他知道这一切仅仅只是一个开始，接下来，一定还会有更加可怕的事情等着他。

第二天一早，沈南飞乔装一番后回到了之前他和小男居住的那条胡同。

在经过一番询问之后，他了解到小男的尸体已经被火化，骨灰被存放到了春州市第二殡仪馆。于是他便将从银行里取出的两万块丧葬费给了把小男火化的邻居，然后开着黑老大借给他的那辆黑色凯迪拉克 SUV 去往小男长眠的地方。

虽然他们两个人相处的时间并不长，而且小男还是疯疯癫癫的，但是相似的经历让他渐渐对小男有了一种特别的感觉。

这种感觉，介于亲情和同情之间。

二十分钟过后，沈南飞来到了人影疏寥的春州市第二殡仪馆。

这个季节是祭拜的淡季，只有三三两两的人前来悼念自己的亲人。

曾经黑老大就跟他说过："这个世界上，最淡薄的是人情，如果一个人想要跟你加深感情，那就说明他可以从你的身上得到利益。"

路过那一个个不知多少年没有人来祭拜的灵位，沈南飞感觉有一群人安安静静地坐在那里，眼巴巴地望着他从他们的面前经过。

他们等待着有朝一日会被自己的亲朋好友记起，但等来的却是一次次的失望。

沈南飞走过了两条走廊，最后在第三灵位陈列厅里找到了新加入的小男的灵位。

沈南飞紧紧地握住一捧白菊花，静静地注视着玻璃罩子后面那黑色骨灰盒上小男的照片。

照片里的小男与平时那疯疯癫癫的样子判若两人，他留着一头干净利落的短发，面带腼腆的微笑，是那种见到女孩子看他一眼都会脸红的男孩子。

直到今天，沈南飞才知道，原来整天脏兮兮在他身边转来转去的小男，是长这个样子的。

沈南飞环视了一下四周，见只在远处有一个祭拜家人的年轻女人，便摘下了自己的帽子，取下了墨镜，走上前去将一捧白菊花放在了小男的灵位前。

他低着头默哀了一分钟，然后将帽子和墨镜重新戴了回去，用略带着愧疚的声音轻声说道："小男，对不起……从今以后，你就是我的家人，只要我还活着，就会来看你。"

说到这儿，沈南飞不禁露出了一个自嘲的微笑："如果运气不好的话，或许哪天你旁边的位置就是我的。"

对着小男的灵位深深地鞠了一躬之后，沈南飞转身离开了这个陈列厅。

然而，就在他转身的一瞬间，一个眼珠翻白的女人却突然间出现在了他的眼前。

"啊！"

沈南飞被突然出现的一张脸吓得身子向后一仰，差一点就破口大声骂了出来。

待他努力镇定下来仔细观察之后，发现这个女人穿着一身彩色格子连衣裙，披散着一头栗色的长发，惨白的皮肤没有一丝血色，双手无力地垂在身体两侧，就像是一个挂在架子上的木偶。

"怎么又是你！阴魂不散，都说了你的死跟我没关系！"一说出这句话，沈南飞就感觉自己似乎真的快被搞疯了。

这个世界上根本就没有鬼，难道自己最近太过紧张，又出现幻觉了吗？

可是不管是幻觉也好，还是一切其他的自然现象也罢，现在那个女人就站在他对面，与他保持着一段距离。

这时，一对中年夫妇从那女人的身上穿过，仿佛穿过了一团空气。

她的身影模糊了一下，很快又恢复了原样。

"是她，那个女主播赵欣颖。"沈南飞到现在都深深地记得那身彩色格子连衣裙。

而就在他有些不知所措的时候，赵欣颖就像是想要为他带路一样，转身向着殡仪馆的另外一条走廊飘了过去。

她的身影时隐时现，很快就到达了走廊的尽头，并站在那里背对着沈南飞一动不动。

沈南飞盯着她的背影迟疑了许久，感觉她似乎要带着他去什么地方。

"开什么玩笑，只不过是幻觉，难道还真的要去吗？神经病！"沈南飞在心里暗暗骂自己，转身便准备离开这个阴森森的殡仪馆。

可是突然间，一些零碎的画面出现在了沈南飞的脑海里。

而且那些画面是他从来没有经历过的，从另一个人的视角看到的东西。

"不要！啊，不要！求求你！不要啊！"

视角左摇右晃，不时传来女人歇斯底里的呼救声。

画面中只露出了一个穿着黑色条纹修身西装男人的胸口和不断在眼前晃的双手。

那双手粗暴地扯下了一条白色的蕾丝内裤，接着整个人都压了上来。

"呃！"

沈南飞立刻闭上了眼睛，感觉头痛欲裂，仿佛被另一个人入侵了自己的脑子。

"这画面是什么？我怎么从没见过？"沈南飞大口地喘着粗气，额头上冒出了一层冷汗。

随即他缓缓地转过头去，发现赵欣颖那阴森森的身影早已经消失不见了。

虽然他很想离开这个鬼地方，心里却出现了另一个声音。

那个声音用阴冷森寒的语气对他说："你难道不想知道赵欣颖在死之前都经历了什么吗？你难道要一辈子背着杀人案嫌犯的罪名过着暗无天日的生活吗？你要去了解她，也只有她，才能让你重见天日！你要直面你的恐惧！"

"该死！"沈南飞紧紧地闭上了眼睛，双手微微颤抖着。

片刻后，他猛地睁开眼睛，眼神变得比之前坚决了许多。

似乎害怕自己下一秒就会改变想法，他立刻转身走向了刚刚赵欣颖停留的地方。

当沈南飞来到那条走廊入口的时候，发现里面也是一个陈列灵位的大厅。

他缓缓地迈开步子，走进大厅，看到的却是一些奇奇怪怪的东西。

许多骨灰盒子上面的照片都是模糊的，并且以一种水雾状的形态在蠕动。

沈南飞感觉自己似乎踏进了鬼门关，周围都是虎视眈眈地注视着他的妖魔鬼怪，空间也变得扭曲起来。

不知不觉，他竟起了一身的鸡皮疙瘩。

他不知道自己好端端的一个正常人为什么会看到这些东西，难道他真的继承了酗酒父亲的精神病？

那些照片模糊的骨灰盒里，传来许多杂乱的声音，如同呓语。

那些声音说着一些沈南飞听不懂的话，仿佛一千只苍蝇在他的耳边飞。

可是突然间，有一个清晰的声音从他右边的方向传了过来："救救我！"

在听到声音的一瞬间，沈南飞猛然转头，将目光迅速集中到了一个紫黑色的骨灰盒上。

周围骨灰盒上的照片都是模糊的，可唯独这一张是清晰的，可以清楚地看到一个美丽女孩的脸。

"是赵欣颖！"沈南飞心头猛然一颤，感觉自己快要窒息了。

"原来赵欣颖的灵位也在这里！"

接着，沈南飞怀着忐忑的心情慢慢地走向了灵位。

与此同时，周围扭曲的空间和那些模糊的照片，渐渐恢复成了现实的模样。

不远处有两个陌生人在祭拜灵位，可是沈南飞从未察觉，视线都被赵欣颖吸引了。

他一步步地走到了她的灵位前，看到她的骨灰盒上放着一小束百合花，前面放了一盘糕点，手掌大小的香炉里还插着三根香。

香是刚点燃的，才烧了四分之一。

有人刚来过！

沈南飞的反应很快，立刻就意识到了有人来祭拜过赵欣颖的事实。

可是这时候，谁会来呢？

是赵欣颖的家人吗？

还是其他的什么跟她有关系的人？

"你难道不想了解她经历了什么吗？"

这时候，那阴冷森寒的声音再次在沈南飞的耳畔响起。

强烈的直觉告诉他，现在必须追出去看看。

想到这儿，沈南飞立刻转身向着殡仪馆出口的方向追了过去。

现在有关于赵欣颖的一切线索都不能放过。

他必须搞清楚这个女主播到底是被谁杀死的。

"哎！神经病啊！"

沈南飞像一头疯牛，横冲直撞地从刚刚走进大厅的两人中间撞了过去，气得人家转头就骂。

可他已经顾不上什么礼节了，凭着自己的直觉，他感觉那个人应该还没有走远。

当沈南飞距离出口只有不到五十米的时候，一个孤零零的身影进入了他的视野。

那人身材高大匀称，穿着一件黑色的衬衫、一条深蓝色的牛仔裤和双白球鞋，戴着一顶跟沈南飞同款的黑色鸭舌帽，帽子压得很低。

时间吻合，而且周围又没有其他人，一定就是那个人。

第二十二章

▶ 神秘人

然而当沈南飞追出来的时候，那个男人刚好坐上了一辆停在附近停车场的纯白色奥迪 A7，从他的面前驶过。

沈南飞的目光在驾驶座那男人的脸上一扫而过。可是他的帽子压得很低，根本看不清他的脸，只能大概看到一个简单的轮廓。

他的侧脸有些消瘦，但脸型看上去每一部分都刚刚好，如同雕刻。尤其是那高挺的鼻子，将他整张脸的气质都撑了起来。

隔着淡黑色的玻璃窗，沈南飞看到他似乎留着齐刘海，除此之外再看不出什么了。

坐在驾驶座上的那个男人目不斜视地盯着前方的道路，丝毫没有注意到沈南飞的存在。

不过一转眼的工夫，那辆纯白色的奥迪 A7 就已经驶离了殡仪馆。

这个男人既然来到赵欣颖的灵位祭拜，他俩的关系必然不一般，或许能够从他的嘴里得到一些有用的情报也说不定。

而且赵欣颖将他指引到灵位前偏偏就看到这个人，冥冥之中似乎也在向沈南飞说明着什么。

想到这儿，沈南飞立刻转身跑向了停在附近停车场的凯迪拉克 SUV，麻利地拉开车门钻了进去。

汽车一个急转弯驶出了停车位，接着就开上了车流稀疏的街道。

"那家伙怎么开得那么快，一会儿工夫就不见了。"沈南飞盯着前方的车流仔细寻找着那辆十分显眼的奥迪 A7，可是一时间竟然找不到它的影子了。

就在沈南飞有些急躁的时候，他突然在前方被红灯拦截的车流中，看到了那辆奥迪 A7 的身影。

现在他们两辆车之间相隔着七八辆车的距离，沈南飞只能够隐约看到右上方车流中露出的一个银色奥迪标志。

几十秒钟之后，红灯变绿，沈南飞立刻冒着违反交通规则的风险，转弯切入了旁边实线内的左转弯车道，绕过了堆满车流的直行道，直逼奥迪A7所在的位置。

就在沈南飞刚追上的时候，那辆奥迪A7突然开始加速，进入了信号灯后面的直行车道。

可是那小子开车的起速很快，转眼间就甩开了沈南飞的凯迪拉克。

沈南飞见他又要脱离自己的视线，干脆一脚油门踩下，直追而去。

很快，沈南飞的凯迪拉克便追到了奥迪A7的正后方，刻意保持着一段距离。

"春A……"沈南飞默念着前方那辆汽车的车牌号，随即掏出了手机，将它输入到手机的备忘录里。

现在的他不能够放过任何可以翻身的线索，就算是在别人眼里微不足道的小事，仿佛都能够成为他的救命稻草。

记下了车牌号之后，沈南飞便用车载电话拨通了一个号迈。

"喂？请问你找谁？"

"是我，小飞。"沈南飞说道。

电话那边的人沉默了片刻："哦，是你啊，黑老大跟我说过了，你有什么事情都可以找我，只要我能够帮得上忙。"

沈南飞看了看备忘录上的车牌号，跟前面的奥迪A7又对照了一遍，随即开口说道："我要你帮我查一个车牌号，看看这辆车的车主是谁。"

"没问题，车牌号是多少？"

在报完了车牌号之后，沈南飞便挂断电话，握紧了方向盘，继续紧跟着那辆奥迪A7。

大概两分钟后，沈南飞跟着那辆车跑过了两条街，接着便感到不太对劲。

前面那辆车的速度渐渐慢了下来，然后缓缓驶入了右转弯车道。

正巧这个时候前方红灯亮起，那辆奥迪A7便停了下来。

沈南飞很想转弯跟过去，却下意识选择了直行。

他不知道自己为什么会这么做，只是出于本能，感觉如果再跟下去，似乎会有什么意想不到的事情发生。

现在他的黑色凯迪拉克与那辆白色的奥迪并排停在了斑马线的后面。

沈南飞忽然感觉到似乎有双眼睛透过两道玻璃窗，盯在了他的身上。

他的心跳加速，慢慢地将头转向了右边。

不转倒好，他这样一转，正好透过玻璃窗，看到那辆白色奥迪里的人也正在看着他。

一时间，两人的目光隔着两道玻璃窗在空中碰撞。

他感到有一道刺眼的火花似乎要灼伤他的眼睛。

这一刻，车里的空气仿佛都要被冻结了。

沈南飞愣怔地望着那个人，而那个人也毫不避讳地盯着他。

几秒钟后，那辆奥迪里的男人忽然咧开了嘴角，对沈南飞露出了一个冷笑。

而这时，红灯变绿。

一阵凶猛的引擎声响了起来，沈南飞全身的神经立刻紧绷起来。

原本普普通通的奥迪汽车，仿佛化身为一头白色的野兽，一个野蛮的右转弯，直接驶入了右边的一条街道。

沈南飞放下手刹，正想要踩下油门跟着转过去，可是紧随其后的右转弯车流截断了他的去路。

他只能眼巴巴地看着那辆奥迪 A7 消失在车流中。

然而沈南飞却没有气恼，只是冷静地望着那男人离开的方向，随即启动汽车驶向了直行的车道。

虽然跟丢了那辆白色奥迪，但起迈沈南飞今天并不是一点收获没有。

他似乎已经开始渐渐地进入了状态，找到了一点开始向热门微博事件反击的感觉了。

寻找线索不能够只是通过网络，要想办法找出网络背后的真实世界，把所有跟这件事有关的人都揪出来。

当天下午回到酒店，沈南飞便接到了之前拜托查询车牌号那个人发来的资料。

让沈南飞不得不赞叹的是，这个人做事真的很细心，资料是图文结合的形式，把那个人所有的情况都扒了出来。

沈南飞穿着一件纯白色的紧身 T 恤和一条黑色运动裤坐在电脑前，仔细阅读着这份关于那个车主的资料。

　　资料中显示，那个男人名叫冬贺，是国内颇有名气的 T 台模特，今年二十二岁，同时也是美女主播赵欣颖的绯闻男友。

　　他跟赵欣颖的关系一直扑朔迷离，谁也没法给一个准确的说法。

　　"冬贺……"沈南飞盯着照片上那张阳光帅气的脸，隐约间感觉到一些奇怪的东西。

　　他的笑容看上去冷酷中又带着一点神秘，有一点亦正亦邪的气质，单单从外表来判断的话，他似乎是一个很难搞定且性格孤僻的家伙。

　　假设他真是这样一个人的话，那他的朋友应该很少，而他今天又去了赵欣颖的灵位祭拜，也证明他们之间的关系匪浅。

　　如果说他真是赵欣颖的男朋友，那赵欣颖应该会把自己最私密的事情都跟他说吧，甚至包括谁是她最讨厌甚至生死对立的人。

　　为了进一步了解这个名叫冬贺的男人，沈南飞打开了讯客微博，在上面搜索到了他的微博账号。

　　同样，他关注了赵欣颖的微博账号。

　　今天的沈南飞并没有把注意力放在热门微博的话题上，因为他知道，就算再怎么看，也不可能出现有人为他洗白的消息。

　　他点开了冬贺的微博，看到里面发布的基本上都是一些工作上的相关信息，关于赵欣颖的情况基本上没有。

　　但冬贺微博上最新发布的一条博文，让人感觉有些可疑：人在做，天在看，杀人偿命！

　　沈南飞仔细看了看这条微博的发布时间，正好是赵欣颖被奸杀之后的第二天。

　　而赵欣颖的微博看上去就要热闹得多，大多是一些自己的自拍照。

　　不过通过冬贺的那条最新微博基本上可以判断，他是在为赵欣颖出气。

　　沈南飞又点开了那条微博下的留言区，看到了许多愤怒的留言。

　　"冬贺，你要为欣颖报仇！我们支持你！"

　　"凶手名叫沈南飞，目前在逃中！他是你们春州人！你想想办法吧！一定要为欣颖报仇啊！"

　　"老公，那个女人有什么好的，死了就死了吧，宝宝会一直陪在你的身边！"

　　沈南飞慢慢向上翻阅，接下来看到的留言就有些不堪入目了，基本上都是一些女生调情和一些赵欣颖主播粉丝"寻求正义"的留言。

　　不看不知道，想不到沈南飞的大名竟然都传到冬贺的微博里了。

　　但或许是这样的留言看得太多了，沈南飞也渐渐地有些麻木了。

　　随即他退出了这条微博的留言区，忽然发现了第二条微博所透露出来的信息。

　　微博上写道：一周之后，给你们一个惊喜！B9 时尚 T 台秀等你！

　　"一周之后……"沈南飞眉头紧锁，扫了一眼微博发布的时间，眼睛一亮，"就在明天。"

第二十三章

▶ 夺命 T 台秀

当第二天来临的时候，沈南飞一早便去往了黑老大的其中一个秘密接头地点，搞了一个假的警官证。

不得不说，黑老大手下真是什么能人异士都有，这张假的警官证做得和真的简直一模一样。

作为今天去往冬贺 T 台秀的"通行证"，这是一个必不可少的道具。

中午十二点三十分，沈南飞便开着那辆凯迪拉克来到了冬贺微博上面公布的 T 台秀地址。

这里原本是一个位于春州市近郊的废弃工厂，在周围的企业都搬到了郊区之后，这个工厂由于占地面积太大，政府索性请了专业的设计师团队，化腐朽为神奇，将工厂里的七八个厂房变成了极具个性的创意园区。

现在，这地方的厂房基本都用来举行盛大的时装盛典，又或者是时尚艺术展览。

而今天的 B9 时尚 T 台秀，就在其中最大的厂房里举行。

沈南飞坐在车里仔细打量了一下举办 T 台秀的厂房入口，看到周围悬挂着许多尺寸巨大的海报，上面用十分浓重的金属元素做点缀，将那些英文字体塑造得极具朋克艺术感。

看来今天的时装秀会是一场朋克复古秀了。

就在海报的正中央，印着一身朋克造型、化着烟熏妆的冬贺的照片。

照片里的他一脸冷傲与邪气，看上去冷峻不羁，给人一种沉重的压迫感，却又十分酷炫。

沈南飞看了看他照片下面的一行文字，上面写着时装秀开始的时间是下午一点，也就是说现在距离开始还有半个小时。

络绎不绝的车辆开始从四面八方驶来，停在了停车场，渐渐阻隔了沈南飞的视线。

他看了看手上的电子手表，时间已经是十二点四十分。

"还有二十分钟。"沈南飞说了一句，便下车混入了人流，走向了 T 台秀的入口。

"对不起，请出示您的邀请卡。"一名西装笔挺的迎宾员拦住了一位盛装出席的女士。

女士微微一笑，动作优雅地从自己的手提包里掏出一张制作精美的邀请卡递给了他。

迎宾员打开卡片看了看，脸上立刻浮现出温和的微笑："欢迎您的到来，请进吧。"

然而这一切都被人群中的沈南飞看到了。

他心头不禁一沉，暗自说道："原来这个地方是要邀请卡的。那我怎么办……"

他环视四周，看到许多人都是手持着邀请卡，站在后面等待入场。

虽然他有一张假的警官证，但是这个地方可不会买账。

而且那张警官证，是对冬贺的时候才用的。

正在沈南飞为邀请卡发愁的时候，他忽然看到了一名正站在一旁打电话的女士。

那位女士似乎是有些匆忙地把手机从包包里拿出来的，连包都没有合上，里面的东西一览无余。

沈南飞一眼就看到了跟刚才那些邀请卡一样的东西在里面。

他灵机一动，挤出了人群，故作镇定地来到那个女人的身边，装作与她擦身而过，接着以专业扒手的速度用两根手指将那张邀请卡从她的包里夹了出来。

由于今天的沈南飞没有做太多的掩饰，只是戴了一顶鸭舌帽和一副蛤蟆墨镜，看上去颇有些明星气质，所以引得那女人一边打电话，一边往沈南飞的侧脸瞄，根本没有注意到自己手提包里的邀请卡不见了。

擦肩而过的瞬间，沈南飞对那个女人微微一笑，装作与她调情的模样转移了她的注意力。

而那个女人也一边讲着电话，一边对沈南飞回以一个妩媚的微笑。

五分钟后，沈南飞顺利地混入了 T 台秀场。

可是那个女人，因为没有邀请卡而被拦在了外面。

"怎么回事，我的邀请卡呢？刚刚还在包里呢！"她有些慌张且气愤地在包里乱翻一气，可是怎么都找不到那张卡片了。

所谓"色字头上一把刀"，男人女人都一样。

沈南飞混进了秀场的人群，来到了他手中邀请卡上显示的座位坐下。

令他意想不到的是，那个女人的位置还真不错，但对于沈南飞现在的身份来说，坐在这个位置上实在是有些太显眼了，就位于距离 T 台最近的第一排的左边第一个，正好可以看到模特们出场。

沈南飞小心翼翼地打量了一下四周，将头上的帽子又压低了一点。

十五分钟之后，秀场的灯光渐渐暗了下来。

因为要配合暗黑朋克风的时装秀主题，所以这秀场的灯光很昏暗，但是几盏探照灯分别从几个方向照过来，让 T 台明亮了许多。

五色的彩灯缠绕在舞台的周围，闪烁之时仿佛点缀在黑暗夜空中的彩色星星，为这暗黑朋克风元素增添了一点色彩。

很快，原本有些喧嚣的秀场里随着主持人的声音响起而渐渐安静下来。

穿着一身笔挺修身西装的主持人以标准流利的普通话说完了开场白，随即宣布本场 T 台秀正式开始。

下一刻，周围的灯光全部熄灭，只有两盏探照灯照在舞台上，让这个十几米长的 T 台成为唯一的焦点。

接着动感的背景音乐响起，时尚男模们首先出场，为大家开启了一场时装盛宴。

这还是沈南飞这辈子第一次现场观看时装秀，而且还是坐在离 T 台这么近的位置。

这种感觉很奇妙，仿佛将他拉入了另一个与他隔绝的世界。

如果是过去的沈南飞，他永远也不可能走进这种高端秀场，因为他觉得自己跟时尚根本就不沾边。

一个个英俊美丽的男模女模和他们身上极具个性的朋克风时装，渐渐掀起了一阵欢呼的狂潮。

十几分钟过后，这场秀迎来了高潮，可是也慢慢地接近了尾声。

沈南飞安静地坐在人群里，静静地看着那一条条从自己面前走过的长腿，面无表情，心情无比平静。

他将帽子压得更低了一点，因为周围那些新闻记者的相机闪光灯晃得他有点不自在。

有谁会想到，一个热门微博上的奸杀案嫌犯，此刻就坐在媒体集中的秀场里呢？

如果他的身份被曝光的话，恐怕以他现在的热度，瞬间就会抢了这场秀的风头。

忽然间，舞台的音乐变换，一个低沉有力的背景音乐响起。

接着，一个熟悉的身影便出现在了T台的入口处。

沈南飞感觉到周围的空气似乎开始慢慢凝固，他缓缓地抬起头，看向了T台入口处的那个男人。

他穿着一身压轴的朋克时装，造型夸张张扬，却极具高端蒸汽朋克的艺术感。

他的眼神冷漠，烟熏妆让他看上去就像是一个从地狱里来到现世的魔鬼。

"是冬贺。"因着那熟悉的侧脸轮廓，沈南飞一眼就认出了他。

此刻冬贺以王者的气势俯视全场，随着背景音乐的节奏迈开了步伐。

霎时，他仿佛成为了世界的焦点，数不清的闪光灯像是夜空中眨眼的星，统统聚焦在了他的身上。

望着从容地从自己面前走过的冬贺，沈南飞似乎终于体会到一点，为什么许多明星都会那般趾高气扬。

他仅仅是坐在这个秀场里，就已经能够感觉到被那些闪光灯照耀的逐渐膨胀的心了。

很快，冬贺便走到了T台的尽头，然后摆了几个姿势之后便转身往回走。

就在他快要回到入口处的时候，或许察觉到了什么，他的目光与沈南飞在空中碰撞。

这一刻，他们二人一个行走在T台上，一个冷静地坐在T台下，时间仿佛就此停止。

冬贺那双化着烟熏妆的眼睛目不斜视地盯着沈南飞，转眼间便从他的面前走过。

而这时周围有许多人也随着冬贺的目光看了过来，一时间许多双眼睛都在悄悄地打量着沈南飞。

沈南飞感觉几十把刀子飞向自己，他觉得浑身不自在。

他压低了帽子，索性起身离开了座位，走向了T台后方一片漆黑的空间。

二十分钟后，整场大秀终于结束，秀场的人开始有秩序地离开。但一些记者还在对服装设计师做最后的采访报道。

模特们已经快要走光了，现在后台的化妆间里就只剩下了冬贺和两名女模。

"冬贺，我们要去吃饭，你要不要一起去？"其中一名长相甜美的女模将双玉手搭在了冬贺肌肉结实的肩膀上，挑逗性地摸了一下。

冬贺在她那只手上睃了一眼，微笑着说道："我还有事，今天就不去了。"

女模眨了眨眼睛，失望地说道："啊，好可惜哦！那下次我请你到我家去吃饭，让你尝尝我的手艺！"

冬贺微微一笑："好啊，下次有机会我一定去。"

女模妩媚地会心一笑："那我等你的电话咯，拜拜。"

说完，两名女模便十分亲密地挽着胳膊，用贪婪的眼神在冬贺赤裸的上身瞄了一眼，随即便离开了化妆间。

而在她们刚刚走出门口不久，沈南飞的身影就从黑暗的角落中走了出来。

冬贺坐在化妆桌前，通过镜子看到身后化妆间的门帘被人轻轻拨开，露出了一道缝隙。

下一刻，他淡淡一笑，对身后的沈南飞说道："干吗鬼鬼祟祟的，有什么事进来说。"

听到了冬贺的话，沈南飞便掀开门帘走了进来。

现在整个化妆间里就剩下了他们两个人，而沈南飞也大概能够猜到，冬贺是故意留下来等他的。

见到这种情形，沈南飞基本上已经能够判断，眼前的这个男人绝对是个不好对付的家伙，搞不好还会败露自己的身份，所以一切都要十分小心。

"请问你是冬贺先生吗？"沈南飞缓步走到了冬贺的身后，刻意与他保持了一定的距离。

冬贺从镜子里打量着造型神秘的沈南飞，微笑道："我就是。"

沈南飞点了点头，从上衣口袋里掏出了那张事先准备好的警官证，在冬贺面前打开亮了亮。

冬贺的目光在警官证上一扫而过，随即笑着说道："何警官？请问你找我有什么事吗？"

沈南飞早就已经将想要问他的问题在脑子里列了出来，随即说道："我来找你是为了一个案子。"

冬贺轻轻挑了挑眉："什么案子？"

"赵欣颖的案子。"沈南飞说道。

一听到"赵欣颖"的名字，冬贺脸上的表情立刻出现了细微的变化。

他微笑的嘴角微微抽动了一下，目光也有些闪烁，却一直盯着镜子里映出的沈南飞脸上的墨镜。

"赵欣颖？为什么她的案子，你要来找我呢？"冬贺镇定自若，对答如流。

"经过我的了解，你跟赵新颖的关系十分密切，而且网上也都在传，你是她的绯闻男友，不是吗？"

冬贺听罢，不由得笑了出来："网上的消息你也信？"

这句话似乎是触动了沈南飞的某根神经，他的眼神渐渐变得锐利起来："好，那我们姑且不说网上的事情。那我想向您了解一下，昨天上午，你在什么地方？"

冬贺愣了一下，但脸上依然看不出丝毫的慌乱："昨天？我在家里睡觉。"

沈南飞淡淡一笑："睡觉？难道不是在殡仪馆吗？"

听了沈南飞这句话，冬贺脸上的笑容开始慢慢地收敛起来，取而代之的是严肃和冰冷。

"你跟踪我？"冬贺冷冷地说道。

沈南飞直视着冬贺锐利的眼睛："我只是无意中看到的。"

冬贺沉默了许久，然后露出了一个会心的微笑："我知道了，原来你就是昨天在我汽车后面跟踪我的家伙。"

沈南飞没有否认，继续问道："既然你跟赵欣颖没什么关系的话，那你刚刚为什么说谎呢？"

这一刻，冬贺的眼神开始变得有些飘忽起来，刻意躲避着沈南飞的目光："我只是……"

"只是什么？"沈南飞觉得冬贺的弱点已经暴露出来了，如果想要击垮他的心理防线，就要乘胜追击，不能给他喘息的机会。

冬贺在沈南飞的脸上扫了一眼："我只是不想把事情闹大。"

"把事情闹大？你指的是什么？"

"你不要再问我了！我什么都不会说的！这个案子网上不是已经有嫌疑人了吗？你来找我有什么用？"

听到这句话，沈南飞冷酷地笑了笑："网上的消息，你也信？"

冬贺眼中闪过一丝讶异和怒气。

他没想到，沈南飞原来在这儿等着他呢，把他刚刚对他说的话又原封不动地还了回来。

网上的消息，你也信？

一时间，两人似乎展开了一场复杂的心理战。

从化妆间里微妙的气氛可以感觉到，他们两人的心里似乎都在刻意隐藏着一些东西。

这时，沈南飞的语气强硬起来，以专业警察的口吻对冬贺说："你不用在我面前演戏，我知道你们两人的关系不一般，如果你有任何隐瞒的话，我会以提供伪证的罪名起诉你！所以你必须全力配合我的调查，知道吗？"

似乎是从来不喜欢别人用强硬的语气对他说话，一道杀气从冬贺的眼里一闪而过，但很快他就平静了下来。

沉默了片刻之后，他开口说道："你想要知道些什么？"

沈南飞心头暗喜，终于撬开了这个家伙的嘴巴。

"赵欣颖出事那天晚上，你在哪里？"沈南飞目不转睛地盯着冬贺。

而这个问题似乎触到了冬贺心里的敏感地带，他看上去充满了防御性。

他的双臂在胸前交叉，两条腿也呈现出一种交叉状，这是一种完全的防御姿态，表示强烈拒绝眼前的一切。

随即他右眼向上翻，似乎是在仔细回忆，两秒钟后，眼球又转向了右边，开口说道："我出差回来在家里休息。"

看到冬贺的表情和动作，沈南飞便想到了从前黑老大教给他的一些辨别他人是否说谎的经验。

黑老大说，当一个人在说话时眼睛向左上看，是在回忆，而向右上看，则是在想象。

与人说话的时候，有什么东西需要想象的呢？

那就是谎言！

所以沈南飞现在基本上可以判断，冬贺在撒谎。

沈南飞冷冷一笑："不要在我的面前撒谎，你说的事情是真是假，我都能看得出来！"

因为这句话，冬贺的视线又落在了沈南飞的脸上。

现在他脸上的表情是那种谎言被拆穿后的恼怒，死死地盯着沈南飞。

而沈南飞注视了冬贺几秒钟后，开口说道："我了解过你的情况。我想你应该也清楚，赵欣颖喜欢在微博更新日常状态，而在她遇害的当天，她还发布了一条要去KTV会友人的微博。我想，那个友人，应该就是你吧。"

这一刻，冬贺的眼神从最开始的淡定逐渐变成了惊慌。

他警惕地盯着沈南飞，却一语不发。

沈南飞见冬贺没有反驳，便继续说道："好，现在我们来做一个假设。假如当天她约在KTV的人是你，那也就是说你是那天唯一一个最后和她接触的人。而我之前听说你在与赵欣颖交往的时候，还偷偷约会别的女人，所以赵欣颖很生气，或许她跟你在KTV里因为这件事吵了起来。你一气之下，怒火攻心，便动了杀心，奸杀了赵欣颖……"

虽然这只是沈南飞的一个激将法，想要逼迫冬贺说出真话，但是这个热门微博事件在他的心里留下了不可磨灭的阴影，所以在假设的同时，沈南飞便不自觉地入了戏，把自己的情绪不知不觉地带入了进去。

他越是往后面说，就越觉得这件事有很大可能性，心里的怒火也就越烧越旺。

"在奸杀了赵欣颖之后，你的心里很害怕，怕自己的罪行会暴露。不过你很幸运，在她的手机里发现了一段沈南飞的视频。于是你灵机一动，将他的视频发到了网上，把他变成了一个万人唾骂的杀人魔王，这样你的嫌疑也就洗脱了。之后你觉得心里内疚，所以你才会去她的灵位前祭拜。我说的对不对？对不对？"

说到最后，沈南飞竟然一时无法控制自己的情绪，对着冬贺大叫了起来。

冬贺像是看到一个魔鬼一样，瞪圆了眼睛盯着沈南飞，被他身上散发出的深深的怨气和怒火震慑到了。

但很快他便反应了过来，从椅子上站起来，转身对沈南飞吼道："我没有！你这是血口喷人！我什么都没做！我也不会伤害欣颖！"

沈南飞立刻把脸贴了上来，愤怒地直视着冬贺的双眼："你没有什么？"

"我说我没有杀害欣颖！"

"欣颖？叫得很亲切啊，你们不是不熟吗？"

"我们是不熟，所以我才不会伤害她！"

"要是不熟，那天晚上你干吗约她去 KTV ？"

"我约她去 KTV 只是……"

冬贺的声音戛然而止，在说出刚刚那句话的同时，他脸上浮现出的表情几近崩溃和绝望。

沈南飞静静地看着被他连珠炮般的询问逼得快要发疯的冬贺，随即露出了一个神秘的微笑："你约了她，所以她才去了 KTV。好了，从现在开始，把那天晚上发生的事情都告诉我吧，一个字也不许漏掉！"

因为气愤和委屈，冬贺的呼吸加速，胸口快速地起伏着。

他睁大了眼睛瞪着沈南飞，两只手紧紧地握成了拳头。

起初他的眼神中还是充满了反抗的情绪，可是在沈南飞锐利的目光注视下，他的气势便渐渐地弱了下去。

冬贺沮丧地坐回到椅子上，现在的他与一开始自信的样子简直判若两人。

他盯着地面发呆，许久之后眼中才恢复了一点神采，缓缓抬头对着沈南飞说道："其实我们两个是情侣关系，大众都在猜测，虽然这是事实，但我们不能承认。"

"我知道，你们这些偶像派都是这个样子，一旦被粉丝知道情感有了归宿，人气就会大跌。"沈南飞说道。

冬贺看了一眼沈南飞，继续说道："那家 KTV 是我们经常去的地方，因为我们两个平时的压力都很大，所以会选择唱歌来减压。"

"那你们去的时候，会叫上其他人吗？"

"不会，只有我们两个。"冬贺如是说道。

沈南飞点了点头，觉得现在已经可以排除KTV里有第三人的可能了。

"那天你发现赵欣颖有什么不对劲的地方吗？"

冬贺皱着眉头仔细回忆了起来："她的情绪看上去没什么异常，除了去洗手间时被那个沈南飞抢了手机中断直播之后脾气比较差。"

听到这里，沈南飞忽然注意到了疑点，随即开口问道："你们两个约会不想被别人知道，她还敢直播？"

"她直播的时候没有拍到我，我只是唱歌，她坐在旁边自己一个人直播。"冬贺说道。

沈南飞哭笑不得："你们害怕恋情被曝光，又敢单独出来约会唱歌，而且在直播的视频里粉丝们都能够听到你的声音，难道你们不觉得这有点白痴吗？"

被他这样一说，冬贺的脸色看上去不太好看，反驳道："你是网络白痴吧。现在有一种软件，可以进行实时音质调整，所以欣颖会用变声来进行直播，根本没人会猜到KTV里唱歌的是谁。她有些时候就是喜欢弄这种搞怪的东西，粉丝们都知道。"

沈南飞还真的没听说过居然有可以在直播时改变音质的软件。

随即他略过了这个话题，继续问道："也就是说，在她被沈南飞抢了手机中断了直播之后，她还是活着的？"

冬贺点了点头："没错。"

听到这里，沈南飞心中的怒气已经越来越盛了。

但他努力压制着心里的怒火，冷冷地问道："也就是说，你知道热门微博上的那个沈南飞是被人冤枉的对吗？"

冬贺的面部肌肉微微抽动了两下，脸上浮现出一丝愧疚的神色。似乎沈南飞这件事，让他的心里也承受着巨大的压力。

"嗯。"冬贺终于承认了这件事，点了点头。

沈南飞的右手紧紧地攥成了拳头，恨不得抓着他的头发，在他的脸上狠狠地来上几拳。

不明真相的暴怒网民将网络搅得天翻地覆，知道真相的人却保持沉默。

这个世界就是因为这些为了自己的利益而选择泯灭良心的人的存在而越来越黑。

此时的沈南飞似乎看到了一点自己翻身的希望。

因为只要有冬贺这个有力的证人在，他就不再是孤立无援的了。

随即沈南飞咬牙切齿地问道："既然你知道沈南飞是被冤枉的，看到那么多人抹黑他，为什么不把真相说出来呢？如果你肯发声的话，网络上的舆论就会改变的！他也不至于被整得那么惨！"

可是冬贺看上去有些忌惮，摇头说道："不是我不想说出真相，而是不能说。像沈南飞这种全身都是黑料的人，如果我向着他，一定会引来许多黑粉。而且出于我和欣颖的关系，我也绝不可能为一个杀人案嫌犯开脱。身为公众人物，每说一句话，都要十分小心。"

听到冬贺的这番话，沈南飞脸上的表情渐渐地有些扭曲。

他的眉头紧锁，墨镜后面的眼神如同要杀人一般，眼睛里也出现了一条条红色的血丝。

他语气森然地瞪着冬贺说道："所以，你就忍心看着一个清白的人被诬陷成了杀人案嫌犯，看着他过着四处逃亡的生活，甚至随时都会丢掉生命，对吗？你为了自己的名声而保持沉默，却不顾他人的死活，你觉得你还是一个人吗？"

看到沈南飞的反应，冬贺开始变得警惕起来。

他一改之前有些沮丧的模样，小心翼翼地打量着沈南飞，谨慎地问道："你究竟是谁？"

此时此刻，沈南飞之前的镇定早就因为冬贺所说的真相消失得无影无踪了。

他也是人，也是一个有情绪的人，在得知能够证明自己清白的人缩在角落里眼睁睁地看着自己被诬陷却无动于衷，任谁都会变得激动起来。

这一刻，化妆间里充斥着一股令人战栗的肃杀之气。

冬贺跟沈南飞四目相对，越是仔细看他，越觉得他看上去不像个警察。

起迈警察在面对证人的时候，不会因为几个问题就将情绪表露出来。

沈南飞太不专业了。

而且从见到沈南飞的第一眼，冬贺就觉得他似乎有点眼熟。

就在气氛尴尬到极点的时候，许多曾经在热门微博上看到过的图片浮现在了冬贺的脑海里。

那些图片是关于各个时期的沈南飞的，上面清晰地记录了他的样子。

很快，冬贺想起了一张最近在热门微博上流传的沈南飞的近照。

照片里的沈南飞留着一头棕黄色的纹理烫，一张英俊帅气的脸上却有着一股子邪气，不笑的样子显得整个人冰冷无情，尤其是那张秀气的嘴巴，就像……

就像现在面前的这个警察一样。

霎时，一个可怕的念头出现在冬贺的脑海里。

他愣怔地望着眼前这个男人，不可置信地说道："难道你是……沈南飞？"

然而还没等他说完，沈南飞突然伸出手抓住了他的右手腕。

冬贺全身一颤，惊道："你要干什么？"

沈南飞表情严肃地看着他："跟我去警察局，把这件事说清楚！"

"不行！你别傻了！我不能去！"冬贺因为平时经常健身的关系，所以力气很大，一下子就甩开了沈南飞的手。

沈南飞瞬间暴怒，一把揪住了他的衣领，大声叫道："你必须跟我走！你是唯一一个知道一切的人，只有你才能还我清白！"

"你有毛病吗！你现在就算到了警察局也不会有人信你！你省省吧！我什么都不会说的！如果说了，那我就完蛋了！"

冬贺再次试着挣脱沈南飞的手，可是沈南飞这次不知道从哪儿生出一股怪力，揪着冬贺衣领的手竟然掰不开。

沈南飞见冬贺不停地劝说，便干脆两只手揪住他的衣领，将他拉到面前，几乎面贴着面说道："你还是个男人吗？你就不想找到杀死赵欣颖的真凶吗？你忍心看着真正的杀人凶手逍遥法外吗？你觉得你这样做，你的女朋友赵欣颖会开心吗？"

沈南飞的情绪越来越激动，并且话语也丝毫不留余地，句句揭开冬贺心头上的伤疤。

冬贺看上去十分痛苦，他不想为沈南飞做证，害怕毁掉自己的前途。可是一想到女朋友赵欣颖惨死的模样，他就心痛无比："放开我……求求你放开我……"

冬贺已经渐渐地放弃了挣扎，但被沈南飞拽着的身体依然在抗拒地向后坠。

因为沈南飞刚刚的一番话，在赵欣颖死后压抑了许久的冬贺将心中的悲痛全部释放了出来。

他的一滴眼泪顺着眼角流了出来，双膝弯曲，全身无力地跪在了地上。

"求求你，别逼我……我真的不能……"冬贺一边摇着头，一边乞求他不要再强迫自己做这种他不敢做也不能做的事。

沈南飞心怀怒火，但看着慢慢跪在他面前的冬贺，心里有一种恨铁不成钢的感觉，甚至对他产生了深深的鄙视。

在他眼里，这种自己的女人死了都不站出来寻找真凶的人，根本就不算是个男人。

"我答应你……给我一些时间，等我整理好了一切，我一定会……"

突然间，一片湿漉漉的东西溅到了沈南飞的脸上。

下一刻，他惊恐地瞪大了眼睛，望着跪在自己面前的冬贺。

而冬贺也同样恐惧地瞪圆了双眼，脸上的表情扭曲，仿佛想叫他，但是身体已经不听使唤了。

在挣扎了几秒钟后，冬贺那高大健壮的身躯颓然倒地，太阳穴上赫然出现了一个红色的血洞。

这个血洞贯穿了他整颗脑袋，鲜血从血洞汩汩流出，很快就淌满了地面。

沈南飞满面震惊地看着倒地的冬贺和慢慢流向他脚下的鲜血，嘴巴颤抖得一句话都说不出来。

冬贺，被人枪杀了！

第二十四章

▶ 怒火战车

沈南飞瞪着眼睛慢慢地转过头，看向了悬挂着红色门帘的化妆间门口。

下一刻，他便看到在漆黑的走廊里，似乎有一支黑色的枪管从帘幕的缝隙中伸了出来，对准了他和冬贺所在的方向。

在看到那圆形枪管的一瞬间，沈南飞来不及多想，立刻一个飞身扑到了旁边一个化妆桌的后面，钻进了一个枪管无法瞄准的死角。

然而就在他飞身蹿出的一瞬间，一声细微的异响从门帘外面传来，接着一颗旋转的子弹击碎了刚刚沈南飞所站立的地方旁边的一面化妆镜。

镜子啪的一声出现了密密麻麻的龟裂纹，并且在中心有一个圆形的弹孔。

多亏了刚才的飞身，他才躲过了致命一击，可是他无法相信，竟然有人会在这里出现，并且枪杀了冬贺。

而且他知道，这个杀手一定不是冲着冬贺来了，而是冲着他来的。

几天前，那个喜欢穿布洛克雕花皮鞋的杀手自食恶果，死于非命，这么快就又有一个人来追杀他了吗？

这两个杀手是一伙的？

根据第一个杀手所说，他是狗爷派来的人，那这个人又是谁派来的？

还是那个杀手根本就没死呢？

此时此刻，沈南飞背靠在化妆桌上，不可置信地注视着倒在血泊中死不瞑目的冬贺。

刚刚他还是一个活人，可是就在他就要答应自己为自己做证的一瞬间，居然就变成了一具冰冷的尸体。

冬贺这个重要的人物对于现在的沈南飞来说就是唯一能够翻身的希望。

可是现在他死了，那就等于亲手扼杀了沈南飞重见天日的希望，将他再次打入无尽的轮回地狱之中。

冬贺的眼睛瞪得圆圆的，就这样直直地望着被恐惧和愤怒裹挟的沈南飞，让沈南飞心中的怒火瞬间燃烧到了顶点。

这一刻，失落、愤怒、绝望、恐惧如同潮水一般，汹涌地拍打着沈南飞的心头。

他将头向后靠在化妆台上，坐在冰冷的地面上，双手紧紧地握成拳头，在地面上愤怒地凿击着。

"谁！究竟是谁啊！浑蛋！啊——"化妆间里顷刻间充斥着沈南飞愤怒的吼叫声。

此刻他的眼睛布满了血丝，一种想要杀人的冲动不可抑制地冲上了他的大脑。

唯一知道真相的人被杀害了，那他和死了又有什么两样？

既然都是死，不如豁出性命去拼一次！

沈南飞很想知道，那个躲在帘幕后面的人，究竟是何方神圣。

砰！砰！

门外的杀手似乎已经掀开门帘走了进来，并且对沈南飞躲藏的化妆桌死角有节奏地进行着射击。

子弹射穿了木板，击碎了镜子，几乎是擦着沈南飞的头顶贯穿而出。

沈南飞下意识地用双手抱住头，随即余光瞄到了掉落在冬贺旁边的一块镜子碎片。

接着他的眉头都竖了起来，从镜子碎片里看到一个留着披肩长头发、戴着一副圆形墨镜的高瘦男人，正举着一把装了消音器的银色"沙漠之鹰"，一步步地向着他所在的地方走了过来。

被激怒的沈南飞此刻仿佛化身为一头愤怒的饿狼，心里的恐惧已经被怒火所取代。

下一刻，他从镜子碎片里看准了那男人的位置，左手顺手抓起了身边的一把简易折叠椅，右手举到头顶，伸向脑后的化妆台，从上面抓起了一个用来装面霜的玻璃瓶。

随即他将那玻璃瓶朝杀手的方向狠狠一抛。

啪！

杀手的直觉敏锐得仿佛不是人类，在看到瓶子抛出来的一瞬间便用手中的沙漠之鹰将它打个粉碎。

可是就在他的目光还没有从瓶子上收回来的一瞬间，沈南飞突然从旁边的化妆台后面冲了出来，抢起手中的折叠椅狠狠地砸向杀手握枪的右手。

"别动！"

就在沈南飞即将成功袭击杀手的一瞬间，那杀手突然落下了举枪的手，将枪口对准了沈南飞的鼻子。

沈南飞举着折叠椅的双手僵在半空，距离杀手的胳膊不到一米。

他的呼吸急促，表情有些狰狞地盯着长头发杀手，仿佛一只面对着猎人长枪的狼，想要扑上去咬断他的喉咙，可是又与他隔着一把枪的距离。

然而这段小小的距离，却是生与死的分界线。

"你到底是谁？到底谁是？！为什么要害我？！为什么要害我？！"

沈南飞歇斯底里地怒吼着，即便是面对着瞬间可以取他性命的枪，依然无法压制心头的怒火。

可是这个杀手与上一个杀手的性格明显不同，他比上一个更加冷酷，而且行事作风干净利落。

沈南飞仿佛可以透过那副眼镜，看到他那双危险的眼睛。

直觉告诉沈南飞，现在必须跑，不能有片刻的犹豫。

咔。

突然间，杀手扣动了扳机。

不过就在他开枪的一瞬间，沈南飞将手中的折叠椅狠狠地向着他的手上砸了下去。

子弹擦过沈南飞的头发，烧焦了他左鬓的几根发丝，并且在头皮上留下了一道浅浅的灼伤。

"啊！"

杀手闷叫了一声，但是手中的枪握得很紧，没有松开。

就在他准备再次射击沈南飞的时候，沈南飞却突然向前一扑，扔掉了折叠椅，抱住了他的腰，推着他狠狠地撞向了化妆间门口帘幕边的墙壁。

那墙壁上正巧有一块突起的砖头，杀手的后脑勺狠狠地撞在了砖头上。

杀手的视线出现了一瞬间的模糊，脑子里也是空白的一片，但身体仍然本能地对着抱着自己的沈南飞开枪。

沈南飞的反应也很快，在他开枪之前，突然侧过一步，冲出了化妆间，进入了那条漆黑的走廊。

杀手气愤地骂了一句，没想到一个小混混竟然这么难对付，不禁怒火中烧。

随即他左手按了按鼓起了一个血包的后脑，转身追了出去。

然而沈南飞逃跑的速度真的很快，才不过短短几秒钟的时间，他的身影就已经从走廊里消失了。

杀手有些急了，加快步伐追了出去。

而当他来到外面秀场的时候，发现那里正有几个工人在拆卸舞台。

他立刻将手里的枪塞到了怀里，用身上那件黑色长款外套盖住，一路小跑着朝着门口的方向追了过去。

来到门口之后，整个停车场上，一辆凯迪拉克SUV用如同横冲直撞的野牛一样的方式倒车，然后开出了停车位，一个急转弯，驶入了外面的公路。

"跑得还真快！"杀手冷笑一声，立刻跑向了停在不远处的一辆纯黑色野马跑车。

很快，停车场上响起了一阵汽车发动机凶猛的轰鸣声。

那辆野马跑车仿佛真的变成了一匹脱缰的野马，轮子在地面上摩擦升腾起了大片的白烟，车子如同射出去的火箭一般，来了一个漂亮的弹射起步，向着沈南飞的凯迪拉克直追而去。

由于时装秀结束已经有一段时间了，人已经走得七七八八，所以通向市区的公路上车辆寥寥无几。

杀手远远地看到了沈南飞那辆凯迪拉克，脚下油门狠踩到底，迈速表瞬间飙升，直逼一百四十迈。

这辆黑色的野马，如同一道黑色的闪电般在公路上一闪而过。

沈南飞全身紧绷，不敢有一丝一毫的松懈，双满含怒火与恐惧的眼睛不停地从后视镜里观察后面那辆野马的动向。

啪！

突然间，沈南飞驾驶的凯迪拉克左后视镜被枪击炸裂成无数碎块，只剩下一根电线连接着一块残骸在风中剧烈地飘摆。

    沈南飞神情紧张地朝着左车窗外面睃了一眼，随即从右方的后视镜里看到那个杀手从黑色的野马跑车里伸出了一只握枪的手，并且对他不停地射击。

    下一刻，沈南飞便听到一阵噼里啪啦的声响，是子弹击打在车身上的声音。

    "该死的！"

    沈南飞心头的怒火越来越旺，他心中最后的一点恐惧也消散了。

    不过一眨眼的工夫，那辆野马汽车已经追了上来，紧跟在凯迪拉克后面。

    那个杀手疯子一样地继续不停地射击，只听啪的一声，凯迪拉克的后挡风玻璃顷刻间碎裂成无数碎片。

    沈南飞下意识地将身子往前一倾，趴在方向盘上，一边躲避从后面射来的子弹，一边寻找着反击的机会。

    突然间，一个近乎疯狂的想法出现在他的脑海里。

    接着沈南飞牙关紧咬，故意放慢了速度，接着一脚刹车瞬间踩下。

    嘭！

    后面的野马果然重重地撞在了凯迪拉克的屁股上，坐在驾驶座上的杀手因为惯性身体向前猛然一冲。

    如果不是因为系了安全带，估计杀手刚刚绝对会像一颗炮弹一样射出去，然后重重地撞碎前面的挡风玻璃。

    就像几天前的狗爷一样。

    野马汽车的车头由于受到剧烈的撞击，前车灯全部碎裂，发动机盖也微微隆起。

    但是，这样的短距离撞击还不至于让汽车坏到无法行驶的程度。

    沈南飞从后视镜里瞄了一眼后面的野马汽车，随即又继续加速，企图将野马跑车甩开。

    然而那个杀手在看到沈南飞开始加速之后，似乎就已经看穿了他的意图，突然间向左转动方向盘。

    正巧这个时候沈南飞再次踩下了刹车，想要再撞一次野马汽车，却没想到野马一个急转弯，完美地躲开了撞击。

下一刻，震耳欲聋的发动机轰鸣声在沈南飞的左边响起。

接着那辆野马汽车的身影突然出现，与凯迪拉克并排而行。

两辆汽车都达到了极高的速度，并驾齐驱，车身带起的劲风卷起了地上的大片尘土，车身上也仿佛燃烧起了两股炽烈的火焰。

这简直就是两辆地狱战车在狂飙。

正在沈南飞惊讶于杀手驾车的灵活之时，那杀手已经重新换好了子弹，举起手枪对准了驾驶座上的沈南飞。

沈南飞的心头猛然一沉，双手握着方向盘用力向左一转，向着那野马狠狠地撞了过去。

哗啦啦！

野马汽车被撞到了旁边的隔离带上，车身在上面擦出了一片剧烈的火花。

只见那杀手立刻将握枪的手收了回去，把手腕内侧搭在方向盘上辅佐左手控制车身的平衡，然后打着怒气冲冲地瞪着他的沈南飞。

沈南飞与杀手四目相对，却无法看穿他的眼神究竟在表达何种情绪，是愤怒，还是淡定。

就算汽车被凯迪拉克撞得变了形，杀手却依然不慌不忙，看上去心不在焉地驾驶着汽车。

他越是这样，沈南飞心中的怒火就燃烧得越旺，随即死命地向左打方向盘，恨不得将那辆野马跑车压扁。

一番角力之后，杀手似乎杀心大起，也渐渐地被难缠的沈南飞激怒，在沈南飞不注意的时候突然举起了手枪，对着他就是一通猛射。

随着一阵噼里啪啦的响声传来，沈南飞左边的挡风玻璃全部碎裂，狂风呼啸拂面，将他一头剃短的黄棕色头发吹得根根立了起来。

不过杀手并没有射中沈南飞。

接着沈南飞为了躲避杀手的射击，脚下刹车再次踩下，快速地退出了杀手的瞄准范围。

下一刻，他的凯迪拉克便落到了那辆野马汽车的后面。

"嗯？"杀手看到沈南飞落到了后面，两条弯眉第一次皱了起来。

而沈南飞在落到野马汽车后面的同时，脚下油门踩下，狠狠地撞向了它的屁股。

从秀场出来到现在才不过几分钟的时间，沈南飞这辆凯迪拉克的车身上已经是千疮百孔，严重变形，六块挡风玻璃碎掉了四块，剩下的两块也是遍布裂痕，临近破碎的边缘。

不知道黑老大看到这辆车的样子后，会作何感想。

沈南飞将油门踩到最大，几乎是推着野马汽车向前滑行。

虽然野马的动力很足，但是面对这辆愤怒的野兽，似乎那一点微不足道的优势也随之消失了。

但是杀手似乎也在这时抓到了最佳的攻击机会，转过身用手枪笔直地指向了沈南飞，并且对着他嘲讽般挥了挥手，似乎在对他说："我来送你上路！"

而沈南飞只是目不斜视地注视着前方，目光在前面的道路和杀手身上快速地移动。

嘟嘟！

突然间，杀手听到身后传来了一阵响亮厚重的鸣笛声，顿时连开枪都顾不上，立刻转身看向了前面的道路。

只见不知道什么时候，沈南飞已经将野马汽车推着驶出了隔离带，进入了一条高速车道。

而在对面，正有一辆载重十几吨的大货车从旁边的车道上迎面驶来。

看到这一幕，杀手立刻明白了沈南飞的意图，左手紧握方向盘，脚下慌乱地踩着油门，想要从凯迪拉克的车头前挣脱出去。

可是一切都已经晚了，野马汽车在这个时候根本不听使唤。

接着杀手抬起头，从后视镜里看向了沈南飞的脸。

这时的沈南飞眼神愤怒且坚决，让他联想到了之前在化妆间里拼杀时的那只"恶狼"。

他真的很像一只被怒火和鲜血唤醒的狼王。

嘟——

大货车的鸣笛声再次响起，震颤着杀手和沈南飞的心脏。

下一刻，沈南飞看准了时机，突然向右猛打方向盘，将野马汽车的车身顶着转了一圈，滑到了旁边的车道上。

接着沈南飞狠狠踩下油门，向着右边一个急转弯让出了车道。

大货车极速驶来，突然滑入车道的野马汽车躲闪不及，狠狠地撞了上去。

嘭的一声巨响，脆弱的野马汽车仿佛撞到了一头巨型恐龙的身上，车身顷刻间弯曲变形，连翻带滚地被撞了出去。

沈南飞将车停在了路边，转头注视着惨烈的车祸现场。

野马汽车在翻滚了几圈之后就仰面朝天地倒在路边，汽油从破裂的油箱里流了出来。

而那大货看上去似乎并没有受到太重的伤害，只是车头有些变形。

可是里面的司机傻掉了。

他一身冷汗，脖子上挂着一条脏兮兮的毛巾，双手紧握着方向盘，眼睛瞪得圆溜溜地看着翻在路边已经完全报废的野马汽车，随即右手颤抖着从裤兜里掏出了手机，似乎是在拨打报警电话。

就在这时，愤怒的沈南飞用脚踹开被撞得变了形的车门，从凯迪拉克上下来，朝着那辆野马汽车走了过去。

十几秒钟后，他来到底盘朝天的野马汽车驾驶室旁边，蹲下身子朝里面看了看。

只见那杀手似乎还残留着一点意识，没有完全昏迷过去，只是脑袋上都是血，两只眼睛微微睁着一道眼缝。

看到他还活着，沈南飞便动作粗暴地伸手抓住了倒坐在车里的杀手的衣领，将他从车里拖了出来。

"啊！"

似乎是沈南飞的动作太过粗野，受伤骨折的部位传来一阵阵钻心的剧痛，杀手忍不住叫了出来。

沈南飞将杀手拖到了旁边的公路上，拎着他的衣领大声吼道："你是谁？快点告诉我，你究竟是谁？为什么要杀冬贺？"

杀手的眼皮微微抽动着，奄奄一息地看着沈南飞，嘴角竟然勾起了一个嘲讽的微笑。

"你笑什么！快点告诉我，是谁派你来的？你后面的人究竟是谁？你和之前那个杀手是不是一伙的？"沈南飞面色涨红，额头上青筋暴起，显然已经愤怒到了顶点。

现在的他，真恨不得将这个家伙活活打死。

然而这个杀手不知道是无法说话，还是因为受过专业训练嘴巴很严，就是一个字也不说。

而在这时，隐约传来了一阵警笛声。

沈南飞有些惊慌地看向了远处寂静的公路，又低头望了望死狗一样的杀手，最终举起右拳狠狠地砸在他的脸上，然后转身跑向自己的凯迪拉克。

但在经过那辆野马汽车的时候，沈南飞发现了那把掉在汽车外面、装着消音器的沙漠之鹰。

他内心挣扎了片刻，身体如同着了魔一样，不由自主地将那把枪捡了起来，之后坐上了自己伤痕累累的汽车，一路驶离了这条公路。

此时此刻，这条公路上只剩下了那个货车司机和躺在地上奄奄一息的杀手。

鲜血从杀手的嘴角不停地流淌出来，似乎断掉的胸骨刺伤了他的肺。

就在他想要努力动一动身体，妄想离开这个地方的时候，一个人形的阴影忽然笼罩住了他。

"事情就让你办成这个样子吗？还是那个沈南飞真的长着一对翅膀？"一个厚重的男性声音传来。

杀手动了动嘴，很想说话，却一句话都说不出来了。

"行了，你不用说了，我们计划有变，先不杀那个沈南飞，他突然有了点用处。"

听到这句话，躺在地上的杀手心里的一块石头终于放下，刚刚挣扎着抬起的头慢慢落了下去。

可是下一刻，那阴影突然话锋一转："不过看你伤成这样子，以后应该是没用了。"

只见那阴影一边说着，一边将双黑色手套戴在了手上。

而在戴手套的同时，他右臂上露出了一条黑色眼镜蛇的文身。

那条眼镜蛇看上去阴险毒辣，嘴里吐着芯子，看到它，仿佛看到了死神。

随即他从身上掏出了一把柯尔特蟒蛇型左轮手枪，拇指扣动了枪栓。

杀手无力地躺在地上，眯着眼睛注视着那黑洞洞的枪口，用尽全身的力气，慢慢地抬起右手，对着面前这个阴影竖起了中指。

砰！

子弹顷刻间射穿了杀手的脑袋。

而文身男杀死杀手的过程，都被那辆货车上的司机看在了眼里。

此时此刻，司机已经完全吓得不知所措，裤子下面湿漉漉的一片，身体僵硬得无法动弹。

下一刻，他那双惊恐的眼睛里，映出了一个男人的身影。

那男人转头向着他看了过来，面带着死神般的微笑，然后缓缓地举起了枪。

"不要……不要……我什么都没看到！什么都没看到啊！"

砰！

第二十五章

▶ 神秘的私信

沈南飞行走在一条寂静的公路上，他的身影萧索，整个人瘦了两圈，眼窝深陷，好似一副骷髅。

公路上连一个人影都没有，周围寒雾弥漫，就仿佛电影《寂静岭》中那样。

可是忽然间，一只文着黑蛇的手臂凭空出现在了他的身后，随即一把柯尔特蟒蛇形手枪便抵在了他的后脑上。

但是沈南飞看上去似乎毫不意外，仿佛早就在等着这个家伙出现了。

他身体僵直地站在原地，头也不回地说道："你们究竟是谁？我到底做错了什么，为什么你们要这样对我……"

下一刻，一个浑厚低沉的男人声音便在他的身后响起："你没做错什么，只是运气不太好，只能算你倒霉了。"

沈南飞有些混浊的眼睛斜着看向了地面："你们究竟想要我怎样？请让我回到过去的生活，请还我清白。"

"清白？有些人从出生的那一刻起命运就已经注定了。十几岁就杀了自己的父亲，所以你这辈子早就跟'清白'这两个字无缘了。你是沈南飞，所以你的命运就该如此，你无力抗衡！"

冰冷的声音不断从沈南飞的身后传来，也渐渐燎烧起他心中的怒火。

他的双手紧紧地握成拳头，忽然很想转身看一看自己身后究竟是什么人。

想到这儿，他便将心一横，压制着开始渐渐加快的心跳。

他开始在心中倒数，一边强定心神，一边为自己加油打气。

他数到"一"的时候，立刻转过了身。

嘶嘶——

"啊！"

沈南飞猛然睁开眼睛，首先映入眼帘的是一片昏暗灯光和装修颇具格调的屋顶。

他慢慢地转过头打量了一下身边，发现自己正躺在酒店房间的拼花羊毛地毯上，身边散落着两个红酒瓶和一只空的高脚杯。

头上不停地传来阵阵的刺痛，似乎那浓烈的酒精已经刺激得他脑袋都快要炸掉了。

他抬起沾满红酒的右手，用力地揉了揉自己的额头，眼角余光却瞄到一个躺在他身边的东西。

那是一把装着消音器的沙漠之鹰。

沈南飞到现在都觉得昨天发生的一切都是在做梦，他根本就不记得自己是怎么回到酒店的。

而且，他也不记得为什么自己当时会发神经般把一个杀手的手枪带了回来。

如果被人发现的话，那他真是跳进黄河也洗不清了，别人一定会认为，他是一个彻头彻尾的疯子。之后在热门微博里，他的罪名就会多上一条：私藏枪支。

阵痛的脑袋里，不停地闪现着刚刚他在梦中见到的画面。

他隐约记得，当自己转过头的时候，似乎看到了一条蛇。

没错，那就是一条蛇。

那条蛇的眼睛里闪烁着令人心悸的红光，嘴巴里吐着芯子。

沈南飞不知道自己为什么会梦到这么奇怪的东西，也许是因为昨天冬贺被杀的事情让他压力太大，所以才会梦到一些跟死亡有关的东西吧。

沈南飞有些烦乱地揉了揉自己那头剃短的头发，让它们看上去更凌乱，更显颓废一些。

沉默了许久，他的视线终于落到了那个现在他最害怕、但是每天必须面对的手机上。

他将手机从沙发上拿起来，滑动解锁，点开了讯客微博。

一打开微博，五花八门的娱乐新闻和搞笑博文便出现在了微博的首页上。

沈南飞点开了娱乐新闻，看到又有明星离婚的消息占据了各大媒体的头条。

这些东西过去都是他不太关注的，可是在出了这次事之后，他渐渐地对微博上的一些东西产生了兴趣。

他开始深入地了解微博的功能和它在网络中占据的重要地位。

简单地看了一些消息之后，沈南飞又点开了一条直播链接。

一个穿着性感的炫影直播软件里的女主播坐在屏幕前，展现着自己优美的歌喉，引来了大片的弹幕刷屏。

看着女主播的那张整容脸，沈南飞不由自主地想起了赵欣颖。

到现在他都还记得那天他们在洗手间里争吵和抢夺手机的样子。

一切仿佛就在昨天。

可是赵欣颖已经变成了一个满身怨气的鬼魂，而沈南飞变成了一个奸杀案嫌犯。

就在赵欣颖死后不久，由于第一网络女主播的位置空了出来，所以一时间引来了许多新晋主播的争相抢夺。

一时间，关于网络主播的热门新闻也多了起来，将一个本来就很火的职业变得更加火热了。

许多年轻的男孩女孩为了站在金字塔的顶端，不停地做着刷新下限的举动，以此来吸引大批的粉丝。

而也有一些人用自己的实力，一点点地爬上了热门主播的位置。

赵欣颖死了，但网络主播界什么都没有改变，还有更多的人等着爬上来替代她。

沈南飞默默地看着视频里的女主播，嘴角露出了一个冷笑，关掉了视频。

现在就算是天下第一美女出现在沈南飞的面前，他也没有一丝一毫的心情去跟她调侃了。

冬贺死了，唯一能够为自己洗清冤屈的证人也就随之消失了。

叮咚！

就在沈南飞失魂落魄的时候，一条微博信息提示跳了出来。

沈南飞皱着眉头看了看，打心底觉得有些奇怪。

随即他点开了那条信息提示，可是出现在他眼前的，让他震惊得瞠目结舌。

那是一篇附带视频的微博。

微博上面的标题是："沈南飞再度出手！枪杀模特界当红炸子鸡冬贺"。

当沈南飞看到这篇微博的时候，还以为自己出现了幻觉，整颗心瞬间提了起来，心头有一种慌乱到极限的窒息感。

"这是什么东西？这是什么鬼东西！"

沈南飞有些惊慌地点开了视频，随即映入眼帘的就是他和冬贺在化妆间里争吵的画面。

视频只有五分钟，将沈南飞走进化妆间和冬贺激烈争吵的过程完全记录了下来。

最令沈南飞震惊的，是最后他开枪射击冬贺的片段。

视频拍摄的角度刚好卡住了沈南飞左手的视角，拍到了他的背影和跪在地上一脸难过的冬贺。

就在沈南飞抬起左手的那一刻，冬贺倒地，然后画面停止，定格在沈南飞的背影上。

视频只有短短的几分钟，而且将之后他和杀手搏杀的场面全部掐掉了，显然是经过了精心的剪辑。

叮咚！

就在沈南飞惊魂未定之余，又有一条私信消息提示在他的手机上弹了出来。

沈南飞立刻点开了那条私信消息，只看到一句简短的话："沈南飞，终于找到你了。"

第二十六章

▶ X 先生

在看到这句话的一刹那，沈南飞不寒而栗。

是谁找到了他？

难道是警察？

还是之前在网络上扬言要搜索他的那些水军？

这一刻，沈南飞感觉自己的酒似乎都醒了，眉头紧锁地盯着私信上的这句话。

就在他还没解开心中疑惑的时候，聊天记录里再次弹出了一条对话。

"吓到你了吧？现在你一定在想，我究竟是谁？"

此时此刻，沈南飞整个人震惊得一句话都说不出来，心跳加快，起了一身的鸡皮疙瘩。

身后的窗户不知道什么时候被打开了一道缝隙，一阵阵阴风吹在他的后脊梁上，让他不由自主地打了个冷战。

沈南飞感觉似乎有双眼睛就隐藏在某个角落里盯着他看。

一直在偷偷地盯着他看……

随即沈南飞有些警惕地环视整个房间，似乎想要找到那双神秘的眼睛，却什么都没有看到，只有微风轻轻地拂动着一层薄纱窗帘。

接着沈南飞将目光落在了屏幕上，小心翼翼地敲出了几个字："你是谁？"

在打出这三个字之后，沈南飞的双眼睛就像是钉在了上面一样，一秒钟都不曾移开。

忽然间，他想到了一个细节，于是立刻切出了私信界面，看了一下刚刚艾特自己的那个微博博主。

不是同一个人！

发私信和艾特他的博主，并不是同一个账号。

嗡——

他的手机震动了一下，私信里又收到了一条信息。

"你可以叫我 X 先生。"

看到这个奇怪的名字，不知为何，沈南飞的脑海里不由自主地浮现出了电影《V 字仇杀队》里男主角那张微笑的面具脸。

这个 X 先生，让沈南飞感觉到了一点点神秘黑暗的特质。

这算是网络的一种魅力，同时也是一个巨大的隐患。

隔着网络，你不知道对面的人心里在想些什么，以及他想对你做些什么。

接着沈南飞打下一段话："我想你找错了，我不是沈南飞。"

"现在才说自己不是沈南飞，是不是有点晚了？我知道你就是，放心，我是站在你这一边的。"

"我这一边的？"沈南飞有些疑惑且诧异地盯着这条信息，他不敢相信，在呈现一边倒趋势的热门奸杀案事件上，竟然还有人站在他这一边。

就在这时，之前在医院里救过他的那个神秘人的话在他的脑海里响起："不要相信任何人，除了你自己。"

而这句话不止一个人对他说过，黑老大也曾经这样告诉他。

一个从网络上突然蹦出来的人，怎么可能会让沈南飞轻易相信呢？

随即沈南飞在私信里回道："我想你真的搞错了，请不要再给我发私信……"

就在沈南飞摆明了立场，发出这条信息之后，那边的人沉默了大概三十秒的时间。

沈南飞本以为他听进去了自己的话，心中的疑惑刚刚要打消，可是接下来发生的一幕，让他目瞪口呆，震惊得说不出话来。

"香格里拉大酒店，3202 号房间。"

这是沈南飞现在住的房间啊！

这一刻，沈南飞只觉得全身冰凉，冷汗瞬间从背后冒了出来。

他不可置信地盯着屏幕上的这个地址，心里瞬间爆发出了无数的疑问。

这个 X 先生究竟是谁？

他为什么会知道我现在的地址？

可就在沈南飞紧张得快要窒息的时候，那位 X 先生继续发来了私信："吓到了对吗？不光我知道你现在的地址，他们……也知道。"

看到这句话，沈南飞从地上蹿起来开始穿衣服，准备立刻离开这个已经暴露了的地方。

嗡——

放在地上的手机忽然又震动了一下，又有一条信息弹了出来。

"你现在就算离开房间也没用，他们还是会找到你的地址"。

"不过……我可以帮你，如果你同意的话，就回复一个数字'1'。"

连续两条信息立刻吸引了沈南飞的视线，将他的目光又拉回到了手机上。

沈南飞把手机捡起来，在屋子里焦急地踱着步子，一边盯着上面的信息，一边思考着这位 X 先生的提议。

他说得没错，现在沈南飞根本就不清楚 X 先生是怎么找到自己的。

不过既然他可以找到，或许别人能够找到也说不定。

就比如今天来杀他的那名杀手，是怎么准确地找到他的呢？

想到这儿，沈南飞便感觉网络这扇神秘的大门后面，似乎有太多他不知道的秘密，他多知道一个秘密，或许就能够救自己一命。

经过一番思想的挣扎之后，沈南飞在私信上回复了一个数字"1"。

很快，X 先生便回复了他："很好，你是个很聪明的人，现在你要按我说的做，我先帮你脱身。"

沈南飞站在房间里，双眼死死地盯着私信界面，试图控制着自己有些慌乱的内心。

X 先生再次发来了私信："现在，找到你手机的通用设置，然后进入隐私界面里的定位选项。之后你会看到一个'常去地点'，把那个功能关掉。"

沈南飞看着这条信息迟疑了片刻，心中有疑惑千千万，还是忍不住回了 X 先生一条私信："这定位是什么功能？"

X 先生很快回复道："呵呵，看来你真是一个网络和手机白痴。你连手里唯一可以反击的武器功能都不了解，怎么打赢这场网络战争？"

在一番挖苦之后，X 先生继续在私信里说道："现在你离开房间，然后走楼梯，不要坐电梯，这样会没有网络信号，无法接收到我的信息。现在有几个人已经来找你了。"

沈南飞看了一眼信息，立刻转身从沙发上拿起了鸭舌帽扣在自己头上，然后按照 X 先生的指示，离开了自己住的酒店房间。

出门之后，沈南飞小心翼翼地在走廊里张望了一下，接着便加快了步伐，进入了不远处的安全通道。

可是才下了一层楼，沈南飞的心里突然响起一个声音：这个 X 先生不能百分之百地相信，要给自己留一条后路！

沈南飞下到第二层楼的时候，就转身离开了安全通道，钻进一辆保洁员用来存放工具的小房间里。

房间里面很暗，沈南飞也没心思去找电灯的开关，直接蹲坐在一个保洁工具车后面，对 X 先生回复道："我已经在下楼了，之后该怎么做？"

X 先生回复的速度很快，似乎知道沈南飞在争分夺秒，在他发出信息不到两秒钟的时间就再次发来了私信。

"在手机里找到刚才我说的定位功能，然后把常去地点关掉。别人会通过你手机的这个功能，找到你最常去的地方，这样就能分析出你最可能藏身的地方了。现在或许警察还没查到你的新手机，不然你早就插翅难逃了。"

沈南飞根据指示，果然从手机里找到了那个功能，然后将"常去地点"功能关闭。

"已经关掉了，然后呢？"

"现在你后退到定位服务功能，将它彻底关闭，这样就可以切断微博和一些相关软件的定位程序。幸好你现在还没发过微博，不然以你对网络和手机的这点经验跟知识，早就把自己的身份暴露了"。

"你记住，定位功能不关闭，你所发的每一条微博下面，都会有你现在的地址。是不是感到很可怕？科技让人一点秘密都没有了。"

看到 X 先生的这两条信息，沈南飞倒吸了一口冷气。

他从来没有想过，一部小小的手机，竟然可以让他如此赤裸裸地呈现在大众的眼前。

他以为自己手里的手机是反击的武器，却没有意识到，如果他不了解自己的武器，那它就会变成一颗随时会伤害自己的定时炸弹。

如果一切都像 X 先生所说的，他在开启定位功能的时候发了微博，那后果真是不堪设想。

网友们看到一定会嘲笑他是史上最笨的逃犯。

"如果你都按照我说的做完了，就回复我一个'1'。"X先生再次发来信息。

沈南飞飞快地按了一个"1"。

"很好，现在，你回到手机的通用设置里面，应该会看到一个云端账号，你看一下有没有登录。"

"云端账号？"沈南飞的眉头越皱越紧，手机的亮光在黑漆漆的房间里照着他，好似来自地狱里的小鬼。

随即他根据X先生所说的，在通用设置里看到了昵称为一堆数字的东西，点开一看，里面有很多自动备份的信息。

这时，屏幕上又弹出了X先生的消息："如果你看到账号昵称显示的是一堆无规则的数字，那说明这是有些手机自带的自动注册连接云端账号功能，也就是说，你的手机已经自动登入了云端。你现在要做的，就是将账号彻底注销，把你的手机变成一块只能上网的砖头。"

"这个账号意味着什么？"沈南飞问道。

X先生沉默了片刻，回复道："意味着你给黑客制造了一个入侵你手机的机会。他们一旦得逞，你的所有信息、所有通话记录，都会发送到他们的数据终端，那你将不会再有任何秘密！必死无疑！"

说实话，沈南飞对于X先生所说的这些事情并不了解，而且他也无法理解，那些黑客黑黑电脑还可以，黑手机又是怎么办到的呢？

抱着这样的疑问，沈南飞在私信里回复道："手机在我的手里，他们怎么会入侵我的云端账号？"

片刻后，X先生在私信里发来了一个鄙视的表情，说道："你还真是一个彻头彻尾的网络白痴，你以为现在的黑客还只停留在过去那种浏览一下黄网站，然后在你电脑里下病毒的阶段吗？现在不仅仅是手机，遇到厉害的黑客，就连提款机都难以幸免"！

"现在我所说的每一句话你都要记住，以后真的中了招就后悔莫及了！

"第一，不要回复任何不明号迈发来的短信，因为那很有可能是一个诱饵！

"第二，无论如何都不可以点开手机邮箱里面的链接，尤其是在这种敏感的时期，就算是一些官方软件发来的邮件，也不可以点开，因为你不知道它们是不是被黑客拦截做了手脚，千万不可以打开！

　　"第三，从现在开始，不要使用任何注册账号的东西，微博除外，因为没有办法不关注上面的热门事件。但在登录的时候，要使用自动记忆密迈，最好不要自己手动输入，然后要开启指纹验证功能。"

　　沈南飞看着 X 先生发来的一条条信息，将每一句话都深深地记在脑海里。

　　虽然这个人身份不明，也不知道是敌是友，但是这些重要的信息如当头棒喝，让沈南飞受益匪浅。

　　他很庆幸，在事情发展到不可收拾之前，了解到了这些东西。

　　在教会了沈南飞如何防御病毒和被人定位之后，X 先生再次对沈南飞过去没头苍蝇一样寻找真相的做法表示了鄙视。

　　他继续回复道："现在你已经离开酒店了吗？"

　　沈南飞抬头看了看黑漆漆的保洁用具储物间，手指在九宫格上快速敲击着："已经离开了，正在转移到另一个地方。"

　　"很好！接下来我说的东西，是这一次你能否在网络上翻身的重点！而这一点我想你自己或许已经想到，但是你的做法真的很 Low。"

　　看到这句话，沈南飞便皱起了眉头，却一语不发，继续等待着 X 先生发来的信息。

　　"如果你继续用你这种方法的话，一旦被警察抓到了，是没办法为自己洗白的。"

　　"那我应该怎么做？"沈南飞问道。

　　"万变不离其宗，任何事情的展开，都要让现实主导网络，可是你相反，让网络主导了现实。你一直被网络牵着鼻子走，却从来没有想过利用你现在的名声做些什么，就只是躲在后面偷看，找到一点所谓的线索就开始行动，最后的结果，就像你今天这样，差点被别人杀掉！"

　　沈南飞心头一颤，不可置信地盯着屏幕上的信息，惊讶地回复道："这件事你是怎么知道的？"

　　"你是笨蛋吗？刚刚不是已经有了艾特你的一条视频微博吗？现在这个视

频已经登上微博热门了！恭喜你，现在是两个热门事件的通缉犯了！"

"什么？"沈南飞直到这时才想起刚才有人艾特他的那条微博。

随即他退出了私信界面，打开了热门微博的主页。

他用右手食指在屏幕上快速地滑动着，看着一个个热门微博话题从眼前滑过，其中就包括热度下降了两名，排在第五的"女主播遭奸杀事件"。

很快他便在排名第十二名的位置，看到了一个标题为"冬贺遭枪杀"热门话题。

从那个人艾特他到现在还不到二十分钟，这个视频已经拥有了三千多万的阅读量、十万多的大众评论。

网络炒热一个事件的速度快得简直令人难以想象。

而现在沈南飞所拥有的话题敏感度和关注度，都是令无数网红眼红的存在。

那些网红就算是发布一条精心拍摄的微博，也不会在短短二十分钟拥有如此高的阅读量。

网络真的太可怕了！

一旦触动了所有人的神经，就会像一颗爆弹一样，在网络上引发一场话题爆炸。

沈南飞点了这个话题，首先映入眼帘的就是一张冬贺的黑白照片。

许多用户在话题下面发了微博，并且相互转发，用一排蜡烛表情为冬贺默哀祈祷。

一些官方认证的新闻媒体和警察官方微博，正在分析案情，大胆猜测凶手的作案动机。

沈南飞再次被推到了风口浪尖上。

很快，他便看到了一篇最为火爆的博文，是由一个网络大V根据自己的猜测和一些网友提供的所谓证据撰写的。

微博的标题写着："继美女主播遭奸杀案后，沈南飞再度出手枪杀冬贺的真相"。

然而这篇文章比之前诬陷沈南飞患有遗传性精神病更过分。

文章里面的用词刁钻刻薄，毫不留情，将沈南飞再次塑造成了一个迷恋女主播、嫉妒绯闻男友的变态粉丝。

其中最令沈南飞气愤的是，这个所谓的大V在微博中写道："冬贺遭枪杀事件，也暴露出了沈南飞的真实作案动机。其身份实为赵欣颖的狂热粉丝，因过度迷恋，所以找机会奸杀赵欣颖，后又因嫉妒心和患有遗传性精神病，导致情绪失控，枪杀了赵欣颖的绯闻男友冬贺！"

不过三千多字的一篇微博，将两个事件串联了起来，根本就是凭空猜想，没有任何的证据。

可是偏偏在这篇微博下面，大多数网友信以为真，甚至发表了恶毒的言论来诅咒沈南飞不得好死。

网络的舆论完全被主导，让沈南飞的处境雪上加霜。

"去你的！浑蛋！"

沈南飞突然有了一种想要砸手机的冲动，把手机捏得咯吱作响。

嗡——

嗡——

嗡——

紧接着，一条条不明账号的私信发送到了沈南飞的微博账号上。

正在气头上的沈南飞点开那些私信看了一眼，发现都是一些从艾特他的微博那儿追过来的。

现在沈南飞的微博账号已经完全暴露在网络大众的视线中了。

不过转眼之间，沈南飞被艾特的数量和被转发的数量，已经达到了近十万。

他感觉自己的手机似乎要爆炸了。

"沈南飞你这变态杀人狂！快出来受死！"

"我就看看不说话，祝你不得好死！"

"兄弟，快点投案自首吧，或许还有得救！"

"还我赵欣颖！还我赵欣颖！变态！"

"哥们，赵欣颖的味道怎么样？我也想尝尝！"

一时间，沈南飞的手机屏幕被一条条恶毒的诅咒和有变态癖好的用户私信填满。

沈南飞立刻退出了私信界面，在微博设置里面关闭了信息提醒功能，私信刷新的速度才渐渐停止下来。

自己的账号被暴露，原来是这种感觉。

尤其是对于他这种处于风暴核心的人物，觉得网络就是一片汪洋大海，网友们的言论化作巨浪，向着他狠狠拍下，让他喘不过气来。

随即他在私信的最近回复界面里再次找到了 X 先生的对话框，有些焦急地敲下了一条信息："别人是怎么知道我的账号的？"

不到五秒钟的时间，X 先生便回复道："怎么样？现在你的手机应该被刷爆了吧？你不要小看网友的力量，在遇到感兴趣的事件时，任何一个网友都有可能是福尔摩斯，找到你的账号只是时间问题！怎么样，现在你是想要逃避，还是直面恐惧？"

沈南飞盯着这段话沉默了许久，脑海中快速整理着刚刚自己所经历的一切。

但他毕竟不是个傻瓜，他明白，如果想要在网络上洗白，这些都是他以后必须面对的东西，每天都要接受被网络巨浪拍击的痛苦。

起初他的心里有了放弃的打算，可是一想到躲在幕后操纵一切，看着他东躲西藏而冷笑的那群人，沈南飞的心头火便越烧越旺。

冷静了片刻之后，沈南飞回复道："我选择直面恐惧，你得教我怎么做。"

"很好，你很有勇气。我的时间不多了，今天过后，你或许再也无法联系到我，所以我现在说的每一句话你都要记住！

"想要洗净身体，就要身处旋涡中心！既然你想要在网络上翻身，那你就要把自己变成网络的热点，我指的不仅仅是在热门话题里，而是你自己本身。你要有勇气站出来为自己反击，一味地沉默，只会让那些家伙肆意妄为，歪曲事件的真相。就算你的话语可信度很低，你也必须这么做。知道蝴蝶效应吗？这就是你翻身的方法！至于该怎么做，我想你自己会在合适的时候想出答案。你要记住，如果你无所畏惧，神仙都要为你让路，但前提是你要有脑子。

"还有，你寻找真相的方式暂时不要放在现实里，因为这件事的真相都隐藏在网络上。你要学会利用网络，从每一个可能得到信息的地方入手，然后再切入现实。你需要更多的人来帮你，孤军奋战只有死路一条！

"我只能说这么多了，我的时间不多了，有人要来找我了，我们有缘再见！"

在 X 先生发完了这长长的一段话之后，沈南飞再也没有收到任何信息。

他再次试图联系 X 先生，却发现对方已经将微博设置成到了拒绝接收私信。

看来他再也没有办法联系到 X 先生了。

虽然不知道 X 先生安的是什么心，为什么要提醒自己，但不得不说，X 先生的确为他打开了通向网络深处的大门。

第二十七章

▶ 通缉令

晚上十点二十分，有的人已经进入梦乡，春州市电视台的社会新闻部却忙得热火朝天。

网络上刚刚爆出了超模冬贺遭到枪杀的消息，电视台便加班加点，并且请来了一些评论界的名流，录制了一档针对沈南飞枪杀冬贺事件的专题节目。

现在的电视台想要抢收视率，除了信息要快，还要讲究出奇招。

在网络刚刚铺开，其他电视台才刚刚开始行动的时候，春州市电视台一档名为"大嘴有话说"的节目，已经开始了录制。

韩懿姿本来已经在家里准备睡觉了，却被林部长一个电话叫了起来，说今天发生了大事，是她实习生涯里的一个绝佳机会。

赶到演播厅的时候录制刚刚开始，所以韩懿姿便站在场边看着。

对于电视台的一些访谈类节目的运作方式，她是有所了解的，那些所谓的自由问答，其实都是由电视台编导事先写好的稿子，准备好的问题，所以接受采访的人只要在稿子上加以发挥就好了。

而且根据韩懿姿的了解，现在录制现场这位坐着的所谓的名流，其实根本没有什么名气，只是一个不温不火的三线评论员，借着这次沈南飞事件来为自己增加出镜率，同时电视台也赚点收视率，大家各取所需。

因为一般名气大的评论员，是不屑来这种临时组建的小节目，抑或是按照稿子，发表一些不走心的言论的。

"懿姿啊，之前你一直没有跟过节目录制，你要多熟悉一下流程，以后可能会把你推到主持人的位置上。"林部长手里捧着咖啡，对身边的韩懿姿说道。

然而韩懿姿却并没有把心放在这种无聊的访谈节目上，满脑子都是沈南飞的身影。

她怎样也无法相信，沈南飞会做出杀害冬贺这种事情来。

而且根据她的观察，沈南飞连赵欣颖都不太了解，又怎么会知道冬贺和她的关系，并且真的像网络上所说，因嫉妒而杀人呢？

她所知道的沈南飞，可不是那样的一个人。

真奇怪，自从上次救了沈南飞之后，韩懿姿发现自己的心里似乎出现了很大的变化。

过去在网络上看到关于沈南飞的负面消息，她的情绪绝对不会有任何的波动，可是自从那一夜之后，当她再看到任何不利于沈南飞的消息，心里便有些难受，甚至有点生气。

现在的韩懿姿已经开始觉得，网络上的东西越来越不可信。

就连眼前的新闻媒体也是一样。

她甚至有一种想要脱离电视台，自己出去单干的冲动。

因为只有那样，她才不会被台本束缚，自由自在地跟随自己的心声。

"满嘴废话！"

在听了一番那名评论员对于沈南飞的评论之后，韩懿姿便皱着眉头轻声骂了一句。

林部长正在喝咖啡，听到这句话，差点把咖啡都吐到杯子里去："懿姿，你刚刚说什么？"

韩懿姿愣了一下，随即回过神来，说道："哦，没什么林大哥，我只是觉得有点累，想请几天假休息一下。"

林部长眨巴眨巴眼睛，盯着韩懿姿仔细观察了片刻，问道："懿姿，你没事吧？我最近看你好像有些怪怪的，工作的时候也有些心不在焉。"

韩懿姿的视线刻意避开了林部长的目光，微笑着说道："没什么事，只是我最近大姨妈要来了，所以精神不太集中，加上之前做新闻的时候来回跑，觉得很累。"

林部长有些尴尬地挑了挑眉毛，思忖了片刻，点头说道："也对，做记者这一行就是这样，最苦最累的活都干了，谁又知道我们的心酸呢？更何况还是你这样十指不沾阳春水的大小姐。好吧，你就回去休息几天，你的活儿我找人接一下。"

韩懿姿笑了笑："谢谢林大哥。"

"哎，对了，最近你最好回家去住，不要一个人在外面乱逛，市里现在已经对沈南飞下达通缉令了。"

"通缉令？"韩懿姿震惊地瞪圆了眼睛，"不至于吧，就因为那个经过剪辑的视频？"

此话一出，林部长惊讶地望着韩懿姿："懿姿，你在说什么啊？什么不至于啊？你怎么维护一个杀人案嫌犯啊。"

韩懿姿立刻注意到自己似乎说得不当，急忙解释道："哦，不是的！我只是觉得，视频里那个人虽然看上去很像沈南飞，但是我们也不确定不是吗？而且视频拍摄的角度也不太清楚，所以不能断定沈南飞手里拿着枪啊！"

林部长微微摇了摇头："你说的这些我也知道，但是现在网络上的舆论实在太厉害了，那些网友甚至开始轰炸春州市公安局的微博，说他们不作为。而且经过各种比对，已经可以确定，那个人就是沈南飞，所以才下达了全市通缉令。不管怎样，他都是最大嫌疑人，先抓了再说。"

"可是……"

"没什么可是的，如果沈南飞真是清白的，就算抓了他也定不了他的罪，而且他要是真的没事，又为什么要逃跑呢？自首去说明一切不就好了吗？"林部长说道。

话虽如此，但是韩懿姿感觉这件事情不是那么简单。

她能够看得出来，沈南飞似乎有着什么难言之隐。

"对不起林大哥，我突然觉得好累，先回去休息了。"说完，韩懿姿便有些魂不守舍地离开了演播厅。

林部长一直默默地目送韩懿姿离去，他总觉得这个小姑娘跟前几天不太一样了。

可是换个角度一想，又觉得或许是她的大小姐脾气在作祟，喜欢钻牛角尖，有一点强迫症吧。

离开了电视台，韩懿姿便驾驶着她那辆粉红色奥迪 TT 一路疾驰回家，然后进了房间，打开电脑。

之前一直在睡觉，醒了之后去了电视台才知道沈南飞的事，所以她还没有来得及了解网络上的情况。

她打开了讯客微博的主页。

很快，她便看到冬贺被枪杀的热门话题出现在了社会新闻热门排行第八的位置上。

她用鼠标点开了话题，接着许多转发量惊人的微博便出现在了屏幕上。

关于沈南飞的视频，她已经在电视台看过了，可是当她打开微博的时候，发现许多网友都在艾特一个昵称叫作"2016飞"的微博账号。

经过一番了解之后韩懿姿才明白，原来是沈南飞的微博账号被人扒了出来。

"这个笨蛋，怎么这么不小心！"韩懿姿下意识地说出了这句话。

然而她自己都无法相信，她竟然真的已经开始向着沈南飞说话了。

随即她又点开了几个所谓网络大V的微博，看到里面那些完全臆测出来的所谓事件真相，越来越觉得，网络上的人真的好不负责任。

他们仅仅根据一些小道消息和网友们愤怒的发言，就展开猜想，并且主导了网络舆论。

更令韩懿姿感到可怕的是，信息发布才不过三四个小时，竟然能够在网络上产生这么大的反响，实在是有些反常。

韩懿姿毕竟是学新闻专业的，平时也经常接触网络，所以立刻就想到或许是有人在故意炒作这个话题。

接着她便从粉红色小皮包里掏出了手机，拨通了一个计算机网络专业的女同学的电话。

"喂？大咪。"

"哎，我是大咪！很大的咪咪！34D！"

韩懿姿翻了个白眼，没好气地回道："你给我正经一点，我有点事要问你。你那边怎么这么吵？你在干什么呢？"

"哈哈！瞧你正经的！笨蛋，这么晚了我都能接你电话，你说我在干什么？泡夜店呗！我跟你说，今天晚上这里的帅哥超多！"

"哎呀，谁管你帅哥多不多！我问你，微博上冬贺被枪杀的热门话题你看到了吗？"

"看到啦。现在夜店里很多人都在谈论这件事，不过那个沈南飞也真可惜了，长了那么一张帅脸，却是杀人案嫌犯。如果他肯陪姐姐的话，我倒可以安慰安慰他。"

"少来，这件事你是怎么看的？"

"怎么看？用咪咪看呀！"

"冉小米，我现在郑重地告诉你，我很严肃，你给我正经一点！"

"哎呀，好啦好啦，看把你急的。我告诉你，这个热门事件就是有人在背后运作的。因为网络发酵是需要一定时间的，可是它可以在短短几小时之内就火起来，排除一些真实的网友流量之后，剩下的大部分就是水军了。据我观察，水军的数据大概占了七成。"

第二十八章

"七成？怎么会这么多？"韩懿姿完全被冉小米说出的数据吓到了。

虽然她知道网络上有很多水军，可是没想到水军竟然多到这种程度。

"这只是我的初步估计。依我看啊，这背后的人或许是跟沈南飞有什么深仇大恨，要不就是超级黑粉，不然也不至于弄这么多水军来把这件事炒热啊。我觉得……"

说到这儿，冉小米的声音忽然放轻，小心翼翼地说道："后面的人似乎是想要逼沈南飞现身，但是又留有余地，矛盾得很，真不知道是一群什么人！啊！浑蛋，你怎么摸我屁股啊！"

手机里突然传来了冉小米的笑骂声。

"讨厌，一边去，再摸我翻脸了啊！"

韩懿姿拿冉小米开放爱玩的性格实在没办法，两条眉毛都拧成了结："喂，大姐，行了，你快去玩你的吧，要不你就干脆去开个房间，别在酒吧里面乱来，再被人拍了视频也把你送上热门！"

"哼！就咱这样毫无价值的人，能上热门就有鬼了！要是真能上热门，那我可就是网红了，这种机会可是千载难逢！说实话，我可真有点羡慕沈南飞呢！呃……"

下一刻，手机里面又传来了一阵微微的呻吟声。

听到这令人尴尬的声音，韩懿姿立刻一脸嫌弃地挂断了电话，对着手机翻了个白眼："这个大咪，上辈子肯定是个饥渴的怨妇！"

然而结束了通话之后，韩懿姿却陷入了许久的沉默。

现在她脑子里一直都在回放着刚刚大咪对她说过的话。

水军的数据占了七成，而且有一股势力似乎在故意炒热话题。

这样一来，或许沈南飞的热门事件里，真的有什么隐情也说不定。

知道得越多，韩懿姿就对沈南飞越感兴趣。

现在的她已经没有心思关注那些无聊的工作了，因为那都不是她想要揭露的真相。

真相往往是要付出一定代价才能够发现的，或许这对于韩懿姿来说，就是一个千载难逢的机会。

她觉得，自己应该试着违背大众的思路，相信自己一次。

此时此刻，韩懿姿的脑海里突然出现了一个奇怪的想法：如果沈南飞能够再一次出现在她身边的话，那她一定会死死地抓住他不放，将自己分析出来的一切都告诉他。

人生本就是一场赌博，不试着拼一次，谁知道会有什么意外的收获呢？

如果自己的判断都是正确的，沈南飞热门事件一旦出现大转折，距离他最近的人将会抢到一个大独家。

而且是最真实的独家！

所谓不入虎穴，焉得虎子。

想到这儿，韩懿姿心里油然而生一股罪恶感。

随即她用力地敲了敲自己的小脑袋，自言自语道："韩懿姿，你在想什么呢！这时候怎么还在想着独家新闻，那可是用别人的命换来的！"

叮咚！

突然间，韩懿姿家的门铃响了起来。

她立刻转身看向了客厅门口的方向，神经马上紧绷起来。

"这么晚了，谁会来按门铃？"韩懿姿一边说着，一边看了看电脑右下角的时间显示。

正好半夜十二点整。

一分不多，一分不少。

门铃在这令人恐惧和尴尬的时间响起，韩懿姿不禁回想起了几天前救沈南飞的时候，在停车场里看到的一幕。

那个穿着彩色格子连衣裙的女孩子，身体僵直地站在一个黑暗的角落里，用双翻白的眼睛盯着她。

恐怖的画面闪现在眼前，韩懿姿下意识地咽了下口水。

她光着脚，一步步缓慢地走到了门口，将目光落在显示器上。

没有人！

她家门口现在空无一人，连个影子都没有。

可是，刚刚是谁在按门铃？

叮咚！

就在韩懿姿神经紧绷、精神极度紧张的时候，突兀而又可怕的门铃声再一次响了起来。

"啊！"韩懿姿发出了一声惊叫，然后立刻用手捂住了自己的嘴。

她愣怔地望着空荡荡的显示器，从里面根本看不到任何东西，只有空荡荡的走廊。

这一刻，深深的恐惧从韩懿姿的心底升起，让她起了一身的鸡皮疙瘩。

她呆呆地站在门口，一动不动地盯着显示器，感觉房间里似乎有一阵奇怪的阴风吹了起来，令她头皮发麻。

然而恐惧似乎终于找到了一个可以欺负的人，一波一波地朝着她袭来。

叮咚！

叮咚！

叮咚！

紧接着，门铃声开始有规则地响了起来，一声比一声响亮。

韩懿姿心跳加速，瞪圆了眼睛，两只手紧紧地握成了拳头。

可是一声接着一声的门铃声，也渐渐让韩懿姿的心底除了恐惧之外，还多了一股怒火。

性子倔强、喜欢冒险的大小姐在忍受了恼人的铃声片刻之后，终于决定不管外面是人是鬼，都要出去跟他对峙一番。

于是她鼓足了勇气，转身走到厨房从刀架上拎起了一把菜刀，然后再次回到了门口。

此时此刻，韩懿姿右手提着菜刀，左手握着门把手，胸口缓慢起伏，试着用深呼吸来稳定自己的情绪。

接着她在心中默数了三秒之后，左手用力下压，一把将门打开，同时举起菜刀就冲了出去。

然而当她冲出来之后，却发现走廊里连半个人影都没有。

叮咚！

叮咚！

门铃声再一次响起，这次就在她的身后。

韩懿姿火速转过身，忽然发现自家房门边的角落里，放着一个小型的扩音器。

叮咚！

叮咚！

门铃声还在不断地从扩音器里传出来，仿佛奏响了一首恐惧的序曲，同时也向她打开了一扇地狱之门。

这时，林部长之前嘱咐她的话突然在她的脑海里响起："懿姿啊，最近你最好回家跟爸妈住，现在外面很乱，沈南飞又被通缉，我担心你会有危险！"

"我担心你会有危险……"

韩懿姿瞪圆了眼睛注视着那莫名其妙地出现在门口的扩音器，那如魔咒一样的声音，仿佛将她拽入了一个恐惧的旋涡。

而就在此时，一个漆黑的人影朝着韩懿姿慢慢靠近。

韩懿姿顿时感觉到身边凉飕飕的，本能地感觉到了危险。

然而就在她想要抬腿逃跑的时候，突然一只大手从后面捂住了她的嘴巴。

"唔——唔！唔！"

她挣扎着发出了两声闷叫，手臂胡乱地挥舞着，可是很快鼻子就闻到了一股难闻的气味，接着全身瘫软，两眼一翻，彻底失去了意识。

当她的眼前即将一片昏暗的时候，不知为何，第一个出现在她脑子里的人竟然是沈南飞。

沈南飞的身影就这样随着她渐渐模糊的意识，慢慢地陷入一片黑暗……

沈南飞，你在哪儿……

"嗯？"

与此同时，正躲在黑老大刚为他安排的房子里发呆的沈南飞，忽然听到一道模糊的呓语。

似乎有人在什么地方呼唤他，想要引起他的注意。

沈南飞下意识地转头环视了一圈到处蒙着白布的房间，忽然觉得似乎是自己太过紧张而又出现幻觉了。

刚刚他去找了黑老大，对他说了自己与冬贺之间的事情，其中也包括那个追杀他的杀手。

当黑老大得知一切之后，说出的第一句话就是："小飞，你现在得离开春州市，这个地方已经没有你的容身之所了。这几天我会为你想出一个离开这里的方法，所以你要先隐藏几天，无论如何都不能露面。"

就这样，沈南飞按照黑老大的嘱咐，来到了这栋属于黑老大产业下一个空置的办公楼里。

这栋楼只有一到六层是有人租赁的，而他所在的第七层常年空着，所以躲在这里很安全。

冬贺遭枪杀热门事件已经过去四个小时了，在这四个小时里，沈南飞一直在整理着 X 先生对他说过的话。

现在他的脑子里已经大概有了一种属于他的复仇方式。

他觉得，现在可以把找到幕后黑手的目标定为三个，那就是水军幕后负责人、讯客微博公司以及炫影软件公司。

现在这三个平台的信息输出量是最大的，也是最能够接近幕后黑手的地方。

第二十九章

▶ 愿者上钩

自从接触过 X 先生以后，沈南飞会经常检查自己手机的定位系统。

经过一番了解之后，沈南飞渐渐觉得，当今科技的产物真的是越来越人性化，但是随之而来的就是无法保护个人隐私。

过去看到电视新闻里说某人的信用卡被盗刷，抑或是遭遇电信诈骗，还觉得离自己很遥远，可是在经历过这次事件之后，沈南飞已经能够理解那些人的感受了。

而且现在他还能够感觉到，即便防范措施做得再严密，躲在背后的那只黑手也能把他从地下三百尺的地方挖出来。

如果有一天，还没等到真相大白，自己就死在了那些人的手里，那他要怎样给自己一个交代呢？

又怎样给死去的赵欣颖一个交代呢？

沈南飞将手机握在手里，反复锁屏再开启，寂静的房间里回荡着咔嚓咔嚓屏幕锁定的细微声响，好似此刻他自己的心跳声。

忽然间，这种声音停止了，而沈南飞也是眼睛一亮，将手机慢慢地举到眼前端详着。

"如果我们没能活到洗清冤屈的那一天，也绝对要在这个世界上留下一些什么东西。就像之前那个 X 先生所说的，如果我想要在网络上翻身，那就要让自己变成网络的热点，一个会呼吸的热点！"

想到这儿，沈南飞缓缓地闭上了眼睛，做了几个深呼吸，整理着自己烦乱的心绪。

片刻之后，他睁开眼睛，盯着手机屏幕上的讯客微博沉默了许久，最终点开了那个象征着另一个神秘世界的大门。

很快，沈南飞便登录了之前那个昵称叫作"2016飞"的微博账号，看到里面已经有十二万条私信，以及二十三万艾特他的提示信息。

沈南飞做梦也想不到，许多人一心想要成为的网红，他仅仅用了一个星期的时间就做到了。

他在账号设置里找到了注销账号功能，在"确定"提示键出现的时候犹豫了片刻，接着拇指用力地按了下去。

"既然你们要玩，那我就陪你们玩到底！是生是死，就看老天爷开没开眼了！"

沈南飞一边说着，一边切换到了账号登录界面，然后点开了右下角的"账号注册"。

这一次，沈南飞是真的豁出去了。

他一改之前在网络上潜伏的做法，准备直接面对网络大众的暴力言论，同时也正面回应那些网络大V甚至是水军的猛烈攻击。

这一刻，他决定即便是死，也要在网络上留下自己存在过的痕迹。

他不想有一天自己真的死了，还带着这份冤屈，石沉大海。

沈南飞一直在心里提醒自己："别忘了，你可是天不怕地不怕的沈南飞！你是个孤儿，你无牵无挂了！"

在新注册的账号昵称上，沈南飞毫不犹豫地用了自己的真实名字"沈南飞"。

紧接着，他又在个人身份验证功能点击了"申请"。

对网络微博世界来说，"个人身份认证"就是一个身份的象征，通过申请的人，其头像的右下角会出现一个金黄色的"V"字图标。

通过了这项认证的人，就具备了成为一个网络大V的基本象征。

"为了确保信息的真实性，请上传你的身份证等证明信息，输入身份信息描述。"

沈南飞盯着手机屏幕上弹出来的对话框，犹豫了几秒钟，从裤兜里掏出钱包，在里面找到了自己的身份证。

他盯着身份证上自己几年前那稚气未退的照片看了几秒钟，然后就像是要跟过去的自己告别一般，眼神中带着一丝沉重和坚决，用手机将身份证上的信息都拍了下来，然后上传到了个人身份认证的申请界面上。

接着他又在"身份信息描述"的空白处写道:"女主播遭奸杀案热门事件当事人。"然后按下了确定键。

"恭喜您,身份证明上传成功,请等待审核通过,您将会在72小时内收到回复。"

沈南飞目光坚毅地盯着屏幕上的提示信息,心跳不由得加快了一点。

身份认证通过的那一刻,他将完全暴露在网络大众的目光之下,到那时,更猛烈的抨击和网络暴力将会像流星一样砸在他的身上。

他已经纵身跃入了这场时间风暴的核心,成为一个闪亮的热点。

丁零!

就在这时,一条短信息从沈南飞的手机屏幕上闪弹了出来。

沈南飞微微皱起了眉头,看到发来信息的人是黑老大的左膀右臂"大华哥",于是便将信息点开。

"小飞,我找人弄到了一个很热门的水军交流群账号,已经发给你了,剩下的你自己看着办,但记住要学得聪明点,里面的人都很敏感。"

看完了信息,沈南飞立刻回复道:"谢了,大华哥。"

很快,大华哥回复:"你自己小心点。"

这件事是一个小时前沈南飞拜托给大华哥的。

现在他已经知道,网络上炒热这件事的幕后推手就是水军,在网络上,他们是一股强大的力量,也是自己最难对付的敌人。

既然他们是受人雇用的,那只有接触到他们,才能够找到真正的幕后黑手。

沈南飞将短信里的QQ群号迈复制下来,然后打开了QQ软件,在寻找群组上面粘贴了这个号迈。

很快,搜索信息便弹了出来,显示出了一个名叫"碧水江山"的群。

沈南飞盯着那个群名字思忖了片刻,随即选择了添加。

但是下一刻他便发现,这个群设置了身份验证,如果想要加入,就要说明自己的身份,并且输入一个能够让他们对你感兴趣的理由。

沈南飞左思右想,头脑开始高速地运转。

他知道躲在这个群里的人一定都是水军里面最活跃的极端分子,为了躲避外人的追查,他们的防卫心理都是极强的,所以一般的小角色肯定入不了他们的眼。

"对了！"

沈南飞脑中忽然灵光一闪，随即在身份验证信息中输入："天硕集团法人代表。加入理由，寻求合作。"

天硕集团是春州市有名的大公司，甚至在全国都有些名气，想要引起他们的注意，只有抛出一个大的诱饵了。

沈南飞之所以选择它，是因为最近微博上出现了一些关于天硕集团美妆产品出现问题的消息。

只不过，冬贺被枪杀等热门事件转移了大众的视线，让他们逃过一劫。

咚！

还不到两分钟的时间，沈南飞便收到了入群通过的信息提示。

"成了！"

沈南飞心头暗喜，脸上露出了神秘的微笑。

进入群里的第一件事，就是找到这个群的负责人，也就是群主和几个高级管理员。

一般来说，这种人都是群里的权威人物，所以知道的事情肯定要比别人多，找他们，比找那些虾兵蟹将要强得多。而且，只有他们才是水军中的指挥官，其他的都只是工蜂罢了。

很快，沈南飞便找到了群主的号迈，然后给他发了信息："您好，我是天硕集团的法人代表，现在有一个合作想要商谈，请问您是群里的负责人吗？"

字里行间都在模仿一个合作者的口吻，以便将对方的疑心降到最低点。

然而在这条信息发送出去之后，沈南飞却迟迟没有收到回复。

他轻轻敲打着沙发扶手，感觉自己的耐性正在一点点减少。

他举起手机看了看屏幕上显示的时间，距离信息的发送已经过去十分钟了。

就在他快要放弃的时候，那个群主终于回复了他："天硕集团？就是那个美妆产品弄烂消费者脸的公司？"

"上钩了！"沈南飞暗自说道。

他仔细想了一下，小心谨慎地回复道："看来您已经对这件事很了解了。现在我们公司需要水军洗白，以扭转这次事件产生的社会舆论，降低对品牌的不利影响。听闻你们是很专业的水军群体，所以我才找到这里来。"

"你很有眼光！论水军，我们是水军中的战斗机！"

看到这条信息，沈南飞心里暗自笑了笑，感觉这个群主原来也是一个自大狂，话锋一转，回复道："因为我之前听说你们都是给个人洗白的，只是不知道关于商业运作，你们有什么成功的案例吗？如果有的话，可以介绍几个让我了解一下，也好让我们心里有个底。"

第三十章

看到沈南飞的问话，手机另一边的水军头目回复道："看来你是真的很不了解水军这个行当，我们做过什么，怎么可以随便告诉别人呢？"

沈南飞没想到这个家伙的嘴倒是很严，居然直接拒绝了他的要求。

他盯着手机屏幕上的聊天信息思忖了片刻，仿佛已经看到了另一边的水军头目把二郎腿跷到桌子上那副得意的样子。

一想到他那副德行，沈南飞便冷冷一笑，输入信息："你总要说一些我知道的东西，来证明你的能力，不然我们怎么放心把大笔的资金交给你们？"

似乎是感觉到沈南飞是一条真的大鱼，手机另一边的水军头目沉默了许久都没有回话，好像在背地里算计着什么。

大概一分钟之后，他才慢吞吞地回复道："你们能出多少？"

"随你开！只要你是真的有实力！"沈南飞对这个贪婪的水军头目放出了诱饵。

要知道"随你开"这简单的三个字，可是包含着满满的诚意，以及天硕集团背后雄厚财力的暗示。

水军头目又陷入了一阵沉默。

在这个世界上，没有人不喜欢钱。

尤其是这些水军。

似乎是金钱的力量开始发挥作用了，水军头目这一次回复的时候，语气与之前相比，明显产生了很大的变化。

"兄弟，不瞒你说，我们这家水军策划过不少大案子，你找我们是正确的选择。既然你想要知道一些我们过往的案例，那我不妨透露给你一两个，你可得听好了。"

看着屏幕上跳出来的聊天信息，沈南飞的呼吸也渐渐变得细密起来，仿佛在等待着一个大新闻暴露在自己的眼前。

其实一个水军头目是不应该这么容易就上钩的，连相关的工做证明都没有要求查看，就答应告诉沈南飞一些不为人知的内部消息，这实在是有点冒险。

当然，也有一种可能，就是他也在试探沈南飞，只不过是用的另一种方法，如果能够轻易地被人猜到，那他还混个屁。

很快，沈南飞的手机震动了一下，接着聊天信息里便弹出了一句令他心神受到强烈震撼的信息。

"你知道去年的耿海波涉毒案吗？"

对于"耿海波"这个名字，很多国人并不陌生，他是最近几年风头正劲的一名演员，曾经塑造了许多深入人心的角色。

但是就在去年一次涉毒案被曝光之后，他的名声便跌入谷底，再无翻身之日。

那次涉毒案，震惊了整个娱乐圈，从爆料人发声到网络发酵，不过短短一个多小时的时间，就被顶到了热门微博排名第一的位置上。

要知道，想要达到这种热度，可不是一般的水军能够做到的。

那恐怕是一个超级军团！

事件爆发之后的几个小时里，越来越多关于耿海波与友人相约吸毒密会的照片和聊天信息被公布出来，甚至还有一些他在酒店享受援助交际的露骨照片。

谁也没有想到，涉毒只是一条导火索，而真正的猛料，是涉黄和涉黑。

现如今，一个明星想要混得风生水起，不用一些方法去接触一些圈子里的人，能达到如今的地位吗？

你想要接触的人在另一个圈子里，你不跳进去，就永远没有遇到他的机会，你会选择怎么做？

如果换成沈南飞，一个天大的机会摆在他的面前，别说是涉毒涉黑，就算是伊拉克也会跟着干两次！

欲望已经让人们渐渐失去了理性，游走在崩溃的边缘。

沈南飞控制了一下呼吸和稍稍加快的心跳，在聊天信息里回复道："耿海波我当然知道，不就是那个背景复杂、涉毒涉黄的明星吗？"

"那个案子，就是我们'邦德'的手笔。"水军头目骄傲地回答道。

"邦德？"

"邦德是我们的名字。"

"这个名字好有趣，水军中的 007 吗？对不起，请你继续说下去吧。"

"好的，其实一般的明星涉毒案，不会闹得这么大，坏就坏在耿海波他得罪了人，而那个人想要他从娱乐圈永远消失，永无翻身之日。"

沈南飞隐隐觉得，这句话似乎在影射自己。

那躲在幕后的家伙，不就是想让他永无翻身之日吗？

想到这儿，沈南飞心里的火气又开始慢慢地燃烧起来。

但是沈南飞知道，如果问他们是谁在背后指使的，他们是铁定不会说的，所以只能够旁敲侧击，跟这些家伙慢慢地熟悉起来。

随即他回复道："能告诉我，你们是怎么做到的吗？"

这一刻，水军头目仿佛终于找到了炫耀的对象，对沈南飞侃侃而谈："有些事并不是像表面看上去的那么简单，就好像网络上的虚假多过真实一样。其实在涉毒案被爆出来之前，我们就已经针对耿海波展开计划了。我们邦德是一个庞大的水军机构，分为外勤和内务。"

"外勤和内务？听上去倒像是国家安全局。"

"差不多，有些水军并不会分这么细，但是我们会这样做，而这也是我们会成为佼佼者的原因。我们的外勤负责在外采集信息，也就是那些狗仔，他们之中就有我们水军的人，不然你以为我们的消息怎么来得那么快？而且在狗仔的群体中，有一个'狗圈'的交流群，哪里发现了耿海波，群里吼一声，大家就都知道了。"

对此，沈南飞忽然有了一个疑问："那些涉黄私密的照片，你们是怎么拍到的？"

"很简单，明星解决生理问题绝不会把人叫到自己的家里，也不可能亲自到酒店开房间，那样就等于送死。所以，替他们开房间的人，基本上都是他们身边最亲近的人。我们只做了一点，买通了他最亲近的人，在他定好的房间里安了'针孔'。"

"可是你们又是怎么买通他身边最亲近的人的？用钱吗？"沈南飞问道。

很快水军头目便不屑地回复道："怎么可能？我们可是水军，花钱的事会做吗？关于这一点，就说到我们邦德的内务了，那才是真正的中坚力量，超级黑客，也是人肉搜索的引擎！我们在选定了拉拢目标之后，会想方设法找到他的把柄，这样他就不得不按照我们说的做，否则他就会身败名裂。"

看到一句句肮脏邪恶的话语在眼前蹦出来，沈南飞气得身体微微颤抖，恨不得从手机屏幕里钻进去，把这个水军头目暴打一顿。

就是因为这些黑心水军，越来越多的人身隐私被泄露，甚至酿成了人间惨剧。

到现在他都还记得在他出事以前，一个因隐私泄露被骗光了学费而自杀的小女孩。

那些罪恶的勾当，不都是那些所谓的情报贩子和黑客所为吗？

这些人为了一己私欲，不惜出卖自己的灵魂，失去了道德底线。

相比沈南飞这种靠拼命过日子的混混，那些家伙要肮脏得多。

在接下来的十几分钟时间里，那个水军头目将两个比较有名的案例简单地说明了一下，让沈南飞大开眼界。

网络这个神秘的世界已经慢慢深入沈南飞的心中了。

可是他越是了解网络，就越觉得这里面的水深得很，不是一般人能够玩得转的。

经过一番了解，加上沈南飞隔着网络自来熟的能力，那个水军头目似乎对他十分欣赏。

随即沈南飞终于找到机会，问出了自己心里一直最想问的问题："你们邦德真的很厉害，看来我们天硕选你们是没错的。不过，最近女主播遭奸杀案的那个微博也很火，你知道是哪家水军做的吗？也挺厉害的。"

手机另一边的水军头目沉默了许久，似乎在酝酿着一个重磅炸弹。

而这也是沈南飞想要的效果，获得砸开虚伪网络世界的敲门砖。

许久之后，那边的水军头目才慢吞吞地回复道："其实这个案子，也是我们正在做的……"

当沈南飞看到这条信息的时候，心头的怒火已经燎烧得他眼睛发红，情绪处在爆发的边缘。

"终于找到正主了！"沈南飞将手机握得咯咯作响，屏幕上的钢化玻璃膜都快要裂开了。

想不到过了这么久，终于在过去唯一的希望冬贺被杀死后，又找到了第二条通向自由的道路。

这个以"邦德"命名的水军团体名称，已经深深地印在沈南飞的心头上了。

第三十一章

▶ 意外来电

嗡——嗡——

就在沈南飞怒火攻心，几次想用恶毒的语言去怒骂对面的水军头目的时候，手机上却突然出现了一个来电显示。

"小刀？"看到这个熟悉的名字，沈南飞的心立刻冷静下来。

之前沈南飞抽空去看过小刀，因为上一次在回音点KTV的事，小刀被狗爷的人砍掉了左手，现在整天意志消沉，还沉浸在断手的痛苦之中。

如果换作别人的话，小刀或许连看都不愿意看一眼，只有沈南飞才能够跟他聊半个小时。

而在这半个小时里，无论沈南飞做了多大的努力，都无法将小刀从痛苦中拯救出来。

所以在看到来电显示的是小刀名字的时候，沈南飞犹豫了几秒钟，才按下了接听键。

"喂？小刀啊。"沈南飞平复了一下自己的情绪，心平气和地说道。

可是电话那边十分安静，甚至连一个人的呼吸声都听不到。

沈南飞的心里有些疑惑，微微皱着眉头又叫了两声小刀的名字。

然而电话那边依旧是一片沉默。

他看了一眼屏幕，发现通话仍在继续，却没有人说话。

这一刻，因过了许久逃亡生活而越来越谨慎的沈南飞，忽然有了一种不祥的预感。

"小刀，你怎么不说话？"

"沈南飞，你好啊。"

忽然间，手机的听筒里传来了一个陌生男人的声音。

沈南飞立刻一瞪眼睛，紧张起来："你是谁？"

只听电话里传来一声冷笑："沈大公子真是贵人多忘事啊，前阵子刚撞了我的车，现在就不认识我了吗？"

听到这句话，沈南飞的脸色立刻阴沉下来，几天前那晚的画面在脑海里一闪而过："你是，狗爷？"

"呵呵，看来你还记得我。你小子够狠，上一次在我的场子里捣乱，我看在黑老大的面子上没跟你计较，想不到你竟然还敢趁我喝多的时候对我下手，真是吃了豹子胆了，要不是狗爷我命大活了过来，还真被你干掉了。"

这是沈南飞第一次与狗爷对话，听着他阴阳怪气的声音，实在很不习惯。

他定了定心神，沉声说道："小刀的电话为什么会在你手上？"

电话那边的狗爷冷冷一笑："你兄弟的电话为什么会在我手上，难道你觉得这句话还要问吗？你说，关于那次车祸，我要怎么报复你呢？沈南飞，这一次就是黑老大出面，也救不了你了。"

此时此刻，沈南飞的左手紧紧地攥成了拳头，五片指甲已经陷到了肉里，捏得手心发白。

几天前小男被杀手杀死的画面依然清晰地印在他的脑海里。

他到现在都无法忘记小男死去时那双无神的眼睛和孤零零地躺在冰冷地面上的样子。

他只不过是个无辜的人，本不应该迎来这样的命运。

一想到这儿，沈南飞便恨得牙痒痒，于是咬牙切齿地从牙缝里挤出了几个字："你想怎么样？"

"怎么样？很简单，你一个人到我的西岗货运迈头来。如果你要通知黑老大的话，也可以，我们今天可以把新账旧账一起算一算。你来了，我就放人。你看怎么样？"

狗爷的语气充满了挑衅的味道，沈南飞只听了第一句话，就知道今天自己恐怕是有去无回了。

上一次车祸，他没有狠下心杀死狗爷，但这一次狗爷是不会放过他的。

不到万不得已，沈南飞并不想大开杀戒，他还不想将沉睡在自己身体里的那只野兽唤醒。

不过既然狗爷自己找上门来了，沈南飞知道，必须做一个了结了。

小男的仇必须报，不会再像上回一样草草了事，留下祸根。

如是想着，沈南飞的嘴角便勾起了一抹冷笑："好，新账旧账，我们一起算算……"

"哦，对了，为了防止你半路变卦，我还为你准备了一个惊喜。你的小情人，也在我手里。"

沈南飞有些疑惑："小情人？"

"让她跟你说说话吧。"

说完，电话那边便传来了一阵嘈杂的声音，似乎有一个女人在愤怒地叫着"放开我！别碰我"。

很快，声音越来越清晰，对面的女人把嘴巴贴到了话筒上，沈南飞才隐约辨别出了她的身份。

"喂！沈南飞！你不要来！千万不要来！狗爷根本没打算放任何一个人回去！你不要过来！唔！"

话还没说完，那女人的嘴巴似乎就被人堵上，只听到一阵阵闷哼。

听到那个声音，沈南飞心头一颤，觉得十分耳熟。

随即他在脑子里快速搜索着这个声音的主人，很快就想起了几天前那个救了他的女孩。

这个声音，同时也唤醒了他许久前的记忆。

"是她！原来她就是那个女记者！"

所有的记忆如同潮水般涌进他脑子里。

之前在高速公路上的惊魂一夜，一切都记起来了。

由于当时天色太暗，他已经记不起那个女记者的样子，可是在听到这个声音之后，他又将那记忆的拼图重新拼凑了起来。

"怎么会是她？怎么会这么巧？"沈南飞震惊了，觉得不可置信。

"怎么样？是不是感觉很意外？"狗爷的声音再次响起。

沈南飞有些惊诧地问道："你为什么要抓那个女记者？她跟这件事没关系！"

"可是她跟你有关系！你别以为我不知道我出事那天是她救了你，为了找你，我可是翻遍了滨江大道所有的监视器，终于在她家小区里看到了你的影子。

如果不把她抓来，你会知道我的神通广大吗？好了，现在没时间废话了，一个小时后，到我的迈头来。只要你敢来，我就放人。就这样吧。"

"哎……"

还没等沈南飞继续追问下去，狗爷便不由分说地挂断了电话。

沈南飞听着手机里断断续续地传来的忙音，气得将手机狠狠地摔在了蒙着白布的沙发上。

"王八蛋！"

嗡——

突然间，他的手机又响了起来。

这次沈南飞想都没想，直接将电话接了起来，大声叫道："你还想怎么样？"

电话那边沉默了许久，才响起了一个沉稳冷静的声音："小飞？你怎么了？"

听到这个熟悉的声音，沈南飞一脸错愕："老大……"

"小飞，你……没事吧？"电话里黑老大的语气听上去带着一丝疑惑。

沈南飞用手抹了一把脸，试着让自己镇静下来："没事老大，刚刚是卖保险的打来电话。"

"哦，原来是这样。这些卖保险的是很讨厌。你离开春州的事情我已经安排好了。两个小时后，你到东岗货运迈头去，那里有一艘去韩国济州岛的货轮。"

沈南飞愣神了片刻，有些惊异地回道："去济州岛？"

"没错，以你现在的身份，最好不要待在国内，不然等事情闹得再大一点，就没有你的容身之地了。我在韩国有熟人，可以照顾你。等这阵子我雇点水军，在网上把你的事情压一压再说你以后回国的事情。"

一时间，沈南飞不知道该说些什么才好。他的心里如同打翻了五味瓶，苦辣酸甜咸，还有即将背井离乡的悲凉，统统涌上了心头。

但是有一件事沈南飞知道，那就是他这一次恐怕到不了东岗迈头，坐上去往韩国的货轮了。

可他必须强忍着内心的纠结，假装镇定地对黑老大说："谢谢老大，我知道了。"

黑老大那也陷入了一阵沉默，几秒钟后电话里才重新出现了他的声音："小飞，到了那边要照顾好自己，只要人还活着，就没什么困难是克服不了的。总会等到你重见光明的那一天。呵呵，不过做我们这一行的有几个可以看到光明呢？想想也真是讽刺。别忘了，两个小时后，东岗迈头，我派人接应你。"

说完，黑老大便挂断了电话。

沈南飞却依旧把手机放在耳朵上，眼眶微微泛红，对着另一边轻声自语："谢谢你，老大……"

此时此刻，东岗迈头和西岗迈头，就像是一道生与死的选择题。

只不过无奈的是，沈南飞已经知道了这道选择题的答案。

二十分钟后，春州市某街道夜市烧烤店旁，几个出租车司机趁着夜班休息聚在一起撸串喝啤酒。

一个中年男人对身边喜欢贫嘴的年轻司机说道："哎，照你这么说，你在房屋中介那一行那么厉害，干吗还来开出租车啊？"

一个二十几岁的司机一口撸掉了一串羊肉，边嚼边说道："大哥你有所不知啊，这年头，倒霉起来喝凉水都塞牙缝！我做个房屋中介都能被人用刀架在脖子上，然后塞进后备厢里，你说这算怎么回事！"

"怎么回事？肯定是你亏心事做多了呗！"其他司机笑着附和道。

贫嘴年轻司机寻思了一下，认同地点了点头："你还别说，我妈也是这么说的，她说我整天满嘴跑火车，肯定要遭报应。"

"呵！这是你亲妈吗？哪有这么咒儿子的！"

"嘿，别提了，我妈说得也对。所以我现在不干那行了，改做出租车司机服务大众，算是积德行善了。"

"得了，胆子小混不下去就说混不下去，别埋汰我们这些司机。"

"哎，那边来人了。"年轻司机看到从一栋楼里走出了一个穿着黑色外套、戴着黑帽子的人，便立刻放下了手里的啤酒和羊肉串，边跑边对身后的老司机们说道，"我先走了啊！今天你们埋单，下次我请！"

老司机们不屑地朝着他的背影扬了扬头："这小子，又来白吃白喝！"

贫嘴司机一路小跑着将那黑衣男人拦了下来，满面堆笑，殷勤地问道："兄弟，打车啊？坐我的车吧！"

这男人也没拒绝，直接拉开车门就坐了上去。

贫嘴司机也屁颠屁颠地上了车，一边系着安全带一边兴致勃勃假装热情地问道："兄弟去哪儿啊？"

　　"西岗货运迈头。"

第三十二章

"好嘞！"贫嘴司机爽快地答应了一声，随即发动汽车，载着沈南飞离开了热闹的夜市。

去往西岗迈头的一路上，沈南飞一句话都没有说。

而司机却用余光打量着这个阴森森的男人，越看越觉得有点眼熟，于是忍不住问道："兄弟，我能问一下，我们是不是在哪里见过？"

沈南飞回过神来，在司机信息牌上看了一眼，发现司机的名字还挺有趣，叫作"楚留翔"。

看到这个名字，倒是有一个武侠小说中风流倜傥的侠客形象在他的脑海中一闪而过。

不过现在的沈南飞可没有兴致在这里发笑，沉声回道："没见过。"

"哦。"楚留翔点了点头，留意到沈南飞的目光从自己的信息牌上扫过。

"兄弟，我的名字很奇怪是不是？其实已经很多人跟我说过了，都问我为什么不叫楚留香，而叫楚留翔。因为我爸是个古龙小说迷，我出生那会儿他正喜欢楚留香，希望我长大也那样风流倜傥，但是他又对自己的长相没信心，你还别说，基因遗传这东西还是不能不考虑的，所以他觉得我应该长大后一飞冲天，最后就给我起名叫楚留翔。靠！谁知道现在网络用语里，翔是粑粑的意思，你说这巧不巧？"

然而楚留翔的一番自说自话却没能引起沈南飞的兴趣，他暗地里打量了沈南飞几次，发现他似乎一直在想事情，一顶黑帽子下的脸也是阴沉沉的，隐藏在一片阴影里。

可他越看沈南飞这张脸，越觉得在哪里见过。

虽然嘴贫，但楚留翔也是个有眼力的人，不会在别人心情不好的时候叽叽喳喳。

就这样，在长达二十分钟的沉默之后，他终于载着沈南飞来到了西岗迈头。

西岗迈头与东岗迈头其实相隔并不远，就算是用走的也只要二十几分钟。

"先生，到地方了，西岗迈头，您给八十块就行了！道儿有点远，贵了点！"楚留翔摩拳擦掌，一副等着收钱的兴奋模样。

沈南飞盯着车窗外面仔细打量了一下，随即伸手从衣兜里掏钱。

可是掏来掏去，也只从兜里掏出了五十几块现金。

"可以刷卡吗？"沈南飞看着手上的五十几块钱说道。

楚留翔皱了皱眉头："大哥，您当我这是商场呢？我可没刷卡机那么高级的东西。"

沈南飞听罢，将手中的所有现金都放在了中控台上："只有这么多了。"

"得！"楚留翔感觉似乎遇到坐霸王车的了，随即灵机一动，"大哥，今天算我倒霉，您给我支付宝或微信转账吧，大不了现金我自己补。"

沈南飞盯着楚留翔看了一眼："我不会用支付宝和微信转账。"

楚留翔的脸立刻就绿了。

"嘿！真是浑蛋年年有，今天特别多，你怎么也来这一套！告诉你啊，今天没钱可不能走！你这点钱根本不够！"

然而沈南飞却不想再耽搁下去，索性直接打开车门下了车。

"哎！你别走啊！你还没给钱呢！"楚留翔动作麻利地从放置槽里掏出了一把精钢扳手，开了门就向着沈南飞追了上去。

"刚转行不久，又遇到一个浑蛋！真是受够了！给钱！不给钱今天别想走！"

楚留翔一路追着沈南飞跑了过来，可是才追出没多远，脚步就慢了下来。

他看到前面空旷的迈头上，停着两辆黑色的宝马高级轿车，车旁站着四个穿着西装的保镖模样的人。

"哎！你还走！快点给钱！"楚留翔一把抓住了沈南飞的胳膊，大声嚷道。

只见沈南飞侧过了一张脸，用余光盯了他一眼："赶紧滚，不然一会儿你连命都没有了。"

"靠！吓唬我啊！你以为我被吓得还少啊！自从做了房屋中介，我就没遇到过好事，今天无论如何也要开个好头！你不给钱是不是？前面的人是你的朋友吧？我去管他们要！"

说完，楚留翔就不由分说地向着那两辆高级轿车旁边的人走了过去。

可是越靠近那些人，他就越感觉这里的气氛很诡异。

他们就像一尊尊冰冷的雕像一样立在那里，全身杀气腾腾。

沈南飞就跟在他的后面，帽子下的一张脸上也不知是什么表情。

很快，楚留翔便来到高级轿车前，小心翼翼地对其中一个男人说道："喂，你们的朋友差我二十几块车钱，你们谁帮着付一下？"

下一刻，沈南飞也跟了过来，在那几人面前站定。

只见那些家伙连看都没看楚留翔一眼，其中一个保镖直接转身打开了车门，对沈南飞说："上车吧，狗爷等着你呢。"

沈南飞站在一旁犹豫了片刻，随即心下一横，俯身钻进了汽车。

楚留翔觉得"狗爷"这个名字有些耳熟，但是一时想不起来是谁。

眼见着自己的二十几块就要飞了，他一心急，就跟着沈南飞钻了进去。

保镖有些诧异地看了他一眼，又望了望沈南飞，也没再多说，将车门用力关上，然后坐上了汽车的副驾驶座。

楚留翔一坐上来就念道："我跟你说，今天这钱我还非要回来不可！今天你去哪儿，我就跟着去哪儿！"

"你会死的。"沈南飞轻描淡写地说道。

楚留翔满脸写着"不信，你唬我"几个大字，大言不惭地说道："少来！你这种人我以前见多了，就会虚张声势！"

下一刻，汽车发动，带着沈南飞和不明情况的楚留翔向着迈头深处驶去。

大概两分钟后，他们被带到了一个仓库的大门口。

楚留翔下车后抬头打量了一下足有二十米高的大仓库，心里忽然有些后悔了。

他刚生出想要离开的念头，却忽然被身后的人推了一把。

"进去！"保镖推推搡搡地说道。

"哎？干吗？推我干吗？信不信我今天摔这儿不起来了？"

"听他们的话，不然你会死得很难看。"沈南飞从楚留翔身边走过时说了一句。

很快，楚留翔也被带进了仓库。

一进入仓库，他便感觉到，自己今天似乎真的做了一个错误的决定。

在仓库中央一片空旷的空地上，几十个身穿黑衣的打手排成一排面对着他们。

那些人各个不苟言笑，脸上都带着一股子杀气。

看到这一幕，楚留翔面部僵硬地尴尬一笑："兄弟，你这些朋友真是很有派头啊。"

"他们不是我的朋友。"

"你说什么？"楚留翔心头一颤。

沈南飞目不转睛地盯着那几十个黑衣人说道："他们不是我的朋友，而是要杀我的人。"

"杀……杀你？"

此情此景让楚留翔想起了一些熟悉的画面。

在地下停车场里，一把冰冷的刀子架在他的脖子上，还有那黑漆漆的汽车后备厢。

记忆的碎片在快速地拼凑着，很快又拼凑出了他带人走进一片胡同，最后只拿到一百块钱的情景。

这一刻，楚留翔的记忆统统被唤醒，而那双熟悉的眼睛也出现在了他的眼前。

楚留翔不可置信地瞪圆了眼睛，盯着沈南飞的脸，恍然大悟般叫道："我记起来了！你是那个用一百块租房子的人对不对？就是你对不对？我说怎么看你这么眼熟！像你这种坑钱的极品，绝对没有第二个了！"

楚留翔瞬间感觉自己掉进了一个巨大的圈套，慌张地转头看了看黑压压的人群，心脏都快要从嗓子眼里蹦出来了。

此时此刻他只有一个想法：自己身边的这个家伙背景复杂，上一次就因为他，自己差点丢了命，所以绝对不能在他身边久留！

想到这儿，楚留翔立刻转身想要跑："钱我不要了！算我倒霉！我得走了！"

"回去！来都来了，还想走？"保镖野蛮地将楚留翔推了回来。

楚留翔一脸委屈地解释道："大哥，我就是个开出租车的，我跟他没关系，您让我走吧！"

　　"晚了，你看到了今天的事，就回不去了！"

第三十三章

"大哥，我这是招谁惹谁了？做房屋中介的时候差点丢了命，现在改行开出租车又进了贼窝！"说着，楚留翔便转头恶狠狠地瞪着沈南飞，"你到底是谁啊？怎么到哪儿都这么多麻烦！"

就在这时，挡在他们前面的几十名打手纷纷向后退去，让出了一条路来。

紧接着，一个坐在电动轮椅上的男人出现了。

那个男人看上去很壮，留着光头，脖子上打着又厚又重的石膏，一脸凶相，正是前阵子车祸里大难不死的狗爷。

在看到这个男人的时候，沈南飞的眼睑微微跳动了一下，垂在身体两侧的双手紧紧地攥成了拳头。

而狗爷也是一样，一看到沈南飞的身影，身上的杀气大盛，恨不得将他碎尸万段。

可是很快，两个熟悉的人出现在了沈南飞的视线之中：自己的兄弟小刀和那个美女记者韩懿姿。

在狗爷右边的韩懿姿穿着一身很随意的运动装，一头长发披散在肩头，看上去好像是与人扭打过，原本白皙的脸上有着一道擦伤，有点狼狈。

而在狗爷的左边，小刀躺在地上，满脸是血，一副奄奄一息的样子，睁着肿胀的眼皮望着沈南飞。

下一刻，他动了动嘴唇，用微弱沙哑的声音说道："飞哥……快走……快点走……啊——"

突然间，狗爷用平放在双膝上的拐杖，狠狠地敲打了一下小刀的脑袋，呵斥道："就会叫，像只狗一样，把嘴给我闭上！"

"浑蛋！"

看到狗爷棒打小刀，沈南飞的怒火爆发，立刻向着他冲了过去。

可是几名保镖在这时冲上来将他硬生生地拦下，并且照着他的肚子狠狠打了一拳。

"呃！"沈南飞吃痛地叫了一声，接着脑袋上又被球棒一样的东西揍了一下，顿时耳朵里被嗡鸣声灌满，整个人摇摇晃晃地跪在了地上，视线出现了片刻的模糊。

"啊！"眼看着脑袋挨了一棒的沈南飞，韩懿姿发出了一声惊叫，用手捂住了嘴巴，眼泪不自觉地流了出来。

她没有想到，这个男人居然真的来了。

而且真的一个人来了。

虽然她知道沈南飞多半是为了小刀来的，但是看到他的身影的那一刻，韩懿姿心头一暖，心里既对这个男人的钦佩，也十分纠结。

就是这样一个重感情的人，她已经无法相信他会是热门微博上奸杀案的嫌犯。

看到了那些打手的凶狠模样，楚留翔也是吓得一声不敢吭，眼睛直直地望着跪在地上，头上已经开始流血的沈南飞。

鲜血从沈南飞的左脸流了下来，染得他脖子和耳朵上血淋淋的一片。

狗爷看着沈南飞狼狈的样子，冷笑了一声："沈南飞，你小子真是天堂有路你不走，地狱无门你闯进来！竟然把刀子动到你狗爷头上来了！我要是让你继续活下去，那我还有面子吗？"

沈南飞用力晃了晃头，感觉大脑似乎被甩得在脑壳里晃动了起来，但视线清晰了一点。

他用狼一样的眼神瞪着狗爷："你派杀手杀我，还杀了小男，这事没完。"

"哼，都这副德行了还敢耍横！给我揍！"狗爷瞪圆了双怒目，随即对身边的打手一声令下。

打手们收到命令，立刻冲上去对着沈南飞一顿拳打脚踢。

干燥的地面上顿时尘土飞扬，一片乌烟瘴气。

"不要打了！不要打了！你们这样会出人命的！狗爷，你知道我是谁吗？你知道我爸是谁吗？信不信我让你吃不了兜着走！"韩懿姿像只发飙的小野猫一样瞪着狗爷，眼眶泛红，身体颤抖。

狗爷僵硬地转动身子看了韩懿姿一眼，阴笑道："小妮子嘴还挺厉害，我管你爹是谁！信不信一会儿我就让兄弟们把你拖到后面去，让你尝尝被人轮番蹂躏的滋味！"

"你一定会后悔的！一定会！"

狗爷目不转睛地盯着眼神坚毅的韩懿姿，不知为何心里竟然产生了一点敬畏。

这个小姑娘在这种情况之下还敢对自己放狠话，除了有点胆子，似乎还真的有点背景。

不过既然狗爷敢绑人，自然计算好了代价，也不再去看她，转身对那些手下喊道："行了！别打死了，我还要慢慢玩呢！"

打手们听罢便一个个停手，但仍不乏有人在沈南飞的身上补上两脚。

"咳咳！"沈南飞被打得全身都是灰尘，额头上也在流血，如果不是身子够结实，估计早就没命了。

"沈南飞，你怎么样？没事吧？"韩懿姿隔着老远对着他焦急地喊道。

小刀躺在地上，脑袋被人踩住，几次想要挣扎着起来却没能成功，只能眼睁睁地看着，心里愤恨不已。

只见沈南飞蜷缩着身体在地上挣扎了两下，然后摇摇晃晃地从地上坐了起来。

狗爷见状又是阴冷一笑："怎么样？滋味好受吗？"

然而沈南飞就算是被人围殴，眼睛里的杀气依然不减，像饿狼一样盯着狗爷，声音有些嘶哑地说道："你说过，只要我来就放人……"

"放人？当然可以。只要你能够穿过前面的那些门来到我面前，我就放人。"狗爷说道。

沈南飞皱紧了眉头："什么门？"

只见狗爷冷冷一笑，对身边的人使了个眼色。

接着那些打手便纵列一字排开站在了沈南飞的面前，然后岔开了两条腿。

看到这一幕，小刀气得全身颤抖，眼睛里满是血丝。

而韩懿姿则一直摇头，呼吸也变得粗重起来。

沈南飞眼睛红红地盯着那一扇扇"门"，感觉到无尽的屈辱。

"靠！哪有这么欺负人的！"就连楚留翔都忍不住骂了一句，然后赶紧观察了一下身边打手的脸色，立刻收声。

"怎么样？只要你从那些门下爬过来，我就放人。"

这一刻，沈南飞默默地低下了头，全身因愤怒而颤抖。

但是在短暂的思考之后，他的眼神比刚才更加坚毅，一字一句咬牙切齿地说道："好！我做！"

"沈南飞，你不能做！你明知道就算你过来了，狗爷还是不会放人的，他就是在羞辱你！"韩懿姿气愤地大声喊道。

"闭嘴！"狗爷回手给了韩懿姿一个响亮的耳光。

沈南飞看了韩懿姿一眼，见她脸上立刻红了一片，便再次开口道："别伤害她，我钻就是了……"

狗爷饶有兴致地挑了挑眉："哟，难得沈大公子这么爽快，那就快来吧。"

"兄弟，别钻啊，太侮辱人了……"楚留翔小声提醒道。

然而沈南飞此刻心意已决，慢慢地趴在了地上，向着第一个人的胯下钻了过去。

他透过那一扇扇"门"，能够看到狗爷得意忘形的笑脸。

他强压着心头的怒火，将那些屈辱抛在身后，通过一扇又一扇的门。

小刀眼睁睁地看着沈南飞为了救自己受尽屈辱，心里忽然有了一种想要杀光这里所有人的冲动。

他流着泪水，轻声哽咽着："飞哥……飞哥……这些浑蛋！"

而韩懿姿也捂着嘴，闭上眼睛，不愿看到这样令人气愤而又心痛的场景。

很快，沈南飞就如同爬隧道一样，从十几个人的胯下钻了过来，站在了狗爷的面前。

唰！

一把雪亮的武士刀架在了沈南飞的脖子上，随即一名保镖命令他站在原地不要轻举妄动。

沈南飞的眼底仿佛要渗出血一样鲜红，与狗爷保持着一米多的距离，语气冰冷地说道："狗爷，我来了，现在能放人了吗？"

狗爷挑了挑眉毛："放人？你砍掉自己一只手，我就放一个人，再砍掉一只脚，我就再放一个！"

这一刻，沈南飞心头的怒火和刚刚的屈辱感已经让他快发狂了。

他身体微微颤抖着，死盯着狗爷，咬牙切齿地问道："狗爷，你希望别人在你的墓碑上，刻上什么样的墓志铭呢？"

狗爷脸色一寒："你说什么？"

这时，几名打手纷纷亮出了自己的砍刀，靠近了沈南飞。

只见沈南飞冷冷一笑："我有一个朋友是做墓碑的，等你死的时候，可以为你专门订做一块。哦不对，你这种人就应该横尸街头，怎么可以有墓碑呢？"

这一次，狗爷彻底被惹火了，红着眼睛大喝一声："给我砍了他！"

"是！"

砰！

就在第一个打手举起武士刀准备砍下来的时候，突然一道震耳欲聋的枪声回荡在空旷的仓库里，震颤着所有人的耳膜。

随即那名手持武士刀的打手身子瘫软地倒在地上，额头上出现了一个深红色的弹孔。

狗爷满脸惊恐地瞪着沈南飞，仿佛在这一刻，他从刚刚任人凌辱的羔羊瞬间变成了一个满身鲜血的魔鬼。

接着，他看到一把银灰色的沙漠之鹰手枪黑洞洞的枪口，静悄悄地指着他。

"你……你哪里来的枪啊……"狗爷吓得说话都开始结巴，冷汗直流。

到这一刻他才明白，为什么刚刚沈南飞会忍受着屈辱从那么多人的胯下钻过来，来到他面前。

就是为了接近他！

沈南飞就像看着一死人一样看着狗爷，沉声说道："现在，我们来算一算账吧。"

第三十四章

▶ 迷乱的真相

狗爷有些惊慌地盯着沈南飞那张阴沉下来的脸，已经有一滴汗珠从额头上滑到了他稍显圆润的脸颊上。

随即他干笑了两声，有些忌惮地对沈南飞说道："沈南飞，如果你今天杀了我，你知道会有什么后果吗？"

沈南飞冷冷一笑："我当然知道，我的代价或许就是在热门微博上永远也翻不了身。"

"既然你知道，就不要轻举妄动。"狗爷说道。

沈南飞冷冷地打量着他，觉得现在的狗爷就是一个贪生怕死的小人。

果然，当一个蛮横的人遇到一个不要命的人，自然就会露出自己的怯相。

沈南飞冷声道："那如果我与你们同归于尽呢？"说着，沈南飞缓缓地转过头，环视将他围住的、面露惊诧的打手们，"你们不是一直想要杀死我吗？甚至不惜派出两个杀手来追杀我，而且还杀了唯一可以让我翻身的证人，冬贺！"

一说到这儿，沈南飞心中的怒火便又燃烧起来，他将目光重新落回到狗爷的身上。

接着，他将握枪的手向前靠，把冰凉的枪口顶在了狗爷的额头上。

狗爷故作镇定地打量着沈南飞，嘴巴微张，微微地喘着粗气，有些紧张地说道："沈南飞，你在说什么？我从来没有派过两个杀手去杀你啊！我只派过一个，而且再也没有回来过！"

沈南飞眉头紧锁，疑惑地盯着狗爷："你说你只派过一个杀手？"

"没错！我没必要骗你，做过的事我自己敢承认！我只派过一个杀手，没有第二个！而且你说的那个什么冬贺，我根本不知道是谁！"

沈南飞锐利的眼睛死死地盯着狗爷，不放过任何一个细微的表情，仿佛他已经能够通过狗爷的眼神，看到他的脑子里在想些什么。

虽然他很不愿意相信狗爷说的话，但是狗爷似乎不像是在撒谎。

这一刻，沈南飞感觉到被一团迷雾包围了。

如果第一个杀手是狗爷派来的，那第二个杀手又是谁呢？

原来除了狗爷，还有第二个人要杀他。

沈南飞觉得自己脑子里有些混乱，仿佛自己面前总有一片迷雾在飘散，他看不透，也摸不着。

就在这时，第一个杀手临死前的一句话，忽然间闪回在沈南飞的脑海中："从你登上热门微博的那一天起，你就已经没有用了，而你最后的命运只会是死路一条！"

这句话是什么意思？

如果第一个杀手只是狗爷派来寻仇的，那应该不会跟热门微博有关系。

而且据沈南飞了解，狗爷虽然在春州是个地头蛇，却是众所周知的网络白痴。

你要说他懂得网络运作和水军，那基本上是不可能的事。

因为狗爷这辈子觉得最麻烦的就是网络，所以他不会碰的。

如果是这样的话，那第一个杀手的身份究竟是什么？

他到底受谁的雇用？

又或者，他在接受狗爷的雇用的同时，也为第二个人工作吗？

躲在后面的人到底是谁？

整件事似乎变得越来越乱，也越来越复杂了。

沈南飞在脑子里快速地整理了一下思路之后，便继续问道："那我现在问你，你是从哪里找的那个杀手？"

"是他找的我！"狗爷立刻回道。

沈南飞的眉头皱得更紧了："他找的你？"

"没错，在你出逃的一天晚上，那个杀手找上了我，说知道你的位置，可以为我报仇，但条件是要我付给他十万块。"

"我的命，就值十万块吗？"沈南飞将手枪在狗爷的脑袋上用力一顶。

狗爷脸色大变，眼睛直直地盯着沈南飞搭在扳机上的食指："你别冲动！我只是按照他开的条件，他要多少就给多少！有人廉价为我办事，难道我还要拒绝吗？"

听了狗爷的话，沈南飞的脸上露出了如同魔鬼一般阴冷的笑。

韩懿姿静静地看着眼前的沈南飞，从他那常人难以理解的笑容中，似乎看到了某种愤怒、悲痛，还有一点怀念。

下一刻，沈南飞的两腮鼓动，紧咬着牙齿，对一脸窘相的狗爷说道："你知道吗，就因为你这十万块钱，你害死了无辜的人！他本可以每天开心地活下去，可就是因为你，那个杀手杀死了他！他是替我死的！"

"沈南飞，你别激动！别激动！枪可是不长眼睛的！"

狗爷在说话的同时向身边的一名打手使了个眼色。

那打手收到信息，脸上冒着冷汗，呼吸急促，握紧了手中的开山刀，突然猛地向着沈南飞握枪的手砍了过来。

"小心！"韩懿姿眼尖，注意到了狗爷的眼神之后便大喊提醒沈南飞。

沈南飞用余光瞄到了那个人，握枪的手突然转向，一枪打在了那人的肩膀上。

"啊！"打手惨叫了一声，手里的开山刀几乎是贴着沈南飞的脑门滑了下去，几根发丝被切断，慢悠悠地飘落在他的衣服上。

就在这时，坐在轮椅上的狗爷突然用力向前推开了沈南飞，接着发出了野猪一般的号叫："还不都快给我上！"

三十几名围绕着沈南飞的打手收到信息，没有片刻迟疑，同时向着他扑了上来。

"死不悔改！"沈南飞被彻底惹火了。

即将觉醒的魔王之血在他的身体里沸腾！

他转身又是一枪正中打手心口，可同时其他的打手扑了上来，手中的砍刀向着他的脑袋就落了下来。

然而沈南飞身体灵活地一闪，避开了那直奔后脑的一刀，接着转身一脚踹开了正向他冲来的一人，一路冲到了狗爷的面前。

狗爷有些笨拙地向后摇动着轮椅，可是速度怎么也没有沈南飞快。

转眼之间，沈南飞就已经冲到了狗爷的面前，然后一个跨步闪到了他的身后，左手腕勒住了他的脖子，右手握枪用力地顶在了他的头顶上。

"都别动！谁敢过来，我现在就要了他的命！"沈南飞目光凶狠地说道。

众打手立刻停下脚步，惊慌和愤怒的目光在沈南飞和狗爷的身上游移不定。

随即沈南飞转头看向了韩懿姿："你还能走吗？"

韩懿姿迟疑了一下，点了点头："我没事。"

沈南飞微微一笑："麻烦你把我的兄弟小刀带走，外面有车。你们走了之后，就不要再回来。"

在看到沈南飞脸上的微笑之后，韩懿姿内心再一次受到了不小的震撼。

身处险境之中，他为什么还能够笑得出来呢？

那种笑，似乎已经将生死置之度外了。

"可你怎么办？"韩懿姿直视着沈南飞的眼睛问道。

"我……要跟他们把账算清楚。另外，我还有一件事要麻烦你。"说着，沈南飞便将左手伸进了裤子口袋，掏出自己的手机递给了韩懿姿。

"如果我没能从这里出去，这里面有一个我录好的视频，帮我发到微博上。我的账号正在认证审核，等审核通过之后就发。"

韩懿姿有些诧异地打量着沈南飞递到她面前的手机，感觉那已经不仅仅是一部手机，而是一份沉重的信任。

"你……你相信我吗？"韩懿姿的眼睛不知不觉有些红了，这种危难之中的信任，是她从来没有体会过的，让她忽然有了一种手握别人生命的感觉。

沈南飞淡淡一笑："那你信任我吗？你相信我，我就相信你……"

一时间，两人的目光在这充斥着血腥味的仓库里相交。在短短的几天里，他们居然已经一起经历了两次生死。

哦，不，如果算上相识的那一次，应该是三次了。

韩懿姿盯着沈南飞认真的眼神看了几秒钟，随即用力地点了点头："我知道了，你放心吧。"

"谢谢！"

说完，沈南飞便勒紧了狗爷的脖子，将他连人带车向着仓库门口的方向移了过去。

几十名打手将他紧紧围住，跟着他缓慢地移动着自己的步伐。

韩懿姿赶紧跑到旁边，将小刀从地上扶起来，紧跟在沈南飞的身边。

"哎！哎！我怎么办啊！我呢！"

这时，被晾在一边的楚留翔急得直跳脚，也赶紧来到了沈南飞的身边。

他很明白，现在谁有枪，谁才是最安全的。

"你帮我把他们送走，算是我欠你的。"沈南飞说道。

楚留翔一撇嘴："得了，你这人情我要不起！你要是能让我活着从这里离开，我做什么都行！"

很快，沈南飞便挟持着狗爷来到了仓库的大门口。

随即他回头看了看被打手堵住的门口，对狗爷说道："不想死的话，让你的人都让开。"

"好！好！你们都给我让开！都让开！"狗爷有些惊慌地把手一挥。

打手们警惕地打量着沈南飞，随后为他让出了身后的那扇大铁门。

韩懿姿立刻扶着小刀出了仓库，走到了一辆黑色高级轿车旁边，趴在车窗上一看，车钥匙就插在车里。

"这车可以开！"她回头大喊了一声。

沈南飞用余光看着身边的楚留翔："你出去之后，把大门关上，然后开车把他们送走。"

楚留翔满脸错愕："你真不走啊？关上门你要干什么啊？不活了？"

沈南飞冷冷一笑："我今天来了就没打算活着回去。"

"可是……"

"没有可是！赶紧滚！"沈南飞有些不耐烦地怒喝了一声。

楚留翔脸上满是担忧的神色，而同时也不得不深深地敬佩沈南飞。

随即他拍了拍沈南飞的肩膀："兄弟，你是条汉子，如果我以后还能见到你，车钱全免！"

说完，楚留翔便走出了仓库，然后双手拉住两扇铁门，将它们慢慢地合上。

韩懿姿从慢慢闭合的门缝中看到沈南飞的身影渐渐消失，心里有一种说不出的滋味。

哐当！

仓库的大门紧紧闭合。

门里门外，就是死与生，就是地狱与天堂。

第三十五章

当大门闭合的声音在沈南飞的身后响起，那沉睡在他体内已久的魔王之血仿佛也已经苏醒了。

此时此刻，仓库里面一片寂静，静得连几十个人呼吸的声音都听得清清楚楚。

那些打手就如同盯着一只肥美羔羊的饿狼，等待着一个合适的时机，冲上来咬断羔羊的脖子。

他们一个个握紧了手中的武器，紧盯着沈南飞的眼睛。

狗爷脸上的冷汗已经流到了脖子上，他向后斜着眼睛，用余光瞄着顶在自己头顶的那把枪。

一时间，似乎只差一个小小的引子，一场大战便会瞬间爆发。

"狗爷。"忽然间，沈南飞的声音在狗爷的耳边响起。

狗爷努力向后瞄，屏气凝神，没有说话。

"你知道我是怎么长大的吗？"说着，沈南飞露出了一个凄凉的微笑，"小时候，同学们都说我患有狂躁症；长大了之后，他们又说我是杀人案嫌犯。看来我脚下的路，早就被那些人的嘴铺好了。"

"你……你和我说这些有什么用？"狗爷紧张地说道。

"我只是想告诉你，那些嘲笑我的人，都付出了应有的代价。我不是一只不会叫的狗，而是一只潜伏起来，等待爆发的狼。"

"沈南飞，你最好想清楚，我的人可不止这些，其他人就快要到了，如果你真的动了我，绝对不会活着出去！"

沈南飞把嘴贴在狗爷的耳朵上："我说过，我来了，就没打算活着回去！小男的账，我们该算算了！"

狗爷听罢，眼睛贼溜溜地转了转，似乎听到了沈南飞扣动扳机的声音。

下一刻，狗爷深吸了一口气，突然高举双手将沈南飞握枪的手推到了一边，然后出人意料地从轮椅上站了起来，一瘸一拐地向着前面的人群跑了过去。

几名打手瞬间便将狗爷挡在身后牢牢护住。

逃跑的狗爷转过身来，从人群后面挤出了一张脸，气急败坏地指着沈南飞，歇斯底里地怒吼道："给我杀！别让他活着出去！"

顷刻间，密密麻麻的人潮水一般涌向沈南飞。

他们高举着手中的开山刀和武士刀，势要将他碎尸万段。

然而沈南飞如一棵松树般挺拔地站立在人群中，仿佛韩懿姿他们离开了，他也已经没有了任何牵挂。

下一刻，他嘴角微微上扬，露出一个视死如归的微笑。

砰！

一声枪响传来，冲在最前面的打手直接被射穿了脑袋。

砰！砰！砰！

枪声接连响起，鲜红色的血浆在空中飞溅，迸射到了其他打手的脸上。

沈南飞举起手枪，朝着向他冲来的打手们猛烈射击。

一场血腥之战拉开了序幕。

打手们也已经红了眼，不管他有没有枪，都如猛虎般向着他冲了过去。

砰！

沈南飞再次击杀一人，随后倒地一个翻滚，将一把掉落在地上的武士刀捡了起来。

随即他左手握刀，右手拿枪，在人群中展开了厮杀。

沈南飞每一次扣动扳机，似乎射出的并不是子弹，而是源自他心底的愤怒。

从登上热门微博成为奸杀案嫌犯以来，他的心底一直压抑着这股怒火。

现在，他终于可以肆无忌惮地宣泄出来了。

就像他所说的，他不是一只不会叫的狗，而是一只伺机爆发的狼！

短短几分钟的时间，沈南飞在偌大的仓库里面移动作战。

此刻他背靠着墙壁，面对着剩下的二十名打手，脸上被溅射得血迹斑斑。

咔咔！

他对着人群扣动了两下扳机，发现沙漠之鹰的子弹已经被打光了。

这一刻，对面的人群中露出了许多阴冷的笑脸。

沈南飞冷冷地扫过虎视眈眈的人群，把枪扔掉，双手握紧了武士刀，仿佛变身为一个身陷敌营的武士。

而在他的对面，是二十名无恶不作的恶徒。

这时，狗爷躲在人群后面得意地大叫道："沈南飞，你的子弹打光了！我看你这回还怎么威风！"

"哼！"沈南飞一声冷笑，看着眼前的场景，仿佛又回到了几年前他一战成名的那一天。

那时他同样是身处险境，却凭着一把卷刃的菜刀，拼杀出了一个世界。

而这，冥冥之中似乎也象征着沈南飞的混乱人生从哪里开始，也将从哪里结束。

只见沈南飞腾出右手从衣兜里掏出皱巴巴的烟盒，从里面取出最后一支香烟，然后咬在嘴上，笑着问对面的打手们："喂，有火吗？"

而这句话就像是对那些家伙的挑衅。

那些打手没有回话，直接如黑潮一般冲过来吞没了沈南飞。

沈南飞的身影转眼就淹没在了人潮之中……

此时此刻，迈头的存货区里正有一辆黑色的宝马汽车疯狂地行驶着。

楚留翔几乎是用出了吃奶的劲踩油门，只为了能够快点离开这个鬼地方。

小刀被放在了车后座上，似乎陷入了昏迷。

韩懿姿坐在副驾驶的位置上，手里握着沈南飞交给她的手机，脑子里快速地思考着。

现在自己是这场事件里的关键人物，也是唯一知道今天这件事的媒体人。

她在想，自己应不应该将这里的一切通知电视台或报警，然后公之于众呢？

可是这样的想法很快就被她自己否定了。

如果报了警或者通知电视台，或许可以抢到一个独家，但是沈南飞就永远也没有翻身的机会了。

经过了刚刚那一幕，她已经完全无条件地选择信任沈南飞。

因为她无法相信有人可以为了救自己的兄弟和两个萍水相逢的人，选择把自己置身陷阱。

就算是别人说出个天来，她也不会再信了。

她只相信她自己！

叮咚！

忽然间，沈南飞的手机出现了信息提示音。

韩懿姿的身子抖了一下，回过神来看了一眼手机上的信息：尊敬的用户您好，你的个人身份信息认证已经通过，90 天内将无法再次修改……

随即韩懿姿解锁了手机，点开了认证信息，立刻就弹出了讯客微博的界面。

她发现这个个人微博上的照片正是沈南飞本人，不过是没剃头时的样子。

而在他头像的右下角，已经多了一个金黄色的"V"。

在头像的下面，还有着一行身份认证信息介绍，上面写着：女主播遭奸杀案热门事件当事人。

第三十六章

韩懿姿满脸诧异地看着沈南飞个人微博下面的认证信息，打心底里觉得，她真的猜不透他的想法。

"他是疯了吗？怎么可以把自己暴露在网络大众的目光之下，实名制微博认证就等于把自己推向了火坑啊！"韩懿姿自言自语。

楚留翔一边神情紧张地开着车，一边往韩懿姿的手机上瞟了一眼："微博？喂，这个时候了你还有时间上微博？"

可是突然间，一个熟悉的名字跃入了他的视线之内。

他往那头像上又看了一眼，随即一脸错愕地瞪大了眼睛："哎？这头像不是刚刚那小子吗，他叫什么？"

楚留翔一开始还以为自己看错了，随即他又瞪大眼睛仔细看了看。

这一次，他清清楚楚地看到了头像下面的名字——"沈南飞"。

一时间，极度震惊和深深的恐惧如潮水般淹没了他。

"他是谁？沈南飞？"楚留翔有些慌张地看了看韩懿姿，"他就是热门微博上奸杀案的那个沈南飞？！"

然而韩懿姿慢慢地抬起头，眼神坚定地看着楚留翔："你相信，刚刚救我们的人，会是奸杀案嫌犯吗？"

楚留翔还没有从震惊中缓过来，他瞪着眼睛看了韩懿姿一眼，然后继续全神贯注地驾驶汽车："我的天啊！这……这怎么可能！"

"你也觉得不可能，对吗？"韩懿姿说道。

突然，楚留翔右手大力一拍方向盘："怎么什么倒霉事都让我碰上了！从第一次租房子我就看出这小子不是个省油的灯，没想到竟然搞出这么大的事情来！我的天啊！而且今天还让我又碰上了！美女，这就叫孽缘吗？"

韩懿姿白了楚留翔一眼，随即点开了热门微博排行榜，发现女主播遭奸杀案的话题热度已经降到了第五位。

她不明白，如果沈南飞继续消失一段时间，让那些幕后水军没有新事可挖，然后慢慢地淡出网络大众的视线不是更好吗？

为什么？

为什么他要在这时候申请实名制认证账号，然后发布视频？

哦对了！视频！

想到这儿，韩懿姿立刻退出了微博，从手机相册里寻找着沈南飞所说的那个视频。

很快，她便发现在那个相册里，只有一个孤零零的视频。

接着她点开了视频……

当韩懿姿看到视频的那一刻，所有的疑问都解开了。

或许是被视频里的内容触动，韩懿姿的眼眶慢慢地红了，她左手捂住了嘴巴，强忍着不让自己哭出来。

她的身体颤抖，内心在挣扎。

她的父母从小就告诉她："我们不能用耳朵去认识一个人，要用我们的心。即便是眼睛看到的，有时也不一定是真实的。不要让流言毁灭了上帝赐予我们的心。"

现在，韩懿姿已经能够充分理解这句话的意思了。

她深深地知道，这个视频一旦发到网上，会引起多大的反响。

不知不觉，汽车已经行驶到了楚留翔的出租车停靠的地方。

"美女！我们到了！快点上我的车吧！"楚留翔迫不及待地下了车。

然而韩懿姿没有一点想要离开的意思，坐在车上呆呆地盯着手机，一动不动。

"喂！你听到我说话了吗？"楚留翔觉得韩懿姿有点不对劲，便又叫了两声。

韩懿姿抬起头看了他一眼，说道："麻烦你带着小刀先走，把他送到医院去。"

"啊？那你呢？"楚留翔一脸诧异。

只见韩懿姿双美丽的眼睛里忽然闪过一道锐利的光："我有些事情要做，你们先走。"

楚留翔迟疑了片刻，一跺脚："也行，那你自己注意安全，别再被抓回去了！

我带着小刀离开后立刻就报警！"

"不要报警！"韩懿姿急忙说道。

楚留翔愣住："为什么？不报警，那小子不是死定了？"

"如果你报警，他才是真的死定了！"

韩懿姿的话让楚留翔更迷糊了。

很多事情他根本不了解，也不明白眼前的这个女孩跟沈南飞到底经历过什么。

随即他无奈且有些心烦意乱地一闭眼："那好吧，我不管了！总之你们好自为之！咱们虽然萍水相逢，但也算是共过患难。你记下我的车牌号，有事就联系我。我先走了。"

说完，楚留翔便打开后排座的门，将小刀扶下了车，钻进了自己的出租车。

回到自己的车上，握住方向盘的时候，楚留翔忽然有了一种如释重负的感觉。

随即他向着对面黑色高级轿车里的韩懿姿最后看了一眼，深深地叹了一口气，然后发动汽车，一个转弯，向着来时的路开了回去。

一眨眼的工夫，这空旷的迈头入口就只剩下了韩懿姿一个人。

这样安静的环境，更适合她思考。

她握着沈南飞的手机，坐在车里有些焦急地颠着腿，似乎内心陷入了挣扎。

一旦她发出了那个视频，自己也就被卷入了这个事件之中，或许会成为帮助沈南飞的同伙。

可是在她的内心深处，一直有一个声音在提醒她，要追寻事实的真相。那个声音告诉她，她是一名记者，要时刻抱着深入龙潭虎穴，甚至随时赴死的决心，去发现真实。

她现在的处境，仿佛已经跟深入贼窝的卧底记者没什么两样了。

但贼指的不是沈南飞，而是在背后操控一切的那些人。

她要走上这条路吗？

放着好好的大小姐不做，走上记者这条路吗？

就在这时，韩懿姿忽然感觉到自己身边的驾驶室里多了一个人的身影。

随即她转过头去，看到一个穿着彩虹格子连衣裙的女孩正静静地看着她。

是那个事件的女主角，美女主播赵欣颖。

不过今天她出场的样子并不像之前那种披头散发、眼睛翻白，而是看上去楚楚可怜，眼睛里泛着淡淡的泪光。

"求求你，救救我……求求你，救救我……"

赵欣颖的眼泪在打转，不停地重复着这句话。

"是你……"韩懿姿立刻把心提了起来，可是看到这样的赵欣颖，她的鼻子竟然酸酸的。

多漂亮的一个女孩子啊，为什么会无缘无故遭到奸杀？

真正的凶手，到底是谁？

"求求你，救救我……我不想死啊！"赵欣颖再次哀求道。

"不要说了，求求你不要说了。"韩懿姿把头伏在汽车的中控台上，从来没有感觉这样难受，这样难以抉择过。

就算是当年填报大学志愿的时候，也没有这样纠结过。

"只有你可以帮助我们……只有你……可以帮助我们……"

赵欣颖的话语如魔咒一般在韩懿姿的耳边回响。

韩懿姿紧张得流下了泪水，脑海中忽然浮现出了两个人的画面。

浑身是血的沈南飞和衣衫凌乱的赵欣颖站在一个漆黑的空间里，身体正慢慢地被充满假象的黑暗所吞噬。

而她自己，就是唯一可以将他们拉出黑暗的人……

他们要重见光明，否则整个世界都将陷入黑暗。

她是一名记者，她的职责不仅仅是让他们重见光明，同时也要让所有知道这个事件的人看到真相。

"你是一名记者！真正的记者！"

突然间，一直把头伏在中控台上的韩懿姿睁开了眼睛，刚刚有些迷茫的眼神，也再次变得坚毅。

"这件事的真相必须挖掘出来，这不仅仅关系到当事人的清白，也牵连着人类情感和道德的底线。"

韩懿姿终于想通了，然而当她再次转头看向身边的时候，赵新颖的身影已经消失不见。

她拿起沈南飞的手机，迟疑了片刻，还是点击了"编辑微博"，将手机里的那个视频添加上去。

盯着空白的文档处，韩懿姿忽然有了一个想法，她要帮沈南飞说点什么。

三分钟之后，一条以沈南飞本人身份发布的微博便编辑好了。

韩懿姿故意在文档里面添加了"女主播遭奸杀"事件话题，所有跟这个话题有关的微博一旦发表，立刻就会进入大众的视野。

而那时候，在这虚拟的网络上，将会掀起多大的波浪呢？

韩懿姿盯着编辑好的微博犹豫了几秒钟，用力地按下了发送键。

就在她按下发送键的同时，微博的内容化作一串串代迈，通过客户端，光速一般奔向了无数连接着人们手机的虚拟网络。

下一秒钟，当人们刷新微博的时候，一个新的热门微博便进入了他们的视野。

与此同时，夜色斑斓的春州市，乃至沉浸在夜生活的人群中，一场网络风暴瞬间爆发了。

叮咚！

叮咚！

叮咚！

一阵阵微博更新的声音在快餐店、商场、商业大街、KTV、酒吧等人流聚集的公共场所纷纷响起。

手机网络不愧是最快的传播工具，一时间，全国各地许多人都在刷新着微博。

他们之中有人看到一条来自"沈南飞"的个人实名账号发送出来的消息，震惊地指着屏幕，与身边的人交头接耳。

全国各地，这样的场景多不胜数。

"嘿！我没看错吧，这个人真是沈南飞？"

"搞什么！这家伙疯了吗？哪有嫌疑犯自己实名制认证微博的？"

"这回有好戏看了！我倒要看看，这个家伙想搞什么鬼！"

"这世道真是变了，连杀人案嫌犯都敢实名制认证微博，跟广大网民公然叫板！"

此时此刻，全国各地的各个场所看到这条微博的人，都发出了类似的疑问。

接着许多人点开了那条通过韩懿姿的手编辑出来的微博，看到视频上面的文档编辑的一段话："大家好，我是沈南飞，我是无辜的，也许你们会觉得我很无理，居然公然挑战大众网民的道德底线，但是今天，我要在这里揭露一个事实。

"这个世界，并不像你们想象的那么简单……"

距离沈南飞个人微博发布第一条消息二十分钟之后……

"电视机前的各位观众朋友，欢迎收看春州市电视台新闻直通车……"

"大家好，这里是××电视台法制频道……"

"各位观众朋友，现在为您播放一条网络新闻……"

短短二十分钟的时间，沈南飞通过个人实名制微博发布视频的消息便传遍了全国各地的电视台。

不仅仅是电视媒体，就连网络媒体的一些节目也在争相报道这次事件，并且发表自己的言论。

现在是各大媒体拼独家的时机，谁第一个在媒体上把事情爆出来，并且发布相关消息，就会吸引大众的眼球。

一时间，小到个人家中的电视机，大到大型商场和大街上的大型显示屏幕，播放的都是沈南飞的消息。

在短短的几十分钟时间里，他就夺取了所有网络大众的视线，甚至抢占了各项热门头条。

就连热门微博上的女主播遭奸杀事件，也从排名第五的位置上直升第一。

"各位观众朋友，刚刚我们通过网络发现了女主播遭奸杀事件的犯罪嫌疑人沈南飞通过讯客微博平台发布了一条微博，而这条微博的转发量在短短的 20 分钟里已经达到 6600 万次，评论也达到了 102 万，已经创造了热门事件在网络关注度中的新纪录。"

"关于这次微博，许多法律界人士认为，这是沈南飞对于国家法律的挑衅，也是对人类道德底线的挑战。现全国各地也已经对沈南飞的行踪进行追查，短期内将会有大规模封锁行动。"

"还有部分网络大众认为，沈南飞的事情或许另有隐情，我们应该寻找更多的证据，不能根据网络舆论，就把矛头指向一个无辜的人。这条微博发布之后，网络上已经出现了两股势力，一股是支持沈南飞揭露真相，揭露网络背后的丑恶；而另一股则是认为沈南飞在扰乱网络大众的视线博取同情，应该加重其罪行……"

"下面，将为大家播放视频内容……"

此时此刻，许多不明真相的观众正坐在自己的家中，又或者站在大街上仰头注视着巨大的显示屏幕，还有大部分人全神贯注地观看着微博上的热门视频。

很快，沈南飞的身影便出现在了所有人的视线之中。

视频里的沈南飞剃短了头发，但依然难挡他的帅气。

他穿着一件黑色衬衣，背景是一大块白布，似乎是他为不暴露所处方位而故意精心布置了一番。

由于手机开了夜视效果，所以强光打在他的脸上，让他的脸看上去更加惨白。

就在视频发布的那一刻，一些"外貌协会"的女孩子已经自发地组成了一个维护沈南飞的粉丝团了。

视频里的沈南飞似乎是席地而坐，然后用手调整了一下手机摄像头的角度，表情严肃地开始录制内容。

"大家好，我叫沈南飞，1996 年生，今年二十岁。相信对于我，大家已经不是很陌生了。网络上、新闻上，到处都是关于我身为女主播遭奸杀案的嫌疑人的负面消息。或许大家会觉得意外，甚至有人会觉得愤怒，无法理解我为什么要申请实名制账号，公然发布这条在此时并不利于我的微博。"

此时此刻，聚集在街道或商场门口巨大屏幕下的人流越来越多。

大家都表情严肃且紧张地注视着视频里的沈南飞。

"因为，我今天要在这里跟大家揭露一个真相！那就是女主播遭奸杀事件，跟我没有半毛钱关系！我是无辜的！"

这句话一出，人群之中立刻传来了一阵不屑的嘘声。

"我知道，我现在说的话大家肯定不会相信。可是我觉得，我还是有必要将一些事情说出来，不仅仅是为了我自己，也是为了无辜死去的女主播赵欣颖，还有被蒙蔽了眼睛的网络大众！请你们擦亮自己的眼睛，不要沦为他人手中的武器。

"大家根本不知道，在这短短的几个星期里我究竟经历了什么，我遭遇两个杀手的追杀，一直躲避着杀手的追杀和警察的追捕。我不知道那些要杀我的是什么人，但我知道，他们是不会无缘无故做出这种事的。而这也提醒了我，赵欣颖在临死前，似乎发现了他们什么不可告人的秘密，所以才会惨遭毒手，然后再嫁祸给当天不巧与她发生过争执的我。

"几天前的冬贺枪杀案大家应该还没忘记，那是第二个前来追杀我的杀手所为。我不知道他杀我的目的究竟是什么。总之，只要我沈南飞还活着一天，就一定要洗清冤屈。

"这件事并不像你们想象的那么简单，隔着网络，那些所谓的网友根本不知道我们这些身处事件核心的人都在遭遇着什么。而我揭露真相，并不仅仅是为了我自己，同时也为了为救我而付出生命的兄弟小男，还有断了一只手的小刀，一个因为帮助我而受到牵连、现在生死未卜的女孩子。

"正因为有了他们，所以我更不能低头向背后的黑势力认输！我一定会亲手将幕后黑手抓出来，然后将他们暴露在网络大众的目光之下！

"我要说的就这么多。最后，我想要问一问网络大众，问一问新闻媒体，你们报道的所有内容，是真实的吗？你们口口声声说我是杀人案嫌犯，除了一个没有根据的直播视频，还有其他的证据吗？你们只是根据凭空的猜测和我的一些黑历史，就一口咬定我就是凶手！我想问，媒体的职责不就是报道真实的事件吗？可是现在你们在做些什么？

"我从前很少接触网络，可是通过这次事件之后我发现，网络真的是一个很可怕的东西。不分青红皂白只为逞口舌之快的网络暴民，不看事件真相只看社会舆论的所谓媒体，助纣为虐、认钱为奴的网络水军，这些就是现在我眼中的网络世界！

"我想问问，你们眼中的网络应该是什么样子的？是用来宣传勇气与爱，还是用来发泄愤怒、收集怨气的泄愤池？

"今天，我以被大众误会为犯罪嫌疑人的身份向所有网民说一句话：当你不了解一件事或一个人的时候，请管好自己的那双手。因为你们发表的不是正义言辞，而是罪恶！它很有可能会杀死一个无辜的人！我不希望网络是一个传递怨气和罪恶的地方！

"如果今天之后我还活着，我还会继续在微博上更新揭露真相的内容。如果我死了，也请你们记住，今天在这里，有一个被抹黑的男人，发过这样一条微博！"

下一刻，视频中一片黑暗，沈南飞结束了录制。

可是当全国各地的人看到这段视频之后，有的指着大屏幕不服气地怒骂，有的陷入了深深的沉思。

在这些人中，有坐在电视机前，一边擦拭着眼镜，一边叹息的退休媒体人。

有站在灯火通明的办公室落地窗前，望着窗外漆黑的夜空发呆的媒体经理。

也有盯着电脑屏幕，却已经一个字也敲不出来的新闻编辑。

他们的心里，似乎都因为刚刚沈南飞的一句话而受到了不小的触动。

"当你不了解一件事或一个人的时候，请管好自己的那双手。因为你们发表的不是正义言辞，而是罪恶！它很有可能会杀死一个无辜的人！"

谁也没有想到，从业已久的媒体人，今天居然会被一个身处事件核心的小混混上了一课。

他提醒了他们，身为一个媒体人，不要为了收视率和附和大众的口味，就丢弃了心里的底线。

你们是媒体！

你们的责任是揭露真相！

叮咚！

叮咚！

叮咚！叮咚！

韩懿姿上了车，看着不停地跳出信息和留言的微博，内心再次掀起了一阵波澜。

沈南飞一条微博获得的关注度，竟然比他们春州市电视台一年的关注度都要高。

几千万条的转发量，数百万的评论，过亿的点赞量，此刻都聚集在这个小小的手机屏幕里。

手机和网络实在是很便捷的工具，可同时也是很锋利的武器。

看到一些支持沈南飞的声音开始出现，韩懿姿的脸上不自觉地露出了微笑。

而就在沈南飞视频事件引爆全国网络的同时，他的处境又如何呢？

第三十七章

▶ "侠女"韩懿姿

"不要！你不要过来！沈南飞，如果你杀了我，你会坐牢的！"狗爷满脸惊恐地跌坐在地上，向后挪动着屁股。

他的身上已经满是刀伤，一身原本雪白的西装已经染成了红色。

狗爷的眼睛瞪得很大，惊惧的目光完全聚集在正向着他一步步靠近，如同浴血魔鬼一般的沈南飞身上。

这一刻，沈南飞拖着染血的武士刀，在地上划出咯啦咯啦的响声。

他的左腿上挨了一刀，割伤了肌肉，所以走起路来那条腿是在地上拖着的。

而他的身上也有多处皮肉外翻的伤口，看得人心头发麻。

原本一张白净的脸上满是血迹，在那些血污的衬托下，眼里的眼白给人一种恐怖而又诡异的感觉。

魔王已经觉醒，挥舞着手中的屠刀，将所有敌人斩杀殆尽。

三十六名打手，现在却都倒在他的身后呻吟。

满地的血迹，在原本满是灰尘的仓库地面上画出了一幅惊悚的画。

而刀子，就是沈南飞手中的画笔。

1V36！

沈南飞再次刷新了自己的传奇，让狗爷见识到了什么叫作真正的魔鬼。

只见沈南飞眼神冰冷地望着在地上挪动着屁股的狗爷，语气森冷地说道："就算不杀你，我也不一定能够活到明天。所以……我还怕什么呢？你不该惹上我的！解决了你，就该是那些躲在背后的家伙了！"

"你以为杀了人，一切就都解决了吗？没用的！这只会加重你的罪行！"

"哼！可是如果我什么都不做，就只有等死的份！"

说着，沈南飞已经拖着那把染血的武士刀，走到了狗爷的面前。

狗爷的后背不知不觉已经靠在了仓库的墙壁上，没有任何退路了。

接着，沈南飞缓缓地举起了手中的武士刀，用看着死人一样的眼神注视着狗爷，然后狠狠地落下。

"啊——"

狗爷发出一声惨叫，胸口被砍出了一道长长的口子，深可见骨。

他慢慢地滑到地上，躺在沈南飞的脚下全身抽搐，直直地盯着笼罩在一片灯光阴影下的沈南飞。

没过多久，狗爷便渐渐停止了抽搐，睁着双恐惧的眼睛，死不瞑目。

沈南飞站在狗爷的尸体前，用手里的武士刀碰了碰他的右脚，见他不再有任何反应，便拖着受伤的腿慢慢地走到旁边的一根承重柱前，靠着柱子滑坐了下去。

呼……他深深地吐出了一口气，感觉自己的嗓子里充斥着浓浓的血腥味。

随即他有些呆滞的双目缓缓地扫过狼藉的仓库，遍地都是奄奄一息的打手，倒在地上无力地呻吟着。

"真是的……怎么会弄成这个样子……"沈南飞脸上露出了自嘲而又无奈的笑，松开了武士刀，在旁边一个因失血过多而昏迷过去的打手身上摸索着。

很快，他便摸出了一盒香烟和一个很便宜的塑料打火机。

他的手指上满是血渍，染红了白色的烟卷。他将香烟咬在嘴里。

嚓！

嚓！

可是不管他多用力地去按动那个打火机，小小的火星就是点不燃那支香烟。

沈南飞气得骂了一句，用颤抖的手狠甩了两下。

嚓！

这一次，橙黄色的火焰终于出现在他的面前，照亮了他那张布满血渍的脸。

嘶——呼！

沈南飞深深地吸了一口烟，仰头注视着天花板，望着那一个个大灯泡发呆。

这一刻，他仿佛在那灯泡散发的光晕里，看到了自己的童年。

那个凄凉而又悲惨的童年。

从小到大，除了自己的母亲，他从来没有体会过什么是家的温暖，什么是家人的感觉。

"两个小时后，东岗迈头，我已经安排了人送你去韩国济州岛，记得准时到。"

这时，黑老大在电话里对他说的话，闪现在他的脑海中。

沈南飞慢慢地回过神来："济州岛……呵呵，不知道我还有没有这份远走他乡的力气了。"

说完，他便碾灭了烟头，然后拿起武士刀，将它当做拐杖，背部用力靠着承重柱，挣扎着站了起来。

他拖着那条受伤的腿，一步步走向仓库的大门口。

哗啦啦！

陈旧的铁门被缓缓地拉开，沈南飞终于再一次看到了头顶那轮弯月。

可是不知道为什么，现在那月亮在沈南飞的眼里，是红色的。

突然间，一阵杂乱的汽车喇叭声从前方空旷的迈头上传了过来。

沈南飞感觉身上一点力气都没有了，只能将肩膀倚在铁门上，微微仰着头，注视着前面一大片快速靠近的灯光。

很快，六七辆面包车便从远处疾驰而来，在距离仓库大门还有十几米的地方停下。

"哼！"沈南飞冷冷一笑，已经知道来的人并不是来帮他的，"狗爷的援兵到了。"

几十人提着家伙从大型面包车上走了下来，一看到站在门口、浑身是血的沈南飞，眼神中都充满了惊讶。

"沈南飞？你把狗爷怎么样了？"其中一名中年男子吼道。

只见沈南飞歪着嘴巴露出了一个邪邪的微笑："狗爷？在里面，你们自己去找吧。"

众人听罢，立刻面露惊怒，纷纷握紧了手里的家伙。

"你这条疯狗，竟然敢在狗爷的头上动刀子！兄弟们，别让这家伙活着离开迈头！"

有人一声大喝，接着数十人如同愤怒的潮水一般，向着倚在铁门上的沈南飞吞噬而来。

沈南飞似乎已经不知道什么是恐惧，他倚在铁门上对着那些人笑，直笑得人心头发麻。

"呵呵……哈哈哈哈……哈哈哈哈——"

他的笑声戛然而止，眼睛因着魔王的血液而变得锐利无比。

接着他举起手中的武士刀，一路摇摇晃晃地冲向了对面的人群。

即使身负重伤，他依然保持着魔王的本色。

这就是真实的沈南飞。

"看来今天是真的没命回去了……"

嘟——嘟——

就在这时，一阵急促的汽车喇叭声在那群人的身后响起。

打手们急忙转头望去，只见一辆黑色的高级轿车一路风风火火地向着仓库对面大门口开了过来。

他们仔细一看，发现是狗爷的车。

但是开车的似乎并不是狗爷的人。

只见那辆高级轿车仿佛一台凶猛的压路机，车速保持在一百二十迈左右，用力撞开了挡住了它去路的面包车。

一阵剧烈的撞击声响起，那辆面包车的车尾直接被撞烂，歪到了一边去。

接着那辆高级轿车丝毫没有减速，径直冲向了人群。

"快闪开！"

有人一声大喊，接着所有人都向着两边退去，不得已为那辆车让开了一条路来。

轿车毫不犹豫地从路中间开了过去，直奔仓库门口的沈南飞，在就要到达铁门的时候一个漂亮的漂移甩尾。

啪！

后车门突然间打开，一个女孩从驾驶座上探出半个身子，对倚在门上的沈南飞大喊："上车！"

沈南飞以为自己看错了人，有些不敢相信自己的眼睛。

可是当他再次确认之后，发现这个开车冲过来救他的人不是别人，正是之前已经离开的韩懿姿。

然而现在已经容不得沈南飞多想了，他立刻用力地在铁门上靠了一下，借着离开时的惯性冲向了轿车，然后一个猛扑钻进了汽车的后排。

车门还没来得及关上，韩懿姿便狠狠踩下了油门，汽车轮胎在地上高速摩擦，充满刺鼻橡胶味的白色烟雾升腾而起。

随即汽车就像是一头蓄势而发的野兽，再次冲向人群。

砰！还没来得及关闭的车门，直接将一名打手撞翻在地，正巧也借着这股劲把车门紧紧地关上了。

韩懿姿如同瞬间变成了一名职业女车手，载着受伤的沈南飞冲出了人群。

"别让他们跑了！上车追啊！"

打手们见一个小女子救走了沈南飞，立刻火冒三丈，转身纷纷钻进了面包车，好似几匹脱缰的野马，向着他们急追而去。

不过短短两分钟的时间，仓库门口便是一片狼藉，满地的车轮印。

韩懿姿一边驾驶着汽车，一边从后视镜里看着躺在后排座上的沈南飞，焦急地问了一句："你没事吧？能不能撑得住？"

沈南飞看了韩懿姿的背影一眼，眼前竟然出现了幻觉，仿佛坐在前面的不是一名女记者，而是一个身披战甲、纵身沙场的女骑士。

"还死不了……你不是走了吗？怎么又回来了？小刀呢？"沈南飞声音嘶哑地问道。

韩懿姿干脆利落地回道："小刀跟那个司机先走了。"

沈南飞眼中闪过一道莫名的光："那你为什么不跟他们一起走？"

"因为我不能扔下你一个人不管！"

韩懿姿短短的一句话，却让沈南飞感到自己内心深处的某一个角落被触动了。

这是他第二次因为这个女孩子而在心里有了感觉。

第一次，是在她家被救的时候。

似乎从那一刻起，他们就被紧紧地联系在一起。

嘟——嘟——

突然间，一阵阵杂乱的鸣笛声在他们的身后响起。

韩懿姿向后视镜里看了一眼，发现一排车头灯光正紧跟着他们。

"你抓稳了！"韩懿姿有力地说了一句，随即将油门一踩到底。

沈南飞甚至能够感觉到汽车发动机在剧烈抖动。

他看不到迈速表，但是感觉速度应该已经超过他平时开车能够接受的极限了。

从第一次在旅馆门口挟持韩懿姿之后，他就感觉到，这个女孩子开车的技术很好，可是没想到她在这种情况下还能够冷静地驾车。

更令人意想不到的是，相识的一段孽缘，竟然成为他最后的救命稻草。

韩懿姿驾驶着汽车飓风一般从公路上疾驰而过，前方渐渐出现了一条分岔路。

"前面有岔路，我们走哪边？"韩懿姿忽然开口问道。

沈南飞迟疑了一下："这一回，你的屁股底下没有手机吧？"

韩懿姿忍不住笑骂道："都什么时候了，你还有心思开玩笑！"

沈南飞会心一笑："走右边，到东岗迈头去！"

韩懿姿皱了皱眉头："你确定？去了那里不就是死路了？"

沈南飞犹豫了片刻："有人在那里为我准备了离开的船。"

听到这句话，韩懿姿的眼中闪过了一丝失落："你要离开这里？去哪儿？"

沈南飞并不想告诉她自己的行踪，但是不知为何，还是忍不住脱口而出："去韩国。这里已经藏不下我了。"

韩懿姿陷入了沉默，随即将汽车向右转弯，驶入了通向东岗迈头的车道。

接下来的一段时间里，两人没有再说过一句话。

似乎又回到了他们相识那天，车里的气氛尴尬而沉默。

然而这一回，换作沈南飞首先开口打破了沉默："你会把我的事情告诉媒体吗？"

沈南飞能够感觉到，韩懿姿的身子微微一颤。

"我不知道。也许会，也许不会。"韩懿姿淡淡地说道。

沈南飞无奈地笑了笑："已经无所谓了，反正我现在也是满城皆知，不干好事。离开了这里，我或许也不会再回来了。"

"那热门微博上的事你也不管了吗？"

"热门微博？"沈南飞眼睛一亮，但是很快又暗淡了下去，"明天早上，今天发生的事情一定又会登上新闻，这样我的身份就更黑了。其实我今天来就没打算活着回去。"

啪！

突然间，韩懿姿从车中控台上拿起了一部手机，丢给沈南飞："你自己的事情，自己做决定！任何人都帮不了你！"

沈南飞有些诧异地拿起手机看了看，发现就是自己的那一部。

随即他解锁了屏幕，第一个映入眼帘的就是讯客微博图标的右上角那数字惊人的提示信息。

上百万的数字就那样显示在手机上，让他一时间有些不知所措。

随即他点开了讯客微博，立刻就在微博宣传首页上看到了自己的照片。

而在照片的下面还配了一行文字：热门微博嫌疑人沈南飞，开通个人认证，真相等你来挖！

才不过短短一个小时，沈南飞居然就变成了讯客微博用来吸引眼球的工具了。

接着他点开了自己的微博主页，发现个人认证已经通过审核，并且下面有一条已经经过编辑发表的微博。

不用说，他也知道这条微博是谁编辑的了。

但他看到那触目惊心的转发量和评论数量的时候，整个人都惊呆了。

与此同时，他的私信提示一直在不停地发出提示音。

当他点开私信的时候，发现屏幕滚动的速度用眼睛已经跟不上了！

他立刻按住了私信对话框，一条条地向下拉着看，发现里面有很多谩骂自己的留言，也有支持他的声音。

过去他似乎只注意到那些暴怒的网友，可是当事件扩大，让更多的人知道之后，一些理性的声音也发了出来。

这一刻，沈南飞渐渐地感觉到，似乎网络上并不是到处都充斥着暴力。在某一个角落，还是有人试着想要相信他的。

"恭喜你，已经成为网络第一红人，把那些大牌明星和大V都比下去了。"韩懿姿有些冷淡地说道，"如果你现在想要放弃的话，也可以，大不了今天的事我白做了，你放心，我不会生气的，绝对不会生气！"

看着依然在全神贯注地开车的韩懿姿，口口声声说自己不生气，但是声音无意间拔高的样子，沈南飞竟然打心底里想笑。

笑她原来生气的时候会是这样可爱，明明不开心还要死撑。

沈南飞有些无奈地笑着摇了摇头，然后又低头看了看微博里一些支持他的评论，似乎眼前重新打开了一扇大门。

在大门的后面，一道温暖的光穿透了黑暗，淡淡地照在他的脸上。

只是这么短短的一瞬间，却让他感受到了无穷的力量。

随即他将手机收进口袋里，笑着说道："谁说我要放弃了？我只是感觉今天比较累而已。"

听到这句话，韩懿姿那张拉得老长的小脸上慢慢地浮现出了一丝淡淡的微笑。

沈南飞静静地注视着她的背影，发现她是一个年纪跟自己相仿，但是内心十分强大的"小怪兽"。

有些地方，就连沈南飞也自愧不如。

如果她能够坚持下去的话，一定会是一个很好的记者。

砰！

突然，沈南飞感觉到自己的身后被人狠狠地撞了一下。

随即他起身从后车窗里看到一辆面包车竟然追了上来，想将他和韩懿姿的轿车撞翻。

韩懿姿立刻加大油门，与后面的车拉开了距离，可是前面出现了一片黑压压的影子。

"已经到了迈头了，但前面好像有人！"韩懿姿急忙说道。

沈南飞的脸色立刻沉了下来，向着前方看去，只见一排长长的黑影，拦住了他们的去路。

韩懿姿在距离他们十米远的地方踩住了刹车，将车停在了原地。

此时，后面的面包车也追了上来。

他们已经被夹在了两群人之间，再也没有任何退路了。

"死定了！"韩懿姿似乎已经放弃了，身体无力地靠在座椅上，双手握着方向盘，眼睛盯着前面黑影中的那些人。

这时，身后那些面包车上的人都下了车，来到沈南飞的车旁，动作粗暴地砸着车门。

"啊！"韩懿姿发出一声惊叫，顺手从身边的抽屉里抓出了一把扳手，紧紧握在手里。

沈南飞也握紧了手中的武士刀，准备在那些人砸碎玻璃的一瞬间就刺过去。

"看来今天，我们是真的没命回去了。"

下一刻，那排长长的黑影间突然照射出许多道刺眼的灯光。

似乎是许多辆车的车头灯。

正砸着车门的打手们被车灯照得扭过了头去，用手挡住了眼睛。

"谁啊！"有人大声骂道。

沈南飞也向着前面的灯光看过去，却见到一个西装革履的男人慢慢地从一辆白色保时捷里走了出来。

他的身后跟着一个穿着黑色风衣、扎着一条小辫子的男人。

"黑老大……"沈南飞不可置信地瞪圆了眼睛。

只见西服革履的男人慢慢走了出来，灯光渐渐照亮了他的脸。

正是沈南飞的大哥，黑老大，刘伟洋。

"这么晚了，这么多人追着一辆车，不累吗？"黑老大不紧不慢地说道。

那些砸车的打手下意识地向后退了一步，嘴唇颤抖着说道："是……是黑老大……"

放眼望去，黑老大身后似乎盘踞着一条黑漆漆的长龙，不知道有多少人站在他们身后。

不过可以肯定的是，那条"龙"可以把他们吞得连骨头都不剩。

"黑老大，这件事跟你没关系！沈南飞跟狗爷作对，我们就要给他点颜色瞧瞧！你最好不要管！"有人壮着胆子说道。

黑老大挑了挑眉毛，随即眉头紧紧地皱了起来，露出了他眉心那招牌式的皱纹："谁说只有沈南飞跟狗爷作对了？还有我！"

话音刚落，黑老大身后那条黑漆漆的"长龙"似乎开始蠕动了起来。

当距离越来越近的时候，狗爷的人才注意到，那是多到可以塞满半个迈头的人。

下一刻，黑老大语气冰冷地说道："狗爷的人，一个不留！"

第三十八章

刀劈斧砍的声音很快就微微回荡在迈头上空，狗爷打手的惨叫和怒骂声成了这片地区的主旋律，为这寂静的黑夜增添了一丝恐怖和残忍的气氛。

韩懿姿趁乱打开车门下了车，将沈南飞从车后座上扶了下来，摇摇晃晃地向着黑老大的方向走了过去。

很快，便有两个人过来将沈南飞接了过去。

当来到黑老大面前的时候，沈南飞抬起他那张沾满血迹的脸朝他看了一眼，却见他正表情严肃地望着自己。

"老大。"沈南飞有气无力地喊道。

黑老大沉默了片刻，开口说道："这种事情怎么不和我说一声？你以为你能够瞒得了我吗？"

"这是我自己的事情，不想……"

"这叫什么话！你把我当什么？"还没等沈南飞把话说完，黑老大便打断了他。

韩懿姿也被黑老大突然变脸的样子吓到，身子微微一颤。

黑老大在韩懿姿的脸上睃了一眼，为沈南飞让出了条路来："狗爷的人会陆续赶来的，你们先走吧。大华，送他们过去！"

"知道了！"站在他身后穿着黑风衣、扎着小辫子的大华点了点头，随即将手搭在沈南飞的肩膀上轻轻地拍了拍，"放心吧，一切都安排好了。如果你今天没出现的话，我们肯定会去把狗爷家的屋顶掀开！"

沈南飞笑了笑，没有说话。

韩懿姿在经过黑老大身边的时候，与他对视了一眼。

只见黑老大对她点了点头："麻烦你了姑娘。"

韩懿姿同样点了点头，算是打过了招呼，随即跟着沈南飞一路向着迈头岸边的方向而去了。

就在这时，又是许多道车头灯从迈头外面的方向照了进来。

是狗爷的又一批援军到了。

眨眼之间，这个货运迈头已经变成了黑帮势力厮杀的战场。

漆黑的夜幕下，魔鬼们正在拼命厮杀。

而这一夜，也将是决定春州市以后势力所属的关键一战。

一切来得太过突然，狗爷和黑老大都没有准备好，就被沈南飞一不小心提前推到了你死我活的拼杀时代。

沈南飞很快就被搀扶着来到了迈头的岸边，看到一艘小型货轮已经停靠在那里等着他了。

大华跟两名小弟搀扶着沈南飞上了船。

刚登上船，沈南飞便停了下来，转身看向了站在岸边的韩懿姿。

一时间，两人陷入了沉默。

他们彼此之间似乎都有一些话要说，但是到了嘴边，谁也没能说出口。

这样的场景，似乎已经不是第一次经历了。

两人的目光在空中交汇许久，片刻后，沈南飞对着韩懿姿微微一笑："谢谢你。"

韩懿姿愣了一下，脸上闪过了一丝失望的神色。

她等的，似乎并不是这句话。

现在她离沈南飞只有一步之遥，只要他说出那句话，或许自己真的会不假思索地跳上去。

但是沈南飞没有说出来。

她能够感觉到，那个男人似乎知道了现在自己心里在想些什么，却故意装作不知道的样子。

此情此景，韩懿姿只能回以一个有些僵硬的微笑，声音酸涩地说道："没关系。"

大华哥察言观色的能力是极强的，打眼一看就看出了这对男女心中各自的秘密，却一语不发，静观其变。

"我欠你两个人情。我会记住的！"说着，沈南飞再次露出了一个笑容，然后将头转了过去。

然而就在他要被搀扶着走进船舱的时候，韩懿姿突然开口叫住了他："等一下！"

沈南飞身子一颤，停住了脚步。

而旁边的大华却露出了一个过来人一样的会心微笑。

只见韩懿姿做了两个深呼吸，压抑住自己心中的情绪，开口问道："我们还会再见面吗？你真的不会回来了吗？"

沈南飞愣了一下，笑着说道："如果老天爷能够安排我们再见面，我想我们是挡不住的，就像这几次一样。你放心，春州是我的家，终有一天，我还是会回来的。只是不知道这一天要等多久。"

"如果……如果你回来的话，记得通知我。我可以帮助你。"韩懿姿也不知道自己是哪根筋不对了，脑袋一热，竟然将这句话说了出来。

而沈南飞今天似乎笑得很多，恐怕是他这辈子笑过最多的一天了。

下一刻，他的脸上再次浮现出了一个感激和情感微妙的微笑，轻声回道："谢谢你，我会记住的。回去的时候注意安全。"

"嗯……"韩懿姿点了点头，两只手在小腹前紧紧地攥着，指头都捏得有些发白了。

大华对着韩懿姿点了点头，然后搀扶着沈南飞进了船舱。

韩懿姿就这样站在岸边，呆呆地看着沈南飞被搀扶到了船舱里，却没有回头朝这里看上一眼，心里竟然有了一种莫名的失落。

可是她马上就意识到这一点，立刻回过神来，暗骂自己："韩懿姿，你疯了吗？你这是怎么了？"

此时此刻，之前经历过的一些事情，还在韩懿姿的脑海里回放着。

回首她这二十年的生活，似乎只有认识沈南飞之后，她才感觉到什么才是真正的人生。

呜——呜——

货轮的汽笛声忽然响了起来，接着船锚升起，船身也开始慢慢地向着大海的方向驶去。

韩懿姿就这样一动不动，如一尊雕塑一样，站在岸边目视着那艘载着沈南飞的货轮慢慢远去。

这一刻，她的心里对于那个人的离开竟然会如此不舍，这倒是出乎了她的意料。

就在刚才，如果沈南飞将一只手递到她的面前，对她说一句："你要跟我一起走吗？"

或许，韩懿姿真的会脑子一热，跳上那艘船。

女人从来就不是理性的动物，在情感的高潮时期会做出什么事都不会觉得奇怪。

她刚刚一直都在等着沈南飞的那句话，却迟迟没有等来。

现在她看着黑漆漆的大海，似乎也渐渐地冷静下来。

如果她刚刚真的上了那艘船，会为一时的冲动付出怎样的代价呢？

她差点忘了春州是她的家，她还有家人、朋友和同学，如果就这么不辞而别，不清不楚地上了船，或许会改变她一生的命运。

不知不觉，那艘船已经渐渐远去，而韩懿姿的心也终于平静下来，她转过身去，背对着货轮离开的方向慢慢地走远。

"保重，沈南飞……"

与此同时，在那艘离开了港口的货轮上，沈南飞终于鼓起勇气回头看向了迈头的方向。

可那里已经没有了那个女孩的身影。

大华看出了他心中的焦虑，笑着开口问道："那个女孩，是谁啊？"

沈南飞的表情有些不知所措，但很快就镇定了下来："没什么，只是她刚刚救了我，我们不熟。"

"不熟？"大华狡猾地笑了笑，"不熟，她会以命相搏去救你？小飞啊，这种事你是瞒不过我的，我能看得出来，你喜欢她，而她也喜欢你。"

"别乱说，人家可不是我这种小混混能攀得上的。"沈南飞不敢去看大华的眼睛，害怕心事被人看穿。

大华轻轻拍了拍他的肩膀："如果刚才你让她上船，她肯定会毫不犹豫地跳上来。你没看到她眼神中的那种渴望吗？"

"我什么都没看到！"沈南飞装作一副什么都不知道的样子，把头扭到了一边。

大华摇着头苦笑了一下："看没看到你自己心里知道。你们这代人啊，说难听点是事儿精，说得委婉一点就是矫情。男欢女爱有什么不敢的，大家你情我愿，以后的事以后再说，谁能保证将来就一定不会幸福呢？"

说到这儿，大华忽然话锋一转："不过，你没有挽留她是对的。像我们这种在道上混的人，最好不要蹭那些好姑娘一身脏东西，会让她们也跟着变质的。这艘船到达济州岛需要四十八个小时，你好好休息一下吧，我找人给你看看伤口。"

沈南飞面无表情地点了点头，也没回话。

他最后回头看了一眼那个他曾经生活了二十年的地方，感觉这一走，不知道什么时候能够再回去了。

儿时的回忆此刻如同潮水一般涌进他脑子里，就算一些不好的记忆，此刻似乎也变成了珍贵的回忆。

那条他小时候打闹着长大的胡同。

那个虽然每天挨揍，但还是要回去的家。

还有那些曾经说他"弑父"的小伙伴。

所有的记忆，似乎都随着这艘远去的货轮慢慢地远去，然后牢牢地锁在他的内心深处。

然而没有人能够想到，当他踏上异国土地的那一刻，命运却阴差阳错地将他推向了更残酷的真相，同时也拉开了反击之战的序幕。

"再见了，春州。总有一天，我还会回来的！"

第三十九章

▶ 外来人

"观众朋友早上好，欢迎收看春州市早间新闻。据悉，昨夜春州市东岗迈头与西岗迈头疑似发生大规模帮派斗殴事件，现场血迹斑斑，开山刀、武士刀等管制刀具被随意丢弃。根据夜班值班人员回忆，昨夜两伙不明身份的帮派分子在两个迈头多次持械斗殴，造成多人死伤。目前警方已封锁现场，但尚未有任何人员伤亡报告。"

"哼！想不到春州市还有点有能耐的人。这个小地方，不简单啊。"一个手臂上文着黑色眼镜蛇的男人拿起了电视遥控器，关掉了床前的电视机。

随即，一个腰肢如水蛇一般的女人爬到了文着九头黑蛇的男人的身体上，娇声娇气地说道："你可别小看这小地方，当心怎么翻船的都不知道。这里跟我们没太大关系，所以不要惹太多麻烦。"

说着，女人便在男人的嘴唇上咬了一口，然后骑跨到了他的小腹上："我听说，昨天晚上那个沈南飞离开了春州市，好像是去了韩国的济州岛。"

全身纹着九头黑蛇文身的男人阴冷一笑，开口道："他去哪里都无所谓，他那条命是我们的，我们让他什么时候死，他就得什么时候死。不过，他的命得留到他找到那个东西的时候。"

女人将丰满的胸部紧紧地贴在男人的胸口上，轻轻地转着圈磨蹭着，雪藕般的手臂搂住他那肌肉隆起的脖子，问："那东西，真的存在吗？"

"宁可信其有，不可信其无。我们不能留下任何把柄在别人的手里。"说完，男人右手搭在女人轻轻扭动的细腰上，随即猛然一个翻身，将她压在了身下。

女人满脸媚笑，娇嗔着说道："坏蛋！"

"让我一口吃掉你吧……"

距离沈南飞离开春州市一天后……

韩懿姿窝在她的办公桌前，看着那些为了调查迈头斗殴与沈南飞个人微博实名制事件忙得焦头烂额的同事，一语不发。

其实原本她已经请了一个星期的假，不用来上班，但是在经历了绑架事件之后，她觉得自己应该身处信息最快捷的地方，以便获取更多的信息。

现在她已经不是为了抢什么独家头条了，而是为了搜集更多的证据，帮助沈南飞翻身！

沈南飞欠她两份人情。

可是她也欠沈南飞一条命！

看着眼前来回奔走的同事们，韩懿姿却仍然要装作一副什么都不知道的样子。

直到现在，没有人知道她那天夜里遭遇了绑架，同时也亲身经历了迈头的两起斗殴事件。

她也知道狗爷已经死了，在西岗迈头的一场斗殴中，沈南飞枪击了十几人，重伤二十人！

当然，这个数据，只有她自己知道！

现在只要她想，吐出来任何一条信息，都是独家，足够上头条了。

不管是在电视媒体，还是在网络媒体上。

可是她什么都不能说，为了沈南飞，也为了自己那颗想要挖掘真相的心。

"懿姿大小姐，你不是请假了吗？怎么又来上班了？"一名同事捧着一沓厚厚的资料从她的面前走过，诧异道。

韩懿姿回过神来，露出了一张应付式的笑脸："没什么，我只是觉得在家很无聊，所以过来看看。"

同事满脸羡慕地笑了笑："哎，你可真好啊。要是换了我们，敢请假估计早就被林部长开了！"

韩懿姿笑了笑，没有回话。

这种暗地里讽刺她是"空降兵"的话她听多了。

随即她索性起身，离开了办公室，独自一人来到了电视台大楼的天台上。

今天的天气很好，碧浪晴空，万里无云，轻柔的风拂动着她那头柔软的发丝，让她觉得身体立刻轻松了许多。

她走到天台边，望着下面车水马龙的街道，如蚂蚁一样密集的人群，思绪回到了一天前那同样被人群围堵的夜晚。

很快，沈南飞那张脸又浮现在了她的眼前。

她拿起手里的手机，打开了讯客微博的界面，不自觉地点击了沈南飞的个人微博。

只见微博的转发、评论和点赞数量，已经又疯长了数百万！

这种轰动性的热门效应，实在是令人震惊不已。

"他没有更新微博。"韩懿姿喃喃自语道。

沈南飞曾经在视频里说过，只要他还活着，就会在微博上继续更新后续事件的信息。

而现在，韩懿姿也只能够通过这种渠道，来知道沈南飞是不是还活着。

其实那个人的电话号迈，在他把手机交给她的时候，就已经输入了她自己的手机里。

但是韩懿姿知道，那个电话是不能够轻易拨通的，甚至连备注的名称都是"沈同学"。

他们完全失去了联系，不知道下一次再见面的时候，会在什么地方。

又或许，再也见不到了吧。

就在韩懿姿愣神的时候，林部长的电话打了过来。

只见她身子一颤，随即回过神来，接通了电话："喂，林大哥！嗯，你说什么？好！我现在就过去！"

十分钟后，社会新闻部部长办公室……

"去韩国出差？"韩懿姿简直不敢相信自己的耳朵，不可置信地叫了出来。

林部长被她这样的反应吓了一跳，刚喝到嘴巴里的咖啡差点吐出来，诧异地问道："这么意外干什么？我们每年都会安排实习生去各地进行培训啊。"

韩懿姿觉得自己有些失态了，立刻解释道："哦，不是！我只是没想到这么快！"

林部长笑着点了点头："前阵子我也忙，忘了告诉你，这一点算我失职。"

"那……"韩懿姿将两只手的手指相互在胸前穿插着，"那我可不可以问问，我被派去韩国的哪里学习啊？”

　　林部长想了想，随即拿起了手边的资料简单翻阅了一下，说："哦，因为最近我们台需要开放一些国外旅游类节目，所以你被派去了济州岛。"

　　林部长看韩懿姿一脸复杂的表情，挑了挑眉头说道："有什么问题吗？"

　　"没问题……"韩懿姿回道。

　　韩懿姿没想到自己这么快就被派出去学习了，如果去的话，那这边沈南飞的事情又该怎么办呢？

　　现在韩懿姿心里很乱，不过她仔细想了想，或许出去放松一下，会让她的脑子更清醒一点。

　　林部长听罢笑了笑："其实你去的这个地方啊，学习很简单，就是跟着游览观光一下，边看边学，吸收经验，属于一份美差。你爸妈特地嘱托我，不希望你太累。"

　　"我知道了，谢谢林大哥。"

　　根据林部长的安排，韩懿姿明天一早将会乘坐最早的航班，直飞济州岛。

　　距离沈南飞离开春州市两天后……

　　远远地，一座被"柱状节理带"〔注：柱状节理指的是出现于玄武岩质熔岩里的垂直节理，大部分是多角形（一般为五角形或六角形）。它是岩浆从火山口喷出，流入西归浦沿岸，遇海水急速冷却，发生收缩作用的结果。〕环绕的火山岛，便进入了沈南飞的视线之中。

　　沈南飞换了一身干净的牛仔服，站在货轮的甲板上，远远地望着那座远近闻名的火山岛。

　　现在正值旅游旺季，许多游客纷纷赶在这个时候来这里体验与众不同的海岛之地。

　　一片片金黄色的油菜花海出现在沈南飞的视线里，让他不知不觉被那道美丽的风景线所吸引，两天来一直紧绷的心也渐渐放松了下来。

　　在这两天的时间里，他们偷渡的生活简直可以用惊心动魄来形容。

　　数次差一点被海警发现了破绽，如果不是大华哥反应快，把事情应付了过去，恐怕现在沈南飞已经被遣返回去了。

这时大华也从船舱里钻了出来，站在沈南飞的身边，看着不远处的济州岛说道："前面就要到了，我们会从另一个偏僻的小迈头登陆，避开旅游的人群。"

"我要住的地方是哪里？"沈南飞问道。

"是岛上的一个海边小村，那里平时很少有游客进入，都是当地人在那里生活，没见过什么世面，又很少有人了解国外的事情，所以没有人认识你。说白了，那里就像是一个与世隔绝的世外桃源，你可以安心地在那里待上一段时间，想想接下来该怎么做。"

沈南飞点了点头，静静地望着那座他即将展开新生活的小岛。

第四十章

▶海边人家

二十分钟后，沈南飞终于踏上了这座小岛上一处简陋隐蔽的迈头，踩在了异国的土地上。

沈南飞从来没有想过，自己有一天竟然会离开故乡，而且还是挂着奸杀案嫌犯的牌子逃亡海外。

人生，简直就是一场没有剧本的演出，所有的一切都是现场直播，没有后悔的余地。

沈南飞跟着大华哥登上迈头之后，很快就看到不远处有一些妇女蹲在礁石凸起的海岸边上整理捕鱼工具。

像这种海边小村，人们大都是靠着捕鱼为生的，所以基本上每家每户都是渔民。

沈南飞还注意到，在远处的海岸边，一些年纪看上去已经六十多岁的老奶奶，穿着黑色的紧身潜水衣，身后背着一个大竹篓，头上戴着潜水镜，三三两两地走向了海水的深处，直到她们的身影彻底消失在海面上。

沈南飞对此感到诧异，这些已经步入花甲之年的老人家为什么放着好好的日子不过，偏要潜入冰冷的海水里呢？

难道这里的人都喜欢潜水吗？

"她们，在做什么？"沈南飞终于忍不住心中的好奇，眼睛望着远处的海岸边，心不在焉地对大华哥问了一句。

大华转头顺着沈南飞的视线看了过去，微微皱了皱眉头，淡淡地说道："那些人应该就是海女了。"

"海女？"沈南飞似乎对这个名字很是陌生。

大华哥尴尬地笑了笑，说道："其实我也不是很明白，好像是一种古老的职业。

这里的人把那些不借助任何特别装备只身下海捞龙虾、扇贝或是海胆等海产品的女人，都叫作海女。"

沈南飞听罢不禁眉毛微微一挑："不借助任何的特别装备？她们的年纪看上去都不小了。"

"所以并不是什么人都能够当海女的。再往前走一点就到了，我们走快点吧。"大华哥说道。

然而，沈南飞的视线却一直没有从那些海女下海的海面上移开。

片刻后，果然有一个年过花甲的海女从水下钻了出来。她高高地举起了双手，那戴着丝线手套的手握着两颗手掌大小的海胆，被海水浸湿的脸上洋溢着开心幸福的微笑。

看到这一幕，沈南飞的心微微一动。

当然，让他心动的并不是那两颗手掌大的海胆，而是那个老人脸上洋溢着的幸福微笑。

他在春州市生活了这么多年，已经很久没有见过有人那样笑过了。

那是一种满足现有生活，享受现有生活的爽朗笑容。

这一刻，沈南飞忽然觉得，生活在这个地方的人，似乎都很单纯快乐。

不知不觉，沈南飞已经离迈头越来越远，进入到了这个他即将展开新生活的海边小村。

之前他以为这里就像那些穷乡僻壤的小村庄一样，要什么没什么，能看到的地方都是一些黄土坡和简陋的民房。

然而事实却是相反的。从进入村口开始，一片片整齐排列的民房随着地势从低到高，一直向上延伸，其间可以见到许多挂着招牌的小店，又或是浴室、诊所。

沈南飞虽然看不懂那些奇怪的韩国文字，但是感觉这里跟春州的村镇差不多。

几条小路穿插其间，将这些房屋分割成了几条街道，向着四面八方盘旋延伸，呈现出一种阶梯形，直到通向村外的公路。

很快，沈南飞便跟着大华哥来到了一家水产批发商铺的门前。

而这时，店铺门口有一名身材稍显肥硕的男子，赤裸着背脊，仅穿一条肥大的帆布背带裤，脚下踩着双黑色的雨靴，正弯腰用一根铁钩子钩住一箱海产，使劲儿往店铺里面拉。

"韩哥！"大华哥对着正忙活的肥硕男子叫了一声。

男子身子一顿，起身转头看了过来。

下一刻，他原本有些僵硬的脸上慢慢地出现了细微的变化："大华？是你吗？"

华哥笑着点了点头："是我，韩哥。"

"哈哈哈！真的是你啊！"韩哥干脆放下了手里的铁钩子，也不管身后的那箱水产，张开双臂径直向着华哥走了过来。

两人热情拥抱，像所有久别重逢的老友一样。

"你小子！我都多少年没看到你了，样子变了！"韩哥用力拍着华哥的后背说道。

华哥的脸上也满是旧友重聚的兴奋，笑道："你的变化更大，几年没见，你怎么胖成这个样子了！"

"哎，你若是也来这个地方生活几年，你也会胖的！心宽体胖嘛！哈哈哈！"韩哥爽朗的笑声如雷声般响亮，震得沈南飞的耳膜都感觉到有一点刺痛。

随即韩哥将目光落在了沈南飞的身上，细细打量了几眼，对华哥问道："这位小兄弟，怎么称呼？"

沈南飞愣了一下，连忙回道："我叫沈南飞，您叫我小飞就好了。"

"韩哥，他就是老大之前说过的那个人，这段时间就麻烦你照顾了。"华哥说道。

韩哥会心地点了点头："我明白，放心吧，我们这个地方很少有外人来，绝对安全。"

虽然韩哥看上去像是一个平庸的渔夫，但能够跟黑老大有关系的，自然不会是什么小角色。

不过令沈南飞感到意外的是，这个韩哥竟然是个中国人。起初他还以为自己来到的这个地方，会连半个中国人的影子都看不到，都是本地人呢！

直到晚上，坐在饭桌前的时候，沈南飞才对这个韩哥多了一点了解。

韩哥原名"韩振龙"，是十二年前曾与黑老大一同奋斗的兄弟，后来因为一些事情退出了江湖，只身一人来到了这座海边小村，过上了与世无争的日子。

令沈南飞对他刮目相看的是他在饭桌旁感慨的一句话："江湖这东西，进去容易，出来可就太难了。一旦出来，就绝对不会再走回头路。"

韩哥也没想到自己会在这个地方定居下来，而且遇到了自己的真爱。

也许正应了那句话："冥冥之中，总有一个人在另一个地方等着我们，只是我们没有勇气踏出那一步去寻找。"

韩哥的妻子是一名土生土长的韩国女人，中文说得不太利索，基本上搭不上什么话，只是在一旁忙着招待，看上去就是那种安心在家相夫教子，做贤内助的家庭妇女。

晚饭过半，韩哥与华哥畅谈甚欢，而一向不太擅长应付这种热闹的沈南飞就边自斟自饮，边听他们口中描述的那些过去的传奇故事。

就在这时，店铺外面的门打开了，一个穿着黑色夹克，戴着黑色鸭舌帽，身后背着一个双肩牛仔背包，个子高挑的家伙走了进来。

他连眼皮都不抬，径直穿过沈南飞他们的饭桌，朝着里面的起居室走过去。

沈南飞有注意到这个家伙，他看上去似乎年纪不大，应该还是个学生，但帽子遮住了他的脸，看不到他的容貌。

可是沈南飞很快就发现，这个家伙白皙的右手上有着几道擦伤，手指外关节处也有青紫色的伤痕，似乎是跟人刚打过架。

看到他进来之后一声不吭就往里面走，韩哥那张稍显肥硕的圆脸便立刻沉了下来。

"站住。"韩哥用很有济州岛方言味道的韩语说道。

那人突然顿住脚步，却连头也不转一下，就静静地站在那里。

韩哥脸色阴晴不定，继续用韩语冷声说道："没看到家里来了客人吗？怎么不打声招呼！"

沈南飞和华哥虽然听不懂他们说什么，但是彼此交换了一下眼色，基本上也猜到了七七八八。

只见那人沉默了片刻，然后不情愿地转过身，对着坐在饭桌上的沈南飞和华哥点了点头，用韩语低沉地说了一句"你好"，便走向了里面的起居室。

华哥看着他离去的背影，在心里升起一种异样的感觉，而这种感觉，沈南飞也有。

他究竟是谁？

随即华哥首先开口，打破了尴尬的气氛："韩哥，我不知道你儿子都这么大了。"

韩哥从鼻孔喘了声粗气，脸上也带着些许无奈："是我的女儿。"

华哥听罢脸上的神色窒了一下："女儿？"

沈南飞也表示完全没有看出来，那竟然是一个女孩儿。

"是十年前，我从福利院领养回来的孩子。"

这消息倒是让沈南飞和华哥都感到十分震惊。

"领养的孩子？"华哥不知道韩哥离开春州市之后到底经历了什么，"你为什么要领养孩子？"

这个问题似乎戳到了韩哥的痛处。

随即他重重叹了一口气，仰头将一杯米酒饮尽："或许是我上辈子坏事做得太多了，老天爷不给我孩子，只好领养了一个。也许是我教导无方吧，这孩子长大之后脾气越来越怪，一个女孩子像个男孩子似的整天在外面跟人打架，问她为什么她也不说，就跟个闷葫芦似的！唉，一言难尽！"

看到韩哥这苦恼的样子，沈南飞和华哥交换了一下眼色，没有再追问下去。

华哥在这里住了一夜，第二天天没亮就离开了。

而从这一天起，沈南飞便开始了在海边小村的隐居生活。

与此同时，热门微博上的女主播遭奸杀事件，也在暗流涌动……

第四十一章

▶ 阴影随行

或许是不习惯这里潮湿的气候，沈南飞这一整夜基本上没怎么睡。

他掏出手机，看着没有任何网络信号的屏幕，很想点开讯客微博看一看，里面是不是又多了许多关于自己的热门话题。

自从离开了本国海域之后，沈南飞的手机就再也没有收到过任何网络信号了，他不知道在这短短的几天里，会不会又有什么神转折在网络上被爆出来。

可是他只能够盯着手机发呆，脑袋里凭空想象着那些愤怒的网友在他的私人微博账号下面发表着充满恶意的评论。

他知道自己现在一定已经处在舆论旋涡的中心了。

当天微微亮的时候，沈南飞便走出了他居住的这家水产店铺。他双手抄在牛仔服口袋里，独自一人孤零零地行走在海边徐徐吹来的冷风中。

来到这里之后，沈南飞忽然发现原来海边渔村也可以欣赏到最美的日出。

橙红色的太阳从海平面上冉冉升起，将海水映成了一片红色。

而在礁石凸起的海岸边上，那些勤劳的海女又开始了新一天的工作，扭动身体钻进了冰冷的海水。

每当沈南飞看到这一幕，心里都会觉得，那些海女似乎很享受这样的工作，每天都能够投入大海的怀抱。

对于这里的人来说，大海就是养育他们的母亲，每一个人对大海都怀有深深的敬意。

沈南飞一边走着，脑子里一边思考着自己接下来该如何应对热门微博的事情，不知不觉，已经踩在了一片黄沙海滩上。

他低头看了看被海浪打湿的鞋子，冰凉的感觉很快就传遍了他的脚掌。

他索性俯身将鞋子脱掉，赤着脚踩在松软冰凉的沙滩上，似乎想要借着这种冰凉，让自己的脑子转得更快一点。

可是当他再次抬起头的时候，突然间注意到，在前方不远处伫立着一座白色的灯塔。

而在那灯塔红色的塔顶上面，有着一个小小的黑影，似乎是有一个人站在上面，眺望着远方海平面。

那个人仿佛想要穿越无尽的海洋，看到世界的另一头。

沈南飞皱了皱眉头，感觉那个身影有些熟悉，便踩着沙砾，迎着海风，向着那座灯塔走了过去。

当他站在塔下的时候，便看到了昨天晚上那身男孩儿装扮、手上和脸上都带着一点伤痕的女孩儿。

女孩儿的脑子里似乎在想着什么，完全没有注意到沈南飞的存在。

沈南飞就这样站在塔下，仰着头静静地看着这个年纪似乎比自己小一点，但脸上带着与实际年龄不符的深沉和冷静的女孩儿。

片刻后，女孩儿似乎是察觉到了有人在盯着她，于是便低头朝沈南飞看了过来。

韩哥说过，他的女儿脾气古怪，比如现在她对待沈南飞的态度。

在注意到沈南飞那令人不自在的目光之后，女孩儿便脸色一沉，转身走进了灯塔。

没过多久，她就从灯塔下面的出口走了出来，压低了头上的帽子，与沈南飞擦肩而过。

"你叫什么名字？"沈南飞在女孩儿经过的瞬间开口问道。

女孩儿的脚步停顿了一下，似乎是没有听懂他说什么，随即一句话也不回继续朝前走。

"我知道你听得懂中文！我有件事想找你帮忙！"沈南飞转头对着女孩儿的背影说道。

女孩儿再次停下脚步，这一次却将头慢慢地转了过来，用余光瞄着身后的沈南飞，但仍旧一语不发。

沈南飞见她停了下来，便快步走到了她的面前。

女孩儿的视线从沈南飞的脚下慢慢地向上移动，很快就注意到了他那张颜值丝毫不逊色于韩国偶像的脸。

而沈南飞也注意到，这个女孩儿其实长得很不错，但不知道为什么似乎一直在刻意地掩饰自己，就像明明是一颗很闪亮的星星，却偏偏要躲藏在残缺的乌云背后。

女孩儿那双清澈却锐利的眼睛充满警惕性地盯着沈南飞，似乎在等待着他接下来要说的话。

沈南飞领会了她的意思，微笑着开口道："我是你爸爸的朋友，这段时间可能要打扰你们一家人了。可以告诉我你的名字吗？"

"有话快说。"女孩儿似乎并不想让沈南飞知道自己的名字，强硬地拒绝了他的问题。

沈南飞愣了一下，没想到这个女孩儿的性子比自己最叛逆的时候还要刚烈。他隐约从她的身上看到了一点自己的影子。

"你每天上学的地方，离市区近吗？"沈南飞说道。

女孩抬起头看着沈南飞的眼睛，用流利的中文说道："说重点。"

沈南飞仿佛又被人当头打了一棒，他还是第一次遇到性格如此叛逆的女孩儿。

随即他意识到，对于这样的女孩儿，所有的客套话都可以省略。于是，他恢复了自己的本色，干脆利落地问道："我的手机是国外的号迈，在这里怎样才能上网？"

"你可以租一个随身Wi-Fi，一天二十块！"女孩儿一边说着，一边向沈南飞摊开了自己的手掌。

沈南飞盯着那不知是长期练拳还是握剑而长着一层茧子的手掌，微微愣了一下。

他无法想象，一个花样年纪的女孩儿，为什么会有这样双茧子和伤痕比男人还多的手。

随后沈南飞从兜里掏出了自己的钱包，从里面抽出一张百元钞票放在了她的掌心上。

"这是什么？"女孩儿看了一眼手上的钱问道。

沈南飞立刻意识到，这里是韩国，而他递给女孩儿的却是一张人民币。

"我身上没有韩元，如果你上学顺路的话，可以去银行帮我换一点吗？"

女孩儿冷眼在沈南飞的脸上打量了一下，随即将钱攥在手心里，把手抄进衣兜，从他身边大步走开。

就连沈南飞这样的狠角色也不得不承认，她真是一个很有个性的女孩儿，是绝不多见的一种异类。

在女孩儿离开的时候，沈南飞转身看到了她背后牛仔书包上的名牌，上面写着三个韩文字，也不知道是不是她的名字。

他掏出手机将她书包上的名牌拍了下来，顺手用手机里的截图翻译软件翻译了一下。

"韩东珠？今年怎么碰到这么多姓韩的……"沈南飞摇头苦笑了一下，脑子里又想到了某个韩姓的女孩儿。

而与此同时，这个韩姓女孩儿已经坐在了飞往济州岛的飞机上。

韩懿姿透过云层，看着飞机下面一片蔚蓝的海洋，忽然有了一种心慌的感觉。

自从上一次经历了迈头暴力事件之后，韩懿姿的脑子里经常会出现沈南飞的影子。

而随着沈南飞实名认证的微博发布，最近网上对于他的不利言论又开始多了起来。

一时间，沈南飞已经成为社会舆论的焦点！

而作为热点事件主角的他，本身就具有了很多代表性，再加上一些社会生活的共通点，也激发了一些平民老百姓为他打抱不平的情绪。

许多生活在社会底层、每天活在无奈和抱怨中的网民，将被诬陷的沈南飞幻想成在现实生活中被同事或朋友陷害的自己，所以网络上的情绪点爆发得更加强烈。

虽然支持沈南飞的声音渐渐多了，但是由于社会舆论反响很不好，所以导致沈南飞实名认证的出现，也让网络这个"泄愤池"的名号越发响亮，为一些热门社交软件带来了许多麻烦。

而相关的部门对软件公司施压，要求其降低话题热度，可是那些愤怒的网民并不是傻子，他们很快就发现有人对沈南飞的微博动了手脚，于是便大造势头，开始将矛头指向了相关部门。

一时间，一场热门微博上的刑事案件，却变成了影响国家网络安全的引子。

这已经不仅仅是沈南飞与幕后黑手的较量，同时也演变成了一场网络战争！

"小姐，小姐？"正当韩懿姿沉浸在对网络世界的思考中时，身边忽然传来了一个陌生男人的声音。

她转头看过去，发现身边坐着的那名穿着白色衬衫、身形健硕的男子，正在望着她。

"有事吗？"韩懿姿问道。

男子指了指自己腰间的安全带："飞机快要降落了，为了您的安全着想，请把这个系上。"

"哦，谢谢！"韩懿姿连忙道谢，然后将安全带扣紧。

男子笑了笑，伸出右手将放在一旁的西装外套拿了起来。

就在他伸手的一瞬间，韩懿姿无意中看到这个男人那高高挽起的袖管下面，露出了一片文得很精致的黑蛇文身……

第四十二章

▶ 少女的秘密

沈南飞用了一天的时间来了解他所生活的这个地方。

这个海边小村坐落在济州岛的西南角，距离最繁华的市区需要三十分钟的车程。

如果要去韩国境内其他城市的话，那可就要远很多。搭乘飞机比较方便，坐船也可以，只是会相对浪费很多时间。

这个村子一共有两百多户人家，说大不大说小不小，因为距离旅游区稍远一些，所以物流方面不是很便利。

好在这里海产丰富，村民们大都可以自给自足，算是解决了物流不方便的问题。

这一天里沈南飞又跟着韩哥简单地逛了一下村子，经过他的一番观察，发现这里民风淳朴，村里人比城市里的人要腼腆许多，或许是因为他们与外界接触太少，没见过太多世面的原因。

原本沈南飞并不想跟太多的人接触，可是韩哥说这村子就这么大，多了一个人是瞒不住的，第二天就都知道了，所以也没有必要藏着掖着。

其实相比春州市，沈南飞倒是更喜欢这里。

起迈这里远离了市区的喧闹，每天可以看到大海，吃到最新鲜的海产，感受最明媚的阳光，享受最清新的空气。也不用花太多的心思去想着怎么与别人交流，听懂别人的暗语。这让他有一种全身心放松，返璞归真的感觉。

如果可以，在这种地方住一辈子，他也是愿意的。

沈南飞已经开始能够体会，为什么韩哥会选择在这里定居了。

一天的时间很快就过去了，到了傍晚的时候，沈南飞用过晚饭就坐在门口眺望着远方斜阳，同时也在等待韩东珠那个叛逆的少女。

听韩哥说他的女儿自从进入叛逆期以来，就没有跟他们在一个饭桌上吃过饭，每次都是回来后她妈把饭送进她的房间里才肯吃。

听到这些，沈南飞又在她的身上看到了一点自己过去的影子。

其实她是有些自卑，对人没有安全感，所以才会表现出这种强烈的性格反差。

几年前沈南飞还有家的时候，为了躲避令他讨厌的酗酒父亲，他也是选择用这样的方式来过自己的生活。

但这样做的结果可想而知，就是与家人越来越疏远，最终酿成了他童年的惨剧。

沈南飞并不想看到同样的事情再次发生在韩哥的家庭中。

直到夜里七点钟，韩东珠的身影才终于出现在不远处的一条坡道上。

她依旧是昨天那身装扮，黑色夹克，黑色鸭舌帽，还有一条黑色的牛仔裤，看上去根本就是个假小子。

看到陌生的身影出现在坡道下面，韩东珠立刻放慢了脚步，下意识地用手压低了头上的帽檐，以此来隐藏自己紧张的情绪和心里的警惕。

"比昨天晚了二十分钟。"沈南飞靠在一根贴着韩文小广告的电线杆下，吸着烟卷说道。

韩东珠的身子微微一颤，看向在头顶灯光照耀下一脸阴影的沈南飞："是你？"

沈南飞用手指夹起烟卷，吐出了一口烟："别多想，我只是不想在房间里吸烟，所以才出来的，不是专门为了等你。"

韩东珠目光一闪，眼神看上去有些复杂，之后扭过头向着家的方向走去，刻意避开了沈南飞的视线。

沈南飞笑了一下，伸手拦住了韩东珠的去路，然后翻开了掌心："我的随身 Wi-Fi 呢？"

韩东珠眼珠一转，昏暗的灯光下也能看出她的脸色有些不自然的变化："我忘了，明天吧。"

说完，她便要继续往前走。

"哦。"沈南飞也没有多说什么，抬起了手臂，将韩东珠放了过去，然后跟在她的身后。

虽然这段回家的路并不远，但是沈南飞感觉这个女孩儿的脚步越来越慢，似乎很不想回家。

而且，他注意到韩东珠一直在偷偷转头用余光往身后瞄，一副很没有安全感的样子。

回到家后，她就像昨天那样，一个人钻进房间里，再也没有出来过。

沈南飞通过对韩东珠的观察发现，她的心里似乎隐藏着什么不为人知的秘密，就算是她的家人也不能告诉。

沈南飞想要接通手机网络的目的没能达成，心里也有一些小小的失落。

他似乎也渐渐体会到了手机网络就如同生命的那种感觉。

当然，他的情况是个个例。

因为对于他来说，没有了手机网络，就真的没命了！

可是直到第二天晚上，韩东珠又以"随身Wi-Fi租完了"这种理由搪塞沈南飞。

虽然沈南飞并没有表露出什么负面情绪，但是他已经看出来，韩东珠在撒谎。

其实第一次的时候他就已经感觉到了，只是还想要进一步确认自己的想法是否正确。

韩东珠没有租到Wi-Fi，也没提还钱的事，这更让沈南飞起了疑心。

了解国内的网络是沈南飞必须做的事，他已经没有太多时间再耽搁下去了。

于是，第三天的时候，沈南飞决定去一探韩东珠的秘密。

这一天早上六点钟，沈南飞在韩东珠离家去上学之后，就一直悄悄地跟在她的身后。

据他了解，市区里学生上学时间是八点钟，除去四十几分钟的车程，她多出了一个多小时的时间。

而这段时间，她都在做什么？

沈南飞一路跟随着韩东珠走到了村子外面的公交站台，跟她坐上了同一辆公交车。

而乘车卡还是他以"去附近看看"的理由跟韩哥借的。

可是下了公交车以后，韩东珠并没有去什么所谓的学校，而是去了另一个地方。

就这样跟着韩东珠走了十分钟后，沈南飞看到她走进了一家似乎是跆拳道馆的地方。

那块红色的招牌上贴着两个简陋的人物抬腿对脚的模型，漆成金黄色，模型旁边还缠绕着一圈小小的灯泡串。

门面看上去也很不入流，两扇简易的木头门框被分成几个格子，每个格子上面都镶着几块磨砂玻璃窗，看上去有些脏兮兮的。

沈南飞盯着这家拳馆打量了许久，才终于决定走进去一看究竟。

刚走到门口，他就听到里面传来学员练拳时的呼喝声和击打沙袋的闷响。

他躲在门口一个隐蔽的角落里向里面观望，见到一些年纪看上去不过十几岁或者二十几岁的年轻人在里面刻苦练拳。

拳馆似乎经费紧张，里面的沙袋、格斗绳之类的道具看上去都比较老旧。

因为沈南飞之前也在拳馆里打过工，并且学习过，所以对这些东西并不陌生。

而且他很轻易地就判断出，这里不是一家跆拳道馆，而是一家自由搏击拳馆！

因为有些训练器材，是只有进行自由搏击这项运动时才会用上。

忽然间，沈南飞听到一阵清脆的呼喝声从拳馆里传出来。

他的视线随着声音的方向看过去，很快就发现在一个地板老旧的擂台上，全身没有佩戴任何护具的韩东珠，正凶猛地朝着拿着手靶的教练出拳。

当沈南飞看到韩东珠用小小的身体击出极具爆发力的拳头时，不禁被这一幕动容。

站在擂台上的这个少女，跟平时他看到的那副死气沉沉的样子简直判若两人！

她的每一次挥拳，似乎都带着深深的怨恨，她将手靶想象成了自己最想要消灭的敌人！

她的眼神如同饿狼，在那一瞬间，就连沈南飞，都不禁起了一身的鸡皮疙瘩。

她到底是一个什么样的女孩儿，经历了什么样可怕的事情，挥动的拳头才会有如此之大的仇恨力量呢？

沈南飞一直躲在角落看了足足有一个小时的时间，就像是在看一部精彩的动作片。

而在这一个小时里，他看到了沈东珠身上那股坚忍不拔的毅力，和其他女孩子身上所没有的坚强。

　　大概过了三个小时的时间，已经到了中午，韩东珠才经过一番梳洗，换上了平时的衣服，从拳馆里走了出来。

　　沈南飞靠在拳馆门口附近的巷子里，看到韩东珠走了出来，便继续开始他的跟踪。

　　经过今天沈南飞才明白，原来韩东珠背着韩哥，上午来拳馆练拳，下午才去学校上课。

　　而似乎她在学校里也是一个异类，老师和同学都不太喜欢她，以至于连她去没去学校都没有注意到。

　　说真的，虽然这样说有点妄下断言，但这个女孩儿在许多人眼里就是这样一个被遗弃的、可有可无的存在。

　　可是沈南飞注意到，韩东珠离开拳馆和学校之后，身上并没有增添什么新的伤痕。

　　但为什么她每天回家之后，身上都多了一些新伤呢？

　　这一切，直到韩东珠放学离开学校之后，才露出了真相。

第四十三章

▶ "打女" 韩东珠

当韩东珠走出校门的时候，沈南飞看了看手表，已经是六点整了。

沈南飞本以为她会直接回家的，可是跟了一段时间之后，发现她去的根本就不是车站的方向。

大概十分钟后，沈南飞跟着韩东珠一路来到了一处废弃的食品加工厂的厂区里。

这里似乎是很久都没有人来打理了，遍地都是枯黄的野草。

厂区里面有一栋破旧的厂房，门口堆放着许多废弃的货厢。

沈南飞打量了一下这家废工厂，心中不禁起疑，韩东珠一个女孩子来到这个地方干什么？

接着他便看到韩东珠站在门口四处张望了一下，然后走进了那栋破旧的工厂。

沈南飞眼神警惕地环视了一下四周，随即便小心翼翼地靠近了工厂的门口。

可是很快他便发现，大门从里面被紧紧地锁死了，于是他绕到侧面，爬到一道矮墙上向里面张望。

透过厂房脏兮兮的玻璃，他隐约看到里面似乎有很多人。

那些人聚成了一个圈，将几个人围在中间。

而在中间的那些人里，沈南飞很轻易地就认出了身材相对娇小的韩东珠。

"他们在干什么？抽签吗？"沈南飞注意到那几个人从一个似乎是负责人的手里抽出了什么东西。

看到这一幕，沈南飞的脑海里立刻联想到的就是地下黑拳！

在国内，沈南飞就听说过有这样的赌博活动，可是没想到在韩国一样也存在。

而且竟然还让韩东珠这样的未成年少女参加，实在是泯灭人性！

韩哥虽然没有告诉过沈南飞太多关于他女儿的事，但是据沈南飞所知，韩东珠还是一个高二的学生。所以她的年纪大概也就十六七岁，比沈南飞小上几岁。

忽然间，从工厂里面的人群中传来了一阵欢呼声。

沈南飞定睛一看，比赛似乎已经开始了。

而当他看到第一个站在人群中心那孤零零的娇小身影时，眼睛却慢慢地红了，右手也紧紧地握成了拳头。

一个花季少女，为什么要选择这样一条路呢？

沈南飞心中不禁再次起了这样的疑问。

而这场比赛，简直可以用残忍来形容。

韩东珠的对手是一名年纪看上去二十岁左右的黄头发男子。沈南飞大致可以看出他壮硕的身形与韩东珠形成鲜明的对比，实力差距也很明显。

但令沈南飞感到意外的是，韩东珠似乎也很明白自己处于劣势，所以一直没有跟对手硬拼，可还是挨了重重的几拳，被打翻在地。

要知道，在地下黑拳的世界里没有规则！

只要你能打倒对手，用什么方法都可以！

突然间，那名黄头发男子被韩东珠的突然一拳打得鼻子流血。他似乎被惹急了，于是对韩东珠展开了疯狂的攻击。

这一刻，沈南飞甚至有一种想要冲进去狠狠教训那家伙一顿的冲动。

可是在他隐约间注意到韩东珠的眼神之后，控制住了自己心中愤怒的情绪。

虽然透过布满脏污的窗户看得很模糊，但是沈南飞依然能够感受到韩东珠在狂风暴雨般的拳击下那坚毅的眼神。

她就像是在等待机会一口咬断猎物脖子的小野狼，在等待着进攻的最佳时机！

她举起双臂挡住自己的脸，防御着如石头般坚硬的拳头，眼睛却一直死死地盯着黄头发男子。

突然间，她的眼睛一亮，似乎是看到了什么千载难逢的机会，在对手下一拳将要落下的同时，迅速举起右拳向着对手的喉咙击打过去！

对手忽然露出满脸震惊的表情，眼神看上去也有些呆滞，左手捂住了喉咙，身体跟跄地向后退去。

只见韩东珠如同蓄势待发的野狼，迅速向对手扑了过去将他按倒，随即双手紧握他的左臂，双腿夹住了他的脑袋，来了一个巴西柔术中漂亮的十字固。

　　这基本就等于宣布了这场比赛的结束。

　　喉咙受到重击的黄头发男子根本没有了还手的力气，直到被韩东珠的十字固弄得不得不手拍地面放弃比赛。

　　结束比赛之后，韩东珠似乎是从那负责人手里领了钱，之后才拖着疲惫伤痛的身体离开了废旧工厂。

　　打完比赛已经是傍晚六点三十分了。

　　韩东珠一边按着自己身上左侧的肋骨，一边往回家方向的公交站台走。

　　她一个人坐在长长的椅子上，摘掉了头上那顶黑色的鸭舌帽，慢慢地呼出了一口气，似乎也将心里的压力都吐了出来。

　　就在这时，一个身影将她右边车站广告牌里射出的光线挡住，然后坐在了她的身边。

　　接着，一股淡淡的烟草味便飘了过来。

　　韩东珠本能地向右转头看了过去，随即便震惊地瞪圆了眼睛，不可置信地看着坐在身边的这个男人。

　　"怎么是你？"

　　"你见到我的开场白，就不能换一个吗？是你？怎么还是你？就只有这两句？"沈南飞双手抄在牛仔服口袋里，对韩懿姿露出了一个神秘的微笑。

　　看到沈南飞突然出现，韩东珠的表情看上去有些慌乱，她立刻把头转了过去，不去直视他的眼睛。

　　"你怎么会在这里？"韩东珠双眼盯着地面说道。

　　沈南飞的眼睛向她白皙的脖子上一瞥，看到了一道新增添的伤痕，道："我现在终于知道，为什么你每天身上都会有新伤了。"

　　韩东珠立刻转头满脸警惕地盯着沈南飞："你都知道什么？"

　　沈南飞只是淡淡地笑了笑："有些事情你知我知就好，不要说出来了。"

　　韩东珠的眼神看上去更慌了，说到底，她还只是一个正值青春期的叛逆女孩子。

　　"放心，这件事我不会对你爸爸说的。"

"他不是我爸爸！"韩东珠表情坚决地说道。

沈南飞迟疑了一下，从韩东珠的眼睛里仿佛看到了一幅熟悉的画面。

"他不是我爸爸！他只是一个酒鬼！"

那一年，沈南飞也是对自己的母亲这样说的。

想到这儿，沈南飞便露出了谜一般的微笑。

或许连他自己也不清楚，为什么他的脸上会露出这种笑容来。

"为什么这么说？"沈南飞明知故问。

韩东珠静静地打量着沈南飞的那张脸，将头又慢慢地转了回去："我的事情，你不需要知道太多。"

"好，你不说，我也不多问。那现在我们该说正事了，我的随身Wi-Fi呢？"

韩东珠表情一滞，眼睛不自然地向着沈南飞瞟了一眼："我忘记了。"

沈南飞早猜到她会这么说，道："你不是忘了，而是把我的钱，拿去交拳馆的学费了吧。"

这句话一说出口，韩东珠两只垂在椅子上的手便紧紧地握成了拳头。她慢慢低下了头，看上去似乎有些紧张。

韩东珠跟过去的沈南飞很像，所以他知道该怎样对付这样的人。

好话他们是听不进去的，只能来硬的！

"这可怎么办？我的钱不能白花，你打算什么时候给我弄到随身Wi-Fi？还是，我去告诉你父亲，你上午逃课去拳馆，放学打黑拳的事情？"

"不可以告诉他！绝对不行！"韩东珠激动的样子就像是正在做坏事的小孩被人撞破了，心里有些害怕，表面却还要硬撑。

沈南飞阴谋得逞般地笑了笑："哦？那好啊，如果想要堵住我的嘴，也不是没有办法。"

"你想要我做什么？"

"很简单！当我的助手和翻译，这样我不仅会守住你的秘密，而且还会掏钱给你交学费，你就不用再去打黑拳了，怎么样？"

韩东珠警惕地打量起了沈南飞，眼睛转了转，思考了许久，问："助手和翻译？具体要做些什么？"

沈南飞淡淡一笑："其实也没什么，韩国的语言和文字我不懂，许多东西也不会弄，你只要在我需要你的时候，按照我的要求做就行了。"

"可我不是什么都做的。"说着，韩东珠便下意识地夹紧了一下自己的双腿。

沈南飞向下睃了一眼，道："你放心，我虽然不是什么好人，可也不至于猥亵未成年少女。"

韩东珠沉默了许久，眼睛不停地在沈南飞身上打量，似乎在考虑到底要不要相信眼前的这个男人。

"想好了吗？机会只有一次，如果你这次拒绝了，就没有下次了。"

"好，我同意。不过我希望你说到做到！而且也别再打听我的事！"韩东珠一脸认真地说道。

沈南飞淡淡一笑："好，就这么说定了。"

说着，沈南飞对韩东珠伸出了一根小手指。

韩东珠朝着他的手指瞥了一眼："这是做什么？"

"一般跟别人约定一个秘密的时候，难道不应该象征性地勾一下小指吗？"沈南飞说道。

韩东珠满脸嫌弃地瞪了沈南飞一眼："幼稚！"

不过，她还是伸出了小手指，在沈南飞的手指上勾了一下。

第四十四章

▶ 网络 VPN

当天晚上，韩哥对于沈南飞和女儿一起回到家里感到有些意外。

好在沈南飞编造了一些理由就这么搪塞过去了。

第二天是周末，韩哥跟附近的渔民们要出海去捕鱼，而韩嫂也要到市区里去采购日常用品，所以家里就只剩下了韩东珠和沈南飞两个人。

没有了"外人"在，韩东珠似乎显得自在多了，当沈南飞起床的时候，她已经坐在店铺里面吃早餐了。

"早。"沈南飞刚刚洗过脸，一边用毛巾擦掉脸上的水，一边坐在了餐桌前。

韩东珠看到沈南飞坐了过来，捧起饭碗就要离开。

"见到鬼了吗？坐下。"沈南飞淡淡地说道。

只见韩东珠皱了皱眉头，似乎是有所顾忌自己的秘密会被泄露出去，便有些不情愿地坐回到了椅子上。

"你这样每天都不在饭桌上吃饭，难道你爸妈不会难过吗？你有没有考虑过他们的感受？"沈南飞说道。

韩东珠夹起一块泡菜塞进嘴里："吃饭的时候不要说话。"

沈南飞无奈地笑了笑："身在福中不知福，一会儿你跟我去趟租赁商店。"

"去那做什么？"

"难道你忘了要帮我租随身 Wi-Fi 吗？"

韩东珠抿了抿嘴唇，没再多说什么。

沈南飞盯着没有任何装扮、披着头发坐在桌旁吃饭的韩东珠，忽然发现，其实她是一个很标致的女孩儿。五官精致，皮肤白皙，比起外面的韩国女孩子不知道漂亮多少。

起迈现在沈南飞知道了，韩国偶像剧里那些满大街的美女都是骗人的。

所谓的美女，都是"整"出来的！

可就是这样一个本该在花季年龄展现自己美丽的女孩子，偏偏要将这种美丽收敛起来，打扮得像个假小子，究竟是为了什么？

想到这儿，沈南飞忍不住开口问道："你很需要钱吗？"

韩东珠突然愣住，不停咀嚼的小嘴也立刻停了下来，眼神里含有敌意，瞪着沈南飞："我说过，关于我的事情不要问。"

沈南飞毫不避讳地直视着她的眼睛，随即放下了手中的毛巾，认真道："据我所知，打黑拳的收入都很高，你小小年纪，为什么会需要那么多钱？你欠了债吗？"

"我的事不用你管！"韩东珠的脸色渐渐沉了下来，干脆放下了手中的碗筷，转身就钻进了自己的房间。

沈南飞望着她的背影消失在店铺里，越来越觉得，这个女孩儿背后似乎有着什么不可告人的秘密。

两个小时后，韩东珠带着沈南飞从市区里租了一个移动 Wi-Fi。

他们两个人坐在一家炸酱面馆里，准备在吃过午饭之后再回家。

然而吃饭的就只有韩东珠一个人，沈南飞只顾着低头摆弄自己的手机。

韩东珠时不时地用眼睛打量着沈南飞的手机，眉头微微皱着，似乎也搞不懂他在胡乱摆弄什么。

"怎么会打不开软件？"沈南飞看到手机上已经显示网络信号为满格，可是不知道为什么，就是无法连接上手机里的软件。

"难道是手机坏了？"说着，沈南飞又用力晃了晃自己的手机。

韩东珠看到沈南飞的怪异举动，便将头上的帽檐又压低了一些，似乎想要装作不认识这个人的样子。

等到韩东珠吃完了炸酱面，沈南飞依然没有搞明白，这该死的手机究竟是怎么了。

韩东珠疑惑地注视着沈南飞，见他都快要把手机拆了，便忍不住问道："你的手机出了什么问题？"

沈南飞有些郁闷地盯着手机说道："网络信号已经有了，可就是连接不上网络。"

"是所有软件都连接不上网络吗？"韩东珠问道。

沈南飞抬头看了她一眼："你有办法吗？"

韩东珠双手抄在胸前打量了沈南飞片刻，随后将手伸到了沈南飞的面前："拿来，我看看。"

沈南飞半信半疑地将手机递给了韩东珠。

韩东珠把手机拿在手里摆弄了几下，随口说道："你这是在韩国，想要登录国内的软件需要下载一个VPN。"

沈南飞对这个名词一无所知："VPN？什么东西？"

"就是俗称的翻墙软件。如果你想要登录国外的网站或软件，需要这种软件来越过它们的IP封锁和流量限制。"韩东珠说道。

沈南飞似乎明白了一点她的意思，跟着点了点头："可是我连网络都打不开，怎么下载软件？"

韩东珠听罢，伸出右手一根手指，指了指面馆外面的一家网吧。

二十分钟后，沈南飞的手机终于在韩东珠的指导下连接上了网络。

当沈南飞打开软件的那一刻，他仿佛赢了一场恶战般兴奋。

如果没有韩东珠的话，或许他到死也不知道在国外还需要VPN这种东西！

叮咚！叮咚！

沈南飞一打开微博，数以万计的信息便从他的手机屏幕里弹了出来。

这一幕被韩东珠看在眼里，脸上也不免露出了惊讶的表情。

"你是网红吗？"她忍不住问道。

沈南飞立刻想到身边还有韩东珠，便迅速关闭了微博，应付了她一句："想要知道我的秘密吗？可以，用你的秘密来换。"

这句话让韩东珠脸色一白，不再追问下去了。

"好了，我们该回家了。"说着，沈南飞便从沙发椅上站了起来。

韩东珠也跟着离开了座位，准备到网吧的吧台去结账。

"快跑！"

还没等沈南飞反应过来，韩东珠突然拉起了他的胳膊就往外面跑！

"出什么事了？"沈南飞完全搞不清楚状况，只见到韩东珠突然脸色惨白，像是见到了什么可怕的东西，拼命地往外跑。

"快跑就是了！别被他们抓到！"韩东珠慌乱中说道。

沈南飞好奇地回身看了一眼，发现有十几个黑社会模样打扮的人，正朝着他们的方向看了过来。

带头的那个戴着墨镜的中年男人盯着韩东珠的背影仔细看了看，随即嘴里不知道喊了一句什么，接着十几个人便一齐朝他们追了过来。

沈南飞和韩东珠以最快的速度逃离了网吧之后就拐进了附近的一条街道，躲在了旁边的一个巷子里。

很快，那群人跟着追了出来，从他们身边只隔着一道墙的距离擦肩而过！

大概两分钟后，韩东珠才终于把头探了出去，小心翼翼地打量了一下周围的环境。

沈南飞站在她的身后朝外看了两眼，随即一把抓住了韩东珠的胳膊，表情严肃地说道："刚才那些是什么人？你究竟有多少事情瞒着韩哥？"

韩东珠被沈南飞捏痛了，便用力挣脱了他的手掌："这件事跟你没关系！你不要多管闲事！"

然而韩东珠越是这样说，沈南飞就越感觉事情不是这么简单。

虽然他不是韩哥的亲生女儿，但是什么事都瞒着他，这样实在说不过去！

再怎么说，韩哥对她也有养育之恩，她不能当一个白眼狼！

随即沈南飞一把揪住了韩东珠的衣领，眉头紧锁，将她拎到了自己的面前："你老实告诉我，你是不是碰了什么不该碰的东西？"

"什么是不该碰的东西？"韩东珠的眼神里充满了敌意，瞪着沈南飞。

"你是不是吸毒了？不然怎么会需要那么多钱？怎么会接触这些人？他们一看就不是什么好人！"

"我说过，我的事你少管！"说罢，韩东珠便来了一个反擒拿，反过来把沈南飞牢牢地制住按在墙上，动作和力量丝毫不逊色于一名男拳手。

沈南飞倒是一时忘了，自己面前的可不是一名普通的女孩儿，而是一个打地下黑拳的拳手！

可沈南飞也不是省油的灯，他"魔王"的称号不是白来的，眼睛向下一瞥看到了韩东珠的双脚，随即后腿一扫，直接让她失去了重心，身体瞬间摇晃了一下。

接着他抓到机会，解开了韩东珠的擒拿，绕到了她的身后，用手臂勒住了她的脖子。

韩东珠反应很灵敏，立刻用右手手肘击打沈南飞的肋骨。

可沈南飞似乎早就猜到她有此一招，用右手一把握住她的胳膊，向后拉直。

这一回他将她按在了墙上！

可韩东珠还不死心，顺势右脚向后一勾，想要来一招撩阴腿！

不料沈南飞将双腿用力夹紧，把韩东珠的脚踝紧紧地夹住，让她一动不能动！

"呃！放开我！浑蛋！"韩东珠气得小脸通红，用力想要挣脱沈南飞的束缚。

沈南飞却丝毫不肯放松，反而将她更用力地按在墙上。仿佛在他的字典里，就没有"怜香惜玉"这四个字。

"你说得没错！我就是个浑蛋！犯起浑来连我自己都害怕！你最好老实一点，否则你的事情我都会告诉你老爸！"

这句话就像是紧箍咒，让韩东珠立刻放弃了抵抗，身上的那股蛮力渐渐弱了下去。

"韩哥是你老爸，舍不得收拾你，我可不一样！如果你再敢对我动手，我可不会乖乖受你摆布！知道吗！"沈南飞厉声喝道。

韩东珠看上去很不服气，鼻子里喘着粗气，那张如花似玉的小脸也被按在冰冷的墙壁上。

过了几秒钟，沈南飞见韩东珠似乎稳定了下来，便小心翼翼地松开了她的手。

第四十五章

▶ 云端账号

"现在你肯告诉我了吗？你告诉我，总比你老爸知道了要好。或许我可以帮你。"沈南飞背靠在身后灰色的墙壁上，打量着对面的韩东珠。

韩东珠的胸口快速起伏，嘴里喘着粗气，委屈和愤怒的情绪都写在了脸上。

她再三打量了一番沈南飞，然后慢慢地低下了头，开口说道："我能够相信你吗？"

"如果你都不肯试着相信别人，又怎么知道别人能否信得过呢？现在你的心里筑起了一道城墙，把最亲近的人都隔在了外面。"

韩东珠似乎被沈南飞说中了心事，眼睛里有一道奇异的光闪过，微微一亮。

片刻后，她咬了咬嘴唇，终于开口说道："有些事，我不得不把他们隔在外面。如果他们知道了，这件事就会变得不可收拾。"

沈南飞渐渐皱起了眉头，认真听着韩东珠所说的话。

只见韩东珠缓缓地蹲在地上，眼睛看着地面，似乎陷入了一段回忆之中："一切都是因为妈妈的弟弟。"

"你妈妈的弟弟？你的舅舅？"沈南飞对于这个答案感到有些意外。

韩东珠点了点头："那个家伙从五年前就开始吸妈妈的血。他是一个无业游民，每天无所事事，也不知道在外面干些什么，总是把自己弄得很狼狈。他只有在没钱的时候，才会来找妈妈，把妈妈当成他的提款机。"

说着说着，韩东珠仿佛又回到了几年前，她偷偷躲在房间里所看到的那些画面里。

那一天外面下着大雨，韩东珠的舅舅趁着她爸爸不在家，来到了家里管她妈妈要钱。

可是韩东珠的妈妈实在没什么钱给了，于是他就大发脾气，在家里乱翻，弄得韩东珠的妈妈站在一旁大哭。

韩东珠躲在自己的房间里偷偷地看着这一切，感觉舅舅那狰狞的样子就像是魔鬼。

妈妈在舅舅的折磨下日渐憔悴，可是瞒着不敢告诉爸爸，如果爸爸知道了这件事，那舅舅可能会没命的！

她不想自己的爸爸变成一个杀人案嫌犯。

在看着妈妈又忍受了两年这样的痛苦之后，韩东珠决定用自己的力量解决这件事。

有一天，她找到了舅舅，说只要他不再骚扰妈妈，她可以给他钱。

也就是从那一天开始，韩东珠开始偷偷赚钱，供养那个像吸血鬼一样的舅舅。

她在便利店里做童工，在后厨里削过土豆、洗过盘子，所有她能做的工作几乎都做了。

可谁知道那个人丝毫不知廉耻，即便是拿着韩东珠的钱也不感到脸红，而且变本加厉，要的钱越来越多。

韩东珠的妈妈还以为自己的弟弟改邪归正了，再没来找过她，她终于可以过上安宁的日子。

可谁知道，这所有的担子，都落在了她当时只有十二岁的养女身上。

韩东珠没有将这件事告诉任何人，就一直这样默默扛着。

她从小就生活在福利院里，所以比一般的孩子更加坚强懂事。

直到有一天，舅舅满脸血渍地找到她，向她要三千万韩元（折合人民币十八万多）。

可是韩东珠小小年纪，哪能赚到这么多钱？

所以她拒绝了舅舅的请求。

大概一个星期之后，有一伙人找到了她，告诉她她舅舅已经死了。

很奇怪，听说舅舅死了，韩东珠一点也不心疼，反而还有一种解脱了的感觉。

但是她知道这件事不能告诉妈妈，不然她一定会伤心的。

就在她以为噩梦终于可以过去的时候，那些人却告诉她，舅舅在临死前欠下了巨额的高利贷。而那些钱，是爸爸抓一辈子鱼也赚不到的！

那时候的韩东珠已经开始瞒着家里人偷偷学习打拳，所以她也只有这一条路可以走，变成一个拳手！

她喜欢打拳，最大的梦想，就是能够成为一名世界闻名的女拳手，而且还能赚到很多钱，彻底摆脱那些高利贷吸血鬼。

听到这儿，沈南飞的眼神渐渐柔和了许多。

现在他才知道，原来这就是韩东珠一直以来隐藏的秘密。

看着蹲在地上有些迷茫疲惫的韩东珠，沈南飞越来越觉得，她几乎是跟自己一个模子刻出来的。

性格简直太像了！

看到她，就仿佛自己有了一个性格与自己一模一样的妹妹。

不知道为什么，沈南飞的双脚不听使唤地向前迈了一步，他慢慢地蹲在了韩东珠的面前，把一只手搭在了她的肩膀上。

"我真是不敢相信，世界上竟然还有你这种笨蛋。你知道纸是包不住火的，你能撑多久呢？"

韩东珠抬起泛红的眼睛注视着沈南飞："能撑多久就撑多久！"

"高利贷这种东西你不懂，你还只是一个孩子。就算你打一辈子黑拳，赚的钱也比不上利息增长的速度。你是永远还不清的。"沈南飞语重心长地说道。

韩东珠眼神里的火焰似乎被这句话扑灭了一点，她默默地低下头去，紧咬着牙齿恨恨地说道："还不上也要还！"

沈南飞无奈地摇了摇头，心情十分沉重。

他无法相信韩东珠竟然就这样在韩哥的眼皮子底下，过了好几年这种噩梦般的生活。

难道韩哥和韩嫂真的都没有注意过这件事吗？

还是韩东珠将青春期的叛逆演绎得太逼真，误以为她奇怪的种种表现是一种正常的行为？

说真的，他很想当面问一问韩哥，这件事到底是怎么一回事。

可是如果他真的问了，韩哥真的不知道这件事，或许会使他动了雷霆之怒，最后做出什么可怕的事情，那就麻烦了。

但是如果他知道这件事，自己一问无疑会让他们全家人都陷入尴尬的僵局里。

如今沈南飞寄人篱下，所以绝对不可以做出什么出格的事情。

一番权衡，沈南飞还是决定暂时帮助韩东珠保守这个秘密，走一步看一步。

回家的一路上，韩东珠都没有再说过一句话，她只是望着公交车窗外掠过的公路和海景发呆。

本应该在这花季年纪过着无忧无虑生活的少女，内心却好像变成了一个饱经沧桑的老妇人。

不知道什么时候，韩东珠沉沉地睡了过去，把头慢慢地靠在了沈南飞的肩膀上。

沈南飞没忍心打扰这名可怜的少女，就让她这么一直睡到了目的地。

有那么一瞬间沈南飞曾经想过，如果他有这样一个妹妹，他要如何帮助她渡过难关呢？

可是才想到这个问题，他就立刻笑话自己自身都难保了，还有心思为别人的家事操心。

回到韩哥家以后，一切还跟平时一样，韩东珠钻进了自己的房间，沈南飞也回到了自己那简陋的卧室。

他清空了脑子里的杂念，打开了随身 Wi-Fi，掏出手机打开了讯客微博的界面。

下一刻，又是一大片密密麻麻的信息提示在他的面前弹了出来。

几天没登微博，他收到的私信和各种留言已经多达百万条，热门话题依然在前三名的位置来回浮动。

随即他扫了一眼热门微博排行榜上的其他话题，发现又多了某某明星离婚，一线当红影视青年男演员自杀等话题。

可想而知，在这样的话题下面，沈南飞又看到了一些对艺人进行道德绑架的转发和留言评论。

有些网友能够控制自己的言行，表达自己的想法。

可是有的人依旧发表着各种不堪入目的言论，完全不考虑当事人的心情。

沈南飞对于这种网络现象，已经越来越厌恶了。

他甚至能够想象到那些窝在沙发上跷着二郎腿，喝着可乐，然后在九宫格上敲下罪恶文字的人得意的嘴脸。

现在虽然是言论自由的社会，但如果可以随意在网络上发表恶意甚至虚假的语言，就一定是一件好事吗？

叮咚！

突然间，有一个特别提示信息从沈南飞的私信里弹了出来。

沈南飞眉头一扬，将那条信息点开，接下来便看到了一个熟悉的头像出现在他的对话信息里。

"你终于上线了，我以为你已经遭遇不测了。"

"是 X 先生！"沈南飞的精神立刻为之一振。

自从上一次短暂的接触之后，沈南飞就把 X 先生设为了"特别关注人"。

如果这个特别关注人发来信息的话，会有一种特别的信息提示音和提示方式出现在他的视野里，保证他不会错过这个人的信息。

看到 X 先生发来了信息，沈南飞便立刻回道："之前出了一点事情。"

很快另一边便回复道："看来你是活着闯了过去。恭喜你，大难不死。"

"你的微博我看到了，做得很好，说明你把我的话听进去了。"

"我只是不想自己不明不白地死掉，就算是遭遇不测，也要给世人留下点我存在过的证据。"

手机另一边的 X 先生沉默了片刻，再次回复道："你要小心，当心被人利用。"

看到这句话，沈南飞的眼中闪过一道锐利的光："什么意思？"

"据我所知，有些人要利用你找些东西。因为他们突然改变了计划，所以才没有继续追杀你。但等你找到这个东西之后，或许你就没有利用价值了。"

"东西？什么东西？"沈南飞越来越觉得这件事扑朔迷离。

"一个账号！赵欣颖的云端账号！里面有他们所有的秘密！"

第四十六章

▶ 命运的逆转

"云端账号……"听到这个消息的沈南飞忽然意识到，他竟然从头到尾都忘记了一件重要的事情！

那就是他从来没有想过，要找到赵欣颖的手机！

如果事发当天赵欣颖拍到了什么的话，那所有的证据都会在她的手机里。

可是这么长时间过去了，警方并没有在声明中公布寻找到相关证据，抑或是赵欣颖的私人物品。

也就是说……

赵欣颖的手机，被凶手拿走了！

而且那些家伙一开始之所以追杀他，是以为他已经抹掉了证据，在热门微博上嫁祸给他之后，就不需要再利用他了。

可是很快那些家伙便发现，赵欣颖手机里隐藏的秘密，出乎他们的意料！

想到这儿，沈南飞已经推测出一些眉目了，于是对 X 先生回复道："你的意思是说，赵欣颖把所有的证据都藏在了云端账号里，但是现在这个账号消失了？"

"是的。" X 先生回道。

沈南飞眉头紧锁，脑子里面已经掀起了一场风暴！

"账号不是在手机里默认连接的吗？那些人怎么会没有删掉里面的东西呢？"

"我想或许是那些人疏忽了。等到他们意识到这一点，想要把东西删掉的时候，却发现那个云端账号已经登录不上去了！"

"登录不上？"沈南飞似乎在这个云端账号上嗅到了一点诡异的味道，"怎么会登录不上去呢？难道……"

X 先生回复道："你想得没错，账号的密迈被别人更改了！"

霎时，沈南飞只感觉一股阴风从他的后脊梁吹了过来，起了一身的鸡皮疙瘩！

他愣了一下，身子微微一颤，脖子僵硬地抬起来看向了对面。

她又出现了……

赵欣颖此刻就站在沈南飞房间对面的角落里，静静地望着他。

虽然沈南飞已经习惯她的这种突然出现了，但他依然会觉得手脚冰凉。

他不知道自己为什么总是会看见她，他不相信这个世界上真的有鬼。

可是每次一谈到赵欣颖的时候，她就会站在自己面前。沈南飞也无法给出一个准确的解释。

难道，这个世界真的存在超自然现象吗？

沈南飞眼睛直直地望着角落里那个披头散发的身影，吐了下口水，竟然鬼使神差地开口对她问道："你到底想要告诉我什么……你在死前到底看到了什么……为什么要把我弄得像个精神病一样！"

角落里的赵欣颖没有说话，依然低垂着脸，双手僵直地垂在身体两侧，像一副棺材板似的立在那里。

"那个账号密迈，到底是谁改的……"

叮咚！

就在沈南飞企图向赵欣颖讨要真相的时候，手机上 X 先生的信息再次回复了过来。

"你在想什么？"

沈南飞握着手机的手抖了一下，被 X 先生的信息拉回到现实里。

他看了一眼手机之后，再一次看向房间的角落，赵欣颖的身影却已经从房间里消失了。

沈南飞用力晃了一下脑袋，使劲儿眨了眨眼睛，发现她真的已经不在了。

随即他将注意力再次放回到了手机上，平复了一下情绪，对 X 先生回复道："我在想，改掉密迈的人究竟是谁？他又是出于什么动机，不把证据公布出来呢？"

"这一点我也很奇怪。据我所知，赵欣颖手机的云端账号是用身份信息绑定的。所以据我猜测，改掉密迈的人，应该是能够掌握她全部身份信息，而且十分亲近的人！" X 先生回道。

沈南飞沉默了片刻，在九宫格上输入信息："你有线索吗？你和我说了这么多，应该不只是为了告诉我这件事吧。"

下一刻，X 先生的对话信息里突然跳出了一个名字。

"赵凯！"

"赵凯？是谁？"

"是赵欣颖的亲哥哥！不过在赵欣颖出事之后，这个人就消失了，谁也不知道他去了哪里！"

"赵凯……"沈南飞看着屏幕上的这个名字，将它用心记了下来，"如果这个赵凯是她的亲哥哥，事发后不但人消失了，而且也没有为他的妹妹做些什么，究竟是为什么？"

"这我们就无法猜测了，毕竟这个世界上任何想法奇葩的人都有。不过现在我们只能把目标先锁定在赵凯身上。因为只有他最有可能通过身份验证来修改云端账号的密迈！"

"我们找不到他，能怎么办？"沈南飞忽然觉得，就算是知道这么个人似乎也无济于事。

很快，X 先生发出的下一条信息，却让沈南飞眼睛一亮。

"你等一下！我好像发现了什么！"

沈南飞目不转睛地盯着屏幕，这一刻他感觉自己的呼吸似乎都要停止了。

片刻后，X 先生有些兴奋地回复道："我找到了！我查到国内一共有三千六百八十二个叫赵凯的人在近期使用了信用卡，而归属地在春州的，只有两个！"

看到这个消息，沈南飞精神为之一振："你是怎么查到的？"

"我拜托了一些人，黑了几家银行的信息库。"

"你是个黑客？"

"不算是，我只是懂一点皮毛。现在这些都不重要！我查到，这两个赵凯其中一个在最近一直有消费。而另一个，近一个月来没有太多的消费记录，可是就在昨天，他的信用卡在韩国首尔一家酒店消费了！"

沈南飞盯着信息思忖了片刻，回复道："能知道这两个人的具体身份信息吗？"

"你等一下。"

又是近一分钟的等待。

现在的沈南飞如同热锅上的蚂蚁，感觉自己已经快要坐不住了！

这在常人眼中短短的一分钟，却好像一个小时那么漫长！

一分钟后，X先生终于发来了回复信息："查到了！这两个赵凯一个是1962年生人。而另一个，是1990年生人！比赵欣颖大几岁，从年龄上来看，与赵欣颖哥哥的身份相符！"

"后者就是出现在韩国的那个人吗？"

"没错！"

看到这一幕，沈南飞全身再次起了一身的鸡皮疙瘩。

"怎么会这么巧！他在韩国？"沈南飞忽然间觉得，这似乎是老天给他的一次机会，竟然把这个人送到了他的身边！

"你能知道他消费的是哪家酒店吗？"沈南飞问道。

对面的X先生立刻回复："你问这个干吗？难道你还真要飞去韩国啊？以你现在的情况是没办法出国的。我们只要关注他的信息，等他回来再从长计议。"

从长计议？那时候恐怕就来不及了！沈南飞心想。

随即他立刻意识到，因为一时的心急，他差一点把自己的信息泄露出去。

除了黑老大和大华哥，还没有人知道他来了韩国济州岛。

X先生的身份扑朔迷离，如果一不小心被他知道太多，沈南飞不能保证自己会不会招惹到麻烦。

接着他平复了一下心情，在手机上回复道："我只是有些好奇他的消费记录出现在哪里，你不想说就算了。"

沈南飞此刻右手握着手机，嘴巴却在咬左手拇指的指甲，心里有些许紧张。

他很想要知道那个赵凯更多的消息，如果能够找到那个云端账号，那对于沈南飞来说就多了一个决定性的证据！

可是X先生那边半天没有回复，这让沈南飞越来越觉得房间里的气氛紧张得令人喘不过气来。

终于，在沉默了近三十秒后，手机屏幕上跳出了一行字。

"河景酒店！我就只查到这些。不过就算是我们知道了也没什么用，更不能为了一个猜测就真的跑到韩国去。这段时间你先藏好，等我的消息吧。"

"河景酒店……"沈南飞下意识地读了出来。

随即他笑了笑，在手机上回复道："我知道了，谢谢你。"

不知不觉一个小时的时间过去了，X先生在对沈南飞最后嘱咐了一番之后就匆匆下线了。

对于X先生的真实身份，沈南飞一直都很好奇，他给他的感觉亦正亦邪。

他似乎什么都知道，可是沈南飞对他却一无所知！

如果有机会的话，沈南飞还真想亲眼见一见这个在背后为他出谋划策的家伙，究竟是个什么样的人，到底有什么目的。

云端账号的出现，让沈南飞又多了一条可以追查的线索。

而碰巧，最有嫌疑修改了这个账号密迈的人，竟然也来了韩国。

冥冥之中，似乎是老天爷开眼为沈南飞指路了。

这一次，这个所谓的云端账号，到底可以让沈南飞重见光明，还是跌入更深的黑暗？

哼！管他呢！

当一匹饿狼看到了一块肉，就算明知有陷阱，也会先上去咬一口。万一成功了呢？

第四十七章

▶ 暗流涌动

　　沈南飞直到凌晨三点钟才睡去，将近一整夜的时间，他都在思考要如何才能够找到那个信息中的赵凯。

　　想来想去，沈南飞只想到了两个办法，那就是打电话到首尔的河景酒店，或者亲自前往那里一探虚实。只有这样，他才能够确信那里是不是真的有赵凯这样一个人。

　　在吃过了早饭之后，韩东珠就有些心神不宁地坐在店铺里面发呆。

　　沈南飞坐在一旁背靠在墙壁上，也是一副若有所思的样子。

　　片刻后，沈南飞回过神来，往韩东珠的方向看了一眼，微微皱起了眉头："你在想什么？"

　　韩东珠愣了一下，迎上了沈南飞的目光，说："没什么，可能是我最近有些紧张了。"

　　沈南飞大概能猜到她在为什么而担忧，随即便问道："你是在担心上一次在网吧碰到的那些人吗？"

　　韩东珠默默地点了点头："他们似乎开始找我了。"

　　沈南飞心头一沉："你多久没有还钱给他们了？"

　　韩东珠面色凝重："已经有两个月了，这期间他们给我打过电话，但是我没接。"

　　"他们难道不知道你住在这里吗？你的舅舅没有告诉过他们？"

　　"他们只知道大概的方位，但是具体住在哪里不知道。每次都是我亲自过去还款的。"

　　听到这儿，沈南飞不禁冷冷一笑："这里的黑社会还真不专业。"

　　随即沈南飞盯着韩东珠注视了片刻，将手里的烟头掐灭，走到她的身边坐了下来："我有些事情需要你的帮忙。如果你肯帮我，我可以先帮助你垫付一部分钱，但这并不是一个长久之计。说实话，高利贷这种东西，一旦沾上就不容易甩掉，也许会缠着你一辈子。你还欠他们多少钱？"

韩东珠冷冰冰地盯着沈南飞："你这是在施舍我吗？如果是这样的话，我不需要你的帮助。"

"还死撑，你打算这样到什么时候？或许等你死在了黑拳的赌场里也还不完那些钱！"

韩东珠看上去很不甘心，放在大腿上的两只手紧紧地攥成了拳头，随即将脸扭到了一边："八千万韩元，你有办法帮忙吗？"

听到这个惊人的数字，沈南飞惊讶地瞪圆了眼睛："八千万韩元？怎么会这么多！"

这一刻，韩东珠的眼睛渐渐红了。

沈南飞能够从这双眼睛里看到深深的愤怒和怨恨，但是这双眼睛不得不向命运低头。

随即韩东珠冷冷一笑："帮不上吗？那不要再说什么想要帮助我这种话，我自己能够解决。"

沈南飞盯着韩东珠打量片刻，不可否认这笔高利贷还是让他受到了不小的触动。

八千万韩元，折合成人民币大概四十几万。

虽然现在沈南飞手上有一张黑老大送给他的卡，但是钱可不是这样花的。而且因为迈头持械殴斗事件，黑老大一定也正在接受调查，所以卡里的钱在这个敏感时期不能随便使用。

而且八千万韩元只是韩东珠记忆中的一个数字，而高利贷的利率是每天都在变的！

这笔钱不是那么容易还清的。

可是他沈南飞既然受了韩哥家的恩惠，理应帮助他们分担一些负担，但他还没有阔气到可以一次性帮助他们全部还完这笔钱。

"还真是件麻烦事。"沈南飞咬着牙齿说道。

韩东珠沉默了许久，待自己的情绪渐渐稳定下来之后，便转头看着沈南飞说道："这件事先不要提了，你刚刚说有事情要我帮忙？"

沈南飞回过神来望着韩东珠，说："是有一件比较麻烦的事，我要去一趟首尔。但在这之前，我需要你帮我往河景酒店打一个电话，确认一个人。"

韩东珠一脸疑惑地问道："去首尔？你去那儿做什么？"

"有些事情要去了解一下。"

韩东珠听罢身子微微向后靠，上上下下仔细打量了沈南飞一遍："你到底是什么人？为什么我感觉你的秘密比我的还要多？"

沈南飞露出了一个僵硬的笑容："我的事，你还是少知道为好。"

此时韩东珠的眼神里已经有了一丝警戒之色，准确地说，面对沈南飞的时候，她从来都没有放松过警惕，只是这种警惕性随着他知道自己越来越多的事情而在慢慢减少罢了。

"把电话号迈给我。"韩东珠从运动衫口袋里掏出了手机。

沈南飞将网上查到的电话号迈告诉了韩东珠。

接下来，他便静静地听着韩东珠用一口流利的韩语与河景酒店的前台进行对话。

或许是在国内韩剧太过盛行了，所以让沈南飞此时也有了一种身在韩剧中的幻觉。

两分钟后，韩东珠结束了通话。

"你都说了些什么？"

韩东珠面无表情看着沈南飞，说："我以那个人朋友的身份询问他是不是住进了我为他订的房间，结果客服的回答是他已经入住了。"

"已经入住了？太好了！"沈南飞的脸上不由得露出了激动的微笑。

看来那个赵凯，现在真的就住在河景酒店里。

随即他又立刻对韩东珠问道："如果我要去首尔的话，要坐什么车去？"

韩东珠失笑道："坐车？你以为从济州岛到首尔很近吗？就是坐飞机，也要一个小时的时间。"

"坐飞机？"沈南飞的脸色渐渐沉沉了下来，"因为一些原因，我不能乘坐与身份有关的交通工具。"

韩东珠微微皱了皱眉头："为什么？你到底是什么人？为什么不能坐飞机？"

"这个你就不要问了，总之还有没有其他办法到首尔？"沈南飞问道。

韩东珠又仔细盯着沈南飞那张脸打量了一下，说道："还有一个方法，就是坐船。不过这个时间要长一点，大概十二个小时可以到首尔。"

"十二个小时……这么久……如果来回的话就要二十四小时，这样的话，你就没办法跟我一起去了。"

沈南飞的感觉很糟糕。如果说要韩东珠跟着自己去首尔，加上在那里要耽搁的时间，至少也要两三天，这样的话就会耽误韩东珠上学的时间，而且她的秘密或许也会被韩哥和嫂子知道。

可是如果没有韩东珠的话，沈南飞自己就是个睁眼瞎，连路标他都看不懂，又不会说韩语，怎么跟别人交流呢？

他不太喜欢用手机里的翻译软件，用那种方式去暗中调查，就像自己是个白痴一样。

一时间，沈南飞感觉自己似乎遇到了一件棘手的事情。

现在，他终于体会到上学时老师所说的"会一门外语"的重要性了。

韩东珠无奈地看着沈南飞，随即右手在他的肩膀上轻轻拍了拍："所以你还是在这里老实待着吧，只有那么一点时间，你是没有办法坐船在首尔和济州岛之间往返的。"

说完，韩东珠便戴上放在桌上的帽子，拎起单肩背包就往外面走。

"你去哪儿？"沈南飞问道。

韩东珠头也不回地出了门："去练拳。"

"等一下，闲着也是闲着，我也去看看。"说罢，沈南飞便跟着韩东珠走了出去。

最近沈南飞感觉看住韩东珠，似乎成了自己每天必做的事。

他不敢保证，如果没有人看管的话，这个性格倔强的女孩子还会做出什么样可怕的事情来。

既然住在韩哥家里，就要为他做些事，不是吗？

接下来整整一天的时间，沈南飞都泡在拳馆里，现在馆里的那些学员，他比韩东珠混得都熟。

虽然他听不懂他们说什么，但是那些人也听不懂他的话。

谈笑间话语里夹杂着几句骂娘的话对方也不知道，这似乎成了沈南飞的一大乐趣。

韩东珠时不时朝着沈南飞的方向看过来，有时无奈地露出了冷笑。

韩东珠"格斗狂人"的称号果然不是白来的，不知不觉就已经到了晚上。

沈南飞和韩东珠在外面简单地吃了碗炸酱面后就赶着回家。

大概三十分钟之后，他们两个人一走下公交车，就看到村子口有许多村民聚在一起交头接耳。

"今天怎么这么热闹？"沈南飞的目光在那些村民的身上扫过。

那些村民一见到韩东珠，就立刻向着她走过来，一把拉住她的胳膊，叽里呱啦地说了一堆沈南飞听不懂的韩语。

下一刻，韩东珠脸色惨白，丢下了手里的背包就往家的方向跑。

沈南飞一脸诧异，跟在她的后面喊："喂！你跑什么？"

韩东珠慌乱中回了一句："家里出事了！"

"你说什么？"沈南飞立刻感觉到全身冰凉，仿佛被一盆冷水从头浇到脚。

紧接着，一阵刺耳的消防车警笛声从他的身后传来。

沈南飞茫然回望，只见在昏暗的路灯下，两辆鲜红色的消防车疾驰而来，从他的面前一阵风般驶过。

第四十八章

▶ 死神降临

几名村民指着朝村子里开去过的消防车，脸上满是紧张与深深担忧的神色，私下里似乎在交流着什么。

沈南飞马上跟着前面疯了一样冲回家的韩东珠，心跳不由得加快了两倍。

"到底出了什么事？韩哥家到底出了什么事！"沈南飞脑袋里面已经是一片空白，无尽的恐惧向他袭来，仿佛要将他的灵魂拉入到一片漆黑的深渊里。

很快，韩东珠和沈南飞便跑回到了村子里。

这时，韩东珠站在距离家不过五十米的小坡道上，呆呆地望着家所在的方向。

下一刻，一道凶猛的火光照亮了她的脸，同时也照亮了这条村子里的小路。

沈南飞跟着停下来，当那如恶魔般的火焰映入他眼帘的时候，他整个人都惊呆了。

他愣怔地望着那间被大火吞噬的小店，还以为一切都是自己的幻觉。

那不是韩哥家。

那应该不是韩哥的家吧？

沈南飞在心中反复安慰自己，企图说服自己，那里并不是他这些天一直生活的地方。

可是当事实摆在眼前，就算是善意的谎言也无法欺骗自己。

忽然间，看上去有些崩溃的韩东珠默默地用韩语说了一句什么，似乎是在叫爸爸和妈妈。

接着，她像一只悲痛欲绝的小鹿，迎面冲向了那片剧烈舞动的火妖。

"喂！你回来！！"当沈南飞回过神来的时候，韩东珠已经冲到了门口。

沈南飞立刻追了上去，一把拉住了韩东珠的手："你疯了吗！就这么冲进去你会死的！"

273

"放开我！我爸妈还在里面！他们说我爸妈还在里面啊！！"韩东珠有些歇斯底里地甩开了沈南飞的手，转身继续往里面冲。

沈南飞也有些急了，悲痛和愤怒的情绪点燃了他心中的火焰！

他死死地攥着韩东珠的手腕，一发力便将她拉回到了自己的身边，对着她吼道："消防车已经来了！就算你进去也于事无补！给我待在这里别动！"

韩东珠猛然回头，用双满含泪水的眼睛瞪着沈南飞。

这一刻，沈南飞注视着韩东珠那悲痛的眼神，心里仿佛被人狠狠地捶了一下。

她从来没有见过一个女孩子的眼神是这样的。

不甘、怨恨、悲伤而又绝望。

她就像是一副即将走火入魔的样子，已经完全崩溃了。

"放开我！浑蛋！！"韩东珠大叫了一声，随即一拳狠狠地打在沈南飞的脸上。

她毕竟是多年练拳的拳手，这一拳直打得沈南飞这样的成年男人也差点摔倒在地。

韩东珠挣脱了沈南飞的手，转身冲向了火海。

她一边流着眼泪，一边用韩语呼唤着她爸爸和妈妈的名字。

可是才跑出几步，几名消防员便将她拦了下来。

但即便是这样，韩东珠依然像是一只出笼的小猛兽，差点就冲破了消防员的人墙。

一名消防员似乎是有些急了，一把将她推倒在地，对着失去控制的韩东珠大喊了一句话。

只见韩东珠立刻爬了起来，不分青红皂白就冲上去要跟消防员扭打。

这时沈南飞从后面冲了上来，双手绕到前面勒住了她的脖子和肩膀，将她用力向后拉。

"放开我！放开我！放开我啊！！"

韩东珠剧烈地挣扎着，那惊人的爆发力在这一刻统统展现了出来。

沈南飞红着眼睛，一边死死地盯着被大火吞没的房屋，一边将韩东珠向后拉扯。

两人不知道这样僵持了多久。

或许是因为韩东珠哭得累了，挣扎得累了，最后她只能双手紧紧地抓着沈南飞的胳膊，无力地向后靠在沈南飞身上。

　　沈南飞为了拦住这只小野兽也耗尽了体力，随着她一起跌坐在地上。

　　此时此刻，他们两个一脸的迷茫与悲伤，呆呆地望着在火场前忙碌的消防员。

　　大火依旧在肆虐，几道粗大的水柱从消防车上射向了火海。

　　可是在韩东珠的眼里，那些水柱好像摧毁她唯一家园的火炮，将其轰得支离破碎。

　　这一刻，梦想在韩东珠的面前被一点点地粉碎。

　　好不容易拥有了家人，难道要再一次一个人吗？

　　"为什么会这样……为什么会这样……他们为什么会在房子里的……"韩东珠失魂落魄地靠在沈南飞身上，瘫坐在地，注视着吞噬了她家人的火海。

　　沈南飞一语不发，也只是有些迷茫地注视着他生活的地方一点点被水枪击垮。

　　一切来得太过突然。

　　他才刚刚来到这个地方没有几天，可为什么偏偏会遭遇跟在国内一模一样的事情！

　　为什么……我也想知道为什么……难道我沈南飞是一个天然的灾星吗？走到哪里都有人死？

　　此时此刻，沈南飞的内心无比纠结。

　　如果韩哥和嫂子真的都在里面被烧死了，那他以后要怎么在这个地方生活？

　　难道就这样夹着尾巴回到国内吗？

　　韩东珠和沈南飞，就像是一对难兄难妹一样，眼睁睁地看着眼前发生的灾难降临，却无力反抗。

　　半个小时后，凶猛的火焰终于被扑灭。

　　韩东珠从地上爬了起来，身体僵硬地一步步挪到了家门前。

　　望着已经被烧成一片废墟的家，她的眼睛不停地被泪水冲刷。

　　沈南飞站在她的身后，脏兮兮的手紧紧地握成了拳头。

　　很快，消防员便抬着两个担架从废墟中走了出来。

　　当他看到担架上那两个黑色袋子的时候，整颗心都凉了。

扑通！

韩东珠突然间跪在了地上，望着面前的两个黑色袋子，似乎不敢相信眼前所发生的一切都是真实的。

她一把拉住了抬担架的消防员的胳膊，强行将他们拦下。

接着她那双哭得通红的眼睛悲痛地注视着担架，右手颤抖着伸了出去，想要拉开上面的拉锁。

可是下一刻，沈南飞的手将她的那只手握住，将她拦了下来。

韩东珠慢慢地抬头看着沈南飞："你在干什么？"

沈南飞红着眼睛说道："如果我是韩哥，不会想要让你看到自己现在的样子。"

"可他们是我家人……他们没了，我这些年受的苦算什么？我以后还有活下去的勇气吗？"韩东珠紧咬着嘴唇，说话的声音因激动复杂的情绪而颤抖。

"看了他们现在的样子，你就有勇气活下去了吗？相信我，这种事情，我经历的比你多。当你看到他们的样子时，你心里的所有坚强都会崩溃掉，你会从此一蹶不振。"

沈南飞的一番话，似乎戳到了韩东珠内心最柔软的地方。

下一刻，她泪如雨落，失声痛哭了起来。

沈南飞紧紧地攥着她那只手，对消防员点了点头，示意他们离开。

很快，这里就只剩下他们孤零零的两个人和已经被烧成废墟的房子。

看到韩东珠趴在地上伤心痛哭的样子，沈南飞仿佛又看到了自己的过去。

正是那些伤痛，造就了现在的沈南飞。

他不想看到韩东珠变成第二个自己，最后走上一条本不属于她的道路。

这件事给了韩东珠不小的打击，即使在她父母出殡的那一天，她依旧是一副失魂落魄的样子。所以当宾客跪在她面前需要家属答礼的时候，她依然呆呆地跪在那里，没有任何回应。

沈南飞只得充当家属的角色，穿着黑西装，戴孝，一一回应前来参加葬礼的宾客们。

看着与平时判若两人的韩东珠，沈南飞的心里感到十分难受，但是没有对韩东珠说太多的话。

因为他知道，这种时候，还是让她自己一个人安静地待着比较好。

她需要整理自己的情绪，也思考一下自己未来要走的路。

三天以后，沈南飞和韩东珠回到了已经变成了一片废墟的家门口。想到这个熟悉地方再也见不到熟悉的面孔，他们的心仿佛慢慢地被撕裂，鲜血直流。

"你在想什么？"沈南飞对身边的韩东珠问道。

韩东珠默默地望着烧成废墟的家，说："我在想，我以后要去哪里呢？哪里是我的家呢？"

沈南飞沉默了片刻，随即从衣兜里掏出了一支香烟咬在嘴里，用廉价的塑料打火机点燃，深深地吸了一口。

接着他仰起头，将口中的烟圈吐向了天空："你以后要去哪里你自己决定，但是现在，我要去一个地方，你有兴趣吗？"

韩东珠慢慢转过头，眼神带着一丝疑惑地望着他："你要去哪儿？"

沈南飞左手抄在裤子口袋里，右手指间夹着烟卷，淡淡一笑："我已经查到点火的人，就是你的那些债主。那一天韩哥出海回来，正巧碰到了那些家伙上门，于是便跟他们大打出手。当那些人从你家里出来的时候，村里的人就再没有看到过韩哥和嫂子露面。我想在那个时候，他们也许已经死了。"

"你是听谁说的？"韩东珠的眼神渐渐变得可怕起来，死死地盯着沈南飞。

"你的那些邻居说的，他们有人看到了。为了搞清这些事，我用了费事的翻译软件才听懂他们的话。"

说罢，沈南飞又吸了一口烟，看着韩东珠说道："韩哥待我不薄，所以这件事，我一定要去为他讨个公道。你知道，我要去的地方在哪里吗？"

韩东珠沉默了片刻，紧咬着牙齿，两腮微微鼓动，眼底也渐渐红了起来。

下一刻，她露出了一个满含杀意的微笑："我知道……"

第四十九章

▶ 怒火街头

夜幕降临，济州岛的市区里也渐渐拉开了夜生活的序幕。

热闹的夜市，霓虹斑斓的街道，还有那些站在红灯昏暗的橱窗里、等待着客人上门的援交女孩，让这里仿佛成了一幅充满风尘烟火味的画卷。

这里是市区里有名的"红灯街"，也是人流复杂、非上流人士经常出没的地方。

许多手握酒瓶坐在情色KTV门口看门的打手，用锐利凶狠的目光扫视着街道。

他们身上文着让自己看上去凶狠可怕的文身，三五成群地聚在一起，恨不得让所有人都觉得他们是十分可怕的家伙，所有人都畏惧他们。

在这条龙蛇混杂的街道上，这样的景象随处可见，尤其是在今天这样一个隐隐散发出血腥味的夜晚。

而此刻，有两个身影正踏入这条充满了情色欲望的街道。

他们看上去就像是一对双胞胎兄妹，穿着一样的黑色衣服，头上戴着相同款型的黑色鸭舌帽，上面印着张扬的涂鸦图案。

这两个陌生的身影一踏入街道，立刻就吸引了许多人的目光。

一些站街女纷纷被"哥哥"帅气的身形吸引，纷纷上前招揽，可是得到的是冷酷无语的回应。

街边情色娱乐场所的打手们用蔑视的目光望着他们，脸上带着不屑的冷笑，似乎在笑他们是两个喜欢装模作样的家伙。

装模作样？

哼，他们到底是装模作样的纸老虎，还是闷声咬死人的野兽，谁知道呢？

很快，这两个人便来到了一家闪烁着粉红色灯光的酒吧门前。

这时，站在门口的两名身材魁梧的打手将他们拦了下来，用韩语询问了两句。

只见戴着黑色鸭舌帽的女生嘴唇动了动，与他进行了简单的交谈。

随即那两名打手对视一眼，脸上都挂着一丝不屑的冷笑，然后为他们让开了一条路。

跟在后面的男生在经过他们身边的时候稍稍抬起了头，盯着其中一名打手看了一眼。

下一刻，那名打手的脸色瞬间变得惨白。

就在看到那男人眼神的一刹那，他以为自己见到了一只恶鬼！

他在那双冷漠空洞的眼睛里，看到了愤怒、冷血、视死如归，那真是一种人类很少有的可怕眼神！

当打手回过神来的时候，那两个人的身影已经消失在了灯光昏暗的走廊尽头。

接着那名打手似乎产生了幻觉，他看到那两个人刚刚经过的走廊，仿佛有一股汹涌的血浪从转角处如旋涡般卷了出来。

五分钟后……

偌大的办公室里，几名混混模样的人或坐在沙发上，或靠在墙壁上，脸上挂着讥笑与冷漠，打量着站在办公室中央的一男一女。

他们有的人手里拿着刀把玩，有的就像电视剧里演的一样，做出十分幼稚的用蝴蝶刀刮胡子的动作，想要以此来展现自己的凶狠。

沈南飞的目光在这些打手的脸上一一扫过，感觉就像是在看一群在躁动的青春期里，想要得到别人认可的混混学生。

随即他不由得露出了一个冷笑，对身边的韩东珠说道："这就是韩国黑社会吗？怎么看上去都像是一群小学生。"

韩东珠的眼睛死死地盯着对面坐在办公桌后面，留着光头，并且头上有几道刀疤的中年男人，对身边的沈南飞说道："他们是青龙帮的人，青龙帮在韩国是很有势力的帮派。"

沈南飞不屑地笑了笑，挑了挑眉毛："看上去也不怎么样。"

"呀！！"突然间，坐在办公桌后面的光头男人对着韩东珠大叫了一声，随即又像个神经病似的大笑起来。

他想要吓唬一下这对男女，看到他们那受到惊吓胆怯的样子。

不过不巧的是，他并没有看到自己想看的画面。

韩东珠和沈南飞镇定得出奇，眼睛死死地盯着光头。

或许是内心受挫，光头脸上的表情渐渐变得凶狠起来，对着韩东珠大叫着，说出了一堆难懂的韩语。

沈南飞有些不耐烦地挖了挖耳朵，今天来就没打算听他们说些什么废话。

韩东珠冷着脸与他展开了交谈，似乎是在质问她的爸妈是不是他杀的。

只见那光头有些得意地搓了搓脑袋，随即示威般地对着韩东珠冷笑，浑身上下满是挑衅的味道。

韩东珠似乎听到了自己想要听到的话，眼神渐渐变得锐利起来。

"他刚刚说什么？"沈南飞问道。

韩东珠冷冷一笑："他说，就是他做的，咱们能怎么样呢？"

沈南飞听罢点了点头，冷笑着抬头看着那光头："喂，兄弟，有句话我想要对你说。"

那光头见沈南飞说着他听不懂的语言，便皱起眉头死盯着他。

接着沈南飞举起右手，对着他比出了中指："我要说的话就是……你的死期到了！"

说着，沈南飞又竖着中指在房间里面转了一圈，对所有人比了个遍："呸，你们这些垃圾！"

虽然听不懂沈南飞嘴里说些什么，但是那带有挑衅意味的中指激起了他们心中的怒火。

嘭！

光头男拍案而起，随即顺手拉开抽屉，从里面掏出了一把二十厘米长的三棱刀。

转眼间，几名打手纷纷向着沈南飞和韩东珠冲了过来，嘴里咿咿呀呀地用韩语叫骂着。

下一刻，这间办公室就变成了一个血腥厮杀的战场！

办公室外面节奏狂嗨的音乐震耳欲聋，根本没有人听到在那房间里传来的剧烈的打斗声。

颓废的人群随着节奏摇摆，沉浸在酒精与摇头丸构筑的糜烂世界里。

可是突然间，一声巨响传来，吸引了所有人的目光。

只见一个壮硕的身影撞破了实木门板，狼狈地跌了出来。

那些木头碎片插在他的脸上，让他那张脸看上去血肉模糊，血淋淋一片。

"啊！！"

他嘴里发出杀猪一样的叫喊，接着骨头断裂的声音便从他的腿上传来。

正是那个光头男人！

紧接着，一名身材纤瘦的少女从里面走了出来，身上沾染着血迹。

随即她一脚重踏在光头男的胸口上，抬起右腿狠狠地踢在了他血肉模糊的脸上。

光头男再次发出一声惨叫，鼻梁骨被整个踢断，夸张地错位。

看到这一幕，酒吧中的人群里立刻爆出了数声尖叫。

随即人流开始如潮水般向后退去，有的干脆逃难似的奔向了出口，离开了酒吧。

啪啦！

下一刻，残留在墙上的破碎门板被人一脚踢得粉碎，接着沈南飞的身影出现，与韩东珠并肩而立。

他手里握着一把染血的三棱刀，脸上挂着冷酷的笑。

此时此刻发生在所有人眼前的这一幕，就像是那些动作电影里的场景。

男女主人公经过一番拼杀，从魔窟中全身而退，赫然立在人群面前。

沈南飞的目光缓缓扫过人群，随即抬起左手用手背擦掉了脸上的斑斑血迹。

见到这一幕，酒吧里的人似乎意识到这里正在发生一场黑帮寻仇事件，于是纷纷向着门口逃蹿，整个场面乱作一团。

而就在顾客们离开的同时，有一大群打手从门口挤了进来。

转眼之间，刚刚还人满为患的酒吧里已经人影疏寥，只有一些少数社会闲散男女似乎还在等着看热闹，想要蹚一蹚浑水。

很快，那些赶来帮忙的打手已将酒吧舞池围住，封锁了沈南飞和韩东珠的去路。

随即他们向韩东珠脚下的光头男看了一眼，立刻惊诧地瞪圆了眼睛。

而光头男一副奄奄一息的样子，趴在地上哼哼唧唧地呻吟着。

沈南飞望着封住入口的十几名打手，见他们各个手中都拿着家伙，便对身边的韩东珠问道："喂，你最高纪录可以打几个？"

韩东珠面无表情地回道："没算过，打群架，通常我还没打过瘾的时候，对手就都倒下了。"

沈南飞摇头苦笑了一下："你这样的女孩儿，我还真是第一次见到。等一下小心点，等解决了他们，我请你吃顿好的。"

韩东珠俯身将光头男腰上的皮带抽了出来，一圈一圈地缠在自己的胳膊上，问："吃什么？"

沈南飞露出了一个神秘的微笑："炒年糕。"

韩东珠冷笑："呵！"

下一刻，对面的人群如野兽般叫喊着冲了过来。

沈南飞与韩东珠摆好架势，脸上同时露出了兴奋而又充满杀意的笑。

第五十章

▶ 命运的交错

韩懿姿从济州岛的清晨中醒来，慵懒的阳光透过窗户照在她身上，让她感觉全身暖洋洋的。

或许是远离了闹市区的喧嚣，让身处在海岛上的韩懿姿感受到了一种从来没有过的放松感。

她捂着嘴巴打了个哈欠，从床头柜上拿过遥控器，随手打开了电视机。

因为曾经学习过一段时间韩语，所以一些简单的对话她还是能够听懂的。

电视里正在播放济州岛电视台的早间新闻，一名外形靓丽的新闻播音员正面色淡然地播报着昨天晚上发生的一件酒吧斗殴事件。

"各位济州岛的市民朋友大家早上好，下面为大家播报一则新闻。昨天夜间，在市区内的一家酒吧发生大规模斗殴事件，涉案人员总共三十七人。"

接着，电视新闻画面便切换到了酒吧内部的监控摄像。

韩懿姿目不转睛地盯着电视机，对于一大早就可以看到这么刺激的事情她感到有些兴奋。

在黑白的监控摄像里，十几名打手将两个穿着黑色外套、戴着黑色鸭舌帽的人围在中间，仿若一场困兽之战。

片刻后，场面一片混乱，那两个原本并肩而立的人突然分开到了两边，将那十多个打手的势力分散。

只见一个打手顺手从旁边的桌上拎起一个酒瓶，向着两人中身形纤瘦的那个女孩砸了过去。

可是那女孩反应奇快，回身就是一记凶猛的回旋踢，直接将打手手中的酒瓶踢得粉碎。

随即她用缠着皮带的右臂狠狠地砸那人的脸，直接将他打翻在地。

凶狠的力道，让隔着电视机的韩懿姿都感觉头皮发麻。

而另一边身材匀称的男子看上去也是身经百战，他灵活地躲避着那些打手的拳头，在人群中激战，画面就像是电影《一个人的武林》中饰演男主角的甄子丹在监狱里与十几名囚犯对攻时的场面。

他的拳头从人群的缝隙中挥出去，准确无误地砸在相邻打手的脸上。

每一个想要靠近他的人，都被他一脚踢了回去！

随即他转身从酒桌上拿了两个盛着酒的酒杯，泼在了其中两名打手脸上，然后趁着他们视线模糊的时候，将酒杯狠狠地向着他们的面门砸了下去！

"啊！"这一幕直看得韩懿姿不由得发出了一声惊叫。

可是不知道为什么，看到那个人的身影，韩懿姿感觉有那么一点点的熟悉。

整个画面中场景混乱残暴，看得人心惊肉跳。

随即摄像监控画面切回到演播间，播音员继续后续报道，接着又将事发后离开酒吧的那对男女特写贴在了屏幕的右下角。

"目前两名涉案主要人员下落不明，他们具有很强的攻击性，属极度危险人物，如有发现疑似者请马上远离，并立刻联系警方。"

"怎么可能找到，连脸都看不到。"韩懿姿一边说着，一边放下了手中的遥控器，下床走进了洗手间。

不知不觉，这已经是韩懿姿到达济州岛后的第三天了。

她每天除了跟着公司安排的电视台工作人员学习，就是到处观光旅游。

就这两天的时间，她已经将半个济州岛旅游区都逛了个遍。

与那些热闹的景区相比，她更喜欢一个人来到安静的海边，享受被湿湿黏黏的海风吹拂的感觉，看一看那些传说中的海女。

进行了一番洗漱和整理妆容之后，韩懿姿穿了一条简单的牛仔裤和Givenchy品牌的T恤，披上了一件白色的风衣，便离开了酒店的房间。

十几分钟后，她坐上了一辆公交车，朝着她事先计划好的海边小村而去。

就在公交车行驶到一处红绿灯停住的时候，在马路对面的一家韩式餐馆里，却有一个熟悉的身影，正安安静静地坐在那里与一名少女享用丰盛的早餐。

韩懿姿的视线透过窗子静静地注视着汽车外面的街道，很快，她的目光便落在了那家餐馆的玻璃窗上。

她看到一名穿着深蓝色运动帽衫头戴着兜帽的男子与对面的女孩子共进早餐，看上去就像是一对热恋中的小情侣。

下一刻，韩懿姿的嘴角不由自主地露出了一丝淡淡的微笑，眼神里流露出一丝艳羡之色。

路口的红绿灯变换，汽车再次发动，载着韩懿姿离开了这条街道，也让那对男女从她的视线中慢慢移开。

韩懿姿把视线收了回来，望着司机前方的街道，随即低下头露出了一个意味深长的浅笑。

刚刚的一番景象，让她想起了另外一个人。

一个与她一同经历了惊魂之夜的男子。

只是命运有时就像个调皮的小孩子，总是喜欢把一些东西搞乱，也许会让你就此与某个人错过。

街道旁的韩式餐馆内……

沈南飞和韩东珠换掉了一身染血的黑衣，穿上了一身同款的情侣运动装。

从刚刚吃早饭开始，韩东珠的神色看上去就有些不对劲，时不时地往沈南飞身上瞥。

沈南飞用筷子夹起一块炒年糕塞进嘴巴里，往韩东珠的脸上看了一眼。

此刻正巧两人目光交汇。

随即沈南飞从韩东珠的眼神里似乎读懂了什么，于是拽了拽头上的兜帽："你们韩国都很流行这种情侣装吗？我穿在身上感觉怪怪的。"

韩东珠将视线移到一边，声音冷冰冰地说道："那么晚了能买到衣服就不错了，你还想要什么？"

沈南飞有些无奈地挑了挑眉毛，低头继续吃着甜甜辣辣的炒年糕。

"吃完这一顿饭，我们就分开吧。"韩东珠一副犹犹豫豫的样子说道。

沈南飞的表情看上去没有丝毫的变化，顺口回道："怎么？过河拆桥吗？"

韩东珠放下筷子，表情认真地说道："昨晚我们对付的那些放高利贷的人是青龙帮的帮众。虽然他们被警察端了，但是青龙帮的人不会放过我们的，我跟你分开，就是不想连累你，这件事跟你没关系。"

沈南飞满不在乎地大口吃着炒年糕："你觉得，我是那种怕事的人吗？"

"我知道你不是怕事的人，但这件事跟你真的没关系，你不是这里的人，所以最好不要管得太多。"韩东珠说道。

沈南飞不小心把一块炒年糕掉在了衣服上，随即将它捡起来塞进嘴巴里吃掉，然后从纸抽里抽出一张手纸轻轻地擦去身上的甜辣酱，说："我虽然不是这里的人，但你是韩哥的女儿，我就不可能扔下你不管。从今天开始，我会替韩哥照顾你，所以我就是你的监护人。"

听到这句话，韩东珠的眼底渐渐泛起淡淡的红色，似乎她内心最柔软的地方被人触碰到了："你说什么？"

沈南飞放下手里的纸巾，双手叠放在餐桌上说道："我说从今天起，我就是你的监护人，我会代替韩哥行使照顾你的义务。韩哥不仅仅是我的恩人，也是那个人的好兄弟，我相信如果是他，他也会这么做的。"

"他是谁？"

沈南飞神秘地笑了笑："有那么一个跟韩哥情同手足的人。"

当然，沈南飞是不会告诉韩东珠有关黑老大的事情的。

沈南飞的一番话让韩东珠的眼睛越来越红了，但是她在极力克制着自己泛起波澜的情绪，将脸扭到了一边，冷冷地说道："谁要你照顾，你有什么资格当我的监护人。"

看着眼前耍起小孩子脾气，明明很感动，却还要装出不屑一顾的韩东珠，沈南飞越发觉得似乎是看到了小时候的自己。

"死鸭子嘴硬，难道说句谢谢就那么难吗？"沈南飞笑着说道。

韩东珠瞪了他一眼，用袖子擦了一下眼睛："谁要谢谢你，自作多情。"

看到韩东珠这个样子，沈南飞忍不住摇头苦笑。

如果说能够阴差阳错地多了一个妹妹，似乎也不是一件坏事。

毕竟孤身一人生活在这个现实的世界上，是一件很痛苦，也很悲哀的事。

片刻后，韩东珠用眼睛偷偷地瞄了瞄沈南飞，问道："那等一下，你要去哪儿？"

沈南飞看了看韩东珠，拿起手边的米酒喝了一口，脸上露出了意味深长的微笑："不是我，而是我们。去首尔，找一个对我来说很重要的人。"

一个小时后……

韩懿姿行走在一个俭朴的海边小村里，感受着迎面吹来的那湿湿凉凉的海风，她的心情从来没有如此放松自在。

　　远远地望着那片安静的海洋，仿佛灵魂已经随着海风，自由自在地飞到了空中。

　　她顺着一条大理石铺成的小坡道慢慢地向下走，忽然一个与这海边小村情景不符的景象出现在眼前。

　　她在一栋已经烧成废墟的房子前停下脚步，呆呆地望着那堆黑漆漆的废墟，愣怔地说道："这里……曾经发生过什么……"

第五十一章

▶ 首尔之行

当韩懿姿来到沈南飞曾经生活过的地方的时候，他却已经离开济州岛，坐上了去往木浦的轮船。

根据韩东珠的路线规划，他们会先坐船到达木浦，然后再乘高铁到达首尔，这样会省下一些时间。

当夜深人静的时候，轮船上的乘客都已经回到自己的房间入睡，只有沈南飞一个人还眷留在甲板上。

他似乎很喜欢这种夜深人静时的海风，冰冰凉凉却又安安静静，能够让他想通很多事情。

不知不觉，到韩国已近一个多星期了，可是在这段时间里，他所经历的事情一点也不比在国内的时候少。

在春州市的时候有幕后势力的杀手，可是到了韩国，还有被他们得罪的青龙帮。

韩东珠说过，他们毁了那些人手里的一个生财工具，所以青龙帮绝对不会就这么算了。

好在他们两个走得快，所以那些人一时间想要找到他们也不是一件容易的事情。

迎着冰凉夜风，沈南飞在脑海里将自己登上热门微博以来所有的事情都整理了一番。

现在狗爷已经被他排除在外了，因为一个死人无法再对他做些什么。

而剩下的，就是那躲在幕后的黑手了。

如果一切真的照着 X 先生所说的在发展，那些黑手在利用他找到云端账号，那就说明，他们一直在监视他的一举一动。

还真是一些阴魂不散的家伙！

在上船的时候沈南飞就在留意自己身边是不是有可疑的人，但是没有发现任何的蛛丝马迹。

可是他并没有因此就放松警惕。

谁知道在他不经意间，又会有什么杀手从身边跳出来呢？

寻找赵欣颖哥哥赵凯的事情，必须保密！

就在沈南飞独自一人趴在甲板的围栏上吸烟的时候，有一个人出现在了他身后那有着游泳池的二层甲板上。

那人穿着一件米色的风衣和一条浅色的破洞牛仔裤，脚下踩着双短靴。

风衣的兜帽将他的头罩住，只能看到下面露出的那张如雕刻出来一般的曲线明显的嘴巴。

他就这样一直安静地注视着沈南飞，片刻后便转身离开了甲板。

第二天一早，沈南飞和韩东珠便到达了木浦，然后换乘了去往首尔的高铁。

四个小时之后，沈南飞终于踏上了首尔的站台。

首尔是韩国政治、教育和经济文化中心，也是韩国的首都，所以这里的人流量比之前生活的济州岛海边小村多太多。

说实话，到了大城市里，沈南飞仿佛又回到了他有点厌倦的都市生活。

相比之下，他还是更喜欢那安安静静的海边。

"我们从那里出站。"韩东珠双手抄在衣服口袋里，从沈南飞的身边走了过去。

沈南飞环视了一下四周的人流，随即将头上的兜帽又压得低了一点，跟着韩东珠走向了出站口。

而在经过出站口的时候，两名警察正守在那里，用锐利的眼神审视着从面前经过的人群。

首尔不比其他地方，保安措施严密得很。

看到警察，沈南飞下意识地停顿了一下，而当他意识到自己是身在韩国而不是春州市的时候，紧张起来的心才稍稍得到了放松。

他和韩东珠两个人低着头从警察的身边走过，仿佛与命运之神擦肩而过。

可是他们没有注意到，就在他们两个离开出站口之后，之前在船上那名穿着米色风衣和破洞牛仔裤的神秘男子，也跟着走了出来。

那男人站在出站口转头眺望着韩东珠和沈南飞搭上了一辆计程车，消失在他的视线中。

男子微微笑了笑，随即转身去向了与他们两个相反的方向，钻进了一家在首尔颇有名号的牛杂汤店。

至此，这名神秘男子的跟踪终于暂时告一段落。

不过看他那从容的样子，似乎完全知道他们二人的去向，所以根本不必急于一时，相反却悠闲自在。

首尔是韩国的一线城市，首都，就连堵车堵得也是一流的。

沈南飞和韩东珠在计程车上傻坐了三十几分钟的时间，终于到达了之前他们打过电话的河景酒店。

这里是一家一星级公寓型酒店，虽然不如五星级酒店那般奢华，但是也给人一种温暖舒服的感觉。

沈南飞花了七百三十元人民币，开了一间高级双人间。

不得不说，到了首尔以后，消费标准比济州岛提高了不少。

住一晚就要七百三十块，实在是有些让他肉痛。

而且他不可能只在这儿住一晚的，不找到赵凯，他怎么可能罢休？

为了这件事，韩东珠还跟他争执了起来，问他开一间房是不是想要占她的便宜。

沈南飞哭笑不得，解释了半天才消除了韩东珠心中的疑虑。

来到了房间，宽敞的落地窗便瞬间吸引了韩东珠和沈南飞。

沈南飞是外国人，第一次住这样的地方会惊讶情有可原。

可是当韩东珠隔着落地窗看到对面著名的汉江和汉江大桥的时候，眼神中也流露出了难以掩饰的情绪。

雄伟的汉江就在对面，而一座长达一千多米的汉江大桥横跨两岸，这样的景象，实在是很难不吸引人的目光。

"原来你们韩国的汉江就是长这个样子的。虽然看上去还不错，但是比起我们国家的长江黄河可就差远了。"沈南飞说着便翻身躺在了其中一张床铺上。

韩东珠没有理会沈南飞，只是静静地注视着汉江大桥上的车流。

来到这里，她忽然想到了一件事情，那就是抛弃自己的生身父母，是不是也生活在这样的一个地方呢？

过去她还有过想要去找他们的冲动，可是随着经历的这些事情，她头脑中这样的念头也渐渐抹去了。

这世界上不会抛弃她的，只有她自己，任何人都靠不住。

想到这儿，韩东珠下意识透过玻璃窗的反光，看向了身后躺在床上的那个男人。

从现在开始，那个人可以算是一个可以信任的人了吧。

"现在我们已经到了首尔，你到底有什么事要做？"说着，韩东珠转过身背靠在玻璃窗上，注视着沈南飞。

沈南飞闭上眼睛思忖了片刻，说："找到一个人，他手里有对我很重要的东西。"

韩东珠微微皱起眉头，随即抱臂慢慢地走到了沈南飞的床边，锐利的眼睛仔细打量着沈南飞："你老实告诉我，你究竟是一个什么样的人？"

沈南飞无奈地笑了笑："你觉得，我是一个什么样的人呢？"

韩东珠迟疑了一下，头脑中回忆起了曾经与沈南飞并肩作战的场面，说："从你的身手来看，你不像是一般的上班族，因为你的身上带着一股痞气。听说我老爸以前是混黑社会的，而你跟他的关系这么亲近，所以应该也是一名社团成员吧？"

"总之，我怎么看就不像好人就对了，是吗？"

韩东珠没有说话，可是也没有否认这一想法。

沈南飞忽然从床上坐了起来，将口袋里的手机掏出来递给了韩东珠。

韩东珠愣了一下："你这是做什么？"

沈南飞笑了笑："你不是想要知道我是个什么样的人吗？看了我的微博，你就知道了。"

韩东珠警惕的目光在那手机上扫了一眼，问："你真的让我看吗？"

沈南飞点了点头："当然。既然我已经知道了你的秘密，按照我们国家礼尚往来的习俗，我也应该让你知道一些我的秘密。不过你可要想好，如果你接过了手机，看到了里面的东西，你可就跟我脱离不了关系了。"

韩东珠双眼睛盯着沈南飞犹豫了片刻，随即伸手将手机接了过来，说："从在酒吧里的那一刻起，我们就已经脱离不了关系了。"

"什么关系？"沈南飞笑着问道。

韩东珠睐了他一眼："共犯的关系。"

沈南飞淡淡一笑："你慢慢看吧，我出去转转，希望回来的时候看到你还在这里，而不是吓得跑走了。"

说完，沈南飞便起身开门离开了房间。

韩东珠在他的背影上瞄了一眼。

接着，便打开了那一扇隐藏着沈南飞所有秘密的大门……

沈南飞独自一人坐电梯下了楼，来到酒店的大堂里。

他挑选了一个空置的沙发坐了下来，从旁边的书架上拿起一本时尚杂志，装出一副认真阅读的样子。

可是实际上，他的眼睛在偷偷地观察着那些来回出入的住客。

在他们来的时候韩东珠已经咨询过赵凯的一些相关情况。

出于为客人保密的原则，前台人员并没有说太多，只是告诉他们，赵凯在入住的第一天就出去了，一直没有回来过，所以他的房间一直是空的。

对此沈南飞便起了疑心，隐隐觉得这个赵凯，似乎并不是一个省油的灯，而是一只狡猾的狐狸。

他开了房间却故意不住，那他人去了哪里，什么时候回来？

无奈之下，沈南飞只得采取守株待兔的方式等待赵凯归来。

他是整个事件的重要人物，手里掌握着对幕后黑手和沈南飞来说最关键的证据！

第五十二章

沈南飞在大堂里整整等待了两个小时的时间，始终不见一个疑似赵凯的人出现。

他曾经想要跟前台人员了解一下赵凯的样貌情况，可是前台的工作人员回应，个人护照上的信息是不能泄露的。而且赵凯的样子其实他们也没有看清楚，来的时候他就神神秘秘的，戴着口罩、帽子，还有一副墨镜。

其实如果赵凯真的打扮成这个样子，对于沈南飞来说那倒是更好辨认了。

"哎！大家跟过来跟过来啊！拿好自己的行李，我们已经到达首尔河景酒店了，接下来要给大家分配房间啊！"

突然间，一段流利的中文从酒店的大厅里面传了过来。

沈南飞有些诧异地顺着声音的方向看过去，只见一个戴着帆布小圆帽，穿着打扮十分朴实，样子看上去颇有些喜感的男性导游带着一队游客从酒店门外走了进来。

"中国人？"沈南飞皱起眉头仔细打量了一下戴着圆帽的导游，虽然他的脸上戴着一副圆形的墨镜很难辨认，但是那熟悉的声音和啰里啰唆的样子，越来越让沈南飞感觉，好像在哪里见过他。

而此刻那导游正为游客们分配住房，待都处理完了之后，那些游客便拿着房间的门卡，去向了自己的房间。

只见那导游在分配完房卡之后，便背靠在前台上长舒了一口气，嘴里叽叽歪歪地说道："这活儿，真不是人干的！"

随即他的目光下意识地扫过大堂，很容易就发现了一个坐在沙发上，用杂志挡住脸的男人，正在偷偷地观察他。

他眯起眼睛，抬起墨镜朝那人仔细看了看。

下一刻，他的脸上便露出了一副惊悚的表情，仿佛看到了鬼，立刻转身把墨镜放了下来。

"不会吧！阴魂不散啊！一定是我的幻觉！"

导游慌慌张张、自言自语的样子，引得前台的工作人员纷纷向他投来了疑惑的目光。

他在那些人的脸上扫了一眼，尴尬地笑了笑，接着快步走进了旁边的一台电梯，装作没看到那个人，故作镇定地吹着口哨。

沈南飞就这样静静地盯着那个导游进了电梯，随即脸上露出了一个神秘的微笑。

他知道，那个人看到他了！

五分钟后，导游终于来到了自己的房间，惊魂未定地坐在床上，连行李都来不及收拾。

他解开衬衫的领口，让自己的呼吸可以顺畅一些，好缓解一下刚刚那紧张的气氛。

"这怎么可能呢！世界上多么离谱的事儿都被我碰上了？一定是幻觉！嗯！一定是幻觉！楚留翔，你要清醒一点！绝对不要胡思乱想！你已经换了三份工作了！绝对不要再换了！"

叮咚！

就在楚留翔自言自语的时候，门铃忽然响了起来。

楚留翔吓得身子一颤，眼神惊恐地看向了门口："谁……谁啊！"

"Roomservice！"

下一刻，门外便传来了一个很有磁性的男性声音。

楚留翔皱了皱眉头："客房服务？我没叫过啊！是不是弄错了？"

可是门外的服务员依旧将门铃按个不停，让楚留翔有些不耐烦了。

随即他走到门前，打开了房门。

"我的妈呀！"

在他开门的那一刻，他从门缝里看到了一个魔王正在盯着他看。

他立刻就想用力地将门关上。

可是还没等他来得及，一只手便从门缝里面塞了进来，紧紧地抓住了门边。

294

"不要杀我！你不要杀我啊！"楚留翔见门是关不上了，立刻向后跳得老远，躲在了床后面，顺手拿起了一个枕头挡在了身前。

门外的魔王露出了一个恶作剧般的神秘微笑，轻轻走了进来，又顺手将门带上。

此时此刻，整个房间里就只剩下楚留翔和对面那个魔王两个人了，他就算是插翅也难逃！

"你认出我了？"沈南飞一步步地逼近楚留翔。

楚留翔捧着枕头不停地向后退，结结巴巴地说道："没……没有啊！"

说到最后一个"啊"字的时候，他竟然紧张到破音了！

"咳咳！"楚留翔赶紧清了清嗓子，想要将刚刚那份尴尬掩饰过去。

"没认出我的话，你干吗这么害怕呢？"

"我……我只是认生啊！见到生人我就会紧张啊！"

沈南飞越来越靠近楚留翔，让他不知不觉间被逼到房间的角落里。

楚留翔的背后被挡了一下，他回头一看，发现自己已经紧紧地靠在墙壁上了。

沈南飞走到他的面前，伸出一只手，将枕头从他的手里拽了过来，笑道："拿着枕头有什么用？最不济也要找一把水果刀吧。"

楚留翔眼睁睁地看着沈南飞把自己手中唯一的武器拿走，竟然没有反抗的勇气。

他就像一只被大灰狼堵在墙角的小兔子，红着眼睛愣怔地望着沈南飞。

只见沈南飞向他胸前的工做证上看了一眼，说道："你又改行做导游了？出租车司机不做了吗？"

楚留翔知道沈南飞已经认出他了，就算他说出个天来也无法掩饰自己的身份，随即尴尬地笑了笑，回道："出……出租车是个高危行业，所以我不做了。"

沈南飞挑了挑眉毛："高危行业？"随即他很快想起了之前在春州市的迈头发生的那件事，淡淡一笑，"高危行业只是对于你来说吧。你可知道，导游其实也是一个高危行业吗？"

楚留翔马上认同地点了点头："现在我知道了！"

下一刻，他的内心终于被恐惧攻破，就差"哇"的一声哭出来了，对沈南飞哀求道："大哥！就因为你我都换了三份工作了！第一份房屋中介，因为你我差点被杀手杀掉！好不容易改行做了出租车司机，我又差点被黑社会杀掉！现在做了导游，我是不是又要被你杀掉啊！你老实告诉我！我这辈子是不是真的这么衰啊！"

沈南飞笑着点了点头："我只能说你确实倒霉，到哪里都能碰到我——等一下，你说你第一次差点被杀手杀掉？那是怎么回事？"

楚留翔深吸了一口气，将那一天的事情娓娓道来。

沈南飞听了事情经过，了解到原来是楚留翔故意给了那个杀手错误的地址，心里便对他有些刮目相看了。

"你为什么要给他错的地址？"沈南飞问道。

楚留翔一脸苦大仇深相说道："那种家伙，如果真要杀我，我就是告诉了他真地址也跑不了。更何况我还是个有良知的人！身为房屋中介人，是不可以随便泄露客户信息的！"

对于这个回答沈南飞倒是有些意外，没想到这个家伙关键时刻还挺管用。

但现在他要解决的问题是，楚留翔看到了自己，如果他把这件事泄露出去的话，国内警方会立刻把他遣返回去。

想到这儿，沈南飞便来了一个"壁咚"的姿势，把楚留翔按在墙上："再次遇到我，其实也算是我们之间的缘分。不过，你看到了我，如果回头你报警的话，我就麻烦了。"

楚留翔很机灵，立刻领会了沈南飞的意思，急忙说道："啊？我遇到谁了？我谁都没看到啊！我只是一个导游！我的任务就是带着游客游览首尔！其他的事情我一无所知！阁下是谁啊？"

沈南飞听罢会心一笑，心想这个家伙倒是不傻，反应也很快。

但是他仍然装出一副不依不饶的样子："这样也不行啊，要是你说话不算话怎么办？"

说着，沈南飞便上下打量了一下楚留翔，随即将目光定格在了他的腰包上。

楚留翔脸色一变，立刻明白了他的意思，赶紧用手护住了包。

可是他哪是魔王沈南飞的对手？

几番挣扎，还是免不了被沈南飞抢包的命运。

"大哥！你抢我的包做什么！那是我吃饭的家伙啊！"

沈南飞不怀好意地笑了笑，随即从他的包里翻出了身份证和护照："这两样东西我先收着，等我在韩国处理完了事情离开的时候，再还给你。"

　　楚留翔大惊："大哥！你这样我怎么带团回国啊！"

　　"那我不管，现在你只有两条路。一，东西放在我这儿，等我离开了韩国你再走。二，我现在就杀了你，然后扔到对面的汉江里。你别忘了，我可是热门微博上的杀人案嫌犯，什么事都做得出来。"

　　楚留翔下意识地向后退了一步，紧张地咽了下口水。

　　关于沈南飞的事情他可是亲眼所见，一个在几十人的混战中还能活下来的变态，绝对是个可怕的极端分子！

　　看来想要反抗似乎是不太可能了。

　　于是，楚留翔便哭丧着脸说道："大哥！我的团只在这里停留一周，你什么时候离开韩国啊？"

　　沈南飞想了一下："嗯……我也不知道，也许一天？一周？一个月？或许……一年呢？"

　　楚留翔扑通一声坐在了地上："大哥啊！我求你放过我吧！我真是撞了鬼了！还是我遇到鬼挡墙了吗？"

　　此刻，沈南飞和楚留翔都没有发现，就在旁边可以看到汉江夜景的落地窗上，正倒映出一张女人的脸。

　　那女人脸上挂着神秘的微笑，脸色惨白，双眼直直地盯在他们两个人身上……

　　她来了……

第五十三章

摆平楚留翔，已经是晚上八点钟了。

沈南飞将他的护照和身份证都扣了下来，以防这小子在自己毫无防备的情况下坏了他的计划。

楚留翔的出现算是一段插曲，让他原本一直紧张的心有了那么一点点的缓解。

这个人虽然看上去不靠谱，可到了关键时刻，就像之前说的，或许会起到一点什么作用，所以沈南飞也没有对他做些什么过分的事情。

只要无法离开韩国，他就算想要捣乱也没有什么用处。

咔嚓！房间门打开，随即沈南飞从外面的走廊走了进来。

当他走进房间的时候，韩东珠正站在落地窗前，静静地望着外面的夜景发呆。

沈南飞在她那有些忧郁的背影上看了一眼，从口袋里掏出楚留翔的护照和身份证，放进床头柜的抽屉里，然后上了锁。

韩东珠透过玻璃窗的倒影看着沈南飞，忽然开口说道："怎么去了这么久？"

沈南飞一屁股坐在床上，转头看向韩东珠"多给你一点思考的时间不好吗？怎么样，现在知道我是什么样的人了吗？"

韩东珠面无表情地说道："嗯，其实我之前就猜到了，你是一个网红。"

沈南飞忍不住笑了出来："哼，网红！不过当这个网红的代价有点大。"

这时韩东珠转过身来，微微皱着眉头望着床上的沈南飞："你打算怎样为你自己洗白呢？有什么计划？"

沈南飞迟疑了一下，问道："你不想问我点什么吗？"

"想知道的我在微博上都看过了。你知道我为什么一直不太喜欢用手机上网吗？"韩东珠忽然问道。

沈南飞听罢微微抖了抖眉毛，一语不发地注视着韩东珠。

只见韩东珠冷冷一笑："因为我害怕一旦喜欢上手机网络，我就会变成一个瞎子。"

"瞎子？"

"没错，一个被网络蒙蔽了双眼和认知的瞎子。"

"所以，我从来不太相信网络上的东西。"

听到这里，沈南飞已经明白了韩东珠内心的真实想法。

下一刻，他露出了一个无奈却又欣慰的微笑："所以你是想要告诉我，你会继续留在身边帮我对吗？"

韩东珠没有说话，但是也没有否认，只是静静地望着沈南飞。

一阵短暂的沉默之后，她忽然开口说道："你不是说要当我的监护人吗？如果你被抓住了，你说过的话就变成了谎言。所以你最好想清楚，是不是真的要当我的监护人。"

"不用想，这个监护人，我当定了。"

听到这句话，韩东珠的双眼忽然有一道奇异的光闪过。

她的嘴角微不可察地向上扬了一下，似笑非笑。

接下来的两天里，沈南飞和韩东珠两个人一直在默默监视着赵凯的房间，可是始终没有见到类似他的家伙出现。

而在这两天里，热门微博上又跳出了许多新鲜话题。

有人说沈南飞这么久都没有更新微博，是因为已经被幕后黑手杀死了。

有人说沈南飞不是被幕后黑手所杀，而是被其囚禁了。

还有人说他已经遭受到了法律的制裁，被送进了警察局，只是这件事仍然处在一个保密的状态。

…………

一时间，沈南飞的失踪，让那些网友在网络上众说纷纭。

而现在，他们却不知道沈南飞正在另外一个国度，寻找着最后的一线生机。

不知不觉，又是一天的时间过去了。

三天。

整整三天的时间，沈南飞连疑似赵凯的家伙的影子都没有看到一个。

那间客房一直就那么空着，始终没有人来过。

有几次他偷偷地来到了那个房间门前，试探性地敲了敲门，可是里面没有任何人回应。

无尽的等待，在一点点地消磨着沈南飞的耐性。

这天夜里，韩东珠接替沈南飞在下面继续蹲守赵凯，而他难得地休息了一下，窝在房间里眺望着远处的汉江大桥，整理着头脑中的思绪。

"那个赵凯为什么开了房间却一直没有出现？他到底想要干什么？"

"又或者，那个家伙其实已经离开韩国了？我只是在这里空等罢了！"

渐渐开始动摇的内心，让沈南飞的头脑中浮现出了许多不确定因素。

然而就在他考虑要不要继续等下去的时候，他裤子口袋里的手机突然响了起来。

沈南飞忽然愣住，将手机从口袋里掏了出来，愣怔地望着它。

在韩国除了韩东珠，再没有人知道他的新手机号迈。谁会在这个时候打电话过来呢？

他看了一眼手机屏幕上的来电显示，是一个韩国地区号段的陌生号迈！

沈南飞满脸疑惑地盯着手机屏幕注视了许久，随即按下了接听键。

"喂？"

电话那边没有任何的声音。

明明已经接通了，对方却不出一点动静，这让沈南飞感觉有点诡异。

"喂？说话。"沈南飞有些不耐烦了，觉得似乎是有人在恶作剧。

（想不到韩国这种无聊的人居然也挺多。）

"你不说话，我就要挂掉了。"

就在沈南飞刚刚把手机远离耳朵，想要挂断的时候，一个奇怪的声音从手机对面传了过来。

"听说你在找我。"

沈南飞脸色一变，眉头越皱越紧，左手下意识地握拳又松开，反复这样的动作。

这电话里的声音太怪了，似乎是经由某种变声软件发出来的，听上去就像是动画电影《神偷奶爸》里面的小黄人在说话。

"你是谁？"沈南飞下意识地问道。

电话那头沉默了许久，没有发出任何声音。

似乎对面的人正准备将一个重磅炸弹扔在沈南飞的面前。

沈南飞一直静静地等待着对面的回应，眼睛盯着落地窗外面的夜景，可是心思都在那个打电话的人身上。

"我是赵凯！"

下一刻，这个突然间出现在电话里的名字，让沈南飞不禁全身起了一身的鸡皮疙瘩，每一根汗毛都立了起来！

（赵凯……他说他是赵凯？）

（这怎么可能！赵凯不认识我，他是怎么知道我的电话的？）

此刻的沈南飞内心受到了巨大的触动，不可置信地瞪大了眼睛，感觉自己身体里的每一根血管都沸腾起来。

可就在下一刻，一句更让沈南飞毛骨悚然的话语从手机里面传了出来。

"你的样子看上去很夸张，听到我的名字，有那么害怕？"

咯噔！

沈南飞的内心深处仿佛有一口巨钟被人鸣响，那颤荡的声波蔓延开来，让他全身上下里里外外被恐惧笼罩着！

赵凯能看到他！

他能看到自己！

沈南飞感觉自己似乎完全暴露在了对面打电话的人的视线里，一丝不挂。

他紧张得连耳朵都跟着脸上的皮肉动了起来，随即有些惊慌地转身，看向了房间里面的每一个死角！

没有摄像头……

他没有发现有任何摄像头或是针孔摄像机一样的东西在监视他。

"你在找什么？监控摄像头吗？不用白费力气，我还没有神通到可以在酒店里面安装摄像头的地步。"

经过变声的赵凯的声音再次传来，把沈南飞从恐惧中拉回到现实中。

而此刻，就在沈南飞内心受到极大震荡的同时，在跨越汉江千米对岸的一栋高层酒店里，却有一个男人，站在落地窗前，用一个高倍望远镜聚焦在沈南飞身上。

这个男人左手拿着手机，右手握住望远镜，用中指在调节焦距的按钮上一下下地按动着。

就这样，沈南飞脸上的每一个表情，身体做出的每一个动作，这个人都尽收眼底！

沈南飞调整了一下呼吸，试着缓解自己的紧张，好让自己慢慢镇定下来。

随即他小心谨慎地对电话里的人问道："你在哪儿？"

"我在一个随时可以看到你的地方。我就在你的身边。"

恐惧再次如凶猛的海浪向沈南飞袭来……

"你在跟踪我？"

只听电话那头的赵凯笑了笑："我对你做的事情，跟你对我做的事情是一样的。你不是也一直在监视我吗？已经整整三天了。"

赵凯所说的每一句话，都在瓦解着沈南飞的心理防线。

他怎么可能想得到，这三天来他一直以为自己在监视着赵凯。

可是残酷的现实是，自己似乎成了猎物，一直被赵凯反过来监视着！

随即沈南飞定了定心神，开口问道："你是从什么时候开始盯上我的？"

然而下一刻，赵凯的一句话，却让沈南飞差一点连站都站不稳。

"从你登上热门微博的那一刻。"

第五十四章

沈南飞的内心再一次波涛汹涌！

原来这个赵凯，从一开始就已经盯上他了吗？

现在的沈南飞一脸迷茫，他有些受挫，将左手按在落地窗上，似乎只有这样才能够撑着自己的身体不会倒下去。

"我不明白你的意思。"

电话那边的赵凯笑了笑："你不明白是正常的。如果换成另一个人，知道一个突然蹦出来的人原来一直在监视他，他也一定会惊慌失措的。"

沈南飞的情绪看上去有些激动，他将头埋在了胳膊下面，用力地闭上眼睛，不断地让自己那颗剧烈跳动的心安静下来。

随即他再一次缓缓地睁开眼睛，继续问道："你都知道些什么？"

"你的一切，我都知道。"

"你为什么要这么做？"

"我为什么这么做？我想你应该很了解。你杀了我妹妹，我怎么可能不对你感兴趣呢？"

沈南飞按在玻璃窗上的手慢慢地抓成了拳头："你妹妹不是我杀的。"

"我知道，从一开始我就知道。"

"你知道？"

忽然间，X 先生与他的一段对话闪现在他的脑海里。

"赵欣颖的云端账号被人改了，应该是她身边能够掌握她所有身份信息的人做的。"

事到如今，沈南飞大致上可以断定，云端账号与赵凯必然有着莫大的联系。

随即他装作一副什么都不知道的样子问道："你知道？"

"你应该知道我为什么会知道。这就是你来找我的目的，不是吗？"

沈南飞的内心再次被人窥探！

他忽然感觉这个赵凯不简单！

他究竟是什么人？

是站在哪一边的？

如果他是赵欣颖的亲哥哥，那为什么知道一切，却迟迟没有任何举动？

一个个疑问出现在沈南飞的脑子里，逼迫着他开口说道："你既然知道一切，为什么不把真相说出来？"

"因为这些真相，并不能彻底将那些家伙一网打尽。"

"那些家伙？你指的是谁？"

电话那边的赵凯沉默了片刻："你想知道关于他们的事情吗？我们见面吧。"

"你……你说什么？"

沈南飞有些不敢相信自己的耳朵。

这个一直以来躲在暗处监视自己的家伙，竟然说要跟自己见面？

他究竟想做什么？

不过既然他肯见面，那最好不过了。

自己这么多天的付出，不就是在等待这一刻吗？

接着他便对赵凯说道："你想怎么见面？以什么方式见面？"

"明天下午三点，河景酒店东面，鹭得织女咖啡店！"

说完，电话另一边的赵凯挂断了电话。

"喂？喂？！"沈南飞又继续说了两句，可是电话那边只有一阵忙音传来。

沈南飞看了看手机屏幕，上面显示通话时间已经结束。

下一刻，他仿佛突然意识到了什么，抬头看向了对面沉浸在夜色中的汉江。

他的视线扫过整个酒店附近的街道和对面的汉江大桥，直觉告诉他，在某个地方，赵凯还在注视着他。

随即他火速转身，风一样地冲出了房间，钻进了最近的电梯。

此时沈东珠正坐在大堂里密切地监视着出入这里的每一个人。

忽然间一部电梯门打开，沈南飞从里面急急忙忙地跑了出来，直奔酒店外面的街道。

"沈南飞……"看着有些惊慌的沈南飞，韩东珠从沙发上弹跳起来，皱着眉头追了出去。

一出门口，她就看到沈南飞转着圈四处观望，像是在找人似的。

"怎么了？你怎么突然跑出来了？"韩东珠拉住沈南飞的胳膊问道。

"他一直都在！他一直都在监视我！他什么都知道！"

韩东珠有些没太听懂他的话，疑惑地问道："你在说什么？谁在监视你？"

"赵凯！"

"赵凯？"韩东珠惊讶得张大了嘴巴，"你在哪里看到他了？"

"我没有看到他，但是他看到了我。"沈南飞一边环顾四周的高楼建筑，一边对韩东珠说道。

"你说清楚一点！"韩东珠也有些急了，用力一拉沈南飞的胳膊。

沈南飞回过神来，将目光落在了韩东珠那张严肃认真的脸上。

"刚刚赵凯打来了电话，他约我明天见面。"

"他……给你打电话？"韩东珠觉得这件事似乎有点不可置信。

"没错，这些天来我们一直在找他，可是他却一直在监视我们！我们被耍了！"

与此同时，就在沈南飞激动的心情难以平复的时候，汉江对岸的高层酒店里，那男人对着望远镜里的沈南飞露出了一个神秘的微笑。

这一夜对于沈南飞来说似乎就是最煎熬的一夜。

一直以来他在热门微博这个泥潭中挣扎了这么久，却不知道真相居然一直离自己这么近！

而那手握真相的人，竟一直默默地潜伏在他的身边，偷偷地监视着他。

这个消息一时令他无法接受。

明天，这个最关键的人物，就要与自己会面了……

经过了十几个小时的等待，终于到了第二天沈南飞与赵凯约定的时间。

沈南飞提前一个小时到达了那家鹭得织女咖啡店。

因为不确定赵凯是不是具有一定的攻击性和复杂的身份背景，所以沈南飞把韩东珠安排在对街的一家快餐店里，暗中监视着这里的动向。

如果真的出现什么不可预见的突发事件，凭着韩东珠的身手，再赶过去也不迟。

　　此时韩东珠坐在快餐店角落靠窗的位置，心不在焉地喝着热饮，眼睛却死死地盯着对面那家咖啡店。

　　沈南飞同样选了一个容易被韩东珠看到的靠窗位置坐下，用眼睛偷偷地扫视咖啡店内的每一个顾客，寻找着赵凯的影子。

　　可是时间一分一秒地过去，不知不觉，距离约定时间已经超过了半个小时。

　　沈南飞掏出手机看了看时间，随即又转头看向了街对面的韩东珠。

　　她依然坐在那里死盯着这里，一分一秒都没有分神过。

　　下一刻，一条信息便传到了沈南飞的手机里。

　　"赵凯怎么还没来？你确定时间地点都正确吗？"

　　发信息的人是韩东珠。

　　沈南飞往韩东珠的方向睃了一眼，单手在九宫格上回复道："时间地点没错，但是那家伙迟迟没出现，我担心有古怪。再等等看，十分钟后他还不出现，我们就走。"

　　就在这时，一个穿着黑色风衣、头上戴着黑色鸭舌帽、眼睛上架着墨镜的男人从咖啡店的门口走了进来。

　　他站在门口环视了一圈，最后将目光定格在了沈南飞的身上。

　　接着他嘴角上扬，朝着沈南飞的方向走了过来。

　　正在低头发信息的沈南飞还没有注意到有一个人已经向他靠近了。

　　"请问我可以坐在这里吗？"

　　忽然间，一个很有磁性的男性声音从对面响起。

　　沈南飞回复信息的手指突然停住，慢慢抬头看向了对面的人。

　　而此刻，街道另一边的韩东珠也直起了身子，放下了手里的热饮，将视线定格在了那个男人身上。

　　沈南飞盯着面前的男人打量了一下，镇定了一下自己的心神，淡定地说道："可以。"

　　那男人微微一笑，随即在沈南飞的对面坐了下来。

　　两人默默对视良久，谁都没有先开口说话。

　　最后还是沈南飞首先开口打破了这令人窒息的沉默。

"赵凯？"

对面的人笑了笑："你比之前瘦了一点。"

沈南飞的眉毛抖动了一下，寒暄道："如果你换成我，也会瘦的。"

"我知道那种感觉，我理解你。"

"既然你理解我，那我们就直奔主题吧。你约我来到底想要告诉我什么？"

赵凯自信一笑："你不是想要能够揭露幕后黑手的证据吗？也就是那个云端账号。"

沈南飞心头一颤，同时也有一丝暗喜涌上心头："那个账号，真的是你动了手脚？"

"不是我还会是谁呢？我在第一次看到账号里面的东西的时候，就知道那些人早晚会找过来，所以就在第一时间重置了密迈。"

"这么长时间，你为什么不把真相公布出来？你在背地里到底都做了些什么？"

"我昨天说过了，账号里面的东西虽然有用，但还不能彻底将那些家伙连根拔起。另外别用'背地里'这种带有歧视性的字眼，我又没干什么亏心事。"

沈南飞将身子微微前倾，表情也变得严肃起来："你说的那些家伙，就是一直以来追杀我的人吗？"

赵凯点了点头："应该是的。自从看到云端账号里面的东西之后，我就一直在偷偷调查背后的那些人，最后还真被我查到了一些东西。"

沈南飞微微冷笑："听你这么说，我感觉那云端账号里面的东西，把你和我分隔成了两个世界，那么你的世界里，都有什么呢？"

赵凯迟疑了片刻，说道："我的世界，比你所知道的要恐怖得多。如果说你的世界里面都是野兽，那我的世界里面，就都是魔鬼……"

第五十五章

▶ 突袭首尔

"魔鬼……"沈南飞心头一沉，不知道是不是赵凯在危言耸听。

两个世界的差距，难道真的这么大吗？

赵凯从沈南飞的眼神中看到了疑惑，随即开口说道："我知道我说的话你或许不会太相信，可当你看到账号里面的东西的时候，就知道我说的话到底是真还是假了。"

"你的意思是说，你会把账号和密迈告诉我吗？"沈南飞有些不太相信，赵凯会这么简单就把赵欣颖的云端账号和密迈给他。

赵凯笑了笑："不然呢？你以为我今天来这里是跟你纯聊天的吗？我已经观察你很久了，知道你不是一个没人性的家伙。而我妹妹的这个案子也让你吃了不少苦头，算是给你的一个补偿吧，起迈可以让你在网络上的境地好过一点。"

"其实相比之下，我对那个背后势力的兴趣，要多过这个云端账号，能够和我多说一点他们的事情吗？"

赵凯颇有些无奈地微微一笑："就算你知道了，又能做些什么呢？他们的强大是你无法想象的。一旦开始接触他们，你的生活将会万劫不复。"

沈南飞冷笑一声："难道他们都是超人吗？"

"他们不是人，是一群吸人血的魔鬼。一旦你惹怒了他们，事情可就不会只是被几个杀手追杀这么简单了。你会见识到这个世界上最恐怖、残忍的一面。有关那些人的事情，还是你自己通过云端账号去慢慢发现比较好，如果我一下子都告诉你，你一定会受不了的。"

"那你打算一直这样隐姓埋名到什么时候？你妹妹不能就这么冤死。"沈南飞盯着赵凯的双眼说道。

赵凯沉默了片刻，脸上浮现出一丝凄凉的神色："人人都会爆发的，只是还没到那个时候。我在等待一个机会，一个可以把他们所有人都连根拔起的机会。有笔和纸吗？我把云端账号和密迈写给你，不过你要记住，绝对不可以给任何人看。"

"我明白。"说着，沈南飞便叫来了咖啡店的服务员，向他们要了笔和纸。

随即赵凯麻利地在上面写下了一串英文账号和数字密迈。

"对了，你平时喜欢照镜子吗？"他一边说着，一边将这张写着账号和密迈的纸拿起来看了看，然后递给了沈南飞。

沈南飞皱了皱眉头："我没这么自恋。"

赵凯笑了笑："你长得这么帅，应该多照照镜子，或许会有惊喜也说不定。"

就在赵凯刚刚把纸拿起来的一瞬间，隔着五米之外的座位上，有一个把自己打扮得严严实实的家伙，偷偷用手机将那纸上写的东西拍了下来。

接着他看了看手机上的照片，嘴角露出了一个冷笑。

沈南飞接过那张纸端详了一下，然后小心翼翼地收在自己的衣服口袋里。

"谢谢你，这东西对我很重要。"

赵凯扶了扶脸上的墨镜，微微一笑："没什么，其实我早就该给你的。只是一方面我还想测试你，一方面也在跟你背后的那群人较量。我不得不承认，你是一个很有韧性的家伙，我甚至有些期待你的热门微博事件会发生怎样让人意想不到的事情。"

说完，赵凯端起面前的咖啡喝了一口，将一直想要对沈南飞说的话都说出来后，他的心里似乎轻松了不少。

沈南飞静静地打量着面前这个男人，突然感觉在这个阴暗的角落里，自己并不是孤军奋战。

多一个强有力的盟友，可以为他减轻太多的负担了。

"你介意我去下洗手间吗？"赵凯说道。

沈南飞愣了一下："当然可以。"

"谢谢！"赵凯微微一笑，随即转身向着洗手间的方向而去。

呼……

赵凯去了洗手间之后，沈南飞便长长地呼出了一口气，拿起杯子喝了一口咖啡。

从昨天晚上开始他就一直处在精神紧张的状态里，现在似乎终于可以放松下来了。

　　随即他转头看向了街道对面，见到韩东珠依旧目不转睛地盯着这里。

　　他朝韩东珠做了一个"OK"的手势。

　　韩东珠点了点头，起身收拾了一下，准备离开那间快餐店。

　　轰！！

　　突然间，一阵震耳欲聋的爆炸声响起。

　　沈南飞只觉得一股热浪从自己的侧脸扑了过来，接着是一阵凶猛的冲击波将他整个人都震飞了出去！

　　啪啦！一声巨响，他身边的玻璃窗瞬间被冲击波震得粉碎！

　　而他自己，被震飞到了外面的马路边上。

　　嗡——

　　此时此刻，沈南飞的脑子里一片空白，他的耳朵里被细细的嗡鸣声灌满，眼前的视线一片模糊！

　　似乎有些碎玻璃碴刮到了他的脸，他的右脸隐隐地传来一阵刺痛。

　　他挣扎着想要在满是玻璃碴的地面上爬起来，可是他的身子完全不听使唤，动作完全是错乱的，他只能像一只蠕虫一样在地上蠕动着。

　　在沈南飞模糊的视线之中，他看到街道对面的韩东珠惊恐地望向这里，震惊地用手捂住了嘴巴，随即焦急地离开快餐店，向着他的方向跑了过来。

　　沈南飞用力地眨了眨眼睛，让视线能够清晰一点。

　　随即他看到大街上有许多人远远地躲在对面观望不敢上前，仿佛他所在的地方是一个修罗地狱。

　　有的女孩子手捂着眼睛，不敢把目光落在他身后的方向。

　　而有些勇敢的人，却向这里跑了过来，表情恐惧地扫视着他所在的咖啡店，就像是想要在尸横遍野的战场上找到一个幸存者。

　　"呃……"

　　沈南飞的胸口突然很痛，他注意到自己的嘴角有一串血珠混着黏黏的唾液滴了下来。

　　他用尽全身的力气动了动自己的脖子，看向了自己的身后。

下一刻，他完全惊呆了。

之前那安安静静的咖啡店，现在已经是一片火海，滚滚浓烟扶摇直上，遮蔽了上方的天空。

许多桌椅杂乱地倒在地面上，有的甚至已经完全变成了碎块。

顾客的尸体横七竖八地倒在开始剧烈燃烧并且完全塌陷下来的天花板下面。

地面上到处都是血迹和顾客们身上的随身物品，甚至还有被炸毁的通风管道塌落下来。

整个场面，惨不忍睹！

这里已经不再是刚刚他所在的那间咖啡店了，而是一个令人发指的爆炸案现场！

沈南飞模糊的视线穿过那些热心过来寻找幸存者的人群，看向了刚刚赵凯离开的方向。

那个洗手间已经完全被烈火吞没，看不到任何人的身影了。

沈南飞很想要大叫，可是一点声音也叫不出来。

就在他即将失去意识的时候，他看到韩东珠慌忙地跑到了自己身边，用力摇晃着自己的身体。

她似乎在叫着自己的名字，可是沈南飞的耳朵里除了无尽的嗡鸣声和自己的心跳声，无法听到任何声音。

下一刻，他的视线一片黑暗，他慢慢地闭上了眼睛。

"沈南飞……沈南飞！！"

黑暗中，沈南飞隐约听到一个熟悉的声音在呼唤他的名字。

随即他用力动了动眼皮，睁开了一道眼缝。

此时此刻，那之前吞噬咖啡店的烈火已经被扑灭了，一座被炸成废墟、焦黑残破的房子呈现在沈南飞的面前。

沈南飞动了动眼球，然后又用力眨了眨眼睛，视线终于慢慢变得清晰了一点。

"沈南飞，你终于醒了！"看到沈南飞在昏迷了二十分钟之后睁开了眼睛，韩东珠一颗悬着的心终于放了下来。

沈南飞虚弱极了，眼睛缓慢地转向韩东珠看了一眼，随即又将目光移回到了咖啡店上。

他呆呆地望着消防员忙碌出入爆炸现场，内心受到的震动让他的身体都跟着颤抖起来。

"怎么会这样……为什么会爆炸……"沈南飞声音虚弱地问道。

韩东珠将他扶了起来，看了一眼焦黑混乱的爆炸现场，说："消防员正在排查，具体原因还不知道。"

沈南飞有些吃力地缓了口气，问："赵凯呢？他人呢？"

听到这句话，韩东珠的脸色看上去有些难看："目前算上你，只找到六名幸存者。可是这六个人里面没有一个叫赵凯的。而有些从里面挖出来的尸体已经无法辨认身份了，所以也无法确定赵凯是死是活。"

沈南飞的左手掌死死地扣着冷冰坚硬的地面，指甲都被磨破了："可恶……怎么会发生这种事……怎么会……"

"你现在身体很虚弱，不要说太多话，救护车马上就到了。"

"不行……我不能去医院。"

韩东珠一脸诧异，但是很快她便反应过来，同时想起了在沈南飞的微博里看到的那些热门事件。

现在他的身份十分敏感，而他又是偷渡过来的，一旦被警察查出来恐怕是要被遣送回国的。

情急之下，韩东珠扶起沈南飞，将沈南飞的一只胳膊架在了自己的脖子上："那我帮你找个私人医生。"

沈南飞点了点头，视线却依旧停留在那焦黑一片，惨不忍睹的爆炸现场上。

魔鬼，再一次将罪恶之手伸向了沈南飞……

魅丽文化

热门 微博 ▼

唐吉诃巴 著

贵州出版集团
Guizhou Publishing Group

图书在版编目（ＣＩＰ）数据

热门微博 / 唐吉诃巴著. -- 贵阳 ：贵州人民出版社，
2017.12

ISBN 978-7-221-14611-3

Ⅰ．①热… Ⅱ．①唐… Ⅲ．①长篇小说－中国－当代
Ⅳ．①I247.5

中国版本图书馆CIP数据核字(2018)第000637号

热门微博

唐吉诃巴 著

出 版 人	苏 桦
总 策 划	陈继光
选题策划	飞魔幻工作室
责任编辑	潘 媛
特约编辑	罗 婷 廖 琼
封面设计	孤舟倦客
出版发行	贵州人民出版社
	（贵阳市观山湖区中天会展城SOHO办公区A座贵州出版集团　邮编550081）
印　　刷	湖南凌宇纸品有限公司
开　　本	32开（880mm×1230mm）
字　　数	370千
印　　张	10
版　　次	2018年2月第1版　2018年2月第1次印刷
书　　号	ISBN 978-7-221-14611-3
定　　价	65.00元（全二册）

目录

第二卷 最后的裁决

CONTENTS

第二卷 | 最后的裁决

第一章

▶ 希望破灭

警车的警笛声从酒店外面的街道上断断续续传来。

沈南飞从昏迷中渐渐苏醒了过来，首先映入眼帘的是一袋高高挂在铁架上的药水。

输液管里还在滴答滴答地滴淌着药液，节奏好似与沈南飞的心跳频率相同。

他感觉自己头痛欲裂，仿佛之前发生的一切都是幻觉，那零零碎碎的片段不时地闪现在他的脑海里。

遍地的血迹，血肉模糊的尸体，还有被炸得焦黑残破的咖啡店。

"你醒了。"韩东珠的声音忽然在沈南飞的耳边响起。

沈南飞用插着输液管的手按了按脑袋，眼睛盯着天花板问道："我昏过去多久？"

"已经两个小时了。"韩东珠说道。

随即沈南飞吃力地撑着虚弱的身体从床上坐了起来，他感觉自己全身上下没有一处是不痛的，仿佛每一根骨头都快要散掉了。

接着他将双腿翻下了床，将手按在韩东珠的肩膀上勉强站了起来。

韩东珠将他一把扶住，搀着他一步步地走向落地窗的位置。

沈南飞向酒店的东面看去，一辆辆警车和救护车还不停地在街道上奔驰，让这附近的区域被喧嚣声覆盖，今夜能睡着的人又有几个呢？

他将头顶在落地窗上，慢慢地闭上了眼睛，一脸失魂落魄的样子："赵凯有消息吗？"

"目前还是没有发现幸存者里面有叫赵凯的人。"韩东珠说道。

其实这个答案并不出乎沈南飞的意料，他已经知道，赵凯恐怕被炸得尸骨无存了。

因为爆炸的中心，就是他所在的卫生间附近。

沈南飞深吸了一口气，右手紧紧握拳，用力地砸在落地玻璃上。

"那间咖啡店怎么会爆炸的！我才刚刚见到赵凯……"

韩东珠默默地注视着沈南飞的背影，开口说道："根据警方调查，好像是瓦斯泄漏。"

"瓦斯泄漏？"沈南飞对于这样的一个答案似乎并不信服，"偏偏在我见赵凯的时候泄漏？这是不是太巧了点？"

韩东珠眼睛一亮："你的意思是说，有人故意让瓦斯爆炸？"

沈南飞慢慢地睁开了泛红的双眼："我不知道，但十有八九是那些人做的。"

"哪些人？"韩东珠皱起了眉头。

一说到这儿，沈南飞忽然回过神来，似乎想到了一件十分重要的事情。

随即他摇摇晃晃地走回到床边，从上衣口袋里掏出了那张写着云端账号的字条。

"这里有笔记本电脑吗？"沈南飞语气急促地问道。

"我去问问看！"说完，韩东珠跑出了房间，去往了酒店前台。

沈南飞坐在床上，一副坐立难安的样子。

强烈的直觉告诉他，这一次的爆炸事件，绝对不是偶然！

不然怎么会这么巧，赵凯刚刚交出了云端账号，咖啡店就爆炸了？

一定是有人偷偷监视着他们，掌握了所有的情报之后又想要将他们灭口！

沈南飞忽然意识到，其实他自己本来也应该死在刚刚那场爆炸之中。

不过那时正巧有一名服务生从他的身边走过，替他挡住了一部分爆炸的强大冲击力。

他还记得在自己即将失去意识的时候，他看到离自己不远处，倒着一名半个身子焦黑、血肉模糊的女服务生。

或许是老天爷在关键时刻开了眼，伸手在他的身上拉了一把。

如果说一切都是那些人安排的，那恐怕云端账号里面的东西已经被他们看到了。

也就是说，那些宝贵的资料或许已经出了什么岔子。

"笔记本借来了！"韩东珠捧着笔记本电脑从外面走了进来，将它放在了沈南飞的面前。

沈南飞立刻打起了精神，启动电脑，连接上了国内云端账号的客户端网站。

随即他将那张字条上的账号和密迈一字不差地输入了进去。

下一刻，令人震惊的一幕出现了。

那个云端账号里面……

是空的！

沈南飞的脑子里面一片空白，仿佛自己先被人拉到了万里高空之上，然后又狠狠地推落到悬崖谷底！

"怎么没有东西？"韩东珠说道。

沈南飞有些失魂落魄地盯着笔记本电脑，愣怔地说道："应该是被人删除了。"

"被人删除了？是谁？你们交谈时的一举一动都被别人看到了吗？"

"我不知道，我没有注意到有人在盯着我们。谁会想到都到了韩国，还会遇到这种事！"沈南飞气得狠狠一拳砸在了床上。

韩东珠在沈南飞那张愤怒的脸上睃了一眼，问："那我们现在该怎么办？要去找那些删除视频的人吗？"

只见沈南飞僵硬地笑了笑："不可能找到的。只有他们来找我，我从来没有找到过他们。"

而与此同时，在汉江大桥附近某家酒店的客房里，那个在爆炸咖啡店里出现过的，一个打扮得严严实实的男人，正愣怔地盯着面前的笔记本电脑发呆。

当他再三确认之后，他掏出了手机，拨通了一个人的电话号迈。

"喂？黑蛇。"

"嗯，事情办得怎么样了？东西拿到了吗？"

"我们下手有些急了，赵凯给沈南飞的账号，是空的。"

"空的？怎么回事？"

"不知道，我在拿到账号的第一时间就打开来看了，里面什么东西都没有。"

电话另一边的男人沉默了许久，随即开口问道："那他们两个人呢？"

房间里的男人说道："赵凯已经被炸得粉身碎骨了，不过沈南飞好像被一个女人救走了。"

男人迟疑了一下，继续说道："要我去干掉他吗？"

"不用了，就算账号是假的，但赵凯已经死了，这个秘密也就不会有人知道了。至于沈南飞，关键人物不在了，他也成不了什么气候，网络舆论会收拾他的，我们不用插手。你马上离开韩国，剩下的事情我会看着办。估计警方的监控录像很快就会查到你的。"

"是，我知道了。"

咚！咚！咚！

突然间，门外传来了一阵敲门声。

爆炸案杀手锐利的眼神立刻看向了门口。

随即他挂掉了手中的电话，从床上的外套下面摸出了一把左轮手枪，小心翼翼地走到了门口。

"Who？"

"Roomservice！"

听到外面的人说是客房服务，杀手的右手拇指便扣动了枪栓。

此时此刻，从这扇门的外面，杀手仿佛感受到了一股浓浓的杀气透过门板渗透了进来。

他握紧了手枪，左手轻轻地搭在门把手上，小心翼翼地转了起来。

嘭！

就在门锁打开的一瞬间，外面的人将门一脚踢开，接着一个穿着米色风衣和破洞牛仔裤的身影便扑了进来！

杀手震惊之余便要扣动左轮手枪扳机！

在枪栓就要落下的一瞬间，身穿米色风衣的男子一把握住了左轮手枪后面的枪栓，阻止了即将发射的子弹，随即右手狠狠一拳击打在杀手的肋骨上，左手一甩，将手枪夺下来扔到了一边！

"呃——"

杀手感觉肋骨上传来了一声脆响，似乎是被这家伙一拳打断了骨头。

杀手还没来得及还手，那个穿着米色风衣的男子如同鬼魅般绕到了他的后面，随即左手托住他的下巴，右手按在他的头顶上，用力一扭！

咯啦！一声脆响，杀手的脖子如同脱线的木偶一样摇晃了一下，随即他的嘴角渗出一行鲜血，扑通一声跪倒在地。

从那男人冲进来到解决杀手，不到十秒钟的时间！

随即这个穿着米色风衣和破洞牛仔裤的男人走到了杀手的身边，从地上捡起了手机。

"指纹解锁……"接着他抓起杀手尸体的一根指头，打开手机，找到了里面的电话簿，都拷贝发送到了自己的手机上。

下一刻，他翻了翻手机里的通信录，很快就看到了一个叫作"黑蛇"的名字。

随即他拨通了这个叫作黑蛇的男人的电话。

一阵嘟嘟的忙音之后，另一边的人接起了电话。

"喂？"

穿着米色风衣的男人没有立刻回话，像是在逗他玩似的，等着他下一次的询问。

然而这许久的沉默，却已经让电话那头的黑蛇意识到了什么。

"你是谁？"黑蛇问道。

只见米色风衣男人冷冷一笑："很快，我就会找到你的。"

黑蛇迟疑了片刻："沈南飞？"

然而下一刻，米色风衣男人挂断了电话……

三个小时后，济州新罗酒店高级客房内……

韩懿姿刚刚洗漱了一番，靠在床上百无聊赖地切换着电视节目。

突然间，一则热点新闻出现在电视屏幕上。

"今日下午三点三十五分，位于首尔汉江大桥附近的鹭得织女咖啡店疑似瓦斯泄漏发生了剧烈爆炸。现场共有十三人死亡，八人重伤，六人轻伤，目前伤者已送医急救。现场情况已得到了控制……"

接着新闻画面便切换到了发生爆炸的事故现场。

看到这一幕，韩懿姿不禁震惊得张开了嘴巴，眼眶慢慢红了。

当她看到遍地的血迹和那些因血肉模糊得过度惨烈而打了马赛克的尸体时，不由得捂住了嘴巴，心脏也跟着剧烈地跳动起来。

这绝对是一个重大事故。她是做记者的，自然能够猜到电视机里播报出来的死伤数量绝对是保守的！

别忘了，这种规模的爆炸案，里面有的死者已经无法辨认了，又或者，干脆被炸成了灰！

"等一下！"突然间，韩懿姿眼睛一亮。

就在刚才新闻画面镜头一带而过的地方，她忽然看到了一个熟悉的身影。

随即她立刻接通了网络电视，找到了刚刚的那条新闻，把镜头掠过的地方暂停了下来。

她皱着眉头仔细看了看，随即不可置信地瞪大了眼睛！

"那是……沈南飞！"

第二章

▶ 云端账号藏玄机

韩懿姿做梦都想不到，她竟然能够在韩国看到沈南飞的身影。

那个画面一直被定格，而韩懿姿也盯着看了一分钟时间，心中终于完全确定，那个男人，就是沈南飞！

不过画面中的沈南飞右边脸上血迹斑斑，身体无力，被一个年龄似乎比他小一点的女人搀扶着离开了现场。

这个画面很短暂，又在镜头的边缘，如果不是韩懿姿观察力敏锐的话，或许她就这样错过了。

沈南飞出现在爆炸案的现场，不禁把韩懿姿的心都揪了起来。

她握着遥控器盯着电视画面思忖了片刻，然后拿起手机预订了一张前往首尔的机票！

接着她翻身下床，脱去了身上的睡衣，动作麻利地换上了准备外出的衣裳，把一些必需品都装进了行李箱。

二十分钟后，韩懿姿便坐上了去往机场的计程车。

虽然她不知道沈南飞具体住在什么地方，但只要到了首尔，一切都可以查到。

就在韩懿姿向着沈南飞身处的地方飞奔过去的同时，这个男人却颓废地坐在病床上，不停地往嘴里灌着啤酒。

韩东珠将被子盖在头上，背对着沈南飞，眼睛呆呆地注视着落地窗外面的夜景。

自从知道账号是空的之后，沈南飞就一直是这副失魂落魄的样子。

心里好不容易升起的一丝希望，就这么被毁掉了！

今天发生的一切，就好像在春州市时冬贺遭枪杀事件一样。

只不过这一次更加过分，那些人不仅仅杀了赵凯，还拉上了那么多无辜的人陪葬！

最可气的，是他们竟然利用瓦斯爆炸伪装了这次事故。

穷凶极恶的杀人案嫌犯，难道可以就这么堂而皇之地从大众眼皮子底下溜掉吗？

现在，沈南飞的脑海里一直在回忆着见到赵凯时的情境。

如果他当时多问一点的话，或许就不会像现在这样两手空空了。

云端账号里面的东西没有了，所有的证据都消失了。

韩东珠透过玻璃窗的反光看着有些颓废的沈南飞，随即干脆闭上眼睛，不想让自己的心也跟着颓废下去。

"哼，没了，那个家伙除了一个空账号，什么都没有留下。"沈南飞一边喝着酒，一边在心里自言自语。

现在沈南飞不禁开始胡思乱想，是那个账号原本就是空的，还是真的被那些家伙删除了所有资料呢？

不过就现下的情况来看，沈南飞总会下意识地认为属于后者。

啤酒的味道让沈南飞越喝越苦，胃部也开始出现一阵微微的抽动，很难受。

他放下了啤酒，下床摇摇晃晃地走向了卫生间。

很快，里面便传来了一阵呕吐的声音。

韩东珠睁开眼睛，从床上坐了起来，看向了卫生间的方向，担忧道："喂，你没事吧？"

沈南飞没有回应，扶着马桶吐个不停。

五分钟后，他感觉自己的胃似乎快要被吐空了，嘴里又苦又涩。

随即他扑到了洗手盆前，打开水龙头拼命地往脸上拍水。

清凉的自来水让他的头脑终于清醒了一点。

沈南飞抬头看了看镜子里自己那贴着几张创可贴的脸，样子狼狈不堪。

"你平时喜欢照镜子吗？你长得这么帅，应该多照照镜子，或许会有惊喜也说不定。"

就在这时，赵凯在咖啡店里和他说过的话，突然间回荡在他的脑海里。

沈南飞脸上的表情瞬间僵滞，眼睛越睁越大，愣怔地望着镜子里的自己。

"镜子……照镜子……"

"你平时喜欢照镜子吗？你应该多照照镜子。"

一时间，这句话如同魔咒，在沈南飞的耳边不停地回荡。

下一刻，他突然挺直了身子，一脸恍然大悟的样子。

他立刻转身跑出了洗手间，从放在床头柜的笔记本电脑上拿起了那张写着云端账号的字条！

接着他冲回到卫生间里，动作缓慢地将字条上有字的一面转向了镜子。

"这！这是！！"

韩东珠看到沈南飞神经兮兮的样子，以为他是酒精中毒，又或者喝多了导致精神亢奋。

于是她翻身下床，向着卫生间的方向走去："沈南飞你一惊一乍的在做什么？"

然而她才刚刚走到门口，沈南飞却又像只疯牛一样冲了出来，仿佛根本忘了他在爆炸案里受了伤。

"啊！干吗呀！"韩东珠左肩膀被沈南飞撞了一下，差点摔倒在地上。

接着沈南飞竟然又捧起了床上的笔记本跑进了卫生间。

韩东珠诧异地望着着了魔一般的沈南飞，见他那兴奋的样子，立刻意识到他似乎是想到了什么东西，于是便也跟着走进了卫生间，站在后面注视着他的一举一动。

"你这是怎么了？"韩东珠问道。

只见沈南飞一边打开了云端账号的登录界面，一边语气急促地说道："我知道了！我之前一直忽略了一件事！赵凯从一开始就把账号密迈告诉我了！"

"可那个账号不是被清空了吗？"

"没错！那个账号的确是空的，但或许并不是被那些人清空的，而是原本就是空的！是赵凯为了迷惑那些人做的假账号！而真的账号，就藏在这个假账号里面！"

"这个家伙简直是个天才！把真假账号合并到了一个账号里面！"沈南飞完全是下意识地在回答韩东珠的问题。

而韩东珠却听得云里雾里，似懂非懂。

"这只是我的一个设想，但回想起他对我说的话，我觉得这种可能性或许是存在的！"

沈南飞一边说着，一边右手举起字条，将有字的一面对着镜子。

原本那张字条上面所写的账号和密迈分别是：

账号：moppiubhx

密迈：3231103b

可是如果像这样从镜子里看的话，可就完全不一样了！

韩东珠恍然大悟般瞪圆了眼睛！

"原来是这样！"

韩东珠在镜子里面看到的账号和密迈，与之前的出入很大。

沈南飞的手指因激动而颤抖着在键盘上输入镜子里的账号和密迈，并且嘴里自言自语地说着："从镜子里看的话，账号就是xhduiqqom。而密迈里的数字'3'可以看成是'E'，数字'2'可以看成是'S'。所以，最后的密迈就是'de011ese'。"

啪！

在重新输入密迈和账号之后，沈南飞毫不犹豫地按下了登录键。

二十分钟后……

国内网络因为一个通过微博发布出来的视频而彻底沸腾起来。

而一个小时后，各大媒体都在争相报道这一热门事件。

沈南飞在沉默了两周之后，终于再次在网络上面发声，瞬间吸引了无数网民的眼球！

"大家好，欢迎收看××电视台新闻信息。一个小时以前，女主播遭奸杀案热门事件当事人沈南飞，时隔两周再次在微博上发出视频，而在视频中出现的画面，疑似为女主播赵欣颖生前在某KTV所拍摄的毒贩交易场面……"

接着，电视新闻里便播放了部分视频内容。

在视频里，四五个穿着讲究的男人似乎正对着桌子上两个皮箱里的东西"验货"。而这时，其中一个人向着视频摄像头看了过来，随即他两步蹿到了摄像头的前方抢夺手机！

接下来画面出现剧烈的晃动，随即变成了一片漆黑。

由于光线太暗，所以那人的样貌十分模糊，但是他伸出来抢夺的手露出了一个黑蛇图案的文身！

这是一个十分明显的文身标记。

而与此同时，在韩国首尔的一家高级酒店里，那个绅士模样、身体强壮的中年男人正坐在沙发前静静地看着手机上的热门微博视频。

他的左胳膊搭在沙发的扶手上，手里握着一个盛了半杯红酒的杯子。

随着视频的播放，他的手越握越紧。

下一刻，杯子被他啪的一声捏碎，鲜红色的酒液溅在了他的白衬衫上。

随即他咬牙切齿，语气森寒地说道："沈南飞！"

第三章

凌晨三点钟，首尔市已经陷入了深沉的睡眠之中。

可是在河景酒店的大厅里，有三个穿着黑色风衣的家伙走了进来。

他们来到了昏昏欲睡的值班前台工作人员面前。

正巧这个时候工作人员从瞌睡中醒来，迷迷糊糊地望着站在面前的几名黑衣人："你们要干什么？"

十秒钟后，这些人便站在了通向上面楼层的电梯里。

而在前台后面的地面上，一名男性前台工作人员眉心被弹孔射穿，死不瞑目，身下是一摊鲜红色的血液。

很快，那些穿着黑色风衣的家伙便来到了沈南飞所住的房间门口。

接着其中一人从风衣口袋里掏出了从前台那儿抢过来的万能房卡，轻轻地贴在了门锁感应器上。

嘀！

随着一阵愉悦的电子音响起，沈南飞和韩东珠的房门被轻轻打开了。

这三个黑衣人对视了一眼，小心翼翼地推开了房门走了进去，最后一人将门牢牢锁死。

房间里面一片漆黑，就算客厅里面有落地窗，可是外面已经沉睡的街道也只不过有淡淡的路灯光芒微微地照射进来。

他们的脚步很轻，轻得听不到一点声音，就这样一步步地靠近了沈南飞和韩东珠卧室的方向。

很快他们便来到了沈南飞和韩东珠的床铺前，盯着床上只将脑袋露出在被子外陷入沉睡的两个人。

下一刻，他们三个从腰间掏出了装着消音器的手枪，毫不犹豫地扣动了扳机。

随着几声细微的声音响起，弹无虚发，沈南飞和韩东珠的被子被打得鹅毛乱飞。

这些家伙一连开了数枪，从头打到脚，任何一个部位都不曾放过。

可是很快他们发现，这两个躺在床上的家伙居然一动不动。

随即其中一名黑衣人上前掀开了沈南飞的被子，发现下面竟然是几个鹅毛枕头伪装的，而在外面的头发，不过是一个假头套而已！

"There is no one here!"那黑衣人用英文不可置信地说了一句。

韩东珠那张床也是一样，完全是被人精心布置过的假象。

突然间！

一双手从其中一名黑衣人身后伸了出来，按着他的脑袋用力一扭。

咯啦一声，站在最后面的黑衣人呆愣地立在那里片刻，随即扑通一声扑倒在地上。

剩下的两名黑衣人反应奇快，在看到伙伴倒地的一瞬间，立刻转身朝着漆黑的角落里扣动了扳机！

"呀——哈！"

就在这时，双野狼一样的眼睛向着其中一个开枪的黑衣人冲了过去，随即左手握住了他握枪的手，高高地举向了天花板！

啾！啾！啾！

黑衣人连射三枪，可是因为手被向上推去，所以只在墙壁和天花板上留下几个焦黑的弹孔。

另一名黑衣人刚要转身朝沈南飞射击，可是不知道从哪里突然飞出一脚，准确无误地踢在了他的手腕上！

装着消音器的手枪啪的一声掉在了地上。

他正要弯腰去捡，却又被人一脚踢到了一边。

"浑蛋！"

黑衣人怒骂了一声，接着转身便扑向了那黑暗中弄掉他枪的家伙。

就在这时，韩东珠的身影如同迅疾的野兽一样突然扑了上来，她用膝盖狠狠地撞向了黑衣人的胸口！

黑衣人双手一挡，接着一把抱住了韩东珠的大腿，腰身用力一转，将她整个扔飞了出去，重重地撞在了前面的落地玻璃窗上。

"啊！"韩东珠闷叫了一声，立刻从地上爬起来，打算再次朝着那黑衣人扑过去。

啾！啾！啾！啾！

可是她才刚刚迈出一步，几发子弹便射在了她的脚下！

韩东珠愕然看向旁边，只见沈南飞将另一名黑衣人骑在身下，左手死死地抓住他握枪的手往地上撞！

沈南飞见这家伙怎么都不肯松手，便干脆双手握住了他的胳膊，蜷起身子，像是撅木棍一样，狠狠撞向了他的手臂。

黑衣人感觉左手臂被大力撞击，仿佛要断了一般剧痛，于是松开了手里的手枪。

沈南飞见状立刻伸手去抓手枪，可是被后面扑上来的杀手踢到了一边。

"畜生！"

沈南飞气得骂了一句，见另一名杀手就要冲上来踢自己的脑袋。

就在这时，韩东珠起身一个飞脚踢了过来，正中那人面门，将他踢得倒在了床上。

而被沈南飞压在下面的杀手也开始反击，一个翻身将沈南飞反制压在身下。

韩东珠立刻又是一记回旋踢，狠狠地踢在了那杀手的脑袋上，将他踢向了落地窗的方向！

沈南飞没有片刻停歇，马上一个侧翻滚到了床边，从地上捡起了一把装着消音器的手枪。

而此刻，正巧倒在床上的杀手也看到了枪，他从腰间掏出了一把不到八厘米长的月牙形匕首，向着沈南飞的脑袋刺了过来。

就在最危急的关头，沈南飞迅速抓住了那把手枪，转身便对着那刺过来的杀手的胸口连开三枪！

杀手扑通一声扑倒在沈南飞的身边，嘴里渗出了鲜血，痛苦地扭动着身体。

韩东珠正要过来帮忙，可是突然感觉身后一个阴影将自己笼罩！

只见之前被他踹到落地窗那边的杀手不知道从哪里又捡到了一把枪，正用黑洞洞的枪口对准了她的脑袋！

韩东珠惊恐地瞪大了眼睛，感觉到他的手指在扳机上压了下去。

啾！啾！啾！啾！

突然间，那杀手的身上有几道鲜血喷到了韩东珠的脸上，他的身上多了几个弹孔。

沈南飞在危急时刻举枪连射，那些子弹穿过杀手的身体，直接射碎了他身后的落地玻璃窗！

失去了窗户，外面的强风便凶猛地灌了进来！

杀手中枪向后倒退几步，接着脚下一空，直接从十三层楼上坠落下去！

韩东珠转身眼睁睁地看着那名杀手坠落，嘴里大口地喘着粗气。

沈南飞马上从地上爬起来，借着微弱的灯光来到了韩东珠的面前一把将她拉了起来："我们得马上离开，快！"

韩东珠紧跟在沈南飞后面，迅速逃了出去。

走廊里此刻空无一人，寂静诡异得如同通向地狱的通道。

沈南飞左手拉着韩东珠，右手紧握着手枪，脚步急促地走向了最近的电梯口。

突然间，就在他们站在电梯口的时候，对面的一间房门忽然打开。

沈南飞听到声音立刻回身举枪，而韩东珠也同时转身，将一条修长的腿直奔人脸的高度踹了过去。

"哎，我的天啊！别激动！别激动！"

一个身上穿着深蓝色睡衣的男人高高地举起了双手，用流利的中文说道。

只见沈南飞的手枪和韩东珠的飞脚同时在他的脑袋边上停住，只差不到两厘米的距离就要贴上了。

"楚留翔？"沈南飞一脸诧异。

韩东珠双充满警戒的眼睛死盯在楚留翔的脸上，对沈南飞问道："你认识？"

"他是我的人质。"

楚留翔见此情形吓得双腿发软，然而还没等他喊饶命，却突然被沈南飞一把拉进了电梯！

"哎，大哥！你干什么？这到底怎么回事？"

"想活命就闭嘴！"沈南飞喝了一声。

楚留翔立刻闭上了嘴巴，惊恐的目光在沈南飞和韩东珠两人的脸上游移不定。

很快，他们便乘坐电梯来到了一楼大堂。

一经过大堂前台，他们便看到了躺在血泊中死不瞑目的工作人员。

"啊！这人怎么死了！是……是你杀的吗？"楚留翔吓得差点叫了出来。

沈南飞往那尸体上睃了一眼，淡淡道："我刚从上面下来，你说呢？"

"你到底又惹上什么人了？怎么每次见到你都没有好事！再说你有什么事好歹让我穿上衣服啊！"

"没时间了，听说你这两天租了一辆巴士？"

楚留翔一听，便知道沈南飞这是在打他巴士的主意，支支吾吾地说道："那车不是我的！我可是交了押金的，就因为没有护照，我找的黑交易，多交了两倍钱！你什么时候把护照和身份证还给我啊！"

"等你帮我做完了事，我会给你的。"

不一会儿的工夫，沈南飞三人便来到了外面的停车场，找到了楚留翔的那辆巴士。

接着，沈南飞和韩东珠两个人便眼睁睁地看着楚留翔从后腰上撕下来一把钥匙。

他真的是从身上撕下来的！

"你把钥匙贴在身上？"沈南飞惊道。

楚留翔尴尬地笑了笑："这个还不都是拜你所赐。车钥匙不贴身带着，如果丢了我的钱可就没了！那可是我的钱啊！"

楚留翔一边说着，一边打开了这辆小型巴士的车门，钻了上去。

接着汽车发动，他回身问了一句："我们去哪儿？"

"不知道，反正快点离开这个地方就行，估计他们还会派人来的！"沈南飞说道。

楚留翔一脸崩溃地从后视镜里看着沈南飞，抱怨道："我就知道，一见到你肯定没好事，我这辈子算是被你带进沟里了！"

小型巴士缓慢地出了停车场，驶入酒店外面的马路上。

就在这辆小型巴士刚露头的一瞬间，一连串的枪声响起。

啪！啪！

楚留翔侧面的车窗被瞬间击碎！

"啊！我的妈呀！怎么回事！有人开枪啊！"楚留翔吓得忙转动方向盘，把汽车转到了外面的马路上。

沈南飞一听到枪声就到了巴士的最后面，见到在后方不远处，有四辆汽车和两辆摩托车组成的车队正追了过来！

"他们的人这么快就来了？！"沈南飞愕然道。

韩东珠也来到沈南飞的身边向后方看，忽然一辆摩托车上贴着的车标在她的视线中闪过！

"是青龙帮！"

沈南飞眉头紧锁："青龙帮？怎么会是他们？"

"估计这些人不是来找你了，可能是来找我的！"韩东珠的脸色变得十分难看，眼睛里面也有一丝怒火在燃烧。

"他们怎么会找到这里的？"

"青龙帮的势力在韩国不小，我们砸了他们的场子，他们肯定不会放过我们的。"

沈南飞迟疑了片刻："那刚才酒店里的杀手呢？难道也是青龙帮的人？"

"我不知道，现在分不出来这两伙人是不是一起的！"

"肯定是一伙的啊，大哥大姐！要不他们怎么知道你们在这辆巴士里面！"楚留翔一脸崩溃地叫嚷道。

啪！

突然间，后面的车队对巴士展开了猛烈射击，击碎了后面的挡风玻璃。

沈南飞和韩东珠两人立刻分别闪到了两边！

楚留翔从后视镜里看到这一幕，心痛地用力一拍方向盘："哎呀，我的钱啊！换一块挡风玻璃得一大笔钱啊！完了！我的押金肯定没了！"

嗡——唔！

一阵摩托车引擎声传来，随即两辆摩托车冲了上来，一个挡在了前面，一个与楚留翔并排行驶，并且车手从夹克里掏出了一把手枪。

楚留翔见状脸色惨白，想都不想就用力一转方向盘，向着那辆摩托车撞了过去！

嘭！一阵响声传来，巴士侧面狠狠地撞在了那辆摩托车上！

只见那辆摩托车连人带车狼狈地翻了过去，在地上滚了几圈摔到了马路边上。

沈南飞缩头躲在车后座上，把手露在外面用枪对后面的车队进行射击。

忙乱中他看到了刚才一幕，忍不住对楚留翔说道："不错啊，这么快就进入状态了！"

楚留翔吓得都快要哭出来了："废话！电影里不都是这么演的吗！我要是不撞我就死了！你现在还有心思开玩笑！"

一抹笑容在沈南飞的脸上一闪而过，随即杀气再次布满了他的双眼。

他深吸了一口气，接着突然把头露出窗外，对着后面最近的一辆汽车猛烈射击！

不知是沈南飞射击技术好，还是他运气好，其中一发子弹打中了汽车驾驶员。

下一刻，那辆车突然转向了一边，撞到了旁边同伴的车上。

可是那同伴反应很快，立刻向左一转方向盘，躲过了翻车的惨剧。

现在还剩下三辆车在后面紧追不舍，而且每辆车上似乎都有三四个人。

"前面就到汉江大桥了！我们要不要上桥啊！"楚留翔大声喊道。

沈南飞回身看了一眼，见此刻大桥上没几辆车，地方很空旷，比较能够施展小巴士体型上的优势。

"上桥！"沈南飞喊道。

只见楚留翔一转方向盘，巴士便立刻开上了汉江大桥。

后面三辆轿车紧追不舍，里面的人伸出头来，用五六把枪对着他们的巴士猛轰！

嘭！

突然一声巨响传来，随即巴士失去了控制，在车流稀少的汉江大桥上开始画蛇行驶。

"糟了！车胎被打中了！"楚留翔努力控制着车身的平衡，从后视镜里可以看到车胎爆掉的后轮轮毂在地上擦出一道长长的火花！

嘭！

又是一声巨响传来，这一次巴士的右前轮也被打爆了！

随即巴士立刻失去了平衡，左摇右晃，差点把沈南飞和韩东珠从车上甩出去。

"不行了！开不动了！"楚留翔惊慌地大喊了一声，随即一脚踩下了刹车。

下一刻，这辆巴士的车身开始打滑，斜着冲了出去！

然而更可怕的是，他们正失控地冲向了汉江大桥的桥边！

"要死了要死了！赶快停啊！！"楚留翔感觉自己的脚都快把刹车踹到发动机里面去了。可是这辆车开得太快，惯性太大，还在继续向前滑行！

眼看着桥边的围栏距离他们越来越近，随即狠狠地撞了上去！

"啊！"

沈南飞被惯性向前甩了出去。

韩东珠也摔在了他的身上。

楚留翔的脸狠狠地撞到了方向盘上，但好在最危急的关头他把胳膊垫在了下面，减轻了缓冲，可是鼻子上仍然传来一阵剧烈的酸痛。

由于围栏的阻挡，巴士终于停了下来，可是半个车头已经悬在桥边！

"我的脸，我的鼻子！"楚留翔从方向盘上直起身来，忽然被眼前的景象吓得腿都软了！

此时此刻，黑漆漆的江水遮盖了他全部的视线。

随即他把头从旁边的车窗伸了出去，看到自己正悬在半空，车轮还在空转。

"我的妈呀！我们要掉下去了！"楚留翔惊慌失措地喊道。

沈南飞从巴士通道上扶着韩东珠爬了起来。

韩东珠来到车窗边，看到后面的轿车已经追了过来。

"他们追上来了！"韩东珠喊道。

沈南飞听罢立刻来到窗边，看到他们距离巴士已经不到二十米的距离，便举起手枪开始对着他们射击！

子弹打在那些轿车的挡风玻璃上，迫使他们把车停了下来。

可是接下来，车上的人都下了车，在距离沈南飞他们不到十米的地方猛烈射击！

哒！哒！

就在这时，沈南飞的手枪空响了两声。

"糟了，没子弹了！"沈南飞的脸色瞬间变得惨白。

而此刻，似乎那些人也知道沈南飞失去了攻击力，于是变本加厉地攻击巴士。

不过一分钟的时间，这辆巴士就被打得千疮百孔。

那些人似乎想要把他们连人带车一同毁掉！

楚留翔把头埋在方向盘下面，一边用双手抱着脑袋，一边哭丧着脸说道："完了！车毁了！我这次小命不保了！"

"我们该怎么办！这样下去我们就逃不了了！"韩东珠的眼神里出现了一丝绝望。

就算他们再怎么厉害，也不可能从这么多支枪下面逃生的。

沈南飞的脸色也不好看，他现在完全是处在被动的局面里，只能任人宰割。

等那些人打得爽了，就会过来把他们三个都杀掉。

现在他们就像是在戏耍沈南飞一样，要把整辆车打烂，吓得他们魂飞魄散。

"这群浑蛋……"沈南飞气得身体直颤抖，脑子里面快速地思考着可以逃离这里的方法。

下面就是汉江，如果真的没有任何退路的话，只能跳江了！

可是这里这么高，跳下去生存下来的概率又有多少呢？

他曾经体会过一次那种从高空落水的感觉，他不相信自己还会有上一次的运气。

如果只有他自己一个人的话，他或许会考虑跳下去，因为一个亡命之徒无牵无挂。

可是这一次，还有两个无辜的人！

他不能扔下他们不管！

就在沈南飞三人被围困在巴士上的时候，一辆白色 SUV 旅行车突然从汉江大桥的另一边快速靠近。

这辆车就像一只穿透黑夜的白色老虎，轰鸣的引擎声打破了这寂静的首尔之夜！

很快，那辆撞到大桥围栏上的巴士便进入了这辆 SUV 的视线。

这辆车在行驶到距离现场还有不到二十米的时候，停了下来。

那些正在对着巴士射击的青龙帮杀手见有车过来了，便将枪口对准了那辆 SUV，想要鸣枪将他吓走！

可是下一刻，只见这辆 SUV 的车门打开了，随即一个穿着米色风衣和破洞牛仔裤的男人从上面走了下来。

而当那些杀手看到这个男人的一刻，脸上瞬间露出了惊恐的表情！

只见在那个男人的右手上，竟然拎着一把黑色的中国产 95 式自动步枪！

下一刻，他在那些杀手震惊的目光注视下，将这把 95 式自动步枪架在了肩膀上，眼睛紧贴着瞄准镜。

紧接着，一连串密集的枪声响起，穿着米色风衣的男人手中的 95 式步枪喷吐着火舌，用压倒性的猛烈火力向对面的青龙帮杀手开火。

沈南飞听到了与刚才明显不同且连续不断的枪声，其间还夹杂着青龙帮杀手的惨叫。

他小心翼翼地将头伸出窗外。

接下来的一幕，让他仿佛在看一场激烈的枪战电影！

那个穿着米色风衣的男人，脸上戴着黑色的面罩，用十分专业的射击姿态进行着火力压制，并且一步步地向着巴士的方向靠近。

而那些青龙帮的杀手，被打得躲在车后面，毫无还手之力！

不过一会儿的工夫，这个男人便来到了巴士旁边，用低沉磁性的声音对躲在车上的沈南飞几人说道："快点下车，跑到白色汽车那里去。"

第四章

▶ 神秘男子

　　沈南飞愣怔地望着站在汽车外面穿着米色风衣的男子，看到他那张戴着口罩陌生而又神秘的脸，一时竟有一些茫然。

　　这个男人是谁？

　　他为什么要救我？

　　还是，他也是某些人派来的杀手？

　　就在沈南飞犹豫的时候，这个男人忽然转过脸对他说了一句："如果你还想活下去，就马上下车！"

　　这句话立刻让沈南飞从迷茫中回过神来。

　　这个男人说的是中文，似乎并不是韩国人。如果说他真的要杀自己，大可以借着那些青龙帮杀手的手干掉自己，根本不需要现身。

　　想到这儿，沈南飞便将心一横，决定暂时相信眼前的这个男人。

　　不然，他们继续留在车上也是死！

　　沈南飞警惕地朝穿米色风衣的男人盯了一眼，接着又看向了那些被重火力步枪压得抬不起头，躲在汽车后面的青龙帮杀手，对身边的韩东珠说道："我们下车！"

　　韩东珠对于这个男人的出现也是一头雾水，但听到沈南飞的话便下意识地跟着他下了车。

　　"你们等等我！"楚留翔眼神惊恐地望了一眼面前黑漆漆的江水，双腿颤抖着离开了正驾驶的座位，在到达汽车门口的时候用力跳了下来，差点摔了个狗吃屎。

　　沈南飞领着韩东珠和楚留翔朝着那辆白色SUV的方向一路跑了过去。

慌忙中他回头看了一眼，见那穿着米色风衣的神秘男子，如同一棵挺拔的松树，手持95式自动步枪，继续对着那些青龙会帮众扫射！

青龙会帮众们的汽车被打得满身弹孔，发动机引擎的盖子被子弹射击得飞起来，车胎也纷纷爆掉，眼看着变成了几堆废铁！

被打漏的油箱里有一摊汽油流了出来，把地上弄得湿漉漉的一片，空气中充斥着一股浓浓的汽油味。

此时此刻，这韩国著名的汉江大桥，仿佛变成了一处硝烟弥漫的战场。

这时，穿米色风衣的男人也回头看向了沈南飞几人，正巧与沈南飞的目光在空中交汇。

随即他对着沈南飞点了点头。

沈南飞也不自觉地点头回应，仿佛是对他的回谢。

很快，沈南飞三人便跑到那辆SUV旁边，快速钻了进去。

一上车，韩东珠便一把抓住了沈南飞的肩膀，满脸疑惑地问道："这个人是谁？是你认识的吗？"

沈南飞坐在副驾驶上，盯着前面依然在火力压制青龙帮的神秘男人的背影说："我不知道他是谁，从来没见过。"

"没见过？没见过他怎么会救我们？喂！沈南飞，我们不会出了虎穴又入狼窝吧！"楚留翔一脸惊恐地说道。

这句话却让韩东珠也跟着紧张起来，她有些不安地看着沈南飞："也许我们可以自己逃走，如果那个人是别人派来的杀手，我们就危险了！他可是有重火力的！一般人哪里可以弄到自动步枪这种东西？"

沈南飞一时间陷入了挣扎，两只手紧紧地抓着自己的裤子。

而这时，前方那神秘男人再次回头向他们这里看了一眼，见他们都上了车，便开始一边用火力压制，一边慢慢地向汽车的方向退了回来。

退到一半的时候，突然一阵汽车发动机的轰鸣声从前方响起。

他眼神一闪，原来在青龙帮那些杀手的后面，又有几辆汽车风风火火地开了过来。

"麻烦的家伙们来了！"神秘男人低声说了一句，随即便将左手伸进风衣口袋，从里面掏出了一枚黑色的82式手雷！

嚓！

只听一声脆响传来，他用嘴巴咬掉了手雷上面的拉环，轻松潇洒地将它抛了出去！

躲在汽车后面的青龙帮杀手看到帮手们到了，纷纷激动起来，准备大干一场。

可是忽然间，自动步枪的枪声停止了，这立刻吸引了他们的注意。

咚！哒！哒！哒！哒！

突然一声异响传来，一颗黑色的东西砸在了发动机引擎盖上，又滚落到了一名青龙帮杀手的胯下。

杀手低下头看着那黑溜溜的圆球，眼神忽然充满了恐惧。

随即他用韩语大喊了一声"不要"！

下一刻，一声巨响响彻天际，汉江大桥上火光冲天！

几辆挨在一起的汽车被连带着引爆，巨响连连，熊熊火光点亮了汉江大桥的夜空。

沈南飞三人被剧烈的爆炸声吓得都缩起了脖子，整个人趴在中控台上，把头埋了下去。

待那一瞬间爆裂的火光消失之后，他们才纷纷把头抬起来，眼神惊恐地望着前面变成一片火海的汉江大桥。

下一刻，沈南飞嘴巴微张，愣怔地注视着那个向着他们走来的神秘男人。

他手里拎着95式步枪，身后是剧烈燃烧的火焰。

此时此刻，他仿佛是一个从地狱血战归来的勇士，如游荡于暗夜的鬼魅一般不由得让人畏惧。

沈南飞的心脏开始剧烈地跳动起来。

那个男人距离他们所在的汽车越来越近，他甚至能够闻到他身上散发出来的淡淡的血腥味！

这是一个全身沾满了鲜血的家伙！

"沈南飞，你看到了吗？那个家伙不仅有步枪！还有手雷！你说他是正常人吗？我们快走吧！这个人太可怕了！不走的话就来不及了！"楚留翔已经吓得想要打开车门跑下车去。

可是他见沈南飞一直愣怔地望着烈火中向他们走来的那个男人没有一点反应，心里也没有了逃离的勇气。

很快，那个男人便在他们三人的目光注视下回到了汽车旁边，拉开车门上了汽车。

啪！

一上车，他便将手里的95式步枪扔到了后排座上，正巧砸在了楚留翔的怀里。

"妈呀！"楚留翔双手一碰触到那冷冰冰的东西，立刻触电般地向旁边挪动了一屁股，躲到了一边，紧靠着韩东珠。

韩东珠的眼睛在那支步枪上扫了一眼，随即暗自咽了下口水，左手偷偷地向它摸了过去。

"难道你打算如此对待你们的救命恩人吗？"那神秘男人突然开口说道。

"啊！"韩东珠被这突然的一句话吓到，猛然抬头看向了前方的后视镜。

只见那黑色的口罩上面，双锐利的眼睛正通过后视镜盯着她。

韩东珠心头猛地一颤，不得不将手又慢慢地缩了回来。

神秘男人的眼角微微一弯，笑了笑："你们放心，我们是同一战线的。"

说完，他便立刻发动了汽车，来了一个十分粗暴的掉头，朝着汉江大桥的反方向开了过去。

坐在副驾驶上的沈南飞默默地盯着这个男人的脸，身体被他那暴力的开车方式甩得左右乱晃，不由得伸出一只手抓住了头顶的把手。

为什么会左右乱晃？

因为这个家伙竟然在路上逆行，并且粗野地躲避着对面的行驶车辆。

一时间，沈南飞三人同时感觉到，现在他们的性命似乎都掌握在一个疯子的手里！

啪！

砰！

突然间，就在汽车在路上逆行的时候，后面传来了一阵子弹击打在铁皮上的声音！

沈南飞还没来得及问他是谁，目光便立刻从那男人脸上收回，转头看向了身后。

只见有两辆黑色的SUV紧跟在他们后面，与他们一同在路上逆行，并且从车窗里探出两个人，对着他们猛烈射击！

他们似乎是撞开了汉江大桥上那片挡住他们去路的被炸毁的汽车，一路冲了出来！

神秘男人向后视镜里瞄了一眼，冷笑着说道："真是群难缠的家伙，这样都跟过来了。"

"对枪你应该不陌生了吧。"

听到神秘男人的话，沈南飞立刻转过头来看着他："你在跟我说话？"

"不然呢？后面那个软蛋能开枪吗？"

沈南飞的眼神在正抱着脑袋缩在后车座上的楚留翔身上睃了一眼。

神秘男人突然伸手拉开了储物箱，从里面掏出一把黑色手枪，递到了沈南飞面前："把后面的家伙解决掉。你能做到的。"

沈南飞愣怔地盯着那支手枪，愣了几秒钟，然后将它一把接了过来。

接着他按下了自动车窗，从右后视镜里瞄准后面的汽车，快速地扣动了扳机！

他确实运气好，其中一辆汽车的挡风玻璃上立刻出现了几个弹孔，驾驶员似乎被打中了！

接着车身便开始左摇右晃，冲向旁边的逆行车辆！

嘭的一声巨响！

那辆青龙帮追击而来的汽车与一辆迎面驶来的运钞车重重撞在一起！

爆炸的火焰再次照亮了夜空！

大片的钞票随着爆炸在大火中纷飞，散落了一地。

"哦吼！哈哈哈！"神秘男人大叫了一声，随即竟然兴奋得大笑起来！

就在这时，另一辆青龙帮的车辆从左边追了上来！

神秘男人从左后视镜里看了一眼，又将手伸到方向盘下面，掏出了一把袖珍手枪！

　　接着他将握枪的左手伸出窗外，随意地射了几枪，后面便传来了一阵剧烈刹车的声音。

　　很快，又是一阵猛烈的撞击声传来！

　　至此，青龙帮所有前来追击的车辆统统损毁！

　　神秘男人最后在后视镜里扫了一眼，见到身后的两团火光，眼角便露出了一个微笑。

　　接着他加大油门，转入了旁边的一条街道。

　　就在他们转入街道的几秒钟后，一队警车从刚刚的街道上风风火火地直行而去，与他们擦肩而过！

　　半个小时后，一辆白色的 SUV 缓缓地驶入了一处位于近郊的废弃福利院。

　　很快，汽车穿过敞开的生锈铁门，停在杂草丛生的院子里。

　　神秘男人没有多说什么，直接打开车门下了车，向着福利院里面的一栋房子走去。

　　沈南飞等三人面面相觑，似乎一时间都不知道是不是应该跟着前面的那个家伙。

　　但很快，想要弄清楚他的身份的好奇心，便催促着沈南飞在短暂的犹豫之后，下车跟了上去。

　　韩东珠也要下车，却被楚留翔一把拉住。

　　"喂！我们真的要跟那个家伙在一起吗？他有枪的！还有手雷！"楚留翔一脸贪生怕死相，丝毫没有身为一个男人的担当。

　　韩东珠转头看着他冷冷地说道："他有武器，但不是也没有杀你吗？"说完，她便甩开了楚留翔的手，跟上了沈南飞。

　　"要送死你们自己去吧！我可不去！哼！"楚留翔抱着手臂缩在后座上，一路看着他们三个的身影慢慢消失在前面荒草萋萋的院子里。

　　忽然间，他感觉脖子上有一缕冰凉的气息传来。

他不由得打了个冷战，隐约觉得身边似乎多了一个人。

他慢慢地转动着脖子，向着左边的空座上看了过来……

下一刻，一张眼睛翻白的脸几乎与他面贴着面！

他甚至能够感受到那冰凉的气息喷溅在脸上的真实感！

"啊！鬼啊！！有鬼啊！！！"

只见楚留翔双手颤抖着拉开了车门，从汽车上摔到了到处都是野草和枯叶的地面上，然后连滚带爬地站了起来，朝着刚刚他们三人离开的方向追了出去！

"鬼啊！等等我！这里闹鬼啊！！"

楚留翔充满恐惧的叫喊声在黑漆漆的废弃福利院里回荡，从远方还不合时宜地传来了两声微弱的狗吠。

只见在那辆白色的 SUV 里，一个穿着彩色格子连衣裙的女孩低垂着头坐在那里。

她慢慢地僵硬地转动着脖子，看向了他们离开的方向。

然而下一秒钟后，她的身影便消失了……

啪！

神秘男子摘掉脸上的口罩，从风衣口袋里掏出了一盒韩国香烟，抽出一支咬在嘴里，用印着情色女郎图案的打火机点燃。

微弱的火光照亮了他的脸，将他那张轮廓如刀刻般俊朗的脸呈现在沈南飞的眼前。

他鼻子高挺，眉毛浓密，眼神锐利而又深邃，咬着香烟的嘴角微微向上翘，似乎随时随地都在对别人笑，看上去是一张很温暖的脸。

可是人往往都会被一些人的表象所欺骗。

就好像这张看上去很温暖的脸，不仅不温暖，还带着一股淡淡的血腥味。

起迈现在的沈南飞，是这样看他的。

他们现在身处一间落满灰尘、杂乱的旧办公室里。

沈南飞和韩东珠分别靠在两边的桌子上，打量着眼前这个神秘男人。

"你是谁？为什么要救我？"一路上一直困扰着沈南飞的问题，终于有机会问了出来。

神秘男人收缩着腮，深深地吸了一口烟，边吐烟圈边问："你不记得我了吗？"

沈南飞瞬间愣了一下："我们见过吗？"

一旁的韩东珠皱了皱眉头，目光在沈南飞和那个神秘男人的脸上游移。

神秘男人笑了笑："亏我还借了你几百块钱，没想到你这么快就把我忘了。"

听到这句话，沈南飞更加疑惑了："你借了我几百块钱？什么时候？"

"一个月前，在春州市的那家医院里。"

"医院里……"沈南飞的思绪渐渐回到了一个月前他刚刚出事时的那段时期。

他的记忆从旅馆逃离开始，快速梳理，曾经经历过的画面在他的脑海中一一闪过。

很快，他便想起了那间跳水逃生后醒来的医院。

一个发型讲究、穿着布洛克雕花皮鞋的男人走了进来，推着他离开了病房，去往放射科。

当他走进放射科大门的时候，一名戴着白色医帽和口罩的值班医生走了过来，朝他笑了笑。

"是你！原来是你！你就是那个假医生！"沈南飞终于从回忆中梳理出了这个曾经出现过的男人，瞪圆了眼睛吃惊地望着他！

只见那个男人笑了笑："你终于记起我了，看来我的几百块钱没有白花。"

得知真相的沈南飞无比震惊。

如果自己今天没有再次碰到他的话，或许早就把他忘了！

这个男人，在自己两次面临生死关头的时候都出现救了他，是命运的巧合，还是一切其实都在他的掌握之中？

"你怎么会在韩国的？"沈南飞问道。

神秘男人又吸了一口香烟，慢慢变红的烟头在他的眼睛里倒映出两团红色的火光："因为我查到，那些人在这里有势力。"

沈南飞皱起了眉头："那些人？"

"就是将你送上热门微博的幕后黑手。"

这句话，如同棒槌在沈南飞的心头上狠狠地敲了一下，让他不由得紧张起来。

"其实从第一次见你我就很想问你，你为什么要找这些幕后黑手？上了热门的是我，所以这件事跟你有什么关系呢？是那些人也对你做了什么吗？"沈南飞问道。

神秘男人沉默了片刻，将香烟举在嘴边："他们伤害了我的家人……所以我必须报仇，把他们连根拔起！"

听到他的这句话，沈南飞的心里悄悄地笼罩上一层恐惧。

他眼神警惕地打量着面前的这个男人，小心翼翼地问道："你……究竟是什么人？"

男人吸了一口香烟，然后将最后的烟头扔在地上，用鞋尖碾灭，朝着沈南飞的方向走了过来。

沈南飞下意识地将身体微微向后仰，强制镇定自己紧张的心情。

他走到沈南飞面前，忽然伸出了右手："自我介绍一下，我就是那些人一直在找的赵欣颖的哥哥，赵凯！"

在听到这个名字的一瞬间，沈南飞仿佛感觉有一颗炸雷在自己的脑海中炸响！

这一刻，他的脑袋一片空白，已经不能自主思考了！

眼前发生的一幕，简直就是一个超越了常识和逻辑的反转！

只见沈南飞嘴唇微微抖了一下，不可置信地说道："你说你是……赵凯？赵欣颖的哥哥？"

神秘男人笑着点了点头："没错！"

沈南飞没有去握他递过来的手，脸上挤出了一个尴尬且难以置信的微笑："开什么玩笑，你撒谎也不要用死人的名字。赵凯已经死在昨天发生的爆炸案里了！"

此时此刻发生的反转剧情，让一旁的韩东珠也不由得嘴巴微张，吃惊地望着这个自称是赵凯的男人。

在韩东珠的印象里，那个男人明明已经被炸死在那间咖啡店里了才对啊！

看到沈南飞那副吃惊的样子，神秘男人无奈地笑了笑："那个人不是真的赵凯，我才是。"

沈南飞离开了身后的桌子，往旁边撤了一步："搞什么，你凭什么说那个赵凯是假的？他可是给了我赵欣颖的云端账号和密迈！"

下一刻，沈南飞裤兜里的手机突然响了起来。

沈南飞立刻看向了裤子，随即将手机从兜里掏了出来，看到一个韩国号段的电话号迈显示在屏幕上。

他犹豫了片刻，将电话接了起来："喂？"

接着，他便在电话里听到了经过变声的小黄人的声音："明天下午三点，鹭得织女咖啡店。"

嗡——

沈南飞的耳朵里瞬间充满了嗡鸣声，仿若一口巨钟在他的脑中被敲响！

在听到手机里那个声音的同时，他还听到自己的身边同步传来了一个男人的声音。

随即他吃惊地看向了面前的那个男人，见他拿着手机站在对面，脸上带着神秘的微笑。

"怎么样？现在信了吗？"

"怎么样？现在信了吗？"

电话里，现实中，两个声音同时响了起来，让得知真相的沈南飞呆若木鸡。

"你……真的是赵凯？那咖啡店里的那个人，是谁？"

赵凯挂断了手机："那个人是一名表演系的学生，代替我去跟你见面的。"

"代替你……跟我见面？"沈南飞的表情渐渐变得认真起来，眼神里也慢慢浮现出一丝愤怒，"你居然让一名学生，代替你去送死？"

第五章

▶ 无尽的恐惧

沈南飞愤怒地盯着赵凯，刚对这个男人建立起的一点好感都消失了！

难道他真的就如自己所想的一样，是一个视别人生命如无物的魔鬼吗？

赵凯从沈南飞的眼神里读懂了他的心思，他露出了一个悲伤的微笑："你现在一定觉得，我是一个魔鬼，是一个杀人不眨眼的刽子手吧。"

"难道不是吗？"沈南飞紧咬着牙齿说道。

"我也不想这样。我曾经对他说过，这个活儿虽然钱多，但有一定的危险性。是那个学生坚持要做的，我为什么要拒绝呢？如果不这样，我怎么能够把我们背后的那些家伙引出来？我已经用了很多办法，都不能逼他们的那个幕后黑手现身，这次是唯一的希望。"

"所以，你就牺牲了一条无辜的人命来作为你的诱饵？哦对了，不仅仅是他，就连我也只是其中一个诱饵对吗？"

想到这儿，深深的屈辱感便在沈南飞的心底燃烧起来。

原来赵凯约自己去咖啡店的真正目的，就是把他当成诱饵，将幕后黑手引出来！

赵凯默默地注视着沈南飞愤怒的双眼，平静地说道："并不完全是这样，我也没有想到他们会想用这种极端的办法杀死我们两个。如果我死了，你一个人是无法对付背后那些家伙的。"

"够了！"沈南飞心头的怒火终于无法抑制地爆发了出来，他冲到赵凯的面前一把揪住了他的衣领。

"你口口声声说那些家伙，可是那些家伙是谁啊！！你从头到尾都是在利用我对吗？从你第一次在医院里救我开始，我就是你计划里的一颗棋子对不对！"沈南飞的情绪有些激动，随即举起拳头一拳狠狠地打在了赵凯的脸上。

赵凯的脸立刻歪到一边，嘴角有一滴血珠流了下来。但他没有还手。

韩东珠看到这一幕想要上前阻拦，却被赵凯的一个眼神拦了下来。

他的眼神就像是在对她说："让这个家伙出出气吧，也许这样会好一点。"

沈南飞双手死死揪住赵凯的衣领，将他拽到了自己面前，咬牙切齿地说道："你知道有多少人因为这件事死掉了吗？你知道因为你的关系，我把自己变成什么样了吗？我现在双手沾满了鲜血，你满意了吗？你是想把我变成跟你一样的魔鬼，对不对？我现在……我现在已经有些不认识自己了。每天看到镜子里的自己，就好像在看另外一个人！"

"我知道你很委屈，但很不幸，你出现在了我妹妹的镜头里。所以，你注定与这件事脱离不了关系。如果你换成是我，你的妹妹被人害死了，你会不会想尽办法帮她报仇呢？韩东珠的父母被害死了，你不是也带着她去找青龙帮的人寻仇了吗？"

赵凯的一句话，唤醒了沈南飞心中某种特别的东西。

他朝韩东珠看了一眼，对赵凯说道："我怎么会跟你一样？起迈我没有让无辜的人为我去送死！"

赵凯冷笑一声："你以为光明是那么容易见到的？兽人萨尔不也是踏着父母的尸骸一路成长起来的吗？"

"什么兽人萨尔！你在胡说些什么莫名其妙的东西！"

"你这个网络白痴当然听不懂！如果我是你，就不会再说一句抱怨的话，而是想想今后要怎么做。既然你已经身在旋涡的中心了，就不要再说起过去那些历史！未来要走的路才是你当下要考虑的！"

沈南飞死死地盯着赵凯的眼睛，而赵凯也丝毫不畏惧地瞪着他。

赵凯说得对，就算沈南飞再怎么抱怨，也无法改变他现在身处旋涡中心的事实。

既然是没用的东西，倒不如抛到一边去，将目光放向未来。

沈南飞在心里反复思考了一下赵凯的话，想着就算现在自己把赵凯杀了，也无法改变自己登上热门微博的命运，随即他用力地将赵凯推开。

赵凯整理了一下自己的衣领，擦掉了嘴角的血迹说："你还真是一个冲动暴躁、没有安全感的家伙。不过也正是因为这样，你才能一直活到现在。"

"别说这些废话，既然你一直在背地里调查那些家伙，就说说他们的事吧。"沈南飞回到了落满灰尘的办公桌边，靠着它蹲在了地上。

"鬼！鬼啊！有鬼啊！"

就在这时，楚留翔满脸惊恐地从外面的走廊跑过，当他看到办公室里面有人之后，便立刻回头跑了进来。

"鬼！我刚刚看到鬼了！"

沈南飞皱着眉头盯着楚留翔看了一眼："鬼什么鬼？"

只见楚留翔一脸惊慌地比画着："那……那辆车里我看到了一个女人！吓死我了！我们快走吧！这里闹鬼啊！"

"我看你倒像个鬼，给我安静一点！"沈南飞不悦道。

楚留翔立刻闭上了嘴巴，左右打量了一下韩东珠和赵凯，然后默默地退到一边去，用手捂着胸口小声急促地喘息着。

赵凯在沈南飞三人身上扫了一眼，随即说道："这些都是你的同伴吗？看来你也把无辜的人卷进来了。"

"这不用你管，我会保护他们的安全。"

"保护他们的安全？就像刚才在巴士上那样？"赵凯笑着说道。

沈南飞脸色有点难看，把脸扭到了一边。

"做好准备，现在开始我说的每一句话，都是在给你指明生路。知己知彼，才能从他们的黑暗中挣脱出来，重见光明。"

赵凯的话让房间里的气氛顿时变得紧张起来。

"黑蛇。"他忽然开口说出了这两个字。

"黑蛇？"沈南飞忽然想到，他曾经在云端账号里的那段视频里看到过这个东西，"是那个文身吗？"

"黑蛇是那些人的文身不假，但我说的黑蛇，是一直负责追杀我们抹灭真相的家伙。"

"原来那个幕后黑手，叫黑蛇？"

赵凯摇了摇头："他是叫黑蛇没错，但我不确定，他一定就是幕后黑手。我调查过他们，包括之前追杀过我的杀手身上，都有黑蛇的文身。可是这个黑蛇，是类似于这些杀手统领的角色，所以据我所知，他的身上有着九头蛇的文身！"

"这些文身能说明什么？能证明他们是某些帮派的成员吗？"说到这儿，沈南飞便想到了青龙帮，"难道他们是青龙帮的人？"

"他们不是青龙帮的人。"

"但……青龙帮是他们的人！"

听到这里，韩东珠的眼睛闪过一道惊讶的目光："你说青龙帮是他们的人？在韩国，青龙帮可是数一数二的黑帮了！"

这个消息无疑让在场的所有人受到了不小的震撼！

从刚才那些持枪杀手就能看出青龙帮不简单，可就是这样一个杀人不眨眼的帮派，竟然只是黑蛇的手下势力吗？

那他到底有多强大！

赵凯笑了笑："没错，青龙帮是很厉害，但是黑蛇背后的势力更可怕。只是，身上文着黑蛇的那些人，是属于一个更高的势力。"

"是谁？"

"蛇姬！"

"蛇姬？"

"没错，蛇姬据说是一个很神秘的女人，是国际三大毒枭之一，从来没有人见过她的真面目。可是我不确定这些文着黑蛇的家伙跟她到底有没有联系。因为身上有黑蛇文身的势力，据我所知全世界有五个。这只是我的猜测。"

沈南飞吃惊地说道："你的意思是说，黑蛇也只是一个统领，这个蛇姬，才是最终的幕后黑手？"

赵凯没有否认："我说过，这只是我的一个猜测，所以我之前才会利用你一点点把真相引出来。如果说一切都跟我猜测的一样，那沈南飞，你接下来要面对的，将会是一群吃人不吐骨头的魔鬼。"

听到赵凯的话，沈南飞全身不由得起了一身的鸡皮疙瘩。

他做梦也不会想到，热门微博事件的背后，居然牵扯着一个如此庞大的势力！

如果说一切都是真的，那一直以来，他都是在国际毒枭的魔掌下苟延残喘地生存吗？

太可怕了！

这背后的真相让人毛骨悚然。

这些幕后黑手，通过网络操控着一切，将一个无辜的人活生生变成了奸杀案嫌犯。

凭他们的势力，估计在世界各地都有眼线，所以他们的一举一动很容易就会被发现。

现在，沈南飞终于明白为什么他刚刚一拿到云端账号，咖啡店就发生如此惨烈的爆炸了。

那些人杀人成性，一旦被逼到绝路，今天可以无所顾虑地引爆一家咖啡店，明天或许就会为了杀他而炸掉一栋酒店！

沈南飞渐渐觉得，自己面对的根本就是一群恐怖分子！

看到沈南飞那震惊的模样，赵凯十分理解他现在的感受。

因为当他第一次知道这些的时候，反应比现在的沈南飞更加强烈。

他曾经绝望过，想要放弃过。

可是当他一想到妹妹临死前受尽屈辱，就将他懦弱的一面彻底摧毁，变成了一个为了帮妹妹报仇，甚至敢于单枪匹马与毒枭势力作战的独行侠！

下一刻，赵凯忽然开口说道："如果你害怕的话，可以退出。如果你想留下来战斗的话，我陪你一起。"

沈南飞沉默了片刻，忽然冷冷一笑："我还有退出的可能吗？没关系了，我这条命早就已经没了，所以幕后黑手是毒枭还是恐怖分子都没有太大的关系。"

随即沈南飞慢慢抬起头，眼神坚毅地注视着赵凯："你不是说，要把那些家伙连根拔起吗？算我一个。我要把这些王八蛋都暴露在网络上！让他们也尝一尝当'网红'的滋味！"

第六章

赵凯的脸上露出了欣慰的笑容，说："从见到你的第一眼开始，我就知道你不是一个省油的灯。你真的很不怕死。"

"对我来说，生与死没有太多区别，但是蒙受不白之冤是我不能容忍的。你接下来有什么计划？或许我们可以合作。"沈南飞说道。

赵凯思忖片刻，说道："我已经弄到了一些黑蛇的消息，接下来要做的就是把他引出来。这件事危险性很高，所以你最好不要插手，我一个人就够了。这样就算我死了，你还可以继续追查下去。"

"那我要做些什么？"

"你还是将主要精力放在热门微博上，在网络上揭露他们的谎言，必要的时候我会找你帮忙。你一定要记住，这件事情从网络上开始，就一定要在网络上结束，否则我们所做的一切都没有意义。所以网上持续保持你微博的热度是关键，一定不可以让自己淡出网络大众的视线！"

赵凯的话让沈南飞觉得十分耳熟，他似乎在哪里听到过，可是一时间又想不起来。

就这样，沈南飞在与赵凯进行了一番计划之后，便打算在福利院分开。

他们两个虽然有共同目标，但就像是第一次在医院里相遇时一样，要尽量减少同时行动，避免被一网打尽的悲剧出现。

赵凯对沈南飞说："我可以死，但是你绝对要活着！"

很快，他们一行四人便来到了福利院的门口。

沈南飞望着赵凯的背影，脑海里隐约间总是会浮现出一个奇怪的英文字母。

X！

经过反复咀嚼赵凯说过的每一句话，他越来越觉得，他的口气跟 X 先生有点相似。

他一直很不明白 X 先生是如何能够联系到他的，可是如果把这一切套在赵凯身上，似乎就有点说得通了。

"好了，我们就在这里分开吧！你们自己要注意，尽量不要在太繁华的地方落脚，以免被青龙帮的人找到。"说着，赵凯便伸手指了指福利院东面的一处废弃停车场，"那边的停车场里有一辆汽车，你们开那辆车离开吧。"

说完，他便从风衣口袋里掏出一把车钥匙递给了沈南飞。

沈南飞接过钥匙，说道："你不离开这里吗？"

赵凯神秘地笑了笑："我要留在这里处理一点东西，之后会自己离开的。"

沈南飞看着赵凯迟疑了片刻，随即点了点头："那好吧，你自己保重。有事记得联系我，你知道我的电话。"

"好的。"赵凯笑着对着沈南飞挥了挥手，"我们不久还会见面的。"

沈南飞淡淡一笑，随即转身跟韩东珠和楚留翔一道向着东面的停车场走去。

赵凯望着他们的背影慢慢远去，如释重负地重重地吐出了一口气，转身走向了他那辆白色 SUV。

"X！"

突然间，沈南飞的声音在他的背后响起。

赵凯停下脚步，转过头微微皱着眉头看着身后的沈南飞："你说什么？"

沈南飞盯着赵凯的脸足足看了五秒钟，之后便露出了一个自嘲般的微笑："没什么，你保重。"

赵凯一脸莫名其妙，随即一直目视着沈南飞一行消失在视线之中。

五分钟后，橙黄色的火焰便在这家位于近郊的废弃福利院里燃烧了起来。

赵凯身后背着一个大大的登山包，手里提着一个空的汽油桶，默默地注视着在自己面前被点燃的那辆白色 SUV。

任何证据都不能留下。

他知道那些人会想办法查到这辆汽车的，所以必须将它销毁。

火焰越烧越旺，很快就蔓延到了整辆汽车。

赵凯的眼睛里倒映着熊熊火光，仿佛在烈火之中，看到了自己妹妹活着时那甜美的笑容。

下一刻，他闭上了眼睛，左手紧紧地握成了拳头。

片刻后，他再次睁开眼睛，眼神变得比之前坚毅许多。接着，他扔掉手中的空汽油桶，扣上头上的兜帽，转身徒步离开了这家废弃的福利院。

很快，这荒草萋萋的院子里，就只剩下了一辆熊熊燃烧的汽车。

砰——

火焰蔓延到了敞开注油口的油箱，立刻发生了剧烈的爆炸！

在这静谧的夜晚，一团火焰直冲天际，爆炸声回荡在郊野上空。

第二天一早，首尔机场大厅。

韩懿姿拖着行李过了安检，行走在人流稀疏的机场大厅里。

因为飞机延误的关系，韩懿姿在机场等待了几个小时，才终于登上了飞往首尔的飞机。

一下飞机，她的心里不知为何，比在济州岛的时候要紧张许多。

她总是隐隐感觉到，似乎有什么可怕的事情就要发生了。

而当她经过机场大厅那巨大的电视墙时，围绕在那里的人群将她的视线吸引了过去。

韩懿姿朝着人群的方向走了过去，很快电视墙里的新闻画面映入了她的眼帘。

"各位国民大家早上好，下面是早间新闻时间，接下来播报一条要闻。昨日凌晨两点三十五分，位于首尔市的汉江大桥发生了一场疑似黑帮火拼的激烈枪战。经查明，枪战中有三人死亡，六人重伤，身份疑似为国内某帮派成员。"

"另外，根据警察发现，位于汉江大桥两岸的'韩国旅行酒店'与'河景酒店'共发生了两起枪击、坠楼凶杀案，死者身份疑似与汉江大桥死者身份相同，具体情况目前尚在调查当中。根据监控画面，其中四名在逃涉案人员中，有两人疑似为数日前济州岛酒吧斗殴事件嫌疑人……"

"据刚刚得到的最新消息，涉案在逃的四名嫌犯身份已经确定。"

接着，新闻画面中便出现了四张人物照片，并且都印着"通缉"两字的印戳。

"嫌疑人赵凯，国籍不详，二十六岁，国际雇用兵。曾参加过多次海外战役。"

"第二嫌疑人沈南飞，中国籍男子，二十岁，系中国热门微博事件当事人，曾有多次犯案前科。目前正被中国警方通缉。"

"第三嫌疑人韩东珠，韩国籍女子，十七岁高中生，济州岛酒吧斗殴事件当事人之一。据悉其曾经参与过多次地下黑拳赌博。"

"第四嫌疑人楚留翔，中国籍男子，二十五岁，旅行社导游。疑似与中国一起帮派斗殴事件有关。"

"以上四人目前全部在逃中，身份高度危险，具有严重的暴力倾向，请各位首尔市民保持警惕，如发现可疑人员请立刻与警方取得联系。"

韩懿姿目光震惊地盯着电视墙上的画面，不由得惊讶地张开了嘴巴。

那四个人的照片清清楚楚地显示在电视屏幕上，可韩懿姿仍感觉一切是那么不真实。

她还在监控画面中看到了汉江大桥上发生的爆炸，简直堪比一部枪战警匪大片！

而在画面中，一名手持 95 式自动步枪，面戴黑色口罩男子，丝毫不逊色于一名专业的军人，独自一人竟压制了对面的六人，简直令人咋舌。

昨晚这一战，可以说颠覆了大众眼中对首尔这座安都市的认知。

要知道，这是一场重火力拼杀，一般人根本不可能弄到如此可怕的自动步枪作为武器。

一时间，那手持自动步枪的男人似乎成了整个事件的焦点，吸引了所有大众的目光。

而在监控画面中，韩懿姿还看到了另外一个熟悉的身影。

她注意到沈南飞从那手持自动步枪的男人身边经过。

"是他！"韩懿姿整颗心都提了起来，她没有想到，在国内弄得名声大噪的沈南飞，到了韩国依然可以成为各大暴力事件的主角。

这个男人，难道是一个灾难收集器吗？

走到哪里，哪里就会爆发出大事件？

"怎么把事情搞这么大！他究竟在做些什么！"韩懿姿无法继续看下去，转身便提着行李离开了人群，向着机场出口的方向而去。

第七章

▶ 危机公关

　　早上八点四十分，楚留翔的身影出现在了河景酒店附近。

　　他看上去灰头土脸，满脸郁闷地走向前面被警察围住的酒店门口。

　　"可恶的沈南飞！要不是因为你，我的巴士怎么会被毁掉！这次我可是赔大了，等一下怎么跟我的旅行团交代啊！"

　　楚留翔双手抄在衣服口袋里，一边走着，一边嘟嘟囔囔地抱怨着。

　　他没有注意到，沿途经过的人群都将目光投向了他。

　　今天早上天还没亮，楚留翔就趁着沈南飞和韩东珠都在睡觉的时候偷偷摸摸地逃了出来。

　　离开了沈南飞，他仿佛逃离了一个可怕的魔窟，整个人都轻松了不少。

　　他决定回到酒店之后，立刻就带团离开韩国，大不了回去被老板骂。

　　总之，他绝对不要在这里再多待一天。

　　而且昨天沈南飞无意中透露，他的护照和身份证就在他们之前住的河景酒店那间房里的床头柜里，离开时没能带出来。这个消息让他想要逃离沈南飞的欲望更加强烈，并终于在清晨行动了。

　　昨夜对于一个市井小民楚留翔来说，简直就像是经历了一次电影里的生死时刻。

　　那可是真枪实弹的对决啊！

　　估计昨夜的经历，会成为楚留翔一辈子的噩梦。

　　很快，楚留翔就来到了河景酒店的大门口。

　　他竟然没有任何避讳，就这样准备堂而皇之地走进去。

　　在他的心里，他依然觉得自己只是一个受害者，是无辜的，是被胁迫的，丝毫不知道自己已经上了早间新闻！

就在这时，一名守在门口的韩国警察目光犀利地扫视着酒店前方经过的人群，并且慢慢地向着正走近酒店门口的楚留翔看了过来。

楚留翔不但没有放慢脚步，一想到自己的护照和身份证就要回来了，反而加快了脚步，心里满满的都是即将离开韩国的兴奋。

只要离开韩国，他会再换一份工作，从此远离沈南飞！

警察的视线慢慢向着楚留翔的方向移动，仿佛命运之神宣判前的凝视！

然而，就在楚留翔即将进入警察的包围圈的一瞬间，一只手突然从门柱后面伸了出来，一把捂住了楚留翔的嘴巴，将他拉了过去！

"唔！唔！"

首尔特别市，衿川区，秃山洞。

沈南飞和韩东珠隐藏在韩东珠的妈妈曾经居住过的一处老房子里。

因为这里位于首尔的工业区，所以没有太多人会考虑在这里买房子。而且这间房子面积很小，不到三十平方米，也有很多年头了。

过去韩东珠的妈妈活着的时候，每个月都会过来收拾一下，现在她不在了，这里就成了一个没有主人的空房子。

好在韩东珠曾经跟着她妈妈回来过，知道房间钥匙就藏在门口旁边的窗户下面。

否则以他们现在的处境，是很难找到住的地方的。

沈南飞窝在房间里的一张旧沙发上关注着微博的动态，面前的茶几桌上堆放着一些泡面盒和快餐咖喱饭的锡纸包装袋，看上去有些零乱。

不知不觉，沈南飞发布的那条关于毒贩交易场面的视频已经有了三千万的转发量，并且相关话题也处于排行榜前十。

这条微博，可以说为沈南飞扳回了重要的一局。

现在网络上的分歧越来越多，也让女主播遭奸杀案事件的真相更加扑朔迷离。

沈南飞能够感觉到，他现在似乎已经触碰到那些幕后势力的底线了。

很快，一条最近更新的微博随着界面刷新跳入了沈南飞的视线之中。

"这是一个大V？"沈南飞注意到发布微博的人是在讯客微博里颇有分量的时事评论员，似乎还上过许多电视节目，是一位名人。

而在这位大V的微博中，他透露警方已经根据沈南飞疑似毒贩交易的视频成功破获了一起小型贩毒集团，逮捕了四人，其中视频中的主犯也在其中。

看到这条消息，沈南飞心里却没有一点兴奋的感觉。

紧接着，又一条微博出现在了热门话题里。

是春州市公安局的官方微博。

这条微博的内容跟上一个大V十分相似，似乎是在证明他所说的都是真的，并且公布了一些春州市公安局在抓捕过程中的细节，最后宣布此案已经侦破。

看到这一幕，沈南飞握着手机的手不禁颤抖起来。

"这是危机公关！那些家伙在危机公关！"

靠在床边发呆的韩东珠听到沈南飞气愤的声音便向他的方向看了过来，问他："你在说什么？"

沈南飞关掉了讯客微博，转过头用带着血丝的眼睛注视着韩东珠说："我之前发出的那条视频，国内已经宣布破案了。那些家伙牺牲了几个人，伪装成一个小的贩毒团伙被侦破！这件事这就这么被解决了！可恶！"

韩东珠默默地注视着沈南飞，心中掠过一丝凉意。

沈南飞有些失落地低下头去，用手捂着额头："我现在终于相信赵凯对我说的话了。"

"他说了什么？"

"他说云端账号里的东西虽然对我有些帮助，但还不足以把那些家伙连根拔起。所以他才一直没有把里面的视频公布出来。他知道，这些家伙一定有办法解决这件事的。"

韩东珠抿了抿嘴唇："那我们现在该怎么办？等赵凯的消息吗？"

沈南飞将头慢慢抬了起来，微微皱着眉头，眼神坚毅："既然这点东西没法对他们造成伤害，那我就把幕后那个叫作黑蛇的家伙引出来，给他来一个致命一击！"

这却是韩东珠一直在担心的。赵凯说过，连青龙帮都属于那个幕后势力。

可青龙帮已经是一座很高的险峰了，他们要如何越过这道山峰，把幕后的家伙吸引出来呢？

"我觉得这件事很难实现。青龙帮现在一定提高了警惕，并且在全首尔找我们，只要我们一出现，很快就会被他们抓到。"

"抓我们……"沈南飞迟疑了片刻，忽然一道灵光在他的头脑中一闪而过。

下一刻，他神秘地笑了笑："我想我有办法让那些青龙帮的家伙忙得团团转了。只要我们把事情闹得再大一点，背后的那些家伙一定会抓狂的。"

韩东珠皱起了眉头："你觉得现在事情闹得还不够大吗？我们差点被枪打死！"

沈南飞摇了摇头："既然已经闹得这么大了，就不怕再大一点。放心，接下来的事我自己去做就好，你尽量不要跟着我，会很危险。"

"我们都已经是同一条船上的人了，你觉得我会放下你不管吗？"韩东珠认真说道。

沈南飞默默地看着她："我是怕如果再经历昨天晚上的事情，你出了什么意外，我没办法对韩哥交代。也许我从一开始就不该带你去找青龙帮寻仇的。"

韩东珠冷冷一笑："就算你不带我去，你以为我自己就不会去了吗？结果都是一样的，不会有什么改变。如果你真想对我爸有一个交代的话，就让那些害死他的人得到应有的惩罚！"

韩东珠的脾气不是一般的倔强，沈南飞知道无论自己怎么说，都无法改变这只小野兽心中的想法了。

她跟自己从前经历的事情一模一样，不是他们不想做好人，而是这个世界，没有给他们做一个好人的机会。

沈南飞觉得，像他们这种人，始终都游走在黑白的边缘，想要改变，就要付出巨大的代价。

咚！咚！咚！

突然间，门外传来了一阵轻微的敲门声。

沈南飞立刻向着门口的方向看过去，随即与韩东珠对视一眼，从沙发下面掏出了那把赵凯送给他防身的手枪。

咔嚓！沈南飞拉动枪栓，将手枪上膛，起身慢慢地向着门口走了过去。

韩东珠想要跟上来，却被沈南飞一个手势拦住，并示意她不要发出任何动静。

韩东珠心跳开始加速，慢慢地站起来死盯着门口。

她很诧异，难道是青龙帮的人？

怎么会这么快？

一想到昨天夜里枪战的场面，韩东珠的心里便少了一些安全感，她从桌子上抓起一把水果刀，背靠在通向门口走廊的墙壁转角处，悄悄地盯着沈南飞的背影。

很快沈南飞便走到了房门前，从猫眼里面向外窥探。

"楚留翔？"沈南飞感到十分诧异。

如果他没有猜错，那个家伙一定是趁着他们还没睡醒的时候逃走了，可是他为什么又回来了呢？

见门外的是熟人，沈南飞便放松了警惕，回头对韩东珠点了点头，然后放下了握枪的手，左手慢慢地搭在了门把手上。

接着他打开了房门，视线里渐渐出现了楚留翔那张看上去有些紧张纠结的脸。

沈南飞冷冷地打量了一番楚留翔，冷笑着说道："你不是已经跑掉了吗？还回来这干什么？"

楚留翔尴尬地嘿嘿笑了笑，脸上的表情却像是吃了屎一样难看。

"是我要他带我来的！"

突然间，一个声音从门外传来。

沈南飞听罢脸上立刻露出一丝惊惧之色，突然举起了手枪，对准了门口的左边！

"大哥！别开枪啊！千万别开枪！"楚留翔见沈南飞掏出了枪，立刻高举双手，一脸惊恐地看着他大叫起来！

接着，一个熟悉的身影从门边走了出来，站在了楚留翔的身后。

看到这个人，沈南飞露出了不可置信的神色，愣怔地说道："怎么会是你？

你怎么会来这里的？”

　　这时候出现在楚留翔身后的韩懿姿看到沈南飞手里的手枪，也微微愣了一下，眼神中有那么一丝惊慌闪过。

　　下一刻，韩懿姿向着沈南飞身后的房间里望了一眼，平静地说道："我们能进去说吗？你这样用枪指着我，会被别人看到的。"

第八章

▶ 战线同盟

沈南飞愣怔地望着韩懿姿那张冷静的脸，不由自主地放下了握枪的手。

韩懿姿便举步从沈南飞的身边擦肩而过，走进了这间有些年头的老房子。

走到走廊的尽头，韩懿姿便感觉到有双眼睛一直盯在自己身上。

于是她向右转头，正巧与韩东珠那充满警惕的双眼交汇。

看到韩东珠，韩懿姿便立刻认出她就是电视新闻上跟沈南飞一起被通缉的女孩子。韩懿姿在韩东珠的身上打量了一下，最后将目光落在她握着水果刀的右手上。

一时间，这两个女人之间，仿佛有一股肃杀之气慢慢凛然而生。

沈南飞向门外张望了一下，然后将门锁死，回到了房间。

韩东珠看了沈南飞一眼，手里依然紧紧握着水果刀："这个女人是谁？"

沈南飞一时有些语塞，不知道该怎么解释现在这种意外的场面中，只说："她是一个不相干的人。"

韩懿姿眉头微微皱了一下："你就这样急着跟我撇清关系吗？"

听到这句话，韩东珠眼中精光一闪，但是没有说话。

沈南飞面对着韩懿姿，冷漠地回道："这里不是你该来的地方，你怎么会出现在首尔的？"

"我被电视台派来这里学习。如果刚才不是我的话，楚留翔现在早就被警察抓住了！"韩懿姿说道。

沈南飞和韩东珠同时微微愣了一下，然后对视一眼。

"你说的是什么意思？"韩东珠语气有些强硬地问道。

韩懿姿在韩东珠的身上看了一眼，然后将目光缓缓地在他们三人身上扫过：

"你们难道都没看今天早上的新闻吗？现在你们已经是通缉犯了！"

"通缉犯？"韩东珠对这个结果似乎有些意外。

说着，韩东珠放下了手里的水果刀，打开了沙发对面那台有些年头的破旧电视机。

而此刻，电视里正好在重播早上的首尔新闻。

很快，所有人便看到了一直在不停地滚动播放的四人通缉令。

韩东珠眉头紧锁，有些惶恐地说道："怎么会这样！"

韩懿姿也转头在电视上看了一眼："你究竟是怎么搞的。在春州市把自己变成通缉犯，在韩国怎么还有这样的本事？你到底得罪了谁？"

沈南飞眼神恨恨地盯着电视机，片刻后低下头，深深地吐出了一口气，连气息都因为愤怒而有些微微颤抖。

他虽然早就想过昨天晚上的事情会成为焦点，但没想到今天早上他们几个人就已经成了通缉犯，而且连身份都弄得清清楚楚。

而更令他吃惊的是，赵欣颖的哥哥赵凯竟然是一名国际雇用兵。

怪不得他能够弄到那么多重火力武器。

韩懿姿静静地打量着表情忧郁的沈南飞片刻，随即开口说道："你们打算怎么办？"

沈南飞冷冷一笑："还能怎么办？这种事情我已经习惯了。"

"可是他们呢？"韩懿姿对着韩东珠和楚留翔扬了扬头。

沈南飞转头看向了他身边两个本来无辜的人，沉默了片刻后淡淡地说道："我需要一些时间来想办法。"

"想什么办法？事情我们的确参与了，这是事实。我从来没有后悔过。"韩东珠说道。

听到这句话，楚留翔便气呼呼抱怨道："我可是后悔了！如果不是因为你们的话，我现在还带着自己的旅游团在首尔闲逛呢！我真是倒霉！为什么要认识了你们！现在我该怎么办？我成了通缉犯，谁来照顾我老妈啊！她还等着我回家呢！"

韩东珠听罢狠狠地瞪了楚留翔一眼："就算没成为通缉犯，你也变成一具尸体了！你想要哪种结果？"

一丝惊慌的神色在楚留翔的脸上一闪而过，随即他硬着头皮叫道："与其这样活着，我倒不如死了！我这辈子哪里当过通缉犯啊！"

"好！那我就成全你！"韩东珠说着就弯腰去抓桌子上的水果刀。

"杀人啦！"楚留翔见这小怪兽真火了，立刻吓得一步蹿到了韩懿姿的身后。

"够了！"沈南飞的一声大喝，立刻让有些混乱的场面安静了下来。

他抬头在韩懿姿他们三人的脸上扫了一眼，说："不管怎样，这件事我会想办法解决的。所以现在，我给你们一个机会。你们可以自行离开，从此跟这件事再无关系。所有的事情我一个人来扛。"

说完，他便将目光落在了韩懿姿的身上："你现在马上离开这里，不要跟我们搅在一起。我不想再多拉一个人进来。"

韩懿姿听罢心微微一颤，随即冷笑着说道："你凭什么要我离开？你以为我找来这里是为了什么？为了你吗？"

虽然韩懿姿嘴上这样说，但是她心里的潜台词在告诉她："你就是为了沈南飞！"

之前在春州市她错过了一次这样与他并肩进退的机会，可是没有想到，老天爷似乎在冥冥之中给了她第二次做选择的机会，将她再次送到了沈南飞的面前。

这一次，她不想再次错过机会了。

听到韩懿姿的话，沈南飞不知为何心里微微一酸，表情严肃地看着她说道："你留下来对你一点好处也没有，你究竟想要什么？"

"我想要的是真相！"韩懿姿语气坚定地说道。

"真相？"

"没错，难道你忘了我的职业吗？我是一名记者，记者的职责就是揭露真相！现在，我就要揭露热门微博的真相！所以，我是不会再让你从我的视线中离开！沈南飞，从现在开始，你就是我报道头条新闻的线人！如果你想要还自己清白，我就是一个最利用价值的伙伴！我有你没有的能力！"

"可是在我身边会很危险！你不要命了吗？"沈南飞企图用生命之危让韩懿姿退却。

可韩懿姿淡然一笑："你以为干我们记者这一行的，会害怕危险吗？那些卧底记者、战地记者，哪一个处境不危险？这个世界上可不缺拥有冒险精神的人。我喜欢冒险，所以我才选择了记者这个职业！你不用试图说服我离开，我不会再那么轻易走掉了！"

第九章

望着韩懿姿坚定的眼神，沈南飞竟然有些躲闪，不敢直视她那双眼睛。

此时此刻，面前这女孩儿的眼睛里散发出来的光芒是刺眼的，是一种黑暗和危难都无法使她屈服的纯净之光！

这种光芒一旦发射，不把黑暗驱逐干净，是不会罢休的。

沈南飞默默地沉思了片刻，随即抬眼注视着韩懿姿的双眼："你是认真的吗？"

"你看我的样子像是在开玩笑吗？"

沈南飞下意识地往韩懿姿的左手上看了一眼，见她紧紧地握着拳头，似乎真不是闹着玩儿的。

"在春州市的时候我就看出来了，你是一个疯子。"沈南飞说道。

韩懿姿淡淡一笑："你也一样。"

"哎哎！你们几个！你们是疯子！你们有伟大的理想！可我不是啊！我只想平静生活！给我老妈养老送终！对不起，你们这种事情我没办法再参与了！各位保重！"

楚留翔似乎受不了沈南飞他们这种不计后果的态度，终于忍不住爆发了出来，随即转身就要往门外走。

沈南飞望了他的背影一眼，说道："你确定？你要离开这里吗？"

楚留翔忽然停住脚步全身僵硬地站在门口，举起的左手已经搭在了门把手上："不然呢？留在这里跟你们一道送死吗？"

沈南飞笑了笑："那祝你一路顺风，对不起将你牵连了进来。这其实不是我想要的结果。当你离开这个房间之后，要小心外面的警察，我不在你的身边，无法保证你的安全。"

听到沈南飞的话，楚留翔握住门把的手迟迟没有动作。

沈南飞的一席话提醒了他，就算他现在离开了这里，出门等着他的也会是那些韩国的警察和青龙帮的杀手。

就算他知道自己是无辜的，并且能在警察那里解释清楚。

可是那些青龙帮的杀手呢？

他已经上了新闻，被描述成了沈南飞的同伙，所以就算是插翅也难飞的！

与其一个人出去送死，倒不如留在这里安全。

沈南飞见楚留翔愣在门口，便无奈地笑了笑。

片刻后，楚留翔双手胡乱地揉了揉自己的头发，一脸崩溃地叫道："我上辈子真是缺德事儿做多了！这辈子给我安排这么多劫难！反正横竖都是死！不如大家一起死吧！"

说着，楚留翔便从门口走了回来，一屁股坐在了老旧的沙发上，一脸郁闷的模样。

沈南飞望着回来的楚留翔淡淡一笑，看了看身边的韩东珠。

韩东珠心领神会："你知道我在想什么。"

沈南飞愣了一下，随即有些无奈地摇了摇头："这个世界上的疯子们，似乎都聚在这个房间里了。"

首尔特别市，江南区，深夜十点二十分。

夜色正浓的首尔市再次掀开了一个与平时一样纸醉金迷的世界。

位于首尔市内的江南区，是一个社会名流与有钱人汇集的地方。

到了夜里，那些吸人眼球的豪车便成了一些娱乐会所门口的一道靓丽风景线。

此刻沈南飞正坐在韩懿姿租来的一辆高级商务汽车里，偷偷地窥视着街道对面那家高级娱乐会所。

根据韩东珠打听到的情报，这家会所是青龙帮旗下的产业，每天为他们提供不少利润。

而且听说这个地方曾经爆出过一些容留他人吸毒的丑闻，但是因为青龙帮干预的关系，最后那些传闻都慢慢淡出了人们的视线。

经过一番思考，沈南飞决定既然要把那个幕后黑手黑蛇引出来，就要先把青龙帮搅个天翻地覆。

"东珠，对于青龙帮的历史你还了解多少？他们有什么弱点吗？"沈南飞对坐在后排座上的韩东珠问道。

韩东珠迟疑了一下，回道："青龙帮这些年来行事一直谨慎小心。据说他们的背后有某些市议员甚至是检察官撑腰，所以就算警察很想将青龙帮绳之以法，也一直没有找到有力的证据。这是最重要的一点，他们做过的任何事情，警方都没有证据！"

沈南飞听罢点了点头："不知道是找不到证据，还是这里的警察根本就不想找。就像日本的山口组一样。黑帮已经渐渐成为一种幕后产业，他们渐渐插手经济与政治。若真是这样的话，事情就有些棘手了。"

听到沈南飞的话，负责开车的楚留翔不屑地说道："想不到这个地方如此腐败！真是他娘的……"

韩懿姿白了叽叽喳喳的楚留翔一眼，随即对沈南飞说道："我们若想掌握证据，就得想办法接近里面的那些人。最好是能够拍到一些关键性的画面。"

沈南飞沉默了许久，忽然露出一脸神秘的笑："韩东珠，还记得我之前跟你说过的话吗？"

韩东珠皱起了眉头："说过什么？"

"把事情搞得要多大就有多大，让他们忙得团团转！"

"我现在有了一个计划。"

"什么计划？"韩懿姿看到沈南飞的表情，忽然感觉到这个疯子似乎是想出了什么正常人想不到的危险计划。

他的眼神，仿佛已经将生死完全置之度外了。

下一刻，沈南飞冷冷一笑："以其人之道，还治其人之身。"

说着，他从衣服口袋里掏出手机，拨通了一个人的电话号迈："喂？兄弟，有些事情，我或许需要你的帮忙……"

半个小时后，江南区某高级娱乐会所里混入了几个陌生的身影。

他们穿梭在舞池拥挤的人群中，锐利的眼睛扫视着沉浸在糜烂世界里的年轻富二代们。

　　那些家伙每一个人的身上似乎都被明迈标注了价格，衬衫、皮带、包包和皮鞋，每一样东西都价值不菲！

　　很快，那几个陌生身影中的一个便来到了卫生间附近一条空旷的走廊里。

　　接着他找到一把椅子垫在自己的脚下，站在高处把手里的塑料打火机点燃，然后靠近了消防喷淋头。

　　嗡——嗡——嗡——

　　下一刻，刺耳的火警声便响彻整个高级会所。

　　只见各处的消防喷淋头上都喷洒出大量的水花，将舞池和包房中的人淋成了落汤鸡！

第十章

▶ 大闹首尔

与此同时，高级会所的保安室里乱成了一团。

保安队长对着监控电视墙寻找着可能存在的起火点，可是找了半天都没有看到火焰的影子。

"队长！这里！"很快，一名保安便在其中一台监控器里发现了异常情况。

只见一个穿着韩版风衣的陌生男子将大大的兜帽扣在头上，看不清他的脸，而他所处的方位，是二楼火警警报器的位置！

接着，那个陌生男人似乎感觉到了有监控在拍他，便向着头顶的摄像头看了过来。

下一刻，他露在外面的嘴角微微上扬，露出一个冷酷的笑，接着将手肘狠狠地朝警报器砸了下去！

"该死的！那家伙是谁啊！"保安队长气急败坏地对着监控画面喊道。

随后他拿起对讲机，对着另一边的同伴叫道："有条杂鱼混进来了！别让他到达三楼！给我把他抓住！"

很快，五六个穿着黑色西装的保安便跑向了那陌生男人砸响火警警报器的地方。

而这时，首尔市江南区的消防队里已经有几辆消防车风风火火地开了出来，驶向了事发地点。

高级会所里的人群向着出口的方向蜂拥而至，每个人都全身湿漉漉的，一边跑着，一边嘴里用韩语叫骂着。

可在不断地往外冲的人群中，有一个头戴灰色鸭舌帽的女生逆行而上，向着会所里面走了进去。

她每经过一个空着的包间都向里面张望一下，然后迅速地前往下一个。

很快，她便从一楼来到了三楼。

当她搜索到三楼末尾的一个VIP包间之后，发现那扇门是关着的。

这个时候，高级会所里的消防喷淋头已经被关上了，让她每踩一步，红色的羊毛地毯上都会踩出一摊水来。

她走过湿漉漉的地面，小心翼翼地来到了包间门口，然后轻轻地推开了一道门缝。

下一刻，她便看到两男两女如同烂泥一样靠在一起，歪倒在沙发上。

他们虽然全身都湿漉漉的，却没有因为被水喷淋而清醒过来。

这几个人，似乎是陷入到了某种昏迷状态中。

"这些人是……啊！不会吧！"

很快，这名陌生的女子便看到在他们面前的桌子上，放着一些针管和锡纸，还有两把银制的勺子和打火机。

看到这一幕，一层冷汗便从陌生女子的后背冒了出来。

"他们是在吸毒吗？"女子一边说着，一边掏出手机将眼前看到的画面都拍了下来。

可就在这时，一个高大的阴影将她的身体慢慢笼罩。

女子感觉到了不对劲的地方，慢慢地转动脖子，看向了身后。

只见一名横眉怒目的壮硕保安正瞪着她看，嘴里还说了一句："阿西吧！"

女子听懂了这句话，他是在骂人！

紧接着，那保安一只大手用力地捏住了女子的脖子，另一只手抢夺她手里的手机！

"呃！咳咳！"女子立刻呼吸困难，感觉自己的脖子似乎要被捏断了。

慌乱之中，她向下瞄了一眼保安的下体部位，随后抬起一脚狠狠地踢了上去！

"啊！"保安一声惨叫，放开了抓着女子脖子的手，跪在地上捂着下体打滚。

女子见状立刻向外面的通道跑了出去。

然而才刚刚跑到通道的入口处，又有三名保安挡住了她的去路！

只见其中一名保安朝她手上的手机看了一眼，随后又望了望那个房门敞开的 VIP 包间，立刻心领神会，扑向女子抢夺手机。

突然间，一阵口哨声从三名保安的侧面传了过来。

他们同时转过头朝声音的方向看了过去，却见一根铁棍子直朝他们的脑袋挥过来！

三名保安被突如其来的袭击打翻在地，各个头破血流。

"沈南飞！我拍到了非常重要的东西！"韩懿姿举着手机说道。

沈南飞用黑色风衣兜帽下的眼睛看了她一眼，说："差不多了，我们先离开这里。"

说完，沈南飞便拉着韩懿姿一路向着通向一楼的阶梯跑去。

此时此刻，整间高级会所里到处都是来抓这些暴乱分子的保安，可以清晰地听到他们呼喊的声音。

"这边！"沈南飞他们转过了一个弯，躲过了一队保安，五分钟后来到了一楼。

而这时舞池里的顾客们都已经走光了，只剩下几名保安还守在门口。

看到有人从楼上跑下来，其中一名保安便立刻拿起对讲机说了几句，然后随着其他人向沈南飞和韩懿姿冲了过来。

沈南飞见状将韩懿姿护在身后，顺手从旁边的吧台上拿起一瓶伏特加，狠狠地拍在了其中一名保安的脸上！

很快，又有一阵叫骂声从他们的身后传来。

只见韩东珠的背后有一大群保安追着她跑！

她一边跑，一边提起走廊上的垃圾桶向他们扔了过去！

不过一会儿的工夫，沈南飞、韩懿姿和韩东珠三人就被围在了一楼的大堂中心。

"沈南飞，你的兄弟怎么还没来！"韩懿姿忙乱中叫道。

沈南飞看了一眼酒吧里造型奢华的石英钟："应该快到了！再撑一撑！"

话音刚落，一名身材高大、穿着黄色风衣的男子便出现在了酒吧门口。

下一刻，他掏出抄在风衣口袋里的两只手，各持一把黑色手枪！

砰！砰！砰！

他扣动了扳机，连开数枪，直接打碎了门面的落地玻璃窗。

保安们被枪声吓了一跳，连忙回头，却见一个如魔神般的男子举起双枪，对准他们，缓步走了过来。男子没有片刻的犹豫，对着人群威慑性地空射了几枪，吓得那些保安抱头鼠窜。

随即他对着大堂里的沈南飞三人向后甩了甩头，示意他们出来。

沈南飞领会了他的意思，立刻趁乱带着韩东珠和韩懿姿跑了出来。

"赵凯，你怎么才来！"沈南飞说道。

只见赵凯淡淡一笑："我夜宵才吃了一半，记住你欠我一顿夜宵。"

一阵急刹车的声音响起，楚留翔将汽车停在了高级会所门口。

沈南飞一行人立刻钻进了汽车。

赵凯在火力震慑了三十秒后，也转身钻了进来。

楚留翔见人齐了，立刻启动汽车逃亡似的离开了事发现场。

与此同时，几辆消防车和警车正巧赶了过来，与他们擦肩而过。

楚留翔从后视镜里看了一眼擦身而过的消防车和警车，不由得冒出了一头冷汗。

随即他左手抹了一把脸，紧张地说道："你们真是一群疯子！我迟早会被你们害死！"

沈南飞大口地喘息着，似乎还没有从刚才的混战中回过神来。

片刻后，他回头看了看将高级娱乐会所围住的警车和消防车，脸上不禁露出了满足的笑："这下青龙帮的浑蛋们都知道我们来了！哈哈！"

"笑！你还有心思笑！都快要惹火烧身了知道吗？惹怒了他们到底有什么好的！这就是你的计划？"楚留翔急转方向盘，转入了一条车流稀疏的车道，然后加大油门。

赵凯坐在沈南飞的身边，在他身上打量片刻，随后也露出了一个哭笑不得的表情，说道："沈南飞，你的思维方式跟我真的很对路。我记得乔布斯曾经说过一句话：'只有那些认为自己可以改变世界的人，才能真正改变世界。'"

沈南飞看了他一眼，笑了笑："你觉得我能改变世界吗？"

赵凯淡淡一笑："我不觉得这件事完全没有可能。"

"我想你们应该看看这个。"韩懿姿忽然将自己手里的手机凑到了沈南飞和赵凯的面前。

沈南飞仔细看了看手机里的图片，不由得佩服韩懿姿的专业记者技能。

即便是用手机，她也能将照片拍得很带感，并且关键性的物品一个不落。

"这些……是注射和吸食毒品用的工具？"沈南飞说道。

"没错！"赵凯说道，"这是典型的注射、烫吸、口吸和鼻吸四种吸毒方式会用到的东西。想不到这些家伙们玩儿的花样竟然这么多，真是一群有钱没处花的富二代。不愧是江南区的人。"

沈南飞迟疑了一下，问道："注射、口吸和鼻吸我在电影里见过，这烫吸是什么玩意儿？"

赵凯用手指了指照片里的锡箔纸、勺子和打火机："这三样东西，是烫吸的标配，吸毒者将海洛因倒在锡箔纸或勺子上，然后用火去烤，将海洛因化成烟雾，然后用鼻子去吸，这就叫烫吸。那些瘾君子通常称这种方式为'走板'或'追龙'。"

楚留翔听到赵凯的话，不由得全身打了个冷战："我的天啊，毒品真是太可怕了！可以有这么多花样害人！没人性。"

赵凯笑了笑："害怕了吗？你们做梦也想不到，一个看似简单的热门微博奸杀案，背后竟然会扯出毒品吧？过去沈南飞只不过是一个替罪羊，只是那些家伙没想到替罪羊竟然也会成为一颗麻烦的眼中钉。"

韩懿姿将手机里的照片翻了过去，显示出了下一张："其实那些都不是重点，重点是这一张！"

其他人将脸凑了过来，仔细看了看这张四个年轻人糜烂地昏睡在毒品世界中的照片。

"这有什么特别的？不就是吸毒者吗？"沈南飞说道。

韩懿姿摇了摇头："你仔细看看左边第二个男生和第四个女生！"

赵凯和沈南飞眉头都快要拧在一起了，也没看出个所以然来。

就在这时，一旁的韩东珠眼睛一亮，不可置信地说道："他们……是申东俊和张雅拉？"

"Bingo！答对了！"韩懿姿打了个响指。

"申东俊？这名字怎么听上去这么耳熟？"沈南飞皱着眉头说道。

"哦，我知道他！"楚留翔忽然说道，"他不就是这两年在韩流明星里很火的新人，在国内也很有人气的那个……那个……申东俊！应该就是他吧！演了《杀人日记》的那个家伙！我当时看他就感觉他身后像是跟了只鬼，想不到果然不是好人！"

沈南飞转头看向了韩东珠："是他吗？"

韩东珠点了点头："没错，最后那个女人，是最近韩国被称为'国民妹妹'的张雅拉。真是人不可貌相。"

沈南飞万万没想到，今天本来只想在青龙帮的地盘上大闹一番，竟然得到了如此令人震惊的消息！

随即沈南飞从韩懿姿手里将手机拿过来仔细看了看，然后对她说道："把照片洗一份出来送到警察局，然后用我的账号发布到网络上！"

韩懿姿迟疑了一下："你确定要这样做吗？弄一个小号发布不就好了吗？"

沈南飞神秘地笑了笑："只有这样，那些家伙才会更想要杀死我！想要引黑蛇出来，只有这个办法！让他更加恨我，恨到想要亲手杀死我那种程度才行！"

半个小时后，一组一线韩流明星在江南某高级会所吸毒的照片便在韩国社交网络上疯传。

一时间，整个韩国的社交网络几近瘫痪，铺天盖地都是这爆炸性的新闻。

而那两位韩流明星的BBS几乎要被留言刷爆了！

许多粉丝根本不愿意相信这件事是真的，即使有照片为证，也认为照片完全是PS的。

原本寂静的深夜，就这样被沈南飞一伙人爆出的一组照片点爆了。

与此同时，国内网络也如同硝烟弥漫的战场，火药味瞬间爆棚！

通过沈南飞的微博发布出来的韩流明星吸毒照片，瞬间成为热门话题排名第一位，超越了他本身的女主播遭奸杀事件！

明星的人气效应真是可怕，再加上沈南飞本身"大网红"的身份，简直让国内的网络也掀翻了天！

很快，沈南飞的手机开始不停地收到许多私信和留言。

"沈南飞！你个杀千刀的！凭什么诬陷我们东俊哥哥！"

"你这个杀人凶手！早晚会遭到报应的！"

"沈南飞！我们申东俊粉丝团从今天开始疯狂人肉你！让你无处可逃！你得罪了全国的粉丝！哼！"

"你好，我是天羽传媒的负责人，请问你手上还有其他的料可爆吗？价钱随你开！"

"沈南飞！你还没死啊！真牛！居然逃到韩国去了！从今天开始我对你路转粉！"

一时间，沈南飞的手机里几乎要被这些类似的信息灌满了。

信息如光速般在沈南飞的手机屏幕上刷过！

这种刷新速度，简直是无数网红心中的梦想！

沈南飞盯着屏幕注视许久，随即点开了微博的编辑界面，发布了一条新微博：

"真相终会大白！好戏刚刚开始！"

两天后，首尔特别市晚间新闻。

"各位首尔市民晚上好，下面播报一条紧急通知。因近日以来首尔多处发生持械斗殴事件，首尔市政府建议全体市民尽量减少外出，在此期间警方会不遗余力地扫除罪恶，将犯罪嫌疑人缉拿归案。"

"据最新消息，近日发生的多起持械斗殴枪击事件，均与本市黑帮势力青龙帮有关。更有消息指出，有神秘人士向警方提供青龙帮涉黑涉毒证据，侦查正在全面展开。面对黑恶势力，警方表示绝不手软。"

沈南飞坐在沙发上，安静地观看着电视里的晚间新闻。

这两天里，首尔几乎笼罩在恶性斗殴事件的阴影里。

沈南飞一伙儿根据青龙帮旗下的资产，制订了一系列的"混乱计划"。

一时间，青龙帮一直企图隐藏的种种罪行被公之于众，陷入了暂时的被动。

青龙帮的事情被越闹越大，可沈南飞和赵凯两个领头人的行动非但没有收敛，反而愈演愈烈！

青龙帮的怒火在慢慢积攒，就等待着爆发的一刻。

不知不觉间，几个不起眼的小角色竟然将青龙帮和警察视为手中的棋子，将整个首尔搅得天翻地覆！

赵凯曾经说过一句话："我们现在势单力薄，想要给予青龙帮重创，就只能借势，所以警察是不二人选。"

而在这两天时间里，首尔警方一直试图联系提供青龙帮证据的神秘人士，但始终没有得到任何回应。

每次这个神秘人士都是通过电子邮件发来证据。

更棘手的是，他们每一次使用的邮箱都不一样，而且IP分散，根本无从查考。

关于这一点，韩懿姿在其中发挥了重要作用。

她是一名记者，又擅长网络技术，所以搞这些匿名举报简直如鱼得水。

沈南飞几人组成的队伍，已经渐渐地被青龙帮视为眼中钉。

甚至有消息流出，青龙帮的人全面加强了旗下产业的戒备，誓要抓到沈南飞一伙儿人。

忽然间，桌子上的手机响了起来。

沈南飞往手机上看了一眼，见是赵凯的号迈便接了起来："喂？现在怎么样？"

而此刻，赵凯正站在下一个目标地点附近的一栋摩天大楼上，一边用望远镜观察着附近几条街道的情况，一边说道："事情都准备得差不多了。做了这一次，我想青龙帮的人应该会勃然大怒，但愿这次可以把黑蛇引出来。"

沈南飞神秘地笑了笑："你觉不觉得，这次我们搞得有点大了？"

赵凯微微一笑："有吗？跟我过去经历的那些事情比起来，这件事太小儿科了。"

"谁会跟你这个国际雇用兵有一样的见识呢？好了，我们凌晨三点钟开始行动。这次要彻底把青龙帮的人都送到监狱里去！"

"好的，我们一会儿见。对了，我的打火机昨天落在了你们那里，记得带过来给我。"

"打火机？"沈南飞眉头微微皱了一下，随即目光开始在周围扫过。

很快，他便在前方电视柜的旁边发现了一个纯银的金属打火机。

下一刻，沈南飞神秘地笑了笑："我看到了。"

凌晨两点五十分，首尔特别市，阳川区。

一辆白色奔驰商务汽车缓缓停在了一家娱乐会所的大门口。

沈南飞慢慢地降下车窗朝外看了看，只见大门口被十几名保安守着，而且所有人都要经过严格检查才能入内。

沈南飞缓缓地吐出一口气，对身后的韩懿姿和韩东珠说道："一会儿进去的时候小心点。我负责引开那些家伙，韩懿姿负责拍照，韩东珠负责照应。据说这里一直在从事援交服务，这一次把证据交给警方，应该就可以给青龙帮定罪了。"

"我知道了，你也要小心。"韩懿姿说道。

韩东珠此刻却一直在旁边摆弄着手里的一把袖珍手枪。

沈南飞看了一眼她手里的手枪，嘱咐道："东珠，韩懿姿的安全就交给你了。"

韩东珠抬头注视着沈南飞的眼睛，随即左手一拉枪栓："放心。"

"哎！这次我要在这里等你们多久？要是我被人发现了怎么办？"楚留翔忍不住问道。

沈南飞笑了笑，随即拍了拍楚留翔的肩膀："以你的聪明才智，一定可以解决的。"

"真是怕了你了！"楚留翔摇了摇头，将双手握紧了方向盘，看上去有些紧张。

这些天来，他跟着沈南飞出生入死，越来越觉得，他身边的这些人简直都是疯子！

"现在开始对表！等一会儿不管最后有没有得到证据，十五分钟后都必须出来。"沈南飞说道。

韩东珠疑道："我们什么时候开始行动？还在等什么？"

"等时机！"

说完，沈南飞便目不转睛地盯着手表。

现在是凌晨两点五十九分，距离三点整还有不到二十秒的时间。

时间一秒一秒地过去，车上的气氛也变得越来越紧张起来。

叮叮！叮叮！

随着沈南飞手上的电子手表闹铃声响起，对面娱乐会所不远处的停车场突然间发生了剧烈的爆炸！

车上的人同时向那里看了过去，只见一道火光冲天而起，随即门口的部分保安赶了过去。

"我们开始行动吗？"韩懿姿焦急地问道。

沈南飞面色镇定地望着窗外忙碌起来的人群说："等一下，还差一点！"

"还差什么？"韩东珠将手枪别在后腰上，已经准备从车里钻出去。

三十秒钟后，一阵警车的警笛声便从远处的街道上传了过来。

沈南飞神秘一笑："我就知道，一定有黑警察在暗中保护青龙帮！这下露出马脚了吧！"

与此同时，赵凯的身影出现在了不远处的另一栋多层建筑上，他正用望远镜观察着街道上的动静。

随即他左手拿下肩头的背包，将盖子打开，从里面掏出了一个经过改装的调频收音机。

一番调整之后，他成功切入，窃听到了首尔市警局内部的通信频道。

"阳川区金龙娱乐会所停车场发生爆炸，请附近的警力立刻前往支援。重复一遍，阳川区金龙娱乐会所停车场发生爆炸，请附近警力立刻前往支援！"

第十一章

赵凯继续用望远镜监视着街道，看到有三辆警车正向着停车场驶去，嘴角便浮起一丝笑意："消息才刚发出，就有人已经到了，看来钓鱼这一招果然有用。既然这样的话……"

说着，赵凯从风衣口袋里掏出了一个黑色的自制遥控器，在标注为"2"的按钮上按了下去！

"轰！"又是一阵巨响传来，距离娱乐会所三条街外的另一处公共停车场发生了剧烈爆炸！

下一刻，调频收音机里再次传来了警局的行动指令。

"阳川区丽豪小区停车场发生爆炸，请附近警力立即前往援助。"

一时间，两处火光几乎照亮了阳川区的小半个天空。

赵凯仔细注视着高楼下方的街道，很快便看到许多原本打算去往青龙帮会所的警车分批次掉头驶向了其他的方位。

赵凯微微笑了笑，接着又按下了"3"号按钮。

距离沈南飞几人所在地三公里外，又是一阵爆炸声响起。

到目前为止，首尔市青龙帮会所的附近区域，共有三起爆炸案发生！

一时间，首尔仿佛变成了硝烟弥漫的战场！

滚滚浓烟与火焰奏响了这一夜的主旋律。

原本寂静的深夜，此刻全被爆炸声唤醒，街道上到处传来警车的警笛声，以及消防车那厚重的鸣笛声。

三起爆炸产生的火焰围绕着青龙帮会燃烧，形成了一个三角形，将原本要赶往一处的警力全部分散，为沈南飞他们争取了时间，同时也打乱了青龙帮的阵脚。

与此同时，躲在汽车上的沈南飞见三起爆炸已经发生，而会所门口的保安们已经所剩无几，便对身后的韩懿姿和韩东珠说道："时机到了，我们走！"

说完，三人便全副武装，开门下了车。

"沈南飞！"在开门的一刻，楚留翔突然叫住了他。

沈南飞回头看了他一眼："还有事吗？"

楚留翔轻轻咬了一下嘴唇，脸上的表情看上去有些不安："你小心点。"

沈南飞听罢迟疑了一下，随即笑着说道："你最近怎么这么啰唆，前两天也净说些莫名其妙的话。这可不像你。"

楚留翔僵硬地笑了笑："没什么，我只是觉得我们的处境越来越危险了，我担心……我们最后还能不能活着回到中国。"

沈南飞淡淡一笑："只要我还活着，就一定会想办法结束这一切。"

说完，沈南飞便拉上了车门，转身跟韩东珠和韩懿姿一道走向了娱乐会所。

楚留翔望着他们三人离开的身影，双手紧紧地抓着方向盘，轻轻地发出了一声叹息。

他们没有选择从人员减少的正门强行进入，而是潜入到了事先侦查好的后门。

按照之前的侦查，这间会所一共有两个后门，刚刚因为爆炸的关系，其中一个后门的人力已经被调走，正好方便了他们。

沈南飞警惕的目光环绕四周，见周围空无一人，便三两步跑到了后门的门口。

他把手握在门把手上用力拽了一下，发现锁住了。

随即他从身上掏出一把装了消音器的手枪，对着门锁连开三枪。

赵凯的存在，为他提供了很强大的火力援助。

赵凯国际雇用兵的身份在常人看来，简直就是战争之神，就没有他弄不到的东西。

五分钟后，沈南飞三人成功从通向后厨的后门混进了会所内部。

"我们在这里分开，你们两个小心一点，我去布局！"沈南飞说道。

韩懿姿和韩东珠点了点头，随即便根据之前侦查好的，向着为顾客提供援助交际服务的地下二层的入口走了过去。

这家会所隐秘措施做得十分好，表面上看它只是一家正规的商务会所，是社会上一些商业精英或社会人士聚集消遣的地方。

可是实际上，真正提供特殊服务的地方是在地下一层停车场以下的地方。

这里一共有三层，其余两层所从事的情色交易简直令人无法想象。

与韩东珠和韩懿姿分别之后，沈南飞便戴上了一个黑色口罩，将头上的兜帽压得更低了一点，身后背着旅行包，行走在地上一层的走廊上。

他在路过每一个垃圾桶的时候，都从背包里掏出一个用报纸包裹的东西塞了进去。

不过一会儿的工夫，走廊里几乎所有垃圾桶都被他塞了"东西"。

他抬手看了看时间，距离他们预定的时间还有不到十分钟。

而此时韩东珠和韩懿姿两人已经乘坐电梯，来到了地下二层。

电梯门一打开，紫红色的灯光便刺得人眼睛疼，到处都充斥着一股"情色"的味道。

她们两人小心翼翼地行走在走廊上，很快便来到了一扇大门前。

韩懿姿用手轻轻地将门拉开了一道缝，看到里面是一个很宽敞的大厅。

从大厅里面传来带着女性呻吟声的音乐，随即一名赤身裸体站在舞台上跳钢管舞的女郎便映入了韩懿姿的眼帘。

"果然在这里！"韩懿姿心中暗喜，将手机从门缝里伸了进去，把里面裸身跳舞的舞女，和在舞台下面往舞女内裤和胸罩里塞钱的那些家伙的丑恶嘴脸都拍了下来。

这里简直就是首尔市内一处龌龊肮脏的角落，聚集着许多令人唾弃的好色之徒。

那些男人一边用贪婪的目光色眯眯地盯着坐在自己身边的裸体女郎，一边用罪恶的手抚摸她们身上的每一处肌肤。

更过分的是，有些人竟然直接当着众人的面行苟且之事！

这个地方，简直就是一处集体淫乱会所，不由得让韩懿姿感到头皮发麻。

接下来的几分钟，韩懿姿和韩东珠又陆续拍下了许多不堪入目的画面，这些足够定青龙帮的罪了。

就在她们正要搭乘电梯准备离开的时候，意想不到的事情发生了。

她们两人站在电梯口，目光警惕地扫视着空荡荡的走廊，隐隐感觉到今天这里似乎有些不对劲。

一路上韩东珠意外地发现，这附近竟然没有多少保安。

最近青龙帮出了这么多事，有那么多产业被他们一伙人毁掉了，不应该加强戒备吗？

正当韩东珠疑惑之时，电梯门叮的一声打开了。

下一刻，两双手从电梯里面伸了出来，将她们两人一把抓住，然后拉了进去……

第十二章

▶ "黑蛇"的真身

十分钟后……

沈南飞躲在一楼的卫生间里不停地看着手表，却迟迟没有等到韩懿姿和韩东珠两个人出现。

强烈的直觉告诉他，她们可能遇到了麻烦。

而就在沈南飞想要给韩东珠拨打电话的时候，洗手间的门突然被人一脚踢开！

接着三五个身材壮硕的保安冲了进来！

沈南飞猛然抬头，被突如其来的保安打了个措手不及，刚刚掏出的手枪也被一脚踢到了地上。

随即其中一人从后面架住沈南飞，另一人用手肘狠狠地击打他的太阳穴。

顷刻间，沈南飞的耳朵被一阵嗡鸣声灌满，随后便失去意识昏迷了过去。

半个小时后，阳川区青龙帮旗下会所内。

一桶冷水当头浇下，淋醒了昏迷中的沈南飞。

他慢慢地睁开眼睛，首先映入眼帘的便是一间只经过简单装修的，五十平方米左右的杂物房。

而在这个房间里，八九名青龙帮杀手正站在他的身边，将他围在了中间。

在恢复意识的一瞬间，沈南飞感觉自己全身上下都剧烈地疼痛着。

他下意识地活动了一下自己的双手，发现双手被牢牢地捆住了，手腕上传来酸痛冰凉的感觉，似乎手腕已经被绳子勒得充血变紫了。

接着他又活动了一下双脚，发现脚腕也被死死地绑在了一张木头椅子腿上。

随即他的目光缓缓扫过整个房间，很快就看到韩懿姿和韩东珠被胶带封住了嘴巴，倒在房间的一处角落里。

嘭！

一个坚硬的拳头打在沈南飞的脸上，让他感觉自己的牙齿似乎都要脱落了。

接着又是一拳狠狠地打在了他的肚子上。

"呃！咳咳！"他猛咳了两声，缓缓抬起头，怒视着将他围住的几名青龙帮打手，"你们这群王八蛋……别被我抓到……"

就在这时，杂货房的门缓缓打开，随即一个穿着讲究的男人在两名青龙帮杀手的陪同下走了进来。

原本围着沈南飞的杀手们见他走了进来，立刻让出了一条路，分两排站在沈南飞的旁边。

那男人的头发上抹了很多定型啫喱，看上去很亮。他的刘海全部往后梳，两鬓很短，是那种典型的商业精英发型。

他那张国字脸线条硬朗，棱角分明，五官轮廓深邃，有一种混血儿的感觉。

这个男人一走进来，杂物房里立刻鸦雀无声。

他在沈南飞对面的一张桌子后面坐了下来，旁边的青龙帮杀手很有眼色地拿开了他身上披着的黑色西装外套。

接着他打量了一下桌子上面放着的东西，看到有几部手机，两把手枪，一个很精致的，刻着美杜莎头像的纯银打火机，还有一个装着烟幕弹的包裹。

最后他的目光在那个纯银的美杜莎头像的打火机上停留了一下，从裤子口袋里掏出了一盒香烟，抽出一支咬在嘴上，然后拿起了桌上的打火机点燃。

沈南飞那张有着几处瘀青的脸对着这个男人，双眼睛死盯在他的身上。

那男人点燃了香烟之后，深深地吸了一口，随即平静地注视着沈南飞，脸上露出了一个冷酷的笑："沈南飞，我们终于见面了。"

沈南飞没想到这个家伙会说中文，而且十分流利，于是诧异地问道："你是谁？"

男人神秘地笑了笑："我是谁你应该很清楚吧。你们最近闹得这么凶，不就是想要将我引出来吗？"

听到这句话，沈南飞忽然起了一身的鸡皮疙瘩："你就是……黑蛇？"

"没错。怎么，在这里见到我感到很意外是吗？"黑蛇一边说着，一边从椅子上站起来，走到了沈南飞的面前。

接着他左手一把抓住了沈南飞的头发，将他的脑袋拎了起来，看着他的眼睛说道："你以为，我会不知道你们的那点小计谋吗？费了这么多力气，无非就是想要引我出来，然后拍一点证据回去，公布在微博上面，对不对？"

说到这儿，黑蛇松开了抓着沈南飞头发的手，走回到桌子边，屁股轻轻地靠在桌子上，吸着香烟说道："现在你们如愿以偿了。可不巧的是，你们的人几乎都在这里了，而外面已经设置了十八道关卡，你觉得，你们还有希望从这里走出去吗？"

沈南飞气得全身发抖，如饿狼一样的眼睛死盯着黑蛇。

黑蛇却用仿若看死人一样的目光看着沈南飞，笑道："看你那样子，真像个 loser！你心里一定有很多事情想要问我对吗？既然今天是你生命中的最后一天，那我就给你一次机会，也好让你知道自己是怎么死的。想问什么，问吧。"

"你为什么要杀死赵欣颖！"沈南飞咬牙切齿地问道。

黑蛇的脸上露出了一丝讥笑："原因已经很清楚了，她拍到了我们交易的场面，所以我杀了她。"

"那你为什么还要糟蹋她？难道杀了她还不够吗？"

黑蛇一脸无所谓地耸了耸肩："男人嘛，看到漂亮女人当然会有点反应。不是很多女人都说男人是用下半身思考的动物吗？没错，我就是这一种。一个如花似玉的姑娘就这么死掉了不觉得可惜吗？所以死前能够发挥一下她的价值，我觉得这是一件很好的事。"

沈南飞被困在身后的双手紧紧地握成了拳头，鞋子里的双脚也用力地勾着鞋底："你真是一个十足的败类！就因为有你这样的人存在，网络上才到处充满了假丑恶！你把我弄成一个奸杀案嫌犯来替你背黑锅，你真是天理难容！"

黑蛇笑了笑："说这种话你不觉得幼稚吗？难道你以为我会良心发现自己跳出去？"

说到这儿，黑蛇的眼神忽然变得锐利起来："我告诉你，天理，在这个世界上是不存在的！谁有实力！谁就是天！谁说的话就是理！最近这一个多月，你不是已经在网络上感受到了这种力量吗？”

沈南飞腮帮鼓动，牙齿紧咬，如果不是双手双脚被捆住的话，他现在真想冲上去咬断黑蛇的颈部动脉！

“所以，你承认自己就是在幕后操控一切的黑手了吗？你这个卑鄙无耻的家伙！你凭什么这样对我！！凭什么！！你就这样随便改变了一个人的命运，你这是在造孽！！”

第十三章

▶ 命运的判决

"造孽？我倒是觉得我这是在让你的人生变得有些价值。如果没有我的话，你到现在还是一个无名混混，有可能变成现在这样火爆的网红吗？你应该懂得感恩。"

沈南飞的身子用力向前一冲，连带着椅子都向前挪动了一段距离，他对着黑蛇怒骂道："我感恩你个头！你这个变态！如果我们活着出去，一定要你血债血偿！"

旁边的几名青龙帮杀手立刻上前一步将沈南飞按住，又在他的脸上狠揍了两拳！

黑蛇得意地望着发狂的沈南飞："啧！啧！啧！你真的很幼稚。沈南飞，你觉得你今天还能从这里活着出去吗？不仅仅是你，你的小伙伴们恐怕也要断送在这儿喽，开心吗？"

"呸！"沈南飞一口吐掉了嘴里渗出的血液，愤怒地瞪着黑蛇说道，"你如果敢动我朋友一根毫毛，我就是做鬼也不会放过你！"

黑蛇一脸的不屑，挑了挑眉毛，将目光落在了韩懿姿和韩东珠的身上。

此刻她们两个已经醒了过来，被三名持枪的青龙帮杀手堵在角落里。

她们惊慌地望着被捆在椅子上浑身是伤的沈南飞，眼睛也慢慢地红了。

韩懿姿的嘴巴被胶带封住，尽管她想要用力地大叫，却只能发出"呜！呜！"的声音。

韩东珠的眼神里也闪烁着一丝绝望，一脸不甘地死盯着黑蛇。

黑蛇的目光在这两个女孩儿身上扫过，嘴角浮现出一丝淫笑，随即向她们走过去。

如同淫魔一般的黑蛇渐渐露出了那副瘾君子的嘴脸，他外表看上去道貌岸然，可是嘴里说出来的话却污浊不堪。

他慢慢地蹲在韩懿姿的面前，右手托起她的下巴。

"嗯！！"韩懿姿用力地向后躲闪，狠狠地避开了黑蛇那肮脏的手。

黑蛇却一把抓住了韩懿姿的衣领，将她拉到了面前。

韩懿姿甚至能够感觉到他那污浊的气息喷溅在她脸上。

"贞洁烈女吗？你这种性格正合我的胃口。"说着，他回头看向了沈南飞，阴笑着说道，"你说，我一会儿要用什么姿势对待她们好呢？算了，时间长得很，我们可以一个一个姿势慢慢享受。"

听到这句话，沈南飞怒火中烧，双眼充血。

他的呼吸粗重得如同野兽，身体也跟着颤抖起来，捆在背后的双手用力地想要挣脱那根厚厚的尼龙绳！

"浑蛋……你这样对待女人，算什么男人！"沈南飞愤怒地从牙缝里挤出了几个字。

黑蛇冷冷一笑："真是个有正义感的家伙。好，既然你觉得自己很男人，那我就给你一个选择。"

"你想要干什么？"沈南飞强压着怒气说道。

"你用自己身体的某个部位，换她们可以安全度过一天。你觉得怎么样？我可以给你一点建议，人的手指和脚趾是很多的，所以你可以为她们争取更多的时间，让她们多活几天。"

"你说什么！"沈南飞的心脏猛地一缩，一阵窒息感直逼心头。

"没听清楚吗？也就是说，我切掉你一根手指或脚趾，她们当中一人便可多活一天。当然，你也可以平均一下，让她们两个都活着，又或者集中在一个你最在意的人身上，都可以。不过，这就取决你能够让我切掉多少东西了。"

"唔！"

"唔！"

韩懿姿拼命地对着沈南飞摇头，她的整张脸都红了起来。

而韩东珠却依旧静静地坐在那里，眼神中虽流露出了一丝恐惧，但看上去还算镇定。

沈南飞的目光在她们两人的脸上扫了一眼，随即紧紧地闭上了眼睛，将头向下埋在胸口。

他的整张脸涨得通红，额头上的血管都凸了出来。

冷汗顺着他的背脊流淌出来，浸湿了他身上的黑色 T 恤衫。

这种感觉，真的糟透了！

"黑蛇！你一定会遭天谴的！就算我同意了你的要求，你还是不会放过她们的，对吗？"沈南飞一句一顿，咬牙切齿地说道。

黑蛇得意地笑了笑："不试试怎么知道呢？"

说着，他转身对身后的一名青龙帮杀手说道："叫人把工具带过来。"

那名杀手点了点头，掏出手机拨打了一个号迈。

五分钟后，一名穿着黑色皮夹克，戴着黑色鸭舌帽的青龙帮成员拎着一个银色的金属手提箱走了进来。

韩懿姿一看到那个箱子，就仿佛看到一滴滴红色的血液从里面滴淌出来。

她隔着箱子，都闻到了一股子浓浓的血腥味。

那名青龙帮成员将手提箱递给了黑蛇，然后走到他身后站定。

一时间，房间里的气氛慢慢凝重起来。

黑蛇将手提箱放在地上，慢慢地将它打开。

下一刻，整套排列整齐的工具，便罗列在所有人的眼前。

在这个工具箱里，有一把锋利的大力钳、一把手术刀、一把镊子、一把锥子，还有一些零散的手术工具。

看到这些东西，沈南飞觉得自己全身从头凉到脚，冷汗顺着额头流了下来。

黑蛇脸上带着不怀好意的笑，如同展示艺术品一样，从箱子里慢慢地抓起了那把雪亮的手术刀："你知道，我用这把手术刀，挖出过多少人的眼睛，割掉过多少人的皮肤吗？"

说着，他右手小心翼翼地捏着手术刀的刀柄，左手在刀刃上轻轻地拂过："你知道，那些人在死的时候，经历过什么吗？我把他们绑在一张手术台上，不给他们打麻药，却为他们注射肾上腺素，因为这样他们不会轻易地昏迷过去。

然后，我会在他们的头顶悬挂一面镜子，这样他们会看到我切开他们的皮肤，感受到割掉他们手脚时那微妙的感觉。那是一种可以看到死亡的感觉。你想体会一下吗？"

沈南飞的双手越握越紧，手腕上的手筋紧绷，几条血管凸起，仿佛在用尽全身的力气挣脱背后的束缚。

"你简直就是一个魔鬼……魔鬼！"沈南飞的呼吸渐渐快了起来，感觉心脏都要脱离胸腔，从嘴里跳出来。

他这辈子恐怕从来没有这样愤怒和紧张过。

"魔鬼？哼！最大的魔鬼，不也是天使吗？比如路西法。啊，我真是很喜欢这个家伙。黑暗源自光明，光明，诞生黑暗。"

黑蛇一边说着，一边将手术刀放回到箱子里，然后拎起了那把纯银的大力钳，慢慢地走向了沈南飞。

"你是一个值得敬佩的对手。为了让你体验那种接近死亡的感觉，我就用这个东西，来一根一根剪掉你的手指和脚趾吧！"

第十四章

黑蛇如同全身滴淌着鲜血的魔鬼，一步步地走近了沈南飞。

一时间，沈南飞仿佛看到他脚下的每一根脚趾，都带着浓浓的血迹！

他心跳愈加剧烈，一种被扼喉般的窒息感让他喘不过气来！

"沈南飞，现在你感觉到自己有多渺小了吗？和我们相比，你简直连一只蚂蚁都不如。让我们来看看，你身上那点东西，能够为你的小女友们换回几天活命的机会吧。"

说着，黑蛇便在沈南飞的面前慢慢蹲下了身子，随即他对身边的青龙帮杀手说道："把他的鞋和袜子脱掉。"

杀手收到命令，立刻握住沈南飞的脚，强行脱掉了他的鞋袜。

黑蛇阴冷一笑，将那把银色大力钳的锋刃，夹在了沈南飞的大拇脚指头上。

沈南飞双目瞪圆，眼珠微突，死死地盯着黑蛇那张写满罪恶而又"丑陋"的脸，突然间怒吼道："黑蛇！你一定会不得好死的……一定会不得好死！"

"唔！"

"唔！"

韩懿姿突然站起来想要冲过去撞开黑蛇，却被青龙帮的杀手一把拦了下来！

"唔！"

她拼命地挣扎着要挣脱他们，却被人一把拉住了头发。

头皮上传来的疼痛感让她不得寸进，只能眼睁睁地看着黑蛇慢慢地合上大力钳的把手，看着钳子上的锋刃一寸寸地切入沈南飞脚趾上的皮肤。

哗！哗！哗！

突然间，韩懿姿的身后传来了一阵摩擦东西的声音。

其中一名青龙帮杀手动了动耳朵，捕捉到了这种奇怪的异响，转头看向身后。

下一刻，只见韩东珠脸上的表情像是挣脱束缚前的最后一搏，她眉头紧锁，眼睛瞪圆，全身用力地上下抖动，被缚在身后的双手更是越来越剧烈地上下动着。

那名杀手看到这一幕，立刻意识到了什么，上来一把抓住韩东珠的衣服想将她拎过来！

啪！

突然一阵清脆的响声传来，韩东珠的双手竟然奇迹般地从尼龙绳的束缚中挣脱了出来，手腕上一圈深深的红色印痕触目惊心！

杀手慌乱间向韩东珠身后看了一眼，发现她竟然利用墙角的棱角磨断了尼龙绳！

她之前那样镇定，只是为了掩人耳目，有计划性地准备逃脱束缚！

只见她一把抓住了那名杀手伸过来的手，将他的手关节瞬间折断！

杀手的手臂夸张地弯成了一个"L"形，随即嘴里发出了一阵撕心裂肺的惨叫声！

可就在韩东珠正要将腿踢向另一个人的时候，一把枪从旁边顶在了她的太阳穴上。

韩东珠的身体瞬间僵住，眼睛直直地盯着正闭合大力钳的黑蛇。

鲜血从沈南飞的脚趾上渗出……

大力钳的锋刃已经将脚趾压得变了形！

"够了，差不多就停下吧。我真是看不下去了。"

就在最关键的时刻，一道低沉且富有磁性的声音从黑蛇的背后传来。

接着一块铁一样硬的东西，抵在了他的后脑上。

黑蛇脸上那原本嗜血残忍的笑忽然僵滞，目光慢慢向右边移动，用余光瞄向了身后。

只见此时此刻，之前那送工具进来的青龙帮成员，竟然用一把黑色的手枪抵在他的头上。

"把你手里那玩意儿放下。"青龙帮成员的声音再次传来。

黑蛇脸上的法令纹微微抖动了一下，他强压着怒火露出了一个僵硬的微笑，然后将手里的大力钳慢慢松开，放在了地上。

"我还真不知道，原来我们青龙帮里的成员，除了我，竟然还有会说中文的。"黑蛇沉声说道。

身后的男人冷冷一笑："对不起，你们原本那个送工具的青龙帮成员，现在正在外面躺着呢。"

黑蛇眉头一抖："你不是青龙帮的人？你是谁？"

不仅仅是黑蛇，此刻所有人的目光都聚集在了这个男人的脸上。

可是他的帽檐压得很低，头发很长，刘海又挡住了半张脸，根本看不清他究竟长什么样子。

只见这男人神秘地笑了笑："想知道我是谁吗？我是你前阵子在咖啡店里杀死的那个人。我的鬼魂，现在来找你了。"

"你在说什么？我听不懂！"

"我是赵凯！"

"赵凯？"

听到这个名字，韩懿姿一脸惊诧地瞪圆了眼睛！

赵凯应该在外面才对，他什么时候混到会所里面来了？

而这时，沈南飞忽然将身体向后一仰，如释重负般用力吐出了一口气："如果你再晚来一点，我这根脚指头就不保了。"

赵凯微微一笑，随即将头上的鸭舌帽连带着假头套慢慢地揭开。

下一刻，赵凯那张熟悉的脸，便出现在了所有人的眼前。

黑蛇向后瞄了一眼，惊道："赵凯？怎么可能？你不是已经死了吗？"

只见赵凯将枪头用力一戳黑蛇的后脑："谁说咖啡店里死的就是我？那只是我找的一个临时演员。可惜被你们杀掉了。"

黑蛇嘴巴微张，恍然大悟般瞪圆了眼睛。

片刻后，他神经质般地大笑了一声："哈哈哈！真是干得漂亮！连我都不得不为你鼓掌呢。不过，就算你现在杀了我也没用。你们是走不出这家会所的。你可知道，现下不仅仅是青龙帮，还有警察在外面等着你们，你们死定了。这里发生的一切，没人会知道！你们黑的依然是黑的，永远也白不了！"

赵凯不屑地冷冷一笑："谁说的？"

说着，赵凯从裤子口袋里掏出一部手机，将屏幕从头顶垂到黑蛇眼前。

"来，跟观众朋友们问声好吧。"

黑蛇脸上得意的表情瞬间凝滞，不可置信地看着眼前手机屏幕里那张熟悉的脸！

那是他自己的侧脸！

随即他寻着视频拍摄的方向，转头看向了那个放在桌子上的纯银的美杜莎头像打火机。

却见沈南飞一改之前脸上愤怒紧张的表情，锐利的目光盯着黑蛇："欢迎来到我的直播间，你的脸，已经出现在国内上亿网民的眼睛里了。网络同步直播哦！"

第十五章

而此时，整个网络世界炸开了锅。

无数网友一脸诧异地注视着手机屏幕里的直播画面，感觉简直就像是在看一场令人脑洞大开的犯罪电影。

一条条留言伴随着网友们的疑惑通过九宫格在沈南飞的直播留言区上敲了出来。

"搞什么？这是什么直播？沈南飞怎么会被捆在椅子上？"

"是不是太刺激了点？犯罪现场直播啊，我的天！"

"真的假的啊！沈南飞你该不会是为了给自己洗白，故意自导自演了一出大戏吧。"

"沈南飞！你的想法真够奇葩，你被人冤枉我们会信才有鬼！黑的就是黑的！你一定会受到正义的制裁。"

"喂！'妖妖灵'吗？这里有人在进行犯罪直播啊！喂，我好怕怕呀！"

一时间，网友们的第一反应都认为沈南飞在做戏！

这场以沈南飞微博账号开通的直播毫无征兆地出现在了网友们的视野中。

起初许多人还以为自己看错了，可是点开直播之后，发现里面的人竟然真的是沈南飞。

不过相信他的声音并不多，更多的人认为他是在利用演员演一场戏，拉同情票。

有人甚至觉得，沈南飞这群人的演技倒是都很棒，表现得太自然了。

直播开通十分钟后，微博上马上出现了一个新话题。

"沈南飞真相直播"。

凭借沈南飞如今在网络上的影响力，这个话题很快就上升到了热门微博排行榜前五的位置上。

现在前五名的榜单里，有两条都是关于沈南飞的！

他再一次吸引了网络大众的眼球！

甚至有些人养成了一种习惯，每隔一段时间就会看一看沈南飞在网络上的"表演"。

黑蛇死死地盯着放在桌子上的那个打火机，片刻后眉头一展，说道："蓝牙摄像头？"

站在他身后的赵凯笑了笑："不愧是黑蛇，竟然能够认出蓝牙摄像头这种东西。这一次为了引你出来，我们可是费了不少力气。高科技产品就是好。"

说着，赵凯通过遥控器操控美杜莎打火机里的摄像头，手机屏幕上的直播画面方向立刻就有了变化，转向了沈南飞的方向。

黑蛇努力地压抑着心中的怒火，两只手紧紧地握成了拳头，冷声说道："你们知道，惹怒我会有什么后果吗？"

沈南飞微微一笑："说话的时候小心点，大家可都在看着你呢。别忘了，你刚刚已经陈述了自己的犯罪事实，你觉得，你自己会有什么后果呢？"

黑蛇紧咬着牙齿，两腮微微鼓动，双眼睛里已起杀意。

赵凯用枪口轻轻敲了敲黑蛇的脑袋，说："你以为，你以楚留翔的母亲为要挟，命令他帮助你抓到我们，我们就真的不知道了吗？"

黑蛇一语不发，依然在试图保持着冷静。

"你错就错在，找了一个演技很差的人来帮你做事。楚留翔是能够藏得住事情的人吗？"

两天前……

夜里七点钟，沈南飞一个人站在房子外面的小路上吸烟。

很快，楚留翔便一个人从房间里一脸焦急地走了出来，手里捧着一个电话，小声地讲着什么。

起初沈南飞并没有在意，可就在当天中午，楚留翔再次出现了奇怪的举动。

他总是刻意避开他们，自己一个人偷偷地打电话。

自从发生热门事件以来，沈南飞对任何事情都会多留一个心眼。他隐隐觉得，楚留翔似乎出了什么问题！

这天晚上吃饭的时候，沈南飞便突然问道："最近你家里出了什么事情吗？总是看到你一个人在讲电话。"

听到这句话，楚留翔差点把嘴里的饭都咳了出来。

看到这一幕的沈南飞眼睛一亮，把楚留翔脸上的每一个表情都尽收眼底。

只见楚留翔装出一副镇定的样子，结结巴巴地说道："没……没事啊！我真的没事，你怎么会突然这么问。真是的，哈哈！哈哈哈！"

看着楚留翔那紧张的样子，沈南飞更加确定了自己心中的想法。

第二天一早，沈南飞约赵凯在他居住地点附近的一座铁桥上见面。

沈南飞将手肘趴在铁桥的金属栏杆上，吸着香烟说道："楚留翔家里似乎出问题了，我们需要把他隔离出去。"

赵凯皱了皱眉头："你确定吗？"

沈南飞吐出了一口烟："这个家伙是个天生不会演戏的主儿，你没看到我昨天晚上试探他时的样子。"

赵凯的面色有些凝重，沉声道："看来是有人在背地里威胁了楚留翔，以他的家人作为把柄。"

说完，赵凯忽然神秘地笑了笑："我想我们这一次能够把黑蛇引出来了……"

听着赵凯娓娓道来他的反间计，黑蛇觉得自己似乎是犯了一个十分低级的错误。

他选错了人，竟然反过来被沈南飞和赵凯利用了。

而且，被蒙在鼓里的不仅仅是黑蛇，就连韩懿姿和韩东珠都不知道这次的反间计。

沈南飞和赵凯神不知鬼不觉地在暗地里展开了这次计划，用自己的性命做赌注，来进行这场博弈。

而与此同时，娱乐会所的街道对面，楚留翔在驾驶席上坐立难安，双手紧握着方向盘发呆，满脸愧疚与不安的表情。

他的内心在剧烈地挣扎着，灵魂游走在道义与活命两个选择之中。

突然间，他将自己的头反复重重地磕在方向盘上，嘴里不停地对自己骂道："楚留翔！你是王八蛋！你出卖朋友！你不得好死！"

虽然楚留翔一直觉得自己是一个受害者，可是经过了这几次事件，他也算是跟着沈南飞一伙人出生入死了。现在他出卖了他们，把他们的计划告诉了黑蛇，这无疑是将所有人都推向了死亡！

如果不是因为担心家中的老妈没人赡养，他真想一脚踩下油门找一辆车撞上去！

楚留翔虽然怕死，在钱财上也比较吝啬，但起迈还是一个男人！

他也不想这样做，但是黑蛇威胁他，如果不帮助他的话，就要杀掉他的老妈，然后把照片寄给他看！

楚留翔知道，黑蛇这群人是没有人性的，他们什么残忍的事情都做得出来。

为了自己的老妈，他不得不昧着良心做出出卖沈南飞的事情来。

就在楚留翔因无尽的挣扎而苦恼的时候，他裤子口袋里的手机突然响了起来。

"啊，吓死我了！"

因为黑蛇的关系，他现在甚至有些害怕听到自己的手机铃声。

在他的心里，手机铃声似乎成了一首催命曲！

他的身子下意识地抖了一下，随即右手微微颤抖着从裤兜里掏出了自己的手机。

他的内衣早已经被冷汗浸湿了，紧紧地贴在身上，非常难受。

然而，当他拿起手机之后，看到的却是一个来自国内的号迈。

在看到这个号迈之后，他感觉一个可怕的噩耗仿佛从遥远的春州市传来……

"老妈……怎么会是国内的号迈？难道老妈出事了？"

一番挣扎之后，楚留翔表情惊惧地按下了接听键，嘴唇微微颤抖地说道："喂……喂？"

下一刻，电话那头传来了一个春州口音的男人声音。

"喂，是楚留翔吗？"

在听到电话那头男人口中所说的话之后，楚留翔表情有些复杂地瞪圆了眼睛，愣怔地望向被黑压压的青龙帮人群围住的高级娱乐会所门口。

与此同时，沈南飞与赵凯已经跟黑蛇僵持了许久。

赵凯把该说的话都说了，随即他向后用余光瞄了一眼拿枪指着他脑袋的其他青龙帮杀手，接着对韩东珠使了个眼色。

韩东珠心领神会，立刻转身解开了捆绑韩懿姿双手的绳子。

"你们要干什么？"黑蛇忽然说道。

赵凯笑了笑："还能干什么，当是离开这里了。"

黑蛇冷冷一笑："你知道现在外面有多少人吗？你以为你们能够离开？"

"能不能，不试试看怎么知道？"

当韩东珠正要去解开沈南飞的手脚时，几名青龙帮杀手将手枪对准了她。

韩东珠停下了脚步，目光警惕地向赵凯看了一眼。

赵凯见状，便用枪托在黑蛇的脑袋狠狠敲了一下，直敲得他头皮破裂，鲜血流了出来！

赵凯身旁的青龙帮杀手全部气愤地向前跨出一步，把手中的枪顶在了赵凯的脑袋上。

赵凯嘲讽似的笑了笑，用英语说道："看看是你们老大的脑袋值钱，还是我的脑袋值钱？"

有些听懂了英文的青龙帮杀手脸色立刻变了，但依旧用枪指着赵凯的脑袋。

如果不是赵凯身为国际雇用兵，久经沙场，恐怕早就吓得冷汗直流了。

赵凯见青龙帮的杀手们一时不敢轻举妄动，便对韩东珠点头示意了一下。

韩东珠收到信号，立刻上前解开了沈南飞的手脚。

沈南飞一获得自由，就立刻低头看了看自己被割破了皮的脚趾，他很想亲手干掉眼前的黑蛇。

可是一想到现在正身处险境，黑蛇是他们唯一可以离开的筹迈，他便压制住了心中的怒火。

随即他穿上了鞋子，对赵凯说道："都准备好了吗？"

赵凯神秘地笑了笑："准备好了，在所有你熟悉的地方。"

沈南飞听罢便转头对韩懿姿和韩东珠说道："我们走，离开这个地方。"

韩懿姿她们点了点头，有些忌惮地望了望用枪指着自己的青龙帮杀手，走到了沈南飞的身边。

"起来！"赵凯用枪顶了顶黑蛇的后脑。

黑蛇强压愤怒，脸色涨得通红，他左侧的脸颊一直在流血，让他那张脸看上去更加可怕。

随即他左手捂着头上的伤口，从地上慢慢地站了起来，被赵凯挟持着走到了房间门口。

沈南飞小心谨慎地盯着那些跟上来的杀手，随即打开了身后的房门。

就在开门的下一刻，密密麻麻的人群竟然堵住了门口！

远在世界各地通过蓝牙摄像头看到这一幕的网友们，不禁纷纷在沈南飞直播的弹幕上疯狂刷屏。

"天啦！怎么弄得跟真的一样！沈南飞手笔好大啊！"

"场面太狠了吧！做戏做全套啊！"

"要不要这么夸张？沈南飞你到底找了多少群演！"

一时间，网友们仍然无法相信这一切都在真实发生着。

甚至有人罗列出几位知名编剧，激烈地讨论到底是谁帮沈南飞编排了这一次的剧本。

然而看到外面的情况，沈南飞一行人才知道，原来刚刚赵凯就是从这些人眼皮子底下，乔装混了进来。

赵凯侧过脸看了看外面的人群，随即把身子藏在了黑蛇的背后，将装有蓝牙摄像头的打火机举在了黑蛇的耳边，对黑蛇说道："叫你的人让路。"

黑蛇的眼球微微转动了一下，随即面色镇定地对着前面的人群摆了摆手。

青龙帮杀手们有些不情愿地让开了一条路，场面不由得让人感觉到窒息。

一股浓浓的肃杀之气，瞬间充满了整条走廊。

"啊！"

一名刚从房间里出来的援交女郎见门口被人堵住，刀枪相向，立刻发出一声尖叫，又躲回到房间里去了。

很快，沈南飞和赵凯一行人便来到了通往地面上层的电梯口。

沈南飞按下电梯不久，门便慢慢滑开。

赵凯示意韩东珠和韩懿姿进电梯，又对沈南飞说道："你先上去。我跟这个家伙还有一点事情要解决。"

沈南飞眉头一抖："你是要跟我抢对黑蛇的处决权吗？"

赵凯笑了笑，背对着沈南飞说道："这件事我妹妹才是最悲惨的受害人，处决还轮不到你。得我先来。"

沈南飞迟疑了片刻，回道："那你小心点，我在上面为你开路。你最好快点，我们没太多时间。"

"我知道了，你们快走吧。"赵凯说道。

沈南飞点了点头，按下了楼层选择键，门渐渐合上了。

赵凯回头看了一眼正在上升的楼层指示灯，便在近二十名青龙帮杀手面前，挟持着黑蛇挪到了旁边的一座电梯。

很快电梯门打开，赵凯压着黑蛇慢慢倒退着进了电梯。

"关门。"赵凯对黑蛇说道。

下一刻，只见黑蛇嘴角微微上扬，露出了一个满含杀意的微笑，然后伸手按下了电梯门的关闭键。

金属门的缝隙慢慢变小，黑蛇却笑得越发阴狠狰狞了……

第十六章

此时此刻，电梯里安静得令人窒息。

赵凯的眼神在慢慢发生变化。

之前因为有许多青龙帮杀手在的关系，所以他一直强压着自己的怒火。

现在这里只有他和黑蛇两个人，安静的空间促使他心底的防线在慢慢地被瓦解。

妹妹赵欣颖儿时与自己一起玩耍的画面时常会出现在赵凯的脑海里。

可是现在，他最可爱的妹妹，竟然被眼前这个家伙奸杀！这种仇恨，就是让黑蛇死十次都不够！

此刻赵凯真的希望坏人可以有九条命，这样他就可以多杀死黑蛇几次了。

"你还有什么遗言吗？"赵凯的语气冷若寒冰。

黑蛇镇定地笑了笑："我没什么要说的，因为我根本就不会死。"

赵凯不屑一笑，用枪顶在黑蛇的后脑上："你就这么确定吗？"

"干这行这么久，我已经不知道有多少次被人用枪指着头了。你可知道，我杀过几个对我说过这种话的人吗？赵凯，你想试试吗？"黑蛇说道。

"你想试试吗？"赵凯反问。

下一刻，黑蛇的脑后便传来了一声扳机扣动的细微声。

一时间，这细小的声音让电梯里死亡的气息更加浓重了。

咯啦……咯啦……扳机扣动的声音越来越明显，让黑蛇的耳朵也不自觉地跟着动了几下。

"王八蛋！你去死吧！"赵凯突然一声怒吼，悲愤的情绪瞬间爆发，毫不犹豫地扣动了扳机！

可就在扳机扣动的一瞬间，黑蛇以奇快的速度将脑袋闪到了一边，随即动作如闪电般迅速，一个反手抓住了赵凯握枪的手腕，左手掐住了他的脖子！

砰！砰！砰！砰！

四声震耳欲聋的枪声响起，随之而来的还有子弹在电梯里弹射的声音！

赵凯手中装着蓝牙摄像头的打火机掉在了地上！

黑蛇低头看了一眼，随即狠狠一脚踩了上去！

嘶——

下一刻，正在观看直播的网友们各个瞠目结舌，震惊得张开了嘴巴！

原本他们以为这只是一场戏。

可是看到最后，怎么都不像是演出来的！

一些女网友望着眼前变成黑白的手机屏幕，两只手紧紧地在胸口攥着，转过头一脸迷茫地与友人面面相觑。

"他们……不会是来真的吧……"

"我感觉也不像是假的，沈南飞好像真的在直播犯罪！"

"还等什么！快报警啊！"

"你傻啊！你以为警察没有看到现在的直播吗？"

一时间，网络上因为直播视频中断立刻陷入了一片恐慌！

如果刚刚直播里播出的都是真的，那这绝对是沈南飞翻身的有力证据！

这家伙为了洗白自己真是玩儿命了！！

很快，全国各地各大电视台与网络媒体都在争相报道着沈南飞直播事件。

就连许多从来不接触网络的人，竟然也开始在网上寻找沈南飞的直播视频。

可是没过多久，沈南飞的直播视频便被封掉了！

直播软件公司起初也以为是沈南飞在演戏，可是当看到赵凯在电梯里搏杀的一幕，他们不得不相信真实的事件正在发生！

但是，仍然有一些细心的网友把画面记录了下来，并发布到了各大论坛上！

"沈南飞风暴"再次席卷了各大网络媒体，微博热门话题排行一跃到了第一名的位置！

居然将国内一线明星结婚的话题都顶了下去！

此时此刻，"沈南飞"和"直播"这两个词，成为网络上的热搜词！

赵凯早就想过黑蛇的身手不简单，可是没想到竟有这么快！

见自己被黑蛇制住，赵凯便将左腿盘到了黑蛇右腿的膝盖后面，再用力一顶！

黑蛇的右腿瞬间弯曲，右半边身子立刻失去了重心！

赵凯趁势，瞬间绕到黑蛇的身后，用左手勒住他的脖子，把他握枪的手用力往下压！

黑蛇左手死死地抓着赵凯握枪的手，用力向上抬。

可赵凯毕竟是国际雇用兵，身体强壮得很，仍把手枪慢慢地压到了他的脑后！

砰！砰！

赵凯一见到机会，立刻连开了两枪！

但黑蛇用力往左一甩头，两颗子弹便擦着他的耳朵射了出去！

随即黑蛇将身体往地上一坠，双腿翻起狠狠地踹在了赵凯的身上。

赵凯被踢飞了出去，后背重重地撞在了电梯门上。

一时间，在这小小的电梯里，一场恶战便瞬间爆发了！

他们之中，似乎只有一个人可以活着走出这台电梯！

而与此同时，沈南飞带着韩懿姿和韩东珠乘坐电梯一路来到了会所的三楼。

他按照之前与赵凯计划好的路线，从三楼迂回到二楼，然后来到二楼的厨房顺着垃圾投放口逃到外面去。

这样可以打乱那些青龙帮杀手的势力。

电梯门缓缓地打开，沈南飞眼神警惕地向外打量了一下，见外面竟然安静得一个人都看不到。

这种情况是最糟糕的！

"外面不安全。"韩懿姿凭借着记者敏锐的直觉，也感觉到了外面到处都充斥着浓浓的血腥气。

沈南飞点了点头，随即从兜里掏出了一个廉价的塑料打火机。

他将打火机攥在手里，深深地吸了一口气，接着抬起手，将它用力砸到了对面的墙壁上！

嘭！一阵巨响传来，打火机被摔爆！

紧接着，四面八方传来了急促的脚步声，听上去足有七八个人的样子。

听到声音，沈南飞火速关上了电梯门，按下回到地下二层的按钮！

韩东珠看到这一幕，不禁瞪圆了眼睛，惊道："回去？你疯了吗？"

沈南飞面色凝重地说道："最危险的地方就是最安全的地方。现在那些人应该去追赵凯了，不会停留在地下二层！"

很快，电梯便到达了地下二层。

电梯门缓缓打开，外面果然空无一人。

沈南飞悄悄走到了电梯门口，探头向两边看了看，只看到一条空荡荡的走廊。

随即他向身后的韩懿姿和韩东珠招了招手，三人小心翼翼地走出了电梯，来到了满是肃杀之气的走廊里。

他们一路经过了许多用来进行情色交易的房间，发现里面都已经空无一人了。

接着沈南飞便走进了一个门牌号为"C103"的情趣房间，从铺着红色床单的床垫下面摸出了一把手枪。

看到这一幕，韩懿姿惊讶地问道："你怎么知道这里有枪？"

沈南飞脸上闪过一抹神秘的笑容："一会儿还有更多让你惊讶的事情。"

就在这时，门外突然传来了稀疏的脚步声。

沈南飞的脸上立刻浮现出一丝杀意，缓步走到了门口。

韩东珠和韩懿姿将后背紧贴着门口的墙壁，呼吸加快，额头上也冒出了一层薄薄的汗水。

几个黑漆漆的影子从门口经过，将房间里最后的一丝光线遮盖。

咔嚓！沈南飞将手枪上膛，面色冷峻。

"准备好了，跟在我的身后。"

下一刻，还没等韩懿姿两人有所反应，沈南飞便突然开门走了出去。

只见一扇仿佛通往死神世界的大门，在几名青龙帮杀手的身后缓缓打开。

接着，一个满眼血红的魔王，出现在了他们的身后。

在听到开门声的一瞬间，那几名杀手便立刻转身，举起了手中短小的手斧和砍刀！

砰！砰！砰！

只听连续的枪声响起，沈南飞一出门口，举枪就射！

一时间，那几名青龙帮杀手被打了个措手不及，身上被打出了好几个血窟窿！

从沈南飞手中的枪管里射出的子弹撕裂了空气，在空中急速旋转，每一枪都正中目标！

很快那几名杀手便中枪倒地，咿咿呀呀地发出声声惨叫，有的当场昏死了过去。

就在沈南飞开枪的一刻，没经历过这种大场面的韩懿姿整个人被吓呆了！

她两只手捂住了耳朵，瞪圆了眼睛望着沈南飞的背影。

"快走！"沈南飞短促有力地说了一句，便带着满面震惊的韩懿姿和跃跃欲试的韩东珠向着隔着两条走廊，通向上一层的安全通道走了过去。

然而，沈南飞的枪声却瞬间吸引了附近的青龙帮杀手。

沈南飞在走到第一条走廊转角处的时候，便听到一阵脚步声从不远处传了过来。

随即他顺手拉开了一个房间的门，对韩懿姿两人说道："进去！"

她们两人二话不说，立刻按照沈南飞的指示钻进了房间。

沈南飞没有跟着她们走进同一个房间，而是进入了对面的那间。

"快关门！"沈南飞轻声叫道。

"可是你呢？"韩懿姿焦急地问道。

沈南飞脸一红："别管我，快关门！"

韩懿姿咬了咬嘴唇，随即将门慢慢关上。

那些赶来的青龙帮杀手感觉到了这附近有人，随即放慢了脚步，一步步地向着沈南飞所在的房间靠近。

沈南飞靠在房间的门口，呼吸越来越急促，准备给那些家伙来一个突袭。

为了方便射击，沈南飞把房间门开着。

可是，很快他便发觉自己似乎是忘了什么，于是有些惊慌地转头看向了对面敞开的那扇门上的玻璃窗。

接着，他便通过玻璃窗上的反光，看到了一群青龙帮杀手慢慢地走近。

"该死！这扇怎么是玻璃门！"

就在沈南飞想要移开自己身体的时候，外面青龙帮的杀手却已经通过玻璃门上的反光看到了他！

"呀！"只听其中一名杀手大叫了一声，于是所有人都向着他所指的方向看了过来！

接着两名杀手举起手里的手枪，对着沈南飞躲藏的房间门口猛烈射击！

啪！一阵细碎的响声传来，那扇玻璃门瞬间被打得粉碎。

沈南飞左手抱住头紧贴着门口的墙壁，右手握枪举在脸侧，用力调整着自己的呼吸。

"这下糟了！"

可就在沈南飞心中暗叹情况不妙的时候，对面的房间门突然打开！

接着双纤纤玉手从门里面伸了出来，将一个青花瓷花瓶丢向了走廊！

砰！砰！砰！

花瓶刚刚从房间里丢出来，便立刻吸引了那些杀手的目光。

随即两名持枪杀手将手枪统统对准了花瓶的方向一通猛射！

沈南飞朝外面瞄了一眼，随即灵机一动，突然蹲下身子，双腿用力一蹬，整个人躺在地面上朝着外面的走廊滑了出去！

那些杀手见有一个人突然躺着滑了出来，脸上立刻露出了惊诧的表情。

只见沈南飞冷冷一笑，随即手指快速扣动扳机……

又是一阵枪声响起，四名青龙帮杀手纷纷被射中胸口，应声倒地！

沈南飞侧躺在地上，看着那几个家伙倒在面前五米远的地方一动不动，终于如释重负般吐出了一口气，整个人都放松地躺了下去。

这时，他旁边的一扇门慢慢打开，韩懿姿的小脑袋从里面悄悄地探了出来。

沈南飞眼睛向上瞄了一眼，看到那张熟悉的脸，便对着她露出了一个微笑。

然后他从地上爬起来，拔出枪梭看了一眼子弹，发现已经没有子弹了。

于是他走到那几名倒地的杀手身边，捡起他们的手枪仔细检查了一番。

只有一把枪还有子弹！

他将那枪握在手里，对韩懿姿和韩东珠说道："现在情况有点棘手，计划有变，我们得从这里杀到地面一层，然后从其他地方出去了。"

韩东珠眉头紧锁："可是地面一层不是青龙帮人数最多的一层吗？"

"没办法了，现在只能硬拼，只要能跟赵凯会和，我们应该还有希望出去！"

"沈南飞，如果你和赵凯这一次只是在做戏，应该早点告诉我们的！"韩懿姿说道。

沈南飞却摇了摇头，脸上闪过一抹歉意的微笑："如果告诉你们的话，我怕自己就演不出来了。而且也会被楚翔发现破绽。"

韩懿姿一时也不知道该说些什么，皱着眉头盯着沈南飞看了半天，随即顺手拎起了房间里的一根棒球棍，说："我们能活着从这里出去吧。"

沈南飞迟疑了片刻，笑了笑："我就是拼了命，也会把你们活着送出去的。"

五分钟后……

位于一楼的青龙帮杀手听到地下二层传来了连续的枪声，便有七八个人手持刀枪向着通往那里的安全通道急匆匆地赶去。

他们很快就来到了安全通道的入口，其中一名杀手把手放在了圆形的门把手上。

砰！砰！

突然两声枪响传来，两发子弹从门的另一面穿透而出，旋转着直接射进了他的身体。

"啊！"那名杀手惨叫一声，随即扑通一声跪倒在地上。

下一刻，大门被人一脚踢开。

就在那些杀手还没有反应过来的时候，沈南飞便举枪从里面走了出来，对着一楼的走廊疯狂射击。

惊慌的人群随着走廊里不断响起的枪声慢慢倒下！

沈南飞如魔王再临，仿佛回到了春州市迈头混战的那天夜晚。

他一边走一边射击，将一个个受了枪伤的杀手扔在身后，一路势如破竹！

很快他们便走到了一条岔路口。

可是突然间，韩东珠凭借着敏锐的观察力，一眼就看到了岔路口的转角处有一把斧头的尖角露了出来！

沈南飞也感觉到了有人藏在右边，于是火速转头，将手枪举向了右方！

只见一把黑色手斧向着沈南飞当头劈下，就算沈南飞此刻开枪也无法躲闪！

就在这时，一条修长的腿狠狠地踢在那名青龙帮杀手的手腕上，将斧子踢得脱离了他的手掌，向后飞了出去！

正巧沈南飞也转了过来，随即连开数枪，直接将那杀手打成了蜂窝！

哒！哒！

下一刻，手枪里发出了两声空响。

子弹打空了！

然而令人更紧张的是，左边的岔路方向又有一群青龙帮的人赶了过来。

五秒钟后，几名穿着黑色夹克的家伙便将目光锁定在了沈南飞的身上。

不过值得庆幸的是，他们手里没有枪。

见此一幕，沈南飞深吸了一口气，随即突然拔腿向着他们冲了过去！

"沈南飞！"韩懿姿想要将他叫住，可他像一匹脱缰的野马般不受控制！

青龙帮的人见沈南飞如此莽撞，竟然赤手空拳地冲了过来，不禁冷冷一笑，握紧了手里的手斧，就像是等待着猎物自投罗网的老虎。

然而这样的想法只不过持续了三秒钟的时间，让他们无比震惊的事便发生了！

只见沈南飞在跑到一张放着青花瓷瓶的架子旁边时，突然掌心向上，将手伸向了架子下方。

紧接着，他们便眼睁睁地看着沈南飞从那架子下方抠出了一把手枪！

这一幕不仅看呆了青龙帮的杀手，韩懿姿和韩东珠也颇为吃惊！

下一刻，沈南飞举起手枪，对着那些家伙又是一通猛射！

很快，这条走廊便又被沈南飞清空了。

韩懿姿和韩东珠两人对视一眼，随即便跟了上去。

可是才走到这条岔路的另一个转角，越来越多的青龙帮杀手如同潮水般从四面八方的走廊里涌了过来！

沈南飞见状加快脚步，走到了一处消防栓的旁边，用枪托一下子砸碎了消防器材箱的玻璃，从里面又掏出了一把银色的手枪！

韩懿姿和韩东珠完全震惊了！

她们不明白，沈南飞到底是什么时候在这里藏了这么多手枪的！

沈南飞却没有告诉她们，这些都是在一天以前，赵凯找人安排的。

一天前的夜晚，沈南飞被赵凯的电话吵醒。

他睡眼蒙眬地接起了电话："喂？"

"我为我们的后路想到了一个办法，你想试试吗？"赵凯说道。

沈南飞眨了眨眼睛："什么办法？"

"我突然知道，有个欠了我人情的家伙最近也进了青龙帮，我可以让他在会所里藏点东西。"

"他会做这种事？那不如直接让他给我们提供证据。"

"有些事是有底线的，他是个有原则的家伙。宁可杀人，也不会泄露别人的秘密。"

此刻回想起这件事，沈南飞也不得不佩服那个暗中帮助他们的人，实在是个很会藏东西的家伙。

从地下二层到地上二层，他在许多意想不到的地方都藏了武器，给赵凯和沈南飞做了充足的弹药补给！

如果没有那个家伙，估计现在沈南飞已经挂掉了！

一时间，走廊里的枪声震耳欲聋，场面堪比警匪交战！

沈南飞凭借着弹药补给，一路从地下二层杀到了通向地面一层的最后一个楼梯口。

然而他的身后，已是血流成河！

沈南飞脸上溅了许多血渍，却顾不上擦，一路带着韩懿姿和韩东珠来到了地下一层的走廊。

下一刻，沈南飞深吸了一口气，扔掉子弹射光的手枪，将左手握在通往地面一楼的金属门把手上。

"准备好了吗？外面就是最凶险的地方了。"

韩懿姿的小脸儿有些脏兮兮的，还沾染了几滴血迹，随即握紧了手中染血的球棒，轻轻点了点头。

而韩东珠双手各持一把手斧，其中右手的那一把被她用胶带跟自己的手掌牢牢捆在一起，眼神里满是杀气。

沈南飞用余光扫了一眼身后的韩东珠和韩懿姿，微微一笑，打开了通往地上一层的最后一扇门。

在开门的一刻，黑压压的人群已经站在了对面大堂里，瞪圆了眼睛，怒视着沈南飞三人出来的方向。

见到数量众多的青龙帮杀手，沈南飞心头一凉，脸上却露出了一个视死如归的微笑。

"青龙帮的杂碎还真是多。呸！"说完，他向地上吐了一口口水。

只听对面其中一名似乎是领头的青龙帮杀手叽叽歪歪地大喊了几声，随即一大群人便向着沈南飞三人所在的方向冲了过来。

咔嚓！

沈南飞手持两把弹药充足的手枪，把枪栓用力在后腰两侧蹭了一下，为枪上了膛。

下一刻，血战一触即发！引爆了首尔的血腥之夜！

会所一楼东面电梯里接连传来三声枪响。

随即电梯门终于缓缓地打开。

接着一只握着黑色手枪，染满鲜血的手从里面伸了出来，撑在了电梯门口。

这个男人嘴里大口地喘着粗气，脸上和身上也染满血渍，如同血人。

电梯门被他整个人挡住，反复地开关闭合，看似无助地停留在一楼。

男人转头向着身后倒在血泊里的家伙看了看，然后拖着疲惫的身体，一步步地走出了电梯。

而在电梯里，正坐着一个面容俊朗，轮廓深邃的男人。

他背靠着电梯，双腿岔开，低垂着脑袋，全身上下被鲜血浸透。

他的右手臂上，有一片黑蛇文身……

第十七章

▶ "魔王"的抉择

　　首尔地方警察厅二十分钟前接到报案，在市内某娱乐会所发生大规模枪击事件。

　　五分钟后，大批武装特警全副武装，赶往了事发地点。

　　一路上，三四辆警车开路，大型防爆车紧随其后，随后便是装载着几十名武装特警的武装巴士。

　　车队风风火火地行驶在首尔市区的街道上，刺耳的警笛声响彻街道，引得大批行人驻足观望。

　　还有许多附近警局的汽车，从四面八方向着会所的方向疾驰而来。

　　一时间，沈南飞一行人所在的会所，渐渐陷入了被警察包围的绝境。

　　而此刻，青龙帮名义下的那间会所已经完全停业，大门口连一个人影也看不到。

　　旋转门停用，所有外人有可能进入的入口都被严严实实地封死了。

　　这一刻，仿佛青龙帮铁了心，绝对不让一个人从这里面活着出去！

　　激烈的枪声还在响起，沈南飞穿梭在枪林弹雨之中，冒着生命危险保护韩懿姿和韩东珠。

　　他的左臂中枪，右腿也被人用刀砍伤，整个人看上去像是从地狱里爬出来的魔鬼。

　　子弹打光了，他就捡起那些尸体手里的砍刀横劈竖砍！

　　魔王再一次觉醒！

　　"沈南飞，你的腿在流血！"韩懿姿双手紧握着断掉的棒球棍，她的脸上有一小片瘀青。

而韩东珠肚子被人划了一刀，她左手用力地按在伤口上，右手提着一把月牙形砍刀，胸口快速起伏，脸上的表情看上去有些痛苦。

他们刚从人群里杀出了一条血路。

三个人分为前中后，用子弹作为掩护向前突围。

虽然青龙帮的杀手数量正在慢慢减少，但是剩下的这些依然对他们造成了很大的威胁。

听到韩懿姿的话，沈南飞也不去理会自己腿上的伤，眼睛死死地盯着面前的十几个人。

如今的局面就像是一场困兽之战，三只小熊被十几只饿狼围困。

沈南飞已经数不清用自己的手打翻了多少人。

但是他知道，自己的身体就快要撑不住了，他不知道还能挺多久。

也许，他挺不到自己沉冤昭雪的那一天了吧。

沈南飞回头看了看他们身后横七竖八倒着许多青龙帮杀手的大堂，视线穿过那里，看向了后门的方向。

"你们从那个方向离开，那里有一个后门，是通往地下储藏室的。储藏室的下面有一个下水道，你们从那里逃到几公里外的街道上。走的时候小心一点，别被人看到。"

韩懿姿愣怔地望着沈南飞的背影，嘴唇微微颤抖着说道："那……那你呢？"

沈南飞疲惫地笑了笑："如果我也去了，那我们三个都会死在这里。我断后，你们走。再说赵凯还在里面，我必须找到他。这件事是因我们而起，你们没必要受牵连。"

说到这儿，沈南飞忽然转过头看着韩懿姿："可以的话，帮我把韩东珠带走，离开韩国。这里已经藏不下她了。"

"你不走，你以为我会走吗？你不是说要做我的监护人吗？"韩东珠眼眶渐渐红了，"你这个骗子！"

沈南飞无奈地笑了笑："此一时彼一时啊，你就当我骗了你吧，我不是一个合格的监护人。离开这里之后要好好生活，别整天像个打手似的。"

"不行，我们一定能一起离开的！我们必须一起走！"韩懿姿不由分说，上来就拉住了沈南飞的手。

沈南飞默默地闭上了眼睛，努力调整着自己的情绪。

下一刻，他将眼睛慢慢睁开，把自己的手从韩懿姿手里抽了出来："我不能走，就算想走，也走不了多远的。我的身份已经不仅仅是一个热门微博的受害人了，我的行为是无法逃脱法律制裁的。你想要我一辈子背着逃犯的名声生活吗？"

"不！法律是公正的！你是清白的！"韩懿姿喊道！

"清白？哼！"沈南飞的眼神忽然变得有些可怕，盯着韩懿姿的眼睛说道，"我清白？也许网络上我是清白的，但是在现实里……我是杀了人的。"

说着，他目光在周围倒地的人群上扫了一眼："看到了吗？自从热门微博事件以来，我杀了多少人？难道都是假的吗？我知道自己绝对不会有一个好结局。如果有的话，那就是重生，来世重新活一回。"

"不对！你杀人是为了自卫！"韩懿姿依然试图为沈南飞辩解。

然而下一刻，沈南飞却突然火了，瞪着眼睛喊道："自卫就可以杀人了吗！我怎样不要你管！你们给我马上离开！走得越远越好！"

"沈南飞，难道你要再丢下我一次吗？"

听到这句话，沈南飞心头猛地一震。

之前在春州市码头，他将自己独自一人留在仓库里时的情景，就跟现在一模一样。

他再次选择了为了救身边的人，把自己留在龙潭虎穴里。

沈南飞沉默了片刻，左手紧紧地攥成拳头。

这个热门微博事件牵连了这么多的人，都是因他而起。

他必须给这些无辜的人一个交代。

他已经很疲倦了，再也不想过这种逃亡的生活了。

他宁可安安静静地在监狱里度过余生，也不想每天打打杀杀，提着脑袋过日子。

就像之前他曾经想过的。

如果时间可以倒退，那该有多好。

他会选择重新活一次，哪怕只是做一个小小的快递员，每天风里雨里奔波，至少可以平凡的生活着。

　　现在他明白了，原来平凡，才是最珍贵的……

　　沈南飞默默地低下了头，没有勇气再去直视韩懿姿火一样的目光。

　　"算我再欠你一次。但这一次你走了以后，就不要再回头了。拜托……"

　　看到一个男人这样低声下气地求自己，而且还是一个对自己有着特殊意义的男人，韩懿姿心如刀割。

　　泪水不争气地从她的眼眶里流了出来。

　　她瞪着眼睛盯着沈南飞许久，最后终于将心一横："好，我听你的。等这次热门微博事件结束，我会要你把欠我的都还回来的！"

　　沈南飞淡淡一笑，没有说话。

　　随即韩懿姿拉起了韩东珠的胳膊，最后望了一眼沈南飞的背影，便向着后门的方向走去。

　　起初韩东珠还不情愿地挣扎了一下，可是沈南飞那坚决的背影，让她明白自己是怎样也不可能说服他了。

　　沈南飞背对着慢慢离去的韩东珠和韩懿姿，嘴角上扬，微微一笑："已经结束了……无论是热门微博还是我……都结束了……"

　　"对不起……"

第十八章

韩懿姿强忍着眼泪，最后回头看了一眼沈南飞，却见他弯腰从地上捡起了一把月牙砍刀，双手各持一把。

而他的对面，十几个人虽然身上也有伤，可是体力明显要比沈南飞好很多。

韩懿姿有一种强烈的感觉，此刻恐怕是她见沈南飞的最后一眼了。

"我不能把他一个人留在那里，我要回去！"韩东珠试图挣脱韩懿姿的手。

韩懿姿用力一拉韩东珠的胳膊，红着眼睛叫道："你难道还不明白沈南飞的意思吗？今天他就没打算全身而退了！热门微博这件事必须有一个结果！不然你要他以后怎么生活？告诉别人自己是一个逃犯？"

韩懿姿顿了顿继续说道："虽然我也很难过，但是我尊重沈南飞的决定！黑蛇的视频我们直播出去了，剩下的就交给网络和法律。我相信这个世界终会还沈南飞一个清白的！他是成年人，自己做了一些事情，必须由自己承担结果！他杀了人，不可能逃脱应负的法律责任的！即便是自卫！"

"如果你还有一点为他着想的话，就马上跟我离开这里！从今以后好好地活下去！"

说完，韩懿姿便用力拽着韩东珠的胳膊，向着地下储藏室的方向而去。

韩东珠任由韩懿姿将自己拉着走，目光却始终停留在沈南飞的背影上。

很快她们便穿过了一面雕花玻璃大门。

大门缓缓闭合。

而沈南飞的背影……

终于慢慢地消失在她们两人的视线之中……

与此同时，沈南飞双手各持砍刀，深深地吸了一口气，脸上再次浮现出了视死如归的微笑。

"青龙帮的杂碎们，来吧……"

砰！砰！韩懿姿从附近的消防器材里找到一把消防斧，用尽了全身的力气砍向门锁，终于把那锁头毁掉了！

"我们快进去！"

说完韩东珠和韩懿姿便立刻钻进了地下储藏室，仔细搜查着沈南飞刚刚提到的通向外面街道的下水道。

"在这里！"

很快，韩懿姿便在一个货架下面发现了那只能容纳一人大小的下水道口。

可是它被一个装满纸箱的大货架压住了。

"我们把它推倒！"韩东珠一边说着，一边用肩膀用力顶着货架往后推。

韩懿姿也赶紧帮忙，使出了全身的力气，终于将这笨重的货架整个推翻！

随着哐啷几声巨响，装在纸壳箱里的货物摔了出来，散落了一地！

见到这一幕，韩懿姿瞬间愣住！

她看到从那些纸壳箱子里摔出来的东西，竟然是一包包包装在塑料袋里的白色粉末！

"这是什么东西？"韩东珠皱着眉头说道。

韩懿姿摇了摇头，眼神中满是疑惑之色。

下一刻，她脑中忽然闪过一个念头！

于是，她赶紧从地上捡起一包塞进了自己的衣服口袋里，然后掏出手机把现场拍了下来。

啪！啪！啪！

突然间，一阵清脆的拍手声从储藏室门口的方向传了出来。

韩懿姿和韩东珠同时火速转头向身后看去，却见一个穿着皮衣皮裤的高挑女子站在门口。

她那双修长的美腿被紧身皮裤衬托得十分性感诱人。

虽然她身上的皮夹克拉锁是半拉上的，却依然能够看到她胸部那呼之欲出的曲线，还有露出的一点黑色蕾丝胸罩！

看到这个女人出现，韩懿姿二人都是面色一室，心里有了一种不好的预感。

只见这妖娆的女子那性感红唇微微一笑："你们也真是的，既然要走，干吗还要带走人家的秘密呢？"

韩东珠充满敌意的眼神死死地盯着面前高挑女子，冷冷说道："你是谁？"

"我吗？这个地下储藏室，是我来看管的，我的英文名叫 Ada！你们也可以叫我艾达。很高兴认识你们。"

"可是我们一点也不高兴看到你。"韩懿姿冷声道。

艾达无奈地笑了笑："那也没办法，你们看不惯我，也干不掉我，那就只能我来干掉你们了！"

话音刚落，艾达突然将修长的左腿搭在了高高的货架上，来了一个漂亮的一字马，并且做了一个运动前的伸展动作。

随即，她从自己的皮夹克兜里掏出了一对带尖刺的手撑，套在了双手上。

"两位小姑娘，要怪就怪沈南飞把你们拉进我们的世界吧。我们的世界，可是非常可怕的哦！"

话语刚落，艾达突然冲了过来，一拳挥向了韩懿姿！

她的速度太快，一时让韩懿姿无法防御！

只见韩懿姿连忙向后一退，不巧左脚拌在了货架上，一下子摔倒在地！

艾达脸上露出了一丝阴冷的笑意，见韩懿姿摔倒，立刻将左腿一字马高抬到头顶，然后向着她狠狠地劈了下来！

就在这时，另一边踢来了一只脚，将艾达的一字马下劈死死拦了下来！

艾达眼睛精光一闪，看到韩懿姿身边的韩东珠也来了一个标准的一字马踢腿，用脚掌顶住了她的脚后跟！

一时间，两个女人纷纷以一字马的姿势角力！

艾达见腿用力下压却占不到便宜，便装出一副弱势的样子，噘着嘴说道："小姑娘功夫不错嘛。我们都是女人，女人何苦为难女人呢？来，让我杀掉你们吧！"

话音刚落，艾达突然将抬起的腿侧移出去，然后腰身一转，右腿顺势甩了过来，直奔韩东珠的脑袋！

她的速度简直太快了！

就是比起跆拳道专业选手也毫不逊色！

韩东珠的脸上露出一丝震惊之色，凭着自己的下意识竖起右臂防御。

嘭！

只听一声闷响传来，艾达一脚狠狠踢在了韩东珠的手臂上，怪物一样的力量竟然将韩东珠整个人都踢飞了出去，重重地撞在了旁边的货架上！

接着货架上面的货厢噼里啪啦地掉了下来，将韩东珠压在下面。

艾达得意地竖起踢到韩东珠的右腿，高高地抬过头顶，来了个一字马金鸡独立："啧啧啧，小姑娘就是小姑娘，还是嫩得很！"

突然！

艾达猛然转身，用右手稳稳地握住了一根向她砸来的铁棍！

只见韩懿姿握着一根不知道从哪里找来的铁棍，愣怔地望着面前的艾达。

艾达不屑地笑了笑："小野猫发起疯来也挺厉害的嘛。"

话音一落，她抡起右拳便狠狠地打在了韩懿姿的肚子上！

韩懿姿吃痛，松开了手中的铁棍，双手下意识地捂住了肚子，痛得弯下了腰。

艾达趁机用右手手肘狠狠地击打韩懿姿的侧脸！

"啊！"韩懿姿痛苦地叫了出来，整个人都向着旁边侧飞了出去。

哐啷！

韩东珠拨开了杂乱的货堆从里面站了起来，用左手抹掉了嘴角伤口流出的一丝血迹。

"呸！你这个贱人！这可是你先惹我的！"

"哟！小姑娘挺耐打的嘛！来，姐姐就陪你玩——"

艾达话还没说完，脸上却突然传来了一阵火辣辣的刺痛。

就在刚刚一瞬间，韩东珠不知道从哪里找出了一张扑克牌，向着艾达掷去！

那扑克牌旋转的速度十分快，如同刀片一样贴着艾达的左脸划了过去，并在她脸上留下了一条浅浅的血线。

艾达的眼神忽然怔了一下，随即紧咬着牙齿，抬起左手食指摸了一下脸上的伤口，将带着血迹的指头塞进嘴巴里吸了一口。

"你敢弄伤我的脸，小婊子！"

韩东珠拖着受伤的身体，露出了一个稍显疲态的冷笑："对于你这种烂人，这都算是轻的！"

"你去死吧！"

艾达瞬间暴怒，带着尖刺手撑的双拳狠狠向着韩东珠攻了过来！

刚才已经领教到了艾达拳脚的力量，所以这次韩东珠格外小心。

她一个侧躲闪过了艾达的一拳，随即抡起左腿狠狠地踢在了艾达的右大腿上！

艾达右腿一颤，险些没站稳。

但很快她便调整好了平衡，这一次拳脚并用，狠狠地向韩东袭来。

韩东珠挡住了她的拳头，却没挡住她的踢腿，被一脚踢到了肚子上的伤口，顿时脸色惨白一片！

"啊！"

艾达突然发出了一声惨叫，转回头去，却见韩懿姿又捡起了之前那根铁棍，用力地砸在了她的右肩膀上！

"你刚刚说谁是婊子呢！"韩懿姿强压着怒火说道。

"小婊子！你也想来凑一局？"艾达活动了一下肩膀，随即抬腿就向韩懿姿的脸踢了过来。

韩懿姿被踢了个正着，头因为惯性向后一甩，鼻血顿时流了出来。

她感觉到温热的血流淌过嘴唇，便用左手擦了一下。

看到一摊红色的鲜血出现在自己的手背上，韩懿姿的怒火顿时被点燃！

长这么大，还从来没人敢动手打她！

而艾达这个贱人，竟然让她流血了！

韩懿姿从小到大除了来大姨妈，什么时候流过血？

骨子里隐藏多年的大小姐脾气终于在这一刻爆发出来！

只见韩懿姿举起铁棍，红着双眼睛骂道："贱人！你敢踢老娘的脸！"

这一刻，"打人别打女人脸，否则后果太危险"这句话在她的身上完全得到了印证。

嗡——

铁棍划破空气，狠狠地向着艾达的头上砸了下来！

艾达冷冷一笑，抬起左手轻松地抓住了韩懿姿手里的铁棍："就这点能耐——"

她话还没说完，韩懿姿突然从衣服口袋里抓住了一把白色粉末，朝着艾达的脸丢了过去！

"咳咳！"艾达的眼睛和鼻子被粉末呛到，瞬间失去了视觉和呼吸的能力。

那些粉末被她吸进鼻子里，直让她感觉头脑一片空白，意识渐渐变得模糊起来，并且觉得身体轻飘飘的，从头酥到脚。

这种感觉……

就像是吸了白粉！

"让你惹老娘！"韩懿姿借着这股势头将铁棍从艾达的手里抽出来，对着艾达的脸就是一棍！

"啊！"艾达惨叫一声，瞬间失去了战斗力，被韩懿姿打翻在地。

韩懿姿却没有停手，继续用铁棍击打艾达的身体。

下一刻，艾达在视力丧失的情况下双手一把握住了韩懿姿的铁棍，对她求饶道："美女，我现在眼睛看不见了，你不会打一个双目失明的人，对吗？"

韩懿姿愣了一下，有了片刻的迟疑。

可是下一刻，艾达的身边传来了另一个声音。

"她不会，我会！"

嘭！

韩东珠从地上爬起来，狠狠一脚踢在了艾达的脑袋上！

艾达的头向右猛地一甩，接着便睁着被白粉弄得污浊的眼睛失去了意识，一动不动。

然而韩东珠并不解气，她在艾达的身上又补了两脚，嘴里对她大声骂了两句贱人。

韩懿姿突然意识到了什么，抬手看了一眼手表，发现已经在这里耽搁了十分钟的时间。

"我们来不及了！再不走就来不及了！"说完，她便转身走到了下水道的入口，用铁棒撬开了下水道的井盖。

很快韩东珠也走了过来，与韩懿姿一起钻了进去。

冰凉的水流浸湿了她们两人的鞋子，顿时让她们打了个冷战，整个人都精神起来。

她们在黑暗中向前摸索，身边尽是一些生锈腐蚀的铁水管。

韩懿姿掏出手机打开手电筒照亮了下水道，看到竟然还有老鼠在管道上爬。

这里的景象，让人不由得联想到是不是会从什么地方突然跑出一只丧尸。

砰！砰！砰！

就在她们两人还没走多远的时候，一连串枪声从身后头顶的方向传了过来。

听到枪声，她们两人第一反应就是沈南飞出事了！

"怎么会有枪声！怎么会有枪声！"韩东珠一改平时冷静的样子，看上去有些慌了。

每当她亲近的人受到了伤害，她的情绪就会慢慢失控。

曾经养父母在火海中被烧焦的尸体，再一次浮现在她的眼前。

她不想看到沈南飞最后也这样从这间会所里被抬出去！

"有枪声……沈南飞一定出事了，我们得回去！"说完，韩东珠便要掉头往回走。

韩懿姿一把拉住了她："如果我们现在回去，沈南飞为我们做的一切都白费了！"

韩东珠摇了摇头："我还是不能把他一个人留在这里，他说过要做我的监护人的！"

她正处于逐渐失控中，亲人一样的沈南飞若是死了，会让她再次崩溃的。

"你回来！"

"我不！我要回去！"

"你回来！"

啪！

一个清脆的耳光打在了韩东珠的脸上，火辣辣的痛。

110

韩懿姿的眼眶渐渐红了，强忍着泪水对韩东珠喊道："你给我清醒一点！沈南飞出事我比你还难过！你要想清楚！他为你做这么多是为了什么！不就是让你好好活下去吗！如果你也死了，沈南飞在这个世界上就什么都没有了。"

这最后的一句话，让韩东珠心头一震。

"如果我也死了，沈南飞在这个世界上，就什么都没有了吗？"

砰！砰！砰！

突然间，又是三声枪响传来。

韩东珠抬头看向黑漆漆的下水道，仿佛已经穿过地板，看到了沈南飞的身体被子弹射穿的样子。

韩懿姿怕韩东珠继续失去控制，趁她正在发愣时，拉着她跑向了下水道的最深处。

很快，两个人的身影便消失在黑漆漆的下水道里。

可是在她们脚下的水流中，缓缓流进了许多红色的血水……

第十九章

▶ 逃出生天

一阵阵车流在韩懿姿和韩东珠两人的头顶经过。

她们陆续又转过了几条岔路，终于在漆黑的下水道前方，看到有一道路灯的光亮射了下来。

看到那熟悉的光线，韩懿姿的眼睛里重新燃起了希望。

"应该就在前面了！我们快到了！"

说着，韩懿姿和韩东珠便加快了脚步。

很快她们便来到了井盖的下方，然后顺着生锈的铁梯子爬了上去。

韩东珠先上去，因为力量比较大，所以没费多少力气就把井盖推开了。

她露出半个脑袋仔细向四周张望了一下，发现她们现在处于在一条巷子的岔路转角处。

随即韩东珠从下水道里爬了出来，再将韩懿姿拉了出来。

可就在她们两人刚刚脱离险境的时候，一阵警车的警笛声从不远处的马路上传来，似乎直奔她们的方向而来。

就在这时，双手从她们的身后伸了过来，一把拽住了她们背后的衣服，将她们拉到了一旁的转角处藏了起来！

下一刻，几辆警车便风风火火地从她们刚刚爬出来的下水道方位开了过去。

韩东珠一惊，举起拳头就往身后打了过去。

就在拳头要打在那人面门上的一瞬间，韩东珠却停了下来。

"是你？！"韩东珠瞪圆了眼睛，怒不可遏地瞪着面前的这个男人。

韩懿姿也被吓了一跳，但当她看到眼前这个人的时候，整张脸也冷了下来。

"楚留翔，你还有脸回来！"

啪！

只见韩懿姿抡起右手就是一个响亮的耳光。

楚留翔没有躲闪，看着她们两人的眼神中充满了愧疚。

随即他向着下水道的方向探了探头，问道："其他人呢？"

韩懿姿拔高了声音，咬牙切齿地说道："其他人？你还管别人的死活吗？你这个败类！竟然出卖我们！"

楚留翔满脸愧疚地为自己辩解道："我也没办法，黑蛇说如果我不帮忙，就要杀死我老妈！他们在春州市抓了我老妈要挟我！"

虽然楚留翔出卖他们其罪当诛，但是看他那委屈的模样，也不像是真的想要背叛他们的样子。

韩东珠死盯着楚留翔打量了片刻，随即狠狠一拳打在了他的肚子上。

"这一拳是为了赵凯！"

接着，她抬起右腿，又狠狠对着楚留翔的肚子来了一个膝撞。

"啊！"

楚留翔吃痛地叫了一声，随即捂着肚子跪在了地上。

"这一下，是为了沈南飞！"

"其实我现在真想杀了你，不过你应该庆幸自己还有一个老妈做护身符！"韩东珠怒冲冲地说道。

楚留翔双手撑在地上，有些痛苦地点了点头："是我的错，我是败类！我是叛徒！可我也是一个人啊！本来我好端端过我的生活，凭什么要把我卷到这件事情里来！我是无辜的啊！难道就因为这样，你们就打算让我背一辈子锅吗？事件是我挑起来的吗？"

楚留翔将这些天以来他心里压抑的情绪一时间都宣泄了出来。

他很委屈，其实所有人都知道。

可是谁又不是呢？

韩懿姿和韩东珠一语不发地看着跪在地上的楚留翔。

一个大男人，竟然在她们两个女人面前哭哭啼啼的，看上去确实有些可怜。

"那你现在为什么会出现在这儿？你不是已经背叛我们了吗？"韩懿姿问

道。

楚留翔摸了一把鼻涕，说道："刚才，有人给我打了一个电话。他说我的母亲已经得救了，所以作为回报，要我继续帮助沈南飞。"

"然后呢？"韩东珠问道。

"然后……"

说到这儿，楚留翔脸上的表情再次闪过一丝惊惧之色："然后，那个人说，如果沈南飞出了事，我和我妈就都得陪葬。"

"哼！活该！"韩东珠恨恨地骂道。

"对了，沈南飞呢？他怎么没有跟你们一起出来？"楚留翔抬头看着韩懿姿问道。

韩懿姿的眼神看上去有些绝望，她轻轻摇了摇头："我不知道，他应该还在会所里。赵凯应该也一样。"

"还在会所里？怎么会这样？那他们是死了还是活着？"楚留翔听到这个消息，除了愧疚之外，仿佛还看到了自己全家的死期。

"我不知道……"韩懿姿低声说道。

与此同时，青龙帮会所里已是遍地血迹。

那些青龙帮的杀手横七竖八地倒在地上，也不知是死了还是昏迷过去了。

而在会所门口一根鎏金雕龙的柱子下面，两个男人靠在一起，瘫坐在地上。

他们两个人全身都是鲜红的血渍，身上有多处皮肉外翻的伤口。

其中一人右手握着一把月牙砍刀，无力地垂在地面上，眼神无光，头低低地垂在胸口，仿若一摊烂泥。

而另一个人蜷起膝盖，右手搭在膝盖上，手里握着一把打光了子弹的手枪，看上去要比旁边那人有生气一些。

此时此刻，这会所的大堂就像是尸横遍野的沙场。

而他们两个，就是最后活下来的人。

忽然，拿枪的男人将手枪扔在了地上，从上衣口袋里掏出了一盒沾着血渍的香烟，抽出一支咬在嘴里。

随后，他慢慢转头看了看坐在身边如一摊烂泥一样的家伙，将烟盒递到了他的面前："沈南飞，要来一支吗？"

沈南飞似乎是闻到了烟的味道，眼睛里渐渐有了一丝生气，可他仍头也不抬，声音有些沙哑地说道："我没力气拿烟，能喘气就已经很不错了。"

赵凯笑了笑，随即从烟盒里抽出了一支烟，递到了沈南飞的嘴边。

沈南飞瞥了一眼，张开嘴巴，将烟咬住。

嚓！

明亮的火光在沈南飞的眼前出现，仿佛让他体会到了这个绝望世界上的最后一丝温暖。

沈南飞深深地吸了一口气，烟头立刻红了起来。

接着赵凯又把自己嘴里的香烟点燃，抬头缓缓地吐出了一口烟，笑着说道："这一次，应该都结束了吧。"

沈南飞像是一摊会吸烟的烂泥，一动不动地说道："如果直播都不能算作最有利的证据，那么我也无能为力。该做的，我们都做了。"

赵凯沉默了片刻："黑蛇那个家伙死得便宜了。应该多给他几枪。"

沈南飞微眯着眼睛，露出了一个疲惫的微笑："你多给他几枪，打光了子弹，可能现在死的就是我了。"

"哈哈，你小子，欠我一条命。"

"下辈子还你……"

"那这辈子呢？"

沈南飞虽然看上去奄奄一息，可是吸烟的速度没有变慢，咬着最后的一点烟头说道："这辈子……我不知道……"

第二十章

赵凯表情落寞地微微一笑："放心，我也不一定走得出去，你想要几号牢房？或许，我们可以做个邻居。"

"哈哈……咳咳……"沈南飞笑了起来，这一笑扯到他身上的伤口，弄得他钻心般剧痛，"你真是个疯子。"

赵凯会心一笑："你也一样。"

"喂，之前我总是会莫名其妙地看到你妹妹，你说这是为什么？"

"看到我妹妹？你暗恋她？"

"如果你妹妹还活着的话，或许我会。"

"人死了总会有些残念留下的，冤魂不散嘛。你现在还能看到她吗？"

沈南飞微微转动了一下眼球，目光缓缓扫过躺着几十个青龙帮杀手的大堂："没有……我看不到她了……看来真的都结束了……"

赵凯笑了笑，眼睛却慢慢地红了："你小子竟然有我做梦都想要的能力！如果可以让我再看一眼妹妹的样子，就是死，我都愿意！"

嗡——

突然间，一阵电锯转动的声音从前方会所的大门口传了过来。

沈南飞和赵凯两人同时将目光聚集在门口的铁皮拉门上。

只见一个圆形的锯片喷射着火星，从外面切了进来。

切割线在慢慢拉长，然后转弯切割成了一个"口"字形。

看着火星四射的电锯，沈南飞仿佛看到了自己命运最后的终点。

"外面那些家伙已经等不及了，就像索命鬼一样。"

赵凯微微一笑，随即将烟头在地上碾灭："我在他们的地盘杀了那么多人，他们能放过我才有鬼呢。"

哐啷！

随着一阵异响传来，铁皮门被外面的人一脚踹开。

下一刻，一名手持电锯，戴着玻璃面罩的特警便出现在沈南飞二人眼前。

刺眼的红蓝色警灯在外面变幻闪烁，让他们的眼睛有微微刺痛感。

看到外面密密麻麻、全副武装的特警，沈南飞和赵凯却是镇定得出奇。

他们已经准备好了迎接自己最后的命运。

所以无所畏惧，心无牵挂。

可是相反地，当外面的警察走进来看到大堂里的景象时，不由得瞠目结舌，目光四下张望，隔着面罩仿佛都能够看到他们震惊的样子。

如同人间炼狱一样的会所大堂，血流满地，尸体堆叠，浓烈的血腥味让人作呕。

然而在这样惨烈的犯罪现场，却只有那两个如魔王般的男人活了下来。

他们背靠在金龙柱子下面，对着那些韩国警察微笑着说："Hello！警察先生们，你们来晚了。"

几分钟后，韩国各大媒体都在争相报道今夜的娱乐会所黑帮火拼事件。

沈南飞和赵凯两人被捕的消息，通过韩国网络，不到十分钟的时间就传到了国内的互联网上。

而之前那段直播视频被网友们疯狂转发，虽然直播软件公司删除了原始版本，可是复制版依然传得满天飞。无论怎样封锁，都无法彻底断绝根源。

网络的力量简直强大到可以毁天灭地。

之前在直播视频中断的半个小时之内，不仅仅是各大直播媒体和微博软件，就连微信的朋友圈里都在疯狂转发。

一时间，沈南飞的身影无处不在，席卷了每一个人的手机和电脑。

无人不知，无人不晓！

他无疑成为国内知名度最高的网红，占据了新闻版面的头条。

而他在韩国被捕的消息在微博上发出之后，手机网络几乎濒临瘫痪！

热门微博排行榜前十名，每一个都是跟沈南飞有关的话题！

"真相大白？沈南飞沉冤得雪？"

"网络改变了沈南飞的命运"。

"奸杀案另有隐情，背后的真相究竟是什么？"

"沈南飞自导自演的洗白闹剧"。

"沈南飞事件揭露网络阴暗面"。

"以暴制暴，洗白第一人"。

"国际毒枭浮出水面，沈南飞功不可没"。

一个个热门话题不断地刷新着微博的排行榜，这在微博或其他网络媒体中是从来没有过的事。

而那些每天发私信痛骂沈南飞的人，在看过了那段直播之后，都一面倒，变成了他的支持者。

沈南飞这次的亡命直播似乎是成功了。

在许多网友眼里，他已经从一个人人得而诛之的奸杀案嫌犯，变成了一个洗白牛人。

从来没有人敢做出像他这样疯狂的事情来。

当然，没有几个人可以像他一样，在幕后黑手的追杀下活到现在。

网传已经有国内知名导演要将这次的"沈南飞热门微博事件"拍成电影，并且大胆估计票房将会突破影视界的最高纪录！

如此国内皆知的热门事件，就算每个人都抱着看热闹的心理，也会去电影院捧场的。若真是这样，那这部电影肯定会赚翻。

网络就是这样，当一件事火了，相关的利益链很快就会产生！

相信再过不久，沈南飞的形象将会出现在小说、漫画、网剧，甚至是一些意想不到的利益链中。

或许沈南飞从来也没有想到过，自己有一天可以成为国内最大利益链的核心人物吧。

许多人已经将利益之手伸向了沈南飞。

而这一事件的主角的命运，又该如何呢？

当沈南飞被医护人员用担架抬出来的时候，天已经蒙蒙亮了。

他做梦也不敢相信，在自己被捕的这一天，竟然会有近百名韩国警察来迎接他。

这样的阵仗，比国际级罪犯有过之而无不及。

他看到赵凯被押到了一辆武装防暴车上。

而在赵凯上车前，他转头看向了沈南飞。

下一刻，两人对视一笑。今后的他们如同被相隔在两个世界，不知何时才能再见了。

车门被关上，一切的噪音都被阻隔在外。

接着汽车发动，沈南飞向着最后命运接受审判的终极之地而去。

"呼……"沈南飞用戴着氧气罩的嘴巴用力吐出了一口气，忽然觉得心里轻松了许多。

他慢慢地闭上了眼睛，脑海里幻想着自己下半生在监狱里度过的画面。

又或许，他可以幸运地被判处死刑呢？

现在的沈南飞终于不用再担心每天要面对那些冷血的杀手了。

也不会再看到赵欣颖那恐怖的样子了吧。

他真希望现在可以好好睡一觉。

如果可以，最好永远不要醒来。

忽然间，沈南飞感觉自己被一阵彻骨的寒意包围。

他微微动了动眼皮，慢慢地睁开了眼睛。

一个穿着彩色格子连衣裙，披头散发的女孩……

正面对面飘浮在他的身上……

用那双翻白的眼睛看着他……

"为什么，我还能看到你……"

与此同时，韩懿姿、韩东珠和楚留翔正在迅速逃离这一块是非之地。

这是沈南飞和赵凯最后为他们争取到的时间！

可是突然间！

一阵汽车的鸣笛声却从侧面传来。

三人听罢同时转头，接着一道刺眼的灯光便射在了他们的脸上！

砰！

下一刻，一辆白色货车与他们乘坐的商务汽车剧烈地碰撞在一起……

第二十一章

▶ 审判

晚上八点三十分，韩国刑警大队。

五名穿着正装和风衣的神秘人士，跟在一名韩国警察的身后，来到了位于首尔的韩国刑警队的法医停尸间。

为首一人穿着一件黑色的皮大衣，脚上是一双纯黑色军靴，踏在地上发出哒哒哒的响声，在空荡荡的走廊里格外清晰。

而他身后的四名正装人士各个表情严肃，眉宇之间带着一股威严。

"喀啦！"带路的警察到达停尸间门口，将门打开，带着他们走了进去。

"长官，他们来了。"韩国警察用韩语说道。

只见一名中年男验尸官站在停尸间中央一具尸体前，他抬头看了他们一眼，接着便对着他们点了点头。

"你出去吧。"验尸官对那名警察道。

警察听罢，便转身离开了停尸间，路过那些人时下意识地在为首穿黑色皮大衣的男人脸上看了一眼。

这个男人的一头短发染成了白色，鼻梁高挺，眼神深邃，眉如剑锋，嘴巴周围有一圈稀疏的胡子，看上去很有性格且不修边幅。

但是他的眼神非常锐利，似乎所有事情都逃不过他那一双深邃的眼睛。

警察离开之后，验尸官又在那男人身后着正装的三男一女身上打量了一下，开口说道："我说过只要你一个人来的。"

白头发黑皮衣的男人笑了笑："他们都是我的亲信，没关系的。"

验尸官皱了皱眉头，看上去有些不太高兴。随即他叹了口气，掀开了盖在尸体身上的布帘。

下一刻，一个全身多处弹孔、身上文着九头蛇文身的尸体，便呈现在所有人的眼前。

白发男的眼睛微微一亮："原来黑蛇真的死了。这样的话，我们的线索就断了。"

验尸官冷冷一笑："你觉得他真的是黑蛇吗？"

白发男目光惊疑地看向验尸官："什么意思？这九头蛇文身，这张脸，不就是黑蛇吗？"

"这就是我今天找你来的目的。也算我还你最后一个人情。"说着，验尸官便用左手食指轻轻地托起了尸体的下巴。

"看到这道细小的伤疤了吗？"他指着尸体左侧下巴上一道十分不明显、只有两厘米长的疤痕说道。

如果不仔细看的话，根本不会有人注意到这具尸体的下巴上这一处这么不起眼的伤疤。

白发男用手捂住鼻子，阻止尸体的异味钻进鼻子里，皱着眉头仔细看了看："这道疤痕能说明什么？"

"他做过整形手术。"验尸官说道。

"整形手术？"白发男诧异地望着他，"从这位置来看，会是哪方面的整形手术？"

"削骨整形手术。"

听到这句话，白发男心头忽地涌起一股寒意。

验尸官睨了白发男一眼，继续说道："不仅仅是这里，在这个男人的口腔里，我也发现了多处微创伤，据我估计，他起码做过三次整形手术。"

"三次整形手术……"白发男的面色渐渐变得凝重起来。

下一刻，他恍然大悟，瞪大了眼睛望着验尸官："这个人不是黑蛇？"

验尸官点了点头："这种可能极大。他很有可能是一个经过精心整形，外表与黑蛇相同的替身。"

啪！

白发男用力一掌拍在放置尸体的床上，气愤道："我就知道！黑蛇那个家伙狡猾得很，怎么可能就这么死了！"

紧接着，他忽然想到了一件事情，随即转身对身后的其中一名女助手问道："沈南飞现在在哪儿？"

"他现在应该被收押在首尔市第一看守所，明天一早将接受首尔法庭的审判……"

第二天早上六点整，首尔市第一看守所。

两扇五米高的铁门缓缓打开，沈南飞的双手和双脚上戴着镣铐，在六名韩国看守警卫的押解下走出了看守所的大门。

这时，一辆车窗被铁栅栏包裹着的押解车开了过来，停在了看守所的门口。

沈南飞抬头看了看散发着微微晨光的天空，深深地吸了一口气。

最近这一个多星期的时间，他都被关押在看守所里，每天闻到的都是那一股子霉味，感觉自己都快要失去嗅觉了。

再次呼吸到新鲜的空气，他格外珍惜这难得的时光。

突然，后面一名警卫在他的后背上推了一下。

沈南飞回头看了一眼，随即便上了那辆将他带向首尔高级法院的押解车。

两个小时后，国内网络转播了韩国对于沈南飞在其国家所犯罪行的审判。

一时间，有关沈南飞的话题再一次成为热门头条。

而在一个名为"沈南飞异地审判"的话题下面，也有了数万条微博参与话题讨论，并且在短短一个小时的时间里，就拥有了过亿网民的关注度。

许多人都在不停地刷新着热门话题的界面，迫不及待地想要知道沈南飞到底会被判什么样的刑罚。

随着之前直播视频的曝光，大部分的网民都相信沈南飞是无辜的。

他们都为曾经在沈南飞的微博中留下了恶毒的留言而感觉到愧疚。

但是仍然有部分网友在沈南飞被诬陷的时候恶意侮辱他，而在今天他将要被审判的时候，他们依然肆无忌惮地嘲笑他，并发表着比之前更加恶毒的言论。

流浪的斑点狗：活该啊你！沈南飞你真是活该！

狗老血：别以为找人做戏就真的有人相信你了！黑的就是黑的，你永远也白不了！

姑娘傻傻我来爱：真有趣，要不是老子要上班，真想到韩国看看你怎么死！

三生三世桃花香：@姑娘傻傻我来爱，楼上的人说话真是不负责任，你有证据证明沈南飞就是凶手吗？

姑娘傻傻我来爱：@三生三世桃花香，老子要你管！我就喜欢说怎么了？沈南飞就是该死！他是你谁呀，你这么帮他说话？

小丽：@姑娘傻傻我来爱，你这种人就是在网络上过过嘴瘾，现实里也是无能鼠辈！

各种各样的评论在沈南飞的热门话题里都不少见，而且在沈南飞的审判结果出来之前，许多微博用户就先掀起了一场骂战。

很多人在网络上的丑陋嘴脸简直令人作呕。

只是不知道沈南飞看到这一幕的话，会是怎样的感受呢？

没过多久，关于沈南飞在韩国接受审判的一条微博，便出现在了话题的首页置顶：

根据属地管辖原则，韩国法院今日对沈南飞参与韩国多起枪击凶杀案进行审判，最终案件调查后审判结果如下：沈南飞由于参与多次黑帮火拼枪击事件，并造成多人死伤，犯故意杀人罪，依法判处有期徒刑十年。

第二十二章

▶ 惊天反转

沈南飞的审判结果一在网络上公开，立刻引起了强烈的社会反响。

有很多人觉得，如果沈南飞是无辜的，那他在韩国所犯的行为都是逼不得已，属于自我防卫，不应该判处这样重的刑罚。

还有人觉得，韩方在故意针对沈南飞，并且将青龙帮的一些责任减轻，把主要责任都推在了沈南飞身上，这是赤裸裸的偏袒。

但话题中有人爆料，青龙帮已经在警方的侦破下被彻底曝光，旗下的产业链多数涉及毒品、嫖娼、非法买卖军火，现在正在接受调查。

而有些比较理智的网友却发表言论说，就算沈南飞所做的一切是出于自我防卫，可是他毕竟策划并参与了多起恶性事件，这是在韩国引发巨大骚乱的主要原因，所以有期徒刑十年的刑罚是相对合理的。

一时间，各种讨论话题纷纷出现在热门微博的排行榜上。

随着沈南飞的审判，之前持续火热的"女主播遭奸杀"热门话题似乎正被网络大众一点点地淡忘。

大家都将注意力集中在了沈南飞的身上，忘了那无辜受害的美女主播赵欣颖。

许多为赵欣颖鸣不平的声音，就这样被淹没在网络浪潮之中。

这次的事件似乎又会像之前的明星涉毒案一样，随着时间的推移，慢慢从网络大众的视野中消失。

多年以后，不知道还会不会有人记得曾经有一个遇害女主播，让沈南飞成为一个热门人物。

在沈南飞的审判结果发表不久之后，关于赵凯的消息也出现在了网络上。

由于赵欣颖的哥哥赵凯拥有多国国籍，并且进行过许多违法雇佣，涉及案件范围较广，所以韩国方决定将他交给国际刑事法庭审判。

一切似乎就这样结束了。

而网络上现在火热的话题讨论，也会随着沈南飞被关进监狱而慢慢地冷却下来。

沈南飞的事件结束了。

可是有谁知道，以后还会不会出现第二个甚至第三个沈南飞呢？

网络大众始终都没有看到问题的根本点，那就是网络的阴暗面。

只要有利益存在，这个阴暗面还会再一次被翻出来。

两天后，韩国首尔市第一看守所。

根据首尔法庭审判的结果，沈南飞今天将会被转送到首尔市第一监狱。

沈南飞从来没有想过，自己有一天竟然会在异国遭遇牢狱之灾。

或许这也是一种缘分吧。

老天想让他尝一尝外国监狱是更像宾馆，还是一个老鼠窝。

其实沈南飞很庆幸自己还能活下来，相比过去逃亡的日子，在监狱里似乎安静得多。

又是那一辆押解车。

这辆全副武装的押解车，沈南飞这几天里已经坐过很多次了。

那坚硬的座椅真是让人感到难受，屁股冷冷麻麻的。

但是这一次除了这辆押解车，还有三辆警车跟随护送他到监狱，两辆在前，一辆在后。

沈南飞坐在冰冷的押解车上，默默地注视着铁窗外面一闪而过的风景，脸上带着淡淡的微笑。

"喂，你们去过春州吗？在我们春州，有比你们这里还要漂亮的景色，如果有机会的话，我建议你们去看一看。"

沈南飞自言自语，而他身边那些看守警卫却始终目视前方，不苟言笑，未对沈南飞的话做出一点反应。

沈南飞看了看身边的警卫，自嘲般地笑了笑，随即慢慢闭上眼睛，等待着自己一觉醒来就会身在监狱的大门口。

半个小时之后，这辆押解车离开了首尔市区，上了边界附近一条荒无人烟的公路。

突然的颠簸让沈南飞从睡梦之中渐渐醒来。

他用力揉了揉眼睛，看向了窗外。

"这里是……"很快沈南飞注意到在公路的两边都是一人高的荒草野地，景色看上去有些凄凉。

沈南飞没有想过，首尔市第一监狱竟然会在这样一个偏僻的地方。

可是紧接着，他又看到对面的一名警卫从裤子口袋里掏出了一个针管和一个装满药液的手指大小的药瓶。

见到这一幕，沈南飞皱起了眉头，眼睛紧盯在对面看守警卫的手上。

"喂，那是什么？"沈南飞问道。

然而韩国警卫似乎听不懂他的话，只是抬眼瞥了他一眼，随即将手里的针管插进药瓶里，抽动胶塞，把药液吸了进去。

这一刻，沈南飞心里升起了一股寒意。

他的眼神慢慢变得警惕起来，用余光瞄了身边的两名警卫一眼，发现他们都用一种怪异的眼神望着他。

就好像……

是在看着他死！

自从被捕之后许久没有再出现的紧张感，再一次占据了沈南飞的大脑。

现在他全身肌肉紧绷，呼吸也渐渐变得细密而急促起来。

强烈的直觉告诉沈南飞，那支针管似乎是为他专门准备的。

这些人要杀他！

这些警察要杀他！

就在沈南飞发现事情不对劲的时候，两边的警卫突然抓住了他的胳膊。

沈南飞一惊，随即开始剧烈地挣扎起来，企图挣脱两名看守警卫的束缚。

可是他们的力气很大，无论沈南飞怎么用力，还是被他们死死地按住。

只见对面的那名警卫将针筒举在面前，轻轻地推了推胶塞，针头上立刻就喷出了一点药水。

沈南飞知道，那种药水只要注射进他的身体，他就必死无疑了。

"为什么？为什么你们这些警察要杀我？你们是谁？你们究竟是谁？！"

砰！

突然间，一颗榴弹从公路右边的草丛中飞了出来，在押解车右侧车身下的路面上爆炸。

只见押解车被震得跳起来，随即右后轮被整个炸飞了出去。

沈南飞只觉得押解车发生了一阵剧烈的震颤，接着整个人重重撞在了后面车窗的铁栅栏上，痛得他叫了出来。

而那几名看守警卫从车上爬起来，握紧手里的半自动冲锋枪，转身瞄准了身后那一片一人高的杂草堆。

嗖——咚！

下一刻，一摊鲜血迸溅在沈南飞的脸上。

沈南飞惊恐地望着面前的看守警卫，见他戴着钢盔的脑袋上，竟然连人带盔被穿了个洞。

看守警员见状，立刻拿出卫星电话准备呼叫救援。

嗖——咚！

就在这时，又是一发子弹射了过来，直接射穿了他的喉咙。

鲜血如泉涌般从他喉咙上的血洞里喷出来。

沈南飞瞪圆了眼睛，震惊地望着眼前的一切，感觉死神似乎正在某个地方注视着他！

二十分钟后……

沈南飞手持一把刚刚在劫持现场捡来的冲锋枪，漫无目的地行走在寂静的公路上。

他甚至觉得，除了押送犯人的车辆，从来不会有其他人经过这里。

他很希望能够碰到一辆车，起码能够带着他离开这个鬼地方。

现在的沈南飞就像是掉入了一个死循环一样，沿着仿佛没有尽头的公路，不断前行。

他不知道这一切究竟是怎么回事。

难道是死掉的黑蛇势力在报复他吗？

不对，相比刚刚那些暗中杀死警员却又悄悄离开的幽灵部队来说，被杀死的警卫看守们更像是黑蛇的人。

他不明白那些警员为什么要在去往监狱的路上杀死他。

难道这里面还有什么他不知道的事情吗？

还是他在韩国无意中得罪了某些人，他们要置他于死地？

可是沈南飞忽然隐隐感觉，似乎是有人在救他。

但到底是谁？

又为什么要救他呢？

就在这时，一辆黑色的吉普车从沈南飞前方的公路上快速驶来。

看到终于出现了一辆车，沈南飞便将一路上都没有用到的冲锋枪扔到附近的草堆里，然后对着那辆车挥手。

可是手挥到一半他才忽然意识到，自己现在正穿着一身囚服。

有哪个笨蛋，会让一名在逃的囚犯上车呢？

然而出乎意料的是，那辆黑色吉普车竟然真的在沈南飞的面前停了下来。

停车之后，车上一名穿着正装、戴着黑超墨镜的女人便按下电动按钮，打开了副驾驶的车门。

沈南飞愣怔地望着坐在里面的女人，竟然联想到了电影《黑客帝国》里面的崔妮蒂。

这女人的一身装扮简直和崔妮蒂太像了。

"上车。"女人用不太流利的中文冷冷地说道。

沈南飞皱起眉头，警惕地打量了她一番："你是谁？"

"有人要见你。你的时间不多了。"

"见我？"沈南飞一片迷茫，不知道自己已经身为阶下囚了，还有谁会要见他。

怀着忐忑的心情，沈南飞将信将疑地上了车。

他上车之后，那女人二话不说便启动汽车掉头，载着他向着来时的路驶去。

一路上沈南飞都在悄悄打量身边的这个女人。

她似乎有欧洲人的血统，五官轮廓很深，很精致。

如果没猜错的话，沈南飞觉得她的眼睛应该是蓝色的。

可是很快，沈南飞看到了一些其他的东西。

他发现车上许多角落都藏着手枪。

这简直就是一辆经过内部武装的小型战车。

第二十三章

沈南飞不知道到底什么样的一个女人，才会把自己的车武装成这副样子。

一路上沈南飞试图与她交流，可是这个冰山一样的女人在他上车后再没有对他说过一句话。

十几分钟后，沈南飞被这辆黑色吉普车载到了一家不知道荒废了多久的路边烤肉馆。

店门上面还悬挂着一块写着几个韩国字的招牌，歪在一边，上面落着一层灰，都快要看不清写的是什么了。

店面的玻璃窗脏兮兮，脏到隔着窗子根本看不清里面到底是什么样子。

"下车。"戴着墨镜的女人简短地说了一句，随即便开门下了车，径直走向了那间废弃烤肉馆。

沈南飞也跟着下了车。他小心翼翼地打量了一下周围的环境，发现在这个地方只有这么一间烤肉馆，后面是荒草萋萋的小山丘。

把店开在这个地方，难怪现在会荒废在这里。

沈南飞来到门口的时候犹豫了一下，但最后还是跟着那个女人走进了烤肉馆。

一进入烤肉馆，一股浓浓的霉味和灰尘的土腥味便刺激着沈南飞的鼻子，让他忍不住打了个喷嚏。

当他抬眼的时候，便看到房间里面一共有五个人。

两个人站在门口，另外两个站在一名留着白色短发的男人身后，其中一个就是带他来的那个女人。

这几个人看上去就像是保镖或职业杀手一样不苟言笑。

白头发男人坐在一张落满灰尘的桌子旁，见沈南飞进来便笑了笑，将他全身上下打量了一遍。

"这身衣服很适合你。"白发男说道。

沈南飞紧盯着他，问道："你们是谁？为什么要带我来这儿？"

白发男右手搭在椅背上，看着沈南飞说道："自我介绍一下，我是国际刑警高刚，这些是我的组员，代号青龙、白虎、朱雀、玄武。带你来的美女就是朱雀。"

沈南飞警惕地在那四个人脸上又扫了一眼，有些诧异地说道："你们是国际刑警？青龙白虎……四大护法吗？我不知道自己一个囚犯有什么本事会引起你们的注意。"

"你的名气在国际上可是有一定分量的，至少在我们这个圈子里，你很有名！"

沈南飞冷笑了一声："我并不觉得这是一件好事。我只想安安静静地坐完牢，然后恢复我平静的生活。"

"平静的生活？这东西对你来说是十分奢侈的。"

"的确，但只要过了十年，我就可以过上这种生活了。"

"你太天真了，在经历了刚才的事情之后，你觉得自己还能活到十年之后吗？"说着，高刚便从之前那个女人的手里接过一个档案袋，放在了落满灰尘的桌子上，"打开看看吧。"

沈南飞的眉头越皱越紧："这是什么？你又怎么知道我刚刚经历了什么？"

"一个让你吃惊的秘密，会让你决定是不是还想要去那冰冷的牢房度十年。"高刚一脸神秘地说道。

沈南飞疑惑地盯着高刚看了看，随即伸手拿起了桌上的档案袋，绕开了缠线，将里面一沓资料取了出来。

当看到第一页资料上的照片时，他一眼就认出来，这个人是黑蛇。

接着他又向后翻了几页，脸上的表情越来越凝重。

看完所有的资料之后，沈南飞的脸上浮现出震惊的表情，不可置信地说道："怎么可能？这个黑蛇是假的？"

高刚点了点头："假得很逼真，啊，我记得有一首歌也叫这个名字对不对？"

"我不是在跟你开玩笑！这到底是怎么回事？你又为什么要找上我？"沈南飞看上去有些紧张，许久没有出现的窒息感再次扼住了他的喉咙。

"黑蛇是个十分狡猾的家伙，我在看到新闻的时候就感觉他不可能这么轻易地死掉。果然，死者只是一个经过整形的替身。而且，也许只是替身中的一个！"

高刚这简单的一句话却差点儿让沈南飞崩溃。

只是其中一个替身？

死掉的家伙，竟然只是其中一个替身？

开什么玩笑！

这就是他用命换来的结果吗？！

高刚看到沈南飞的脸色越来越难看，便继续说道："显然你对黑蛇还不太了解。这个家伙我们抓了三年都没抓到，又怎么会轻易地就被你们引出来呢？他很高明，想通过牺牲一个替身来解决热门微博上的事件，但可惜百密一疏。"

"你们为什么要抓他？"沈南飞说道。

高刚将身子向前倾，双手手肘抵在膝盖上，手掌呈尖塔状托住下巴，看着沈南飞说道："他可是国际三大毒枭之一的得力干将，负责世界各地的毒品交易市场，你说我们为什么要抓他？说来也真是奇怪，他这样一个大人物，怎么会在春州这个小地方翻了船呢？还一不小心被你们干掉，不得已牺牲了一个替身。"

"你想要说什么就直说吧！"

高刚笑了笑："好，在聪明人面前我就不卖关子了。既然我救了你，你就要想办法报答我不是吗？我现在需要你为我做些事。"

"你救了我？"沈南飞立刻回想起之前押解车全员阵亡的血腥场景，"那些警察是你杀的？"

高刚冷冷一笑："那些人不是警察，只是被安插进去的杀手罢了。想问我怎么知道的？因为我是国际刑警，想要查到这些很简单。"

沈南飞忽然有了一种被人玩弄于股掌间的感觉，他有些气愤地说道："不管那个人是不是真的黑蛇，这件事在网络上已经结束了。我不想再惹上不必要的麻烦。"

"结束了？你确定吗？"高刚脸上带着神秘的微笑说道。

沈南飞心头一凉："什么意思？"

高刚笑了笑，转头对身后的一名组员扬了扬头。

那个组员心领神会，掏出自己的手机走到沈南飞的面前，随即打开了讯客微博。

沈南飞已经有很长时间没有打开这款软件，没有登录到那熟悉的界面上了。

在他的心里，他永远也不想再看到这些东西。

那名组员点进了热门微博排行榜，很快一个醒目的话题便让沈南飞感觉背脊爬上一股寒意。

"一切都是骗局，沈南飞电话录音遭曝光"。

第二十四章

沈南飞愣怔地盯着那个热门话题，一脸惊疑地说道："这是什么？"

只见组员立刻进入了那个话题，点开了置顶的第一条微博。

在这条微博里面发布了一段音频文件。

组员用手指在音频文件的链接上轻触了一下。

下一刻，一个熟悉得不能再熟悉的声音便在沈南飞的耳畔响起。

"我需要几名演员，你那儿有人吗？"

"当然有，我这里的演员可以胜任任何角色，男主角都行！"

"我这里有一份角色名单，你给我找几个演员，我给你双倍报酬。"

"当然可以！不过我想知道，到底是什么戏会让你出这么高的价钱？"

"我要在网络上进行一场直播！"

录音文件到此便结束了。

沈南飞不可置信地瞪圆了眼睛，又惊又怒，身体都在发抖。

他有些激动地望着高刚，嘴唇微微颤抖着说道："这……这是什么东西……这录音是什么鬼东西！我根本没打过这样的电话！"

组员将手机收起来，随即退到了高刚的身后。

高刚从椅子上站起来，走到沈南飞的面前："这个录音是十分钟前在网络上爆出来的。恭喜你沈南飞，重新回到了网络红人的身份。"

"鬼才喜欢做什么网络红人！这到底是怎么回事？"沈南飞对着高刚愤怒地吼道，脸涨得通红。

高刚犀利的眼神紧盯着沈南飞："你还不明白吗？因为你跑了，那些人知道你没死，所以感觉到事情不妙，企图再次封杀你在网络上的话语权！"

"是谁让我变成这个样子的？是谁啊？！不是你吗！你为什么要救我？你为什么要这么做？如果知道我又要回到那种生活，我刚刚就该直接把脖子送上去让他们注射好了！"

说着，沈南飞情绪激动地在高刚的肩膀上用力推了两下。

高刚身后的两名组员想要上来制住沈南飞，却被高刚一个眼神制止了。

"我不能让你死，因为如果你死了，这条线索就断了。你是唯一可以让我们与黑蛇连线的人。只要你还活跃在网络上，我们就有希望。我们追查了黑蛇好几年，不能放过这次机会。他背后可是国际贩毒势力，他每年经手的毒品，会毒害多少人你知道吗？"

"我不管！我不是什么博爱的伟人，我只想做回一个普通人，回到平凡的生活，这难道有错吗？"

"好！我就让你做回一个普通人。只要你帮我搞定这件事，你的未来我负责。"

"放屁！你当我是傻子吗？我只是一个小混混，那些家伙是国际毒枭，你觉得我有多大的概率在这次事件里活下来？"

"我会帮助你，就像之前那样。"

此话一出，沈南飞当场愣住，一肚子想要骂出来的话也瞬间收口。

"你说什么？像之前那样？"沈南飞惊诧地盯着高刚问道。

高刚紧盯着沈南飞沉默了许久，最后终于开口说道："我就是X。"

嗡——

这一刻，沈南飞感觉脑袋似乎被一道闪电劈中，头脑中一片空白。

他震惊地瞪着眼睛，结结巴巴地说道："X？你是X？"

"没错，我就是X。其实从你登上热门微博那一刻起，我就开始注意你了。如果没有我的话，你恐怕早就死在春州了。"

沈南飞脸上的表情看上去有些崩溃，他微微摇着头，慢慢地向后退去："不可能，你怎么会是X？别耍我了！"

"如果我不是X的话，还有谁会知道X这个人？承认吧，这件事只有我们两个人知道。"高刚说道。

"你是 X……你为什么会是 X……"沈南飞依然不敢相信眼前发生的一切。

没想到那些要杀他的人是假警察。

没想到高刚会派人救他。

没想到自己会因为一段伪造的录音重返网络。

更没想到高刚竟然就是 X！

这个该死的世界，还有所谓的真相吗？

到底什么才是真相啊！

究竟还有多少人从热门微博事件一开始就盯上他了？

他是什么？

一个任人摆布的傀儡吗？

高刚见沈南飞有些失控的样子，便放缓语气如实说道："我们之前查到黑蛇在春州市有一笔很大单的交易，可是我们还没来得及动手，你的新闻就出现在了微博上。我通过一些线人了解到，你出事的那间 KTV，其实就是黑蛇交易的 KTV。所以我推断，那个女主播被人残忍地奸杀，多半跟黑蛇有关，她看到了不该看到的东西。"

"事发之后，我们便开始通过各种渠道寻找那个女主播的手机，因为里面一定有最重要的证据。可是当我们刚刚查到手机云端账号的时候，就发现密码已经被人修改。我们知道，能够修改密码的人一定是她亲近的人，所以……"

"所以你就利用了我，故意提供给我一些信息，把赵凯引出来，弄到云端账号的密码？"沈南飞如饿狼一样，死死地盯着高刚。

高刚迟疑了一下，说："没错，事情就是这个样子。所以对我们来说你十分重要，你就是连接我们跟黑蛇的一条线。你要是断了，我们就什么希望都没了。"

"哈哈……哈哈哈哈！"沈南飞忽然笑了起来。

他笑得有些歇斯底里，愤怒和屈辱让他体内的血液都燃烧沸腾起来。

"原来所有人都在利用我……赵凯、黑蛇、网络媒体，还有你，你们所有人都在利用我！你们把我沈南飞当成什么了？我是一个人啊！我是一个正常人啊！浑蛋！"沈南飞一边吼着，一边向着门口的方向退去。

就在他转身想要冲出房间的时候，两名国际刑警却将他拦了下来。

"放开我！你们这些浑蛋！"沈南飞剧烈地挣扎着，试图挣脱他们。

"沈南飞，你想退出已经来不及了。如果你还想恢复清白之身，就必须答应我的要求。黑蛇背后的势力不倒，你永远也翻不了身。"

"我才不管这些，我要离开这里，到一个没人的地方去。"

高刚听罢，一脸愤怒，一掌狠狠地拍在桌子上，顷刻间灰尘四起："难道你不想跟身边的朋友过上平静的生活吗？你忘了韩东珠吗？她可是你恩人的女儿！"

沈南飞突然安静了下来。

听到"韩东珠"三个字，韩哥夫妇两人的面孔便浮现在沈南飞的脑海里。

高刚见沈南飞似乎有所触动，便继续说道："你不是说要当她的监护人吗？那你知道她现在在哪里，过着什么样的生活吗？"

沈南飞默默地低下头，沉默了片刻，回头紧盯着高刚说道："你有什么资格跟我提她？"

"我是没有资格，但是在她们被黑蛇给抓走了！"

沈南飞震惊得瞪圆了眼睛："她们被黑蛇抓走了？！"

高刚直视着沈南飞的双眼说："没错，在你被抓的那天晚上，黑蛇的人袭击了他们逃跑的汽车，韩东珠和楚留翔都被他们抓走了。"

沈南飞听罢焦急的问道，"他们被抓去哪里？韩懿姿呢？她在哪呢？"

高刚沉吟了片刻，说道"根据我得到的消息，他们被抓去了金三角。而韩懿姿他们原本想要一起抓走，但是因为中途遇到了警察所以没能得手。现在我已经把她送回春州了。我们先不说韩懿姿，你应该是把韩东珠当成妹妹一样吧？你不是要做她的监护人吗？对你来说她就是你的家人，你打算怎么做？"

高刚的一句话，似乎触到了沈南飞心里最柔软的一面。

对于一直过着孤单生活的沈南飞来说，有一个家人是一件多么奢侈的事情。

现在他似乎达成了这个愿望。

那就是帮助韩哥夫妇俩照顾他们的养女韩东珠，成为她的监护人。

她还未满十八岁，怎么可以没有人保护她呢？

那个外表冷漠的小丫头虽然嘴上什么都不说，但是在她的心里，沈南飞已经是一个十分特别的存在了。

　　而对于沈南飞，她就像是跟自己一个模子刻出来的妹妹。

　　这个世界上估计不会再有第二个和他如此相像的人了。

　　"呼……"沈南飞深深地呼出一口气，紧紧地闭上了眼睛，内心陷入一阵挣扎之中。

　　高刚默默地看着沈南飞纠结的样子，开口说道："沈南飞，这件事不仅仅是为了你自己，也是为了帮助更多的人。你知道因为毒品，有多少人被害得家破人亡吗？如果你不帮忙将那些毒贩绳之以法，还会有更多的人遇害。"

　　沈南飞没有说话，只是慢慢地睁开眼睛，一动不动地盯着地面。

　　"我曾经亲眼看到过一个犯了毒瘾的吸毒者，为了得到毒品，把自己的妹妹卖到了红灯区；也看到过有人把自己的父母骗到了人体器官买卖中心。"

　　"你能体会到那些老迈的父母知道自己的孩子吸毒却无能为力，最后只能卖自己的身体器官的那种心情吗？为了自己的孩子，他们什么都肯做，但是人生十分可悲。他们无知、软弱，孩子就是他们的一切。就算自己的孩子正在吸他们的血，吃他们的肉，他们都心甘情愿！"

　　"沈南飞，你愿意看到这样的事情继续发生吗？"

　　沈南飞的双手紧紧地攥着，掌心的皮肉因为过度用力而微微发白。

　　儿时的回忆再一次涌入他的脑海。

　　当醉酒的父亲将棍棒敲打在自己身上的时候，是母亲紧紧地抱着他，成为他身边一道人肉屏障。

　　他到现在都还记得母亲边哭边紧抱着他的画面。

　　他一辈子都不会忘记。

　　一番挣扎过后，沈南飞抬头看向了高刚，淡淡地说道："我需要做些什么？"

　　听到沈南飞的话，高刚的脸上立刻露出了一个欣慰的笑容，眼中有一道精光闪过："我要你跟我去泰国，并且重返网络，再次成为焦点！"

第二十五章

▶ 夜叉

　　两个月后，泰国，清莱府……

　　一名身穿黑色夹克衫、头戴涂鸦鸭舌帽的男子行走在清莱府大街游行活动的队伍中。

　　他锐利的目光穿过人群，紧盯着前方行走在队伍里的一名三十岁上下的泰国男子。

　　穿着泰国佛教文化服装的游行队伍将整条街道填满，街边各国往来的游客和鳞次栉比的商铺将整条街衬托得热闹非凡。

　　浓郁民族风情的曲调使大街上的气氛继续发酵，一片歌舞升平的庆典气氛成为清莱府最吸引人的地方。

　　黑衣男子穿过热闹的游行队伍，跟着那名泰国男子离开了人群，走入旁边一条街道。

　　在那名泰国男子离开街道的同时，黑衣男子立刻停下了脚步，转身走到一家冷饮摊位门前，低头假装选取自己需要的商品。

　　只见几名十七八岁的混混儿模样的泰国青年紧跟在那名泰国男子的身后，其中一个似乎是过于警觉，总是不时地回头张望。

　　黑衣男子先从冰柜里取出了一瓶可乐，再从兜里掏出几张泰铢扔在了玻璃冰柜上，随即拧开盖子仰起头灌了几口，鸭舌帽下一双锐利的眼睛偷偷地瞄着被几名打手保护着向前行走的泰国男子。

　　很快，那名泰国男子便走到了一家夜总会门口，短暂地环视四周后走了进去。

　　黑衣男子一直远远地盯着他，见他进了夜总会的大门，便从冷饮摊离开跟了上去。

他来到门口，抬头看了看写着几个五颜六色泰文的招牌，随即压低了帽遮，装作若无其事地从两名保安面前经过。

一进入夜总会，劲爆的音乐、舞动的人群、暗红色的灯光，便在他的眼前描绘出了一个纸醉金迷的糜烂世界。

黑衣男子穿过舞池中的人群，行走在大厅里，目光在旁边许多隔断里面的青年男女身上扫过。

整个夜总会弥漫着一股浓浓的情色味道。在外面，你根本想象不到这样一个不起眼的夜总会竟然会如此混乱。

部分相关部门人员的腐败，导致这附近的情色交易和毒品贩卖始终处于一个三不管的尴尬境地。

虽然现在相比多年前已经有所收敛，但仍然有灰色地带的存在。

很快，黑衣男子便跟着那几个人走到了地下一层。

看到这一层的门口有两名保安把守，黑衣男子心头微微一沉。

他看到那个人停下脚步跟身材壮硕的保安交流了片刻，便举步走进了大厅。

黑衣男子见此一幕，便知没有熟人是绝对进不了这一层的，于是便三步并作两步追上前面的几个人，在他们已经进入大厅之后，他便也向着门口走了过来。

果然，那两名保安伸手将他拦了下来。

只见黑衣男子转头用余光盯着其中一名保安，伸出手指指了指自己，又指了指刚才进去的几个人。

两名保安明白了他的意思，互相交换了一下眼色，便向后退开放他过去了。

黑衣男子点头表示感谢，随即便没有片刻迟疑地走了进去。

然而当他走入这一层的核心地带时，眼前的一幕幕让他不禁倒吸了一口凉气。

他看到许多来自各个国家、各个年龄段的男男女女，慵懒颓废地窝在沙发上，随着令人精神糜烂的音乐节奏，相互抚摸着异性的身体，毫不顾忌旁人的目光。

黑衣男子的目光往那些男女身边的桌子上一瞥，便看到了许多红色的小颗粒药丸明晃晃地摆在那里。

随即黑衣男子转身进入了一条人影稀少的走廊，从印花夹克衫口袋里掏出了手机，打开了已经连接的VPN的微信软件。

他调出了一个叫"天神"的微信名片，对他发送了信息："我是夜叉，已经跟踪扎莱来到一家夜总会，我在这里发现有人吸食麻古。"（注：麻古，也称麻果，属于冰毒的加工品，有很强的成瘾性。吸食后出现健谈、性欲亢进等生理反应。心脏有问题者服用后可导致休克或突然死亡。）

很快，叫天神的神秘人便在微信里回复道："意料之中的事，这些先不要管，盯住扎莱。我们的人就在附近，随时会接应你。"

"我们真的不管吗？"黑衣男子似乎有些不甘心，给天神回复道。

天神立刻发来消息："不管，也没法管！这里的执法队都睁一只眼闭一只眼，我们根本不会起什么作用，因为他们的体系已经腐烂了。而且你别忘了，这里可是金三角！"

黑衣男子紧紧地捏着手机，咬了咬嘴唇，手指在微信上快速回复："我知道了。"

接着他便挑了一个可以直接看到那个泰国男子——扎莱包房的吧台坐下，对着服务员随手指了指吧台后面酒柜旁的柳橙汁。

不知不觉，三十分钟过去了，扎莱的包房里渐渐热闹起来，劲爆的音乐声从门缝里面飘了出来。

黑衣男子的柳橙汁已经喝完了两杯，渐渐开始有些不耐烦了。

突然，黑衣男子的眼睛一亮，因为他看到扎莱领着一名身材高挑火爆的泰国女孩儿从包房里走了出来，直奔卫生间。

这种事情他过去见多了，一看就知道要干什么。

而且那女孩儿的样子看上去有些奇怪，一路上像是一条发情的蛇，缠着扎莱，并用丰满的胸部使劲地蹭着男子的身体。

只是粗略一看，黑衣男子便可以断定，那女孩儿一定是磕了药！

于是他离开了吧台，跟着扎莱和那女孩儿去了卫生间。

来到卫生间门口之后，黑衣男子警惕地环视了一下四周的情况，随即便开门走了进去。

"嗒！"

一进入卫生间，他便将门从里面反锁，接着眼神中闪动着冰冷的寒光，走到其中一个隔断门口，一脚踢开了卫生间的门！

"啊！！"

在门打开的一瞬间，里面的女孩儿发出一声尖叫。

黑衣男子皱了皱眉头，看到扎莱已经脱下了女孩儿的衣服，一只手用力揉捏着她丰满的胸部，另一只手正迫不及待地想扯下她的内裤。

看到黑衣男子出现，扎莱满脸惊愕地望着他，随即用泰语慌张地问道："你是谁？"

只见黑衣男子冷冷一笑："夜叉！"

坐在扎莱身上的女孩儿一脸好奇地打量着自称是夜叉的男子，就像是看到了一个新奇好玩的玩具。

她这种磕了药的状态，就跟外面的那些女孩子一样，大脑完全不受控制，或许根本就不知道自己正在干什么。

夜叉在那女孩儿的脸上扫了一眼，随即一把拉住了她的手，将她从扎莱的身上拉起来，转身塞进了另外一个隔断。

扎莱瞅准空当想要逃跑，连裤子都顾不上提，三步并作两步窜到了卫生间的门口。

可就在他的双手刚刚握住门把手，将要打开门的时候，夜叉一把揪住了他原本就没有几根的、乱糟糟的头发，往后用力一拽！

"啊！啊！！"扎莱因吃痛叫起来，感觉自己的头皮仿佛要被夜叉撕掉一层。

他满脸惊恐地退到卫生间的隔断里，嘴里不停地用泰语说道："我不认识你，你究竟要干什么？"

夜叉隐藏在帽遮下的一双眼睛冷冷地看着他，随即从印花夹克衫的内衬口袋里掏出一张黑蛇的照片，问道："这个人，你见过没有？"

扎莱惊慌的眼神在照片上飞快地扫了一眼。

那一瞬间，夜叉看到扎莱的眼睛倏地一亮。

"不知道！没见过！"但扎莱摇着头说道。

夜叉凝视他几秒钟，接着飞起一脚，狠狠地踹在了他的脸上！

"啊！我真的不知道！我是真的不知道！"扎莱非常恐惧，一时竟然叫了出来。

夜叉这一脚直踹得他鼻血直流，门牙也掉了一颗。

然而夜叉却没有停手，一直用脚和拳头对着扎莱的身上招呼，那凶狠的模样简直跟悍匪没有两样。

对扎莱一番拳脚相加之后，夜叉一把抓起了他的头发，把照片举到他的面前，几乎要贴在他的脸上："我最后再问你一遍，你见没见过这个男人？"

"我没有……我真的没有！你打我也没用！"扎莱喘着粗气说道。

夜叉神秘地笑了笑，随即揪住了扎莱的衣领，像拖一只死狗一样拖到了卫生间的洗手池旁边。

接着他拎起扎莱的脑袋，用力按在水池里，打开水龙头就往他的头上浇。

不一会儿，水池里的水就放满了。

扎莱被水呛得喘不过气来，双手开始到处乱抓，整个人剧烈地挣扎着。

水花溅了夜叉一身，可他就像是一个冷面阎王一样，死死地按着扎莱。

大概过了三十秒钟的时间，夜叉在扎莱的两只脚踝上扫了一脚，扎莱的身子立刻便往下一坠，脑袋从水池里拔了出来，完全跪倒在地上。

夜叉冷冷地看着他。

"咳咳！咳咳咳！！"扎莱差点儿被呛死，他用手在脸上胡乱地抹了两把，剧烈地咳嗽起来。

等扎莱缓了一口气，夜叉走到他的面前蹲下，捏着他的下巴，眯起眼睛看着他："你知道我这两个月经历了什么吗？为了来这里找到这个男人，我可是付出了很大的代价。我在这两个月里学会的东西，对付你可真是绰绰有余了。如果不想死的话，我劝你最好把知道的都说出来！"

"我说……我说！我什么都说！"或许见识过了夜叉的手段，扎莱一时难以忍受他的逼供，终于松了口。

"说！"夜叉冷冷地盯着他。

"这个……这个男人以前跟我做过交易，但这是很久以前的事了，近几年我都没有再见过他。听说，他现在买卖做得很大，似乎是跟蛇姬合作，成了她的得力助手。"扎莱说道。

夜叉眉头皱了起来："那蛇姬在哪儿？"

扎莱连忙摇了摇头："不知道！蛇姬行事一向神秘，从来没有人见过她的真面目，也没人知道她在哪儿。她从来都是远程操纵一切的！"

"远程操纵一切？这样的话，她手下的人会怕她吗？"夜叉似乎对扎莱的话有些怀疑。

扎莱抹了一把脸，耸着肩膀，一副怯生生的模样继续说道："鬼女！"

"鬼女？是什么？"夜叉感觉到这个名号似乎并不是一般角色。

"鬼女就等于是蛇姬的代言人，所有事情蛇姬都会交代给她，然后她就负责管理一切事务。就连黑蛇，也只能通过她才能跟蛇姬联系！"扎莱说道。

夜叉听罢，冷冷一笑："原来是垂帘听政，城府还真是深得很。"

"我就知道这么多了，如果被别人知道我告诉你这些，我就没命了！"扎莱的样子看上去不像是在撒谎，他的眼神很诚恳。

夜叉在扎莱的身上又仔细打量了几眼，随即起身走向了卫生间的门口。

可是还没走出几步，他忽然停下来，从口袋里掏出两张照片，其中一张是一个十七八岁的亚洲籍少女，另一张是一个二十几岁的亚洲籍男子。

"这两个人，你见过他们在这里出现过吗？"夜叉说道。

扎莱还以为夜叉已经走了，本来放松了下来，可是一听到身后传来他的声音，立刻全身一颤，慌张地转头看了过去。

他盯着那两张照片仔细瞧了瞧，有些困惑地摇了摇头："没见过，从来没见过。"

"看清楚点，真的没见过吗？"

"真的没见过！"扎莱连连摇头。

夜叉见他似乎真的不知道什么，便收回了照片，起身打开了卫生间的门，走了出去。

"那里！"

"在那里！就是他！"

一出门口，夜叉便在嘈杂的音乐声中听到有人在大声喊叫。

他转头看向舞池另一边的入口，见扎莱的几个手下领着保镖正往自己的方向看过来。

看样子似乎是保镖对他的身份起疑，然后询问了一下扎莱的手下，然后就露馅了。

见此一幕，夜叉立刻左转钻进了另一条走廊，寻找通向后门的方向。

扎莱的手下见夜叉逃跑，便立刻风风火火地追了上来。

保镖拿起对讲机，开始通知附近的其他同伴。

夜叉快速跑过了两条走廊，又转入了一个看似后厨的大房间。

可是一开门，他发现这里是个男女赤身共浴的浴池。

几对一丝不挂的男男女女正缠绕在一起忘我缠绵，看到一个男人闯进来，他们齐刷刷地向他看了过来。

夜叉视线在浴池中扫了一眼，立刻转身离开了，想继续向前奔跑。

但当他转入另一条灯光昏暗的走廊时，两名身材壮硕的保安拦住了他的去路。

然而夜叉没有停下脚步，反而加快速度，径直向他们两人冲了过去！

下一刻，夜叉突然高高跃起，抡起右手手肘，向着其中一名保安的天灵盖狠狠地劈了下来！

保安没有想到夜叉的身手如此不错，被打了个措手不及，仿佛听到自己头骨裂开的声音，接着传来一阵开椰子般的闷响。

保安两腿一软，靠着墙壁滑倒在地，脑袋空白一片。

看到同伴倒下仅仅是在一瞬之间，另一名保安刚要出手，却见夜叉右脚踏墙跳跃而起，抡起右腿狠狠地甩在他的脸上。

不过五秒钟的时间，两名保安便被撂倒在地。

这一系列的动作一气呵成，没有丝毫停滞。

随即夜叉便从倒地的二人之间穿过，冲向了夜总会通往上一层的楼梯。

然而夜叉才刚刚一探头，一把椅子便向着他的脑袋飞了过来。

夜叉心里一惊，连忙将头缩回去躲过一劫，随即便看到一大片黑压压的人向着他所在的楼梯追了过来。

"这么多人！"他目瞪口呆，转头看向身后，发现另一拨人也从后面堵住了他的去路。

现在他被两面包抄，境况不容乐观。

他警惕的眼神瞬间扫过四周，接着便立刻掏出对讲耳机戴在耳朵上。

起初害怕引起怀疑，夜叉没敢佩戴任何通信设备在明显的地方，既然现在身份已经暴露，那就无所顾忌了。

"夜叉呼叫天神，我被围攻了，请速来支援。"

很快，对讲机里便有人回复道："收到！"

结束通话，夜叉立刻窜向前方楼梯口的吧台，像只灵活的猴子一样跳了进去。

服务员见一个陌生男人跳了进来，立刻拎起身边的酒瓶就要砸向他的脑袋。

只见夜叉还没抬眼，就一把握住了服务生抢酒瓶的手臂，接着狠狠一拳打在他的鼻梁上。

服务员听到鼻梁骨断裂的声音，接着便捂着血流不止的鼻子倒在了地上。

不一会儿工夫，十几个人便将夜叉困在夜总会一楼的吧台里面。

夜叉有些紧张地用余光环视四周，随即看到了身后酒柜里的各种酒水。

就在这时，其中一名保安跳上了吧台，准备突袭夜叉。

夜叉急忙转身，抓住他的双脚用力一拉！

砰！

大汉笨重的身体重重地摔在吧台上，跌落地面。

其他人见状立刻一拥而上，扑向了柜台后面的夜叉。

只见夜叉顺手从酒柜里抽出一个酒瓶砸在了离他最近的保安的脑袋上。顷刻间，玻璃瓶碎渣儿和酒水在空中飞溅。

人越来越多，夜叉觉得自己就要招架不住，于是灵机一动，转身从酒柜里找了一瓶酒精浓度为八十度的洋酒，用嘴巴咬开瓶塞就往嘴里灌。

随即他的视线在吧台上扫了一圈，看到一只打火机，顺手抓了起来。

下一刻，他将嘴里的酒水都喷了出来，同时点燃了手中的打火机。

呼！

紧接着，一大团火从他的嘴里喷发而出，直接烧得对面的两名保安瞎了眼睛，一下子摔倒在地。

嗡呜！

就在这时，夜总会的门外传来了一阵汽车发动机的引擎声。

接着一辆款式老旧的本田轿车从门外冲进了大厅！

舞池里的人群立刻如潮水般向后退去，有两人来不及躲闪，直接被撞倒在地！

随即便有一名头上扣着兜帽的长发女子从车里探出头来，对他招手："快上车！"

夜叉看到那个女人出现，微微愣了一下，随即冲出人群，扑向了那辆本田轿车。

他瞄准了后车窗里的座位，如同一条灵活的白鱼般钻了进去。

女人没有片刻停歇，立刻挂倒挡，汽车的轮胎在地面上摩擦出刺鼻的白色烟雾。

接着她一脚油门狠狠踩下，汽车便如脱缰野马般向后急速倒退，撞烂了门口的装饰柱，退到了外面的街道上。

紧接着她猛转方向盘，一个急转弯驶向了右边的一条街道。

夜叉从后座上爬起来，随即跨到副驾驶座上，满脸疑惑地对女人问道："怎么是你过来？你怎么会来泰国的？"

女人目不转睛地盯着前面的街道急速行驶："我趁高队长不注意，窃听了你们的情报，抢先了一步。"

夜叉懊恼地在中控台上用力拍了一下："我不是说让你不要跟来吗？你怎么不听话？你以为这里是什么地方？这里可是金三角！我们不是来这里观光旅游的！"

"我知道！正因为这样，我才一定要来！你偷偷把我留在春州，以为我会老老实实地待着吗？"女人似乎也有些急了。

夜叉严肃地盯着眼前的女人，吼道："如果你在这里出了什么意外，你让我怎么跟你的家里人交代？"

"不用你交代，我自己做的事自己负责！"

"韩懿姿！"

"沈南飞！你听着！我来这里并不仅仅是为了我自己，也不是为了你！而是为了给所有的网民和网络媒体一个真相！我要的是头条！现在网上还有多少人被蒙在鼓里？而揭开事情的真相，就是我的职责！"

突然间，本田汽车的排气管里传出了两声异响。

韩懿姿扫了一眼油量表，发现汽车已经没油了！

"该死！"韩懿姿狠狠地骂了一句。

沈南飞眼角一抖："你什么时候学会骂人了？"

韩懿姿慌乱中白了他一眼："近墨者黑！跟你学的！"

沈南飞一时语塞，也不再争辩，转身开门下了车。

只见后面不远处，几辆载着打手的摩托车已经"突突突"地向他们这里急速开了过来。

沈南飞目光一转，立刻就看到了路边停靠着的等待拉活儿的摩托车。

他二话不说，冲上前去，用泰语跟司机说道："马上开车！马上！"

司机眼睛瞄了一下远方追来的车队，一脸的冷漠，似乎对外来人毫不关心。

"你没听到我的话吗？我让你开车！"

就在沈南飞跟司机发飙的同时，韩懿姿也下车跟了过来。

敌人越逼越近，这街边的几个司机却没有一个人肯接这个活儿。

"去你的！"沈南飞急了，抡起一拳便打在了司机的脸上，接着一脚将他从摩托车上踹了下去。

其他司机看到同伴被打，立刻站起来指着沈南飞叽里呱啦说了一堆泰语。

沈南飞看都不看他们一眼，启动发动机，载着韩懿姿转身驶向了街道。

其他司机见状立刻骑上摩托车加入了为伙伴讨回车子的行列。

沈南飞右手狠拧油门，一路上在人流密集的街道上疾驰。

听到身后传来摩托车的引擎声，街边的行人纷纷一脸慌张地向后退，为后面的一大片车流让出了一条宽阔的通道。

韩懿姿双手抓着沈南飞的夹克衫，不时回头张望。

只见足足有七八辆摩托车和夜总会打手们驾驶的汽车紧紧跟在他们后面。

"人太多了！"韩懿姿紧张地说道。

沈南飞从后视镜里瞄了一眼，随即敏锐的目光定格在前方不远处的一家正在往地面卸矿泉水的送水公司的汽车上。

在汽车下面叠放着许多桶装的矿泉水，工人们正井然有序地往下搬运。

沈南飞见状将油门狠拧到底，在经过堆放在一起的矿泉水时，一脚将那座小山踹倒！

"Hey！！"

一名搬运工人刚刚要往水桶堆成的小山上放水，却看到一个小子驾驶着摩托车风驰电掣地驶过，随即那一桶桶的矿泉水便咣啷咣啷地散落在地上。

在后面紧追不舍的摩托车司机急忙向左一转把手，笔直地撞向了街边的店铺，顿时一片混乱。

而夜总会打手们驾驶的汽车却毫无顾虑地冲向了挡在道路中间的矿泉水桶，将它们撞碎。

顷刻间，爆裂的水花在空中飞溅，纯净的矿泉水洒满了挡风玻璃。

追逐的摩托车司机们预感这件事情似乎有些麻烦，便降低了速度，把自己从这次的追逐战中抽离出去。

但是打手依旧不依不饶，不将沈南飞两个人抓到，决不罢休。

沈南飞又驶过了两条街，接着向右一个急转，慌乱中再次看向后视镜。

只见一辆三厢小轿车已经离他们只有不到五十米的距离！

"这些家伙还真顽强！"说着，沈南飞打开了对讲机，对频道另一边的人说道，"呼叫天神，我是夜叉，我们现在正被扎莱的人追捕，请速来救援！"

很快，耳机另一边便传来了熟悉的声音："沈南飞！你跑哪儿去了！"

沈南飞目光下意识地向后瞥了一眼韩懿姿："有个母夜叉临时插队，打乱了咱们的计划！"

坐在后面的韩懿姿听到沈南飞说的话，眼睛倏地一亮。

"母夜叉？什么母夜叉？"对讲机里的人不解道。

沈南飞一脸焦急地说道："哎呀，现在我没有时间解释！总之快点来救我！"

对讲机的对面沉默了片刻，接着对他说道："你的位置已经锁定，前面那条街向右转，一直开！"

沈南飞收到信号，随即伏低了身子，右手将油门拧到底，一路向前冲刺。

身后的汽车发动机引擎声越来越大，沈南飞和韩懿姿的心跳也在不断加速。

很快，沈南飞便来到了指令里面所说的那条街附近，接着摩托车向右一转，转入了之前说的那条街道。

后面的汽车紧随其后，跟他几乎是同一时间转了过来。

"这里没有人啊！人在哪里？谁来接应我！"沈南飞头上的帽子被风吹落，早已染回黑色的纹理烫头发在风中飘扬。

这时，另一个熟悉的声音在对讲机里传了出来："罗刹已经赶到，你只需要笔直向前开，发生什么都不要管。"

听到"罗刹"这个代号，沈南飞嘴角微微上扬，会心一笑："明白！"

就在沈南飞经过一个十字路口的时候，一辆大货车从他的右侧急速驶来！

沈南飞就如刚刚那个人所说的一般，发生什么都没有理会，笔直地向前开去。

嗡——轰！

一阵刺耳的汽笛声和汽车撞击的声音从沈南飞的身后传来。

沈南飞全身猛然一颤，可是没有松开手里的油门。

韩懿姿被吓了一跳，连忙回头张望，看到那辆红色的大货车将后面追赶他们的汽车撞飞了出去，一路推行着滑到了路边的信号灯下，长长的货厢封锁了整条街道！

接着她又看到一个脸上戴着墨镜和黑色面巾，穿着墨绿色紧身T恤，身材健硕的男人，动作麻利地开门下了车，一路向着附近的街道跑了过去。

"罗刹拦截成功！立刻删除附近信号灯监控记录！"那个戴着黑色面巾的男子通过对讲机说道。

而与此同时，在清莱府美塞河附近的一座破旧民房里，正有几个人隐藏在里面，进行着战术部署。

其中一名青年男子那一双戴着露指手套的手在笔记本电脑上飞快地跳跃着，最后按下了删除键："OK！监控记录已经删除！"

他身后的男人面色凝重地站在房门口，遥望着对面远处的美塞河。

他穿着黑色背心，袒露的左手臂上有一块三厘米的新疤痕，看上去似乎在几个月前刚刚经历过一场恶战。

"怎么会突然冒出一个母夜叉？有人泄露情报了吗？"说着，这名白色短发男子转头，目光扫过房间里的几个人。

只见坐在笔记本电脑前的年轻人下意识地摸了摸冒出几滴汗珠的鼻尖，脸上的表情有些奇怪。

白发男子立刻把目光锁定在他的身上，黑着一张脸问道："左小风，这是怎么回事？"

"咳咳！"左小风故作镇定地咳嗽了一声，说道，"老大，咳咳！那个……之前……咳咳！"

"给我说清楚点！别吞吞吐吐的！"国际刑警队长高刚厉声呵斥道。

左小风被吓得身子一抖，不得不如实汇报："其实昨天韩懿姿联系过我。"

高刚脸上露出惊讶的神色："韩懿姿？她联系你做什么？"

"其实……"左小风小心翼翼地打量着高刚那张黑脸，"其实韩懿姿也来了泰国，她非要我告诉她沈南飞的位置，我实在是没办法，就透露了一点点的消息，真的就一点点！"

说着，左小风右手拇指和食指之间只留一道缝隙，比画了一个手势。

"你这小子，想死吗？！知道泄露了情报我们可能都得死吗？！你以为这是在哪儿？！"高刚吼道。

"我知道错了老大！可是如果我不告诉她，她真的可以烦死我，你不知道这些做记者的有多难缠！而且她还说，如果不告诉她沈南飞的方位，他就把我们在泰国的事情大肆报道出来！"

高刚听罢，额头上暴起一根青筋，但表情看上去似乎也有些忌惮："这个小丫头！什么时候变得跟个流氓一样了！"

左小风尴尬地笑了笑："她说这叫近墨者黑。"

第二十七章

▶ 我要头条

一个小时后，泰国清莱府，国际刑警据点。

高刚双手紧紧环抱在胸前，皱着眉头打量着站在自己面前一脸认真的韩懿姿，脸上的表情就像是吃了某些排泄物一样难看："你是说，你想要跟拍我们的行动过程？"

韩懿姿不容置疑地点了点头："没错！"

"哈哈……呵呵呵……"高刚哭笑不得的样子，不禁引来身旁沈南飞的侧目。

沈南飞目光在高刚的脸上扫过，随即又与身边穿着军绿色紧身T恤、脖子上戴着一条黑色围巾的赵凯对视一眼。

赵凯对沈南飞努了努嘴，表示自己对这丫头已经没什么办法了。

"高队，你不同意吗？"韩懿姿说道。

高刚抬头迎上了韩懿姿锐利的目光，说："你让我怎么同意？你见过谁家国际刑警破案身边还带着一个记者的？"

"怎么没见过？人家打仗都还有战地记者，破案怎么就不能有记者了？而且我只是全程跟拍，又不是搞现场直播泄露你们的秘密！"韩懿姿丝毫不肯让步，摆出了舌战群儒的姿态。

高刚眼睛直直地看着韩懿姿："可是……可是你知道我们这次来泰国有多危险吗？我们要找到蛇姬的老巢，还要救回被绑架的人质！你只是个实习记者，难道连命都不要了吗？如果你出了什么事，我怎么跟你的父母交代？"

"不需要交代！我自己做的事自己负责！"

"哼，说得轻巧！你再这么无理取闹，信不信我这就告诉你父母你在泰国做这种危险事情？"

"呵！你以为我是被吓大的吗？我知道你们许多机密，如果你们不让我加入，我就把秘密都说出去！"

高刚一声冷笑："你信不信我把你绑起来锁在房间里！"

"我要是被锁在房间里，你们就有好戏看了！我这个人上学的时候就是朋友多！而且我们都有一个共享的云端账号，我总会把一些重要的东西保存在云端账号里，你猜猜看，我们会在里面留下些什么？"

高刚注视着韩懿姿那吃定他的眼神，不由得起了一身的鸡皮疙瘩。

他记得之前韩懿姿这个丫头不是这副脾气，难道她在经历了两个月前的那次事件之后，觉醒了吗？

见这一次似乎真的无法甩开韩懿姿，高刚便从鼻孔里重重地哼了一声："你怎么变得跟个流氓一样？"说完，他下意识地转头看向了沈南飞。

沈南飞愣了一下，不悦道："你们看我做什么？"

众人白了沈南飞一眼，似乎都看出来了韩懿姿这个小丫头就是奔着沈南飞来的，所以罪魁祸首还是他沈南飞。

赵凯在沈南飞的肩膀上拍了拍："兄弟，有你受的了。"

高刚最后在韩懿姿的身上打量了几眼，不甘心地说道："所以说我这辈子最讨厌记者！"

韩懿姿阴谋得逞般嘿嘿一笑："高队，我这次不仅仅只是为了一个头条。我是要将真相展示在所有人的面前，现在网络媒体和网民依旧被蒙在鼓里，如果不拿出有力的证据来，那这次的热门微博事件永远都会留下一个污点。即便是最后这件事真的结束了，也没有人知道我们经历了什么，所以我觉得，我有必要把真相记录下来，然后公之于众。"

众人默默地听着韩懿姿的话，从心里认同了她的说法。

的确，没有人知道这次热门事件的背后他们究竟在经历着什么。用说的谁都会，可是没有证据的话语，谁会信呢？

我们说自己与国际贩毒势力交战，最后查明了事情真相，那些固执的网民是不会相信的。

如果两个月前左小风不入侵路西法的数据库将视频曝光在网上，会有人知道沈南飞正在经历生死之战吗？

虽然现在那些视频已经被官方删除，但留在网民心里的印象是不会那么容易磨灭的。即便不会让所有人相信，但起码可以抵挡片刻网络暴力的洪流。

此时此刻，在房间里的这些人中，最有感触的依旧是沈南飞。

他默默地注视着为了争取拍摄机会无所不用其极的韩懿姿，却觉得心里暖暖的。她在为自己搜集更多的证据，为了让他能够早点重见天日。

这个丫头明明才从鬼门关前走了一圈，可是现在又要跳进来。

真是一个神经质又固执的怪女孩儿。

傍晚，沈南飞和韩懿姿两人在美塞河边散步。

红色的晚霞倾泻在明亮的河面上，好似一幅美丽的画卷。

韩懿姿双手背在身后，两根食指交缠在一起打转转，一语不发地跟在沈南飞的身边。

沈南飞眼神忧郁地吸着香烟，左手抄在裤子口袋里，轻轻地攥成了拳头。

此时此刻，他们两人之间的气氛，不免有些尴尬。

"你……"

"你……"

忽然间，两人同时打破了许久的沉寂。

"你先说。"韩懿姿说道。

沈南飞犹豫了片刻，开口说道："你来这里，是怎么跟你父母说的？"

韩懿姿眼睛骨碌碌地转了一圈，说："还能怎么说，出来旅游散心呗。"

"旅游散心？上次你住进医院，我听说你的父母来了，他们知道你欺骗他们做这种危险的事，还会让你出来散心？"

韩懿姿迈出一步，走到沈南飞前面，转身对着他向后边退边说道："管这么多做什么？担心我吗？"

"咳！"沈南飞被一口烟呛到，有些尴尬地咳了一声，"我为什么要担心你？"

韩懿姿佯装出生气的样子斜眼看着他："你自己心里清楚！"

听到这句话，陈泽天便觉得嗓子发痒，干咳了两声。

随即他眼睛直勾勾地盯着前面的小路，说道："我清楚什么？"

韩懿姿听罢，不悦道："你这个人真是……明明心里想着，嘴里却不说！这就叫没有安全感！"

沈南飞将烟头扔在脚下，用脚掌碾灭，转身看着韩懿姿："我的确没有安全感，所以才不希望你加入。我不想你也出事，那样我会后悔一辈子。"

韩懿姿狡黠地一笑："如果怕我出事，那你就用最大的能力保护我好了。"

沈南飞的眼神中有那么一丝躲闪，目光偏向一边，斜盯着地面。

说实话，经历了这么多事情之后，每次身边多了一个亲近的人，沈南飞都会觉得有一个沉重的担子压在自己的身上。

他不知道自己是不是真的能够如韩懿姿所说的，用自己的力量保护她，保她毫发无伤。

但是沈南飞知道，他已经没有退路了。

残酷的现实，逼着他必须强大起来。

在短暂地犹豫了片刻之后，沈南飞的脸上渐渐露出了会心的笑容，对韩懿姿说道："我知道了。"

晚上八点二十分，国际刑警队的一群人各自在据点休息。

他们有的站在窗口望着迷离的夜空吸着烟发呆，有的则整理着自己的武器装备。

在一个月前，玄武和白虎因为在任务重中受伤严重，现在都还躺在医院里。

所以高刚身边的国际刑警成员，就只剩下了青龙和朱雀，左小风和苏菲，还有两名最近调派过来的资深警员。

现在在泰国清莱府的人，算上沈南飞、赵凯和韩懿姿，也不过十个。

这次的行动进行得十分隐秘，国际刑警因为内部调查关系，已经没有几个能够让高刚值得信任的人了。

知道这件事的人越多，事情泄露得就越快！

高刚面色凝重地站在门口吸着泰国产的香烟，似乎这股味道很不得他的喜欢。

这时沈南飞和韩懿姿从外面回来，正巧与高刚撞个正着。

因为韩懿姿的身份和她固执的脾气的关系，高刚到现在对她都有点儿忌惮，他心不在焉地吸着烟说道："你们回来了。"

"嗯，回来了。"沈南飞与高刚交换了一下眼色，让他知道自己并没有完成说服韩懿姿的任务。

高刚耷拉着眼皮看了一眼扔在地上的烟头，将它碾灭，深深地吐了一口气，挑了挑眉毛。

就在这时，房间里的左小风忽然说道："老大，有发现！"

听到这句话，屋子里的所有人都立刻围了上去。

高刚转身走进房间，站在左小风的身后注视着他笔记本电脑上显示的网页。

"这是什么东西？"高刚疑惑地问道。

韩懿姿和苏菲眼睛同时一亮，异口同声地说道："是购物网站！"

高刚颇有些诧异地左右转头看了看韩懿姿和苏菲："购物网站？左小风，你就让我看这个？今天是购物节吗？"

左小风笑了笑，说道："老大，现在都什么年代了。网络时代，什么东西都可以在网上交易。你觉得，我找到的这个购物网站，会是什么呢？"

高刚思忖了片刻，随即瞪大眼睛，把脸凑了上去。很快他便注意到，现在这个网页上挂着的商品，是一个名叫"蜂鸟速溶奶茶"的饮料。

接着他右手握住了左小风手边的鼠标，将网页拉到下面的用户评价，仔细地看着评论内容。

都是一些默认的好评，只有短短的"好评"两个字，而且账号统统是匿名的。

一看到"奶茶"这两个字，高刚便嗅到了一点诡异的味道。

"这是伪装？"高刚说道。

左小风露出了得意的微笑："恭喜老大，你说对了！就算他们隐藏得再好，我还是发现了他们的破绽！"

"什么破绽？"

"我刚刚黑了他们的卖家聊天信息，发现了一些有趣的东西。"说着，左小风便将复制下来的聊天记录贴在记事本上。

沈南飞也把脸凑了过来，仔细盯着那些奇怪的聊天记录，发现都是一些有规则的数字。

"99.873723，19.968306。"

"98.769885，18.81605。"

"100.112887，15.205552。"

"这些都是什么东西？"沈南飞问道。

左小风在沈南飞的脸上看了一眼，随即笑着对身后的众人提示道："大家不觉得有些眼熟吗？"

赵凯皱着眉头思索片刻，忽然茅塞顿开，恍然大悟道："是坐标！"

"正确！"左小风打了个响指。

当得知这些有规律的数字是坐标之后，房间里的所有人都渐渐了解了这家网店背后的真相。

原来这是一个披着网店外衣，进行毒品贩卖的交易网站！

"刚刚你们看到的那些坐标，在我查询之后，分别是清莱、清迈，还有猜纳这几个地方，当然还有更多的，我们就不能一一列举了。"左小风说道。

"所以，那些坐标，就是他们交货的地点吗？"沈南飞说道。

左小风点了点头："没错，应该就是这样的。"

然而高刚似乎还有疑惑，沉声说道："他们用这种方式在网络上进行贩卖，难道不怕别人误买暴露了自己的秘密吗？虽然我早就听说有人用网络进行毒品交易，但这种东西一旦到了海关，绝对会被查出来啊！"

"所以，他们只进行国内交易，利用快递发货！"左小风补充道。

听到这儿，高刚沉默了许久，随即脸上露出神秘的微笑："这些家伙，还真是与时俱进，开始在网络上挂牌出售毒品了！"

"金三角从几年前就开始用农作物替代罂粟种植，所以现在毒品的产出量已经大不如前。相比做一个毒品产出者，倒不如做一个范围广泛的毒品交易网络。蛇姬还真是一个聪明的家伙！"左小风鄙夷道。

沈南飞仔细看了看浏览器上的网址："668？668购物网站吗？"

"没错，这个购物网站隐藏得很好，用一般的 IE 浏览器是无法登录的，只有特定的浏览器才能搜索到网站的域名。所以，一般不是毒品交易者是不会知道使用哪种浏览器的。说白了，有点类似于深网。"

沈南飞下意识地点了点头，随即转头看向高刚："高队，我们该怎么办？"

"既然好不容易找到了一点苗头，当然要试一试。"说着，高刚对左小风扬了扬头，"试着用他们的方式联系他们，做一笔交易。"

"明白！"左小风收到命令，便开始用那些毒贩的交易方式下单。

站在后面的韩懿姿从身上的运动款单肩背包里掏出了一部小型 DV，将眼前的一切都记录了下来。

沈南飞眼角余光瞄到韩懿姿手里的 DV，问道："你在干吗？"

韩懿姿微微一笑："工作啊！从现在开始，我要把一切都记录下来。这些都是日后为你洗白的有力证据！"

第二十八章

滴答……滴答……

冰冷的水一滴一滴落在韩东珠带着伤痕的脸上，她微微动了动眼皮，从昏睡中渐渐苏醒过来。

"呃……"韩东珠下意识地活动了一下身后被尼龙绳捆住的双手，慢慢睁开了眼睛。

还是同样的场景。

熟悉的简易木屋，天棚带着裂缝的木板屋顶，外面不时传来的水车转动的声音。

这间木屋只有不到三十平方米，里面摆放着一个铁架，上面都是一些血迹斑斑的审讯工具。

在房间的一角有一张简易折叠床，现在上面有一个体形微胖的中年男子正撩起T恤露出半张肚皮打着呼噜熟睡。

韩东珠目光缓缓扫过房间，随即抬头看向了正有雨滴漏下的腐木屋顶。

一滴滴冰冷的雨水打在她的身上，让她的头脑渐渐清醒过来。

不知不觉，她已经被困在这个地方两个月的时间了。

在这里度过的每一天，她都清晰地记得。

在这两个月里，韩东珠从怀着希望，到慢慢地绝望，经历了许多变化。

她不知道自己还要在这里待多久，不知道到底会不会有人来救她。

她还记得自己在被人拖上汽车之前，看到韩懿姿还被困在车里。

看她当时那奄奄一息的样子，不知道现在是否已经得救。

一念及此，深深的绝望和无助将韩东珠原本坚强的内心慢慢地吞噬。

她脏兮兮的小脸上不禁滑下两行泪水。

就在这时，躺在简易折叠床上的中年男人醒了过来。

他从嘎吱作响的床上坐起，睡眼惺忪地打了个哈欠，用指甲盖里满是黑泥的手指抓了抓长着黑色毛发的肚皮。

似乎韩东珠微微的哭泣声让他有些心烦了，于是他从床上起身，顺手拎起床边的一根木棍，向着她走了过来。

韩东珠感觉到一个身影正在靠近，缓缓抬头瞪着眼前的这名中年男子。

很快，她的眼神中便涌现出一丝怒意。

如果不是现在双手被捆着，她一定会扑上去咬断那个家伙的颈动脉！

他曾经有过几次想要猥亵韩东珠，好在她跆拳道的底子没能让他得逞。

那男人一时气急，便直接将韩东珠的双手双脚捆了个结实，并且时不时地殴打她。

他落在她身上的每一拳，都深深地刻在了韩东珠的心里！

"……"

下一刻，那男人嘴里叽叽歪歪地说了一些韩东珠听不懂的话，随即一棍向着她的头上落了下来！

韩东珠挨了一下，额头上立刻流出血来。

她紧咬着牙齿，用愤怒的眼神盯在那个男人的身上。

或许是因为那眼神让中年男人觉得不舒服，于是他又落下了第二棍！

就在他即将落下第三棍的时候，木屋的房门忽然被人打开了！

中年男人停下了手中的动作，愣怔地看向门外，随即立刻向后退了半步，对走进来的男人鞠了一躬。

韩东珠余光一斜，只能看到一双穿着黑色牛皮鞋的脚。

随即那人迈着缓慢的步子，一步步走到了韩东珠的面前。

韩东珠慢慢地抬起头，首先映入眼帘的就是那人右手臂上那一个黑色的眼镜蛇纹身。

见此一幕，一个死神一样的名字在她的脑海中一闪而过。

黑蛇！

随即她的目光继续向上，看到了那个男人的脸。

而这张脸，她之前在韩国就已经见过。

就是那个死去的黑蛇的替身！

"你怎么可以这样对一个小姑娘？"男人有些不悦地对身后的中年男子说道。

那中年男子唯唯诺诺地点了点头，双手握住木棍，靠在房间的简易折叠床边，刻意与这个男人保持着距离。

接着他在韩东珠面前慢慢蹲下身来，用轮廓很深、如同混血儿一样的眼睛在她身上打量了一番。

"原来你才是真正的黑蛇？"韩东珠忍着头上的伤痛问道。

男人淡淡一笑，与在韩国的那个替身样没什么两样，说："没错，我就是你们一直在找的黑蛇。真是不好意思，让你们受苦了。"

韩东珠目光再次扫过房间，最后望向外面漆黑的院落："这里是哪儿？"

黑蛇缓缓摇了摇头："据我所知，你已经问过很多次了，有些事，不能说，就是不能说。"

说着，黑蛇伸出右手，轻轻地托起了韩东珠的下巴。

韩东珠用力将头往后一甩，躲开了让她恶心的黑蛇的那只手。

黑蛇挑了挑浓密的眉毛："已经两个月了，火气还是这么大，跟你的哥哥还真的很像。"

听到这句话，韩东珠脸色忽地一变，皱着眉头疑惑地说道："什么哥哥，你在说什么莫名其妙的东西。"

黑蛇神秘地笑了笑，转头对身后的中年男子说道："把她带到外面的铁笼里去，在一个地方待久了，人会发疯的！"

那中年男人点头应了，立即走过来解开了捆着韩东珠腰身的绳子，像是拎一条死狗一样，将她从地上拎起来。

"你要干什么！你要干什么！"韩东珠企图挣脱那个中年男人的手，可是身上的力气根本不够用。

很快，她便被带到外面院子里的铁笼门前。

接着，那中年男人卸下了缠绕着铁笼的铁链，将韩东珠推了进去！

韩东珠膝盖重重地撞在冰冷的铁棍上，抬头看向铁笼上方用一根电线悬挂的电灯泡。

此时此刻，那颗电灯泡就像是一颗邪恶的小太阳一样刺眼。

就在这时，旁边传来了另一个男人的声音。

"你们放开我！你们要带我去哪儿？不要杀我！求求你们不要杀我！我还有老妈！"

"扑通！"

一个男人被两名肩上扛着自动步枪的士兵扔了进来，随后他们便将笼子的铁门用铁链缠上，然后反锁。

韩东珠转头看了看趴在身边的男人，惊讶地叫道："楚留翔？"

楚留翔听到熟悉的声音，转过那张龇牙咧嘴的脸，随即瞪圆了眼睛，身子忽地一震："韩……韩东珠！"

还没等他们两人开始交流，铁笼外面的黑蛇便笑着说道："抱歉，来了这里两个月，才让你们呼吸到新鲜空气。"

楚留翔愕然转头盯着黑蛇："大哥，这里到底是哪儿？"

黑蛇嘴角一歪，冷冷一笑："欢迎来到我的世界，这里是……金三角。"

"金三角……"韩东珠得知自己所在的地方是金三角的势力范围之后，心猛地一颤。

关于金三角，不用多说，很多人都知道这是一个什么样的地方。

这里是一个三不管地带，是罪恶与毒品交易的天堂！

"难道，我们已经是在黑蛇的大本营了？"韩东珠心中猜想。

"金三角？我们怎么会在金三角？大哥，你为什么要把我们带来这里？为什么不直接杀了我们？"满身伤痕的楚留翔扬起那张脏兮兮的脸，问道。

黑蛇在楚留翔的脸上瞥了一眼，说"如果你们现在提出这个要求，也可以。"

楚留翔听罢，立刻闭上了嘴巴，心里懊恼刚刚自己差点儿因为说错了一句话而丢了性命。

"你为什么不杀我们？"韩东珠忽然问道。

楚留翔竖起耳朵，压低了声音对韩东珠说道："你疯了吗，怎么还问这样的问题？"

然而韩东珠倔强地瞪着黑蛇，视线没有丝毫的躲闪。

黑蛇笑了笑："因为，这件事已经发展到不可收拾的地步，你们已经惹怒了蛇姬，她是不会让你们好过的。"

"蛇姬……就是你背后的那个家伙吗？"韩东珠被捆在背后的双手紧紧攥成了拳头。

"这个你不需要知道。"说着，黑蛇转身从身后的一名士兵手里接过一个牛皮纸袋。

他一边拆着牛皮纸袋的缠线，一边露出神秘的微笑，对韩东珠说道："在调查你们的过程中，我发现了一件很有趣的事情。"

他将牛皮纸袋里面的文件取出来，粗略地看了两眼，说："在你的身边，一直都有一个与你拥有血缘关系的人，你知道吗？"

韩东珠稍稍侧着脸，斜视着黑蛇："与我有血缘关系的人？"

"没错，其实这件事我们也是意外得知的。俗话说，人只有继续活着，才能够见到更多狗血的事情。"

啪！黑蛇将那几页文件从铁栏杆外面扔到了韩东珠的面前。

韩东珠低头去看，只见其他几张纸上都是一些密密麻麻的文字，只有一张纸上面有一张黑白照片。

当韩东珠看到照片里的人和照片下面的一些简单身份资料时，整个人都惊呆了。

她不可置信地瞪圆了眼睛，愣怔地看着那个男人的照片，震惊得说不出话来。

在经历过内心情感剧烈翻滚之后，她微微颤抖着抬起头，用一双红红的眼睛死盯着黑蛇："怎么可能……你是在骗我吗？他怎么会跟我有血缘关系？"

黑蛇看着韩东珠那几近崩溃的模样，不由得冷冷一笑："我知道你一时很难接受，感觉就像是在看一部狗血的家庭伦理剧。但有些时候，生活比电视剧更狗血，你不觉得吗？这些事情就是真实存在的。你不是从小就是一个孤儿吗？"

"这跟我是孤儿有什么关系？就算我是孤儿，他怎么可能会跟我有血缘关系？！"韩东珠气得紧咬牙齿。

"哼，世界上的事情就是这样奇妙。如果你有疑问的话，很快就可以在他的身上得到答案。"黑蛇说道。

韩东珠听出了他话中的玄机，语气冰冷地说道："你想要干什么？"

"不干什么，只是听说最近有一些家伙来了这里，你说其中会不会有他呢？难道你不想跟你的亲人快点团聚吗？"黑蛇脸上那得意的笑容看上去诡异而残忍，如同魔鬼。

韩东珠突然身子向前一扑，把脸贴在铁栅栏上，对着黑蛇咬牙切齿地说道："如果你敢伤他一根毫毛，我一定会让你付出代价！"

黑蛇冷笑着一把捏住了韩东珠的小脸："你们兄妹俩真的很像，说你们没有血缘关系，也不会有人信的。放心吧，很快我就会送他来见你的。"

说完，黑蛇便将韩东珠的小脸扭到了一边，离开了铁笼。

"回来……你回来！！"韩东珠在黑蛇的身后叫喊着，但是无法留住他无情的步伐。

楚留翔趴在地上，仔细看过那些资料之后，震惊得瞠目结舌。

他扬起头愣怔地望着韩东珠，不可置信地说道："这不是真的吧？你们是兄妹？怎么可能啊！这么狗血的事情，怎么可能啊？！"

韩东珠的呼吸有些急促，胸口快速起伏，两排洁白的牙齿紧紧地咬在一起。

下一刻，她对身后的楚留翔说道："我们必须从这里逃出去……越快越好……"

楚留翔听罢，几乎想用脑袋去撞冰冷的地板："大小姐！你难道还不明白现在的形势吗？你刚刚也听到了，这里是金三角！你看看周围，都是些什么人？"

韩东珠的视线缓缓扫过铁笼周围，发现附近站着四名全副武装的军人打扮的男子。

"总有办法的……我们不能继续坐以待毙，必须要想办法离开这里……"

166

"你行！你厉害！我这两个月快要被折磨死了，不知道还有没有命活过三天。你想要玩儿命的话，你自己去。我还得活着回去伺候我的老妈。"

"你以为你这样等着，就会活着回去吗？"

就在韩东珠得知身世秘密的时候，身在另一方的男人也收到了一个不明身份人士通过微博私信发来的信息。

"叮咚！"

午夜一点钟，沈南飞本来已经睡了过去。

放在他枕边的手机屏幕突然亮起来，并且传来了一声清脆的信息提示音。

沈南飞被声音吵醒，睡眼惺忪地滑开手机屏幕，自言自语道："是私信？"

他记得自己已经关闭了私信提醒，那这条信息是怎么进来的？

随即他点开了这条私信，接着便有几页以照片形式发送的文件映入了他的眼帘。

当他看到里面的内容时，不禁震惊得瞪圆了眼睛。

"这是什么……这些都是什么……"沈南飞紧张得手心开始冒汗，向上快速地滑动着私信界面，将那些资料一一浏览。

当他看完所有的资料之后，双臂已经麻木，他木然地放下手机："怎么可能……这怎么可能？！"

"叮咚！"

沈南飞还没有从这件令他震惊的事情中回过神来，又有一条私信发了过来。

"99.748391，20.526123。想要救回妹妹，就一个人来。"

第二十九章

▶ 爆裂街区

沈南飞心跳加速，神色紧张地盯着手机屏幕里的这条微信迟疑了片刻，随即立刻回复道："你是谁？到底想干什么？这些资料是怎么回事？"

然而当他回复了这条消息之后，对方却迟迟没有任何回应。

经过五分钟漫长的等待，沈南飞感觉自己手里的这台手机就像是一块烧红的烙铁，让他拿也拿不住，握也握不稳。

从刚刚到现在，沈南飞的脑子里一片空白。

"为什么会这样？那些资料里说的都是真的吗？韩东珠……是我的亲妹妹？"沈南飞觉得自己似乎一瞬间成了狗血电视剧的男主角。

这种不符合逻辑的剧情，怎么会出现在自己的身上？

"一定是骗人的！韩东珠跟我根本一点儿联系也没有，怎么会是我的妹妹！"

一念及此，沈南飞便将被子蒙在头上，钻回到被子里。

可是接下来的时间，他根本无法入睡。

越是仔细去想这个所谓的真相，他的脑子里就越会有更多的画面浮现出来！

那是他从童年到现在，一个一个无法理解的画面！

他一直不知道，为什么他的父亲会从他小时候就一直脾气暴躁，而且经常无缘无故地发火。

他不知道为什么父亲经常会在酒醉的时候拿自己的母亲撒气。

难道这一切是另有原因？

直到最后，父亲因为长期酗酒而导致精神错乱，最终酿成沈南飞童年的惨剧。

这所有的一切，是不是都有一个导火索呢？

而这根导火索，就是他的身世！

突然间，沈南飞一把掀开被子从床上坐起来。

他拿起手机，走出房间，来到了吹着徐徐冷风的河岸边。

他从裤子口袋里掏出一盒香烟，用微微颤抖的双手抽出一支咬在嘴上，然后有些急躁地按动着打火机。

"该死！"

偏偏打火机这个时候坏了，怎么都点不着，沈南飞索性随手一抛，将它抛进了对面的美塞河里。

接着他从夹克衫上衣口袋里掏出手机，打开讯客微博的私信界面。

他又将刚刚那个神秘人发给他的资料仔细地看了一遍。

那些资料的图片上，清晰地记录了沈南飞和韩东珠从小到大的生活经历，里面包括他们在哪家医院出生，上了哪所学校，以及韩东珠什么时候进孤儿院的信息。

最后，就是沈南飞不敢相信的血型匹配。

经过专业机构鉴定，沈南飞与韩东珠的血型匹配相似度为百分之九十八！

这基本已经可以说明，他们两个人确实是有血缘关系的！

"呵呵……开什么玩笑……一个在国内，一个在国外，怎么可能是兄妹……"沈南飞露出迷茫而又机械的冷笑。

当再次看到最后一张资料照片的时候，上面的一行文字却让沈南飞心里最后一道防线彻底崩溃！

那是关于一个婴孩的送养记录。

上面的时间清楚地显示着一个女人，在一九九九年九月十二日，将一个女婴送给一对夫妇领养。

也就是那个女婴出生后的第二十六天！

他不知道这个记录那些人是怎么搞到的，是不是有一定的可信度，但是沈南飞越来越觉得，这件事似乎不是空穴来风。

"这个女人是谁？是韩东珠的生母吗？"沈南飞试图向后翻阅聊天信息，想要知道更多的情报。

但他向上滑动了几次手指，仍旧没有任何新消息刷出来。

很快沈南飞又发现，最后这张领养记录的下面写着一行小字。

"想要知道更多的情报，就按照我的要求做。"

"啪！啪！！"

沈南飞气愤地用右脚狠狠地在地上凸起的一根木桩上踹了两脚！

他感觉似乎有人在背后耍着自己玩，把他当成一只关在铁笼里的动物！

只要他受到诱惑钻进了铁笼，就永无翻身之日！

沈南飞能够很明显地感觉到，这是一个陷阱！

但是这个陷阱里，有他无法拒绝的诱饵。

如果他想要弄清楚一切，就必须跳进这个陷阱！

沈南飞将手机扔在身边的长椅上，双手抓着头发用力地揉搓，试图让自己的神志清醒一点。

他的头脑高速运转着，可是好像有越来越多的乱线缠在上面，弄得他思绪混乱。

"我要相信吗？我该怎么办？如果他是骗我的，我岂不是自投罗网？可如果这件事是真的，那……"

沈南飞简直不敢想象后面发生的事情，更不敢想象如果这件事是真的，他要如何面对韩东珠。

难怪从见到韩东珠的第一眼起，他就感觉像是看到了另一个自己。

他们两个人的脾气，完全是一个模子刻出来的！

一番挣扎之后，沈南飞慢慢地抬起头，眼神有些迷茫地看向国际刑警据点所在的房屋。

第二天中午十二点三十分，泰国清迈。

一辆旅游巴士缓缓地停靠在车站边缘。

接着车门打开，一个个不同国籍的游客从车上走了下来，站在巴士旁边的行李存放处提取行李。

很快，穿着黑色印花夹克衫，戴着黑色鸭舌帽的沈南飞便从车上走了下来。

他身后背着一个半人高的旅行包，与头顶平齐，左右环顾人群之后，他便从下车的人流中穿过，走进了对面一家咖啡馆。

沈南飞找了一个位置坐下，小心翼翼地扫了一眼身边坐在咖啡桌旁休息或聊天的顾客，然后从上衣口袋里掏出了手机。

他打开讯客微博的私信界面，给昨天晚上给他发信息的人发了一条私信："我已按坐标到达清迈。你在哪里？"

发送完信息，沈南飞便有些焦急地以脚尖为支撑点，频繁抖动着双脚。

"叮咚！"

不过十秒钟的时间，便有人回复了他的私信。

他打开信息，看到上面写着："你做得很好，现在从后门离开咖啡馆，对面有一座天桥，你上天桥之后我再告诉你怎么做。"

沈南飞盯着手机屏幕里的私信迟疑了片刻，随即一咬牙，起身离开了咖啡馆。

出了咖啡馆之后，他便按照那个神秘人的指示，一路来到了距离咖啡馆两百米远的一座天桥上。

他双手手肘撑在天桥扶栏上，掏出手机再次发了信息："我到天桥了。你在哪儿？"

下一刻，对方立刻回复了他："回头看。"

沈南飞回头看向身后，只见熙熙攘攘的人流和天桥下车水马龙的街道。

密集的车流里传来一阵阵断断续续的鸣笛声，沈南飞的本事还没有强到可以在如此喧闹的地方找到一个素未谋面的人。

"我什么都看不到。"沈南飞再次回复道。

"跟着僧侣走！"

看到这条信息之后，沈南飞立刻注意到身后有一名穿着橙黄色僧衣的泰国僧侣，正从他的面前缓慢走过。

他将目光盯在那名僧侣身上片刻，便将手机塞回口袋，一路跟了上去。

那名僧侣就像是没有看到沈南飞一样，笔直地向前走，下了天桥，然后转入了另一条人流相对稀少的街道。

沈南飞紧随其后，警惕的眼神不停地打量着周围的环境。

就在这时，他手机忽然震动起来。

沈南飞掏出手机看了看，只见上面又出现了一条微博信息。

"向右转进入那间工艺品商店。"

沈南飞转头向右望去，看到了一家蓝底金字招牌的工艺品商店。

商店的门口，坐着一位戴着墨镜，手拿蒲扇看似在晒太阳的中年男人。

当沈南飞回过神来的时候，他才发现之前自己跟着的那名僧侣早已经转入了另一条街，消失在人流之中。

一切就像是自然发生，根本无法看出是有人刻意安排的！

僧侣仿佛是一个不相干的人，沈南飞只是凑巧与他同行。

而那间工艺品商店门口的中年人也是一样，看上去与街景没有任何的冲突。

沈南飞不禁赞叹背后这群家伙的安排组织能力，心情忐忑地走进了那家工艺品商店。

接着他的手机上又传来了一条微博私信。

"在这里等待五分钟……"

沈南飞皱了皱眉头，自言自语道："他为什么要让我等？"

他警惕地瞄了一眼坐在门口晒太阳的中年男人，丝毫没有察觉他是否在注意自己。

时间一分一秒地过去，很快就到了五分钟的限定时间。

这时，又一条微博私信传来。

沈南飞屏蔽了其他网友密密麻麻的信息，找到了刚才的对话框，只见上面写着："从商店后门离开，那里有人等你。"

沈南飞盯着信息迟疑了几秒钟，又转头看了看坐在门口的中年男人，随即便按照信息的提示，走向商店的后门。

一走出后门，沈南飞便注意到有一辆黑色商务汽车停在那里。

他左右环顾了一下，见周围十分萧索，行人稀少，不免感觉到一股诡异的气氛。

"上车！"

手机上再次收到微博私信。

沈南飞将手机屏幕稍稍歪斜一点，看到了上面的信息，随即将手机紧紧地握住。

他在犹豫！

沈南飞紧张得额头上渗出汗水，炙热的阳光透过楼宇间的缝隙照在他的脸上，有些刺眼。

他就站在距离那辆黑色商务汽车不到五米的地方，默默地盯着它。

"快上车！"

手机上又一次收到了微博私信。

沈南飞不用看，也知道上面写的是什么。

可是不知道为什么，这股诡异的气氛越来越浓重！

他下意识地向后撤了一步。

轰！

突然间，一阵剧烈的爆炸声在相隔两条街区的街道上响起。

沈南飞愕然转头，只见一股浓浓的黑烟冲天而起，宛若盘龙！

就在这时，最后一条信息显示在沈南飞的手机屏幕上。

"我给过你机会，是你自己不老实，把苍蝇带过来了！"

沈南飞慌忙中看到这条信息，顿时感觉到心脏一窒！

哗——

就在这时，黑色商务汽车的车门滑开，里面冲出四名体格壮硕的男子。

"该死！！"沈南飞见状，立刻转身想要穿过刚刚经过的工艺品商店逃跑。

可是才刚跑到门口，他便发现之前坐在门口晒太阳的那个中年男子正站在门里面，一把拉上后门并上了锁。

沈南飞隔着一道门瞪着那名中年男子，双手在铁门的栅栏上用力拽了两下，大吼道："你个王八蛋！开门！！"

只见那中年男人冷冷一笑，随即从上衣口袋里掏出一支雪茄叼在嘴里。

而这时，身后四名男人已经冲上来抓住了沈南飞身后的背包！

沈南飞感觉自己的背后被束缚，立刻双手平举，身体向下一坠，整个人从背包里抽了出来。

接着他丢弃了身上的背包，转身就往冒着黑烟的街区跑。

那四名体格壮硕的男子紧追不舍，跟着他跑向了另一条街道。

嘟嘟！

沈南飞刚刚冲出工艺品商店后门的小街，便来到了车水马龙的大街上。

一辆三厢轿车差一点就撞在他的身上。

好在沈南飞反应很快，一个百米跨栏的动作便从车头上高高跃起，跨了过去。

此时此刻，因为隔壁街区发生爆炸的关系，这里的交通逐渐堵塞。

沈南飞绕过车流，似乎想要通过手机联系某些人，可是发现另一边根本收不到自己的信息！

无线信号被隔断了！

嗡——

就在沈南飞分神之际，一辆小货车冲着他笔直地冲了过来。

沈南飞震惊之余连忙转头，却发现一切都太晚了，根本无法瞬间躲闪。

嘭的一声，沈南飞被小货车撞了出去，摔在了一辆三厢轿车的后备厢上，砸碎了后挡风玻璃！

接着他两眼一黑，便失去意识昏迷了过去。

沈南飞不知道自己究竟昏迷了多久。

当感觉到冰凉而又带着异味的冷水泼在自己身上的时候，他的意识才渐渐恢复过来。

他慢慢睁开眼睛，首先映入眼帘的就是昏暗的空间里，头顶一盏摇晃的电灯。

生了锈的铁质灯罩随着晃动发出嘎吱嘎吱的响声，让这个小房间更显诡异。

沈南飞用力摇晃了一下脑袋，视线逐渐清晰起来。

很快他便察觉到，自己正被绑在房间的一根承重木梁上。

而在他的对面，正坐着一个面容姣好的女人，面无表情地看着他。

第三十章

▶ 落入虎穴

沈南飞感觉全身上下没有一处地方是不痛的，他不知道这些家伙在他昏迷的时候对他做过些什么。

忽然间，一只大手抓住了他的头发，将他的脑袋拎了起来。

沈南飞被迫仰起头，盯着面前的女人。

"沈南飞，久仰大名。"对面的美女开口说道。

沈南飞紧盯着女人那张白嫩如霜，颇有些异域风情的脸，有些吃力地问道："你……是谁？"

只见女人邪魅地笑了笑，那张美丽的脸上隐隐现出一丝阴森恐怖："我听扎莱的人报告，这阵子你们一直在找我，对吗？"

沈南飞迟疑了片刻，将一片空白的脑袋慢慢地填充起来："你是……蛇姬？黑蛇真正的幕后老板？"

女人笑着说道："蛇姬怎么会是你能够轻易见到的？我是她的助手，鬼女。"

听罢，沈南飞的头皮便一阵发麻："鬼女……"

"我想你应该听说过我，不是吗？就连黑蛇都是通过我来联系蛇姬的，所以你应该知道我在这里是怎样的地位喽！"鬼女说道。

沈南飞视线扫过房间，鬼女身后还站着两名身材壮硕的打手，而自己又被捆住了手脚，看来想要逃跑几乎是不可能了。

"给我发私信的人，是你吗？"沈南飞咬着牙说道。

鬼女点了点头，交叠在一起的一双美腿换了个方向，只是这简单的一个动作，双腿之间的风情就足以让人窒息。

这个女人，仿佛具有勾魂摄魄的魅力。

随即她接过身后的打手递来的一支细细的香烟，动作优雅地将脸凑向打火机，吸燃了烟头。

她一头乌黑的波浪长发在火光的映射下发出淡淡的黄色光晕，说道："没错，就是我。想要找你可真不容易，还好你的个人微博解封了。"

沈南飞盯着她沉默了几秒钟，问道："那些资料，都是真的吗？"

"你相信就是真的，不相信，就是假的，都看你自己。如果不是你非要把一些苍蝇带过来，我也不会这样对你。"

沈南飞左边眉毛微微上挑，眼睛下意识地转了一下："什么苍蝇？"

鬼女笑了笑，那表情仿佛在嘲笑沈南飞的幼稚："你以为我不知道，你把国际刑警那些人带过来了吗？"

沈南飞心头一震，却没有说话，只是默默地注视着她。

鬼女从木椅上起身，迈着模特般性感的步伐走到沈南飞的身前，用左手食指轻轻地托起他的下巴："我就知道你不会老实，特意等着你带着他们自投罗网。"

"你是怎么知道他们来到这儿的？"沈南飞小心谨慎地问道。

鬼女的食指顺着沈南飞的下巴向上滑，最后指尖轻轻地按在他的嘴唇上："其实很简单，在你进了工艺品商店之后，我找了个跟你打扮得一模一样的人，假装在附近接头，你身后那些苍蝇就飞出来了。"

沈南飞听罢，冷冷一笑："是吗？原来是这样啊。难怪你要我在那里等待五分钟。"

鬼女淡淡一笑，将那张娇美的面容凑到沈南飞的面前，沈南飞几乎可以感受到她身上那独特的香水味，她说："我想现在，你的那些国际刑警朋友应该死的死伤的伤，总之，他们再也没有机会见到你了。"

"为什么这么说？"沈南飞紧盯着鬼女。

鬼女低下头在沈南飞的嘴唇上吻了一下，然后轻轻咬了一下他的下嘴唇："因为你能够活着来到这里，是蛇姬的意思。她想亲眼看一看，这个像是蟑螂一样打不死的小混混儿，究竟是何等面目。"

沈南飞冷冷一笑："你不怕我是齐天大圣吗？一旦找到机会，就会拆了你们的凌霄宝殿。"

"你不会有这个机会的。两天之后，你和你的另外两个朋友就要被我们的孩子杀死了。"

沈南飞眉头一皱："孩子？"

"你应该不了解我们这里的习俗，我们这里的孩子，从小就是战士，他们用活人做杀人训练，而你们，会是很好的教学素材。"说完，鬼女便走回到椅子上坐下。

听到这个消息的沈南飞心中怒火燃起，恨恨地说道："你们这些把孩子变成魔鬼的人渣！刽子手！"

鬼女不以为然地说道："我们生活在不同的世界，在你看来残忍的事情，对于我们来说却很平常。相信你在这里待久了也会适应的。"

"呵呵……"忽然间，沈南飞莫名其妙地笑起来。

看到沈南飞奇怪的笑容，鬼女脸上的笑意渐渐收敛起来："你笑什么？"

沈南飞笑着说道："我笑你们自以为很聪明，却聪明反被聪明误。"

鬼女微微抖了下眉头。

"你们觉得自己设计了我们，难道就没想过现在你们其实也掉进我们的圈套里了吗？"沈南飞直视着鬼女的双眼，说道，"你难道没想过，我身上是不是藏着 GPS 定位装置？你们就这么把我带过来，真的不会暴露自己的位置？"

鬼女听罢，说道："我们这里有 GPS 信号检测装置，如果有那种东西进来，警报器会响的。"

沈南飞摇头苦笑起来："你们真的觉得，机器那种东西信得过吗？心思再缜密的人都有出错的时候，何况是不稳定的机器呢？"

沈南飞的一番话，让鬼女渐渐变了脸色。

她盯着沈南飞审视了许久，随即笑着说道："你别以为我不知道你在想什么，你想扰乱军心。"

沈南飞脸上挂着神秘的微笑，一语不发。

这时鬼女从椅子上站起来，两步走到沈南飞面前，狠狠一拳打在了他的脸上。

"呃！"

沈南飞被打得脸转向一边，嘴里吐出一口血来。

"老实待着吧！你还有两天的时间可活！你以为在这两天里，你的那些朋友会来救你吗？他们恐怕连山门都进不来，就会死在雷区！人的命运上天早已注定，你注定要成为热门微博的牺牲者，注定要背一辈子的黑锅！"鬼女狠狠说道。

说完，她便转身对身后的两名打手说道："把他全身再搜一遍，之后扔到笼子里，跟他的同伴关在一起！"

随即她回头狠狠地瞪了沈南飞一眼，开门离开了这间昏暗的小木屋。

"等一下！你说过要给我看后面的资料，现在资料呢？"沈南飞对着鬼女的背影大声喊道。

鬼女在消失之前，从门外丢了一张照片进来。

那张照片如萧瑟的落叶般悠悠地落在小木屋的门口。

沈南飞盯着那张照片仔细看了看，很快便看到上面有一男两女。

其中的一男一女是他的父母，而另外一个女人，他从没见过。

不过沈南飞已经大致能够猜到那个女人的身份了。

如果说韩东珠真的是他同父异母的妹妹，那这个女人，就一定是她的母亲。

此时此刻，沈南飞的内心受到了极大的震撼！

他从来没有想过，原来在父母的人生里，竟然会隐藏着如此令人不敢相信的秘密！

越来越多从小到大与父母生活的画面在他的脑海中一一闪回。

原来，自己的父亲每天烂醉如泥不是没有原因的。

他仿佛看到了一个无法同时拥有两个女人，而不得不舍弃一方的可怜男人，在苟延残喘地过着自己暗无天日的生活。

究竟是谁造成了沈南飞和韩东珠童年的悲剧？

没想到，一次不经意的韩国之行，竟然会让他窥探到一段不为人知的秘密。

如果不是黑蛇无意中调查出这件事，或许他和韩东珠一辈子都不会知道这个秘密吧。

一个导致沈南飞家庭破裂的真正的秘密。

沈南飞呆呆地望着那张掉落在地上的照片，仿佛又回到给了他可怕回忆的那一天。

当父亲举起刀子走向他的时候，他看到的似乎已经不是一张又凶又怒的脸，而是一张流满泪水，充满懊恼与悔恨的脸。

他后悔自己的人生，后悔自己的选择，或许更后悔生下了沈南飞！

这一刻，迷茫的泪水从沈南飞的眼眶中慢慢溢了出来。

一时间，他还无法面对如此令人备受打击的现实。

在他还没回过神来的时候，几名身材壮硕的打手已经将沈南飞从承重木梁上松绑，并架着他往小木屋外面的铁笼走去。

他们绕过两条小路，终于押着沈南飞来到韩东珠和楚留翔所在的铁笼前。

忽然间，沈南飞感觉到一股熟悉的气息出现在自己的面前。

他缓缓抬头向笼子里看去，正巧与那一双清澈的眼睛对上。

或许是因为得知了身世秘密的缘故，沈南飞竟忽然觉得，那双眼睛里射出的目光如同火一般炙热，灼烧得他无法直视。

沈南飞下意识地将视线转向一边，与那双眼睛错开。

接着打手将门上的铁链打开，沈南飞被推了进去。

"我没看错吧……沈南飞？是你吗？"还没等笼子里的女孩儿说话，楚留翔便一脸震惊地看向了他。

沈南飞扑倒在铁笼里，随即慢慢爬起来，坐在地板上看向楚留翔："是我。"

楚留翔惊讶地张大嘴巴，马上向着他爬了过来，急忙说道："你居然还活着！我还以为除了我们所有人都死了！你是来救我们的吗？其他人在哪儿？"

说着，楚留翔便向着四周的村庄张望，想要找到一个逃生的希望。

沈南飞重重地吐出一口气，说道："如果我是来救你们的，又怎么会被人绑住呢？"说完，他的目光在韩东珠的脸上扫过。

她依然用那种怪异的眼神注视着他，纹丝不动。

越是被韩东珠那样的眼神盯着，沈南飞就越觉得浑身不自在，脸像是被火烧一样热辣辣的。

"什么意思？没人来吗？真的没人来吗？"得知真实情况的楚留翔瞬间慌了，他爬过来一把抓住沈南飞的衣领，激动地叫道，"开什么玩笑！难道我们要在这里等死吗？没带人来救我们，你自己为什么还来自投罗网？不行，我得走！我家里还有老妈！我得回去！！"

随即楚留翔便一下子扑到铁笼边上，对着外面看守他们的士兵喊道："喂！麻烦你们放了我好吗？求求你们！我真的不想留在这个鬼地方！我家里还有老妈！她还在等我回去啊！喂！你们听到了吗？"

"闭嘴！小声点！！"只见其中一名士兵转过身来用泰语说道，随即举起手中的步枪，用枪托狠狠地砸了楚留翔的脸。

楚留翔闷声倒地，捂着流血的鼻子一脸痛苦。

很快他又爬起来，继续大声叫道："我不想死在这个地方！我跟他们没有关系！你们放了我啊！！"

"没用的，刚刚鬼女对我说，两天后我们都要死。"沈南飞沉声说道。

然而这一句话，却仿佛点燃了楚留翔心中的导火索。

他猛然转头瞪着沈南飞，那狰狞的样子与平时判若两人。

他们从来没有见过楚留翔这副模样。

似乎这两个月里他受尽了折磨，再加上记挂家中的老妈，精神上已经处在崩溃的边缘。

当然，换作谁在这鬼地方被囚禁两个月，都会出现一些异状。

只见楚留翔一把将沈南飞扑倒，瞪着眼睛大声吼道："都是你！都是你！！如果不是你的话这一切都不会发生！我早就说过你不要带上我的！我早就说过的！现在怎么办？我死了，谁来养我老妈？谁来养我老妈啊？！"

啪！

楚留翔举起拳头，狠狠地砸在了沈南飞的左脸上。

沈南飞头一歪，脸上传来一阵火辣辣的刺痛，但是没有任何想要还手的意思。

"楚留翔！你够了！！"一直闷不吭声的韩东珠突然爆发，吓了楚留翔一跳。

他转过头来愣怔地望着韩东珠，鼻孔里喘着粗气。

韩东珠冰冷的眼神盯着楚留翔，说："你就是现在把他杀了又有什么用？如果不是他的话，你现在恐怕早就已经死了！要怪就怪你自己倒霉！而且他不是来救你了吗？！"

"救我？呵呵，你看看他现在的样子，自身都难保了，怎么救？我要回家！我现在要回家啊！！"

"那你就少说两句话！或许还能多活几天！你这样乱吼乱叫，当心他们心烦了现在就杀了你！"

韩东珠一句话立刻让楚留翔闭上了嘴巴。他有些绝望地用双手按住自己的脸，试着让自己即将崩溃的情绪慢慢镇定下来。

片刻后，楚留翔的身体开始微微颤抖，接着便不争气地哭了出来。

"我想回家……我真的想回家……我不能死……我还要养我老妈啊……"

沈南飞斜靠在铁笼边缘，默默地注视着因迷茫无助而哭泣的楚留翔。

他能够理解楚留翔此刻的感受。

他自己，一路上不就是这么过来的吗？

其实楚留翔的运气还算好一点，如果让楚留翔经历他所经历过的一切，或许楚留翔早已经疯掉，或自杀了吧？

韩东珠看了看痛哭流涕的楚留翔，随即又将目光落在沈南飞的身上。

因为关在笼子里的缘故，所以之前那些士兵早就解了绑着他们手脚的绳子，现在只有沈南飞一个人是被绑着的。

韩东珠在沈南飞的身上打量了几眼，接着便过来将他扶起，解开了绑住他手脚的尼龙绳。

沈南飞余光向后瞄着韩东珠，许久没有说一句话。

他不知道此刻自己开口的第一句话应该跟她说些什么。

"你是为了我来的吗？"

就在这时，韩东珠却出乎预料地打破了这片死寂。

沈南飞愣了一下："你都知道了？"

"昨天黑蛇告诉我的。"韩东珠语气平静地说道。

沈南飞咬紧牙齿，两腮微微鼓动："你相信吗？"

韩东珠解开沈南飞被束缚的手脚后坐回到角落里，抬头注视着沈南飞："你希望我相信吗？"

沈南飞听罢，眼中闪过一道讶异的光，随后默默地低下头去："我不知道。我不知道现在该对你说些什么。"

"那就什么都不要说。我不会承认这件事的！"

沈南飞慢慢抬起头："为什么？"

韩东珠眼神中带着一丝怨恨瞪着他："我从小到大过了这么多年孤儿的生活，好不容易有了家人却又被人害死，现在又有人跳出来说原来我还有个哥哥。如果是你，你会承认吗？"

沈南飞一语不发地望着韩东珠，嘴唇微微动了动，一副欲言又止的样子。

韩东珠的眼眶慢慢红了，她立刻将脸扭到一边，不去看沈南飞那让她百感交集的脸："既然我已经做孤儿那么久了，不如就这样一直孤单下去。我已经成年了，是不是还有亲人，我也不会在乎。就算是我的生母来到我的身边，或许我也只会一笑置之。"

"你真的这样想吗？"沈南飞问道。

听到沈南飞的问话，韩东珠转过身去，紧咬着嘴唇。

沈南飞有些挣扎地沉默了片刻，随即开口说道："可是有些东西，既然有了，就不能当作不存在。"

"那我呢？"韩东珠忽然转过头瞪着沈南飞，"就像你说的，有些东西既然有了，就不能当作不存在。可是为什么，我会被抛弃？难道我不是被当作多余的存在吗？"

望着韩东珠那双愤怒的眼睛，沈南飞突然感觉到，自己这一次竟然出奇的镇定。

如果换作过去的他，或许会跟现在的韩东珠一样的反应，甚至歇斯底里地到处惹事。

可是现在，他们两个人的位置完全调换了。

他似乎开始学着用更宽容的心态去思考，而不是如同过去，只想着自己受了什么样的委屈。

经历过这么多之后，不知不觉中，沈南飞那颗叛逆的心慢慢地改变了。

那份暴躁虽然依旧留在心里，却被现实慢慢冲淡。

如果几年前他能有现在的这份淡定，也许许多事情就不会发生了吧。

这个世界有些时候就是这样，有些事，如果发生在我们能够处理的那段时光，一定有很多结果被改变。

错就错在，在我们本就无能为力的时光里，遇到我们不能妥善处理的事情。

"东珠，也许有些事，并不像我们想的那样。因为我们不是当事人，并不了解当时的情况。"沈南飞说道。

只见韩东珠冷冷一笑："你现在是在对我说教吗？你以为自己真的是我的亲哥哥吗？"

沈南飞愣了一下："我没有对你说教的意思，而是让你冷静一点思考问题。"

"你要我冷静？如果你懂得什么叫冷静，现在就不会被关在这个笼子里了！谁要你过来救我的？"

韩东珠的一句话，让沈南飞顿时语塞。

的确，他现在口口声声地想要让韩东珠保持冷静，可是当他得知她是自己的亲妹妹时，该有的冷静又到哪儿去了呢？

现在沈南飞已经能够感觉到，无论自己再说什么，韩东珠这只小野兽都不会买账的。

就这样，沈南飞与韩东珠兄妹俩，陷入了长久的沉默。

已经到了深夜，但韩东珠依然没有睡意。

她侧身躺在铁笼冰冷的地板上，脑子里浮现的都是两个多月前跟沈南飞在韩国经历的一切。

她从来没有想到，这辈子还会遇到一个与自己如此合拍的人。他甚至能够带领她释放内心所有的野性。

她承认自己对他存在一种特殊的感情，而这种感情，似乎介于友情与亲情之间，是一种微妙的感觉。

韩东珠不知道怎么解释这种感觉，她只知道，只要跟他待在一起，自己就很安心。

可是现在，一切似乎都变了。

她不知道在接下来的时间里，该如何面对这个男人。她只能竖起自己全身的刺，来对待这个与自己关系特殊的男人。

只有这样，她才能找回一些过去的安全感。

她仿佛又回到了那段最孤立无援的时光。每天一个人走在上学放学的路上，每天一个人面对着地下拳场那些冰冷凶狠的拳头。

不知不觉中，她就怀着这样矛盾的心情，慢慢地睡了过去。

夏日的骄阳夺目刺眼，炙热的阳光透过树枝照射下来，在铁笼的地板上投下了一片斑驳的树影。

耳边不时传来知了声，在被太阳晒得温热的地板上，睡梦中的沈南飞慢慢醒了过来。

然而刚刚睁开眼，他就发现几双清澈的眼睛透过铁笼默默地注视着他。

沈南飞从铁笼里坐起来，揉了揉传来微微痛感的脑袋，目光扫过蹲在铁笼门前的七八个孩子。

这些孩子全身上下脏兮兮的。

或许因为每天在外面疯跑的原因，他们脚下的鞋子都是破的，身上也遍布疤痕。

而这时，昨天晚上鬼女对沈南飞说过的话忽然闪现在他的脑海里。

"我们这里的孩子，从小就是战士，他们用活人做杀人训练，而你们，会是很好的教学素材。"

第三十一章

▶ 断头饭

想到鬼女的话，沈南飞便觉得似乎不能用正常人的眼光来看待这些孩子。

他盯着那些孩子凝视了片刻，慢慢向前挪动了一下身子，对其中一个看上去年纪最小的男孩儿用泰语说道："小朋友，你能告诉我这里是什么地方吗？"

那小男孩儿用一双脏兮兮的手抱着皮肤黝黑的膝盖，蹲在地上静静地打量着沈南飞，听到他的问话，他摇了摇头。

沈南飞皱了皱眉，目光在其他的孩子脸上一一扫过，发现他们的眼神中似乎带着一丝嘲笑。

他感觉有些不对劲，便看着这个小男孩儿再次问道："你能听懂我说的话吗？"

虽然沈南飞的泰语是在最近这两个月里临时抱佛脚学的，但日常的交流基本上没有太大的问题。可为什么这个小男孩儿的样子看上去这么奇怪？

就在沈南飞困惑的时候，他的身边突然传来了熟悉的声音。

"他听不到的，就算听得到，也不会说。"

沈南飞一怔，回头看向身后。

只见韩东珠不知道什么时候醒了过来，枕着手臂，视线越过沈南飞，注视着笼子外面的孩子们。

沈南飞的眼神中闪过一丝讶色："他是聋哑人？"

韩东珠从铁笼地板上坐起来，说："这几天这些孩子每天都来这里看我们，就像是看动物园里的动物一样。"

"他们是第一次见到这个村子以外的人吧。"沈南飞说道。

韩东珠脸色有些沉凝地说道："他们是在看自己的猎物是不是还好好地活

着。"

"猎物……"韩东珠的一句话，让沈南飞再次想到了鬼女的话。

下一刻，他陷入了一阵沉默。

他能够从其他孩子的眼神里感觉到，他们对这个聋哑男孩儿，似乎有那么一丝嫌弃和不屑。

他们似乎刻意与这个小男孩儿保持一点距离。

对于这种感觉，沈南飞真的再熟悉不过了。

他能够体会到那种被人用有色眼镜注视的感觉，真的糟透了。

沈南飞静静地注视着那个男孩儿的双眼，渐渐地，他仿佛从男孩儿的眼神中读懂了另一些东西。

那双与其他孩子相比，保持着清澈和一点期望的眼神，就好像是在告诉沈南飞："求求你，快带我离开这里……"

韩东珠的目光一一扫过那些孩子的脸，说道："以前我曾经看到过许多关于金三角的故事，生活在这里的人如果不肯种植罂粟，那他就会被砍掉手脚，甚至他的家人也会跟着遭殃。虽然现在有政府出面干涉，但这种事情给人留下了永久的创伤。我想这个孩子，也许就是因为这样变成了聋哑人。"

关于韩东珠所说的，沈南飞其实也早有耳闻。

只是他没有想到，那些可恶的毒枭，竟然真的残忍到可以对看上去还不到十岁的孩子动手。

一念及此，沈南飞心头的火焰便被慢慢地点燃。

"其实想想，我跟这些孩子也没什么两样，都是被人抛弃的弃儿。"韩东珠带着一丝怨念的话语从沈南飞的身后传来。

沈南飞回头看向韩东珠，却见她将脸扭到一边，又侧躺在铁笼里，背对着他。

他此刻很想要对韩东珠说些什么，可是又不知从何开口。

突然间，蹲在铁笼外面的一个孩子大叫了一声。

接着其他孩子便都站起来，一群人向着村子里的方向跑去。

最后那个聋哑孩子也有些不情愿地起身跟了上去，可是他跑到一半，又回头看了沈南飞一眼，接着像是害怕掉队就会被抛弃的雏鸟，紧追了上去。

或许是因为能够体会这个孩子的童年遭遇，所以沈南飞每当与他对视，内心深处都会隐隐作痛。

今天的阳光很毒，到了正午的时候，沈南飞三人所在的铁笼便如同一个大型的微波炉。

屁股下面的铁板已经被晒得发烫，弄得他们三个人坐立难安。

他们三个人分别找到了一个相对有些阴凉的角落，彼此就这么发呆，打发着自己人生中剩余的时间。

"好渴……喂！有没有水喝啊？我好渴啊！"楚留翔软弱无力地靠在铁笼边上，将一只手伸出铁笼外面招呼远处站岗的士兵。

其中一名士兵回头朝着这里看了一眼，随即又将头转了回去，理都不理。

楚留翔见叫了半天都没有人理会，便一下子瘫软地躺在了发烫的铁板上，病快快，有气无力地说道："沈南飞……"

沈南飞抬眼看向了楚留翔："嗯？"

"我们会不会真的死在这里？我这个人最讨厌的就是客死他乡。"

沈南飞机械般地笑了笑："我也不知道。在过去，我或许不会介意死在哪里，但是现在我不这么想了。"

"为什么？"楚留翔转过脑袋，眯缝着一双眼睛看着沈南飞。

沈南飞迟疑了片刻，将目光转向刻意不看他的韩东珠，说道："因为过去我一直以为自己在这个世界上是孤独的。可是现在，我发现自己原来还有家人。"

听到这句话，韩东珠的眼神出现了一丝微妙的变化，随即抿了抿嘴唇，但依旧不理沈南飞。

楚留翔明白了沈南飞话里的意思，在韩东珠脸上扫了一眼，说道："有家人又能怎样，我还有老妈，如果无法离开这里，一切都是空谈。"

沈南飞听罢，苦涩一笑："谁知道呢。也许会出现奇迹呢！"

"奇迹？"楚留翔冷笑了一声，"你觉得在金三角这个鬼地方能出现什么奇迹？两天，还有两天的时间，我们就要变成那些孩子的玩具了。你觉得能出现什么奇迹？"

沈南飞定定地注视着楚留翔，说道："谁知道呢？我过去也从来没有想到我能活到现在。还记得大华哥曾经对我说过，人生就像是在吃一袋怪味豆，你永远不知道下一刻是会让你甜掉牙的可可味，还是让你吐到死的臭袜子味。"

楚留翔失声苦笑："大华哥的这个比喻真是有趣。"

"话糙理不糙嘛，也许第二天早上一睁开眼睛，你就已经身在春州了。"沈南飞说道。

楚留翔颇有些无奈地摇了摇头，觉得沈南飞似乎有点儿疯了。

当傍晚来临的时候，沈南飞三个人终于挺过了最毒的烈日，得到了一丝喘息的机会。

沈南飞从来没有体会过身体脱水的感觉，可是今天他一口水都没有喝过，真的觉得两眼发昏，随时都会晕死过去。

就在三人又渴又饿，感觉全身几近虚脱的时候，早上的那几个孩子又远远地从村子里向着铁笼走了过来。

这个村子似乎很大，他们一路上风尘仆仆，仿佛经过了很远的一段路才来到这里，小腿和脚踝上附着一层薄薄的灰尘。

又或许他们在外面疯玩了一天，根本就没有回过房间。

沈南飞目光呆滞地直视着前方哨岗外面的小路，很快就注意到，四个身影正向着这里靠近。

他用力眨了眨眼睛，目光立刻定格在其中一个个子最弱小的孩子身上。

"是他们……"沈南飞一眼就认出来早上的聋哑小男孩儿。

小男孩儿双手提着一个带着铁锈的水桶，上身吃力，步伐笨拙，摇晃着向前行走。

而他身边的其他三个男孩子看上去却轻巧得多，只是手里拿着两个用白布蒙上的瓷盘。

沈南飞从那个聋哑小男孩儿的眼神里看到了委屈和不甘，感受到了他被人排斥和欺负的那种伤心。

很快，那几个孩子便走到了铁笼前。

聋哑小男孩儿一下子将水桶坠在地上，左手叉着腰，右手擦去额头上一层细密的汗珠。

沈南飞在铁笼里坐直了身体，盯着那水桶里的半桶水看了一眼，下意识地舔了舔嘴唇。

另外三个孩子将手里的瓷盘放在笼子外面的地上，然后向后退开了几步。

聋哑小男孩儿回头看了看其他人，也怯生生地站起来，跟着向后退开一小步。

"这是你们的食物和水，不要浪费，都吃光！"其中一个个子最高，年龄最大，看似是领头的男孩子用泰语说道。

接着那个领头的孩子又说了几句，便转身带着其他两个孩子转身离开，只留下那个最小的聋哑男孩儿在铁笼边守着。

韩东珠和楚留翔听不懂泰语，一齐将目光投向了沈南飞。

沈南飞听罢，眼睛微微一亮，接着转头迎上了他们两人的目光，说道："他们说，从今天开始，到接下来的两天，他们每天都会来给我们送吃的东西。之后让我们好好上路。"

楚留翔听罢，眼神中露出了绝望的神色，像是盯着令人作呕的呕吐物一样看着放在笼子外面的那些东西。

"断头饭吗？这是不是给得早了点？呵呵。"楚留翔苦笑了一下。

而韩东珠只是坐在笼子的角落里，眼睛一一扫过那些食物和水，干裂的嘴唇轻轻抿了抿。

沈南飞沉默了片刻，说道："难道你们不吃吗？"

"吃什么？到最后还是死！而且不知道是个什么死法，倒不如自己饿死，或许还能好受点！我听说金三角的人训练那些孩子，要让他们把猎物活活扒皮拆骨，为的就是把他们的心训练得跟石头一样坚硬。难道你想那样死掉吗？"楚留翔说道。

沈南飞眼角微微跳了一下："你以为你两天不吃不喝，就一定能死掉吗？要死的话，你为什么现在不咬舌自尽？你有那个勇气吗？到最后还不是要活着被人扒皮拆骨？"

沈南飞的话似乎说到楚留翔的心坎里，他脸上的表情出现了一些变化，眼神游移不定地在铁笼的地面和外面的食物上扫过。

"总之，我是不会吃的！"

沈南飞见楚留翔一心想要饿死自己，便看了看韩东珠，问道："你呢？"

韩东珠余光瞥了沈南飞一眼，似乎对这断头饭很是忌惮，一直窝在角落里没有任何表示。

沈南飞扫过他们两人犹豫不决的脸，无奈一笑，接着爬上前去将手伸出笼子外面，把水桶拎了过来。

他往里面一看，连一个喝水的工具都没有，于是干脆将手伸进去用掌心兜起一捧水，往嘴里送。

聋哑小男孩儿看上去有些害怕像野兽一样狼吞虎咽喝水的沈南飞，稍稍向后退了一小步，两只小手紧紧地攥在小腹前，偷偷地打量着他。

沈南飞喝了几口水，接着掀开了其中一个瓷盘上面的白布。

一只油腻腻的烤鸡正安静地躺在那里。

沈南飞眼睛一亮，没有片刻犹豫便一把将那只烤鸡抓在手里，靠在铁栅栏上啃起来。

坐在一旁的韩东珠和楚留翔余光瞥到沈南飞，看到他狼吞虎咽的样子，都暗自咽了下口水，可依然在硬撑。

沈南飞扯下一只鸡腿啃了两口，抬头边嚼边对楚留翔和韩东珠说道："就算要死，也要做一个饱死鬼，不然你下辈子投胎都会是穷苦命！你现在不吃，等到机会来了，都会从你的身边溜走！"

说完，沈南飞扔掉了手里的鸡骨头。

听到沈南飞的这句话，韩东珠眼中忽然有一道精光闪过，似乎领会到了什么。

随即她犹豫了片刻后，快速地爬到铁笼边，学着沈南飞的样子用手喝水，然后掀开盘子上的白布，从里面拿起另一只烤鸡吃起来。

来这里两个月了，黑蛇那些家伙几乎是两天才给他们吃一顿饭，所以他们早已经不知道吃饱的感觉是什么了。

韩东珠啃烧鸡的样子，根本就不像是一个女生，跟沈南飞如出一辙。

不愧是实打实的兄妹俩！

楚留翔见连韩东珠都倒戈了，内心似乎有些动摇。

烤鸡的香味似乎引得他味蕾搅动，终于他无法忍受这种饥饿的煎熬，与他们两个一起狼吞虎咽地吃起来。

聋哑小男孩儿一直默默地站在旁边打量着笼子里的沈南飞三人，下意识地舔了舔嘴唇。

才不过十几分钟的时间，韩东珠和楚留翔便将三只烤鸡啃了个干净，铁笼里扔了一地的鸡骨头，只有沈南飞越吃越慢。

小男孩儿见他们大概都吃完了，便走上前来准备收走那些盘子和水桶。

就在他刚刚在铁笼前蹲下收拾的时候，忽然一只又肥又大的鸡腿从笼子里伸了出来。

小男孩儿有些诧异地抬起头，只见沈南飞静静地注视着他，将手里的鸡腿对他扬了扬："这个给你吃吧。"

聋哑小男孩儿愣怔地盯着那只鸡腿，瞪圆了眼睛望着沈南飞。

而沈南飞的举动，也让韩东珠和楚留翔大感意外。

他们没想到沈南飞竟然会为那个小男孩儿留一只鸡腿。

可是那小男孩儿看上去样子有些犹豫，似乎不敢接过沈南飞手中的鸡腿。

沈南飞见状便笑了笑，把鸡腿塞在男孩儿僵在半空中的手上。

小男孩儿下意识地握住鸡腿，眼睛有些红了，一圈淡淡的水光在眼眶中泛起。

沈南飞不知道这个小男孩儿究竟在这里遭受了什么样的待遇，但是从他破破烂烂的衣衫和枯瘦弱小的身材来看，一定是"特别对待"的。

只见小男孩儿犹豫了几秒后，迅速转头看了一眼不远处守在哨岗边的两名士兵，接着回过头来张开嘴巴，皱起鼻子，几口就将鸡腿啃了个干净。

随即他抹了抹嘴巴，对着沈南飞用力点了两下头，似乎在表示感谢。

沈南飞淡淡一笑，便打算坐回到铁笼里面去。

"啊！"

突然间，那聋哑小男孩儿轻轻叫了一声。

沈南飞抬头看向小男孩儿，微微皱起了眉头。

那小男孩儿扔掉手里的鸡骨头，将右手食指和中指向下竖起，做了一个小人儿走路的动作，然后指了指他们。

沈南飞没太懂他的意思，歪了歪头。

小男孩儿的样子看上去似乎有些着急，回头看了一眼哨岗边的士兵，见他们没有向这边观望，便又转回来对沈南飞重复了一下刚刚的动作。

这一次沈南飞恍然大悟地瞪大了眼睛，明白了他手势的意思。

小男孩儿是在问沈南飞"你们想要离开这里吗"。

得知真相的沈南飞不免感到有些意外。

这个看上去瘦小软弱的小男孩儿，竟然会对他做出这种询问，难道他有办法帮他们？

可是很快沈南飞又转念一想，先不说这个小男孩儿是不是真的能帮他们，如果不成功，那他这条幼小的生命可就要被终结了。

这是在拿这个孩子的命做赌注。

虽然沈南飞自认不是什么好人，而且一路走来身上血迹斑斑，可是还没到让一个孩子为自己承担风险的地步。

这样做太危险了。

坐在一旁的韩东珠眼睛飞快地在沈南飞的脸上扫了一眼，眼神中闪过异样的光。

"沈南飞，他在跟你比画什么呢？"楚留翔一头雾水地问道。

"啊。"沈南飞下意识地说道，"没什么，好像说他要走了，谢谢我们的鸡腿。"

"是吗？"楚留翔皱了皱眉头，在小男孩儿的身上打量了两眼，觉得他那瘦弱的样子还真的有点可怜。

搪塞过楚留翔之后，沈南飞便转过头来注视着小男孩儿的眼睛，对着他轻轻摇了摇头。

下一刻，小男孩儿的眼神中有那么一丝失望闪过。

随即他又对沈南飞摆了摆手，意思仿佛在说："你们真的不要吗？"

沈南飞迟疑了片刻，再次对他摇了摇头。

小男孩儿见沈南飞似乎真的不打算接受自己的好意，便有些失落地低下了头。

沉默片刻后，他缓缓起身，将那些瓷盘都收到水桶里，然后将它提起来转身离开了铁笼。

在离去的路上，他还不时回头向铁笼这边张望。

沈南飞默默地目送那个小男孩儿离开，不知为何心里竟有一丝暖意。

吃饱喝足之后，倦意也很快袭来。

楚留翔窝在铁笼的角落里很快就睡着了。他似乎已经放弃挣扎，准备接受命运最后的审判。

此时此刻，只剩下沈南飞和韩东珠两人还没有入睡。

沈南飞双手枕在脑后躺在铁笼里，静静地注视着外面月朗星稀的深蓝色夜空，愣怔出神。

而韩东珠则坐在角落里，默默地注视着右边的沈南飞。

"刚刚你为什么不接受那个孩子的好意？"韩东珠突然的话语，打破了寂静的沉默。

沈南飞回过神来，但目光依旧盯着远处的天空，回道："你看懂了他的意思？"

"那种手势，除了楚留翔这种笨蛋看不懂，别人会不懂吗？"韩东珠说道。

沈南飞沉默了片刻："我不能这么做。"

"为什么？"

"我不能让那个孩子为我冒险。"

"难道你不想离开这里吗？"

听罢，沈南飞转过头来看着角落里的韩东珠，说道："已经有很多人因为我而死，我不想再多一个孩子。"

韩东珠嘴角动了动，说道："你从什么时候开始学会这样为别人着想了？"

沈南飞无奈地笑了笑，用右手小指挖了挖右耳。

看到这一举动，韩东珠便眉头一抖。

"你觉得我过去是个什么样的人？"沈南飞问道。

"我不知道。"韩东珠似乎还是无法接受沈南飞这个特别的存在，将脸扭到了一边去。

沈南飞眼角余光瞥了一眼韩东珠，淡淡一笑："记得老大曾经对我说过一句话：这个世界上唯一一件不会变的事，就是一切都在变。在经历了这么多事情之后，我似乎开始明白这句话的意思了。人，真的是一直在变的。或好或坏，但都在变。"

韩东珠双臂抱膝，将侧脸枕在手臂上，歪向一边，一语不发。

不知不觉，夜色已深，韩东珠也慢慢地睡了过去。

而沈南飞却辗转难眠，坐在韩东珠的身边默默地注视着她。

一只蚊子在韩东珠的身边盘旋，沈南飞立刻一巴掌将它拍死，掌心出现一摊血渍。

这是他从来没有体会过的感觉。

他从来没有想过，有一天会多了一个需要自己照顾的人。

他一直都是孤零零的。

也许正是韩东珠的出现，让他在短短的时间里，似乎成长了许多。

他现在是一个哥哥，所以要尽到一个做哥哥的责任。

他已经不再是孤身一人的孤儿了。

寂静的夜空下，似乎只有天上的神明才能够知晓沈南飞的心声。

突然间，一阵奇怪而又微弱的鸟叫声从村子远处的丛林里传来。

沈南飞动了动耳朵，慢慢转头看向远方的丛林深处。

那鸟叫声听上去就像是婴孩的叫声，稚嫩而又有些尖厉。

然而就在沈南飞心存疑惑的时候，那奇怪的鸟叫声再次从那丛林深处微弱地传来。

沈南飞愣神了许久，突然瞪大眼睛，爬到笼子边双手抓住栏杆，将左耳往笼子外面贴！

第三声！

第四声！

那奇怪的鸟叫一声声地传来！

下一刻，沈南飞震惊得身上的鸡皮疙瘩都出来了。

"这声音是……"

第三十二章

▶ 隐秘行动

　　第二天一早，当韩东珠从睡梦中醒来的时候，就见沈南飞蹲在铁笼边上，眼睛定定地望着通向远处村庄的那条小路。

　　韩东珠揉了揉眼睛，从铁笼里坐起来，看沈南飞的脸色有些微微发黄，便忍不住问道："你怎么起得这么早？还是根本就没睡？"

　　沈南飞听罢，转过头来看了韩东珠一眼，随即又将视线转回到那条小路上，心不在焉地说道："我没事，只是晚上有些失眠。"

　　韩东珠微微皱了皱眉头，感觉从见到沈南飞开始，他的样子看上去就有些奇怪。

　　正在韩东珠疑惑的时候，楚留翔也醒了过来，顶着一头乱蓬蓬油腻腻的鸡窝头，用脏兮兮的手在胸口抓了抓，睡眼惺忪地说道："你们两个，命都快没了，干吗不多睡一会儿？"

　　然而他的这句话没有得到任何的回应。

　　韩东珠一直静静地打量着沈南飞，片刻后问道："你是不是有什么事情瞒着我们？"

　　沈南飞动了动耳朵，眼角余光在韩东珠身上瞥了一眼，说道："我能有什么事瞒着你们？你太敏感了。"

　　"是我太敏感了吗？"韩东珠的眼神忽地变得锐利起来。

　　就在这时，远处的小路尽头上，出现了一个小男孩儿的身影。

　　看到是那个聋哑小男孩儿，沈南飞感觉有些意外。

　　"怎么今天只有他一个？"沈南飞如是想着，随即便想到，或许是那些孩子又在欺负他，把这种活儿都给了他一个人干。

很快，那小男孩儿便提着跟昨天一模一样，锈迹斑斑的铁水桶，一步步地走到了铁笼前。

沈南飞默默地看着他蹲下来，掀开铁桶上的布帘，露出了里面白花花的米粥。

接着他又卸下身上的布袋，从里面取出几只碗和饭勺，将米粥盛到碗里，然后递给沈南飞。

或许是因为昨天沈南飞和这个小男孩儿心照不宣的交流，让他们今天的感觉看上去有些微妙。

"谢谢。"沈南飞接过米粥，眼睛却没有从小男孩儿的脸上移开。

很快，韩东珠和楚留翔也移动过来，端起装着米粥的碗喝起来。

其间，小男孩儿有几次与沈南飞的视线交汇，但都有些不自在地避开了。

当所有人用过了米粥之后，小男孩儿便照旧将餐具收了起来。

到了沈南飞递还餐具的时候，他忽然用力将碗捏住，故意不让小男孩儿拿回去。

聋哑小男孩儿用力拽了一下，发现拽不动，便用诧异的目光注视着沈南飞。

只见沈南飞眼睛定定地直视着小男孩儿的眼睛，眼睛向下一瞥，示意他向自己放在膝盖上的手掌看过来。

小男孩儿明白了他的意思，目光向下移动，盯着他那只手。

接着沈南飞便做出了小男孩儿昨天做过的那个动作，将右手两根指头竖起，然后做出小人儿走路的动作。

最后，沈南飞竖起了大拇指，对着小男孩儿点了点头。

小男孩儿似乎一时没有领会沈南飞的意思，愣怔地看着他。

对视片刻之后，小男孩儿仿佛明白了沈南飞想要给予他的提示，脸上露出了一个神秘的微笑，但很快又将这笑容收了回去，眼睛骨碌碌地转了转，扫视了一圈四周。

直到这时，沈南飞才松开了手中的碗，任小男孩儿收走。

小男孩儿收走所有的餐具之后，对沈南飞最后确认性地点了点头，接着便用瘦小的身体提起相比他而言半人高的铁水桶，慢慢地离开了铁笼。

看他走后，沈南飞便一屁股坐在铁笼里，心跳不知为何有些加快。

或许是一种将所有事情都押在一个孩子身上的罪恶感吧。

但是现在，这是沈南飞必须要做的事。

他得考虑从这里逃出去了！

而且如果成功的话，那个男孩儿留在这里必定有危险，他也要将他一起带走！

只不过沈南飞现在还不知道，那个男孩儿会用什么样的方法帮助他，所以心里也有些没底。

不知不觉，又是一天的时间过去了，从那吃过米粥的清晨之后，沈南飞就再也没见过那个男孩儿。

他有些坐立不安，觉得那个小家伙是不是出了什么意外？

距离他们变成那些孩子的训练实验对象的时间只有一天了。

过了这一天，他们或许就会体验传说中被活活扒皮拆骨的痛苦。

这一天正午，太阳最毒的时候，两个身影出现了铁笼面前。

沈南飞感觉到一片凉凉的阴影落在自己身上，遮挡了毒日，便缓缓地睁开了沉重的眼皮。

只见黑蛇和鬼女，正站在铁笼门口静静地盯着他们看。

"感觉怎么样？这两天吃得饱睡得好吗？"黑蛇那张混血儿一样深轮廓的脸，说起话来就跟韩国时的替身一样，外表绅士，内在却透露出一股人渣味儿。

沈南飞冷笑一声，面无表情地说道："还不错，谢谢你的烤鸡。"

随即黑蛇缓缓蹲下身子，在笼子外面像是打量动物园里的动物一样，上上下下打量着沈南飞："你有没有想过，自己有一天会变成这副模样？"

沈南飞的目光中一道杀气一闪而逝，他冷笑着回击道："你有没有想过，有一天自己会是怎么个死法呢？"

"啊！"黑蛇眉头一扬，脸上露出一丝浅笑，"这个场景我已经幻想过无数次了，可答案是，没有人能杀死我。你在韩国不是已经领教过了吗？"

"世事无绝对，当一个人的自信极度膨胀的时候，那就说明他很危险了。"

沈南飞说道。

黑蛇看上去一副不以为然的样子，说道："你说得很有道理，但有时候这些道理，并不适用所有人。"

说罢，黑蛇不屑地打量着沈南飞："这种心灵鸡汤，只适合你们这些普通人。"

沈南飞笑了笑："做个普通人，未必不是一件好事。起码会有善终。"

黑蛇有些哭笑不得地耸了耸肩："这也未必，我很好奇，明天之后，你会有什么样的善终。"

说完，他便起身，跟鬼女一起离开了铁笼。

"等一下！"沈南飞忽然开口叫住了他。

"还有事吗？"黑蛇转过头来斜视着沈南飞。

"我想要见你的老板，蛇姬！"

"见蛇姬？你以为自己是谁？连我都很少见到蛇姬，你以为你可以见到吗？"黑蛇冷笑着说道。

一旁注视着沈南飞的鬼女眼中异光闪动："你为什么要见她？"

听到鬼女开口，沈南飞便回想起之前扎莱对他说过，连黑蛇想见蛇姬，都要通过鬼女的安排。随即沈南飞抬头看向鬼女："热门微博这件事情闹得这么大，现在我又快要死了，难道我都不能见一见正主吗？就算是死，我也要死个明白。还是说……"

说到这儿，沈南飞的表情渐渐多了一丝鄙夷之色："还是说……她有什么见不得人的地方吗？我一直很想看看，这个在背后陷害我的幕后黑手，究竟是个什么样的家伙。"

"沈南飞，有些要求不能提得太过分了。蛇姬不是你想见就能见的，你死了这条心吧。"说罢，黑蛇便打算转身往外走。

"如果我说，我有关于她的把柄在手上呢？"沈南飞忽然说道。

黑蛇身子才转了一半便停了下来，回身瞪着沈南飞："你说什么？"

不仅仅是黑蛇，就连韩东珠和楚留翔都是一头雾水地望着他，完全不知道他这葫芦里到底卖的什么药。

"沈南飞，你在搞什么？什么把柄？我怎么不知道！"楚留翔压低声音对沈南飞小声问道。

沈南飞装作没听见，依然毫不避讳地盯着黑蛇和鬼女，继续说道："我知道了蛇姬的一些把柄，如果你们不让我见她的话，这件事很快就会出现在网络上。网络的传播速度有多快，我想不用我说你们也很清楚，不是吗？"

"你是在吓唬我吗？你以为你随便一说，我就会信？"

"扎莱，我之前有找过扎莱，他告诉了我在你们整个行业里的一些秘密。而这也是为什么我能从春州一路找到这里。在泰国，我们也是有眼线的，所以情报并不是很闭塞！"

听了沈南飞的话，鬼女有些警惕地与黑蛇对视一眼。

"你都知道些什么？"鬼女问道。

沈南飞有些无力地靠在铁笼的栅栏上，一副懒洋洋的样子说道："这些当然不能对你们说，所以我才要见蛇姬。让我见一见她，你们就会守住一个秘密，难道这笔交易不划算吗？"

沈南飞目光迅速在黑蛇和鬼女的脸上扫过，见他们似乎都有些忌惮他口中所说的那个"秘密"，心里觉得这事有谱。

只见黑蛇看了看鬼女。

鬼女迟疑了片刻，心中盘算一番，便对黑蛇点了点头。

看到鬼女点头同意，黑蛇似乎也有些意外，愣了许久才转过头来对沈南飞说道："我们商量一下，你在这里等着吧。"

说完，黑蛇和鬼女便离开了铁笼。

时间一分一秒地过去，沈南飞坐在铁笼里，右手腕搭在右膝上，食指轻轻地敲打着膝盖，心中似乎在盘算什么。

韩东珠和楚留翔不管问他什么，他都不正面回答，搞得他们两个人一头雾水。

不过令人吃惊的是，一个小时以后，真的有四名雇佣兵过来带沈南飞离开了铁笼，去了一个不为人知的神秘地带。

沈南飞被他们用黑布蒙上了眼睛，并且动作粗野地拉上了一辆军用吉普车，经过了许多颠簸的路面，十几分钟的时间才到达最终的目的地。

一路上，沈南飞几次有被树叶打在脸上的感觉，所以他觉得走的是一条树木茂密的林间小路。

当沈南飞脸上的眼罩被摘掉的时候，首先出现在他眼前的是一片昏暗的红色灯光。

这种压抑的红光，就像是在执行某种宗教礼仪时所用的灯光。

沈南飞微微眯起眼睛，慢慢适应着暗淡且令他很不舒服的红光，视线缓缓扫过四周。

他发现自己正身在一个五十平方米左右的木屋里，周围摆设的是一些泰国的金色佛雕像。那些姿态各异的雕像微微睁开眼睛，就像是活人一样静静地看着他，让他顿觉诡异。

而在他的正前方，有一道红色的纱帘，隐约能够看到后面的景象，但是又不太清楚。

似乎在这道纱帘后面，还有一个房间，如果没猜错的话，应该就是蛇姬住的地方了。

那些雇佣兵将沈南飞押到这里之后就出了房间，似乎对这个地方有些忌惮。

沈南飞小心翼翼地环顾四周，完全感觉不到这里有人。

"看来蛇姬还没有到。"沈南飞这样在心中告诉自己。

在确定过房间确实没有其他人存在的迹象之后，沈南飞的举动突然开始变得怪异起来。

他举起被捆住的双手，伸出右手小指很有技巧性地旋转着挖自己的右耳洞。

或许是因为紧张的关系，他一边挖，一边转头环顾四周。

接着他的频率越来越快，动作也越来越大，似乎有什么东西卡在他的耳朵眼里一时拿不出来。

似乎是挖了半天也没有什么效果，沈南飞的动作便渐渐变得粗野和歇斯底里起来。

他开始用手用力地拍左脸，企图用这种惯性把朝下的右耳里面的东西倒出来。

他拍得越来越用力，有些脏污的脸上已经红了一片，但始终没有什么效果。

突然间，沈南飞听到远处似乎传来了一阵汽车发动机的轰鸣声。

听到这声音，他便知道，应该是蛇姬就要来了！

一念及此，沈南飞更加焦急起来，用力地把脸颊拍得啪啪作响，连右耳里面稚嫩的皮肤也被挖破，渗出了一些血液。

他不时紧张地看向门口和那红色纱帘后面，仿佛生怕这时候会走出一个人来。

可是他耳朵里的东西就是掏不出来！

下一刻，沈南飞有些急了，跪在地上，将右耳朝下，狠狠地往木头地板上撞去！

"呃！呃！！"

沈南飞紧咬着牙齿，忍着脸上传来的痛楚，一下又一下地撞下去。

而这时，外面汽车发动机的声音已经停止了。

接着几人的说话声传了过来。

就在这最危急的时刻，随着沈南飞最后一下几乎要撞裂头骨的用力撞击，他右耳朵里许多天以来一直藏着的黑色圆球状物体，终于从耳洞里掉落出来！

第三十三章

沈南飞眉头紧锁，忍着头上传来的阵阵疼痛，直起身下意识地回头看了一眼门口的方向。

那些人的说话声已经越来越近，但是因为隔着屋子，所以沈南飞一时也听不清说的是什么。

他又回头看了一眼掉落在地板上的，只有不到指甲盖大小，黑色圆形球状物体，接着用被捆绑的双手将它往地板的缝隙里面按！

而这时，他对面的红色纱帘后面的另一道门外，已经传来了高跟鞋踩踏在木头阶梯上的咚咚声。

沈南飞倒吸了一口凉气！

感觉周围的空气似乎都要冻结了！

身体也逐渐变得僵硬起来！

终于，随着他最后用力一按，那黑色圆形球状物体被他按在地板缝隙里面，接着又顺着缝隙，掉落在悬空的屋子下面。

就在他完成所有动作的同时，几个人的影子出现在那红色的纱帘后面。

沈南飞微微皱了皱眉头，隐约看到两个窈窕的身影，似乎是两个女人。

接着他身后的房门打开，黑蛇从外面走了进来，站在了他的身后。

"你的运气真好，蛇姬同意让你见她最后一面。"黑蛇面无表情地说道。

沈南飞转头瞥了一眼黑蛇，身体却在极力地控制着自己刚刚因紧张而紊乱的呼吸。

对面两个女人一个坐在了一张木椅上，而另一个则像个侍卫一样立在她的身边。

"你有什么想要说的，现在可以说了。"红色纱帘后面传来了鬼女的声音。

沈南飞下意识地在那站立的女人身上扫了一眼："鬼女？"随即他转念一想，看来坐着的那个就是蛇姬了。

可是沈南飞就算集中精神用力看，也看不清那红色纱帘后面，坐在椅子上的女人究竟是怎样的一张脸。

随即他调整了一下呼吸，开口问道："你为什么要害我？为什么要选择我？"

红色纱帘后面站立的鬼女听罢，便俯身低头贴耳对那坐在椅子上的女人说了些什么。

沈南飞见状，眉头微微一一挑，心想："那个蛇姬听不懂中文？"

他一直以为，蛇姬跟黑蛇他们一样，是精通中文的。

待鬼女向蛇姬翻译完后，那红色纱帘后面，便传来了一个悦耳的女性声音。

"因为你的运气很不好，而且你所具备的条件，对我们来说都是洗脱罪名的最有利人选。"蛇姬用泰语说道。

沈南飞听懂了她的话，便也用泰语跟她交流起来："你们这样做知道害了多少人吗？"

红色纱帘后的蛇姬沉默了片刻，开口说道："害了那些人的不是我们，而是你。如果你从一开始就放弃挣扎的话，就不会有那么多人受牵连了。一切都是因为你。"

"放屁！我都被你们诬陷成奸杀犯了，难道还不能为自己申冤了吗！"沈南飞忍不住骂道。

话音刚落，身后的黑蛇便一脚飞了过来，狠狠地踹在了沈南飞的后背上。

沈南飞"扑通"一声趴在地板上，随后缓缓地直起身子，回头瞪了一眼黑蛇。

"把你的嘴巴给我放干净一点！你以为自己在跟谁说话！"黑蛇呵斥道。

沈南飞恨恨地瞪了一眼黑蛇，继续说道："你们这些没人性的家伙！躲在网络后面的蛀虫！现在的社交网络，就是因为有你们这样的家伙在背后操纵，才会变得乌烟瘴气！你说，你们到底请了多少水军来抹黑我？"

"这些事蛇姬从不过问，都是我在做！"黑蛇说道。

沈南飞侧过脸，眼角余光瞥了一眼黑蛇："你们利用这些卑劣的手段，利用网民的愤怒来抹黑一个人，难道就不怕遭到天谴吗？"

"天谴？这个世道还有天谴这一说吗？"

"你们有没有想过，有一天，你们自己会在网络上无所遁形，然后被一网打尽？"沈南飞说道。

这时，红色纱帘背后的蛇姬说道："现如今的社交网络就是这样，愤怒的网民太多，总有一个点让所有人引起共鸣，然后爆发出来。很不幸，你就成为这样一个引爆点。如果不是因为你的背景不光彩，我们也不会看重你。不仅仅是现在，就算是在未来，你的身份也永远无法洗白了。"

沈南飞听罢，冷笑一声："你们一定会遭到报应的！"

"沈南飞，你的时间已经到了。蛇姬能够来这里回答你几个问题，已经是你莫大的荣幸，你这样不识抬举，别怪我们没给过你机会。"鬼女说罢，便准备与蛇姬从后面的门离开。

"等一下！"沈南飞忽然叫住她们。

鬼女和蛇姬同时转身，透过红色纱帘看向沈南飞。

沈南飞紧紧咬了下嘴唇，说道："我面前的这个蛇姬，是真正的蛇姬吗？"

"沈南飞，你这是什么意思？"鬼女不悦道。

沈南飞目光定定地注视着红色纱帘后面的女人，说道："你们这样神神秘秘地弄了一个屏障，然后带一个不明身份的人过来，我怎么知道她是真的蛇姬，还是你们找来搪塞我的？"

"沈南飞，你觉得我们有搪塞你的必要吗？明天就是你的死期，我们念在你在热门微博事件里受了些苦，算是完成你最后的一个心愿，你竟然敢质疑我们？"黑蛇呵斥道。

沈南飞笑了笑："谁知道呢？你们这些人都是各怀鬼胎，装神弄鬼！"

嘭！

黑蛇突然一脚向着沈南飞的侧脸踢了过来，直接将他一个跟头踢翻在地！

沈南飞的头部受到重击，感觉就像被铁锤狠狠地敲了一下，耳朵里面嗡嗡作响，眼前空白一片。

"现在你可以说说，你知道的秘密是什么了。"鬼女问道。

只见沈南飞面带讥笑地说道："这个秘密就是，你们以后的孩子……都没有屁眼儿！"

话音刚落，黑蛇便狠狠一脚踢在沈南飞的脸上！

"不自量力！"黑蛇狠狠地骂了一句，随即便转身向门外招呼了两名雇佣兵进来，将沈南飞押了出去。

鬼女和蛇姬隔着纱帘看着沈南飞像死狗一样被拖拽出去，接着便转身离开了木屋。

韩东珠和楚留翔看着沈南飞被押回来的时候侧脸带着血迹，皆不由得微微一愣。

接着那些雇佣兵将沈南飞扔回到铁笼里，把笼子的门牢牢上了锁。

"喂，沈南飞！他们对你做了什么？你怎么搞成这个样子！你的脸，脸上怎么有血？"一说到这儿，楚留翔便震惊地瞪圆了眼睛，"难懂他们又对你用刑了？"

沈南飞从地上摇摇晃晃地爬起来，嘴角不自觉地浮起一丝笑意，眼睛倏地一亮："你们准备好，今晚要有大事发生了。"

当夜幕来临的时候，韩东珠和楚留翔却有些坐立不安地待在铁笼里，不时地向沈南飞身上打量。

他们曾经问过沈南飞，为什么总是这样神神秘秘的，可是他什么都不肯说。

明天就是他们的死期了，所以越到这个时候，沈南飞表现出来的状态，就越让他们两个感到心神不宁。

就在他们困惑不解的时候，消失了两天的那个聋哑小男孩儿弱小的身影，终于出现在了远处的小路上。

看到小男孩儿出现，沈南飞之前悬着的心才终于放松下来。

只不过令他感到意外的是，今天还多了一个二十岁左右的女孩来给他们送餐。

小男孩儿手里依旧提着那个生锈的铁水桶，而他身边的女孩儿手里拎着一个竹篮子，上面盖着一个白色帘布，里面满满的食物让帘布微微隆起。

走到哨岗的时候，他们先停了下来，接着女孩儿从竹篮里取出事先打包好的晚餐递给了两名看守的士兵。

其中一名士兵向女孩儿的竹篮里打量了几眼，又从一只烤鸡上扯下了一只鸡腿，拿起来啃了两口。

那本应该是沈南飞他们的食物！

女孩儿抬眼在士兵的脸上扫了一眼，没敢说什么，之后才向着沈南飞所在的方向走来。

那个女孩儿沈南飞曾经见过，她经常来给那些士兵送餐。

只是没想到，今天她会跟聋哑小男孩儿一起过来。

很快小男孩儿便来到了铁笼边，他蹲下，将铁水桶上的帘布掀开，照旧开始喂沈南飞他们几人水喝。

接着女孩儿也走过来，从竹篮里掏出三只烤鸡，并且将那只被扯掉一只鸡腿的烤鸡递给了小男孩儿。

小男孩儿接过烤鸡，把它递给了沈南飞，可是清澈的眼神之中，仿佛隐藏着一种异样的神色，眼睛还微微朝烤鸡瞟了一眼。

他们身后的两名卫兵一直在时不时地朝他们这边打量，所以弄得所有人都有些紧张。

不过今天小男孩儿并没有多做停留，沈南飞几人还没吃完晚饭就先离开了。

一时之间，这小村庄里似乎到处弥漫着一股诡异的气息。

沈南飞有些诧异，之前这个小男孩儿说要帮他，可是到了今天怎么都没有什么反应？

而且他匆匆离开的样子，越来越让他感觉到奇怪。

还有那个女孩儿，看上去比他更紧张。

或许是因为心事太多的关系，今天的沈南飞很没有胃口，那只烤鸡也只吃了一半，半个身子都没有啃完。

可就在这时，小男孩儿递给他烤鸡时的那个眼神，让他意识到了一丝不寻常。

随即沈南飞迟疑了片刻，盯着放在身边的烤鸡看了一眼，接着一把将它抓起来，撕开了鸡胸骨。

韩东珠和楚留翔有些诧异地打量着沈南飞。

不一会儿，他们便看到沈南飞从烤鸡里面掏出了一个很小，做工有些粗糙的东西。

"这是……"沈南飞拿着那个东西，紧紧皱着眉头，朝四周打量一圈，立刻塞进了自己的嘴里，用腮含住。

晚上九点钟，村庄里的人已经渐渐睡去。

这个村子坐落在一处地势很高的山坡上，周围又有许多险峰，断崖随处可见，是一个易守难攻，外人很难发现的地方。

村子里有老老少少两百多人，加上蛇姬手下的一些战士，大概三百多人的样子。

重火力防御成为这里抵御外敌的重要手段，如果有人贸然从正面攻入，一定会死得很惨。

这一刻，许多全副武装的士兵开始在村子和附近的山林里面夜巡，他们井然有序地挨家挨户地走过，看似受过专业训练。

"轰隆！"

忽然间，一阵雷声在乌云密布的天空中炸响。

正在山路上巡逻的几名士兵抬头看向天空，不一会儿的工夫，就看到一滴滴细小的雨滴从空中洒落下来。

随即他们戴上倒挂在脖子上的遮雨帽，继续向前行进。

片刻过后，这片山区里面便已经是大雨如注。

当这支巡逻队行进到村庄右翼的时候，其中一名士兵忽然有了一丝尿意，便脱离了团队，独自一个人到旁边去方便。

他似乎有些厌烦大雨，微微皱着眉头站在一处坡道下面，随即对着一棵大树拉开了裤链。

可就在他尽情释放的同时，他身后被雨水浸湿、变得泥泞的坡道上，突然出现了一对白色的东西。

那一对看似有些诡异的白色东西，就像是一双眼睛，在笼罩着杀气的雨夜里默默地注视着他的背影。

下一刻，那原本平坦泥泞的坡道上，突然出现了两道长条形的隆起。

接着，一双手臂从深陷的泥巴里举起来，慢慢地伸向了士兵的脖子。

而这时，士兵完全不知道身后正在发生些什么。

紧接着，一个人形的东西从坡道的松软泥巴里钻了出来，两条如同蟒蛇般的手臂迅速地缠在了士兵的脖子上，接着用力一扭！

只听咯啦一声脆响，士兵的脖子被人一瞬间扭断，身体瘫软地倒在地上。

那个一直将身体深陷泥土，隐藏在泥巴地里的人冷冷地打量着士兵的尸体，随即又悄悄地隐入黑夜之中。

与此同时，前方五人组成的巡逻队还在等待着他们的战友归队。

可是等了许久，他们都没有再看到他的影子。

一番交流之后，其中两人便打算去找找那个掉队的家伙。

雨越下越大。

倾盆大雨拍着周围的树叶哗哗作响。

突然间，又是一道闪电划过，照亮了夜空。

就在闪电转瞬即逝之际，在那高高的树干上，有那么一瞬间，现出两个诡异的身影。

他们就像是树懒一样趴在树上，并且全身用迷彩伪装着，在这漆黑的深夜里根本看不到高高的树干上竟然会攀着两个人！

当那两名士兵行走到这棵树下的时候，攀在树上的两个身影迅速从树干上一跃而下！

接着雨夜中两道冰冷的刀光划过。

那两名士兵惨遭割喉。

血光只在一瞬间。

之后这山路再次恢复寂静。

"野兽"再次隐入黑夜……

第三十四章

▶ 里应外合

沈南飞坐在铁笼里，眼睛死死地盯在已经昏睡过去的两名哨兵身上。

从他们吃完那个聋哑小男孩儿跟那个女孩子送来的食物之后，就一副昏昏欲睡的样子。

而在三十分钟之前，他们两个终于无法抵挡蒙汗药带来的困意，就这么坐在哨岗一边睡了过去。

看到这一幕，沈南飞才终于明白那个聋哑小男孩儿究竟是用什么方式来帮助他们的了。

那个看上去很瘦弱，而且有些笨头笨脑的小家伙，竟然懂得用这种方法来搭救他们，沈南飞实在是有些出乎意料。

有人说，一个孩子在什么样的环境下长大，就会学到怎样的东西。

上帝在拿走他们一些东西的时候，也会给予其他的天赋。

"沈南飞，老实说，你这次是不是故意被抓来这里的？"楚留翔盯着沈南飞问道。

事情发展到现在，就算是个傻子也能看出来沈南飞有古怪。

从他来到这里之后的种种怪异行为来看，这一切不难解释。

沈南飞没有正面回答，双目警惕地扫过四周，见周围没有其他人出现，便从嘴巴里吐出那个小男孩儿藏在烧鸡里给他的东西。

那是一把做工有些粗糙，用微型仿形机械制作出来的小钥匙。

沈南飞将钥匙插进锁住铁笼的钥匙孔里，轻轻转动起来。

不过令他感到困惑的是，或许因为这个钥匙做得并不是那么精巧，所以并没有达到预期的效果。

锁眼里的机构没有什么反应。

"怎么没用……"沈南飞一边说着，一边轻轻地晃动钥匙，试着换其他角度来碰到开锁的机构。

"沈南飞，你真的觉得，出了这个门，我们就能够从这里离开吗？"楚留翔说道。

说实话，在看到村子里的那些人的时候，楚留翔从来没有想过自己能够从这里活着出去。

到处都是巡逻的看守，而且还有那么多的民兵，想要在那么多双眼睛底下逃出去，似乎真的是天方夜谭。

沈南飞一边用警惕且有些紧张的目光扫视四周，一边继续试着打开门锁，心不在焉地回复道："等到明天，出了这门就是我们的赴死之地。而现在出了这个门，或许能够在通向地狱的道路上找到一条岔路，所以你觉得，是不是应该试一下呢？"

楚留翔愣了一下，按在地面上的手轻轻地握了握，一副欲言又止的样子。

沈南飞余光瞥到了他的反应，说道："你就那么怕死吗？"

楚留翔苦笑了一下："我不是怕死，我是怕失去我妈。我怕我抱着很大的活着回去的希望，可到头来一场空，那样我会受不了的。"

"不要去想这些。你只要想着在离开这扇门之后，努力地活下去！"说着，沈南飞转过头认真地看着楚留翔和韩东珠，"这是最后的劫难了，只要熬过这一次，我们就能够彻底跟这次热门事件说再见，回到正常的生活。我保证！"

"沈南飞，你到底有多少事情瞒着我们？"韩东珠忍不住问道。

沈南飞神秘地笑了笑："很多，但现在没有时间对你们一一解释。等离开这里再说！总之，我们得一起渡过眼前的难关。"

"咔！"

就在这时，锁孔里发出了一阵清脆的响声。

沈南飞心头一跳，内心暗喜："成功了！"

说着，他绕开了缠在铁栅栏上的锁链，将门一把推开！

直到这时，楚留翔才明白，为什么之前沈南飞要他们不要做个饿死鬼。

否则当机会真的到来的时候，也会与他们擦肩而过的。

如果饿得连路都走不动，怎么能够从这里逃出去？

看到沈南飞出去之后，韩东珠和楚留翔对视一眼，看上去都有些犹豫。

其实这种心情谁都可以体会。

只要走出这个铁笼，他们面对的将会是一个鲜血淋漓的世界。

未来的命运没有人知道，他们只能在黑暗中摸索着前进，找到最后的一线生机。

这里可是金三角！

到处都存在着危险！

一番挣扎之后，韩东珠终于将心一横，跟着沈南飞离开了铁笼。

楚留翔看着他们两个人的背影，无奈地做了一个深呼吸，安抚了一下狂跳不止的心脏，最后也跟了上去。

沈南飞微微地弯着身子，来到了前方两名已经熟睡的哨兵身边。

他用手推了推他们两个，发现他们在蒙汗药的作用下睡得跟死猪一样，完全没有反应。

接着他便从他们的身上卸下了两把自动步枪和一把手枪，还有三颗手雷，揣在了自己的身上。

直到握住了手里的枪，沈南飞才终于找回了一点安全感。

随即他将其中一把AK自动步枪递给了楚留翔。

楚留翔有些忌讳地盯着枪看了一眼，下意识地向后躲了一下："这东西我玩儿不来！你别给我！"

沈南飞一瞪眼："都这时候了，你一个大男人怎么还扭扭捏捏的！"

楚留翔委屈地说道："我一碰这大家伙，全身就哆嗦！"

"给我！"一旁的韩东珠伸手抓住了沈南飞手中的自动步枪。

沈南飞和楚留翔同时向她看了一眼，眼神有些复杂。

"那我要这个好了！"说着，楚留翔便拿起了沈南飞另一只手上的手枪。

沈南飞白了楚留翔一眼，无奈地说道："那你们都小心一点，我们现在要从这里潜伏出去，千万别被人发现。"

就在沈南飞三人逃离了铁笼的时候，村子外面的"野兽们"已经渐渐地向村子靠近了。

在他们的身后，留下了遍地的尸骸。

他们隐藏在泥巴地里，又或是茂密的树丛里，估计当他们被雨水泡得发臭的时候，都不会有人注意到他们的存在。

只见一个黑漆漆的影子静悄悄地潜伏在村子不远处的一座山丘上。

雨水现在已经渐渐小了，眼前的视线也渐渐地清晰起来。

他趴在积水的泥巴地里，身上的迷彩伪装让他看上去与这里融为一体。他手里的夜视电子望远镜正不断地聚焦，监视着村子里面的情况。

下一刻，对讲耳机里传来了其他人的声音："罗刹、罗刹，这里是天神，你那边情况怎么样？"

由于村子里有信号干扰装置，所以他们采用了短距离波段的通信装置，声音听上去有些刺刺的杂音，但还能够听得清楚。

随即这个男人拿起夜视望远镜在村庄周围扫过，回复道："正在清除狗眼……"

说完，罗刹收起了夜视望远镜，俯下身子，将眼睛贴在半自动狙击步枪的夜视瞄准镜上。

罗刹的瞄准镜慢慢地在哨岗周围的几个士兵身上扫过，粗略地估算了一下连续射击准星需要移动的距离。

现在距离他最近的哨岗附近一共有四个人。

北面门口的左右两个岗楼上分别有一个人，下面有两个人。

如果连续射击的时间过长，又或者说不能在短时间内将他们四人全部击毙，那他的动向就会暴露！

一番计算之后，罗刹深深地吸了一口气，用肌肉扎实的右肩顶住了枪托，接着屏气凝神，等待时机。

他将准星首先放在距离稍远一点的哨岗上的哨兵身上，紧盯着他的任何一个动作。

大概在五秒钟之后，两个哨岗上的哨兵忽然同时慢慢地转身，最后背对着背，分别向两个方向眺望。

　　罗刹见时机来了，便立刻将准星瞄准在了稍远一点的哨兵身上，接着毫不犹豫地扣动了扳机！

　　啾！

　　一阵经过消音器的微弱枪声在他的耳边响起，一颗半自动狙击步枪的子弹不偏不倚地爆掉了对方的脑袋！

　　只见那名士兵身子一歪，倒在岗楼里。

　　可就在这时，对面岗楼的哨兵也已经转过身来，并且向着自己面前隔着不远的岗楼看了过来。

　　下一刻，他见对面的人不见了，脸上的表情瞬间变得紧张起来。

　　接着他向前迈出一步，走到了岗楼的边缘。

　　可就在他刚刚迈出一步的同时，罗刹射出了第二发子弹，正打在他的后脑上。

　　或许是没有计算到他的移动，当子弹射中他的时候，那个哨兵的身体是向前倾斜的。

　　接着罗刹目光飞快地扫过岗楼地面上还毫不知情的两名哨兵，立刻意识到了危险，全身惊出了一身的冷汗。

　　这时，哨兵身体已经有些微微前倾，就要从岗楼上跌落下去。

　　如果砸到了下面的人，引起了他们的注意，那他的方位就暴露了！

　　一念及此，罗刹突然灵机一动，瞄准镜迅速向下移动，瞄准了哨兵的脚踝后侧。

　　随即他瞬间发射子弹，射中了他的脚后跟！

　　只见哨兵右腿突然向前一抢，将身体重心向后偏斜，身子在半空中腾空而起，然后重重地向后摔倒在岗楼里！

　　"呼……"罗刹用力地呼出一口气，心脏狂跳不止。

　　但是地面上的哨兵似乎听到了一声异响，随即抬头向着其中一个岗楼的方向看了过来。

就在下一刻，罗刹再次发威，短短的一秒钟内连续移动准星射出两发子弹，将岗楼下面的两名哨兵全部击毙！

完成了四名哨兵的击杀之后，罗刹通过对讲装置说道："狗眼已经清除，地面部队伪装。"

"收到！"很快便有人回复道。

接着，罗刹便通过瞄准镜看到从村子口附近的树林里出现了两个黑漆漆的影子，将倒在门口的两名哨兵尸体拖进了树林。

直至此时，村子口的障碍扫除已经初步完成。

然而接下来他们需要面对的，才是最棘手的事情：

神不知鬼不觉地攻入村庄，并救出里面的目标人物——沈南飞三人。

行动代号为"罗刹"的赵凯再次用夜视望远镜观察了一下村庄里面的情况，随即起身从山丘上站立起来，借着茫茫夜色向下面移动，与行动代号"天神"的高刚队伍会合。

大概五分钟之后，高刚的小队成员全部聚集在村子口附近的丛林里，暗中监视着里面的一举一动。

加入行动的一共有十人，全部为国际刑警的成员。

为了避免走漏风声，他们并没有申请泰国政府的援助。

在出了一个叛徒玄武之后，高刚对于参加行动的人选格外谨慎小心。

"现在检查整理装备，两分钟后行动。"

高刚一声令下，人群中便发出一阵整理装备的窸窸窣窣的响声。

因为伪装的关系，每一个人看上去都是脏兮兮的，身上的迷彩服上也沾满了泥垢。

雨水拍打在他们的衣服上，和着泥水从身上滴落在脚下的泥水洼里。

也许是天公作美，今天的一场雨，为他们的潜入打了一个很好的掩护。

"现在对表。"说着，所有人都伸出手上的军用电子手表，分秒不差地进行校对。

"现在是凌晨三点，在天亮之前，不管行动成功失败，我们都必须撤离。

根据这里的天气来看，我们只有一个多小时的时间。尽可能地不要露出任何马脚，行事都给我小心一点。你们要记住，一旦跟这里的恶徒正面开战，我们就是九死一生！明白吗？"

"明白！"众人纷纷点头。

高刚锐利的目光扫过众人："朱雀给沈南飞发信号，其他人行动！"说完，他将脖子上的围巾向上一拉，把脸遮住，手持装了消音器的半自动步枪率先从村口潜入。

暗夜行动一触即发，火药味渐渐笼罩了整个村庄。

沈南飞带着韩东珠和楚留翔小心翼翼地躲在民房后面，把头悄悄地探出来观察着村子里的动向。

就在这时，一阵如同婴孩般稚嫩的鸟叫声在远处丛林的深处传来。

听到这声音，沈南飞下意识地将目光落向远方，嘴角浮起了一丝微笑。

这是有人在向他发送暗号，队伍已经赶到了！

一天前，沈南飞本来已经对他们能够找到这里不抱太大的希望。

可是在听到这个信号之后，沈南飞才开始有些着急，并且麻烦那个聋哑小男孩儿帮助自己离开这里，为的就是能够跟外面的人里应外合。

而这第二次的鸟叫声，就是提醒沈南飞，很快他们就会过来搭救他，要他们随时保持警惕。

因为沈南飞没有通信器的关系，所以外面的人只能用这种原始的方式来提醒他。

不过幸运的是真的起到了一些作用。

观察力敏锐的韩东珠也发现了端倪，在听到那奇怪的鸟叫声之后，便对沈南飞问道："是高刚队长他们来了吗？"

沈南飞有些惊讶地瞪大了眼睛："你怎么知道？"

韩东珠面无表情地说道："这种鸟叫声我前天也有听到，可是后来我才想起，这是一种生活在南美洲热带丛林里名为'巨嘴鸟'的叫声。那种鸟，怎么可能会出现在这个鬼地方？"

第三十五章

▶ 战地入侵

沈南飞从来不知道，原来韩东珠对鸟类的叫声还有一些了解。

不过看来黑蛇的人似乎并没有察觉什么，否则现在他们就已经暴露了。

"原来是这么回事！怪不得我听着这鸟叫声有些奇怪！沈南飞，亏你们想得出来！"楚留翔恍然大悟地说道。

沈南飞目光在楚留翔脸上停留了片刻，随即转身看向村子里的方向。

一支巡逻队刚刚从村子里的广场上经过，那熊熊燃烧的篝火将附近照亮，火光映在沈南飞几人躲藏的房屋上，如同在深夜中狂舞的精灵。

"我们已经没时间耽搁了，在他们发现我们逃走之前，必须要快点离开！"

说罢，沈南飞握紧了武器，待那支巡逻队经过之后，悄悄地潜伏到另一栋房屋后面。

他们以村庄里的建筑做掩护，慢慢向着村子外面的方向移动。

而这时，高刚带领的国际刑警队伍，已经悄无声息地从村口潜入。

两名雇佣兵此刻正站在村子里一条漆黑的小路上吸着香烟聊着天，脸上一副轻松自在的表情。

大概他们不会想到，在这个寂静的夜晚，竟然会有一群"野兽"潜伏进来。

一番短暂的交流之后，其中一名雇佣兵将烟头扔掉，用脚碾灭后离开。

可是就在他刚刚走出没几步的时候，旁边的一栋矮房后面突然伸出来一只手，捂住了他的嘴巴！

"嗯！"

雇佣兵闷叫了一声，还没来得及做出还击，就感觉自己的颈部有一把锋利而又冰冷的刀子插了进来！

鲜血瞬间喷溅出来，染红了赵凯的半张脸。

前方刚刚离开的士兵感觉自己似乎听到了一些奇怪的声音，可是还没等他转过头来，突然从旁边相邻房屋之间的空隙里跳出一个人。

那人双手捧住他的脑袋动作麻利地一扭，接着便将他拖入了黑暗之中。

片刻后，青龙从黑暗中探出头来，那用油彩伪装过的脸不仔细看根本看不清楚是谁。

青龙视线缓缓扫过村子前方的几条岔路，发现地势从这里开始慢慢地向上延伸，呈现一种高地的地势。

他不远处的赵凯掏出夜视望远镜，仰头朝着高处望了望。

村子里的田地和房屋附近又陆续出现了许多巡守的雇佣兵。

而且最棘手的事情就是，过了村口之后，村子里面的大部分面积都被田地占满，通过那部分田地，最后才能够到达最深高处房屋密集的地方。

那里应该是关押沈南飞的方位了！

这几天国际刑警通过一些手段，了解到这里不久前抓回了一个男子，而且听说要在三天之后被杀掉，所以才决定在今天晚上动手。

在这段时间里，国际刑警只是在很远的地方观察过这里的动静，可是里面的一切都十分模糊。

加上蛇姬在这里的势力很广，他们不敢明目张胆地暴露自己的身份，只能够偷偷地探听沈南飞的下落。

赵凯仔细观察了一番附近的动静之后，抬手看了看左手腕的军用电子手表。

距离任务开始，已经过去十分钟了。

"青龙，前方是一片田地，地势空旷，不太适合潜伏，你有没有什么办法？"赵凯对青龙说道。

青龙回头向着赵凯的方向望了一眼，又转头看了看前方远处的一大片田地，说道："你做过国际雇佣兵，没有什么方法吗？"

"我是在金三角做过雇佣兵，可是其他村子不会在里面弄出这么大一片田地，都是在村子的外围。相比之下，这里的地势太空旷了，如果我们贸然行动的话，估计很快就会被发现。"赵凯如是说道。

青龙迟疑了一下，说道："不如我们绕过去。"

赵凯思忖了片刻，觉得不妥："如果这样的话，我们就会耽误任务进行的时间！"

忽然间，一个灵光在赵凯的脑海中闪现。

随即他仔细想了想，对青龙说道："青龙，我想到一个办法，只是有点冒险。"

"什么办法？"

"不如我们……"

五分钟后，高刚带领的小队已经从侧翼潜入到村子里。

他们隐藏在一片矮树丛里，安静地打量着前方巡逻雇佣兵的动向。

而这时，他们的身后突然传来了一阵轻微的异响。

高刚立刻转头向后看过来，只见一个身材看上去相对娇小的女生正蹲在地上，从背后卸下背包，在里面翻着什么。

见此一幕，高刚皱着眉头问道："韩懿姿，你在干什么？"

韩懿姿头也不抬，自顾自地在军用双肩背包里翻着自己需要的东西，回道："摄像机的电池没电了，我需要更换电池！"

说完，她便从背包里找到了电池，然后动作麻利地为手里的摄像机更换。

一切完毕之后，韩懿姿按下了电源开关，显示器上立刻呈现出夜视状态的画面。

"行了！"她用手擦了擦屏幕上溅上的几滴泥水，随即端着摄像机弯腰来到了高刚的身边。

朱雀下意识地在她手中的摄像机上扫了一眼，说道："你这个样子真的可以吗？可别拖我们的后腿，我们没有那么多时间照顾你的！"

韩懿姿不服输地说道："放心，如果我出了什么意外，你们谁都不要管我！"

说到这儿，韩懿姿停顿了片刻："要是我真的遭遇不测，你们一定要记得把我的摄像机带走。这些都是能够证明沈南飞清白的证据！"

高刚与朱雀对视一眼，随即认真地说道："有我在，不会让你出事的。"

韩懿姿点了点头，将手中的摄像机不断调节聚焦，充当望远镜看向了村子深处："前面太暗了，什么都看不清。我们得进去一点。"

"我知道了，你们跟上我。"说完，高刚便钻出了草丛，带着朱雀和韩懿姿继续潜入。

突然间，跟在最后面的韩懿姿听到了一阵脚掌踩在水洼里的声音。

"小心！"

就在她说话的同时，朱雀火速转身，端起手中装了消音器的自动步枪连开三枪！

可是很快他们便发现，刚刚朱雀射杀的竟然是一只从附近田地里蹦出来的野狗！

"汪！汪！汪！"

下一刻，一阵剧烈的犬吠声从村子的左翼传来。

高刚几人听罢，脸上瞬间变了颜色！

"出状况了！"

就在犬吠声出现的同时，村子左翼方向的一家房屋突然间亮起了灯。

接着一户村民便从屋子里面走了出来，来到了拴着一只田园犬的院子里。

村民看到自己的狗对着屋子旁边黑漆漆的树林里面叫，便微微皱起了眉头，向着那个方向走了过去。

或许是看到自己的主人越来越接近危险的地方，这只田园犬也开始用力地挣扎着，想要挣脱脖子上的绳索冲过去。

村民靠近了院子边上的树丛，样子看上去疑惑之中又带着紧张。

他将手慢慢地伸到树丛边上，将距离自己最近的草丛轻轻地拨开……

嗡——

两分钟后，一阵刺耳的警报声在村子绑在电线杆上的喇叭里响起。

这声音如同魔音灌满了整个村子，在漆黑的夜空之下环绕不绝。

紧接着，村子里原本已经关灯的房屋一栋栋地亮起来。

随即便是越来越多的犬吠和人们说话的嘈杂声。

正躲在一栋悬空式木屋下面的沈南飞三人赶紧趴在身下的泥水洼里，将半个身子都泡在里面。

"出什么事了？"楚留翔吓得全身一颤，视线惊慌地扫过前方的村庄。

"别出声！"沈南飞立刻制止楚留翔，随即竖起右手食指做了一个"嘘声"的手势。

就在这时，他们头顶房屋里突然有一缕灯光透过地板的缝隙射了下来。

沈南飞一怔，立刻把身子压得更低，仰头看了看头顶的房屋。

他透过地板的缝隙，看到几名雇佣兵模样的家伙正往身上套衣服，并且边穿边走出了木屋。

原来他们潜伏到了兵营的下方！

也就是整个村庄里面最危险的地方！

韩东珠也紧张地打量着头顶屋子里的几个人，大气都不敢喘，生怕上面的人会从射出灯光的地板缝隙里面看到他们。

很快，前方的木头阶梯上便出现了几只脚，匆匆地下了楼梯，奔向了前面的村庄小路。

沈南飞一声不吭地看着他们走远，这才撑起身子朝远处望了望。

他们现在已经偷偷来到了半山腰上，从这里可以看到下面远处一块块藏在阴影里的田地，还有一栋栋亮起了灯光的房屋。

"沈南飞，怎么会突然有警报声？"韩东珠忍不住问道。

沈南飞将目光收回来，困惑地说道："我也不知道，难道是高队长他们被发现了？"

听到这句话，所有人的心头都是一沉！

如果在这个毒枭的巢穴里暴露了行踪，那后果可想而知！

"沈南飞，我们这一次会不会逃不出去了？"楚留翔没底气地说道。

沈南飞看了他一眼，没有多说，脑子里快速地思考着该如何从这鬼地方逃出去。

他转过头打量了一下附近的动静，看到仍然陆陆续续有一些雇佣兵从房间里面跑出去，似乎在向着山腰下的小空地集合。

五分钟后，见这附近不再有什么动静了，沈南飞这才带着韩东珠和楚留翔从悬空式木屋下面钻了出来。

他们小心翼翼地弯着腰，顺着小路一路向前快速移动。

这时后面的楚留翔才感觉到之前两天吃饱喝足，对于现在有多么重要。

如果当时真的按照他自己想的自暴自弃，恐怕还没跑到山腰他就已经没有体力了！

正当沈南飞三人向着山腰的方向前进了一百米的时候，突然前面射出了两道醒目的手电灯柱！

一看到那两根灯柱越来越近，沈南飞立刻停下了脚步，将身后的韩东珠和楚留翔拦下。

"糟了！有人来了！"

接着沈南飞目光瞬间扫过周围的房屋，发现只有一间房屋的灯光是灭着的。

那里应该是空的，不然早就有人跑出来了！

"走！我们去那里！"沈南飞压低声音说了一句，接着便急匆匆地一路小跑到了那间房屋门口，然后轻轻地推开房门潜了进去！

待他们三个人都进来之后，沈南飞便将房门悄悄地关上，从门缝里注视着外面的动静。

只见两名雇佣兵举着手电筒，从山腰上快步地走了上来，并且一路上东张西望，四处打量。

看着他们一步步靠近，沈南飞放轻了呼吸，左手握着门把手，右手紧紧地握住腰间的手枪。

韩东珠和楚留翔背靠着窗户下的墙壁蹲下来，屏住呼吸，心跳不由得加快。

大概半分钟之后，沈南飞才目送着那两名雇佣兵离开，如释重负地长舒了一口气。

"他们过去了……"沈南飞一屁股坐在地板上，对身后的韩东珠和楚留翔说道。

然而下一刻，他没有听到他们的回应。

忽然间，一阵阴寒遍布沈南飞的全身，让他身上的鸡皮疙瘩都起来了。

"咔嗒！"

这时，一阵清脆的金属摩擦声音从沈南飞的耳边传来。

沈南飞身子一抖，感觉到一个黑漆漆的影子站在了自己的身边。

随即他默默地转过头，看到似乎有一把手枪正悬在自己的头顶上。

这个房间里竟然还有人！

可他刚才进来的时候，明明什么都没有看到啊！

接着沈南飞转头看向韩东珠和楚留翔，发现他们正愣怔地望着自己面前的黑影。

那个黑影手里端着一把自动步枪，正对准了他们的脑袋。

沈南飞小心谨慎地在面前两个黑影的身上扫过，随即看到面前用手枪指着自己的家伙抬起左手，指了指他的腰间。

沈南飞明白了他的意思，将腰上的手枪和手里的自动步枪都递了出去。

韩东珠斜着眼睛，愣怔地注视着沈南飞的每一个动作，脖子上已经溢出了一层薄薄的冷汗。

而楚留翔坐在一旁紧闭着眼睛，一副等死的样子。

沈南飞将武器慢慢伸向前去，而他面前的那个人也伸出了一只手，打算接过他手里的东西。

突然间！

沈南飞双手松开了手里的武器，任它们掉落在地板上！

接着他整个人猛地向前扑去，双手紧紧地握住了那个人手里的手枪，然后向上高举，将他扑倒在地！

"哼！"

那人影发出一声闷哼，与沈南飞扭打在一起。

看到同伴被人扑倒，另一个人影便转头将枪口对准了沈南飞。

这时看到他转身的韩东珠眼睛倏地一亮，随即没有片刻犹豫，同样扑向了面前端着自动步枪的家伙。

"嗒！嗒！嗒！嗒！"

混乱中，那人扣动了手里的自动步枪，子弹沿着屋顶扫了一圈。

他的双手被韩东珠牢牢牵制，在漆黑的房间里展开了一场混战！

第三十六章

▶ 战火来袭

漆黑的房间里，沈南飞只能够模糊地看到对方的轮廓，感觉自己的力量跟敌人相比根本就不是一个级别的！

很快，沈南飞就被那个黑影压制在下面，右手试图压住正慢慢向下移动枪口对准他脑袋的手枪，可是丝毫起不到任何作用。

眼看着黑洞洞的枪口已经对准了沈南飞的额头，并且能够听到那个男人扣动扳机的声音。

啪！

就在这时，房间里突然出现了一片昏黄的灯光。

所有人同时一怔，转头向门口看过去，只见楚留翔战战兢兢地站在电灯开关的旁边，手指还停留在开关上，眼神惊恐地打量着扭打在一起的两伙人。

然而下一刻，沈南飞忽然看到了一张熟悉的脸。

"赵凯？！"沈南飞不敢相信，原来刚刚一直与他战斗的人竟然就是赵凯。

而此刻韩东珠也认出了青龙。

一时之间，所有人都大吃一惊地愣在那里，互相打量。

沈南飞快速扫过赵凯的全身，发现他和青龙都穿着一套黑蛇手下雇佣兵的衣服，而且脸上涂着许多油彩和泥巴，如果不是因为十分熟悉，一般人根本认不出他们是谁！

"沈南飞……"隔了这么多天再次见到沈南飞，赵凯的心里有种说不出的感觉。

就像是一直压在心头的石头终于搬开了。

"你真的还活着，我就知道你一定会活下来！"赵凯将手枪收回到腰间，抬手拍了拍沈南飞的肩膀。

随即他转头看向了一脸震惊的韩东珠和楚留翔，心里有一种莫名的亲切感。

"你们两个，还好吗？让你们受了这么多苦，真是不好意思。我们来救你们了。"赵凯笑着说道。

听到这句话，站在门口电灯开关旁的楚留翔立刻露出了一副大难不死、几近虚脱的表情，身子靠着木屋的墙壁，慢慢地滑坐到地上。

下一刻，似乎是由于太过激动，感受到自己再次看到了人生的希望，楚留翔的眼眶也慢慢地红起来，泪水不受控制地溢出眼角："谢天谢地是你们……你们终于来了……得救了！我们终于得救了！"

一旁的韩东珠也胸口快速起伏，慢慢地控制着自己刚刚那紧张的情绪，双手撑在身后的地板上，用力地闭上眼睛，压制着狂跳的心脏。

赵凯和青龙的突然出现，让沈南飞三人从绝望中看到了希望，也顿时增加了许多勇气。

沈南飞这么多天一直承受着巨大的心理压力，现在终于可以放松下来了。

"你们怎么打扮成这个样子？如果刚刚我们再打得认真一点，可能就有一方人死了！"沈南飞有些后怕地说道。

赵凯略带歉意地笑了笑："真是不好意思，我们也没办法。如果不这样的话，我们两个根本就混不进来！"

"外面现在是什么情况？为什么会有警报声？"沈南飞问道。

赵凯听罢，皱起了眉头："应该是我们处理的那些尸体被发现了。这里的狗鼻子很灵，或许是闻到了血腥味。"

沈南飞视线在赵凯与青龙的脸上游移："那我们现在该怎么办？"

赵凯拿起身边的自动步枪，随即用力地一拉枪栓："已经没有别的办法了。杀出去！"

与此同时，村子的另一边已经是一片灯火通明的景象。

越来越多的民兵和雇佣兵从睡梦中醒过来，刺眼的探照灯、喧闹的叫喊声和犬吠声，让这儿变得幻若白昼。

韩懿姿双手有些微微颤抖，用摄像机偷偷记录着眼前村子里正发生的一切，额头上已经溢出了一层细密的汗珠。

　　"各位置汇报情况！"高刚通过对讲机对所有人说道。

　　"我们这里已经被封锁，现在潜伏在仓库里。"

　　"我们这里的情况也不是很好，没有合适的机会进行潜入。"

　　"那些家伙都出来了，现在到处都是雇佣兵和民兵。"

　　"这里是赵凯，代号'罗刹'，沈南飞三人已经救出，等待掩护撤离。"

　　听到最后一句话，高刚的眉毛忽地一挑："沈南飞已经救出来了？"

　　"没错，我和青龙乔装混了进来，现在已经接到了沈南飞、韩东珠和楚留翔，他们都安然无恙。"赵凯汇报道。

　　高刚听罢，脸上露出了胜利般的笑容："很好！我们两分钟后开始进行火力掩护，你们趁乱逃出来！记住，只有十分钟的时间！十分钟！"

　　"明白！"

　　韩懿姿一直趴在旁边听着高刚的话，待他结束通话之后，她便有些焦急地问道："沈南飞已经救出来了吗？他没事吗？"

　　高刚淡定地笑了笑："他没事，这个小子总是这样，像只打不死的小强，命硬得很！呵呵！"

　　"太好了！！"韩懿姿一时无法压抑内心的喜悦，差一点儿叫出来。

　　可是接下来，高刚将表情收敛，通过对讲机对其他人说道："饕餮和鲲鹏两个小组陷阱设置得怎么样了？"

　　片刻后，另外两边回复道："天神，饕餮已经搞定！"

　　"鲲鹏已经搞定！"

　　"很好！现在开始计时，一分钟后，开始对赵凯进行火力掩护，他们在明我们在暗，利用声东击西的方式吸引那些家伙的注意力。所有人都要小心！"

　　"收到！"

　　"明白！"

　　说罢，高刚沉默了片刻，随即再次打开对讲机对所有人说道："相信这一次，将会是我们最后一次战斗了。只要熬过去，热门微博和国际毒枭两个案子都可以结束。所以在这两个案子结案之前，我不希望再看到任何人有事。照顾好自己，随时汇报情况。"

其实高刚明白，自己不应该在这个时候说这些会让人放松警惕的话，但现在的形势就是如此。

一旦开火，他不知道还有没有机会对手下的兄弟们说这些话了。

他不敢保证，这一次能够有多少人可以活着离开金三角。

此时此刻，所有人都陷入了长久的沉默。

通信频道里久久安静，一时化为无声的语言，在每个人的心里回荡。

"老大，别搞得这么严肃，我还等着结束之后的庆功宴呢！放心，有我在！"

通信频道里突然传来了左小风的声音。

而这时的左小风正隐藏在村子里的一堆稻草堆后面，手里操控着液晶显示器，将一台小型武装无人机缓缓地升上天空。

七八支雇佣兵和当地村兵组成的巡逻队开始在村子里搜索入侵者，让整个村庄的气氛充满了肃杀之气。

而在村落最高点的山顶上，黑蛇正站在已经被打开的铁笼前，气得牙齿紧咬着腮帮，两腮的肌肉微微隆起。

很快，一阵哭哭啼啼的声音从黑蛇的身后传来。

只见两名雇佣兵动作野蛮，像是拖死狗一样，将一个二十岁上下的年轻女孩儿一路拖了过来。

随即他们将她推倒在黑蛇的脚下，其中一人用枪托在她的身上狠狠地捶了两下。

"不要！不要杀我！呜呜呜！"那女孩儿不停地抽泣，满脸惊恐地用双手挡住落下的枪托。

随即她慢慢地抬头看到了正向着她看过来的黑蛇，从他的眼睛里感觉到了浓浓的杀气，吓得立刻大气都不敢喘一下。

"是你做的？"黑蛇用泰语问道。

女孩儿双眼游移不定，似乎头脑里想要将另一个同伴隐藏起来，随后委屈地望着黑蛇，流着泪点了点头。

"哼，日防夜防，家贼难防。"

看到黑蛇脸上布满了愤怒，眼神也渐渐变得冷酷，女孩儿立刻扑上去抱住了他的大腿，用力地摇晃着脑袋："求求你不要杀我！求求你不要杀我！我不敢了！我再也不敢了！"

黑蛇冷漠的眼神，如同蛇一样毒辣，静静地盯着身下的女孩儿。

片刻后，他冷笑着说道："好，看你那可怜的样子，我给你次机会，下不为例。"

女孩儿听罢，脸上立刻露出了惊喜与感恩的表情，千恩万谢地跪在黑蛇的脚下拜谢。

"咔嚓！"砰！

突然间，女孩儿脸上的表情瞬间僵住，眼神慢慢地放空，头顶很快有一行鲜红的血液流淌下来。

接着她身子一软，"扑通"一声躺倒在黑蛇的脚下。

只见黑蛇手握着一把纯银色的沙漠之鹰，枪口还在慢慢升腾着丝丝白烟。

他在扣动扳机杀掉这个女孩儿的时候，连眼睛都没有眨一下！

随即他眼角余光看着身边的雇佣兵，语气森寒地说道："她貌似还有个弟弟，那个聋哑孩子，给我找到他，然后杀掉！"

"是！"

轰！！

话音刚落，一阵剧烈的爆炸声便在山腰上的村子里响起。

黑蛇转身看向了山下，只见一团火云冲天而起，滚滚浓烟扶摇直上，直冲天际！

散射的火花溅射在村庄各处，很快就有零星的起火点出现在夜幕下的村庄里。

黑蛇眉头紧紧皱起来，对身边的人说道："马上通知鬼女，我们今晚要抓几只虫子！"

"一号目标引爆成功！可以突围！"代号"饕餮"的特警通过对讲机说道。

高刚收到信号，立刻下达指令："开始实施火力掩护。赵凯，你们现在到哪儿了？"

很快，通信频道里便传来了赵凯的声音："我们正在半山腰的兵营里，这附近有很多巡逻队，你们还需要把事情搞得更大一点。"

高刚迟疑了一下，回道："明白！"

说罢，他便关掉了对讲机，端起手中的自动步枪，转身对身后的朱雀和韩懿姿说道："朱雀，你跟我出去吸引火力。韩懿姿，你留在这里千万不要出去！"

"可是……"韩懿姿似乎觉得有些不妥。

"没什么可是！这是命令！否则你就给我回去！"高刚以不容置疑的威严对韩懿姿呵斥道。

韩懿姿无奈之下只得点了点头："我知道了。"接着将摄像机对准了高刚和朱雀。

此时此刻，这里发生的一切，都被韩懿姿手中的摄像机记录了下来。

不知道当网友们了解真相之后，看到录像里的战争场面，会作何感想呢？

他们会不会后悔，会不会真心忏悔，自己曾经用网络暴力对沈南飞所做的一切？

他们会不会意识到，这些都是通过他们手指下敲击出的罪恶文字而酿成悲剧的呢？

在布置完了任务之后，高刚深吸了一口气，与身后的朱雀对视一眼。

朱雀对高刚点了点头，拉动了自动步枪的枪栓。

随即高刚立刻开始向外移动，一眨眼的工夫，两个人就窜到了前方不远处的一栋房屋后面。

接着剧烈的枪火声响起，整个村庄布满了子弹穿梭的火线。

"有人！这里有……"一名雇佣兵刚刚看到枪火冒出的方向，发出一声大喊，便被高刚爆掉了脑袋。

一时之间，躲在暗处偷袭的高刚和朱雀，仿佛在对着十几个靶子，开始对那些黑蛇的雇佣兵和民兵展开猛烈的攻势。

由于不清楚敌人的藏身之处，那些民兵被打个措手不及，手中的步枪对着枪火冒出的方向胡乱扫射，可是在命中目标之前就被击毙。

一颗颗密集的子弹射进他们的身体里，从他们的身上爆出一片片血雾。

转眼之间，原本喧闹的村庄里，立刻沦为战火弥漫的战场。

高刚和朱雀两个人一个掩护一个主攻，轮流交替，不停地清扫着前方的阻碍。

"轰！"

突然之间，又是一阵剧烈的爆炸声响起！

只见远处的村庄另一半，又是一片火云冲天而起！

"饕餮"和"鲲鹏"也展开了激烈战斗！

听到剧烈的爆炸与枪火声，越来越多的雇佣兵开始从山腰上赶下来，犀利的眼神搜索着附近的入侵者，与他们展开凶猛的对轰！

而此刻正躲在山腰上的赵凯从房间里面探出头看了看外面的情况，然后转身对身后的人说道："准备好了，我们现在要冲出去了！你们跟紧我！"

"知道！"沈南飞点了点头，给自己手中的自动步枪上膛。

赵凯重重地吐出了一口气，与青龙交换了一下眼色。

接着青龙手推开了房门，赵凯紧随其后跟了出去。

一出门，正碰到几名雇佣兵从山顶下来，与他们撞个正着。

"趴下！！"赵凯对身后的人大喊一声，接着掉转枪口对准了侧面冲出来的雇佣兵。

青龙随之扣动扳机，在这漆黑的山腰上点燃了战火！

"嗒！嗒！嗒！嗒！"

随着密集的枪声响起，赵凯和青龙先下手为强，两秒钟内击毙了对面的五名雇佣兵。

"走！"

沈南飞抓住空当，对身后的韩东珠和楚留翔喊了一声，弓着腰向前面通向山下的道路移动。

与此同时，之前跟着黑蛇上山的雇佣兵们也陆续追了上来，开始对赵凯和沈南飞几人展开火力压制。

"我们出来的时机不太好！看来上面的人已经发现我们逃走了！"沈南飞急忙带着韩东珠和楚留翔转身窜入一片草丛里，沿着长长的草丛向前快速移动。

那些坚硬的枝丫挂在沈南飞的身上，划出了一道道浅浅的伤痕。

赵凯和青龙一边阻挡追兵，一边跟上沈南飞的步伐，快速地向着山腰下移动。

就在这时，一道红色的激光射在了赵凯的身上。

赵凯眼尖，立刻发现了端倪，接着向后一个猛扑，躲开了一发狙击步枪的子弹！

那凶猛的子弹落在他身边不远处的水洼里，激起一片水花，射入泥土。

"有狙击手！"赵凯喊道。

青龙听罢，收起自动步枪挎在身上，取下背后的狙击步枪用瞄准镜观察前方动向。

可是还没等他发现目标，又是一连串的枪声响起。

三名经验老到的雇佣兵从山顶上边找掩护，边往下冲刺射击。

"不行！没有瞄准的时间！"青龙有些愤怒地叫道。

"给我！"这时沈南飞突然在后面喊道。

青龙和赵凯同时转身，看向了站在附近树丛里的沈南飞。

随即他们二人对视一眼，将狙击步枪取下来，扔向了沈南飞。

沈南飞将自动步枪背在身后，站直身子接过了狙击步枪，接着眼睛贴上瞄准镜，向山顶的方向扫视。

很快，他便在山腰上的一栋屋顶上看到了一个黑漆漆的家伙射出一道红色的激光。

"找到你了！"沈南飞嘴角浮起一丝冷笑，接着拉动枪栓。

"砰"的一声枪响，瞄准镜里的狙击手身子向后一仰，被正中眉心。

"搞定！"沈南飞说道。

"嗒！嗒！嗒！"

突然间，又是一串枪声在耳边响起，吓得沈南飞立刻缩起脖子，火速转身。

只见韩东珠在刚刚千钧一发之际，击毙了远处赶过来并且瞄准了沈南飞的雇佣兵。

　　接着沈南飞手中的狙击步枪瞄准了另一名雇佣兵，毫不犹豫地扣动了扳机！

　　两名前来援助的雇佣兵被就地正法！

　　这时赵凯带着青龙赶了过来，对沈南飞说道："我们快点离开这里，不能恋战！很快高队长他们就要撑不住了！在天亮以前我们必须要离开这里！"

　　"我知道！"沈南飞点了点头。

　　接下来的几分钟时间里，沈南飞一行人如同在鬼门关前游走。

　　那些雇佣兵不停地从各个角落冲出来与他们枪战，如果一个不留神就会丢掉性命。

　　他们费了好大的力气，终于冲到了山下，可是被眼前的一幕截住了脚步。

　　只见原本的村庄有部分已经变成一片火海，许多手无寸铁的村民开始四处尖叫逃窜，整个场面混乱不堪。

　　不时从各个地方窜出的枪火，将这些村民变成了无辜的靶子。

　　那些雇佣兵已经杀红了眼，只要看到有人从角落里冲出来，根本不看清是谁就扣动手中的扳机！

　　一张张无辜的面孔在沈南飞几人的面前倒下。

　　许多孩子跪在倒在血泊中的父母身边，用力地摇晃着他们的身体。

　　可是他们已经无力看一眼孩子们流满泪水的脸，永远地睡了过去。

　　漫天的枪火，弥漫的血雾，让这座村庄里到处都充满着火药和血腥的味道。

　　这一刻，沈南飞感觉仿佛在看一部战争电影。被牵连的村民，被子弹贯穿的身体，还有孩子们的哭喊声，交织出了令人心痛而又悲惨的画面。

　　不知不觉间，就连韩东珠的眼眶都有一些红了。

　　当她看到一个到处逃窜的小孩子被雇佣兵一枪扫倒，心中愤怒的情绪才终于爆发出来。

　　"这些人渣！怎么连自己的村民都杀！"韩东珠愤愤地说道。

　　赵凯目光平静地望了她一眼，以过来人的身份说道："对于那些毒贩来说，这里的村民，只是他们的一个生产工具。这里每一个跟毒枭有关的村子都是这样。"

"真是可恶！没有人性！！"楚留翔也有些火了，握紧了手中的手枪，手指紧紧地搭在扳机上。

混乱的场面已经失去了控制，这样一来虽然无意中为国际刑警的存在打了掩护，但是牺牲了大量的平民。

忽然间，沈南飞余光扫到了一处角落。

他看到在一栋悬空式木屋的下面，一个孩子双手抱着脑袋，满脸泪水地藏在那里，惊恐的眼神扫视着眼前慌乱的人群和可怕的雇佣兵们。

熊熊光火照亮了他半张脸。

"是他！"沈南飞一眼就认出了那个孩子就是帮助他逃脱，每日为他送饭的聋哑男孩儿！

可是他还不知道，为了帮助他，他的姐姐已经被黑蛇杀害。现在这个村子里，他已经没有任何亲人了！

沈南飞躲在房屋后面扫视了一下周围的情况，随即对身边的韩东珠说道："你们掩护我，我去救个人！"

"等一下！沈南飞！"韩东珠有些慌乱地想要叫住沈南飞，可是才一转头，他已经冲了出去。

"这个家伙！搞什么！"赵凯一脸惊慌地看到沈南飞跑了出去，立刻掉转枪头为他打掩护。

然而沈南飞一冲出去，立刻就吸引了周围雇佣兵的注意。

他的特征太明显了，这里的每一个人都认识他！

"发现目标！"只听有人大喊了一声，接着几个黑洞洞的枪口便对准了沈南飞。

啾！啾！啾！啾！

数不清的子弹落在沈南飞的脚下，落在水洼里，激起大片的水花。

沈南飞用出平生最快的速度，压低身子，一路向着前方悬空式木屋狂奔而去。

"沈南飞！你这疯子！！"赵凯气得大声骂了出来，随即干脆起身暴露了自己的位置，对那些瞄准沈南飞的雇佣兵进行火力压制。

　　空中穿梭的子弹立刻命中两人，让敌人的火力降低了一点。

　　沈南飞一路冲到了木屋边缘，接着俯身钻到下面聋哑男孩儿躲藏的空间里去。

　　看到一个陌生人钻了进来，男孩儿吓得一屁股坐在地上，拼命地向后移动着身体。

第三十七章

沈南飞越是靠前，他挣扎得便越是厉害，最后企图想要转身从木屋底下钻出去。

如果这个时候出去的话，一定会被子弹打成筛子！

沈南飞见状立刻向前一扑，将那男孩儿压在身下！

"别害怕！是我！是我！"沈南飞一边说着，一边压制着激烈挣扎的男孩儿。

下一刻，借着头顶地板缝隙里投射下来的微弱光线，男孩儿也看清了沈南飞的脸。

他停止了挣扎，一脸震惊地盯着沈南飞，嘴巴动了动，却发不出一点儿声音。

"别怕，是我！你怎么会在这里？我带你离开好不好？"沈南飞知道他听不见，于是便用这个男孩儿第一次与他交流时说要帮他逃走的手势来提醒他。

男孩儿盯着他的手看了看，似乎明白他的意思，有些犹豫地点了点头。

沈南飞笑了笑，拉起男孩儿的胳膊，转身蹲着身子移动到了悬空式木屋的边缘。

外面的枪火还在不停地闪烁，激烈的枪声混乱了周围的所有声音。

沈南飞朝外面扫了一眼，随即便远远地看到了韩东珠。

正巧这时韩东珠也向这里看了过来，与他的视线在空中交汇。

随即沈南飞对韩东珠做了一个"掩护"的手势。

韩东珠点了点头，立刻掉转枪口，用不太娴熟的射击技术试图压制对方的火力。

可是现在雇佣兵已经越来越多了，场面一片混乱，就连赵凯和青龙想要探头射击都成为一件困难的事。

不知不觉，这个村子里的雇佣兵，像是一只只觉醒的野兽，把国际刑警一群人围了起来。

他们已经陷入了困兽斗的局面。

几次尝试之后，沈南飞依然没有找到一个合适的时机冲出去。

猛烈的枪火压得所有人抬不起头来。

嗡——

就在这时，一阵奇怪的嘈杂声出现在沈南飞的头顶。

沈南飞听到声音，立刻趴在泥泞的泥巴地里，仰头往天上看。

只见一个黑漆漆的小影子悬浮在他们附近的上空，上面似乎还有螺旋桨一样的东西在转动。

"那是什么东西？"沈南飞一脸疑惑地说道。

接下来，沈南飞便在昏暗的光线中，看到那小东西的下面有一个长管形的东西动了动。

嗖——轰！

下一刻，一发火箭弹喷射着尾焰，飞向了雇佣兵火力最密集的地方！

剧烈的爆炸声响起，几名雇佣兵被从掩体后面炸了出来，满面鲜血。

"哇！"沈南飞发出一声惊叹！

接着那小东西并没有停下，而是再次转了一个方向，对准了一辆正向这里驶来，并且后半截车身上固定着一架重型机枪的军用吉普车。

嗖——轰！

又是一发火箭弹射出，不偏不倚地击中了那辆吉普车。

随即吉普车发生了剧烈的爆炸，上面的人直接被炸飞起来，坠落到地面一动不动。

直到这时，沈南飞才看清，那东西似乎是一架有人操控的小型无人武装直升机。

而与此同时，在村庄的某个隐秘的角落里，左小风将一台笔记本电脑大小的液晶仪器放置在大腿上，左手轻轻地转动着操控摇杆，右手在那些颜色鲜明的按钮上逐个按下。

他每按下一个按钮，上面的指示灯就会灭掉，提示他此按钮装备的武器已经失效。

"你们这些杂碎，让你们看看左爷的厉害。这东西可是我用了半年的时间研究出来的！哼！"左小风有些得意地操控着小型无人武装直升机，将猛烈的炮火送向敌人。

随即他发动了机身下佩戴的微型机枪扫射一番后，便将摄像头转向了一栋木屋下面。

只见沈南飞藏在木屋下探出一张脸正往天上的无人直升机这儿看。

左小风咬着棒棒糖的嘴忽地嘴角上扬，接着转动液晶显示器旁的第二个摇杆，向侧面移动了一下摄像头，似乎是在给沈南飞提示。

"你这么聪明，应该能够明白我的意思吧？还不快点走！再等下去我的宝贝就要报废了！"左小风喋喋不休地说道。

而这时，躲在木屋下的沈南飞看到无人机上的摄像头向左来回转动了三次，便明白这似乎是在给他什么提示。

接着他观察了一下周围的战况，便带着小男孩儿从木屋西面冲了出去！

就在他刚刚现身的同时，三名雇佣兵开着一辆越野吉普车风风火火地驶来。

一道刺眼的灯光照在沈南飞的脸上，他下意识地抬起手臂去挡。

那辆吉普车已经快要到达他的身边，并且向着他撞了过来！

砰！

突然一阵震耳欲聋的枪声响起，一发穿甲弹从侧面无情地射穿了吉普车司机和副驾驶座位上两名雇佣兵的脑袋！

在被子弹射中的一瞬间，这两人的脑袋就被开出一个大大的血洞，场面血腥暴力。

接着司机手下无意识地一转，整辆吉普车便擦过沈南飞的身边，撞向了刚刚他们躲藏的木屋。

沈南飞转头看了一眼撞向一边的吉普车，意识到这是有人在暗中狙击帮助他们，便二话不说冲向了青龙他们所在的方向。

青龙和赵凯为他打掩护，保护他安全返回。

"沈南飞，你是不是疯了？为了一个村民差点儿害死所有人！"沈南飞一回来，赵凯便对着他骂了起来。

一旁的韩东珠朝小男孩儿的脸上扫了一眼，有些惊讶地说道："是他？"

"没错！"沈南飞点了点头，"是他救了我们出来，所以我们不能放着他不管。"

听到沈南飞的话，赵凯愣了一下："是这个小孩儿救了你们？他怎么做到的？"

"现在没时间解释，总之这个孩子我必须带走！否则他留在这里就是死路一条！"

说罢，沈南飞便看向小男孩儿，对着他在自己头两侧比画了一个长发的手势："和你一起的那个女孩儿呢？"

小男孩儿愣怔地望着他，片刻后理解了他的意思，忽然伤心地哭了起来。

看到他哭泣，沈南飞便大致猜到那个女孩儿已经遭遇不测。

随即他右手将小男孩儿瘦小的身体搂在怀里，轻轻地抚摸着他的肩膀："没事没事，有我在，我带你离开。"

韩东珠默默地望着沈南飞，眼中有一丝复杂的情绪在流转。

就在这时，赵凯的对讲耳机里传来了高刚的声音："罗刹，你那边怎么样？已经到达会合地点了吗？"

赵凯回过神来，观察了一下四周的战况，沉着脸："我们现在被困在距离田地不远的民房附近，这里的火力太密集了，我们冲不出去！"

通信频道里的高刚沉默许久不曾回复赵凯。

然而这短暂的沉默，让沈南飞几人隐隐感觉到一丝危险沉重的气氛。

过了大概十几秒的时间，高刚才再次回复道："计划有变，我们的撤退路线改在村子西北方的山坡上，所有人在一个小时后赶到那里，会有直升机来接应，但是你们要记住，它只能停留十分钟的时间。"

听到这个消息，所有人的心头都是一沉。

只见沈南飞一把抢过赵凯手里的对讲机，对高刚说道："高老大，你那里什么情况？要不要我们过去接应？"

"不要过来！"高刚立刻拒绝了沈南飞的提议，"你们按照我刚才说的，一个小时后到达西北方的山坡，到时候我会过去。"

沈南飞迟疑了片刻，问道："你真的能够过来吗？"

对讲机里的高刚笑了笑："我什么时候骗过你们？"

沈南飞紧紧地握着对讲机沉默了许久，用力咬着牙齿。

短暂的犹豫之后，沈南飞说道："那好，我们等你！"

对讲机另一边的高刚在关闭通信之后，深深地呼出了一口气。

一片片火星在他的身后迸溅。

他躲在一辆重型卡车后面，抵挡着迎面射来的密集子弹。

朱雀带着韩懿姿躲藏在不远处的围墙边，被外面凶猛的火力压得完全抬不起头来。

"朱雀，掩护我到对面的哨岗上去，我们得占领一个制高点。"高刚忽然通过对讲机说道。

朱雀听罢，愣了一下："老大，你到高的地方去，不是把自己变成了靶子吗？"

"所以我才要你帮忙，我相信你能够做到。现在兄弟们都在附近被牵制住，我们想要杀出去，必须要能够看到全局，这样才便于找到突破口。"

"可是……这样太危险了。"

"已经没有别的办法了。在来到金三角的时候我就想过，我们不会那么容易就离开的。好了，别说那么多了，你掩护，我上去！"说罢，高刚便从身上取下了一颗手雷，咬下拉环朝着前方火力密集的人群丢了过去！

随着一声巨响冲天而起，高刚顺势冲了出去，直奔对面村庄中部的哨塔。

一道道密集的火线在夜幕下交织，在高刚的身边织出了一张火力网。

他冒着被射中的危险，迅速窜到了哨塔的下方。

朱雀看准时机，探出身子，开始对前方躲藏在村子里的敌人实行火力压制。

高刚迅速地攀上了哨塔，像是一只灵活的猴子一样爬了上去。

就在这时，附近看到高刚的国际刑警也冲了出来，爬上了一栋木屋，用自己的身体吸引对方火力，配合朱雀对他们进行压制。

躲在朱雀身边的韩懿姿将摄像机对准了这些激战中的英雄，将每一个精彩的画面都记录了下来。

眼前的一幕，不禁让她心头激荡。

这些不畏生死的缉毒警察，已经是豁出性命在战斗了。

如果不是因为热门微博事件的话，或许这一切都不会发生。

可是有谁会想到，一个看似简单的网络闹剧，却改变了一群人的命运。

突然间，蹲在屋顶上的国际刑警左臂中弹，身子猛地向后一歪。

韩懿姿看到这一幕，下意识地用左手捂住了嘴巴。

然而接下来的画面，却让她已经没有勇气再拍摄下去了。

一发发无情的子弹贯穿了那名国际刑警的身体，打得他全身颤动，成为一个活靶子。

韩懿姿无法计算他究竟中了多少枪，只知道他一直在强撑着没有倒下，并且举起手中的自动步枪奋力还击。

他似乎在用最后一点残存的意志支撑着自己的身体。

这时，这名身中数枪的国际刑警回头看了一眼正爬上哨塔的高刚，见他已经到了塔顶，便咧开嘴角露出了视死如归的微笑。

"啊！"

又一发子弹射穿了他的胸膛，让他一下子向后倒了下来。

但是很快他就用双手撑住了自己的身体，凭借着强大的意念再次直起了腰杆。

他痛得咧开嘴巴，露出了沾满鲜血的牙齿。

下一刻，他便看到在屋子的下面，正有一群雇佣兵向着他缓慢地移动着步伐。

只见他原本已经渐渐黯淡无光的眼睛倏地亮了一下，随即从身上取下一颗高爆手雷。

"你们这些王八蛋！去死吧！！"话音一落，他便将手里的高爆手雷向着前方的人群丢了出去！

这简直就是同归于尽的搏命一击。

带着红色激光显示灯的手雷在空中闪烁着红色的光点，划出了一条愤怒的抛物线，不偏不倚地落在了人群之中。

接着轰的一声巨响传来，村庄里爆起一片黑色的烟雾，许多雇佣兵被炸得身首异处。

而高刚这时也已经爬上了哨塔，看到下面发生的一幕，不禁瞪圆了眼睛。

"小轩！"高刚大喊了一声，眼睁睁地看着名为小轩的兄弟缓缓向后仰倒在屋顶上。

他的身体缓慢地抽搐着，身体上密集的弹孔还在汩汩地流出血液。

小轩的视线现在是颠倒的，他只看到高刚站在高塔上对着他大喊，可是已经什么都听不到了。

渐渐地，他的眼神开始放空，连最后一点神经抽搐都停止了。

"该死！"高刚愤怒的拳头狠狠砸在哨岗的围栏上。

随即他举起手中的狙击步枪，以居高临下的姿态，对准村庄里的雇佣兵展开了猛烈的还击。

由于占据了制高点，敌人所有的攻击路线一览无余。

一时间，高刚仿佛变身为愤怒的战神，用手中的自动步枪和手雷，封锁了那些家伙的路线。

这震撼人心的一幕都被韩懿姿记录了下来。

此时此刻，她的眼眶已经红了，强忍着因小轩阵亡带来的悲痛，紧紧地握着摄像机。

"都拍下来了吗？"朱雀背对着韩懿姿，忽然间问道。

韩懿姿愣了一下，目光落在朱雀悲伤却又愤怒的背影上，点了点头："拍下来了。"

"记住，死也不要松开手里的摄像机，不然的话，就没有人会知道我们在这里经历了什么！活着离开以后，把这一切公布给所有人看。"

韩懿姿不安地望着眼前的朱雀，一时之间，似乎已经忘记了她是一个欧洲人的身份。

现在在金三角这个生死场，不分国籍，每一个人都是值得尊敬的战士！

沉默了片刻后，韩懿姿默默地点了点头："我知道，我死也不会放开摄像机。"

朱雀背对着韩懿姿微微嘴角上扬，笑了笑："很好。"

"咔嚓！"

话音刚落，朱雀却已经为手中的自动步枪更换了枪梭。

"你要去哪儿！"韩懿姿看到朱雀作势欲冲，便急忙叫住了她。

只见朱雀头也不回地说道："我去撕开那些家伙的防线！不然其他人无法从这里逃出去！"

说罢，朱雀便端着自动步枪，一边射击，一边向村庄外面的方向移动。

她一钻出树丛，密集的枪火声瞬间提升，一个个黑洞洞的枪口里喷吐着火舌，在漆黑的夜幕下留下了一个个喷火点。

韩懿姿很想要追出去，可是望而却步，她只能躲在这个暂时安全的地方，将眼前一幕都记录下来。

突然间，就在韩懿姿聚精会神拍摄的时候，她注意到一个红色的光点落在了自己的身上。

那红色的光点在她的胸前晃动，让她隐约间嗅到了死亡的气息。

就在这时，韩懿姿听到了朱雀的呼喊声。

她猛然抬头，只见朱雀躲在一处掩体后面，对她大声喊道："RPG！！"

韩懿姿毕竟跟随着国际刑警经历过许多战斗，自然明白这句话的含意。

下一刻，她满脸惊恐地看向了红色光点射出的方向。

远处的木屋顶上，一名雇佣兵半蹲在上面，手中的火箭筒已经瞄准了她所在的方位！

见此一幕，韩懿姿立刻迈开步子，向着树丛外面冲了出来。

嗖——

与此同时，那雇佣兵也扣动了火箭弹的发射扳机，弹头带着长长的尾焰，向着韩懿姿躲藏的树丛飞了过来！

"轰！"

就在韩懿姿刚刚跑出几米远的时候，一阵剧烈的爆炸声在她的身后响起，随即一阵猛烈的冲击波直接将她掀飞出去！

她重重地摔在泥泞的地面上，整张脸都浸泡在泥水里！

她的脑袋一片空白，头痛欲裂，耳朵里被细密的嗡鸣声灌满。

眼前的视线开始逐渐模糊，忽明忽暗。

隐约间，她看到朱雀一脸焦急地向着她所在的方位冲了过来。

就连站在高塔上的高刚也朝着她看了过来。

一时间，韩懿姿感觉自己仿佛已经一只脚踏入了鬼门关！

可就算是这样，她脑海里出现的第一个念头，就是摄像机。

"摄像机……我的摄像机……"韩懿姿感觉全身都失去了知觉，用力地转动着眼球。

很快，她就在身边不远处的地方，看到了被遗落的摄像机。

她伸出一只布满泥水的手，向着摄像机的方位抓了过去，拼命地握住了那一根绳子！

这时朱雀也已经赶了过来，她一把将韩懿姿从地上搀扶起来，向着刚刚自己躲避的掩体后面跑去。

猛烈的枪火在她们的身边穿梭，又是一发火箭弹在她们的身边落下。

这一刻，韩懿姿似乎真正地体会到当一名战地记者的感觉。

在这里呼吸的每一口空气，随时都会变成最后一口。

在这里看到的每一个画面，都可能是最后一眼。

下一秒会发生什么，谁又会死亡，没人知道。

她现在只担心，自己是不是已经被炸成了残废，是不是再也没办法出去跑头条，当记者了。

但即便这样，她也不会为今天身在金三角而后悔。

朱雀将韩懿姿放在掩体后面的空地上，仔细检查了一下她的身体，发现她的右小腿上插了一片弹片，但似乎伤口并不是很深。

随即她从身上取出一把瑞士军刀，割开了韩懿姿右腿裤子上的布料，把伤口露了出来。

接着她用刀尖，小心翼翼地将弹片挑了出来。

"啊！！"韩懿姿这时才恢复了知觉，发出一声尖叫。

"没事，只是皮肉伤！"朱雀一边说着，一边用割下的布料把韩懿姿的小腿缠上，将伤口固定。

"怎么样？意识还清醒吗？"朱雀拍了拍韩懿姿的脸。

韩懿姿吃力地点了点头，耳朵里的嗡鸣声渐渐消退，似乎那一阵剧痛让她清醒过来："我没事……还死不了……"

说完，她便挣扎着从地上爬起来，检查了一下手中的摄像机，看到屏幕上出现了一道裂痕，但是还能使用。

哨塔上的高刚见韩懿姿没事，便用更加猛的火力对雇佣兵进行还击。

整个村庄霎时间被战火覆盖，在村子的各个角落，都有爆裂的烟火升起。

而此时此刻，沈南飞和赵凯所在的方位刚刚经历了一场恶战！

他们费了九牛二虎之力，才突破了包围圈，冲到了村子的西北方向。

赵凯左手臂不幸中了两枪，但肌肉被子弹撕裂的剧痛没有削减他多少攻击力。

沈南飞几人隔着一架转动的水车，躲在一间稻谷仓库后面，小心翼翼地窥视着西北方向的小山坡。

那里就是高刚后来更改的会合地点，已经近在眼前了。

"就快到了！前面就是直升机降落的地方，我们还有半个小时的时间。"赵凯说道。

韩东珠打量了一下四周的情况，问道："怎么就只有我们，其他人还没出来吗？"

"他们正在经历恶战，我们得回去救他们。"沈南飞说道。

韩东珠听罢，迟疑了一下，随即点了点头："好，我跟你们一起去。"

"不行，你和楚留翔在这里等着，如果所有人一起去会有危险的。人不宜太多。"沈南飞拒绝了韩东珠的请求。

可韩东珠丝毫不肯让步，倔强地说道："你有什么资格管我？身体是我自己的！我自己能够做主！"

沈南飞表情严肃地看着韩东珠，不容置疑地说道："就凭我是你哥！"

听到这句话，韩东珠的表情瞬间凝滞。

她愣怔地望着眼前的沈南飞，心中复杂的感情无法言喻。

迟疑片刻后，她抿了抿嘴唇，说道："谁要当你的妹妹！"

沈南飞表情僵硬地笑了笑："这由不得你！从现在开始，我会看着你管着你！绝对不会让你再做出格的事情！"

第三十八章

▶ 血浓于水

"沈南飞！"韩东珠有些许愤怒地瞪着沈南飞。

"好了！就按我说的做！难道你想这个孩子跟我们一起过去送死吗？"

韩东珠听罢，微微一愣，转头看了看身边如同受惊的小鸟一样依偎在她身边的聋哑男孩儿，心里也有些不忍。

沈南飞在韩东珠已经有些犹豫的脸上打量了一眼，语气也渐渐平静下来："危险的事情我来做，如果你出了什么事，我怎么跟老爸老妈交代？你已经是我唯一的亲人了！就算是我死，也不能让你死！"

韩东珠身子微微一震，有些惊讶地紧盯着沈南飞的眼睛。

从他的眼神里，她看到了一股坚决，和身为兄长不容置疑的威严。

这种感觉是她从来不曾体会过的。

过去就算是养父养母，也没有如此强横地要求她做些什么。

可是当沈南飞来做这些的时候，她心里虽然有些反叛，但更多的，是一种蕴藏着复杂情绪的温暖。

这种感觉她说不清楚，可就是会让她心头一暖。

难道，这就是亲人的感觉吗？

他们会张开自己羽翼丰满的翅膀，把你保护起来，免于所有伤害。

沈南飞默默地注视着韩东珠的眼睛，随即伸手在她的肩膀上拍了拍，露出了一个温暖的微笑："这里就交给你了，一定要保护好所有人。等我回来……"

当韩东珠看到沈南飞那一张令她心头一暖的笑脸，似乎嘴里也说不出任何拒绝的话了。

对她来说，从第一眼见到沈南飞开始，他似乎就对她施加了一种魔力。

一种她无法拒绝的魔力。

说完，沈南飞和赵凯便转身准备回去接应高刚。

可是他们还没走出两步，身后就传来了韩东珠的声音。

"你不是我哥哥！所以你永远也不要妄想我会叫你哥哥！在我心里，你只是沈南飞！"

沈南飞突然停下脚步，似乎内心也为韩东珠的话有一些波动，但是没有表现出来。

只见他背对着韩东珠，头也不回地沉声说道："我知道，我已经不奢望你会叫我哥，那不过是一个称呼罢了。只要你好好地活着就好了。"

韩东珠听罢，眼睛渐渐红了起来，右手紧紧地攥着自己的左手臂在胸前抱住："不过从今天开始，我的名字叫作沈东珠。"

沈南飞全身猛地一颤！

他缓缓地转过头，一脸难以置信地望着韩东珠："你……你说什么？"

韩东珠直视着沈南飞的目光，不再有片刻的躲闪，说道："虽然我不会认你这个哥，但我曾经有过一个父亲这已经是事实。这份血缘我无法拒绝。"

听到这句话，沈南飞的脸上忽然露出了如同孩子一样开心的笑脸，就像是终于得到了自己千辛万苦想要获得的玩具，笑得有些没心没肺。

韩东珠在他那张脸上瞥了一眼，眼睛不自觉地转向了一边，说道："你别误会，我只是承认自己的血缘，可是并不承认你这个哥哥！就像我刚才说的，我永远不会叫你哥哥，你只是沈南飞。"

"好！我知道！"沈南飞有些激动地点了点头，眼眶慢慢地红了，甚至泛起了一层薄薄的水雾。

赵凯靠在仓库的木头墙壁上，从口袋里掏出一支香烟咬在嘴里点燃，深深地吸了一口，脸上挂着羡慕的微笑。

他不知道自己已经多久没有体会过这种兄妹之情了。

看到沈南飞和韩东珠这兄妹俩明明已经承认接受了彼此，却还要装出一副拒之千里的样子，他想起了自己和妹妹赵欣颖小时候的那一段幼稚时光。

每个人的内心深处，其实都会藏着一个小孩子，只有那些对于他来说最在乎的人，才会让这个孩子出现。

虽然沈南飞和韩东珠的表现有些幼稚，却是赵凯无法回去的过去了。

有些东西，一旦没了，就真的没了……

他多希望自己第二天一觉醒来，自己的妹妹会站在床边叫他起床。

一切都和过去一样，从来没有变过，那该有多好。

当沈南飞转身离开的时候，赵凯在他的眼角余光里看到的都是幸福。

虽然沈南飞现在正身处战火之中，但是他露出的就是"就算是现在死了，一切也都值得"的表情。

赵凯能够体会那种心情。

韩东珠将聋哑小男孩儿揽在怀里，默默地注视着沈南飞离去的背影，眼波流转。

这是在打女韩东珠的脸上从来没有出现过的表情。

"你们两个的样子，让我想起了我和我哥。"楚留翔忽然说道。

听到他的话，韩东珠回过神来。

楚留翔有些羡慕，又带着些许悲伤地继续说："从前我和我哥也是这副死样子，我总是说自己讨厌他，但其实心里爱得要死。直到我失去他的时候，才后悔为什么一直没有把这种心情讲给他听。"

韩东珠静静地看着楚留翔，将小男孩儿搂得更紧了一点。

"所以现在，我不会再错过任何东西。我对我妈说过，我一定会让她过上幸福的生活，一定会给她买一栋大房子！无论我这辈子活成什么样，说出去的话，我一定要做到。"

说罢，他抬头直视着韩东珠的眼睛："现在我应该叫你沈东珠小姐对吗？所以，我们一起活着从这儿离开吧。为了我们的家人。"

韩东珠依旧是面无表情地看着楚留翔，但当他说完这番话之后，她破天荒地回应了他，对他微微点了点头。

剧烈密集的枪火声还在远处的村落里响着，这场血腥残忍的战役，似乎迎来了一个高潮。

沈南飞和赵凯两人在村外的小树林里快速地奔跑，他们跨越荆棘，冲过障碍，以自己最快的速度向着高刚所在的方位前进。

为了避免被人发现，他们特意从村子外面绕了一圈到达高刚所在的哨塔位置。

现在他们已经不能再减少任何战斗力了。

然而就在这时，在他们前方的一条小路上出现了一道醒目的灯光。

"等一下！外面有人！"赵凯在树林里将沈南飞拦下。

沈南飞停下脚步，同时也注意到了那两道车头灯。

接着他们便看到一辆军用吉普车风尘仆仆地从村子里开出来，不知要去向何方。

赵凯拿起手中的夜视望远镜看了看，忽然见到了一张熟悉的脸。

"是黑蛇！"

第三十九章

▶ 丛林追逐

"黑蛇？！"听到黑蛇这个名字，沈南飞身体里的愤怒之血便开始沸腾起来。

只见他二话不说便端起了手中的狙击步枪，通过瞄准镜监视着迎面驶来的军用吉普车。

或许是这些天来的委屈让他在看到黑蛇的一刻都爆发了出来，在看到他那张脸之后，沈南飞的手指便不听使唤地扣动了扳机！

"砰"的一声枪响，在这片静谧的树林里响起。

接着便是一道火星在军用吉普车的车头上迸溅而出！

沈南飞这愤怒的一击没有命中目标！

"沈南飞！你干什么？！"

赵凯慌忙伸手按下了沈南飞手中的狙击步枪枪头。

而这时，坐在车里的黑蛇下意识地伏低了身子，向着树林里的方向看过来。

下一刻，那辆军用吉普车便加快了速度，从沈南飞和赵凯藏身的树林前驶过。

当它从沈南飞面前经过的时候，坐在车里的黑蛇也看到了他和赵凯。

一时间，黑蛇与沈南飞的目光在昏暗的树林中交汇，同时黑蛇的眼神中露出了惊讶而又阴狠的表情。

"是沈南飞！他竟然逃到这里了！"说罢，黑蛇拿起手机，拨通了一个电话，"喂，你们是干什么吃的！沈南飞都已经跑到外面了！马上给我过来干掉他！附近一定还有他的同党，一起收拾掉！我们岂能被几个国际刑警耍得团团转！"

说完之后，黑蛇便有些气愤地挂断了电话。

"嗒！嗒！嗒！嗒！"

突然间，又是一连串的枪声在吉普车的后面响起。

黑蛇愤怒地转头，只见赵凯和沈南飞两人都从树林里钻了出来，对着他乘坐的吉普车车尾射击！

下一刻，只听嘭的一声巨响，吉普车的左后方车胎被打爆，整个车身在泥泞的小路上开始歪歪扭扭地前行。

"你怎么开的车？！"慌乱中黑蛇转头看向了身边的司机，却发现他已经两眼发直，双手下垂，完全脱离了方向盘。

司机已经被刚刚那一通扫射打中死掉了。

黑蛇见状立刻接过方向盘，左脚绕过雇佣兵的脚用力踩下刹车。

可当他回过神来的时候，汽车已经冲到了路边的大树旁，不偏不倚地撞了上去！

只听嘭的一声巨响，整辆吉普车车头严重变形，发动机被撞散，水箱也漏了，滚烫的水漏了一地，升腾起一片白烟。

"该死！！"黑蛇的脑袋重重地撞在了中控台上，他起身用力晃了晃脑袋，大声骂了两句。

远处的沈南飞见车停了下来，便跟赵凯对视一眼，小心翼翼地靠近了那辆撞停在路边的军用吉普车。

突然间，右侧的车门打开，同时吸引了赵凯和沈南飞的目光。

可是下一秒钟，一只手从左侧驾驶员的车窗里伸出来，并且手里握着一把银色的沙漠之鹰，对他们猛烈射击！

"啊！！"

沈南飞忽然感觉到右侧锁骨下方的肌肉传来一阵剧痛，接着便有血液汩汩流出。

他原本端着狙击步枪的手立刻松开，枪掉落在地上。

赵凯躲过了黑蛇的射击之后，发现沈南飞中了枪，立刻松开了一只持枪的手，将沈南飞向树林里拖去。

"沈南飞！你怎么样？"赵凯似乎已经忘记自己的左臂已经受伤，经过刚才拖拽沈南飞的动作，他的伤口又开始渗出血液。

"呃！啊——"沈南飞痛得又叫了两声，随即扒开自己的衣服，看到在锁骨下方的肌肉上出现了一个弹孔，而且似乎很深。

赵凯毕竟身经百战，一看到这个受伤的位置便知应该只是皮肉伤，但是如果想要使用这条手臂，短时间内应该是无法做到了。

"我先带你到安全的地方去！"说着，赵凯便要扶起沈南飞离开。

沈南飞却用染血的手一把抓住了赵凯的手腕，对着他用力摇了摇头："不用！我没事！还挺得住！不能让黑蛇跑了！现在真正的黑蛇离我们近在咫尺！这是最好的机会！"

"可你现在……"

"我没关系！我们得快点追黑蛇！不过只是中了一枪，我还死不了！这比起上次在春州来算什么？快点！他已经跑了！"

沈南飞透过树木之间的缝隙，看到黑蛇从车上下来，然后潜入了旁边的树林里，便有些急了。

随即他忍着剧痛，挣扎着从地上站起来，捂着伤口，瞪着一双布满血丝的眼睛朝着黑蛇的方向追了过去。

"沈南飞！"赵凯见叫不住他，便一咬牙，立刻跟了上去。

接下来，在这片昏暗寂静的树林里，沈南飞、赵凯与黑蛇展开了一场激烈的丛林追逐战。

黑蛇的步伐很快，而且他在这种丛林地带生活了很多年，在这样的环境下移动简直健步如飞。

赵凯和沈南飞在后面紧追不舍，他们死死地盯着黑蛇的背影，生怕一个不留神就失去了他的踪迹。

三人就这么一路上边跑边射击，僵持着跑向了丛林的深处。

然而这一场追逐战大概过了五分钟的时间后，由于赵凯和沈南飞带伤的身体体力消耗过快，很快就出现了疲惫的感觉。

当又追了一段距离之后，他们两个便感觉仿佛进入了丛林迷宫，不管怎么跑，周围的景象都是一样的！

"等一下！"赵凯忽然叫住了沈南飞。

沈南飞气喘吁吁地停下脚步，左手下意识地按了按伤口，那一阵剧痛立刻让他清醒了一点。

"我们好像迷路了。这条路刚刚走过！"赵凯沉着脸说道。

沈南飞也觉得他们似乎是走进了一条死路，周围尽是乱人视线的植物，根本分不清该往哪个方向跑。

随即赵凯掏出指南针，却发现这东西在这个地方完全不准了，针头四处乱转。

"指南针失灵了，这下怎么办？"

沈南飞听罢，也有些绝望地坐在了地上，用力地喘着粗气。

现在，他们两人不但没有追到黑蛇，反而把自己困在了树林里。

如果没有在规定的时间内赶回去，错过了直升机，那他们两个可就要留在这鬼地方了。

"可恶！！"沈南飞气愤地用后脑撞击了一下背后的大树，随即闭上眼睛调节混乱的气息。

一阵冰冷的夜风吹过林间，树枝摆动，树叶发出沙沙的声响。

沈南飞闭目沉默了许久，听到树叶的沙沙声，眼睛倏地一亮。

现在的这种感觉，似曾相识，仿佛在不久之前他刚刚经历过！

下一刻，沈南飞猛地瞪大眼睛，对身边的赵凯说道："赵凯，你身上有定位接收器吗？"

第四十章

▶ 血战魔头

赵凯一脸疑惑地看着他："你要定位接收器干什么？"

此时此刻，沈南飞的脑海中不禁回想起了昨天经历的画面，随即说道："还记得我们在清迈执行任务时我佩戴的定位器吗？藏在耳朵里的那个！"

赵凯皱着眉头回忆起行动当天的细节，点了点头："记得，怎么了？"

沈南飞神秘地笑了笑："我被抓到这里之后，他们并没有发现我的耳朵里藏了那个东西，所以我找借口见到了蛇姬。他们把我蒙着眼睛送到了一个秘密地点，我趁他们不在的时候，把定位器取了出来，放在了房间下面。"

听到这番话，赵凯会心一笑："真有你的！每次都能想出这些鬼点子。"

说着，赵凯便掏出了身上的定位接收器，打开了液晶显示器："我们在来到这里之前就知道村子里屏蔽了所有的卫星定位信号，所以是根据你的信号消失的地方找过来的。如果他们把你带去见蛇姬的地方是村子里，那估计这东西不会起到太大的作用。"

说完，赵凯便调出了定位显示的程序。

果然，在村子的大致位置上没有任何反应，完全看不到任何有信号的迹象。

可是很快，在村庄另一边的山林地区里，出现了一个微弱的红色光点。

看样子那个信号似乎已经开始慢慢减弱，或许再过几天定位器就会坏掉，无法再接收信号。

好在他们是在今天开始了行动。

"找到了！"赵凯盯着上面显示的红色光点说道。

沈南飞在显示器上看了看，指着红点附近的一片区域说道："我们现在应该就是在村子的东北面，也就是在这个位置，而那个红点，应该就在我们的后面！”

赵凯低头沉思了片刻："可是如果他们并不在那里怎么办？"

沈南飞眼神坚定地看着赵凯："相信我，我的直觉告诉我，他们一定在那里！"

与此同时，距离蛇姬老窝两百多公里外的一处军事基地里，正有一架黑色武装直升机开始缓缓启动。

那螺旋桨下慢慢地生出了一阵飓风，吹得地面上的灰尘四面扬起。

"FlightNumberAS016L7, Ready！"直升机驾驶员说道。

（编号 AS016L7，准备起飞！）

接着指挥塔里的工作人员便回复道："FlightNumber, LineupRunway3！"

（飞行线 3 号跑道，允许起飞！）

"FlightNumberAS0167L, ClearTake-offRunway3！"直升机驾驶员最后回复了塔台。

（编号 AS0167L 获得许可，将在 3 号跑道起飞！）

通信完毕，驾驶员便在操控台上依次开启了启动按钮，接着直升机上的螺旋桨开始加速旋转，最后随着驾驶员将操纵杆拉升，整架直升机缓缓地飞向了天空。

不知不觉间，远方的地平线尽头出现了一缕淡淡的晨光。

红色的太阳，正在悄悄地爬出地平线。

不一会儿的工夫，直升机便拉升到了数百米上的高空，随即一个转弯，向着目的地急速飞去。

这架全副武装，载着弹药和作战人员的多用途直升机如同夜幕下撕破黑暗的猎鹰，气势汹汹地划过天际。

仿佛能够闻到那导弹发射架下面正散发出淡淡的血腥味。

十五分钟后。

黑蛇站在一栋悬空式木屋的阶梯前，左右看了看守在门口的两名雇佣兵，随即抬手敲了敲门。

很快，门上的把手转动了一下，随即鬼女慢慢地打开了门。

"黑蛇？这么晚了，什么事？"鬼女有些诧异地说道。

黑蛇眼睛转了一圈，朝房间里面的红色纱帐看了看："蛇姬还在睡觉吗？"

鬼女冷笑了一声："你说呢？你觉得她这个时间应该在做什么？"

被鬼女呛了一下，黑蛇的眼神中有一抹杀气闪过，但很快就被他压制下去，随即犹豫了一下说道："请通知蛇姬，我们现在需要转移！"

鬼女听罢，立刻皱起了眉头："转移？为什么？"

"有警察进入村子了，现在那里正在火拼，相信很快就会有援兵赶到。"黑蛇说道。

鬼女一双锐利的眼睛紧盯在黑蛇的身上，脸色阴沉："怎么会搞成这样，你是干什么吃的？"

"现在不是说这些的时候，请立刻通知蛇姬，我们必须离开。或许……"黑蛇顿了顿，继续说道，"或许我们早杀了沈南飞那几个人，就不会有这么多麻烦了！"

鬼女眼睛一亮："你这是在责备蛇姬吗？根据她的作风，这种让我们损失惨重的人不能轻易杀掉，那太便宜他们了。既然事情已经发生了，那我们就马上转移。你去村子里观察一下形势，我想他们应该还没有强大到能够把我们一窝端！"

黑蛇点了点头："我知道了。"

接着鬼女便转身走进房间，可是还没走出几步，她便又转头对黑蛇责备道："怎么会把事情搞成这个样子！真有你的！"

黑蛇眼角微微一跳，紧握在小腹前的手上的青筋微微暴起。

他的眼睛静静地盯在鬼女的背影上，紧咬着牙齿，两腮鼓动。

他似乎很不甘心被一个女流之辈呼来喝去。

忽然间，他眼角余光落在旁边的窗户玻璃上，瞥到身后树丛中有一个地方出现了微微的晃动。

砰！

下一刻，一阵狙击步枪的声音在树林中响起，惊起了大片飞鸟冲向天际！

就在枪声响起的一瞬间，黑蛇以迅雷之势蹲下身子，接着一个翻身滚进了屋子里！

"嗒！嗒！嗒！嗒！"

紧接着，又是一连串的自动步枪的声音传来，站在门口的两名雇佣兵瞬间被子弹贯穿了身体！

鬼女听到外面有枪声响起，立刻转头，却正巧看到黑蛇翻了进来。

"你把虫子带过来了！"鬼女瞪着那一双勾魂却阴毒的眼睛说道。

黑蛇在她脸上扫了一眼，接着二话不说，俯身来到门口，朝着外面有火星冒出的地方还击。

与此同时，就在木屋外面的树丛里，赵凯半蹲在地上，双手端起自动步枪，对着木屋疯狂扫射。

而沈南飞由于右手不便，便将狙击步枪搭在了赵凯的左肩膀上，用左手握住枪托扣动扳机。

他们两个人此刻如同融为一体，将两个孤独的灵魂融合在一起，去对抗面前最后的死神。

狙击步枪的声音不断响起，沈南飞每开一枪，就会有一颗弹壳从赵凯的耳边迸射出来。

赵凯忍着震耳欲聋的枪声，将自己体内的热血点燃！

最后的决战，一触即发！

黑蛇一时被房屋外面的沈南飞和赵凯火力压制，躲在房间里面抬不起头来。

加上之前被鬼女轻蔑的眼神刺激到的他，很快也将心头的怒火燃烧起来。

随即他看向倒在门口的两名雇佣兵，一眼盯上了他们身上的装备，接着趴在地上用墙壁做掩护，把一只手伸出门外，想要抓住距离自己最近的一把自动步枪。

"砰！砰！砰！"

当他的手还差几厘米就要碰到那把自动步枪的时候，赵凯便对着他点射了三枪，险些打到他伸出来的手。

黑蛇将手猛地缩了过来，皮肤还能够感觉到子弹擦过的炙热温度。

"该死！这两个浑蛋！！"黑蛇气得骂了两句，转头看了看鬼女和蛇姬离开的后门，已经看不到她们两人的影子了。

似乎她们已经走到了门外。

说实话，黑蛇自认为自己还没有对蛇姬和鬼女两个女人忠心到可以真的付出生命的地步，如果不是为了利益，他才不会听从她们摆布。

现在外面的形势很不明朗，如果说今晚蛇姬的势力注定将会灭亡的话，那他一定会毫不犹豫地扔下她们。

可是如果最后输掉的是国际刑警，那黑蛇背叛的事情被蛇姬知道，一定不会有他的好果子吃。

以蛇姬的能力，就算是把全世界翻个遍，也会把他找出来杀掉！

一念及此，黑蛇便将心里的那点反叛念头都压制了下去。

只见他那张脸慢慢变得扭曲起来，眼角微微跳动，随即深吸一口气，再一次将手伸到门口！

接着他以最快的速度抓住了那把自动步枪，紧紧地握在手里，将已经射光子弹的手枪扔到一边。

拿到了自动步枪，黑蛇的眼神瞬间出现了微妙的变化。

起初的他还有一点犹豫，可是现在充满了杀气！

"你们两个王八蛋！等死吧！！"

"咔嚓！"黑蛇拉动了枪栓，随即靠近窗户，起身用枪托砸碎了玻璃。

外面的赵凯和沈南飞听到玻璃碎裂的声音便立刻掉转枪头。

可是下一刻，那里并没有看到黑蛇的影子！

"小心！"

沈南飞眼尖，一眼便看到有一个人影在房屋侧面窗前闪动了一下。

接着房间侧面的窗户打开，黑蛇从里面探出半个身子，手持自动步枪对着沈南飞和赵凯猛烈射击！

"啊！！"

只听赵凯发出一声惨叫，立刻向着侧面倒了下去。

"赵凯！"沈南飞连忙伏低身子，趴在树丛里，在赵凯的身上推了两下。

只见赵凯一脸痛苦地皱着眉头，左手上臂和肩膀的肌肉上连中两枪！

沈南飞见状额头上惊出了一层冷汗，因为赵凯中弹的左手上臂位置已经被子弹穿透，并且射进了左侧的肋骨处。

"你这条左臂是灾难收集器吗？怎么总是它中枪！"沈南飞将赵凯护在身下，探头观察了一下黑蛇的动向。

"嗒！嗒！嗒！嗒！"

又是一连串清脆的枪声传来，几发子弹贴着沈南飞的头顶飞了过去。

赵凯躺在地上痛得龇牙咧嘴，但是眼神中更多的是满满的怒火。

随即他从身上取下一颗高爆手雷，用牙齿咬下拉环，从树丛里爬起来骂道："浑蛋东西！！我要你好看！"

话音刚落，沈南飞便用惊愕的眼神看着那颗手雷在空中划出一道愤怒的抛物线，落向了前方的木屋处。

黑蛇用力勾了两下扳机，见自动步枪里的子弹已经打光了。

而当他感受到一个东西向他飞来，满脸惊诧地抬头看去时，顿时露出了震惊的神色。

轰的一声爆炸声响起，前方立刻化为一片火海！

"成功了？"沈南飞目光惊疑地望着前方燃烧着熊熊烈火的房屋，左手握紧了狙击步枪。

他刚刚没有看到黑蛇从里面跑出来。

那颗手雷不偏不倚地落在房屋上面，估计黑蛇应该已经被炸得粉身碎骨了吧！

赵凯通过树丛朝外看，橙黄色的火光倒映在眼中，就像是两只狂舞的精灵！

就在这时，沈南飞隐约听到身后传来了一阵沙沙的异响。

他还没来得及转头向身后看过去的时候，一条手臂突然间从后面的树丛里伸了出来，紧紧地勒住了他的脖子！

"呃——"

沈南飞感觉到自己的喉管似乎都要被勒断了，那裂骨般的疼痛让他脸色瞬间涨得通红！

下一刻，沈南飞便借着树影间投射的暗淡光线，看到了一张魔鬼般的脸。

这时赵凯也转头看了过来，却看到一个身上的衣服还挂着火星，满脸焦黑的男人，如同从地狱爬出来的怪物！

"黑蛇！"

虽然他的脸有一半被爆炸的烟火熏黑，但凭借着他身上的那股杀气，还是能够让人轻易地辨认出来。

随即赵凯便用唯一还能使用的右手，捡起了身边的自动步枪，企图朝黑蛇射击。

只见黑蛇那被烟火熏黑的半张脸上，死神一样的眼睛瞬间一转，盯在了赵凯的身上。

接着他一边勒着沈南飞的脖子，一边脚下步伐转动，与沈南飞调换了位置，靠近了赵凯，随即甩出一脚踢在了赵凯的脸上！

赵凯将脸向后猛地一扬，血液顿时顺着鼻子流淌出来。

他手中的自动步枪随着身子后仰，在头顶空射了几枪，却没能打中黑蛇！

接着黑蛇抬起左脚再次狠踢赵凯的右手，将自动步枪从他的手里踢飞出去！

紧接着，他左脚狠狠落下，踩在了赵凯的脖子上！

"咳咳！"

赵凯一口气闷住，猛咳了两声，用尽全身的力气将颈部的肌肉隆起，抵抗黑蛇有力的脚掌。

一时之间，黑蛇展现了真正的惊人实力，以一人之力鏖战赵凯和沈南飞两人！

"你怎么可能会在这儿出现……你不是在……房屋里面吗？"沈南飞两只手用力地抓住黑蛇的手臂，将他的衬衫抓得向上撸起，露出了小臂上的黑色九头蛇文身。

黑蛇听罢，冷笑一声，恶魔一样狰狞的脸上肌肉抽动："你上次来的时候应该没发现，那房子里面有一个地下通道吧！那条通道正好可以连接到这片树林里！"

"通道……"沈南飞上次在那样紧张的环境里，根本没来得及仔细观察房子里面是不是有一个地下通道。

他用双手指甲用力地去抠黑蛇的手臂，竟然用力到抠掉了一层皮！

第四十一章

▶ 厄运

战火不断蔓延！

一时之间，几处地方正在发生着激烈的交战。

战斗已经渐渐进入白热化阶段，似乎也慢慢地迎来了尾声。

只是这最后的一首片尾曲，仿佛是用血液作为音符来谱写的！

韩东珠和楚留翔带着聋哑小男孩儿躲藏在他们之前的那个地方，不时会看到有全副武装的雇佣兵从他们的眼前跑过。

他们手里一直紧握着武器，丝毫不敢松开。

"韩东珠，我们到底还要等多久，他们会不会回不来了？"不知道为什么，现在楚留翔心里这种感觉非常强烈。

他总是能够隐约感觉到，似乎今天没人能够从这里离开。

不仅如此，他还会不时地看到幻觉，看到他的老妈站在战火中向他招手，然后慢慢地远去。

他不知道这究竟意味着什么。

总之，这种感觉糟透了！

听到楚留翔的丧气话，韩东珠回头狠狠地瞪了他一眼："你在胡说些什么！乌鸦嘴！"

楚留翔抿了抿嘴唇："可是我们是不是应该考虑一下，如果他们一直没有回来，我们要一直等下去吗？"

"等！我相信他们一定会回来的！"韩东珠语气坚定地说道。

忽然间，在他们前方不远处的村庄里，一个十二岁左右的男孩儿一脸惊慌地在前方徘徊不定。

看他的样子，似乎很想要逃跑，但是又不知道哪个方向才是安全的！

"啾——"

就在这时，一阵拉长了尾音的异响从不远处的天空上传来。

接着楚留翔便看到已经蒙蒙亮的夜空中，有一个燃烧的火光飞了过来。

"小心！！"

楚留翔大喊了一声，想要提醒那个孩子，可是似乎已经来不及了！

下一刻，那火光落在了距离那孩子不远处的空地上，发生了剧烈的爆炸！

看到这一幕的韩东珠和楚留翔内心受到了极大的震撼。

因为他们第一次眼睁睁地看着一个孩子倒在剧烈的爆炸之下。

大片的泥土被炸得四处飞溅，甚至已经溅到了他们藏身的地方。

当浓烟散去，他们便看到那个孩子躺在地上，嘴里不停地发出惨叫。

"怎么办？我们要不要过去看看？"楚留翔忽然说道。

韩东珠盯着那个倒在泥坑中的男孩儿看了看，随即赞同地点了点头。

"你去还是我去？"楚留翔问道。

韩东珠愣了一下，斜视着楚留翔。

只见楚留翔挑了挑眉毛，从韩东珠的眼神里读懂了她那想要杀掉他的可怕想法，便识趣地自己钻了出去。

可是忽然间，那个聋哑小男孩儿一把抓住了他的胳膊。

楚留翔低头看了一眼被一双脏兮兮的小手抓住的手臂，诧异地说道："你抓着我干什么？"

那孩子听不懂中文，但楚留翔也没指望他能听懂。

然而那个小男孩儿只是对着他用力地摇头，眼神中充满了恐惧！

"放心，我马上回来！"楚留翔在那孩子的手上轻轻拍了拍，随即拨开了紧紧抓着他手臂的那只小手。

看到楚留翔离去，那小男孩儿的手在空中抓了两下，却无法挽留他的脚步。

韩东珠有些疑惑地在男孩儿那张惊恐的脸上打量了一下，不太明白他为什么会露出这种害怕的表情来。

楚留翔一路压低身子来到了倒在地上的男孩儿身边。

"让我看看！让我看看！你还有没有救！"楚留翔眼神警惕地扫视了一下四周，见没有其他人经过，便在男孩儿的身上粗略地扫了一眼。

炸弹将男孩儿的半个身子炸得焦黑一片，部分的皮肉已经完全焦掉，血液从伤口处汩汩流出，看得楚留翔心头发麻。

"怎么会这样……"楚留翔见状皱起了眉头，接着视线慢慢向上，看到了他的脸。

不知道为什么，看到这个小男孩儿的样子，楚留翔感觉十分眼熟，好像在哪里见过。

很快，几天前的画面便在他的脑海中一闪而过。

"是他！那个欺负聋哑小男孩儿的家伙！"楚留翔终于认出了他。

这个小家伙，应该是在这个村子里孩子王一样的角色，许多孩子都很惧怕他。

随即楚留翔仔细打量了一下男孩儿的脸和身体，发现他的身上有许多类似麻疹之类的东西，而且他的嘴唇发白，眼眶发黑，身形枯瘦。

根据楚留翔曾经看过的一些关于金三角的电影，里面那些吸毒的孩子都是这个样子。

忽然间，这个男孩儿伸出沾满鲜血的手，一把抓住了楚留翔的手腕。

楚留翔身子一抖，被吓了一跳。

因为这个男孩儿抓得很用力，就像是见到了自己的仇人一样，恨不得把楚留翔的手臂抓断，指尖都快要抠破楚留翔手上的皮肉。

楚留翔盯着男孩儿的眼神看了看，发现他已经充血的眼睛里隐隐地散发出一种仇视、愤怒和不甘。

他无法想象一个十几岁的男孩子怎么会露出这种可怕的眼神。

现在他的胸口起伏频率很快，似乎呼吸已经开始有些困难了，显然命不久矣。

见此一幕，楚留翔便转头看向了韩东珠，无奈地摇了摇头。

"呃！"

楚留翔突然发出一声闷哼，感觉脖子上面凉凉的，仿佛空中拂过的微风，都吹进了他的皮肉，顺着血管走遍了他的全身。

那种冰冷的感觉，好可怕。

而同时，他还注意到对面的韩东珠和聋哑男孩儿都捂住嘴巴，露出惊恐的表情。

下一刻，楚留翔感觉到自己的脖子上似乎有一股暖流缓缓流过。

他目光有些呆滞地抬手摸了摸自己的脖子，将手掌举到了自己的面前。

"这是……血……"

当他看到自己手掌上红红一片的时候，感觉全身的鸡皮疙瘩都起来了。他动作僵硬地转动了一下脖子，低头愣怔地看着倒在自己身边的男孩儿。

只见他依旧是那一双仇视的眼睛，可是呼吸已经渐渐地变慢，眼神也慢慢空洞起来。

可是他的手上，不知道从哪里拿出一把刀子，紧紧地握在血迹斑斑的手掌心里。

"怎么会这样……怎么可能会这样……"

此时此刻，楚留翔忽然感觉身体很冷，似乎身体里所有的力量都在快速地流失。

他再次抬手摸了摸脖子，发现手掌已经完全被一摊血液染红。

"楚留翔！！"躲在隐蔽处的韩东珠见状惊恐地瞪大了双眼，随即从藏身的地方钻了出来。

她将手中的自动步枪放在一边，跪在已经倒在地上的楚留翔身边。

只见楚留翔的左侧颈动脉部位正有鲜血汩汩流出，很快就染红了他头部下面枕着的那一块泥泞的土地。

韩东珠有些慌张地用双手按住了楚留翔脖子上血液快速流出的伤口，很快，连她的一双手也变得满是鲜血。

"楚留翔！你感觉怎么样？"韩东珠焦急地看着楚留翔那一张渐渐失去血色的脸说道。

"咳咳！"楚留翔咳嗽了一声，微微转动僵硬的脖子，双眼迎向韩东珠的目光，"韩东珠，我会不会死啊……"

"不会的！一定不会的！你别乱说！只不过是一道伤口罢了！"韩东珠已经完全慌了，她用力地摇着头，想要用这种说法来让楚留翔宽心，同时也欺骗自己。

光是看着血液汨汨流出的速度，韩东珠就已经知道，他的颈动脉已经被人割断了。

凭借现在的环境，又没有急救医生在身边，情况很不乐观。

楚留翔嘴角僵硬地笑了笑："不会死就好，不然的话，我还怎么有脸面对我老哥啊……如果我们兄弟俩都没了，我老妈该怎么办……"

说着说着，楚留翔的眼睛里开始泛起泪花。

他知道自己已经快不行了，可是内心无比慌乱，不知道该用怎样的心情来面对这样残酷的现实。

而这时，那个伤害楚留翔的孩子，也已经慢慢地失去了生命气息。

聋哑男孩儿跪在楚留翔的身边，愣怔地望着那个一直欺负他的男孩子，两只手紧紧地抓着自己的裤子。

而那个男孩子渐渐放空的眼神也在静静地望着他。

这个从前一直在他面前作威作福，装作很厉害的孩子，现在看上去像是一个命运的弱者。

聋哑男孩儿知道，像他们这种从小就被毒品控制的孩子，为了蛇姬什么事都做得出来。

他们就像是一名名死忠的战士，就算是肝脑涂地，就算是想要改变自己的命运，也无法与体内隐隐发作的毒瘾相抗衡！

而唯一的解脱，就是死亡！

聋哑男孩儿很庆幸自己和姐姐刚刚被抓来这里没有多久，还没来得及接触到毒品那些东西，否则的话，今天躺在这里的或许就是他。

想起自己已经遭遇不测的姐姐，还有现在到处弥漫的战火，这名年纪不过六七岁的男孩儿忍不住哭了出来。

可是现在韩东珠已经无暇顾及身边哭泣的男孩儿。

她的视线里只有面色渐渐变得苍白的楚留翔。

"喂，韩东珠……雨不是已经停了吗？为什么……我越来越冷啊……"楚留翔颤抖着举起自己的左手臂，"你看，鸡皮疙瘩都起来了。"

韩东珠听罢，立刻伏低身子抱住楚留翔，安慰道："没事的，你很快就会没事的！我找人来救你！我现在就找人来救你！"

说完，韩东珠便立刻起身，拎起身边的自动步枪就要奔向村子。

忽然间，楚留翔用沾满鲜血的手拉住了韩东珠："我是开玩笑的……"

"你有病吗？这个时候开什么玩笑！！你不要说话了！我立刻找人来救你！"

可是楚留翔没有松手。

又或者说，他没有勇气松手。

他害怕如果现在松手的话，那自己能够触到的最后一丝温暖也会离他而去。

楚留翔向后轻轻拉了一下韩东珠的手臂，说："你不用浪费心思了，我知道自己的颈动脉已经被割断了。在金三角这个鬼地方，就算有专业的医生，也回天乏术。"

楚留翔的话，让韩东珠的内心狠狠地揪了一下。

所有人都知道这件事的最后结果。

可是所有人都不想要承认。

"你过来……我有些话，要拜托你转达给沈南飞……"

韩东珠听罢，表情悲伤地跪在了地上，左手将自动步枪拄在身边。

"我现在……最放心不下的就是我妈……我希望你转告沈南飞或者高队长，请他们一定要帮我照顾我妈。我妈有老年痴呆，就算你们任何一个人冒充我，估计她也不会认出来的。只要记住，你们不要让她知道，她儿子楚留翔已经死了……"

"咳咳！！"

说着，楚留翔突然猛咳了两声，一口鲜血立刻从嘴里涌了出来。

韩东珠见状满面惊恐，慌张地说道："你不要再说话了！不要再说了！"

楚留翔将嘴里的血吐了出来，感觉心脏一阵阵地猛烈收缩，仿佛在做最后的挣扎，想要将最后的一些血液挤压流过心室，能让他多活一会儿。

"不说的话……我怕没机会再说了……"

楚留翔说着，眼泪止不住地流出来。

他自认自己是一个害怕麻烦事儿的人，希望自己可以平平淡淡地过完一生。

可是他怎么都没想到，自己有一天竟然也会拥有这样不平凡的人生。

那现在后悔吗？

或许他曾经后悔过，但是现在，一切已经都没有意义了。

上帝有时就像是一个调皮的编剧，把最悲伤的剧情安排在本该幸福平淡的人身上。

"韩东珠……我曾经跟我妈说过，我要给她……买一栋大房子……现在我攒的钱应该够首付了……存折就放在衣柜里一件灰色呢子大衣的上衣口袋里，密码是我妈的生日。你把……你把存折找到，然后交给沈南飞，让他帮我给我妈买一套房子……当然……呵呵……如果不够的话，麻烦你们帮帮忙……我知道自己的请求很无耻……可我不想做一个言而无信的儿子。"

韩东珠的眼泪也随着楚留翔越来越虚弱的身体流淌了出来，她试图强忍着泪水，可怎么都做不到。

就算她从小到大性格坚强，内心冰冷，最受不了的还是看到身边的人死去。

就像几个月以前，她的养父养母葬身火海时一样。

楚留翔紧紧地抓着韩东珠的手，就像是一把钳子一样结实，抓得她的手都有些充血变红。

"另外，有些话，我希望你帮我转告给沈南飞。我楚留翔，虽然这辈子一事无成，但最有面子的事情，就是认识了大名鼎鼎的网络红人，沈南飞，还有他的朋友们。我曾经后悔过，迷茫过，甚至怨恨过你们将我拉入这该死的循环中。可是后来我觉得……命运其实冥冥之中早就安排好了不是吗？我很庆幸自己能够成为你们中的一分子……很庆幸……"

韩东珠一边听着楚留翔的话，一边慌张地东张西望，似乎希望这一刻能有一个救星出现，然后对着楚留翔施展魔法，让一切回到最开始的地方。

可是很快，眼前的现实便让她陷入了绝望。

韩东珠伏低身子，把额头抵在楚留翔的手背上："这些话你自己跟沈南飞说，我不会为你转达的！你自己跟他说，等他回来！！"

楚留翔用最后的一点力气挤出了一个微笑："你总是这样装作一副拒人于千里的样子，多累啊！其实你应该学学我，想到什么，就做什么……你老哥沈南飞不容易的……你一定要帮助他……洗脱冤屈啊……"

说到这儿，楚留翔突然看到一个影子出现在自己的身边。

他看到一个穿着彩色格子连衣裙，留着栗色长发的女孩儿，正默默地站在他的身边看着他。

或许是知道自己很快将会死去，他看到这个女孩儿出现的时候，不再有过去的那种恐惧，反而感觉到一丝亲切。

下一刻，他面带歉意地说道："你就是赵凯的妹妹吧……真是对不起……为你报仇的任务，我无法完成了……"

赵欣颖如同活着的时候一样，妆容青春靓丽，只是脸上少了些血色。

她用一张惨白的脸面对着楚留翔，轻轻张口说道："谢谢你……"

"不要谢我……我没做过什么……如果这件事结束了……你也该去你应去的地方了，不要再跟在沈南飞的身边了……"

看到楚留翔开始奇怪地自言自语，韩东珠更加慌张了。

她表情紧张地环视四周，随即满脸疑惑地问道："你在跟谁说话？"

楚留翔努力笑了笑，对韩东珠说道："啊，有那么一个人，不知道是幻觉还是什么，总是会出现在我们眼前。有些人能看到，有些人却看不到……"

"你在胡说些什么！都这个时候了，你还不忘乱说吗？"韩东珠紧紧抓着楚留翔的手，越抓越紧。

就在这时，一阵嘈杂的声音从不远处的村子方向传来。

韩东珠火速转头向着声音的方向看了过去。

楚留翔也听到了声音，眼中闪过最后的一丝光亮，松开了韩东珠的手："有人来了……你快走……"

"不行！我不能扔下你不管！"韩东珠一时情急，抓住楚留翔的胳膊就要往自己的肩膀上扛。

楚留翔用力推开了她的手，提高了声音说道："快走啊！我已经不行了……

可是你还得活着！你得等到沈南飞回来！"

说完，楚留翔伸手将韩东珠衣服口袋里装着的一枚手雷掏了出来。

"你要干什么？"韩东珠一脸惊慌。

"做我该做的事！以前没有为你们做过什么，我不想到死了还是个没用的家伙！你快走！快走！"说着，他又在韩东珠的身上推了两下。

然而韩东珠愣怔在原地，一时不知如何是好。

楚留翔见状有些急了，对着她骂道："你个没脑子的女人！难道想没意义地一起送死吗？快滚啊！"

从前都是韩东珠对楚留翔凶，而这一次，两个人的角色似乎完全转换了。

只不过，这次的韩东珠无法反驳。

在楚留翔的强烈要求下，韩东珠拉着聋哑男孩儿慢慢站起了身子。

他们都知道，楚留翔已经活不过五分钟了，很快他的血液将会流光，躺在这冰冷的泥巴地里。

他只是想最后死得有尊严一点。

毕竟他是个男人！

很快，嘈杂声便越来越近，同时还传来一声声犬吠。

韩东珠和聋哑男孩儿在楚留翔的最后催促下，无奈地离开了现场，去向了一个隐秘的地方。

或许韩东珠这辈子都不会忘记，楚留翔最后平静地躺在泥巴地里的样子。

生死对他来说，已经不重要了。

韩东珠才离开没多久，一支由五个人和一条狗组成的巡逻队便从村子里跑了过来。

他们似乎是循着之前的爆炸声赶来的。

啪！

突然间，就在他们从楚留翔和那男孩身体上跨过的时候，一只诡异的手抓住了其中一名雇佣兵的脚踝。

那名雇佣兵诧异地低头看向地面，只见楚留翔微微睁开一道眼缝，正对着他们笑。

"这个人没死！是入侵者！！"雇佣兵用泰语说道。

随即另一名同伴回复道："杀了他！"

然而他们还没来得及动手，所有人就都注意到，他的左手里紧握着一个黑色的东西。

只见楚留翔眼中的杀意越来越浓，笑得也越发悲壮："你们这么急着……去哪儿啊？跟我一起走吧……"

说完，楚留翔摊开了手掌，任手中的手雷从掌心滚落。

见此一幕，在场所有人都震惊地瞪大了眼睛。

那名被抓住脚踝的雇佣兵用力地想要甩开楚留翔钳子一样紧的手！

轰！！

一阵剧烈的爆炸声响起，村子一角爆出一团浓烈的火焰……

韩东珠和聋哑男孩儿躲到了远处的丛林里。

她背靠在一棵粗壮的树上，将聋哑小男孩儿的头紧紧地搂在胸口。

而在她的身后，那纷飞的战火，却在漫天地燃烧。

"楚留翔……"韩东珠如同呓语般叫了一声楚留翔的名字，泪水流满了脸颊。

他的生活本不该是这样的……

究竟是什么改变了他？

谁又是罪魁祸首呢？

没有人知道，一个网络上的热门事件，究竟悄悄改变了多少人的命运。

而这一切，似乎很快就要迎来一个尾声了……

沈南飞和赵凯全身伤痕累累地倒在树林里。

他们拖着负伤的身体，一路与黑蛇拼杀到了丛林深处。

他们不停地追逐，搏斗，感觉自己正被慢慢地拖向死亡的深渊。

而黑蛇的真身，的确是一个可怕的存在。

沈南飞和赵凯两人用尽全力，也没能阻止他的脚步。

此刻，黑蛇正慢慢离他们远去，摇摇晃晃地走入丛林深处的一块空地。

沈南飞倒在地上胸口缓慢起伏，也已经完全失去了战斗的力气。

可就在这时，赵凯身上的对讲机里，突然传来了韩东珠的声音。

"沈南飞……你在吗？"

赵凯听罢，躺在草丛里转头看了一眼沈南飞，忍着身上的剧痛，有些吃力地说道："他在……"

下一刻，一个噩耗便传遍了频道里所有人的耳朵。

"楚留翔死了……"

第四十二章

沈南飞猛地睁开眼睛，转过头不可置信地瞪着赵凯："她说什么？"

赵凯脸上挂着悲伤的表情，眼神中也有些许的慌乱："楚留翔……死了……"

沈南飞听罢，面部僵硬地笑了笑："她是在开玩笑吗？楚留翔那么机灵的家伙，怎么可能会死？就是我死了他也死不了的！把对讲机给我，我要问个明白！"

说着，沈南飞便挣扎着爬起来走到赵凯的身边，俯下身子去抢他手中的对讲机。

"喂！是韩东珠吗？你刚刚说什么？楚留翔死了？这不是真的对吗？"沈南飞对着对讲机吼道，样子看上去像是个濒临崩溃的精神病人，脸上的笑容已经因痛苦而有些扭曲。

对讲机那边沉默了片刻，随即回复道："他已经死了……被一个孩子割断了颈动脉，最后为了让我和那个聋哑孩子离开，跟几名雇佣兵同归于尽了。"

沈南飞呆呆地站在原地许久，似乎依然无法接受听到的事情。

他再次露出了僵硬的笑容，试图继续说服自己："怎么可能……这不像是他的性格啊！他不是什么事情都缩在后面的吗？"

"都怪我，如果不是我要他去看看那个受伤的孩子的话……"韩东珠懊悔道。

此时此刻，沈南飞已经没有心思再去听韩东珠后面要说的话，他的脑海中一片空白，耳朵里也被嗡鸣声灌满，如同被雷劈中了一般。

这个噩耗对于所有人来说都是沉痛的。

还躲在哨塔上激战的高刚蹲下身子将自己隐藏起来，紧紧地闭着眼睛，右手握拳，用力地捶打着自己的脑袋。

"该死……该死！！"他恨恨地痛骂了两句，然而似乎并不是在骂别人，而是在骂他自己。

他似乎在责怪自己，没有尽到身为队长的责任，保护好每一个人的生命安全。

躲在掩体后面的朱雀也出现了片刻的愣神，但眼前的局势不容她多想，她只能继续保持战斗姿态，对敌人展开猛烈射击。

而她身后的韩懿姿，却早已经泪流满面。

她左手捂着嘴巴，右手举着摄像机，保持这个动作许久许久。

泪水流过她被战火熏脏的脸颊，留下了两道浅浅的泪痕。

一直以来，在大家眼里就像个开心果和胆小鬼形象的楚留翔，怎么会就这么死掉了？

不仅仅是沈南飞，所有人一时都无法接受这样的事实。

愤怒，就这样在每一个人的心中燃烧起来。

"啊！！"沈南飞站在树林中，对着天空发出了一声愤怒的呐喊。

他的喊叫声穿透了林间，让前方正逃跑的黑蛇也愕然停下脚步，回头向着沈南飞的方向看了过来。

下一刻，沈南飞双腿一软，跪在了地上，左手握拳在松软泥泞的地上狠狠地捶打着。

他已经不知道自己经历过多少次身边人离开的伤痛了。

这注定将会是一个伴随着无数人牺牲的结局。

现在，他只求死掉的这个人是自己！

是不是只有自己死了，所有的一切才能够结束呢？

怒火慢慢灼烧着他的内心，让他满眼愤怒地抬起了头，看向了前方的黑蛇。

紧接着，他像是终于找到可以发泄怒火的目标，紧咬着牙齿，狠狠地瞪着黑蛇的背影，大声叫骂道："黑蛇……你这王八蛋！别想跑！！"

说罢，沈南飞便从地上挣扎着爬起来，一路摇摇晃晃地向着黑蛇追了过去。

"沈南飞……沈南飞！别干傻事！他有枪！"赵凯大声提醒着沈南飞。

可沈南飞现在的样子，就像是被人附了身，完全听不到赵凯对他说什么，直直地向着黑蛇的背影冲了上去。

"你这浑蛋！"赵凯对着沈南飞的背影骂了一句，随即强忍着身上多处枪伤和刀伤的剧痛，挣扎着站起来紧追沈南飞。

因为刚才被黑蛇打伤了腿，所以赵凯跑起来的样子就像是一个跛脚的老年人。

鲜血从他腿上的弹孔里汩汩流出，他的肌肉每用力压缩一下，就会涌出一股鲜血。

很快，他的一条腿就被鲜血染红，裤子紧紧地贴在腿上。

"王八蛋！！还我朋友命来！！"沈南飞愤怒地吼叫着，两只眼睛充满了血丝。

黑蛇长吸了一口气，沉声说道："找死！"

砰！

下一刻，黑蛇扣动了手枪的扳机，不偏不倚地打中了沈南飞的左肋下方。

沈南飞一个踉跄倒向一边，撞在了一棵粗壮的树干上。

他用力地扶着树干，脸色惨白，全身痛得溢出了一层汗水。

他努力控制着因虚脱无力而开始颤抖的身体，不让自己倒在地上。

如果现在他倒下去，恐怕就再也站不起来了。

嗒！嗒！

黑蛇又扣动了两下扳机，可是枪膛里只传来了两声空响。

"见鬼，没子弹了！"黑蛇将手枪甩到一边的树丛里，转身快步向着林子里走去。

他现在已经没有时间在这里耽搁了，今天就算这里没有被国际刑警攻陷，方位也已经暴露，泰国警方很快就会过来。

这个地方已经完了！

赵凯费尽九牛二虎之力终于追上了沈南飞，一把扶住了马上就要倒地的他。

"沈南飞！你怎么样！"赵凯焦急地问道。

只见沈南飞脸上尽是冷汗，嘴唇颤抖着说道："不能让他跑了……不能让这王八蛋跑了！"

黑蛇此刻一边逃，一边回头观察着沈南飞和赵凯的动向，不知不觉已经走入了树林的深处，与沈南飞他们相隔近二十米远。

"咔！"

突然间，他的脚下传来了一阵金属声，脚底仿佛踩在了一根弹簧上，向下微微坠了一下。

下一刻，黑蛇脸上露出了惊恐的表情，愕然停下脚步。

他低头看了看自己的脚下，只见一片草丛中，隐约露出一块黑色的金属物体。

看到脚底下的东西，黑蛇脸上绝望惊慌的表情一闪而过。

远处的赵凯看到黑蛇突然停了下来，心里便已猜到他一定是遇到了麻烦。

而沈南飞看到黑蛇忽然停在原地不动，紧皱着眉头，有些诧异地说道："那个王八蛋，怎么停下来了？"

赵凯盯着黑蛇那孤独而又无助的背影，冷笑着说道："那个笨蛋，他踩雷了……"

听罢，沈南飞脸上露出一抹讥笑："活该！"

此时此刻，黑蛇全身僵在原地，一动也不敢动。

他慢慢地蹲下身子，轻轻地拨开脚下的草丛，在那块黑色的铁疙瘩上看到了奇特的四爪式结构。

在看到这东西的一瞬间，黑蛇这才意识到，他竟然误入了自家后院的雷区。

而他脚下踩的这个东西，就是"跳雷"。

"该死！该死！！"黑蛇狠狠地骂了一句，脸上的表情几近歇斯底里。

"喂！要帮忙吗？"

忽然间，他的身后传来了沈南飞的声音。

黑蛇慢慢转头看向身后的赵凯和沈南飞，眼神阴冷："你们两个王八蛋……"

只见赵凯的手里正掂着一把军用匕首，面带冷酷的微笑注视着他。

"看来，你是很需要帮忙的。"

话音刚落，赵凯脸上突然杀气涌现，随即以十分强力的姿态将手里的匕首向着黑蛇掷了过去！

嗖！

那匕首如同一道光梭，眨眼间就从十几米远的地方直奔黑蛇而去。

黑蛇眼睁睁地看着那把匕首向着自己飞来，身体却无法动弹分毫。

他瞪着赵凯和沈南飞，眼神里充满愤恨与不甘，一副咬牙切齿的模样："我做鬼也不会放过你们的……你们以为这就结束了吗？只要蛇姬还活着，沈南飞，你永远都别想翻身！！"

唰！

匕首瞬间刺入了黑蛇的右眼，随即一阵撕心裂肺的剧痛便将他吞噬。

下一刻，黑蛇因被匕首射中眼睛的惯性和疼痛开始向后倾斜身体，最后终于抬起了踩着跳雷的脚掌。

锵！

只听一声脆响传来，黑蛇用他那仅剩的一只眼睛，眼睁睁地看到一颗地雷从泥泞的土地下面跳了出来，与他的脑袋平行。

紧接着，他的眼睛里便倒映出那地雷外壳被一点点撑裂，爆裂的火焰和无数钢珠从里面激射而出的画面。

此时此刻，时间仿佛静止。

每一个毫秒的画面，对于黑蛇来说都是漫长的煎熬。

"小心！！"

赵凯见是跳雷飞起来，立刻将沈南飞扑倒在一棵大树的后面。

"啊！！！"黑蛇发出一声愤怒而又不甘的怒吼，接着声音便被剧烈的爆炸声吞噬。

轰的一声巨响，数不清的钢珠披着火焰射向了树林的四面八方。

而停留在原地的黑蛇，早已经粉身碎骨，尸骨无存。

不知道他在跳雷爆炸的一瞬间，能否感受到被无数钢珠瞬间砸碎脑袋的剧痛。

熊熊火焰在树林里蔓延开来，赵凯和沈南飞躲藏的那一棵树身上也插满了地雷爆炸的碎片和钢珠。

许久之后，赵凯才扶着沈南飞从地上坐起来，静静地注视着前方已经化为一片火海，黑蛇停留的地方。

刚刚躲过一场灾难，他们两人呼吸急促，心脏剧烈跳动。

地雷爆炸的火药味和树木烧焦的味道在空气中弥漫，将这里变成了一片修罗地狱。

"这一次，黑蛇真的死掉了吧。"沈南飞喘着粗气说道。

赵凯注视着漫天飞舞的烟灰，仿佛到处都是黑蛇的血肉在飘散，说道："这是最适合他的死法。这就叫罪有应得！"

身上的枪伤传来刺痛，沈南飞的身体越来越冷，血液流失的速度也在加快。

随即他左手下意识地撑住地面，却发现手掌下面有一块平滑坚硬的东西。

他抬手看了看，却看到了一部型号很老的黑色直板手机。

记忆从沈南飞的脑海中被唤醒。

他记得这部手机，是黑蛇用来联络蛇姬用的。

"怎么了？"赵凯问道。

沈南飞将手机捡起来打量了一番，发现液晶屏幕虽然已经碎裂，但还能使用。

接着他在手机的电话簿里，真的找到了备注为"蛇姬"的联系人。

"黑蛇掉了电话，我想这就是老天爷留给我们的机会。"

说完，沈南飞按下了通话键，把那个号码拨了过去。

"你在做什么？给谁打电话？"赵凯疑惑不解地问道。

他不明白现在沈南飞已经伤成了这个样子，怎么还有心思打电话。

很快，电话那边便有人接听，并传来了一个女人的声音。

"事情搞定了吗？"

听到那熟悉的女人声音，沈南飞惨白且布满冷汗的一张脸僵硬地笑了笑："已经搞定了。"

电话那边的女人沉默了许久，才开口问道："你是谁？"

沈南飞嘴唇微微颤抖，冷笑着说道："我就是……你们的替罪羊啊！"

"沈南飞……"电话那边的女人，话语中已经透露出一股浓重的杀气，"你怎么还没死？"

"你们早就应该杀死我的，只可惜，你们总是喜欢玩游戏。现在，感受到游戏的乐趣了吗？是你们给了我机会。"

"沈南飞，你别高兴得太早，你们没有抓到蛇姬，也没有她的一切资料，所以一切都是空谈！你们白费一场！"

"是吗……"沈南飞语气低沉地说道，"我可不这么觉得。还记得上一次你在那个房间里见我吗？那个时候，我就把一个窃听定位器藏在房子下面了。我们在那里交谈的所有事情，都被录了下来。"

"你说什么？"电话那一边的声音十分震惊。

"你养的那些饭桶，把我的身上搜了三遍，唯独没有搜过我的耳朵。"

又是片刻的沉默后，电话那边道："所以，你把窃听定位器藏在耳朵里了？"

"没错！"

另一边的女人忽然笑了出来，笑声中带着一丝愤恨："沈南飞，你还真机灵。"

沈南飞僵硬地笑了笑："我早就跟你说过。你以为你在算计我们，其实有没有想过自己也掉进别人的圈套里了？蛇姬！"

此时此刻，沈南飞已经能够感觉到电话对面的人那一颗想要将他碎尸万段的心。

"你在说什么？谁是蛇姬？"

"我在说你。蛇姬只不过是你用来掩人耳目的一个幌子，其实这个世界上并没有蛇姬这个人，而真正的蛇姬，就是你！鬼女！"

"你以为你是谁？你知道些什么！"电话那边的鬼女字句中仿佛都带着刀子。

沈南飞顿了顿，继续说道："从我第一眼见到那个所谓蛇姬的时候，就隐约感觉到她是一个傀儡。我想不出一个什么样的毒枭，连说句话都要人传话，害怕被人听到声音呢？想来想去，原因只有一个。那就是她这样做其实是想要隐藏一个不为人知的秘密。而这个秘密不是她自己，而是一个与她形影不离的人。那就是你，鬼女！"

第四十三章

▶ 染血的黎明

沈南飞的一番话，令电话另一头的鬼女沉默许久。

此时此刻，沈南飞与鬼女仿佛被冰冻的两个世界。

就连站在他身边的赵凯，也隐约间能够体会到那令人窒息的气氛。

"呵呵！"片刻后，电话里的鬼女发出了一声冷笑，"沈南飞，你以为自己掌握了所谓的证据，就能够扳倒我吗？你永远都只是一个小人物，这就是你的命运！今天你无法将我留住，明天我就会让你血溅五步！不过我不得不承认，让你活到现在，或许是我们做得最错的一件事。"

沈南飞全身已经被冰冷的汗水浸湿，脸色惨白得如同一张白纸。他努力控制着因虚脱而不停地颤抖的身体，说道："你还会一直错下去，因为这一次你还是没有杀死我。不要以为你可以逃脱法律的制裁。我把一句话送给你，'水能载舟，亦能覆舟'，你怎样陷害别人，最后就会怎样死去！"

"沈南飞，我们走着瞧！嘟——"

说罢，蛇姬便狠狠地挂断了电话。

沈南飞能够感觉到，另一边的鬼女已经怒火中烧，如果不是因为隔着电话，恐怕她真的会把他扒皮拆骨！

"呃！"

刚刚结束了与蛇姬的通话，沈南飞便身子一软，从靠着的树干上滑倒在地。

"沈南飞！"赵凯一把将他牢牢扶住，"你怎么样？还能走吗？"

沈南飞用力眨了眨眼睛，左手紧紧按住身上汩汩流血的伤口，一脸痛苦的表情："我感觉……今天似乎走不出这里了……"

"别说这些丧气话！我就是扛，也要把你扛回去！"赵凯语气中满怀关切地对沈南飞责备道。

随即他拉起沈南飞的右手，挎在自己的脖子上，强忍着伤痛，用自己的身体将沈南飞扛起来。

"呃！"

伤口传来撕裂般的剧痛，让沈南飞紧咬着牙齿发出一声闷叫。

赵凯在沈南飞惨白的脸上看了看，随即说道："沈南飞，你必须给我挺住！我们这么远都走过来了，现在只差这最后一步！只要我们赶到会合地点坐上直升机，一切就都结束了！等回去以后，我请你去洗澡！去吃火锅！去大保健！"

"呵……咳！"沈南飞本想笑，可是伤口上的剧痛让他又剧烈地咳嗽起来。

血液顺着他的嘴角溢出来，让他的脸色更加难看。

赵凯红着眼眶，一路用话语鼓励着沈南飞，让他无论如何不要闭眼睡去。两人慢慢地逃离这一片燃烧着熊熊烈火的树林。

不知不觉间，一轮红日已经爬上地平线，将天空映得一片橙红，如同诗画中的景象，美不胜收！

只不过，在一些人的眼中，那红日却仿佛死神临近的催命钟，如同血一样鲜红。

"高队！小心！！"朱雀在对讲机里大喊了一声。

高刚猛然转头，随即便看到一枚火箭弹向着他所在的哨岗射了过来。

见此一幕，高刚紧咬着牙齿，将心一横，从十米高的哨塔上一跃而下！

"啊！"

落地的一刻，他感觉右脚上传来一阵剧痛，整个脚掌都被震麻了！

接着他顺势向前一个翻滚，卸掉了身上的惯性，这才算是平安落地。

然而就在他刚刚跳下的时候，头顶的哨岗被火箭弹击中，爆发出一阵暴烈的火焰！

如果再晚一步，恐怕高刚就已经粉身碎骨了！

"队长！"

不远处的朱雀见状立刻顶着枪林弹雨冲了过来，从地上将高刚扶起。

而当她注意到高刚身上的时候，却震惊地发现，他的身体上已经有多处弹孔，虽然都不是一些致命的部位，但也是一般人无法忍受的痛苦。

高刚竟然就这样忍着身上的伤痛，从制高点对敌人展开凶猛的攻击！

"其他人都撤离了吗？"高刚慌乱中通过对讲机对其他人问道。

可是接下来他只收到了青龙、左小风和苏菲三个人的回复，其他人都杳无音信。

就连赵凯和沈南飞都失去了联系。

而这两个人的对讲机，早就遗落在那片被烈火吞噬的树林里了。

"该死！"高刚懊恼地骂了一句，随即抓起对讲机说道，"所有人，马上赶到会合地点！"

随着高刚的一声令下，剩下的队员纷纷向着之前约定好的地点撤退。

大概十分钟后，高刚在朱雀和韩懿姿的掩护和搀扶下赶到了会合地点。

可这里没有一个人！

他们站在光秃秃的山丘上向四周观望，到处仍是一片昏暗。

"其他人都在哪儿？其他人——"

"嗖——轰！！"

话音未落，一发炮弹便从空中向高刚所在的山丘上射来，在他们不远处爆炸！

一阵余波直接将高刚、朱雀和韩懿姿三人掀翻在地。

大片的泥土飞溅而起，在地面上留下了一个深深的泥坑！

"是迫击炮！！"高刚挣扎着从地上爬起喊道。

与此同时，他便看到许多喷吐着火舌的火点，朝着他们这边的山丘方向一边射击，一边冲了过来。

"该死！没有人留下牵制他们，果然很快就会被他们追上！"

然而就在高刚几人面临山丘下的大敌时，从下面的树丛里突然窜出了三个人！

青龙和左小风三人及时赶到，一边向山坡上撤退，一边对前方追兵进行火力压制。

"高队！直升机怎么还没来！已经到了约定时间了！"美女刑警苏菲那漂亮的脸蛋被战火熏黑，凌乱的秀发紧贴在脸上，对高刚喊道。

高刚抬手看了看手表，距离约定的时间已经过了两分钟。

直升机为什么还没有来？！

"敌人已经都冲过来了！我们火力不够！"朱雀从地上爬起来加入了青龙火力压制的队伍。

不过一会儿的工夫，山丘下面已经有二十几个人朝着他们的方向冲了上来。

就在众人一筹莫展之时，一颗黑色的圆球从他们的头顶后面飞了过来。

它飞跃了高高的山丘，向着下面的敌人坠落下去！

"轰！"的一声巨响，一阵剧烈的爆炸在人群中炸响。

众人愕然转头，只见韩东珠带着一个六七岁的小男孩儿，站立在山丘的最顶端！

"那是韩东珠？"高刚对于在这里看到韩东珠的身影感觉有些意外。

随即他向着四周打量了一下，似乎在寻找着什么人的身影。

很快韩东珠便带着那个小男孩儿来到了高刚一群人所在的方位。

韩懿姿手持摄像机转身对着韩东珠，有些诧异地说道："怎么只有你在这里？这个小孩儿是谁？"

韩东珠看了看身边的聋哑男孩儿，见他的眼神中满是惊慌与迷茫，便说道："多亏了这个小孩儿我们才能从笼子里逃出来，所以沈南飞要把他一起带走，逃离这个地方。"

韩懿姿点了点头："那其他人呢？沈南飞和赵凯呢？"

一提到这儿，楚留翔的那张脸便在所有人的脑海中闪过。

如果他没有死掉的话，或许现在也会在他们之中，等待着直升机的到来。

韩东珠看上去也有些诧异，皱着眉头对韩懿姿问道："他说去接应高队长了，你们没有看到他们吗？"

高刚听罢，脸色顿时一沉，紧盯着韩东珠说道："你确定？他们说要来接应我们？"

韩东珠忽然感觉全身一凉，鸡皮疙瘩立刻冒了出来，心里瞬间笼罩上一层阴霾："他们是这样说的。"

　　高刚心头猛然一颤，一种不祥之感向他瞬间袭来。

　　下一刻，他愣怔地说道："可是我们根本没有看到过他们！"

　　"你说什么！！"

　　在听到高刚的一番话之后，韩东珠感觉仿佛整个天空都向着地面压了下来，全身被压上了一块石头，喘不过气来！

　　"那……会不会他们从别的方向绕过去了，与你们擦肩而过呢？你们真的没有看到吗？"韩东珠松开了拉着小男孩儿的手，上来一把握住了高刚的手臂。

　　高刚眼神确定地点了点头："真的没看到，我想他们是出事了！"

　　"怎么办？我必须要找到他们！不能就这么扔下他们不管！"韩懿姿此刻也是心急如焚，干脆连手里的摄像机都放下了。

　　一时之间，韩东珠和韩懿姿将高刚围住，焦急的眼神让他感觉火一样的炙热难耐。

　　看高刚一副犹豫不决的样子，韩东珠便贝齿紧咬，将心一横，说道："你们留在这里！我去找他们！"

　　"你自己一个人怎么行？"韩懿姿一把拉住了她，"我跟你一起去！"

　　说着，她们两人便要从队伍中脱离出来，准备去寻找沈南飞和赵凯。

　　楚留翔已经死了，如果连他们两个也出事，那这一次的行动就彻底失败了。

　　而所有人的希望，也会瞬间被毁灭！

　　"你们两个站住！"高刚不容置疑的呵斥声在她们二人的身后传来。

　　韩东珠和韩懿姿停下脚步，转头用焦急的眼神注视着高刚。

　　高刚在她们两人的脸上扫了一眼，强压着比她们还要激动的情绪说道："你们两个去找他们，是不是还要我们再去找你们？这样下去，我们就全军覆没了！"

　　"可是沈南飞和赵凯还没有回来！没有他们！我们不走！"韩懿姿态度强硬地说道。

　　如果说其他事情，韩懿姿或许会听从高刚的一切安排。

可是沈南飞是她的底线，她扔下谁也不能扔下沈南飞！

"难道你们以为我不急吗？还是说你们想要这里的所有人为他们两个陪葬？！"

高刚最后的一声怒喝，让韩懿姿和韩东珠身子猛然一震！

韩东珠将目光落在高刚身后正在用火力压制敌军，浴血奋战的国际刑警。随即又望了望孤零零地站在不远处，用渴望的眼神看着他们的小男孩儿。

一张张布满血迹和脏污的脸出现在她的眼前，她那颗被烈火燎烧得快要发狂的心如同被泼了一盆冷水，终于渐渐地安静下来。

这里的每一个人都到达了极限，已经撑不了多久了。如果他们再去找沈南飞和赵凯，或许真的就会像高刚所说的，所有人都死在这里，无一幸免！

难道，他们真的只能抛弃他们两个人吗？

韩东珠此刻的表情十分纠结，她的视线在大家的脸颊上游移不定，左手紧紧地握着拳头。

她很想要转身离去，可是如果真的走了，那这里的人会怎样？

片刻的沉默之后，韩东珠面无表情地说道："那我们现在该怎么办……我绝对不会扔下他们不管。"

高刚迟疑了一下，说道："我们——"

突然间，一发子弹从山丘下射来，几乎是擦着高刚的头皮飞了过去！

高刚自然反应般地急忙蹲下身子，摸了摸被子弹轨迹烧焦的头发，脸色惨白一片。

这时前方的青龙大声喊道："我们已经撑不住了！这里守不住了！"

"该死！！"高刚骂了一句，随即便端起了手里的自动步枪，对敌人进行猛烈的还击。

韩东珠和韩懿姿在这一刻也是脑袋一片空白。

随即韩东珠也跟随着大家开始对敌人展开了火力压制！

嗖！

突然从远方射来的一枪，直接命中了国际刑警苏菲的脑袋。

只见一片血花在青龙的身边迸溅，接着苏菲向后倒了下去，瞪着眼睛，死不瞑目。

青龙急忙转头朝苏菲看了一眼，见她死去时凄惨的模样，便恨恨地骂了一句："可恶！苏菲！苏菲！！"

然而苏菲此刻躺在冰冷泥泞的山坡上，一动不动。

那一张花容月貌布满了血渍与脏污。

原本一朵娇美的花儿，就这样在金三角这个地方凋零。

高刚一群人已经穷途末路，敌人越逼越近，很快所有人都会成为枪下亡魂。

噗！噗！噗！噗！

突然间，一阵异响从队伍的后方传来。

高刚听到这个声音愕然转头，只见远方的红色日光之中，一个漆黑的影子正向着他们快速地逼近。

嗖——轰！

下一刻，那仿佛黑色恶魔一般的影子左翼下方，一道橙黄色的火焰喷射而出，推动着一枚导弹向着山丘下射过去！

导弹在金三角雇佣兵的人群中爆炸，顿时天空中如同下起了一阵血雨！

敌人的血液和着泥水从空中落下，其中还夹杂着块块碎肉。

浓烈的血腥味布满了山丘。

"是直升机！直升机来了！！"朱雀高声喊道。

紧接着，那架直升机机头下方的重型机枪喷吐着火舌，对着残余的雇佣兵展开了猛烈攻击！

数不清的子弹在空中交织出一张强大的火力网！

顷刻间，这架武装直升机仿佛一头突然冲入战场的猛兽，拯救众人于水火之中。

所有人愕然转头，看到直升机向着他们的方向快速飞来，眼神中都闪烁着充满希望与惊喜的光芒。

"直升机终于来了！大家开始向山丘上撤退！快！"高刚一声令下，接着便和青龙在最前方掩护所有人撤离。

朱雀手持自动步枪对远处的敌人还击，保护韩懿姿和韩东珠几人向着山丘上靠近。

不一会儿的工夫，直升机已经悬停在山丘制高点的上空。

螺旋桨卷起的飓风吹得泥泞的山坡上泥水飞溅！

韩懿姿抬起头，微微眯着眼睛，迎着螺旋桨下的飓风，用手里的摄像机将空中的直升机拍了下来。

这样的大场面，除了在电影里，一般可是很难看到的！

片刻后，直升机稳稳地降落在山丘顶端。

可是下面的敌人虽然因为武装直升机的关系，和高刚一群人的火力压制，出现了片刻的火力停顿，但很快其他的新鲜血液便补充了进来。

转眼间，山丘上的人又变成了被一群"野兽"围困的局面。

下一刻，直升机的舱门划开，三名全副武装的特种兵跳了下来，帮助国际刑警进行火力掩护。

只见高刚回头朝直升机看了一眼，随即提高自己的音量来试图超过直升机螺旋桨的噪音，对身后的人大声喊道："所有人上飞机！快！"

听到高刚的命令，朱雀便掩护着韩懿姿等人首先登上了直升机。

接着韩懿姿放下了手里的摄像机，将韩东珠举起来的小男孩儿接上了机舱。

不过一会儿的工夫，除了高刚、青龙和朱雀，还有那三名负责掩护的特种兵，其他人都已经登上了直升机。

高刚从激战中看了看身后的情况，脸上的表情十分凝重。

青龙和朱雀也是一样，枪口喷吐的火舌照亮了他们的脸，可是在他们的眼神中倒映着犹豫的神色。

其中一名负责火力掩护的特种兵清点了一下人数，对高刚喊道："高队长！现在请你马上登机，我们立刻就要离开这里！不能停留太久！"

高刚余光下意识地向后瞥了一眼，紧紧咬着牙齿，内心似乎正在激烈地挣扎着。

如果他现在转身登上了飞机，那沈南飞和赵凯就再也没有机会离开这里了。

一想到这儿，高刚锐利的目光便有些焦急地扫过山丘周围的树林："这两个家伙，究竟去哪儿了！"

特种兵见没有人听他的，便继续提高音量喊道："现在所有人必须登机！我们不能耽搁下去了！敌人会越来越多！我们得马上离开！"

说完特种兵便观察了一下高刚的反应，看他似乎仍然没有要登机的意思。

随即他转头看了看已经登上飞机的韩懿姿和韩东珠几人，见她们正目不斜视地盯着自己，眼神中似乎带着一丝恳求。

他在众人的脸上扫过，随即与正回头看着他的飞行员对视了一眼，并对着他扬了扬头，发出了准备起飞的信号。

飞行员收到暗号，对他点了点头，接着右手便开始在中控台上拨动着那些按钮。

韩懿姿立刻转头看向驾驶员，焦急地对他叫道："我们现在不能起飞！还有人没有过来！"

驾驶员一边进行起飞的准备，一边头也不回地说道："对不起，我们能够停留的时间不能超过限定，否则所有人都会有危险！必须快点脱离敌人的火力范围！"

"可是我们还有人没上来！这样他们会被扔在金三角的！"韩懿姿焦急地对着飞行员喊道。

然而正副两名飞行员根本没有理会她的意思，不过片刻的工夫，已经完成了直升机起飞的准备工作，将手握住了操纵杆。

"等一下！你们不能起飞！不能！求求你们！就给我们五分钟！五分钟就好！"韩懿姿上前双手抓住了飞行员的肩膀，紧紧地攥着他的衣服。

飞行员用力扭动了一下肩膀，想要挣脱她的手掌："小姐，请你理智一点！我们不能为了两个人牺牲更多的人！这是战场！没有那么多的时间等待！"

"如果你敢起飞，我现在就一枪打死你！"

突然间，一个低沉且带着杀气的声音从韩懿姿的身边传来。

接着一把自动步枪便抵在了直升机飞行员的脑袋上。

飞行员瞬间愣住，余光瞄了一眼坐在后面的女孩儿："你疯了吗？你知道自己在做什么？"

"我说过，你敢起飞，我就打死你！我没有开玩笑！"

"咔嚓！"

说完，她便拉动了枪栓，手指搭上了扳机。

韩懿姿在她的脸上打量了一眼，说道："韩东珠，别冲动，当心走火。"

韩东珠充满杀意的眼神紧盯着飞行员的背影说道："是他们逼我的！"

然而就在韩东珠举枪的下一刻，飞机外面的三名特种兵也转身将枪口对准了她！

朱雀和青龙见状，也立刻回头瞄准特种兵！

一时间，两伙人剑拔弩张，在这敌军遍地的山丘上僵持不下！

"你们在干什么！疯了吗！以为这是在拍电影吗？我们哪有这么多时间耽搁！"其中一名特种兵大声嚷道。

韩东珠瞪了他一眼，说道："沈南飞和赵凯没回来，我们不能走！"

"你懂什么！我们多停留一分钟，就多一分钟的危险！你想我们全死在这儿吗？"

"我不管！"韩东珠语气强硬地说道。

"够了！"高刚似乎终于忍不住这令人尴尬难受的气氛，大声说道，"别把枪口对着自己人！枪是用来打击敌人的！韩东珠！把枪放下！"

韩东珠听罢，在高刚满是威严的脸上看了一眼，随即有些不甘心地慢慢放下了手里的自动步枪。

直到这一刻，坐在前面的直升机飞行员才终于松了一口气。

随即高刚对那几名特种兵说道："不好意思，我的人情绪有些激动。但是有件事我要告诉你们，现在失踪的那两个人，都是我们这次行动的重要人物，如果他们没有回来，我们这次的行动就算失败！他们对这件案子非常重要！所以，希望你们能够给我们五分钟的时间！另外，你们不是也没有在规定时间内到达吗？你们迟到了两分钟！"

几名特种兵互相交换了一下眼神，看上去都十分为难。

一番权衡之后，其中一名带头的特种兵说道："那你们只有五分钟的时间！超过五分钟，我们必须离开！我想你应该知道在这种战场，多待一分钟意味着什么！"

"我明白！谢谢你们！"高刚对几名特种兵点头致谢。

特种兵们有些无奈地叹了口气，随即对山丘下向这里进攻的敌人展开了攻击。

一时间，山丘上下两股火力凶猛对轰，将战斗推向了最后的高潮。

时间一分一秒地过去，很快还差一分钟就到最后限定的时间了。

韩懿姿不停地盯着摄像机上面显示的时间看，两只手掌心已经溢出了一层薄薄的汗水。

此时此刻，相比那些枪林弹雨，没有希望的等待才是最让人绝望的！

山丘下的敌人越聚越多，不停地从四面八方赶来，甚至还有军用吉普车混在队伍里，上面驾着一挺重型机枪，对着直升机所在的位置扫射！

高刚等人迅速趴在地上，躲避重型机枪的射击，可是依然有人中弹！

只见其中一名特种兵被子弹射穿了右胸，向后仰倒在地。

"喂！你怎么样？"另外一名特种兵立刻扑了上来，在战友的身上快速查看了一下。

当他看到那狰狞的血洞在汩汩流出血液的时候，心里的愤怒终于被点燃，于是便对高刚叫嚷道："看看你们干的好事！现在满意了吗？我们又搭上了一个人！"

说罢，这名特种兵回头对另一位同伴说道："告诉飞行员，准备起飞！我们不能再等了！"

"知道了！"同伴点了点头，转头钻进了机舱对飞行员说了些什么，随即又跳下来跟同伴一起把受伤的战友抬上了飞机。

韩懿姿愣怔地注视着眼前的一切，内心焦躁难耐！

"沈南飞！赵凯！你们到底去哪儿了！"她手中紧紧地攥着摄像机，可是已经不知道自己现在正拍些什么，一副魂不守舍的样子。

前方的高刚抬手看了看军用手表，已经到达了最后的限定时间。

下一刻，只见他深深地叹了一口气，脸上尽是痛心和不忍的神色。

"所有人上飞机。"他冷漠地说道。

青龙听罢，面色一室，随即便心领神会，点了点头："明白了！"

"老大！我们真的要扔下他们不管吗？"身旁的朱雀忽然说道。

高刚迟疑了片刻，看上去内心十分挣扎的样子，紧紧皱着眉头："我们已经不能再等下去了。现在超过任务的限定时间已经十几分钟，如果现在不离开，我们都得死！"

"所有人！上飞机！"

高刚转头对所有人再次下达了指令，随即自己也转身跟着爬上了直升机。

头顶的螺旋桨越转越快，飓风越发猛烈……

"我们不能走！不能走！他们还没回来！"韩东珠一直以来紧绷的神经在这一刻突然崩溃，歇斯底里地对着飞机里的所有人叫喊着。

她甚至举起了手中的自动步枪，想要再次利用武力让飞机停下来。

可是特种兵长了经验，牢牢地将她制住，用力握住了她的双手。

韩东珠就像是一只被拔掉了牙齿的母狮子，就算失去了战斗力，也依然企图用眼神来杀死对方！

"韩东珠！你冷静点！他们已经回不来了！"高刚高声怒喝道。

韩东珠被他的声音这么一震，整个人立刻安静了下来。

她愣怔地瞪着高刚，片刻后泪如雨下。

这恐怕是所有人第一次见到韩东珠流泪的样子。

这个像是只小野兽一样的女孩儿，似乎从来没有在他们面前为任何事流过眼泪。

可是今天……

绝望的气氛笼罩在每一个人的心头。

失去沈南飞和赵凯，或许将会是所有人心里最痛的伤口。

飞行员双手搭在了操纵杆上，不理会身后的吵闹，开始准备将飞机拉升。

"啾！啾！"

突然间，飞行员面前的挡风玻璃上迸射出两片刺眼的火花！

只见他身体下意识地向后躲闪，随即仔细看向了山丘前方。

"啾！啾！"

下一刻，又是两发子弹射了过来。

这一次，防弹挡风玻璃上的火星吸引了所有人的注意。

"前面有敌人！先扫除目标！"飞行员一脸严肃地说道。

副驾驶员收到指令点了点头，随即操纵武器系统，准备对前方的敌人发动攻击。

紧接着，在飞机上全体人员的注视下，两个模糊的身影从山丘下的树林里慢慢走了出来。

然而这时副驾驶的手指已经搭在了机枪发射按钮上，眼看着就要按了下去。

韩懿姿举起了手里的摄像机，从机舱里站起来一点，对着挡风玻璃外面的树林拍摄。

随着焦距的调节，韩懿姿的嘴巴愕然张开，一副不可置信的表情叫道："是他们！！"

听到这句话，高刚反应奇快，突然一个猛扑上前，将副驾驶员搭在机枪按钮上的手拨到了一边！

"嗒！嗒！嗒！嗒！"

密集的枪声从直升机的前方传来，接着机头下面的重型机枪便喷吐着火舌，火光照亮了整个机舱！

副驾驶员的双手被高刚影响，失控的机枪沿着前方的地面扫了一圈，完全打歪了目标。

只见高刚在拦住了副驾驶员的射击之后，两只手依然按在他的手上，眼睛愣怔地望着外面的树林。

两个模糊的身影迈着蹒跚的脚步，正慢慢地向着他们靠近！

下一刻，从地平线缓缓爬起的红日，便渐渐照射在他们二人的身上。

满身伤痕的赵凯搀扶着看上去奄奄一息的沈南飞，脚下步伐沉重，每走一步，都会在泥泞的地面上留下一深一浅的脚印。

沈南飞用最后的一点意志力支撑着自己，他微微睁开眼睛，模模糊糊地看到前面似乎有什么东西停在那里。

螺旋桨下产生的飓风，远远地吹拂在他们两个人的脸上，干涸了血液，凝固了泥垢。

"是沈南飞和赵凯！他们还活着！"飞机上的韩懿姿猛地站直了身体，大声喊道。

此刻所有人都已经看清了那两个人的身影，刚刚绝望的气氛被瞬间驱散，紧张的氛围重新充斥着机舱。

特种兵见高刚一群人都站起来，便呵斥道："你们要干什么！就算他们是你们的目标人物，距离也太远了！"

就在这特种兵分神之余，被压制住的韩东珠突然挣脱了他，随即双手抓住了机舱门，用力将它一把拉开！

舱门一开，外面螺旋桨下的飓风便灌了进来。

接着韩东珠便跳下了飞机，一路向着赵凯和沈南飞的方向冲了过去。

赵凯注意到韩东珠冲了过来，随即视线一转，便看到远处已经有雇佣兵将枪口瞄准了她。

"停下！别过来！！"

"啾！啾！啾！啾！"

顷刻间，一连串子弹沿着地面向前扫射，溅起的泥巴在韩东珠的脚下飞溅。

接着她身子一顿，忽然倒向地面！

第四十四章

▶ 抉择时刻

　　本来十分虚弱的沈南飞朦胧中看到韩东珠倒在泥地里，两只眼睛便慢慢地睁开，愣怔地喊道："东珠……"

　　此时此刻，韩东珠感觉冰冷的泥水顺着自己的衣服灌进了后背。

　　她有些惊魂未定地躺在地上，想起在刚刚那一瞬间，心跳都快要停止了。随即她微微侧首看向身边，却看到了一张熟悉的脸。

　　"你没事吧！"朱雀呼吸有些急促地说道。

　　直到这时韩东珠才意识到，刚刚是朱雀在危急关头从后面将她扑倒在地，这才避免她被凶猛的火力打中。

　　"我没事……"韩东珠有些不安地摇了摇头，脑海中立刻闪过了沈南飞的影子，接着起身看向了他和赵凯所在的方位。

　　只见赵凯右手搀着沈南飞，左手握着一把手枪，不停地对远处冲上山丘的敌人开火。

　　"别看了！快过来帮忙！"赵凯忙乱中喊道。

　　直升机上的高刚一群人听到呼救声后，便立刻跳下了直升机。

　　"高队长！你这是违反纪律的！"特种兵一把拉住高刚，愤怒地叫道。

　　高刚听罢，转头用严肃的目光望了特种兵一眼："我们的纪律，是不惜一切代价完成任务，而不是只顾着活命！"

　　听到高刚的一席话，特种兵忽然愣住。

　　接着他便注视着高刚和其他国际刑警冲上去搭救沈南飞和赵凯，不再吭声。

　　高刚才跑出没几步，脚上传来的剧痛就让他停了下来，随即他蹲下身子，对青龙和左小风喊道："我掩护！你们去接应！"

"收到！"青龙二人同时应了一声，随即便冲上去接应赵凯和沈南飞。

而此刻赵凯和沈南飞的出现，也开始让这一场终极之战进入了尾声，但是比之前更加猛烈！

敌人越聚越多，虽然站位分散，但火力不断，从四面八方射过来。

左小风从赵凯手中接过沈南飞的时候，不禁被他身上的伤势震慑住了。

"我的天，你们两个刚刚去打了伊拉克吗？怎么这个样子！"说着，左小风将沈南飞的左手臂挎在了自己的脖子上。

赵凯松开抓着沈南飞另一只胳膊的手，说道："我宁愿去打伊拉克，也不想再来这鬼地方！"

"沈南飞！"

这时韩东珠也跟着赶了过来，看到重伤的沈南飞不禁惊讶地捂住了嘴巴："你们去了哪里？怎么会……"

"没时间解释了，快点离开……"沈南飞有气无力地说道。

随即左小风用力架住沈南飞的身体，扶着他在青龙和朱雀的掩护下回到了直升机的方位。

坐在机舱里的飞行员焦急地抖动着双腿，有一种随时都想要起飞离开的冲动。

待其他人开始登上飞机的时候，他便重新调整了起飞程序，加快了螺旋桨的转速。

韩懿姿接过沈南飞递过来的一只手，将他用力地拉进了机舱。

沈南飞一上飞机，便身体瘫软地倒在韩懿姿的身上，头部枕在她的大腿上。

"沈南飞，你怎么样？怎么会伤成这个样子？"韩懿姿惊惧地打量着沈南飞身上的几处弹孔，一副手足无措的模样。

沈南飞微微眯着眼睛，脸上的血迹也已经干涸，被泥浆覆盖，已经快要看不清他原来的样子。

只见他轻轻动了动嘴巴，似乎想要说些什么，可是由于体力透支加上失血过多，很快便昏迷过去。

"沈南飞！沈南飞！！"韩懿姿在沈南飞的脸上轻轻拍了拍，却叫不醒他。

而这时，大家已经都陆续登上了直升机，最后只剩下青龙和高刚。

　　就在高刚要登上飞机的时候，几发子弹从他的头顶飞过，打在了直升机舱门上，迸射出一片火花！

　　高刚瞬间将脸闪到一边，转头惊怒地注视着山丘下面渐渐靠近的人群，内心越发沉重。

　　"人太多了！这样下去我们根本无法起飞！我们已经错过了最佳的起飞时间！"直升机飞行员焦急地喊道。

　　越来越多的子弹朝着直升机的机身射了过来，从机舱里听去，就像是一颗颗冰雹在凶狠地拍打着机身。

　　"不行！现在我们就算起飞也会被击落的！没有火力压制对方我们就没有机会！"

　　听到驾驶员的话，所有人的脸色都十分难看。

　　一时之间，机舱里陷入一片死寂。

　　而此刻能够听到的，仿佛只有那一颗颗挣扎的心在跳动。

　　"青龙，上飞机！"高刚忽然间说道。

　　青龙瞬间怔住，有些困惑地注视着高刚："老大……你……"

　　"快点！上去！"高刚再次说道。

　　"老大，你这是什么意思？"机舱里的朱雀也顿时有了一种不好的预感。

　　她从来没有在高刚脸上看到过如此凝重的表情。

　　高刚见所有人都像只呆头鹅似的望着他，便用力将青龙推上了飞机，随即一把卸下了安在机舱门口的火神炮机枪。

　　"高队长！你要干什么？！"赵凯瞪着眼睛喊道。

　　只见高刚将一长串手指头长短的子弹缠在左手臂上，右手用力提起火神炮机枪，沉声说道："难道你们刚才没听到吗？如果没有人留下火力压制，我们所有人都无法从这儿离开。"

　　青龙听罢，愣住片刻，随即一边要跳下飞机，一边说道："那你上来！我留下！！"

　　"说什么胡话！"高刚对青龙厉声呵斥道，"是我把你们带过来的！怎么能让你们留下自己逃命？上飞机！这是命令！"

"你不上来！我们都不走！大不了一起死！"左小风也有些急了，两只手抓住舱门边就要往下跳。

高刚见状，抬起一脚就将左小风踹回到机舱里！

接着他也不再啰唆，用缠着子弹的左手用力拉上了直升机的舱门，并隔着玻璃窗对飞行员做了一个"起飞"的手势。

飞行员用满怀敬意的目光凝视了他片刻，点了点头，开始慢慢拉升飞机。

螺旋桨越转越快，头顶的飓风带着一股强压猛烈吹拂着高刚那一头白色的短发。

"高队长！"

"高队长！"

"老大！！"

一时间，众人隔着玻璃窗用力地敲打着机舱门，注视着高刚坚决的背影。

而高刚却背对着他们，头也不回，默默地将缠在手臂上的子弹，插入火神炮机枪的弹夹。

第四十五章

▶ 牺牲

此时此刻，国际刑警队长高刚独自一人屹立在山丘顶端，如同一个巨人！

他的身影坚强中带着一丝孤独，孤独中却又隐隐透露出一种拒人千里的威严！

望着向山丘上快速逼近的金三角雇佣兵，高刚的眼神渐渐平静下来。

现在他的脑子里所想的只有一件事，那就是把眼前这些杂碎消灭干净！

"王八蛋们……你们别想从下面爬上来！"

嗡——

下一刻，高刚扣动了火神炮机枪的扳机，接着圆形的枪筒便开始加速旋转。

片刻后，凶猛的火舌从高速旋转的枪筒中喷吐而出！

转眼之间，一道道爆裂的火线迸射出来，向着那些雇佣兵狂扫而去。

许多正往上冲的家伙被火神炮扫到，身上瞬间被射出了几个血洞，打成了筛子！

"啊——"

高刚发出一声怒吼，绷紧了肌肉扎实的手臂，端着笨重的火神炮开始横向扫射。

只见一片片淤泥在空中飞溅，和着敌人身上的血水，将山丘下面仿若变成了一条泥泞的鲜血沼泽！

与此同时，直升机已经飞上了几十米的高空。

韩懿姿隔着舱门的观察窗一边流着泪，一边用摄像机将下面的景象都记录了下来。

在显示器上，高刚独自一人屹立山头，面对着黑压压一片向他扑来的敌人。

此时此刻，他仿佛化身为战神，在被野兽围困的最后一片净土上孤军奋战！

青龙和朱雀泪流满面地注视着高刚悲壮的身影，脑海中都是这些年跟着他在全世界奔走的画面。

在他们的记忆中，只要跟着他，就从来不曾后悔。

只是不知道到了明天，他们该如何面对未来没有了队长的日子呢？

地面上激烈的交火声在沈南飞的耳边轻轻地传来。

他微微地睁开了一道细小的眼缝，扫过昏暗的机舱，只觉得此刻这里好冷。

而韩懿姿紧紧抓着他的手，就是他能够感受到的唯一一丝温暖。

飞行员将直升机拉升到适合的高度，随即最后望了一眼在下面奋战的高刚，扳动操纵杆，掉转了机头，向着远方飞去。

正在地面交战的高刚听到直升机的声音渐渐远去，便转头向着逐渐隐没在地平线的直升机望了一眼。

看到他们已经走远，高刚一直凝重的脸上终于露出了一丝微笑："剩下的事，就交给你们了……我的野兽们……"

"噗！噗！噗！"

突然间，数不清的子弹从四面八方射来，贯穿了高刚的身体。

高刚身子一震，"扑通"一声跪在了地上。

可是很快，他便强忍着身上被射出血洞的剧痛，挣扎着站起来。

接着他再次扣动了火神炮重机枪的发射按钮，用自己的最后一点力气与敌人拼杀！

"来吧！来吧！看看你们还有多少人！！"高刚一边愤怒地嘶吼着，一边向山丘下狂扫。

敌人一个又一个地倒在血泊之中，却无法跨越这一道仿佛永远不会熄灭的火线！

不知不觉，红色的太阳已经渐渐地爬上了山丘。

在山丘之上，那"巨大"的身影，笼罩了山丘下的一切。

任血雾弥漫，子弹洞穿，永远屹立不倒……

一周后……

"各位观众朋友们大家好，欢迎收看春州市电视台的新闻直通车。昨天夜里，本台实习记者韩懿姿，发布了一段长达三十分钟的热门微博事件独家视频，在网络上引发了巨大的反响。许多看到视频的网友纷纷表示，这件事就是一场无法想象的阴谋，同时沈南飞的遭遇也让许多网友大跌眼镜。"

"时至今日，这段视频已经受到了社会各界的关注，而各国网民对于沈南飞事件的真相也是众说纷纭……"

昨日夜里，一段关于热门微博事件，沈南飞等人在金三角激战的视频发布之后，全国乃至世界的社交网络上一片哗然。

所有人都没有想到，一个看似简单的网络暴力事件，背后竟然会隐藏着如此令人震惊的真相。

韩懿姿利用春州市电视台的官方微博，发布了经过剪辑之后的战地视频，并命名为"热门背后的真相，沈南飞独家头条"。

这条微博在发布后的一个小时内，便上升到了热门话题排行榜第一名的位置上，无人能撼动！

而在三个小时后，热门话题排行榜前五名的位置，都是与沈南飞有关的内容。

韩懿姿的战地跟拍，让更多人感觉到了震撼！

当大众网民看到真实的战争场面展现在眼前的时候，那曾经将沈南飞送上"黄泉路"的罪恶手指似乎终于渐渐停了下来。

许多人开始反思，网络背后的真相究竟是什么？

从美女主播奸杀事件开始到现在，原来一切都是别人的精心策划和安排吗？

一时间，许多网民感觉到自己似乎成为被别有用心之人利用的罪恶之手，成为帮助他们"杀人"的武器！

而仍有一些愤怒的网民，依然沉浸在无法自拔的自以为是之中。

他们始终认为沈南飞黑的就是黑的，无论谁说些什么他们都不会信！

他们不会用头脑去思考，只知道在网络上发泄自己心中在现实生活中的不满和怨气。

在这几个小时里，每一个有关沈南飞事件真相的视频都充斥着各种各样的网友留言。

少妇你好：怎么又是沈南飞！他怎么还不死啊！每天都上头条有劲吗？

大大大老板：我要是沈南飞啊，我也能上头条。成为大网红的感觉怎么样？垃圾！人渣！还我主播赵欣颖！

Natsume：这视频里都是什么？当我们都是傻子吗？弄段电影片段过来就说是战地跟拍？

用户 56478787：有没有搞错啊，战地跟拍？怎么可能有这种人啊？不要命了吗？唬人也要像样一点。

屁卡球：视频是假的！鉴定完毕！

魔王粉：楼上的几个人没救了，智商是个好东西，我希望你们有。如果不让你们这些键盘侠去实地体验一下，你们永远不知道别人在经历着什么！

第四十六章

▶ 罪恶终结

五花八门的留言评论混淆着网络大众的视线，关于沈南飞事件真相的猜测依然在泥泞的沼泽中徘徊。

然而就在韩懿姿发布视频五个小时之后，又一个与沈南飞有关的热门话题窜入排行榜。

而这个话题里面的消息，也让那些一直在抹黑沈南飞的网络暴民彻底闭上了嘴巴。

"国际大型贩毒案告破，沈南飞真实身份曝光"。

当网友们点进这条话题的时候，许多通过认证账号发布出来的消息，让所有人大吃一惊。

其中一条微博中详细记载了以国际刑警队长高刚为首的队伍，是从什么时候开始紧盯毒枭，经过多少次行动才终于取得了胜利的果实。

而这其中，就有沈南飞的身影。

根据微博中描述的内容，从一开始沈南飞就是无辜的，而国际刑警随后找到了他，希望能够利用他的身份，将背后的贩毒势力引出来，所以后来才会发生那么多令人震惊的暴力事件。

至于沈南飞在热门微博的爆料中所提到的危险行动，都是出自国际刑警的决策，并不是沈南飞个人所为。发生的一切责任都由国际刑警承担。

现在所有的事实都在大众面前罗列出来！

国际刑警为沈南飞出面做证，对于网络舆论来说仿佛一记强有力的耳光打在了网友们的脸上。

一时间，网络上再次掀起了一阵讨论的热潮。

就在国际刑警案件微博的下面，很快又有一条微博话题进入了网络大众的视野。

"神秘录音曝光！沈南飞重见天日"。

许多网友怀着一颗忐忑的心点进了这条话题。

不知道为什么，每当网友们看到多了一条有关沈南飞的话题之后，心里都会产生一阵抵触感。

他们不是不想点进去，而是不敢。

他们害怕当一条条证明沈南飞清白的证据摆在眼前的时候，自己心里的罪恶感会更加深重！

但强烈的好奇心，还是促使着他们按下了自己的手指。

在这个话题里的其中一条微博中，曝光了一段音频链接。而这段链接，是沈南飞和国际女毒枭蛇姬的一段对话。

当网友们听到这段录音的时候，心里忽然有了一种窒息的感觉。

一波又一波的真相仿佛汹涌的海浪，猛烈拍击在他们的心头！

有谁会想到，在这热门事件的背后，竟然会隐藏着这么多令人毛骨悚然的秘密！

一个女主播遭奸杀事件，背后竟然牵扯出了国际女毒枭！

这件事换作谁都无法想象！

女毒枭音频一经曝光，很快有一条消息紧随其后。

热门微博事件的真相，就像是安排好似的，一条接一条地爆了出来！

只见这个话题中的其中一条微博写道："有关于沈南飞真相事件最新消息。此次热门微博事件的始作俑者，国际女毒枭慕容锦，绰号'蛇姬'，昨日被国际刑警方发现其在墨西哥一处住所内饮弹自尽，其金三角贩毒基地也在昨日被国际刑警和泰国政府联合出动攻破，并且用网络商城为掩护的毒品交易贩卖渠道也被一举端掉！国际女毒枭就此陨落！"

此消息一出，立刻让已经沸腾的社交网络瞬间被点燃！

许多沈南飞的支持者在这时跳了出来，开始与网络上顽固的暴民展开了一场口水战！

几个小时之后，网络上已经是一副不可开交的局面！

此时此刻，不论是百货商场，办公写字楼，还是车水马龙的大街上，拿着手机刷新微博的人随处可见！

今夜仿佛已经不是一个平凡的夜晚，而是属于沈南飞的夜晚！

直到又一条最新微博的出现，微博上的网民们才终于渐渐安静下来。

这是一条通过沈南飞个人账号发布出来的文字微博。

"各位网友大家好，我是热门微博事件当事人沈南飞。从我发布第一条微博的时候就说过，只要我还活着，就会一直在微博上更新有关事件真相的发展。今天，你们看到了吗？"

微博一经出现，瞬间便吸引了所有网民的眼球。

现如今沈南飞的个人微博账号，就像是一个网络标志。

一时间，几亿网民点入了沈南飞的热门微博账号，让他的粉丝数量激增，甚至已经超越了一线巨星！

沈南飞的个人微博，可以说创造了一个所有人都不能超越的数据！

网友们慢慢地滑动着手中的屏幕，向下继续仔细阅读着沈南飞发布的微博内容。

"真是对不起，这段时间，让许多关心我的人担心了。首先我要说，我现在很好，很安全，请你们放心。"

"不知不觉，我出现在讯客微博的网络上已经有三个多月的时间了，而诸位网友也很不幸地忍受了三个月。我从来没有想过，自己有一天会出现在热门微博的排行榜上。也从来没有想过，这个地方会改变我的一生。"

"我一直想问一个问题。对于大家来说，网络应该是一个什么样的地方？

就像我第一次发微博所说的，网络上面的信息，你们认为一定是真实的吗？"

"在这几个月的时间里，因为我在网络上成为热门事件当事人，也就是你们口中的网红，我付出了沉痛的代价。在这一次的案件中，我失去了很多朋友，而这本不应该是他们应该承受的结果。如果没有我的话，这一切都不会发生，他们都会安安稳稳地过着自己幸福的生活。"

"我不知道大家有没有想过，改变我朋友们命运的人，是我，还是现在正通过网络看到这条微博的各位呢？"

"我原本只是一个无名的小混混儿，一个与热门网络不沾边的人。可是就因为出现在了网络上，成为许多网络暴民的发泄对象。这真的很可怕！"

"我印象中的网络，不应该是这个样子的。看看吧，现在这网络中，是不是充斥着越来越多的负面情绪？换位思考，如果有一天出现在网络上的人不是我沈南飞，而是你，你会有怎样的感受？"

"你们，有勇气体验我所经历的遭遇吗？还是向命运低头？"

"今天，热门微博事件终于真相大白，但是我并不开心。因为我失去了许多人生中最重要的伙伴！"

"社交网络不应该是这个样子的，应该是一个传播正能量的地方！我希望，在经过我的这次事件之后，一些网友们能够清醒一点，不要再用你们的手指来制造罪恶！不要再做杀人凶手的帮凶！"

"我不是想要责备大家，而是一个请求。我恳请大家，让社交网络变成一个安全可信的地方，而不是一个令人心生畏惧的泄愤池。"

"虽然你们看不到，但我在这里还是要对所有网民朋友鞠躬。请你们帮助我，不要再让网络上出现第二个沈南飞。这样的人有一个就够了。"

"从今天开始，我将注销个人账号，退出讯客微博。感谢各位网友们几个月来的支持与陪伴，再见……"

与此同时，沈南飞躺在泰国医院的病床上，右手拿起手机，手指在屏幕上轻轻地滑动。

距离微博发布不过五分钟的时间里，点赞、评论和转发的数量已经突破了几千万！

坐在沈南飞身边，腿上包扎着纱布的韩懿姿，默默地注视着他布满伤痕的脸，心中五味杂陈。

在短暂地浏览了一下之后，沈南飞便退出了评论区，点开了个人设置功能界面。

很快他便翻到了"注销账号"的选项，将手指悬停在上面。

"你真的打算这么做吗？你的账号已经是讯客微博最火的账号，或许以后可以用来宣传网络正能量的。你现在已经是网络中的一面旗帜。"韩懿姿淡淡地说道。

沈南飞听罢，沉默了片刻，平静地说道："我当初开通账号，完全是为了澄清自己。现在一切都结束了，多厉害的数据，对我来说都没有意义，所以不需要再留在网络上。说真的，我希望自己从来不曾在这里出现过，也希望这里没有任何我曾经存在过的痕迹。也许这里就像是一个伤心地吧。"

韩懿姿听罢，点了点头："无论你怎么做，我都支持你。"

沈南飞淡淡一笑，右手拇指毫不犹豫地按下了注销账号的按钮。

"从今天以后，网络上再也不会出现沈南飞。"

"以后你有什么打算？"

"不知道……"

最终章

半年后……

春州市的夜晚似乎从来没有变过。即便在这个地方发生过许多故事，也出现过许多令人印象深刻的人物。

过去那些在红灯街徘徊的混混儿少了，冥冥之中，倒是给人一种心里空荡荡的感觉。

也许让人怀念的并不是那些熟悉的场景，而是一些再也回不去的人吧。

今晚将会是春州市备受瞩目的一天。

夜色刚刚降临，春州市滨江大道便已经是一片人满为患的景象。

只见腾辉国际影城的大门口前，一条长长的红毯一直延伸到对面的一座大型广场。

红毯周围用金色的金属栏杆和红色的绒绳拦住，许多高举着荧光牌和手机的粉丝相互拥挤着，等待影视偶像们的降临。

远远望去，这条鲜艳的红毯周围一眼望不到尽头的人群，实在是让十几年都没这么热闹的春州在国内火了一把。

而此时此刻，来自全国各地的电视台及网络媒体的记者们，已经手持专业照相机站在红毯边缘等待。

"优视网的观众朋友们大家晚上好，今天晓玉来到了电影《热门微博》首映礼的现场为大家进行现场直播。相信大家已经看到了我身后的红毯，等一下娱乐圈的明星们将会从我身后这条红毯上走过！"

"《热门微博》这部电影是根据半年前震惊全国的'沈南飞事件'真实案例改编，其中的演员阵容可谓空前强大，几乎聚集了演艺圈的半壁江山！网络上已经有不少网友开始猜测，本部电影的票房是否会创造影史上的奇迹，成为新的纪录⋯⋯"

一时间，众多的网络媒体纷纷对这次《热门微博》首映礼展开了现场报道。

就在这时，一阵欢呼的狂潮从记者身后的人群中爆发出来。

只见一辆辆豪华汽车从远处的广场外面缓缓驶入了这条星光大道。

很快，一位位造型英俊靓丽、气质非凡的电影明星便依次走下了汽车，迈着稳重的步伐踏上了红毯。

下一刻，全场闪光灯爆闪，如同夜幕下疯狂闪烁的群星。

春州市的这一夜，注定将会是被全国瞩目的一夜。

"哎！小峰来啦！！是小峰！！"其中一名站在红毯尽头位置的粉丝兴奋地大叫起来，并且用力拉着身边同伴的手臂。

同伴看到她们的男神走了过来，立刻蹦蹦跳跳的，像是两条欢快的鲜鱼。

影视明星们的悉数登场，立刻点燃了春州市的夜色！

豪华的明星阵容，在出现后的下一分钟便挤爆了网络！

到处都是关于春州市《热门微博》首映礼的新闻！

在大概三十分钟的走红毯入场仪式之后，令人期待已久，汇聚了演艺圈半壁江山的超级电影《热门微博》终于开始上映。

一名坐在影院中央的女生不顾众人鄙夷的眼光打开了手机上的直播软件，将摄像头对准了屏幕上自己的偶像，激动地小声说道："宝宝们！我今天弄到了《热门微博》首映礼的门票！现在已经在现场了！你们看到了吗？电影开始了！我家小峰饰演沈南飞啊！帅呆了有没有！"

说着，女孩儿将手机摄像头偷偷转向了坐在最低处第一排位置的男主演，"大家看到了吗？小峰在那里哎！"

"美女，请你安静一点，其他人都在看电影呢。"

忽然，一个低沉的男性声音从女孩儿的身边传来。

女孩儿闻声转头望去，只见一名身穿带着几何图案的黑色鹿皮风衣，头上扣着兜帽的男子，正用余光默默地看着她。

看到这个男人的脸，女孩儿瞬间感觉到一股令人窒息的空气。

"对不起……对不起……"她对着那名男子点了点头，表示歉意，随即便关掉了手里的直播软件。

在接下来的一个小时里，女孩儿再没敢说过一句话，并不时往这个男人的身上打量。

或许是被女孩儿异样的目光弄得有些烦了，男人慢慢起身，从正在放映电影的放映厅里走了出去。

待他离开之后，女孩儿还在盯着他的背影看。

随即她掏出手机，再次打开了手机直播软件，对屏幕另一头的网友们说道："宝宝们！不好意思，我刚才切出去了！哎！告诉你们一件事！我刚刚看到了一个男人，他好像沈南飞啊……"

离开了放映厅后，那穿着黑色鹿皮风衣的男人独自行走在安静的走廊里。

他穿着黑色运动鞋的脚踩在深蓝色的地毯上，像是鬼一样没有声音。

很快他便来到了安全通道入口处，四周打量了一下，推门走了进去。

他站在楼梯间里，背靠着墙壁，从衣服口袋里掏出了一盒香烟，抽出一支咬在嘴里点燃。

随着深深地吸入，明亮的烟头也渐渐地映红了他兜帽下的一张脸。

"兄弟，能借个火吗？"

忽然间，另一个男人的声音，从他对面上一层的楼梯上传了过来。

穿着黑色鹿皮风衣的男人笑了笑："好久不见。"

只见对面的楼梯上，一个穿着米色帆布夹克的男人缓缓走了下来，从那个男人的嘴里取下香烟，烟头对着烟头将自己手里的烟点燃。

随即他与穿着黑色风衣的男人一同靠在墙壁上，吸着烟说道："电影才演了一半，你怎么就出来了？不感兴趣吗？"

黑色鹿皮风衣男人淡淡一笑："不感兴趣，因为我早就知道了故事的结果。"说完，他转头看了看身边的男人，"你呢？"

穿着米色帆布夹克的男人笑了笑："跟你一样。"

"我没想到，你也会到首映礼来。赵凯。"黑风衣男人说道。

穿着米色帆布夹克的赵凯转头迎上了身边男人的目光："我早就猜到，你会来这里看一看。沈南飞。"

沈南飞听罢，挑了挑眉毛："你怎么知道？"

赵凯掸了掸烟灰："因为你是我兄弟。"

沈南飞会心一笑："你什么时候回到春州的？怎么没有告诉我？"

"我前天才刚刚回来，我用了半年的时间处理掉了外面那些麻烦的事情，现在终于一身轻松了。"说着，赵凯在沈南飞的身上打量了几眼，"你这半年过得怎么样？你那个小恶魔妹妹和小女朋友呢？"

沈南飞在赵凯那带着坏笑的脸上看了看，说："东珠还是老样子，不肯认我这个哥哥，找了个借口去参加国际格斗大赛了。"

说着，沈南飞从口袋里掏出一张照片，递给赵凯："这是她前些日子寄给我的。"

赵凯接过照片看了看，上面的韩东珠依旧是那一脸面无表情的模样，即便手里捧着国际格斗大赛分赛区冠军的奖杯，也依然不苟言笑，像个女杀手。

"她还会寄照片给你，看来已经承认你这个哥哥了，只是嘴里不说。哦，对了，现在我应该叫她沈东珠了吧？"赵凯说道。

沈南飞淡淡一笑，没有说话。

"韩懿姿呢？"赵凯用力吸了一口香烟。

"她现在是新闻媒体界的宠儿，前几天还在国内获了记者大奖，去领奖了，说今天会回来。"

赵凯听罢，欣慰地笑了笑："那件事之后，似乎每个人都找到了新的人生目标，这很好。"

沈南飞看了一眼赵凯那有些落寞的脸："你呢？回来后有什么打算？"

"我这次回来，就不会再离开了。我想要多陪陪我爸妈，现在他们只有我了。以前我以为只要赚了钱，就可以给家人安全感。可是在失去妹妹后我才明白，原来陪伴，才是真正的安全感。如果我早几年明白这个道理的话，会不会是另外一个结果呢？"

说罢，赵凯静静地注视着沈南飞的眼睛，眼神中带着一丝懊悔。

沈南飞与他对视片刻，随即将手里的烟头扔掉，用鞋底碾灭："经过了那么多事情，我忽然明白了一件事。活在当下……"

"记得联系我，我还有事，先走了。人多的地方还是会让我感觉有些不自在。"沈南飞在赵凯宽厚的肩膀上拍了拍，随即便转身离开了楼梯间。

几分钟后，沈南飞站在腾辉国际影城的门口，面对着月朗星稀的夜空。

他慢慢地闭上眼睛，深深地吸了一口气，仿佛在享受着这"新世界"的空气。

忽然间，一阵阴凉的气息在他的身边出现。

接着他睁开了眼睛，看到在正前方影院门口的台阶上，一个穿着彩虹色格子连衣裙的女孩儿正默默地看着他。

沈南飞平静地注视着那个面色白如白纸般的女孩儿，下一刻，他笑了。

而那个女孩儿在看到沈南飞的笑容之后，也露出了充满感激的笑脸，眼睛里仿佛有幸福的泪水在打转。

"谢谢你……沈南飞……"赵欣颖微笑着说道。

沈南飞同样微笑地看着她："不客气。"

赵欣颖笑着对他点了点头，身体开始慢慢地化成一片白色的荧光。

一颗颗闪耀着光芒的白色光点从她的身体上分离出来，缓缓地飘向了寂静的夜空。

沈南飞随着那空中的白色光点慢慢仰起头，看着赵欣颖的脸渐渐地在夜空中消失，心里竟然有了一种怅然若失的感觉。

下一刻，他对着天空发自内心地笑了出来。

他不知道是笑自己出现了幻觉，还是真的看到了什么。

又或者是在笑这无中生有的世界中的人生百态。

"这一次，一切真的结束了……"

嘟嘟！

突然间，一阵汽车鸣笛的声音从台阶下面传来。

沈南飞回过神来，低下头去，看到一辆红色的奔驰汽车慢慢降下了车窗。

下一刻，韩懿姿那张温暖的脸出现在他的眼前。

"帅哥，需要搭车吗？"韩懿姿笑靥如花。

沈南飞笑着摇了摇头，缓步走下阶梯。

一打开后排座的车门，一名五十几岁模样，脸色略显暗淡的中年女人便向他看了过来。

那是楚留翔的妈妈……

沈南飞对着她笑了笑，低头钻进后排座，紧贴在她的身边。

韩懿姿在后视镜里看了一眼，接着便启动了汽车，向着前方洒下一片月光的街道上驶去。

翔妈用布满皱纹的手握住了沈南飞的手腕，轻声说道："儿子，我们去哪儿啊？"

沈南飞轻轻反握住翔妈的手："妈，我们回家……"

——全剧终——